KB075918

모팽 양

모팽 양

Mademoiselle
de
Maupin

테오필 고티에 지음
권유현 옮김

열림원

자네는 내가 사랑하지 못하는 걸 동정했지.

그러나 이번에는 내가 사랑하고 있다는 걸 동정해주게나.

이제 뭐가 뭔지 모르겠어. 나 자신이 무서워.

오랫동안 나는 일의 진상이 믿어지지 않았어.

하지만 결국 무서운 사실을 발견하고야 말았지…….

나는 지금 사랑을 하고 있다네.

오! 아니, 자네에게조차 차마 말할 수가 없군…….

나는 남자를 사랑하고 있다네!

차례

1

친구여, 자네는 내가 자주 편지하지 않는다고 투덜거리는군. 내가 여전히 건강하고, 자네에 대한 우정에 변함이 없다는 말 외에 쓸 말이 뭐 있겠나? 그런 것쯤은 자네도 잘 알고 있을 테고, 또 내 나이로 보나 자네가 가진 좋은 성품으로 보나 너무도 당연한 일이겠지. 더 이상 할 말도 없는 불쌍한 종잇조각에 불과한 편지에게 천 리나 되는 여행을 시킨다는 것은 좀 우스꽝스러운 것 같아서 말이야. 나도 열심히 찾아보았지만 전해줄 만한 이야기가 있어야지. 내 생활은 별로 색다른 것이 없고, 단조로움을 깨는 사건도 전혀 없네. 어제가 오늘이 되었듯이 오늘이 내일로 바뀔 뿐이야. 그리고 굳이 예언자를 자처하지 않더라도, 나는 아침이 되면 그날 저녁 나에게 무슨 일이 일어날지 확실히 알아맞힐 수 있다네.

자, 나의 하루를 설명하도록 하지. 우선 잠자리에서 일어나. 당연한 말이지만 이게 하루의 시작이야. 아침밥을 먹고 검술 연습을 한 후 외출을 해. 돌아와서 저녁을 먹고 방문을 하거나 독서를 하는 거야. 그러고 나서 전날 밤과 똑같이 잠자리에 들지. 잠이 들어서도 나의 공상은 새로운 일에 자극받지 않기 때문에, 실제의 단조로운 일상생활과 마찬가지로 흔해빠진 진부한 꿈만을 꾼다네. 자네도 보다시피 그다지 재미있는 생활이 못 되네. 그러나 나는 여섯 달 전보다 이런 생활에 훨씬 잘 적응하고 있어. 물론 심심하고 따분하긴 하지만, 조용하고 체념이 깃든 무료함에는 나름대로의 낙도 없지 않다네. 말하자면 지글지글 타오르던 여름날의 열기 후에 창백하고 미지근한 가을날에 맛보는 은밀한 매력과 같다고나 할까.

이런 생활은 겉으로 보면 내가 좋아서 받아들이는 것 같지만, 사실은 나에게 적합한 생활은 아니야. 적어도 나에게 안성맞춤이라고 스스로 꿈꾸어온 생활과는 너무도 다른 것이라네. 어쩌면 내가 착각하고 있는지도 모르지. 하긴 나라는 인간은 실제로는 이런 식의 생활에 알맞게 태어났는지도 몰라. 그러나 나로서는 그렇게 생각할 수가 없어. 왜냐하면 만일에 이런 것이 나의 진정한 운명이라면, 나는 그 생활에 좀 더 쉽게 적응할 수 있어야 하고, 지금처럼 온갖 모난 모퉁이에 몸을 부딪쳐 호되게 고통받을 리는 없지 않느냔 말이야. 자네는 내가 기이한 모험들을 얼마나 좋아하는지 알 거야. 난 특이한 것, 극단적이고 위태로운 것이라면 사족을 못 쓰잖아. 어디 그뿐인가, 여행에 관한 소설이나 이야기는 얼마나 게걸스럽게 탐독을 하는가 말이야. 어쩌면 이 세상에서 내 공상만큼 더 광적이고 엉뚱한 것도 없을 걸세. 그런데 이 무슨 운명의 장난인지 모르지만, 나는 단 한 번도 모험을 해본 적이 없고 여행조차 해보질 않았잖아. 나에게 있어서 세계일주란 지금 내가 살고 있는 동네를 한 바퀴 도는 것이고, 어느 쪽을 보아도 지평선으로 막혀 있어서 현실과 부딪치고 있어. 내 인생은 모래톱 위의 조개껍데기나 나무를 감고 있는 덩굴, 난로 안의 귀뚜라미와 다름없다네. 정말이지 아직까지 내 발에 뿌리가 달리지 않은 게 이상할 정도야.

사람들은 연애의 신을 두 눈을 가린 모습으로 그리잖아. 내 생각엔 운명의 신을 그렇게 그려야 할 것 같네.

나에겐 아둔한 얼간이 시골뜨기 하인이 한 명 있는데, 이 녀석은 마치 북풍처럼 방방곡곡을 떠돌다 왔어. 제기랄, 그놈은 내가 알지도 못할 곳들을 가보고, 내가 늘 동경하고 꿈에도 잊은 일이 없는 것을 모두 보고 왔단 말이야. 그 녀석은 기묘하기 짝이 없는 환경에도 처해보고, 놀라운 모험들도 겪어보았다네. 나는 가끔 그에게 말을 시켜보는데, 감정도 생각도 없을 뿐 아니라 할 수 있는 일이란 고작해야 옷에 묻은 먼지나 털고 장화에 묻은 흙을 씻는 일 외엔 아무것도 없는 얼간이에게 이런 엄청난 일들이 생긴다는 사실에 울화가 치밀어 못 견디겠어.

말할 것도 없이 이 하인이 겪은 일은 내가 겪었어야 할 일이야. 그런데 그자는 나를 아주 행복하다고 생각하고 내가 불만스러워하는 것을 보고 몹시 놀라고 있지.

여보게, 이 모든 이야기를 해보았자 도무지 재미라곤 없고 쓸 가치가 없지 않은가? 그러나 부득이 자네가 편지를 쓰라고 하니까 내가 생각하고 있는 것이나 느끼고 있는 것을 말할 수밖에 없고, 또 실제로 일어난 사건이나 이야깃거리가 없는 까닭에 내 사상의 내력을 이야기할 수밖에 없네. 내가 이제부터 자네에게 하는 이야기에는 별다른 순서도 없을 테고, 또 색다른 이야기도 아닐 거야. 하지만 이 모두가 자네 탓이네. 자네가 원했으니 말일세.

자네와 나는 어릴 적 친구로 함께 자랐지. 우리는 오랜 세월을 함께 지냈고, 마음속 깊은 생각을 털어놓았지 않나. 그러므로 나는 한가한 머릿속을 스쳐가는 아무리 어리석은 생각일망정 자네에게는 서슴없이 말할 수 있어. 나는 한마디도 더 보태거나, 줄이지 않겠네. 자네에게 자존심 따위는 갖고 있지 않으니까. 나는 있는 그대로 자네에게 털어놓을 생각이야. 극히 하찮은 창피스러운 일까지 말일세. 자네 앞에서 체면 차릴 일은 조금도 없을 거야.

내가 조금 전에 이야기한 무기력하고 침울한 권태의 수의 아래에서 죽었다기보다는 마비되어 있던 생각들이 때때로 나를 흔들어놓기 때문에, 우울증에 따라다니는 평온하고 슬픈 마음의 평정을 언제나 갖고 있진 못하다네. 마치 병이 도진 듯이 예전의 동요 속에 빠지는 일이 있어. 이 세상 어느 것도 이유 없는 회오리나 목적 없는 흥분처럼 피곤한 것은 없다네. 그런 날이면 나는 평상시와 같이 아무 일이 없는데도 몹시 서둘러 아침 일찍 해가 뜨기 전에 일어나곤 하지. 어쩐지 마음이 바빠 시간이 없는 것 같은 기분이 드는 거야. 마치 집에 불이라도 난 듯이, 서둘러 옷을 입고 1분이라도 시간을 낭비할 수 없다고 애태우면서 닥치는 대로 아무거나 주워 입어. 누군가 그런 나의 모습을 본다면 내가 애인을 만나러 가거나 돈을 꾸러 간다고 생각하겠지. 천만에. 나는 내가 어디로 가는지도 몰라. 그렇지만 나는 떠나야 해. 집에 남아 있으면, 평생의 행복이 엉망이 될 것 같아서야. 누군가 밖에서 나를 부르는 것 같고, 나의 운명이 방금 거리를 지나가고 있는 것 같은, 그리고 나의 일생이 당장 결정될 것 같은 그런 생각이 드는 거야.

나는 허둥지둥, 옷은 흐트러지고, 머리도 제대로 빗지 못한 채 밖으로 나와. 사람들은 뒤돌아서서 나를 쳐다보고는 웃곤

해. 필경 그들은 나를 유곽이나 그 비슷한 데에서 밤을 지내고 온 젊은 난봉꾼 정도로 생각하겠지. 비록 술은 마시지 않았지만, 진짜 나는 취해 있어. 걸음걸이까지 술주정꾼과 다름없지. 나는 이 길 저 길을 주인 잃은 개처럼 돌아다니고, 매우 불안해하면서 경계를 늦추지 않고 팔방을 두루 살피면서 아주 조그만 소리에도 뒤돌아본다네. 사람들이 모여 있으면 그들이 나를 밀어제쳐도 상관치 않고 뚫고 들어가 평소와는 전혀 다른 명확한 시선으로 쳐다봐. 그리고 불현듯 내가 잘못 생각하고 있었다고, 결코 여기는 아니고 더 멀리 읍내 저편 변두리로 가야 한다는 생각이 드니 어쩌겠나? 그리고 악마에 홀린 듯이 가던 길을 계속 가지. 나는 발끝으로 사뿐사뿐 걷는데, 내 발의 무게는 1온스도 채 안 나간다네. 정말, 급하고 격노한 안색으로 두 팔을 휘두르며 알아듣지 못할 말로 고함치며 달려가는 모습은 이상하기 짝이 없을 거야. 제정신으로 돌아왔을 때 나는 스스로를 실컷 비웃지만, 그렇다고 해서, 자네에게 솔직히 말하면, 다음 번에 다시는 그런 짓을 하지 않는다는 보장은 없다네.

나에게 왜 그렇게 뛰어다니느냐고 묻는다면, 분명 대답이 궁할 거야. 갈 데가 있는 것이 아니므로 서둘러 가야 하는 게 아니거든. 시간이 정해져 있는 게 아니므로 늦을까 봐 걱정할 필요도 없고, 그렇다고 기다리는 사람이 있나, 어쨌든 서두를 필요는 전혀 없다네.

나의 행동은 내 인생에 결여되어 있는 그 무엇, 즉 사랑이나 모험, 여자, 사상 또는 행운의 기회를 까닭 없이 그저 막연한 본능에 사로잡혀 추구하고 있는 것일까? 내 생활을 충실해지도록 만드는 것일까? 나의 집, 그리고 나 자신으로부터 벗어나려는 열망, 요컨대 나의 환경에 만족할 수 없어 다른 것을 원하는 것일까? 아마도 그런 기분 중의 하나, 아니면 그 모두일지도 몰라. 항상 그것은 심히 불쾌한 상태로서, 열에 들뜬 초조감 뒤에 대개는 맥빠지는 무기력이 찾아오지.

가끔 나는 이런 생각을 할 때가 있어. 요컨대 한 시간 일찍 떠났다거나 좀 더 빨리 달렸다면 알맞은 시각에 도착할 수 있었던 것은 아닐까? 또 내가 이쪽 길을 지나오는 동안에 내가 찾고 있는 일이 다른 쪽 길에서 일어난 것은 아닐까? 오래전부터 무턱대고 뒤쫓고 있던 것을 잠깐 사이에 마차에 가려서 잡지 못한 것은 아닐까? 이 모든 것이 결국 아무 소용이 없게 되고, 헛되이 청춘만 흘러 장래에 아무런 희망도 보이지 않을 때에 내가 얼마나 큰 비애와 깊은 절망에 빠지는지 자네는 상상조차 못할 거야. 그런 경우에는 무료한 내 정열들이 마음속에서 사납게 살기를 띠고, 마치 사육사가 먹이를 주는 것을 잊은 우리 안의 동물들같이 따로 먹이가 없기 때문에 서로를 잡아먹지. 나날이 강요당하고 숨어 있는 실망에도 불구하고 내 마음속에는 죽지 않겠다고 저항하는 그 무엇인가가 있어. 나에게는 희망이 없다네. 왜냐하면 희망을 갖기 위해서는 욕망, 즉 일이 되어가는 형편이 이랬으면 좋겠다고 바라는 일정한 경향이 있어야 하기 때문이야. 나는 모든 것을 원하기 때문에 아무것도 원하지 않아. 나에게 희망이 없다기보다는 이젠 희망을 가질 수 없게 되었어. 이거야말로 정말 어처구니없는 일 아닌가? 무슨 일이 어찌 되든 나에게는 아무 상관이 없으니 말이야. 나는 기다리고 있어. 무엇을? 나도 모르지만, 아무튼 기다린다네.

그것은 사랑하는 남자가 애인을 기다리는 심정과 마찬가지로, 불안하고 초조한 기다림이야. 가끔 펄쩍 뛰거나 신경질적인 동작에 의해 중단되기도 하지. 기다리는 사람은 오지 않아. 나는 몹시 화를 내거나 울기 시작해. 나는 기다리고 있어. 하늘이 열리고 천사가 내려와 내게 하늘의 계시를 전하여주기를, 대혁명이 일어나 나를 왕좌에 앉히기를, 라파엘로의 마돈나가 화폭에서 빠져나와 내게 입맞추어주기를, 있지도 않은 친척이 내 공상이 황금의 강 위에서 항해할 수 있을 정도의 재산을 남겨주기를, 말의 몸에 독수리의 머리와 날개를 가진 동물이 나를 미지의 세계로 데려다주기를. 어찌 되었든 내가 기다리고 있는 것은 예사로운, 흔해빠진 것은 아니라네.

그러한 기대는 더욱 정도가 심해져서, 집으로 돌아올 때마다. "아무도 온 사람은 없었느냐?"라든가 "내게 온 편지는 없느냐?" 혹은 "아무 일도 없었느냐?" 하고 묻지 않고는 견디지 못할 정도가 되었어. 나는 아무 일도 일어나지 않았으며 일어날 리도 만무하다는 사실을 너무도 잘 알고 있어. 아무것도 달라진 것은 없지. 하지만 "아니요. 전혀 아무 일도 없었습니다."라는 일상적인 대답을 들으면 언제나 놀라고 깊이 절망하곤 한다네.

때에 따라서는—좀처럼 드문 일이긴 하지만—생각이 좀 더 확실한 모습으로 정리되는 경우가 있어. 어떤 미인과 극장이나 교회에서 만나는데, 나도 그녀도 서로에 대해서 알지 못해. 그녀는 나를 거들떠보지도 않아. 나는 온 집 안을 뛰어다니며 하나도 남기지 않고 마지막 방의 문짝까지 열어보지. 감히 말도 못 붙이는 주제에 그녀가 찾아와서 거기에 있어주길 바란단 말이야. 그것은 자만 때문이 아니라네. 나는 원래 자만 따위와는 거리가 먼 놈이야. 다른 사람들의 말로는 몇몇 부인들이 나를 무척 좋아하였다는데, 내 눈에는 그 부인들이 내게 무관심한 것같이 보여서 나에 대해서 특별한 감정을 품고 있다는 생각을 한 번도 한 적이 없어. 이 경우에도 무언가 다른 데에 원인이 있는 거야.

내 마음이 권태나 절망에 지쳐 있지 않을 때에는 정신을 차리고 이전의 기운을 되찾곤 해. 나는 희망하고, 사랑하고, 욕망을 가져. 그런데 그 욕망들이 어찌나 강한지, 나는 강력한 힘을 가진 자석이 멀리서도 쇳조각을 끌어당기듯이 내 욕망이 무엇이라도 끌어당길 수 있다고 상상하지. 때문에 나는 내가 필요한 것을 찾아 나서는 대신, 집에서 꼼짝 않고 기다려. 그리고 종종 내가 희망하는 바가 스스로 내 앞에 다가오는 절호의 기회마저 놓치고 말아. 다른 사람이라면 마음속의 여신에게 사랑이 듬뿍 담긴 편지를 쓴다든가, 가까이 갈 수 있는 기회를 찾겠지. 그런데 나는 내가 보내지도 않은 편지의 답장이 왔는지 우편배달부에게 묻고, 상대가 전혀 예상하지 못하고 있는 가장 유리한 날에 사랑하는 여자의 눈에 나의 멋진 모습을 보이는 상황을 머릿속에 꾸미는 데에 시간을 보내. 내가 그 여자에게 접근하여 애정을 고백하기 위해서 생각한 작전은 폴리비오스[1]의 병법보다도 더 두껍고 교묘한 책이 될 걸세. 현실에서는 친구에게 "아무개 부인을 내게 소개시켜줘."라고 말한 후, 신화에 나오는 찬사의 말과 한숨으로 마무리하면 될 걸 가지고 말이야.

이러한 이야기를 들으면 사람들은 내가 정신병원에라도 들어가야 할 인간이라고 생각할지도 몰라. 그러나 나는 제법 이

---

1 Polybios: 기원전 2세기 그리스의 역사가. 로마 역사를 저술한 『역사』는 현재 다섯 권밖에 남아 있지 않으나 고대의 중요한 문헌이다.

성적인 청년이며 미치광이짓 따위는 해본 적이 없다네. 그런 일은 모두 나의 마음속 지하실에서 일어나기 때문에 이런 기발한 모든 생각들은 매우 조심스럽게 마음속 깊은 곳에 묻어버렸는걸. 밖에서는 아무것도 알 수 없기 때문에, 나는 침착하고 냉정한 청년이며 여자에 대하여 거의 마음을 쓰지 않고 내 또래의 일에 무관심하다는 평을 듣고 있어. 그러나 그것은 사람들의 평판이 대개 그렇듯이 사실과는 대단한 차이가 있다네.

그렇지만, 아무리 만사에 실패했다고 해도 내 욕망 중 몇 가지는 실현되었는데, 그 성취감이 내게 안겨준 기쁨이 하도 보잘것없어서, 나는 다른 욕망을 실현시킬 일이 두려워지기에 이르렀다네. 자네는 내가 어릴 적에 말을 갖고 싶다고 졸라대던 소란을 기억하겠지. 결국 어머니는 내게 두 손 들고 한 마리 사주고 말았네. 그것은 흑단같이 까맣고 이마에 작은 흰 점이 있는 말로, 더부룩한 갈기와 윤기 나는 털, 그리고 가느다란 다리를 가진, 바로 내가 원하던 말이었어. 사람들이 내게 그 말을 끌고 왔을 때에 나는 그만 너무 감격하여 15분 동안이나 얼굴이 창백해져서 회복할 수 없었지. 그러고는 말에 올라타 한마디도 하지 않은 채 쏜살같이 달려갔어. 남들은 상상조차 할 수 없을 정도로 정신없이 한 시간 이상이나 들판을 이리저리 달렸어. 일주일이 넘도록 날마다 그런 식으로 말을 타고 달렸네. 이제 생각해보면, 내가 어떻게 말을 죽이지 않았는지, 적어도 그 말이 어떻게 숨을 쉴 수 있었는지 모르겠어. 그러나 점차 그런 열기도 식어가더군. 처음에는 빠른 속도로 달리다가, 차차 속도를 줄이고, 급기야는 무기력해진 나머지 말이 달리지 않고 가만히 서 있어도 알아차리지 못하였다네. 쾌락은 내가 생각하고 있던 것보다 훨씬 빨리 습관이 되더군. 페라구스로 말하자면, 이것은 내가 그 말에 붙인 이름인데, 세상에서 유례를 찾을 수 없을 만큼 훌륭한 말이었어. 다리에는 독수리의 솜털 같은 털이 나 있었고, 암염소같이 활발했으며, 양처럼 순했지. 자네도 이곳에 놀러오면 그 말 위에 올라 하늘을 나는 멋진 경험을 할 수 있을 걸세. 비록 승마에의 열정은 식고 말았지만, 그 말은 정말로 훌륭한 자질을 많이 갖추고 있기 때문에 변함없이 그 말을 좋아하고 있어. 나는 진심으로 그 말이 다른 많은 사람들보다 낫다고 생각해. 내가 마구간으로 그 말을 보러 갈 때에 그놈이 얼마나 좋아하면서 우는지, 또 얼마나 영리한 눈으로 나를 쳐다보는지 자네가 안다면! 솔직히 나는 그런 애정 표현에 감동해버리고, 그놈의 목을 껴안고, 정말이지, 어여쁜 아가씨라도 되는 듯이 부드럽게 입맞추어준다네.

나에겐 또 다른 욕망이 있는데, 그것은 더욱 강하고 격렬하며, 눈을 감고 있을 때나 뜨고 있을 때나 사라지지 않고 내가 애지중지하는 그런 욕망이야. 그 때문에 나는 마음속에 환상의 궁전인 공상의 누각을 세웠다가는 수차례에 걸쳐 무너뜨리고, 필사적인 인내심을 갖고 다시 세우곤 해. 그 욕망은 다름 아닌 애인을 갖고 싶다는 욕망이야. 오직 나만의 소유인 애인—마치 말처럼 말이야. 이 꿈이 이루어지는 순간, 마치 말의 경우처럼, 열정이 식어버릴지 어떨지는 아직 몰라. 그런 일이야 설마 있겠나. 하지만 내 생각이 틀렸을지 누가 알겠나. 그래서 애인에게도 쉽사리 싫증을 낼지 모르지. 나는 별난 성격이라, 무엇을 한번 갖고 싶다고 마음먹으면 미친 듯이 갖고 싶어 하면서 그것을 얻기 위한 노력은 하지 않고, 우연히 아니면 다른 이유로 원하던 것을 얻게 되면 심한 정신의 허탈을 느끼고 실신할 정도로 기진맥진해져서 그것을 즐길 힘조차 잃어버린다네. 그러므로 나에게는 바라지 않았는데도 얻게 되는 것이 몹시 갈망하던 것보다 더 큰 기쁨을 안겨주는 게 보통이야.

내 나이 이제 스물둘, 물론 숫총각은 아닐세. 유감이지만! 이제 이 나이쯤 되면 아무도 숫총각은 아니잖아. 육체적으로나, 정신적으로나—후자가 훨씬 나쁘지. 돈을 받고 쾌락을 파는, 그러기에 한 번의 음란한 꿈으로밖에 생각되지 않는 여자들 외에도 나는 이곳저곳의 어두컴컴한 구석에서 예쁘지도 밉지도 않은, 또 젊지도 늙지도 않은 풋내기 여자들을 만났네.

그런 여자들은 나처럼 일정한 직업도 없고 무료함에 시달리는 청년에게 잘 걸려드니까. 약간의 호의와 많은 부분 소설 같은 환상에서 기분이 내키면 그런 여자를 애인이라고 부르기도 하지. 하지만 난 그렇게 할 수 없어. 아무리 그런 여자가 수천 명이 있다고 해도 애인을 갖고 싶다는 내 욕망은 결코 충족되지 않아.

그런 이유로 나에겐 아직 애인이 없다네. 이제 내게 남은 한 가지 소원은 애인을 한 명 가져보는 것이야. 이 생각은 나를 이상야릇하게 괴롭히고 있어. 그것은 열광적인 기질 탓도, 다혈질이어서도 아니며 사춘기의 개화와도 다른 것이야. 내가 원하는 것은 그냥 여자가 아니라, 단 한 명뿐인 여인, 한 명뿐인 애인이야. 나에겐 애인이 필요해. 가까운 시일 내에 갖게 되겠지. 만약 갖지 못한다면, 솔직히 나는 다시 일어서지 못할 거야. 그리고 스스로에 대한 자신감을 잃고 남몰래 절망에 빠져 이것이 앞으로의 일생에 중대한 영향을 끼치게 될 거야. 나는 어떤 면에 있어서 부족하고 조화롭지 못하며, 비정상이고, 정신과 마음 상태가 왜곡되어 있다고 생각해. 왜냐하면 결국 나의 요구는 정당한 것이며, 자연은 그것을 모든 인간에게 나누어줄 의무가 있기 때문이야. 목적을 달성하지 않는 한, 내가 어린애같이만 느껴져 자신에 대해 응당 가져야만 할 신뢰를 갖지 못하겠어. 나에겐 애인을 갖는 일이 로마 청년이

성인복을 입게 되는 일과 같아.

어느 모로 보나 상스럽기 이를 데 없는 많은 남자들이 그 여자들의 시중을 들어도 가당치 않을 정도로 아름다운 여인들을 아내로 두고 있는 것을 볼 때에 그 여자들을 위해서도, 또 나 자신을 위해서도, 얼굴이 붉어지는 것을 느낀다네. 그녀들의 사랑을 얻은 것에 더없이 행복을 느끼고 무릎을 꿇고 우러러 받들, 예컨대 나같이 충실하고 성실한 젊은이들을 거들떠보지도 않고, 아내를 깔보고 배신하는 놈들에게 빠지는 것을 보면, 여자들이란 한심한 존재라는 생각이 들어. 사실 살롱에는 그런 종류의 여자들이 득실거리고, 그녀들은 온갖 태양들 앞에서 공작새와 같이 날개를 펼치고 팔걸이의자 위에 잔뜩 몸을 뒤로 젖히고 앉아 있지. 하지만 나는 집에 틀어박혀 유리창에 이마를 갖다대고 안개가 걷히는 흐린 강가의 풍경을 바라보며, 마음속으로 조용히 내 영혼의 미래의 우상을 받들어 모시는 향기로운 성전, 그 멋진 사원을 짓고 있다네. 정말로 정결하고 시적인 일인데, 여자들은 그런 것에는 감사할 줄 모르니 말이야.

여자들은 명상가에게는 별로 흥미가 없고, 생각하는 바를 행동으로 옮기는 남자들을 유달리 높이 평가하더군. 따져보면 틀린 일도 아니지. 여자들은 이제까지 받아온 교육으로 보나, 또 사회적 지위로 보나 말없이 기다려왔기 때문에, 서슴없이 다가와 말을 걸고 그녀들을 지루하고 잘못된 환경에서 끌어내주는 남자들을 좋아하는 거야. 나도 그 이치는 잘 알겠어. 하지만 나는 많은 사람들이 그러는 것처럼 자기 자리에서 일어나 살롱을 가로질러 한 여자에게 다가가 느닷없이, "부인의 의상은 천사처럼 잘 어울리십니다."라든가 "오늘 저녁 부인의 눈이 유별나게 빛나시는군요."라는 말은 도저히 하지 못하겠네.

그렇다고 해도, 나에게 애인이 절대로 필요하다는 생각엔 변함이 없어. 그게 누가 될지는 모르겠지만, 내가 아는 여자들 중에는 그럴 만한 자격을 갖춘 사람이 아무도 없어. 그 여자들에게선 내가 필요로 하는 자질을 거의 찾아볼 수 없는 걸. 젊어서 괜찮다 싶으면 미모가 부족하거나 정신적인 매력이 부족하고, 젊고 예쁘면 품행이 좋지 못해. 혐오감을 주지 않으면 필요한 자유를 갖고 있지 않으니 말이야. 그리고 항상 두 눈을 부릅뜨고 귀를 쫑긋 세우고 감시하는 남편이나 오빠, 어머니, 친척 아주머니, 또 누군지 모를 상대가 있으니 그들의 환심을 사거나 아니면 그들을 창문 밖으로 던져버려야 되지 않겠나. 모든 장미꽃에는 진디가 있고, 모든 여자들에게는 한 무리의 친척이 꾀어 있기 때문에 훗날 아름다움의 열매를 따려면 정성껏 진디를 제거해야 하는 법이야. 본 적도 없는 시골의 육촌 형제자매들까지 귀여운 종자매의 깨끗하기 그지없는 순결을 지키려고 하지. 그야말로 속이 뒤집힐 노릇인데, 내게는 아름다운 여인의 앞길을 숙명적으로 가로막는 잡초를 뽑아내고 가시나무를 베어내는 데 필요한 인내심이 없다네.

나는 아이 딸린 여자는 딱 질색이야. 소녀도 질색이야. 솔직히 결혼한 여자에게도 별로 흥미가 없어. 유부녀들은 복잡하게 얽힌 사정이 있어서 거슬려. 무엇보다도 한 여자를 두 남자가 공유한다는 사실을 견딜 수 없어. 남편과 연인을 동시에 갖는 여자는 그중의 한 명에게, 때에 따라서는 양쪽 모두에게 매춘부가 되는 셈이고, 나는 다른 사람에게 그런 입장을 물려줄 수 없네. 나의 타고난 자존심은 그러한 굴욕에 만족할 수 없어. 딴 남자가 나타났다고 하여 꽁무니를 빼다니 어림도 없는 일이지. 비록 여자의 평판을 위태롭게 하고 파멸에 빠뜨린다고 해도, 상대방 남자와 제각기 여자의 몸에 한쪽 발을 걸쳐놓고 칼부림을 하면서 결투할 거야. 난 완강히 버틸 걸세. 비밀계단이라든가 장롱, 화장실, 또 성인들 간의 은밀한 만남을 위한 온갖 책략 등은 나에게 말도 안 되는 수작들이야.

소위 숫처녀의 순진함이라든가 묘령의 청아함, 마음의 순결, 그리고 시에서 대단한 효과를 발하는 그 밖의 매력적인 요소들도 나의 마음을 사로잡지 못한다네. 나는 그 모든 것을 그저 비속, 무지, 어리석음이나 위선이라고 부르지. 숫처녀의 천진난만함이란 팔걸이의자 위에 걸터앉아, 두 손을 단정하게 무릎에 올리고 눈은 코르셋 끝에 고정시킨 채 조부모의 허락 없이는 한마디도 말을 하지 않는 것인데, 나는 곱슬거리지 않는 생머리와 흰색 드레스를 입는 것을 자랑으로 삼는 순진함, 아직 가슴과 어깨가 풍만하지 못하기 때문에 깃 높은 블라우스를 입고 있는 마음의 순결함도 그다지 매력적으로 보질 않네. 난 아무것도 모르는 어린아이에게 연애의 ABC를 가르치는 일에도 별로 관심이 없어. 아직 젊을 뿐만 아니라 그런 일에서 많은 기쁨을 느낄 만큼 타락하지도 않았네. 더구나 성공하지도 못할 거야. 왜냐하면 나는 내가 잘 알고 있는 것조차도 다른 사람에게 가르쳐줄 줄 모르거든. 나는 빨리 읽을 줄 아는 여자가 좋다네. 그래야만 한 권의 책을 일찍 끝낼 수 있지 않겠나. 모든 일이 마찬가지지만, 특히 연애에 있어서 중요한 것은 결말이야. 그 점에 있어서 나는 소설을 끝에서부터 읽는 사람들과 비슷해. 우선 결말을 읽고 그다음에 반대로 거슬러 올라가는 거지.

이런 식의 독서와 연애 방법도 나름대로 매력이 있어. 결말을 알고 있으면 세부를 더 잘 감상할 수 있고, 거슬러 읽다 보면 뜻밖의 즐거움과 마주치게 되거든.

그런 이유로 어린 소녀와 유부녀는 대상에서 제외된다네. 그렇기 때문에 마음의 여신은 미망인 가운데에서 고를 수밖에 없어. 아, 슬프다! 이제 남은 것이라곤 그것밖에 없는데, 그것도 찾지 못할까 봐 두려워지는군.

만일 때마침 최근에 죽은 남편의 새로 만든 대리석 무덤 앞에서 요염한 애수를 띠고 몸을 숙인 채, 미적지근한 눈물에 흠뻑 젖어 있는 창백한 수선화 같은 여자를 사랑하게 된다면, 나 역시 얼마 안 가서 죽은 남편이 살아 있었을 때와 마찬가지로 불행하게 될 게 틀림없어. 아무리 젊고 아름다워도 미망인이란 다른 여자들이 갖고 있지 않은 무서운 결점을 갖고 있는 법이라네. 그런 여자들은 조금만 마음이 맞지 않아 사랑의 하늘에 먹구름이 끼어도 당장 극도의 경멸하는 태도로 이렇게 말하곤 하지. "어머! 당신 오늘 어떻게 그러실 수 있어요! 정말 그 사람과 꼭 닮았네요. 우리들이 싸울 때면 그 사람은, '바보! 바보!'라고 고함칠 뿐 다른 아무 말도 못했어요. 당신의 목소리도 눈초리도 정말 그 사람과 똑같네요. 당신의 기분이 언짢아지실 때에 당신이 얼마나 제 남편과 닮았는지 도저히 상상도 못하실 거예요. 정말 무서워 죽겠어요." 맞대놓고 서슴없이 이런 말을 듣게 되면 오죽이나 좋겠는가! 그중에는 뻔뻔스럽게도 비문에 새긴 글처럼 죽은 남편을 극구 칭찬하고 이쪽의 마음과 몸을 비방하면서 남편의 마음과 몸을 치켜세우는 여자도 있어. 그런데 결혼은 하지 않고 애인을 한 명 내지 몇 명 두고 있는 여자들로 말하자면, 적어도 전의 남자 이야기를 들을 일이 없다는 희한한 장점이 있긴 해. 결코 간과할 수 없는 이득이지. 자고로 여자란 관례나 합법적인 것을 너무 좋아하기 때문에 그런 경우에 침묵을 지킬 줄 모르고, 이 모든 일들이 가능한 한 빨리 고등법원 판례집과 같은 규범으로 자리 잡고 만다네. 우리가 그녀의 최초의 애인이 된다는 사실엔 항상 변함이 없어.

과부에 대한 이와 같은 뿌리 깊은 혐오에 대해서 뭐라고 반박할 여지가 없겠지. 그렇다고 해서 내가 과부에게 전혀 흥미가 없는 것은 아닐세. 특히 젊고 미모인 과부가 아직 상중일 때에는 더욱 그래. 왠지 슬픈 듯한 자태, 축 늘어진 팔, 짝 잃은 비둘기처럼 고개를 떨구고 가슴을 앞으로 내민 모습, 비치는 베일 아래 부드럽게 감추어진 여러 가지 사랑스러운 애교, 절망 속에서도 노골적으로 엿보이는 성적 매력, 교묘하게 내뿜는 한숨, 적절한 때에 흘러나와 눈에 빛을 더하는 눈물 등! 분명히 말하지만, 포도주를 마신 후에, 어쩌면 그전일지라도, 내가 제일 마시고 싶은 액체는 갈색이나 금색의 속눈썹 끝에 달려 떨고 있는 눈물방울이야. 그 눈물의 포로가 되지 않겠다고 저항할 방법이 있을까! 천만에, 아무도 저항 못할걸. 게다가 검은색은 여자들에게 너무 잘 어울리거든. 반드시 시를 인용하지 않더라도 흰 피부는 상아나 눈, 젖, 석고, 또 서정시를 짓는 사람이 사용하는 극히 천진한 모든 것과 통하지. 그러나 황갈색의 피부는 활기와 정열에 찬 그을음일 뿐이야. 상복을 입는다는 것은 여자에겐 행운이야. 내가 절대 결혼하지 않는 이유는 내 처가 상복을 입기 위하여 나를 죽이지는 않을까 하는 염려에서야. 그러나 여자들 중에는 이별의 슬픔을 이용하려 하지 않고 코끝이 빨개지도록 울든가, 분수를 장식하고 있는 기괴한 조각처럼 보일 정도로 얼굴이 엉망이 되도록 울어대는 여자들도 있다네. 절대로 해선 안 될 짓이지. 옆에서 보기에도 아름답게 울기 위해서는 많은 매력과 기술이 필요한 거야. 그렇지 못하면 오래도록 위로를 받지 못할 수도 있어. 마우솔로스[2]의 망령을 지키는 아르테미시아의 정절을 꺾는 기쁨이 아무리 크다고 하여도, 나는 울먹이는 무리 중에서 나와 마음이 통하는 상대를 구하려고 하지는 않을 걸세.

자네가 이렇게 말하는 것이 들리는군. "그렇다면 누구를 고르겠다는 거야? 젊은 아가씨도, 유부녀도, 과부도 싫다면. 아이 딸린 여자도 싫다면서 설마 할머니에게 눈독 들이는 것은 아니겠지? 도대체 누가 좋다는 거야?"라고 말이야. 그야말로 수수께끼 같은 이야기며, 그것을 안다면 이렇게 고통스럽지는 않겠지. 이제까지 나는 어느 여자고 사랑해본 적이 없어.

---

2 Mausolos: 기원전 4세기 소아시아 반도의 갈리아의 총독. 누이동생으로서 갈리아의 관습에 따라 아내가 된 아르테미시아가 남편을 위하여 세운 묘는 세계 7대 경이의 하나가 되었다. 아르테미시아는 부덕의 전형이 되었다.

내가 사랑했고, 지금도 사랑하고 있는 것은 사랑 그 자체야. 비록 여태까지 애인을 가져본 적이 없고 만났던 여자들은 그저 욕망만을 불러일으켰지만, 사랑이 어떠한 것인지는 느껴본 적이 있고, 그것이 무엇인지도 알고 있다네. 나는 저 여자보다는 이 여자, 하는 식으로 이 여자 저 여자를 마구 사귀지는 않았어. 하지만 내가 사랑하는 여자는 아직 만나지 못했지만 틀림없이 어딘가에 있을 테고, 하늘의 뜻이 이루어진다면 반드시 찾아내고 말 거야. 그녀가 어떤 여자인지 알고 있기 때문에, 만나게 되면 알아볼 수 있을 걸세.

나는 그녀가 살고 있는 장소와 입고 있는 옷과 눈 생김새와 헤어스타일을 상상해본 적이 있어. 목소리도 귀에 쟁쟁하고 발소리도 수천 명 가운데에서 분별할 수 있을 것 같아. 만약 누군가 우연히 그녀의 이름을 부른다면, 나는 뒤돌아볼 걸세. 내가 머릿속에서 그녀에게 붙여준 대여섯 개의 이름 중 하나가 아닐 수 없거든.

그녀의 나이는 스물여섯, 그보다 많지도 적지도 않아. 세상물정에 어두운 여자도 아니고 그렇다고 닳고 닳은 여자도 아니야. 스물여섯이면 유치하지도 방탕하지도 않은, 이상적인 사랑을 하기에 좋은 나이지. 키는 중간 정도야. 나는 거인도 난쟁이도 좋아하지 않아. 나는 나의 여신을 혼자의 힘으로 소파에서 침대로 안아 옮기고 싶어. 하지만 침대 속을 뒤져야 할 정도로 작은 것은 질색이네. 발끝으로 서서 몸을 쭉 펴면 그녀의 입술이 내 입에 닿아야 해. 그 정도가 적당하네. 살집으로 말하면 마른 것보다는 살찐 편이 나아. 그 점에 있어서 나는 터키인 같은 데가 있어서, 토실토실한 몸을 찾는데 뼈에 부딪친다면 실망할 수밖에 없잖아. 여자의 피부는 살집이 좀 있고, 아직 파란 복숭아의 살같이 단단하고 잘 여문 것이 좋네. 내 미래의 애인이 바로 그런 모습이지. 그녀는 금발에 검은 눈, 금발에 어울리는 백색의 피부를 가졌고, 혈색이 좋고, 생긋 웃으면 무언가 빨간 것이 반짝여. 아랫입술은 약간 넓고, 눈동자는 잔뜩 습기를 머금은 파도 안을 헤엄치고, 가슴은 둥글고 작게 단단히 죄어져 있고, 손목은 가늘고, 손가락은 길고 통통하며, 걸음걸이는 꼬리를 딛고 일어선 뱀같이 물결치고, 허리는 씰룩거리며, 어깨는 넓고, 목덜미는 솜털로 덮여 있지. 화사하면서도 건강하고, 우아하면서도 활발하고, 시적이면서도 현실적인 미인의 전형이야. 말하자면 루벤스가 조르조네[3]로부터 영감을 얻어 그린 것 같은 여자지.

그녀의 몸치장은 이러해. 진홍색이나 검은색의 비로드 드레스를 입고 있는데, 소매의 터진 틈으로 흰색의 새틴이나 은실

---

3 Giorgione(1477?~1510): 이탈리아 전성기인 르네상스 화가. 베네토의 카스텔프랑코 출생으로 대표작으로「잠자는 비너스」,「전원의 합주」 등이 있다.

로 짠 안감이 보이는군. 목이 파인 블라우스에 메디치식 주름 장식, 헤레나 시스텔만의 모자와 같이 일시적 기분으로 구긴 펠트 모자, 곱슬곱슬하게 만들어 파도치게 한 흰 새털 장식, 목에는 금줄이나 다이아몬드 목걸이, 두 손의 모든 손가락에는 갖가지 빛깔의 큼직한 반지를 끼고 있어.

나는 반지와 팔찌 중 하나만 빠져 있어도 참을 수가 없다네. 드레스는 무슨 일이 있어도 비로드나 금실로 수놓은 비단이어야 해. 아무리 양보해도 새틴 정도지, 그 이하로는 안 돼. 어차피 구겨질 바에야 리넨 치마보다는 비단 치마가 낫고, 이왕 머리가 흐트러진다고 해도 진주나 새털 장식이 있는 편이 생화나 간단한 리본보다야 낫겠지. 리넨 치마 안이 비단 치마 안 못지않게 사내의 입맛을 돋운다는 사실도 잘 알고 있네. 하지만 그래도 나는 비단 치마 쪽이 더 좋아. 따라서 나의 꿈속에 나오는 정부는 왕비나 황후, 공주, 또 터키의 군주 부인이나 유명한 궁녀들이지 소시민 처녀나 양치기 처녀는 절대 등장하지 않아. 그리고 음란한 욕망이 끓어오를 때에도 잔디밭이나 오말[4]의 서지천이 덮인 침대 안에서 상대를 농락한 적은 없어. 나에게 미인은 다이아몬드 같은 것이어서 황금의 알

---

4 북프랑스의 지명.

맞은 자리에 박아 넣지 않으면 안 된다네. 마차나 말이나 종등, 십만 프랑의 연금이 있는 사람이 갖고 있는 모든 것을 갖고 있지 않은 미인은 나로서는 상상할 수가 없어. 미인과 부는 잘 어울리지. 각각은 서로를 요구하잖아. 예컨대 아름다운 발은 아름다운 신을 요구하고, 또 아름다운 신은 아름다운 융단과 마차를 요구하는 식이지. 나에게 아름다운 여자가 초라한 옷을 입고 초라한 집에 살고 있는 것은 차마 눈뜨고 볼 수 없는 비참한 모습이며, 그런 여자에게서는 사랑을 느낄 수 없어. 익살스러워 보이지 않고, 또 가련한 생각이 들지도 않으면서 서로 사랑할 수 있는 상대는 미와 부를 겸비한 여자라네. 그렇게 되면 사랑할 자격이 있는 사람의 수는 얼마 되지 않아. 나 자신부터 제일 먼저 실격하고 말긴 하겠지만, 하여튼 내 의견은 이렇다네.

우리가 처음으로 만나는 것은 저녁나절—노을 진 석양이 좋겠군—일 거야. 하늘은 옛 대가의 그림에서처럼 밝은 황색과 엷은 초록을 섞은 오렌지색이 좋겠어. 꽃이 핀 밤나무와 산비둘기로 둘러싸인 몇백 년 된 느릅나무가 늘어진 넓은 오솔길이 있고, 밝고 어두운 초록의 아름다운 나무들과 신비와 습기로 가득 찬 나무 그늘이 있겠지. 여기저기에 녹색을 배경으로 눈같이 흰 대리석 조상과 단지가 눈에 띄고 연못에는 사람과 길들여진 백조가 놀고 있어. 그리고 제일 끝에 앙리 4세

시대에 세워진 듯한 벽돌과 돌로 지은 집이 있지. 뾰족한 슬레이트 지붕과 높은 굴뚝, 모든 박공 위에서 돌아가는 바람개비, 길고 가느다란 창문. 그 창문 중의 하나에 내 마음속의 여왕이 조금 전에 묘사한 옷차림으로 외롭게 발코니에 기대어 있는데, 그 뒤에는 어린 흑인이 부채를 손에 들고 앵무새를 안고 시중들고 있군.—보다시피 부족한 것은 아무것도 없지만 터무니없는 공상일 뿐이지—미인은 장갑을 떨어뜨리고, 내가 그것을 주워 입맞추고 돌려주네. 대화가 시작되는데 나는 내가 가진 모든 재치를 뽐내며 그럴듯한 말을 꺼내지. 상대가 응수하면 내가 다시 대답하는 모양이 마치 불꽃놀이 같아서 눈부시게 아름다운 말들의 연속이라네. 나는 사랑받기에 마땅한 사람이 되고, 또 실제로 사랑을 받게 돼. 저녁 시간이 되어 식탁에 초대되는 거야. 나는 기꺼이 응하지. 친애하는 친구여, 얼마나 멋진 저녁식사인지, 또 나의 공상이 얼마나 훌륭한 요리사가 되는지 자네는 모를 걸세! 포도주는 잔 안에서 미소 짓고 황금색으로 빛나는 꿩고기가 문장이 새겨진 접시에 담긴 채 김을 내뿜고 있어. 연회는 밤이 이슥해질 때까지 계속되고, 그날 밤 내가 집에 돌아가지 않으리라는 것을 자네는 잘 알겠지. 이만하면 멋진 공상 아닌가? 세상에 이보다 간단한 일은 없는데, 이런 일이 한 번이 아니라 열 번 일어나지 않은 게 이상할 정도야.

때로 배경은 커다란 숲속이 되기도 해. 사냥꾼들이 지나가고 있군. 뿔피리가 울리고 사냥개 무리가 짖어대며 번개처럼 달려가. 승마복 차림의 한 미녀가 우유처럼 흰, 활기차고 생기에 넘치는 터키 말에 올라타고 있지. 그녀는 노련한 베테랑이지만 말이 앞발로 땅을 걷어차고 빙빙 돌거나 뒷발로 곧추서는 등 난리를 피우는 바람에 그것을 제지하느라 고생이 이만저만이 아니야. 그런데 그 말이 재갈을 악물고 그녀를 태운 채 쏜살같이 낭떠러지를 향해 달려가는 거야. 그 찰나 나는 하늘에서 뚝 떨어지듯 달려가 말을 붙잡고, 정신을 잃은 아가씨를 두 팔로 안아 올리지. 그리고 그녀로 하여금 제정신을 되찾게 하고 저택으로 데려가. 태생이 좋은 아가씨라면 자기를 위해 목숨을 건 사나이에게 마음을 허락하지 않는 일이 있을까? 천만에. 감사의 마음은 사랑으로 이어지는 지름길이 아닌가. 나는 소설 같은 공상 속에서는 절대로 엉거주춤하지 않고 더할 수 없는 미치광이가 되네. 그도 그럴 수밖에 없는 것이 이성적인 미치광이보다 더 불쾌한 것은 없으니까 말일세. 자네는 또 내가 편지를 쓸 때에 그저 두서너 장이 아니라 몇 권의 책이 될 정도로 긴 편지를 쓴다는 것을 알고 있겠지. 매사에 난 통상적인 경계선을 뛰어넘는 것을 좋아하네. 자네를 좋아하는 것도 그런 이유에서야. 제발 내가 긁적거린 이 모든 시시한 이야기들을 너무 경멸하지 말아주게. 이제 그 시시한 일의 실행에 착수하기 위해서 펜을 놓네. 왜냐하면 내가 늘 읊조리는 후렴이 내 귀에 다시 들려오기 때문이야. 내겐 애인이 필요해. 그 애인이 정원의 귀부인인지 발코니의 미녀인지 모르겠지만, 자네와 작별한 후 찾아 나설 생각이야. 난 이미 결심하였어. 설령 내가 찾고 있는 부인이 중국이나 사마르칸트[5]의 오지에 숨어 있다고 해도 반드시 찾아내고야 말겠어. 어쨌든 내 계획의 성패 여부를 자네에게 알리겠네. 성공하길 바랄 뿐이네. 친애하는 친구여, 자네도 기도해주게나. 나는 이제 내가 가진 것 중에 가장 아름다운 옷을 입고서, 이상형의 애인을 데려오지 않는 한 집에 돌아오지 않겠다는 굳은 결심을 하고 집을 나가겠어. 꿈은 충분히 꾸었네. 이제 행동할 차례야.

추신: 어린 D군의 근황을 알려주기 바라네. 어떻게 되었는지? 이곳에서는 그의 소식을 아는 이가 아무도 없네. 그리고 자네의 훌륭한 형님과 가족 모두에게 안부 전해주게.

---

5 러시아령 투르키스탄의 도시.

2

자! 친구여, 집으로 돌아왔네. 중국에도 캐시미어에도 사마르칸트에도 가지 않았어. 여전히 애인은 찾지 못했다고 자백할 수밖에 없군. 하지만 나는 스스로의 손을 잡고 이 세상 끝까지 가겠다고 단단히 맹세하였지. 그러나 사실은 도시 끝까지도 가지 않았다네. 나로서도 내 처사가 이해되지 않아. 나는 남들과의 약속은 물론 나 자신과의 약속도 지켜본 적이 없어. 귀신이 장난을 하는 게 아니고서야 이럴 수가 있겠나. 만일 내가 내일은 어딜 가야겠다고 말하면, 그날은 틀림없이 집에 남아 있게 되거든. 또 술집에 가야겠다고 마음먹으면 교회에 가게 되고, 교회에 가려고 하면 길이 발밑에서 실같이 얽혀 전혀 다른 곳으로 가버리게 된단 말일세. 맛있는 음식을 진탕 먹으려고 하면 단식을 하게 되고, 만사가 이 꼴이야. 이러니 내가 애인을 갖지 못하는 이유는 다름이 아니라 내가 애인을 가져보겠다고 결심했기 때문이 아니겠나.

이번에 내가 다녀온 원정을 자네에게 정확하게 보고하지 않으면 안 되겠지. 그것은 이야깃거리가 될 만큼 명예로운 것이라네. 그날 나는 아무리 못 잡아도 두 시간 내내 몸치장을 했어. 머리를 잘 빗어 말아올린 후, 아주 조금밖에 없는 콧수염을 비틀어 올려 밀랍으로 고정시켰지. 게다가 애인을 갖고 싶은 희망이 내게 안겨준 홍분이 평소의 창백한 얼굴에 다소의 활기를 띠게 하였기 때문에 실제로 아주 나쁘진 않았어. 마지막으로 거울을 주의 깊게 들여다보며 이모저모 자세히 뜯어보면서 이만하면 잘생기고 신사다운 용모를 갖추었는지 확인한 후에 단호하게 집을 나섰지. 얼굴을 올리고, 턱을 꼿꼿이 쳐들고, 시선은 똑바로 앞을 응시한 채, 허리에 한 손을 대고 옛날 청년장교같이 장화의 뒤축을 소리나게 구르며 거리의 소시민들을 팔꿈치로 밀어내며 그야말로 개선장군의 의기양양한 모습으로 나섰어.

마치 황금양털을 빼앗으러 가는 이아손[1]과 같은 식이지. 그러나 슬픈 일이 아닐 수 없네! 이아손은 나보다 훨씬 행복한 사나이라네. 그는 황금양털뿐 아니라 아름다운 아가씨까지 차지하였지만, 나에게는 아가씨도 황금양털도 없으니 말일세.

그래서 나는 여자란 여자는 모두 관찰하면서 거리를 누볐어. 조금이라도 살펴볼 가치가 있다고 생각되는 여자면 곁으로 달려가서 가까이 얼굴을 쳐다보았지. 어떤 여자들은 매우 근엄한 태도로 눈길도 주지 않은 채 지나치더군. 다른 여자들은 처음에는 놀란 듯하다가 예쁜 치아를 드러내며 미소를 지어 보였어. 또 다른 여자들은 얼마 후에 내가 더 이상 자기네를 쳐다보지 않는다고 생각했는지 뒤돌아보다가, 나와 코가 부딪칠 뻔하자 얼굴이 버찌처럼 새빨개졌지. 날씨가 좋아 산책하는 사람들이 무리 지어 있었어. 그러나 자백해두지 않으면 안 되겠는데, 내가 인류의 흥미로운 절반에 대하여 갖고 있는 존경심에도 불구하고, 흔히 아름다운 성(性)으로 알려진 것들이 터무니없이 못생겼더군. 백 명의 여자 중 제대로 된 여자가 한 명 있을까 말까 할 정도야. 콧수염이 난 여자가 있는가 하면, 코가 파란 여자도 있고, 속눈썹이 있는 자리에 빨간 사마귀가 달린 여자도 있어. 어떤 여자는 못생기지는 않았지만 얼굴에 붉은 반점이 있었고, 어떤 여자는 머리 모양이 귀

---

1 그리스 신화에 나오는 영웅. 테살리아의 도시 이올코스의 왕이었던 아버지 아이손이 의붓형제인 펠리아스에게 빼앗긴 왕위를 되찾기 위해 이아손은 아르고호의 용사들을 이끌고 동방의 콜키스로 황금양털을 구하러 간다. 그곳에서 데려온 메디아라는 여자의 힘을 빌려 아버지의 원수를 갚고 코린트에서 숨어 살았으나, 다른 여자를 아내로 맞아들이기 위해 메디아를 쫓아낸 일로 비극이 벌어진다. 나중에 이올코스의 왕이 되었다고도 하고, 방랑 끝에 객사하였다고도 한다.

여운가 했더니 귀가 어깨에 긁힐 것 같더군. 또 어떤 여자는 둥글고 부드러운 윤곽으로 프락시텔레스[2]도 부끄러워할 용모를 지닌 반면, 터키산 등자[3]처럼 생긴 발로 미끄러지듯 걷더군. 또 다른 여자는 다시없는 훌륭한 어깨를 자랑하고 있었으나 두 손은 모양이나 크기로 보아 영락없이 잡화상의 간판으로 사용되는 거대하고 새빨간 장갑이야. 일반적으로 그런 얼굴에는 얼마나 피로의 기색이 짙은지! 대수롭지 않은 정욕과 악덕으로 인해 얼마나 비참하게 얼굴빛이 바래고 여위고 끔찍할 정도로 상해 있는지! 질투와 심술궂은 호기심, 탐욕과 뻔뻔한 교태가 얼굴에 넘쳐흐르고 있었네! 못생긴 여자는 못생긴 남자보다 더 추악해!

난 한 사람도 눈에 띄는 여자를 찾지 못하였어. 몇몇 젊은 여점원을 빼놓고는—그러나 여점원에게는 비단 치마보다는 리넨 치마가 많고 나와는 상관없는 여자들이지. 사실 인간은—그 인간이라는 말에는 여자도 들어 있으나—지상의 가장 못난 동물이라고 생각하네. 뒷발로 걷는 네발짐승인 주제에 당연히 만물의 영장인 척 자처하는 것이야말로 얼마나 주제넘은 짓인가. 사자나 호랑이가 인간보다 더 아름다워. 많은 종들

---

2 Praxiteles: 기원전 4세기 때의 그리스 조각가. 「크니도스의 아프로디테」로 유명하다.

3 마구의 하나로, 말을 타는 사람의 발을 지탱해준다.

이 그들에게 할당된 모든 아름다움을 겸비하고 있네. 이런 점은 인간에게서는 좀처럼 볼 수 없는 점이지. 안티노오스[4] 한 명을 빼놓고 얼마나 많은 실패작이 있는가! 필리스 한 명을 빼놓고 추녀는 얼마나 많은가 말일세.

친애하는 친구, 내가 영원히 이상형의 여성을 품에 안아볼 수 없을까 봐 겁이 나네. 하지만 나의 이상형이 괴상하고 이상야릇한 여자는 아니지 않은가. 초등학교 4학년생의 꿈은 아닐세. 나는 상아로 된 공이나 흰 대리석 원주, 청금석 그물도 원치 않아. 나는 이상형을 만들어내면서 백합도, 눈도, 장미도, 흑옥도, 흑단도, 산호도, 신들의 양식인 넥타도, 진주도, 다이아몬드도 사용하지 않았어. 나는 하늘의 별들을 편히 쉬게 하고, 계절에 맞지 않는 태양의 운행을 강제하지 않았어. 거의 모든 부르주아들이 생각할 수 있을 만큼 지극히 단순한 이상일 뿐이야. 피아스톨 은화 한두 자루를 주면 콘스탄티노플이나 스미르나에서 열리는 어떤 시장에서도 완전히 갖추어진 기성품을 찾아낼 수 있을걸. 순종의 말이나 개만큼도 돈이 안 들 거야. 그런데 도저히 미치지 않는 높은 봉우리에 핀 꽃과 같은 생각이 들어 차지할 수 없다니! 참으로 울화통이 터

---

4 로마 하드리아누스 황제의 노예였던 미모의 청년. 황제의 총애를 독점하였으며, 미남의 전형으로 여겨졌다.

져 운명에 생사를 건 싸움을 걸고 싶어지는군.

자네는 나처럼 미치광이 증세가 없으니 다행이야. 자네는 스스로의 인생을 개척하지 않고, 환경에 순응한 채로 사태를 있는 그대로 받아들이지. 자네는 행복을 구하지 않았으나 행복이 자네를 찾아오지 않나. 자네는 사랑을 하였고 또 지금도 사랑하고 있네. 그렇다고 내가 자네를 질투하는 것은 아니야. 적어도 그런 생각은 말아주게. 하지만 마땅히 기뻐해주어야 할 자네의 행복을 같이 기뻐해주지 못하고, 한숨을 쉬며 나도 그런 행복을 맛보고 싶다는 생각을 하지.

어쩌면 내가 찾는 행복은 내 곁을 지났는데 내가 눈이 멀어 보지 못했는지도 모르고, 어쩌면 행운의 목소리가 나에게 말을 걸어왔지만, 내 마음의 격동으로 그 소리를 못 들었는지도 몰라.

혹은 내성적인 여자로부터 은근히 사랑받고 있었는데, 그걸 무시하고 혹은 짓밟았는지도 모르고, 또 경우에 따라서는 나 자신이 다른 사람의 이상이며, 고뇌하는 어떤 영혼이 관심을 갖고 있는 대상, 하룻밤의 꿈, 한낮의 수심은 아닐까. 만약 내가 발밑에 눈을 돌린다면, 아름다운 마리아 막달레나가 손에 향료 항아리를 안고 눈물로 머리를 적시며 무릎을 꿇고 있는지도 모르지. 나는 하늘의 별을 잡겠다는 생각으로 하늘을 향해 두 팔을 벌리고 달려갔기 때문에 잔디에 맺힌 이슬 안에서 나에게 황금빛 마음을 여는 작은 데이지에는 눈을 돌리지 도 않았어. 정말로 큰 과오를 범하고 만 거야. 나는 사랑에게 사랑 이외의 것을, 사랑이 마련해줄 수 없는 것을 요구하였어. 사랑은 알몸이라는 것을 잊고, 그 심오한 상징의 의미를 잊어 버린 거야. 그런데도 나는 사랑에다가 비단 치마, 새털 장식, 다이아몬드, 숭고한 정신, 학문, 시, 미모, 젊음, 최고의 권력을 요구하였지. 이 모두는 사랑이 갖고 있지 않은 것이야. 사랑은 사랑밖에 줄 수 없고, 그 외의 것을 얻으려고 하는 자는 사랑 받을 가치가 없는 사람이라네.

분명 나는 너무 초조했어. 내가 바라던 때가 오지 않았거든. 내게 생명을 빌려주신 신은 아직 내가 살아보지도 못했는데 그것을 다시 거둬들이시진 않겠지. 시인에게 줄이 없는 리라를 주면 무슨 소용이며, 인간에게 사랑이 없는 삶을 주면 무슨 소용이겠어? 신이 그와 같은 모순을 저지를 리가 없지. 그러므로 신은 반드시 때가 되면 내가 가는 길에 내가 사랑하고, 또 사랑받을 만한 여자를 놓아주실 거야. 그러나 왜 애인이 생기기도 전에 사랑을 갈구하는 마음이 들었단 말인가! 왜 떠먹을 샘물도 없는데 목이 타는 것일까? 왜 사막의 새와 같이 물이 있는 곳으로 날아갈 수 없단 말인가? 나에게 세계는 우물도 대추야자도 없는 사하라 사막이라네. 내 인생에는 햇빛을 피할 나무 그늘 하나 없지. 타는 듯한 정열의 불길에 괴로워하면서도 이루 말할 수 없는 황홀과 환희를 체험할 수 없다네. 정열의 고뇌는 알지만 쾌락을 모르는 거야. 존재하지도 않는 것을 갈망하고 그림자의 그림자와도 같은 것 때문에 마음을 졸여. 까닭 없는 한숨을 쉬고 흠모하는 사람의 환영조차 나타나지 않는 불면증에 시달리지. 마르지 않는 눈물을 땅에 떨구고, 돌아오지 않는 키스를 바람에 실려 보내. 저 멀리에서 착시를 일으키는 흐릿한 형태를 잡아보려고 눈을 혹사하고, 올 리도 없는 것을 고대하며 마치 약속이나 있는 듯이 안절부절못하고 불안해하며 시간을 보내고 있어.

그대가 누구이든, 천사이든 악마이든, 처녀이든 창녀이든, 양치기이든 공주이든, 북쪽에서 오든 남쪽에서 오든, 아직은 그대가 누구인지 모르지만 그리워 못 견디는 여성이여! 오, 더 이상 그대를 기다리지 않게 해주오! 그러지 않으면 불길이 제단을 태워 심장 대신 한 덩어리의 싸늘한 재밖에 볼 수 없을 테니. 그대가 있는 세계에서 내려와주오! 위로의 정령이여, 수정의 하늘을 버리고 커다란 날개의 그림자를 내 마음에 떨구어주오. 내가 사랑하게 될 여성이여, 이리로 와서 오래전부터 벌려 있는 나의 품 안에 안겨주오. 그녀가 살고 있는 궁전의 황금으로 된 문이여, 경첩 위를 돌아라. 그녀가 살고 있는 오두막집의 허술한 문고리여, 벗겨져라. 잔가지가 뒤덮인 수풀이여, 가시덤불 길이여, 뒤얽힌 가지를 풀어라. 작은 탑의 마법이여, 마술사의 저주여, 저주를 풀어라. 군중의 무리여, 길을 열어 그녀를 지나가게 해다오.

오, 나의 이상이여, 행여 그대가 너무 늦게 온다면! 더 이상 그대를 사랑할 힘도 없어지고 말겠지. 나의 영혼은 비둘기가 가득 찬 비둘기집과 같아. 온종일 무언가를 향한 염원이 거기서부터 하늘로 날아오르고 있지. 비둘기는 비둘기집으로 돌아오지만, 염원은 다시 마음으로 돌아오지 않아. 하늘의 푸른 빛도 그 엄청난 비둘기 떼에 덮여 희미해져. 그것들은 허공을 가로지르고 이 세계에서 저 세계로, 이 하늘에서 저 하늘로 날아다니며, 각자의 날개를 접고 하룻밤을 보낼 수 있는 사랑을 찾아다닌다네. 오, 내 꿈이여, 서둘러라! 서둘지 않으면 텅 빈 새집 안에는 날아가버린 새의 부화되고 남은 껍질밖에 없을 테니까.

친구여, 어린 시절의 내 동무여, 이와 같은 일을 털어놓을 수 있는 것은 자네뿐이네. 나에게 편지를 써서, 내가 한심한 인간도 우울증 환자도 아니라고 이야기해주게. 나를 위로해주게나. 요즘처럼 위로의 말이 절실한 적은 없었네. 충족시킬 수 있는 정열을 가진 사람은 얼마나 부러움을 받을 만한가! 주정꾼은 어떤 술병 안에서도 만족을 찾지. 술집에서 나와 도랑에 빠져도, 오물 더미 위에서 옥좌에 앉은 왕보다 더 행복하다고 생각하니까. 난봉꾼은 갈보집에 가서 손쉬운 사랑이나 음란한 짓을 사곤 하지. 분을 바른 뺨, 짧은 치마, 앞을 드러낸 가슴, 추잡한 이야기, 그래도 그는 행복하기만 해. 눈은 희멀겋고 입가엔 침을 줄줄 흘리며, 행복의 절정에 달해서 상스러운 관능의 환희에 취해 있지. 노름꾼은 초록 융단이 깔린 도박테이블과 손때로 더러워지고 닳아서 떨어진 카드만 있으면 찌르는 듯한 고뇌와 신경질적인 경련, 무서운 정열의 악마에 버금가는 쾌감을 느낄 수 있다네. 이런 사람들은 욕망을 충족시키고 기분을 풀 수 있어. 하지만 나는 그럴 수 없어.

나는 오로지 애인을 갖고 싶다는 생각에 사로잡혀 예술에도 마음이 안 가고, 시에도 전혀 매력을 느끼지 못해. 예전 같으면 나를 사로잡았던 것들이 이제는 아무 감흥도 주지 않는다네.

그래서 이렇게 생각하기로 했지.—내가 잘못 생각한 것이다. 나는 자연과 사회에 대해서 그것이 줄 수 있는 한도 이상을 요구하고 있다. 내가 찾고 있는 것은 이 세상에 존재하지 않기 때문에, 그것을 찾지 못한다고 슬퍼할 것까지는 없다고 말이야. 그러나 우리들이 꿈꾸는 여성을 인간 사회의 어떤 환경에서도 찾아볼 수 없다면, 도대체 누가 우리로 하여금 그 여성만을 사랑하게 하고 다른 여성을 사랑할 수 없게 만드는 것일까? 우리들은 인간이기 때문에 어차피 우리들의 본능은 인간에게 끌릴 수밖에 없게 되어 있지 않은가? 그런데 누가 우리더러 공상의 여인을 생각하게 만든단 말인가? 눈에 보이지 않는 이 조상은 어떤 흙으로 반죽된 것이란 말인가? 그 몽상의 등에 붙인 날개는 어느 깃털에서 가져온 것인가? 어느 신비한 새가 우리 마음의 어스름한 구석에 우리들의 꿈이 부화되는 알을 몰래 낳아놓았단 말인가? 마음속으로 느끼면서도 정체를 알 수 없는 모호한 이 미인은 도대체 누구일까? 종종 귀여운 여인을 앞에 앉혀두고, 말로는 아름답다고 하면서도 마음속으로는 몹시 못생긴 여자라고 생각하는 이유는 무엇일까? 아름다움이란 절대적인 것이 아니라 대조에 의해서만 비로소 평가되는 것일 텐데 비교의 기준이 되는 표준, 전형, 내면의 모형은 무엇인가? 우리가 그녀를 본 것은 하늘에서인가, 별 안에서인가? 무도회, 어머니의 환영, 꽃잎이 뜯긴 싱싱한 꽃봉오리에서인가? 이탈리아에서인가, 에스파냐에서인가? 여기에서인가, 저기에서인가, 어제인가, 혹은 오래전인가? 뭇사람들의 사랑을 받는 창녀인가, 인기 절정의 여가수인가, 신분이 높은 귀족의 따님인가? 진주와 루비가 박힌 묵직한 관을 쓴 채 고개를 숙이고 있는 품위 있고 고상한 얼굴인가, 창가의 한련과 나팔꽃 사이에서 몸을 숙이고 있는 젊고 천진난만한 얼굴인가? 검은 배경 가운데로 그 미인이 희고 빛나게 두드러지는 이 그림은 어느 유파의 그림일까? 내가 좋아하는 윤곽을 애무하였던 화가는 라파엘로인가? 내가 사랑하는 대리석을 닦아서 광을 낸 조각가는 클레오메네스[5]인가? 나는 마돈나와 디아나를 사랑하는 것일까? 나의 이상은 천사인가, 요정인가, 아니면 여자인가? 슬프다! 이 모두가 약간씩은 내 애인이며, 또 이 모두가 내 애인이 아닌 것이다.

투명하게 비쳐 보이는 살결, 아름답고 빛이 나는 신선미, 피와 생명이 넘치도록 흐르는 육체, 황금의 망토처럼 물결치는 아름다운 금발, 반짝이는 미소, 사랑스러운 보조개, 불꽃과 같은 호리호리한 모습, 활력, 나긋나긋한 태도, 고운 명주와도 같은 윤기, 튼튼한 몸매, 통통한 팔, 살집 좋고 매끄러운 등, 이 모든 건강미는 루벤스의 것이다. 또 이 정도로 맑은 윤곽을 엷은 호박색으로 채울 수 있었던 사람은 라파엘로 뿐이다. 그토록 가늘고 새까만 눈썹을 길고 둥글게 그린 사람이 누가 있으며, 얌전하게 내리깔고 있는 눈꺼풀의 가장자리 속눈썹을 그린 사람이 그 말고 누가 있을까? 코레조[6]가 나의 이상에 영향을 미친 것은 아닐까? 나를 황홀하게 만드는, 윤기는 없지만 화려한 흰빛은 내 마음속의 연인이 바로 그에게서 훔쳐 온 거야. 그녀는 그의 그림 앞에 오랫동안 멈춰 서 항상 활짝

---

5 Cleomenes: 기원전 3세기 무렵의 아테네의 조각가. 피렌체의 박물관에 보존되어 있는 「메디치의 비너스」를 조각했다.

6 Antonio Allegri Corregio(1494~1534): 이탈리아의 저명한 화가. 라파엘로의 경쟁자였다.

웃는 천사의 미소의 비밀을 엿보았어. 또 그녀의 둥그스름한 얼굴 윤곽은 요정이나 성녀의 용모에서 따온 것이야. 그토록 육감적인 허리의 곡선은 잠자는 안티오페[7]의 것이고. 통통하면서도 작은 손은 다나에[8] 혹은 막달라 마리아가 자기 손이라고 주장하겠지. 먼지 자욱한 태고 시대조차도 내 공상 속의 여성을 창조하기 위한 재료를 제공하였어. 내 정열을 다하여 두 팔로 부둥켜안는 연약하고 팽팽한 허리는 프락시텔레스가 조각하였어. 프락시텔레스의 여신은 나의 우상이 절름발이여서는 안 된다고 생각하여서 헤르쿨라네움[9]의 폐허 안에서 특히 날씬한 발의 앞부분을 빌려주었지. 자연 역시 나름대로의 공헌을 하였어. 나는 욕망의 프리즘을 통하여, 여기저기에서, 창문의 덧문에 비치는 아름다운 눈을, 유리창에 기댄 상앗빛의 이마를, 부채 뒤에서 미소 짓는 입술을 보았어. 나는 손의 모양을 보고 두 팔을, 발목을 보고 무릎을 상상하였지. 내가 보고 있는 부분은 완벽하였어. 나는 보이는 부분을 갖고 보이

---

7 그리스 신화에 등장하는 미모의 여성으로, 제우스가 사티로스로 변해 관계를 맺었다고 한다. 잠자는 안티오페의 나신을 엿보는 제우스의 모습이 베네치아파 화가들에 의해 즐겨 그려졌다.

8 아르고스의 아크리시오스 왕의 딸. 아버지가 자신이 낳은 아들에게 죽임을 당한다는 신탁 때문에 청동 탑 안에 갇히는데, 다나에를 사모한 제우스가 황금 비로 변해 관계를 맺고 이로 인해 다나에는 영웅 페르세우스를 낳는다.

9 폼페이와 함께 베수비오 화산의 분화로 매몰된 도시. 당시 별장지였다.

지 않는 부분을 헤아리고, 다른 곳에서 본 미인들의 단편을 빌려 이상을 완성시켰어. 화가가 그린 이상적인 미인들도 흡족하지 못해, 더욱더 둥그스름한 윤곽과 세련된 모양과 고상한 매력과 미묘한 기교를 시인에게서 구했어. 시인에게 부탁하여 나의 환상에 순결과 말을 주도록 부탁하고, 시인이 가슴에 품고 있는 모든 사랑, 공상, 환희와 비애, 우수와 우아함, 그들이 지니고 있는 모든 추억과 희망, 지식과 정열, 정신과 감정을 요구했지. 나는 그들로부터 이 모든 것을 취하고, 그 위에 완벽을 기하기 위해 나 자신의 정열과 정신, 공상, 생각을 가미했어. 별들은 빛을, 꽃은 향기를, 팔레트는 색깔을, 시인은 조화를, 나는 욕망을 빌려주었지. 먹고, 마시고, 아침에 일어나고, 밤에 잠자는 현실의 여자가 아무리 멋지고 모든 매력을 겸비하고 있다고 하더라도, 이런 창조물과 비교될 수 있을까! 이성적으로 생각해볼 때 그것을 바라는 것은 불가능한데도, 사람들은 그것을 바라고 찾아 헤매지. 참으로 이상야릇한 맹목이 아닐 수 없어! 숭고한 일이거나 몰상식한 일이겠지. 그들의 꿈을 좇아 모든 현실을 뚫고 나가 한 번이라도 공상의 여자와 입맞춤할 수 있다면 기꺼이 목숨을 내던질 사람을 나는 불쌍히 여기면서도 존경한다네. 하지만 그들이 찾으려고 했던 세계를 찾지 못한 콜럼버스 일행과 자신의 애인을 찾지 못한 남자들의 운명은 얼마나 비참한 것인가.

아! 만약 내가 시인이었다면, 인생에 실패한 사람들에게 시를 바쳤을 거야. 예컨대 화살이 과녁을 빗나간 사람들이나, 가슴에 품고 있는 말을 하지 못하고 자기에게 정해진 사람의 손을 잡지 못한 채 죽는 사람들에게 바칠 거야. 또 유산된 모든 것과 인정받지 못한 채 사라진 모든 것, 밟혀 꺼진 불과 발산할 수 있는 출구를 찾지 못한 천재, 바다 밑바닥에 묻힌 진주와 사랑받지 못하고 사랑을 주기만 한 모든 사람들, 위로받지 못하고 고통을 당한 모든 사람들을 위해서 내 노래를 바치겠어. 이것은 분명 숭고한 의무일 거야.

오, 시인이여, 플라톤이 공화국에서 그대들을 추방하려고 했던 것은 얼마나 옳은 태도였으며, 그대들은 또한 얼마나 많은 해악을 우리에게 끼쳤는가! 그대들이 묘사하는 신들의 넥타는 우리들의 압생트를 얼마나 쓰게 만들고, 그대들이 무한 속에 펼쳐 보이는 경치를 본 우리의 눈은 이 세상을 얼마나 삭막하고 황폐한 곳으로 보게 되었는가! 그대들의 공상은 우리의 현실에 얼마나 무서운 갈등을 가져왔는가! 그리고 그 투쟁 속에서 우리들의 마음은 힘세고 거친 사람들로부터 얼마나 짓밟히고 망가졌는가!

우리들은 지상의 낙원의 담 아래에 앉아 있었던 아담처럼 그대들이 만든 세계로 가는 세계에 앉아 있었어. 그 문틈으로 태양보다 더 강한 빛이 반짝이는 것이 보이고, 천상의 하모니가 토막토막 희미하게 들려왔지. 선택받은 사람이 그 영광의 파도를 드나들 때마다 우리는 고개를 들어 열린 문 사이로 방 안을 들여다보려고 했어. 거기는 아라비아의 이야기에서만 볼 수 있는 이상한 건물이 있더군. 엄청난 수의 둥근 기둥들, 서로 포개어져 있는 둥근 천장, 나선 모양으로 꼬인 기둥들, 기묘한 모습으로 손질된 나무숲, 움푹 파인 듯한 클로버, 반암, 벽옥, 청금석, 그 밖에 나로선 무엇인지 알 수 없는 여러 가지 것들! 투명하고 눈부시게 아름다운 반사, 수없이 많은 진기한 보석들, 마노, 금록석, 아쿠아마린, 무지갯빛의 오팔, 수정의 분수처럼 빛을 발하는 크리스탈, 별빛도 무색할 만큼의 광채, 귀도 눈도 먹먹해질 정도의 빛의 섬광들, 전적으로 아시리아식의 호화판이야!

문은 다시 닫히고, 어느새 아무것도 보이지 않는군. 그래서 나는 마음을 부식시키는 눈물을 참을 수 없어 고개를 숙이고 황량하고 창백한 이 불쌍한 대지와 황폐한 오두막집, 누더기를 걸친 백성들과 아무것도 싹틀 수 없는 불모의 암석층과 같은 내 영혼, 그리고 현실의 모든 비참함과 불행을 응시해. 아! 거기까지 날아갈 수만 있다면, 그 불의 계단이 우리의 발을 태우지 않는다면. 하지만 슬프다! 야곱의 계단은 천사가 아니면 올라갈 수 없지 않은가!

부잣집 문간에 서 있는 가난한 사람의 운명은 얼마나 가련

할까? 초가집 앞의 궁전, 현실 앞의 이상, 산문 앞의 시, 이 모두는 얼마나 잔혹한 짓궂은 운명인가? 가난한 사람들의 마음속에는 얼마나 엄청난 증오의 뿌리가 박혀 있을까! 바람에 실려오는 테오르보와 7현 비올라의 한숨을 들으며 그들은 초라한 침대에 누워 밤새도록 이를 갈겠지! 시인이여, 화가여, 조각가여, 음악가여, 왜 그대들은 우리를 기만하였는가? 시인이여, 왜 우리에게 꿈을 이야기했는가? 화가여, 왜 그대는 소용돌이치는 피와 함께 머리와 마음을 오가는 잡기 힘든 환상을 화폭에 담아 이것이야말로 여자라고 하였는가? 조각가여, 왜 그대는 카라라 산[10] 속 깊은 곳에서 대리석을 떠내 와서 은근하고 덧없는 염원을 영원히, 그리고 만인의 눈에 표현하였는가? 음악가여, 왜 그대는 밤새도록 별과 꽃의 노래에 귀 기울여 그 악보를 옮겨놓았단 말인가? 왜 그대는 '사랑합니다!'라고 다정하게 속삭이는 아름다운 노래를 지었단 말인가? 그 노래는 우리의 귀에 톱 소리나 까마귀의 울음소리같이 들릴 뿐이다. 저주받을지어다, 사기꾼들이여! 바라건대 하늘의 불이여, 모든 그림과 시, 조상, 악보를 태워다오……. 맙소사! 편지에 어울리지 않게 장광설을 늘어놓다니, 이 무슨 주책인가!

10 이탈리아의 토스카나에 있는 산. 순백의 대리석이 나오는 것으로 유명하다.

친애하는 친구여, 그 사이에 꽤나 서정적이 되었군그래, 미사여구를 지루하게 늘어놓고 말았군. 이 모든 것은 우리의 주제와는 전혀 상관없네. 우리들의 주제는, 내가 기억하는 바로는, 옛날이야기에서 세계 제일의 미녀인 다라이드 양을 쫓아다니는 기사 달베르의 혁혁한 무용담 아니었나.

그러나 사실 그 이야기는 너무 빈약해서 세부에 관해 부족한 점이 있었고, 재검토해보아야만 했어.

그러나 머지않아 내 생활을 적은 이 소설이 에스파냐 소설의 복잡한 구성보다도 더 복잡기괴한 것이 되길 바라네.

정처 없이 이 거리 저 거리를 헤맨 후에, 나는 친구를 찾아가기로 했어. 그 친구는 나를 어떤 집에 소개해주었는데, 그의 말에 의하면, 거기에는 예쁜 여자들이 아주 많다는 거야. 모두 다 진짜 미인들로, 스무 명가량의 시인들을 만족시킬 수 있는, 모든 남자들의 구미에 맞는 여자가 있다고 했어. 독수리처럼 날카로운 시선, 바닷빛을 한 녹색의 눈, 쭉 곧은 코, 잘난 척하며 쳐든 턱, 왕비 같은 손과 여신 같은 거동, 황금가지에 피어난 은빛 백합과 흡사한 귀족적인 미녀들. 엷은 빛깔에 은은한 향기, 겸손하게 내리깐 눈, 가냘픈 목덜미에 백옥 같은 피부를 지닌 제비꽃처럼 산뜻하고 고운 여자들, 생생하고 매력적인 미인들과 우아한 품위를 뽐내는 여자들, 그리고 모든 스타일의 미인들. 왜냐하면 그 집은 터키의 하렘에 비교될 만한 집으로, 내시와 그 우두머리가 있을 뿐이라네. 내 친구 말로는 자기는 이미 대여섯 번 재미를 보았다는군. 매번 비슷하게 흥미진진하였대. 그 일이 너무 신기하게 여겨져서, 나는 그만큼 잘되지 않으면 어쩌나 하고 걱정이 될 정도였어. C군은 나에게 그럴 리가 없으며, 내가 생각하는 것 이상으로 일이 잘될 거라고 했어. 그의 말에 의하면 나에겐 결점이 딱 하나 있는데, 그것도 나이가 들고, 또 사회경험이 풍부해지면 고쳐질 거라고 했어. 그 결점이란 내가 한 여자를 과대평가하는 반면, 다른 여자들에 대해선 그렇지 않다는 거야. 그 말이 어느 정도 맞을지도 모르지. 그는 내가 이 보잘것없는 버릇만 고치면 정말 멋진 남자가 될 거라고 말하더군. 제발 그렇다면 얼마나 좋을까! 여자들은 내가 그녀들을 경멸하는 것을 직감적으로 알아차린 것이 틀림없어. 왜냐하면 같은 칭찬의 말도 다른 사람이 하면 참으로 멋지고 마음에 드는 말로 들리는데, 내가 말하면 신랄한 경구처럼 여자들을 노하게 만들고 기분을 상하게 하기 때문이야. 분명 C군이 내게 충고해준 말과 무슨 연관이 있을 거야.

나는 계단을 오르며 약간 가슴이 설레었어. C군은 이런 감동이 제대로 가라앉기도 전에 내 팔꿈치를 밀어 서른쯤으로 보이는 부인 앞으로 데려갔어. 제법 아름다웠는데, 남의 눈에 띄지 않는 사치스러운 옷차림을 하고 순진하게 보이기 위해 극도로 주의를 기울이고 있었지. 그럼에도 불구하고 호사스러운 마차의 수레바퀴처럼 새빨간 루주를 칠하고 있더군. 영락없는 거리의 여자였어.

C군은 사교계에서 잘 보이고 싶을 때 쓰는, 평상시와는 너무나 다른 가느다랗고 놀리는 듯한 목소리로 과장된 경의를 노골적으로 표현하면서 나를 소개하였는데, 그 태도에는 알게 모르게 경멸의 빛이 묻어나더군. "이 사람이 일전에 말씀드린 그 청년입니다. 대단히 훌륭한 사나이며, 가문도 누구 못지않게 뛰어난지라 친구로 받아주신다면 틀림없이 마음에 드실 것입니다. 그래서 실례를 무릅쓰고 소개해올리는 바입니다." "정말 잘 모시고 오셨어요." 부인은 지나치게 애교를 떨면서 대답하였어. 그리고 내가 있는 쪽으로 몸을 돌려 남자를 속속들이 알고 있는 듯한 능숙한 눈초리로 나를 구석구석 관찰하였어. 그 바람에 나는 귀까지 빨개졌지 뭔가. "언제든지 편안하게 들러주세요. 밤에 시간이 나시면 종종 오세요."

나는 서투르게 고개를 꾸벅하고 몇 마디 두서없는 소리를 중얼거렸어. 그 여자가 나에 대한 됨됨이를 높이 평가해줄 턱이 없는 말이었지. 다른 사람들이 들어오는 바람에 나는 첫 대면에 으레 따라다니게 마련인 어색함으로부터 해방되었어. C군은 나를 창가로 끌고 가더니 설교를 시작하더군.

"무슨 짓이야! 하마터면 내 체면도 말이 아니게 될 뻔했잖

아. 나는 자네에 관하여 재기발랄하며 절제되지 않은 상상력의 소유자고, 서정시인에다가 기상천외하고 정열적인 청년이라고 큰소리를 쳐놓았단 말일세. 그런데 자네는 한마디도 하지 않으면서 막대처럼 서 있기만 하면 어떡하나! 눈치가 없긴! 난 자네의 말솜씨가 좀 더 뛰어나다고 생각했어. 자, 자네 혀를 마구 굴려 아무 소리나 지껄여봐. 반드시 이치에 맞는 분별 있는 말을 할 필요는 없으니까. 오히려 그런 말은 방해가 될 뿐이라네. 말을 한다는 자체가 중요한 것이야. 되도록 많이, 또 오래도록 말을 하게. 관심을 자네에게 집중시키고, 두려움이나 겸손 따위는 집어던져야 하네. 여기에 모인 모든 사람은 얼간이 아니면 천치라고 생각해. 그리고 성공을 거두려는 웅변가는 아무리 청중을 경멸해도 부족함이 없다는 사실을 잊지 말게. 그런데 자네, 이 집의 여주인은 어때 보이나?"

"처음부터 너무 싫었어. 겨우 삼 분 정도 이야기했지만, 마치 남편이라도 된 듯이 싫증이 나던걸."

"저런! 그렇게 생각하나?"

"그렇고말고."

"그럼 그 여자에 대한 혐오감을 바꾸어볼 수 없단 말인가? 그럼 곤란해. 하다못해 한 달이라도 그 사람을 사귀고 나면, 만사가 잘되어갈 텐데. 조금이라도 괜찮은 청년은 반드시 그녀를 통해 사교계로 나가게 되어 있거든."

"좋아! 그렇다면 하지, 뭐." 나는 한심하게 응수했어. "할 수 없지. 그러나 그 절차가 정말 필요하단 말인가?"

"유감스럽지만 그렇다네! 절대 필요하고말고. 이제부터 그 이유를 설명해주겠네. 테민 부인은 현재 인기의 절정에 있어. 그녀는 오늘의 유행을 모두 알고 있어. 때로는 내일의 유행까지도. 그러나 어제의 유행에는 콧방귀도 뀌지 않지. 그녀는 무엇이든지 모르는 것이 없어. 사람들은 그녀가 입었던 것을 입지만, 그녀는 다른 사람들이 입었던 것을 입지 않아. 게다가 부자고, 측근들도 취미가 고상한 사람들뿐이야. 재기는 없는데 말솜씨는 뛰어나. 취미는 강렬한데 정열은 별로 없어. 그녀의 마음에 들 수는 있지만 감동시킬 수는 없지. 냉정하고 방탕한 마음의 소유자야.

영혼으로 말할 것 같으면, 과연 그런 게 있는지 의심스럽지만, 만약 있다면 매우 검은 영혼이며, 아무리 사악하고 저속한 짓이라도 그녀가 못할 짓은 없다네. 그러나 그녀는 극도로 치밀하고 겉으로 자기에게 불리한 틈을 조금도 보이지 않지. 그러므로 남자와 같이 잠자리를 해도 아주 간단한 편지 한 장 쓰지 않아. 그녀와 아무리 가깝게 지내는 적도 그녀가 루주를 너무 진하게 바른다든가 신체의 어느 부분이 실제로 우리 눈에 보이는 것같이 둥그스름하지 않다는 흠밖에 잡을 수 없어. 하지만 그건 사실이 아니네."

"자네는 그걸 어떻게 아나?"

"훌륭한 질문이야! 다들 알고 있다시피, 그런 일은 스스로 확인하는 수밖에 없지."

"그렇다면 자네도 테민 부인과 함께 잤단 말이군!"

"물론이지! 그런 여자를 왜 손에 안 넣겠나? 그렇다면 이만저만 실례가 아니지. 극진한 서비스를 받았지. 지금도 그것에 대해 매우 고마워하고 있네."

"그녀가 자네에게 해주었다는 서비스가 어떤 것인지 짐작이 가지 않네."

"자네 정말 바보 아닌가?" 그렇게 말하며 C군은 나를 매우 익살스러운 표정으로 쳐다보았어.

"맙소사, 정말 큰일이군. 모든 것을 다 말해주어야 하나? 테민 부인은 어떤 점에 관해 특별한 견문을 지니고 있는 것으로 알려져 있어. 그래서 그녀의 선택을 받아 당분간 그녀의 소유가 된 청년은 대담하게 어디에나 모습을 드러낼 수 있어. 그럼 조만간 틀림없이 연애사건이 일어나게 되지. 그것도 하나둘이 아닐 걸세. 이 말로 다 할 수 없는 장점 외에, 또 하나 그보다 나으면 나았지 못하지 않은 장점이 있네. 자네가 그야말로 테민 부인의 애인이라는 사실이 알려지면, 사교계의 여자들은 비록 자네에게 눈곱만큼의 호감을 갖고 있지 않아도 테민 부인 정도로 인기의 절정에 있는 여자로부터 자네를 빼앗아오는

데 희열을 느끼고 의무 비슷한 감정을 느끼게 되지. 그러므로 자네는 상대의 환심을 사려고 애쓸 필요도 없이, 고르는 고충을 겪게 될 거야. 그리고 틀림없이 온갖 교태와 간사한 목소리의 표적이 될 걸세.

그렇지만 아무리 해도 그녀를 좋아할 수 없다면, 그녀를 건드리지 말게. 그렇게 하는 것이 예의이고 도리이긴 하지만, 의무는 아니니까. 그러나 되도록 빨리 제일 마음에 드는, 아니면 쉽게 사귈 수 있는 여자를 골라 부딪쳐봐. 우물쭈물하다가는 처음 보는 얼굴이라는 특권도, 그 이유로 이곳에 있는 모든 기사들을 압도할 수 있는 기회도 놓친단 말이야. 이곳의 모든 부인들은 친밀감에서 싹터 존경과 침묵 속에서 커가는 정열 따위는 모른다네. 그 여자들은 벼락 같은 충동과 비밀스러운 공감을 좋아하지. 이것은 연애소설에 감정이 개입되어 짓궂게 결말을 지연시키는 방해와 장황함, 반복 등의 폐해를 생략하기 위해 마련된 근사한 방법일세. 이 부인들은 자기네들의 시간에 매우 인색해. 시간을 너무나 소중히 여기기 때문에, 단 일 분이라도 낭비하는 걸 아주 분하게 여긴다네. 더구나 인류를 위하여 공헌하려는 갈망이야말로 아무리 칭찬해도 충분치 않을 정도며, 이웃을 사랑하기를 자기 몸과 같이 하지. 완벽하게 성서의 가르침을 따르고 있으니 칭찬해줄 만하지 않은가. 어떤 희생을 치르더라도 남자를 절망시키지 않겠다는, 참으로 갸륵한 여자들이야.

이미 자네에게 홀딱 빠진 여자들이 서넛은 될 테니까 창가에 서서 이렇게 아무 소용없는 수다를 떠는 대신 저쪽으로 용감히 나아가세."

"그런데 말이야, C군. 나는 이런 일에는 전혀 생소해서 나에게 홀딱 빠진 여자들과 그렇지 않은 여자를 한눈에 분별할 수가 없네. 자네의 경험으로 도와주지 않는다면 터무니없는 실수를 저지르고 말 거야."

"정말 자네는 이름도 갖지 않고 사는 원시인 같군. 지금 우리가 살고 있는 고마운 시대에 자네같이 목가적이고 소박한 녀석이 있으리라고는 상상도 못했어. 도대체 자네는 그 새카맣고 커다란 눈은 왜 달고 다니나? 그것만 잘 사용하면 범에 날개를 단 격일 텐데. 저쪽에 난로 곁에서 부채를 들고 있는 작은 여자 좀 봐. 저 여자는 십오 분 전부터 의미 있는 표정으로 자네에게 끈질기게 추파를 보내고 있어. 저렇게 노골적으로 외설적인 태도를 보이면서도 고상한 뻔뻔함을 보일 수 있는 여자는 저 여자 말고는 없을 거야. 저런 여자는 아무리 해도 그 여자처럼 뻔뻔스러워질 수 없는 다른 여자들로부터는 미움을 받겠지만, 반대로 남자들로부터는 창녀 같은 매력으로 대단히 사랑을 받지. 사실 저 여자는 타락한 모습도 귀엽고 재치와 정열과 변덕으로 넘쳐 있어. 여자에 대해 편견을 갖고 있는 청년에게는 안성맞춤인 애인이야. 일주일이면 자네에게서 양심의 가책을 모두 제거하고, 자네가 더 이상 우스꽝스럽거나 목가적이지 않게끔 타락시켜준다네. 저 여자는 매사에 형용할 수 없을 정도로 적극적인 생각을 가지고 있어. 그리고 놀랄 만한 속도와 확실한 방법으로 대상의 본질에 확실히 파고들지. 저 몸집이 작은 여인은 대수학의 화신이야. 몽상가나 열광을 잘하는 사람에게는 저런 여자가 확실히 필요하지. 자네의 아지랑이가 낀 듯한 이상주의는 단번에 날려 보내줄 걸세. 대단한 서비스지. 게다가 시인에게 환멸을 안겨주는 것이 그녀의 본능일 테니까, 그런 일쯤은 기꺼이 해줄 거야."

나는 C군의 설명에 몹시 호기심이 자극되어 내가 숨어 있던 곳에서 나와 사람들의 무리를 밀어제치고 그 부인에게 다가가서 매우 주의 깊게 살펴보았어. 나이는 스물대여섯쯤 되어 보이더군. 키는 작았지만 제법 균형이 잡혀 있었고, 다소 살이 쪄 보였어. 팔은 하얗고 통통했으며, 손 모양도 상스럽지 않았고, 발은 아름답긴 한데 지나치게 작아 보였어. 어깨는 살집이 있고 탐스러웠고, 가슴은 그리 크지는 않았지만 나무랄 데 없는 모양을 하고 있었지. 또 나머지 다른 부분도 나빠 보이지 않았어. 머리카락은 대단히 반짝였고, 어치의 날개처럼 푸른색 기가 도는 검은색이더군. 눈꼬리는 관자놀이 쪽으로 꽤 올라가 있었고, 코는 작고 위로 들린 편이었으며, 입술은 축축하고 육감적으로 아랫입술에 작은 주름이 있었고 입 언저리에는 보이지 않을 정도의 솜털이 나 있었어. 그리고 그러한 모습 안에 생명력과 생기, 건강과 힘이 넘쳐 뭐라고 표현할 수 없는 향락의 냄새를 풍기고 있었어. 애교와 조심성으로 교묘하게 가장하고 있긴 하였지만, 아무튼 그녀는 상당히 군침이 도는 여자였어. 그 여자가 이제까지 뭇 남자들을 매우 자극하였고 지금도 변함없이 눈길을 끄는 것도 전혀 이상한 일이 아니라는 생각이 들더군.

그 여자는 탐이 났어. 하지만 아무리 그녀가 마음에 든다 해도, 내 꿈이 이루어져 '나도 드디어 애인이 생겼다!'고 말할 수 있을 정도의 여자는 아니었어.

그래서 나는 C군에게 되돌아가 말하였지.

"그 부인은 꽤 마음에 들어. 아마도 그녀와 합의하게 될 거야. 그러나 확실하게 마음속을 털어놓고 약속해버리기 전에 친절을 베풀어주게. 내게 반한 여자들이 누구인지 말해줘. 그래야 고를 수 있잖아. 어차피 이곳에서는 자네가 안내를 해주어야 하므로 약간의 설명을 덧붙여 그 여자들의 장점과 단점을 하나씩 말해준다면 고맙겠네. 또 내가 촌놈이나 문학자 티를 안 내고 비위를 맞추는 방법과 말투도 가르쳐줘."

"그러지." 하고 C군은 말했어. "저기 품위 있게 목을 세우고 날개처럼 소매를 움직이고 있는 아름다운 슬픈 백조를 보게.

조신함 그 자체가 아닌가. 너무도 정숙하고 순결해. 눈처럼 흰 이마, 얼음과 같은 심장, 마돈나의 눈매, 아그네스[11]의 미소, 입고 있는 옷도 하얗지만 마음 역시 하얗군. 저 여자는 머리에 오렌지꽃이나 수련의 잎사귀밖에 꽂지 않고 이 속세와는 가는 끈 하나로 연결되어 있을 뿐이야. 절대로 악한 생각 같은 것은 가져본 적이 없고 남자와 여자가 어떻게 다른지 전혀 몰라. 성모 마리아도 저 여자와 비교하면 음탕할 정도지. 그런데도 내가 알고 있는 여자 중에서 제일 애인이 많으니, 예삿일이 아니야. 저 얌전한 여자의 가슴을 슬쩍 봐. 그야말로 작은 걸작품 아닌가. 정말이지 감추면 감출수록 더 드러나잖아. 저러기도 어려울 텐데. 자네, 어떤가. 저렇게 얌전하고 새침해 보여도 보통내기가 아니라네. 예컨대 저 왼쪽에 있는 양쪽을 합하면 실물 크기의 지구본이 될 만큼 커다란 반구를 용감하게 나란히 노출시키고 있는 사람 좋아 보이는 여자나, 또 오른쪽의, 배까지 옷깃을 도려내고 저절로 웃음이 날 정도로 염치없이 백치미를 드러내고 있는 여자 따위는 축에도 못 들 것 같지 않은가? 이 순결한 듯한 여자는, 내가 심히 잘못 판단하고 있는지는 모르겠지만, 자네의 창백한 안색과 검은 눈이 열렬

---

11 성녀 아그네스. 로마의 순교자들 가운데 가장 유명한 성인으로 304년경 순교하였고 동정녀의 상징이다.

한 사랑과 정열을 약속하고 있음을 머릿속에서 빈틈없이 계산하고 있단 말이야. 내가 그렇게 생각하는 이유는 적어도 저 여자가 표면적으로는 한 번도 자네 쪽을 쳐다본 적이 없었기 때문이라네. 저 여자는 눈알 굴리는 데에는 대단한 기술을 갖고 있고, 그 교묘한 곁눈질로 어느 것 하나 놓치는 법이 없거든. 마치 머리 뒤에 눈이 붙어 있기라도 한 듯, 뒤에서 일어나는 일들을 정확히 꿰뚫고 있단 말일세. 그야말로 여자 야누스이지. 만약 저 여자를 차지하고 싶다면, 점잖치 못한 태도나 잘난 척하는 태도는 버려야 하네. 상대의 얼굴을 보지 말고, 부동자세로 서서 자못 황송한 모습으로 숨죽인 채 정중한 어조로 말해야 하네. 그렇게 하면 완곡한 말주변을 잊지 않는 한, 뭐든지 원하는 것을 말할 수 있을 테고, 여자 쪽에서도 처음에는 말로, 다음에는 행동으로 어떤 종류의 자유분방한 일도 받아주게 될 거야. 다만 명심할 일은 그녀가 눈을 내리깔 때에는 그녀를 아주 부드러운 눈으로 쳐다보면서 플라토닉한 연애의 즐거움과 영혼의 교류에 대해 이야기할 것, 그러나 그와 동시에 플라토닉과는 정반대의 아주 속된 짓을 해주어야 하네! 저 여자는 정말로 관능적이고 민감하기 때문에, 할 수 있는 한 실컷 그녀를 껴안아줘. 그러나 아무리 둘이 하나가 되어 무아지경에 이른 순간에도, 한 문장 안에 적어도 세 번은 마담이라고 부르는 것을 잊어서는 안 되네. 나와 일이 꼬인 것도 그녀와의 잠자리에서 내가 뭐라고 했는지 자세히 생각은 안 나지만 하여튼 반말을 했기 때문이야. 어허, 참! 그냥 쉽게 정숙한 여자가 되는 것은 아니더군."

"자네 이야기를 들으니 그런 모험을 해보고 싶진 않네. 얌전한 체하는 메살리나[12] 아닌가! 끔찍하고도 색다른 결합이군."

"이 세상만큼이나 오래된 수법이지, 이 친구야! 날마다 그런 일은 일어나고 있고, 그보다 더 흔한 일도 없을 거야. 저 여자로 결정하지 않는 것은 잘못이야. 정말로 즐거운 여자일세. 그녀와 함께 있으면 언제나 치명적인 죄를 저지르는 것 같은 느낌이 들지. 하다못해 키스만 한 번 해도 지옥에 떨어질 것 같거든. 그러나 다른 여자들하고의 관계는 미미한 죄의식조차 들지 않고, 심할 때에는 무엇을 했는지조차 모를 때가 있어. 내가 저 여자를 다른 여자들보다 오랫동안 정부로 삼고 있었던 것도 다 그 이유에서라네. 만일 그녀 쪽에서 떠나지 않았다면 난 아직도 그 관계를 계속했을 거야. 나를 차버린 여자는 유일하게 저 여자뿐이고, 그 점에서 나는 아직도 그녀를 존경하고 있다네. 그녀는 더할 나위 없는 섬세한 쾌락의 기교

---

12 로마 황제 클라디우스의 세 번째 아내. 음란한 탕녀의 대명사. 황제 몰래 매음굴에서 가명으로 창녀 행세를 하며 방탕한 성생활을 즐겼으며, 동침을 거부한 남자는 가차 없이 죽일 정도로 육욕의 화신으로 불린다.

를 알고 있을 뿐만 아니라, 그녀 쪽에서 흔쾌히 내줄 것도 마치 강간을 당하는 듯한 모습을 보이는 재주가 있단 말이야. 그래서 그녀가 베푸는 은혜 하나하나가 강간의 매력을 느끼게 하지. 자네는 그녀의 애인이었던 남자로서 그녀가 비할 데 없이 정조가 굳은 여자라고 명예를 걸고 단언하는 사람을 사교계에서 열 명은 만날 수 있을 걸세. 그러나 사실은 정반대야. 그 미덕을 베개 위에서 해부하는 것도 흥미 있는 연구가 될 테지. 이 정도 미리 알아두면, 어떤 위험도 없고 진심으로 사랑에 빠지는 실수 따위도 하지 않을 거야."

"도대체 그 숭배할 만한 여자의 나이가 몇인데?" 하고 나는 C군에게 물었어. "세심한 주의를 기울여 살펴보았지만 아무리 해도 확실히 알 수가 없더군. 아! 글쎄, 그녀가 몇 살일까? 그것은 신비야. 하느님만이 아실걸. 여자 나이쯤은 일 분 내에 알아낼 수 있다고 장담하는 나로서도 그 여자의 나이만은 모르겠어. 막연히 어림잡아 열여덟에서 서른여섯 사이라고 짐작할 뿐이야. 나는 그녀가 정장을 한 모습, 알몸의 모습, 또 내의 차림의 모습을 다 보았지만, 나이에 관해서는 아무것도 말해줄 수 없네. 내 감식력은 낙제점이야. 가장 그럴듯한 나이는 열여덟인데, 그럴 리는 없어. 몸은 처녀의 몸인데 마음은 매춘부거든. 그토록 속속들이, 그러면서도 그럴싸하게 타락하려면 많은 시간과 재능이 필요하잖아. 강철 같은 가슴에 청동의 심장이 있어야 해. 그런데 그녀는 그도 저도 없거든. 그러니 서른여섯쯤 되지 않았을까 싶은데, 실은 아무것도 모르겠어."

"그 점에 관해 자네에게 정보를 알려줄 수 있는 그녀의 가까운 친구는 없을까?"

"없어. 이 도시에 이 년 전에 온걸. 시골이나 외국에서 온 것 같은데 어느 쪽인지 알 수 없다네. 이 점을 이용할 수 있는 여자에게는 더할 나위 없는 상황이지. 저 정도의 얼굴이면 마음대로 나이를 정할 수 있고, 이곳에 온 날부터 나이를 따져도 될 테니까."

"그보다 더 좋은 일은 없겠지. 특히 버릇없는 주름살이 거짓을 폭로하지 않고, 위대한 파괴자인 시간이 세례증명서의 위조에 협력하는 친절을 베풀어주기만 한다면."

C군은 그 외에도 몇 명의 여자들에 대해 설명해주었는데, 그 여자들은, 그의 설명에 따르면 내가 간청하는 모든 요구를 기꺼이 들어주고 각별한 박애정신으로 대접해준다고 하였어. 그러나 벽난로 구석에 있는 장미색 옷의 여자와 그녀와 대조를 이루는 얌전한 비둘기가 나머지 여자들과는 비교가 되지 않을 정도로 나아 보였어. 적어도 겉으로 본 바로는, 그녀들이 내가 요구하는 자질의 전부는 비록 아니더라도 그 일부분은 갖고 있는 듯하더군.

나는 밤새도록 그 두 여자와, 특히 얌전한 비둘기 쪽과 이야기를 주고받았어. 그리고 내 생각들을 지극히 정중한 틀에 맞추도록 신경을 썼지. 그녀는 거의 나를 쳐다보지 않았지만, 가끔 그녀의 눈동자가 속눈썹 아래에서 반짝이는 것을 눈치챘고, 완곡한 표현으로 감싸긴 했지만 꽤 야한 농담을 던져보니까 마치 우윳빛 컵에 담긴 장미색 음료처럼 남의 눈에 띄지 않는 조심스러운 홍조가 볼 밑에 희미하게 나타나는 것도 본 것 같았어. 그녀의 답변은 대개 절도 있고 신중한 것이었지만, 날카롭고 재치 있는 표현으로 가득 차 있었으며 함축적인 의미를 많이 내포하고 있는 것이었어. 그녀의 모든 말은 일부러 말을 하지 않든지, 반으로 줄이든지, 우회적인 암시를 하는 것이어서 한마디 한마디가 모두 의미를 담고 있었고, 침묵마저도 제각기 효과를 지니고 있었어. 이 세상에 그보다 더 외교적이며 매력에 넘치는 말은 없을 거야. 그럼에도 불구하고 나는 그런 대화가 잠시는 즐거웠을지 몰라도 오래 끌고 싶은 생각이 없었어. 끊임없이 긴장하고 경계해야 했을 뿐만 아니라, 잡담할 때에는 제멋대로 마음을 터놓고 떠드는 것을 좋아하는 내 기질 때문이야. 처음에 우리는 음악 이야기를 하였는데, 그러다 보니 자연스럽게 오페라로 화제를 옮겼고, 다음에는 여자, 이어 연애 이야기를 하게 되었어. 연애라는 주제는 다른 어떤 주제보다 보편적인 관점에서 개인적인 관점으로 옮기기에 편리한 주제잖아. 우리는 앞다투어 선량한 마음을 자처하였지. 자네가 내 이야기를 듣는다면 웃고 말 거야. 정말이지 가난한 바위 위의 아마디스[13]도 나에 비하면 정열 없는 현학자 정도였다네. 로마의 쿠르티우스[14]마저 얼굴이 뜨거워질 정도로 너그럽고 희생적이었으며 헌신적이었지. 어떻게 내가 그렇게 횡설수설하면서 호언장담을 할 수 있었는지 나 자신도 믿어지지 않아. 내가 그지없이 청순한 플라토닉러브를 설교하다니 우습기 짝이 없지. 정말 웃기는 코미디 아닌가? 뿐만 아니라 내가 보인 완벽주의와 거짓 신심에 가득 찬 내숭 떠는 태도라니! 언어도단이지! 나는 여자에게는 손도 대어서는 안 된다는 주장을 하고 있었기 때문에, 내가 하는 억지 소리를 들으면 어떤 어머니라도 개의치 않고 딸을 나와 동침시켰을 것이며, 남편은 안심하고 아내를 내게 맡겼을 거야. 그날 밤만큼 내가 덕성스러운 태도를 보이면서 사실은 정반대였던 날도 없을 걸세. 나는 전부터 겉치레의 말과 마음에도 없는 말을 하

---

13 『아마디스 데 가울라』 등을 비롯해 16세기 기사 소설에 자주 등장하는 전설의 기사. 한 번도 패한 적이 없으며, 예의 바르고 정 많은 연인의 전형인 동시에 여러 나라를 방랑하는 기사의 전형으로 일컬어진다. 세르반테스의 소설 『돈키호테』에 나오는, 기사 이야기에 심취한 주인공이 추종하고 흉내 내는 인물로도 유명하다.

14 로마의 안전을 위해 자신을 희생한 전설의 인물. 지진으로 로마의 공공 광장이 갈라졌는데, 신탁에 의하면 그 갈라진 땅은 로마에서 제일가는 보물로만 메워진다고 하였다. 그러자 족장인 쿠르티우스는 무기와 용기야말로 로마의 보물이라고 믿어 훌륭하게 무장하고 말에 올라 그곳에 몸을 던진다. 갈라진 땅은 그 헌신적인 행위로 순식간에 닫혔다고 한다.

는 것이 얼마나 어려운 일인가 생각해왔어. 그러나 처음부터 감쪽같이 해낸 것을 보면 그런 일이 무척 쉽든지 아니면 내게 그런 소질이 있든지 둘 중 하나일 텐데 어느 쪽인지 나도 모르겠어. 어쨌든 나는 아주 훌륭하게 해치웠어.

그 부인 쪽에서도 여러 가지 이야기를 꽤 자세히 하였는데, 겉으로는 순진한 척하였지만, 별의별 경험을 다 갖고 있는 것을 분명히 증명하고 있었어. 그녀의 예민한 판별력은 상상할 수 없을 정도였어. 어떤 일에나 꼬치꼬치 캐어묻는 모습이 고금의 석학도 무색할 정도더군. 적어도 그녀가 말하는 것을 듣고 있으면, 육체의 그림자도 없는 사람 같다는 기분이 들었어. 나를 실망시킬 정도로 비현실적이고, 흐릿하고, 이상적인 존재였거든. 그러니 만약에 C군이 그 짐승의 성향을 미리 알려주지 않았다면, 나는 분명 성공의 가망성이 없다고 단념하고 풀이 죽어 한쪽 구석에 처박혀 있었겠지. 정말이지, 여자가 속세와는 영 동떨어진 태도로 사랑이란 결핍과 희생, 기타 그런 종류의 아름다운 것들에 의해서만 태어나는 것이라는 설교를 두 시간 정도 늘어놓는다면, 어떻게 그 여자의 정욕에 기름을 부어 그녀의 몸이 여느 사람의 몸과 같은지 알아보기 위해 함께 이불 밑에 들어가자고 맨 정신에 얘기할 수 있겠나?

마침내 우리들은 정다운 친구가 되어 헤어졌으며, 우리들의 감정이 고상하고 청순하다는 것에 서로 매우 기뻐했어.

또 다른 여자와의 대화는 자네도 짐작하겠지만, 그와는 정반대였지. 우리들은 실컷 웃다가 재잘거리며, 주위의 여자들을 매우 재치 있게 조롱하였어. 아니, 사실은 우리가 아니라 그녀가 조롱했다고 해야 맞는 말이네. 남자는 아무리 노력해도 그렇게 여자를 조롱할 수는 없어. 그보다 더 생생한 묘사를 한다든가 선명한 빛깔을 칠하는 것은 꿈도 꿀 수 없기 때문에, 나는 그녀의 이야기를 들으며 맞장구칠 뿐이었어. 정말 이제까지 본 적도 없는 흥미로운 인물화의 진열이더군. 과장은 있었으나 그 밑에 진실이 숨어 있었지. C군의 말은 옳았어. 그 여자의 사명은 시인에게 환멸을 느끼게 하는 것이었어. 그녀의 주변에는 산문적인 분위기가 감돌았고, 시적인 사상 같은 것은 찾아볼 수조차 없었어. 그녀는 매력 있고 총기가 있었지만, 그녀 곁에 있으면 상스럽고 저속한 일밖에 생각나지 않았어. 그녀와 이야기하면서 그런 장소에는 도저히 어울리지 않는 무례한 욕망에 휩싸이는 것을 느꼈어. 예를 들면 술을 가져오게 하여 곤드레만드레 취한다든가, 그녀를 내 무릎 위에 두 다리를 벌리고 올라타게 하여 젖가슴에 키스한다든가, 혹은 치맛자락을 걷어올리고 양말대님을 무릎 위에 하고 있는지 무릎 아래에 하고 있는지 들여다본다든가, 추잡한 노래를 앞뒤 생각 없이 부르고, 파이프 담배를 피우며 유리를 깨는 따위. 아무려면 어떤가? 내 몸 안의 동물적인 본능과 야

수 같은 난폭함이 동시에 폭발하였어. 나는 호메로스의 『일리아스』에 기꺼이 침을 뱉고 한 덩이의 햄 앞에 무릎을 꿇었을 것이야. 율리시스 일행이 키르케[15] 때문에 돼지로 변한 우화가 새삼 이해가 되더군. 키르케는 나의 장미색 여자와 마찬가지로 음탕한 사람이었을 거야.

말하기도 부끄러운 일이지만, 나는 짐승 같은 본능에 압도되어가는 것을 느끼며 대단한 쾌감을 경험하였다네. 나는 거기에 맞서려 하지 않았고 오히려 온 힘을 기울여 그렇게 되도록 힘썼어. 그만큼 인간에게 있어서 타락은 타고난 것이더군. 인간을 빚은 흙 안에 진흙이 섞여 있었던 게야.

그럼에도 나를 붙들고 있는 타락이 무서워져서 사람을 부패하게 하는 그 여자를 떠나려고 했어. 하지만 마룻바닥이 마치 무릎까지 올라와 있는 것처럼 꼼짝달싹할 수가 없었지.

결국 그녀와 헤어질 결심을 하고, 마침 밤도 제법 이슥해져 있었기 때문에 그대로 집에 돌아갔으나 마음은 혼돈 속에서 천 갈래 만 갈래 흐트러지고, 앞으로 어떻게 해야 좋을지 전혀 짐작이 가지 않더군. 정숙한 여자와 음란한 여자 중 어느

15 호메로스의 『오디세이아』에서 등장하는 마녀. 트로이 전쟁에서 승리하고 귀향하던 오디세우스(라틴 이름은 율리시스) 일행이 그녀가 사는 섬에 이르자, 그의 부하들에게 마법의 술을 먹이고 모두 돼지로 변하게 하였다.

쪽을 택해야 하는지 좀처럼 결심이 서지 않았어. 한쪽의 여자에게는 쾌락이 있었고, 다른 쪽에는 요염함이 있었어. 마음속을 자세히, 또 깊이 검토해본 결과, 나는 어떤 쪽도 사랑하고 있지 않으며 그 둘 모두를 똑같은 정도로 열렬히 갈망하고 있어서 온갖 공상에 빠진다는 사실을 깨닫게 되었어.

친구여, 십중팔구는 그런 거네! 나는 그 둘 중의 하나를, 혹은 둘 모두를 가질 수 있을지 몰라. 그러나 고백하자면, 그들을 손에 넣어도 반밖에 만족하지 못할 거야. 그 이유는 그녀들이 그만큼 예쁘지 않아서가 아니라, 그녀들을 보았을 때 마음속에서 탄성이 나오고 가슴이 설레고, '바로 이 사람이다'라는 소리가 들리지 않았기 때문이야. 바로 그 여자라는 확신이 들지 않았어. 하지만 가문이나 미모 면에서는 그 이상의 여자를 만날 수 있다는 생각이 들지 않았고, C군 역시 그 중에서 하나 잡으라고 충고했어. 분명 그렇게 하게 되겠지. 둘 중 하나가 내 애인이 되지 않는다면, 머지않아 나는 악마에게 잡혀가고 말 거야. 그러나 마음속에서 숙원의 사랑을 배반하고 사랑하지도 않는 여자의 최초의 미소에 넘어가고 만 것을 힐책하는 희미한 소리가 들려왔어. 그 소리는 수도원이든, 사창가든, 궁전이든, 여관이든, 온 세상을 지치지 말고 찾아다녀서 공주든, 하녀든, 수녀든, 창녀든, 나를 위해 창조되었고 신이 나의 짝으로 정해준 여자를 찾아오라고 하였어.

곧이어 나는 내가 허망한 꿈을 꾸고 있는 것이라고, 이 여자와 자든 저 여자와 자든 무엇이 다르냐고, 그 때문에 지구가 궤도를 벗어나는 것도 아니고 사계절의 순서가 바뀌지도 않는다고 혼잣말을 해보아. 세계는 여전히 무관심하고, 이러한 말 같지 않은 일로 고민하는 것은 나만 손해라는 생각을 한다네. 그러나 아무리 그렇게 말해도 소용없고 좀처럼 마음이 가라앉지 않고 결심도 서지 않는군.

이것은 분명 대부분의 시간을 내가 혼자서 지내기 때문인 것 같아. 나처럼 단조로운 생활을 하고 있으면 극히 사소한 일까지도 대단히 중요하다는 생각을 하게 돼. 스스로의 생활과 사고방식에 지나치게 구애받게 되지. 혈관의 맥박과 심장의 고동소리까지 듣고 있으니 말일세. 지나치게 집중한 나머지 포착하기 어려운 생각까지 그것이 떠돌고 있는 아지랑이 안에서 끄집어내어 형체를 부여하는 거야. 더 바빠지면 그런 자질구레한 것은 눈에 띄지 않게 되고 현재 내가 매일 하고 있는 것처럼 현미경으로 마음을 들여다볼 틈이 없어질 거야. 행동의 소리가 지금 내 머릿속을 날아다니며 날개 소리로 나를 멍하게 만드는 이 수많은 한가한 생각의 무리를 내쫓아버리겠지. 막연한 환상을 쫓아다니는 대신에 현실에 매달리게 될 거야. 여자에게는 여자가 줄 수 있는 것—쾌락—만을 바라게 될 테고, 과연 이 세상에 존재할지 의심쩍은 완전성을 갖춘 가공의 이상을 껴안으려고 하지 않게 될 거야. 보이지 않는 대상에 너무도 긴장하여 정신없이 마음의 눈을 돌리고 있었기 때문에, 나는 시각이 이상해지고 말았어. 실재하지 않는 것을 지나치게 많이 보아온 나는 실재하는 것을 보는 방법을 모르게 되었고, 이상에 대해 그토록 예민하던 내 눈은 현실에 대해선 근시가 되고 말았지. 그러므로 사람들이 대단한 미인이라고 입을 모아 보증하는 여자들을 사귀어보아도 내 눈엔 전혀 미인으로 보이지 않았어. 나는 일반적으로 형편없다고 평가받는 그림들을 보고 감탄하는가 하면, 굉장한 명작보다도 이상하거나 이해되지 않는 어려운 시 구절들에서 더 많은 기쁨을 얻곤 하지. 달을 보고 그토록 한숨을 쉬어보고 두 눈을 똑바로 뜨고 별들을 바라본 후에, 또 엘레지와 감상적인 시들을 만들어낸 후에, 상스러운 창녀나 꾀죄죄한 노파에 반할 기분이 나지 않는 것은 별로 놀랄 일도 아니지 않은가. 만약 반했다면 타락이 아닐 수 없지. 그러나 현실은 그런 식으로 내가 여태껏 자기에게 비위를 맞추려고 하지 않았던 것에 대해 복수할지도 몰라. 내가 추레한 부엌데기나 눈뜨고 볼 수 없는 매춘부에 홀딱 반해서 아름다운 소설적 정열을 바쳤다고 하면 기분 좋아하지 않겠어? 부엌 창문 아래에서 기타를 치다가, 이빨이 다 빠진 노파의 머슴이 데리고 온 왕왕 짖어대는 개에게 쫓겨나는 내 모습을 상상할 수 있겠나? 이 세상에서 내 사랑에 적합한 사람을 찾지 못하게 되면, 결국 이기적인 추억에 사로잡힌 나르시스처럼 나도 어쩌면 나 자신을 숭배하게 될지도 몰라. 그런 큰 불행이 일어나지 않도록 하기 위해서 거울이나 시냇물과 마주칠 때마다 나는 스스로의 모습을 비추어 본다네. 공상에 빠져 헤매고 있는 동안에 내가 정말로 정상을 벗어난 괴물 같은 인간이 되는 것은 아닐까 하여 두렵네. 정말로 심각한 일이 아닐 수 없으며, 조심하지 않으면 안 돼. 잘 있게, 친구. 습관적인 생각 속에 빠지는 것이 두려워 이제 난 장미색 부인의 집으로 가겠어. 우리는 아리스토텔레스의 엔텔레키 따위에는 구애되지 않을 거라고 믿네. 그리고 설령 우리가 무언가를 하더라도 그것은 정신주의가 결코 아니라고 생각하네. 하긴 그 여자는 몹시 정신적이긴 하지. 나는 이상적인 여자의 표본을 그 여자에게 적용시키지 않기 위하여 조심스럽게 말아서 서랍 속에 깊이 넣어두었어. 나는 그녀가 지니는 아름다움과 가치를 차분한 마음으로 즐기고 싶어. 공상의 부인을 위해서 만약의 경우를 대비하여 미리 만들어둔 의상을 그녀에게 입히려고 하지 않고, 그녀의 몸에 맞는 옷을 그대로 입히겠어. 실로 현명한 결심이긴 한데, 내가 그것을 지킬 수 있을지는 나도 모르겠네. 그럼 다시, 안녕.

3

나는 현재 장미색 부인의 공인된 애인이라네. 그것이 마치 어엿한 신분과 역할이나 되는 듯이 사교계에서 확고한 지위를 차지하게 되었어. 이제는 더 이상 할머니들에게 빌붙어보려고 애쓰지 않아도 되고, 백 살 정도의 할머니 앞에서가 아니면 시도 하나 읊지 못하는 초등학생의 모습 따위는 갖고 있지 않네. 내가 그렇게 정착하자, 사람들은 훨씬 더 나를 인정하고, 여자들은 앞다투어 나에게 교태를 부리며 말을 걸어오고 또 나를 위해 막대한 돈을 낭비한다는 사실을 알게 되었어. 그러나 남자들은 그 반대로 좀 더 냉정해지고 그들과 몇 마디 주고받는 말 속에서도 뭔지 모르는 적개심과 어색함이 감돌더군. 그들은 현재의 나를 가공할 만한 라이벌로 보고 장래에는 더욱 두려운 상대가 될 것을 감지한 것 같아. 그들 중의 다수가 내 옷차림을 호되게 비난하며, 내가 너무 여자같이 옷을 입는다고 한다더군. 또 그들은 내가 머리를 필요 이상으로 공들여 지지고 광을 낸다고 흉을 보고, 내 얼굴에 수염이 나지 않아 뭐라 말할 수 없이 우스꽝스러운 도련님처럼 보인다고도 한대. 또 비싸고 사치스러운 옷감으로 재봉한 듯이 보이는 겉치레가 번드르르한 옷들은 연극에서 보는 옷 같으며, 그런 옷을 입은 내 모습은 남자라기보다는 배우 같다는 거야. 자기네들이 꾀죄죄한 꼴을 하고 있고, 허름하고 바느질이 서툰 옷을 입고 있는 것을 변호하기 위한 하잘것없는 변명일 뿐이지. 그러나 그들이 아무리 그래보았자 소용없는 일이야. 부인들은 모두 내 헤어스타일이 세상에서 가장 멋있다고 생각하고, 꼼꼼하게 공들인 디자인의 옷차림은 멋진 취미에 의한 것이라고 말하면서 내가 그녀들을 위해 쓰는 비용을 언제나 벌충해줄 듯이 보여. 왜냐하면 그녀들은 내가 이렇게 멋을 내는 이유가 오로지 스스로의 몸단장을 위해서라고 생각할 만큼 바보는 아니거든.

저택의 여주인은 내가 필경 자기를 선택하리라고 생각했기 때문에 처음에는 내 선택에 뾰로통한 기색이었고, 며칠은 날카로운 반응을 보이더군(단 연적인 여자에 대해서만 그렇다는 것이고, 내게는 늘 같은 말투로 이야기하였어). 그런 심경은 몇몇 사소한 것들에서 드러나곤 했어. "이봐요!" 그녀는 여성 특유의 쌀쌀맞고 빈정대는 말투로, 상대의 몸치장에 대해 무례하게 큰 소리로 이렇게 트집을 잡았어. "당신의 그 높은 헤어스타일, 전혀 얼굴에 어울리지 않아요." 혹은 "당신의 블라우스는 겨드랑이 밑에서 주름이 잡히는군요. 누구에게 바느질을 맡겼어요?" 혹은 "눈이 풀어져 있어서 전혀 다른 사람같이 보이네요." 그 외에도 수없이 많은 자질구레한 관찰을 하였고, 기회 닿는 대로 실컷 악의적인 분풀이를 하지 않고서는 못 견뎌 했어. 만일 그런 기회가 좀처럼 오지 않으면, 스스로 편리한 기회를 마련하여 자신이 받은 모욕에 이자를 덧붙여 갚아주는 것이었어. 그러나 곧 다른 남자가 나타나 모욕당한 공주의 관심을 뺏어가게 되어, 이런 사소한 말싸움이 끝나고 정상으로 돌아오곤 했지.

내가 장미색 부인의 공공연한 애인이 된 것에 대해서는 좀 전에 대략 이야기하였지만, 자네같이 꼼꼼하고 빈틈없는 사람에게는 그것만으로 충분치가 않을 거야. 자네는 분명 이름을 알고 싶겠지. 하지만 이름만은 말할 수 없네. 그러나 굳이 원한다면, 이야기의 편의상 처음 만났을 때 그녀의 옷 색깔을 따서, '로제트'라고 부르기로 하지. 예쁜 이름이잖아. 내가 기르던 암캐도 같은 이름이었다네.

자네는 이런 종류의 일에 대해서 지극히 정확성을 기하는 사람이니까, 내가 이 아름다운 여성과 친해지기 시작한 전말을 하나하나 자세히 알고 싶을 거야. 어떠한 경로를 거쳐서 나와 그녀가 공적인 관계에서 사적인 관계로 옮아갔는지, 단순한 관객으로부터 배우로 전향하였는지, 또 어떻게 관중의 한 사람으로부터 애인이 될 수 있었는지 따위에 대해서 말이야. 자네의 호기심을 기꺼이 풀어주겠네. 우리의 사랑 이야기에는 침울한 일이란 하나도 없어. 모든 것이 장밋빛이고 눈물이라곤 기쁨의 눈물뿐. 우리의 만남엔 군더더기도 반복도 없고, 만사는 호라티우스가 칭찬한 그 빠르기로 목표를 향하여 나아간다네. 그야말로 프랑스적인 소설이야. 그렇다고 해서 내가 최초의 시도 한 번으로 아성을 빼앗았다고 상상하진 말게. 공주는 신하에 대하여 대단히 인정이 있었지만, 처음에 생각했던 것만큼 쉽게 자비를 베풀지는 않았네. 그녀는 얼마에 그것을 팔 수 있는지 값을 너무 잘 알고 있었어. 또 적당히 초조하게 만드는 편이 욕망을 더욱 자극하는 일이며 적당히 저항하는 짜릿함이 쾌락에 맛을 더한다는 사실도 너무 잘 알고 있단 말이야. 그러기에 아무리 이쪽이 마음에 들었다고 해도 처음부터 정조를 허락할 리가 없지.

일의 전말을 이야기하자면 약간은 과거로 거슬러 올라가야 하네. 우리의 첫 회견에 대해선 꽤 상세하게 이야기하였지. 우리들은 예의 그 집에서 한 번인가, 두 번, 어쩌면 세 번인가 마주쳤을 거야. 그러자 그녀가 나를 자기 집으로 초대하더군. 자네도 짐작하듯이 나는 거절하지 않았지. 그녀의 집에는 처음에는 매우 조심스럽게 가다가 차츰 횟수를 늘려가면서 아주 빈번하게 들렀고, 나중에는 가고 싶을 때 아무 때나 나서게 되었어. 자네에게 고백하자면 하루에 서너 번은 갔었네. 부인은 몇 시간만 떨어져 있어도 마치 내가 동방의 인도에서라도 돌아온 듯이 맞아주었어. 나는 그런 태도에 대단히 감동하였고, 더할 수 없이 정중하고 다정하게 감사의 마음을 표현하지 않을 수 없었다네. 거기에 대해 그녀 역시 최선을 다해 보답해주었지.

우리가 그렇게 부르기로 결정한 대로, 로제트는 대단히 재치 있는 여자로서 남자를 이해하는 데 있어서 매우 능란하였어. 그녀는 1장을 매듭짓는 데 약간의 시간을 끌기는 하였지만, 나는 한 번도 화를 내본 적이 없었네. 참으로 희한하지. 왜냐하면 자네도 알다시피 나는 원하는 것을 즉시 손에 넣지 못하거나 여자를 손에 넣을 때까지 내가 머릿속으로 예정했던 시간보다 더 지체되면 마구 화를 내곤 했잖아. 그녀가 어떻게 했는지 나도 모르지만, 하여튼 나는 그녀를 처음 본 순간부터 그녀를 차지할 수 있으리라는 것을 알 수 있었네. 그녀가 손수 쓰고 서명까지 한 증서를 받은 것보다 더 확신이 있었으니까. 그녀의 대담하고 숨김없는 태도가 나로 하여금 무모한 희망을 품게 했는지도 모르지. 그러나 그것은 진짜 이유가 아닌 것 같아. 나는 전에 의심할 여지 없이 자유분방하게 말하는 여자를 몇 명 본 적이 있지만, 이런 결과도 없었거니와, 그 곁에 있으면 적어도 엉뚱한 불안과 공포를 느꼈거든.

대체로 내가 관심이 가지 않는 여자보다도 내 소유로 만들고 싶다고 생각되는 여자에게 훨씬 무뚝뚝하게 되는 이유는 그 기회가 오기를 바라는 열렬한 기대와 계획의 성공 여부에 대한 불안감 때문이야. 그 때문에 나는 침울해지고 생각에 골몰하는 바람에 스스로의 역량과 기지를 충분히 발휘할 수 없게 돼. 사전에 예정해놓은 시간이 시시각각으로 허무하게 지나가고 마는 것을 보면, 나도 모르게 화가 나서 몹시 무뚝뚝하고 모진 말을 하지 않을 수 없게 되고 때로는 난폭한 말까지 실없이 지껄이게 되어 상대를 수백 리 밖으로 내쫓고 말지. 로제트에 대해서는 그런 감정을 한 번도 느껴본 적이 없어. 그녀가 필사적으로 저항할 때에도 나의 사랑을 피하려고 한다는 생각은 해본 적이 없어. 나는 태연하게 그녀가 부리는 자잘한 교태들을 보아주고, 또 그녀가 내 열정을 빨리 돋우지 못하고 늑장을 부려도 참고 있다네. 그녀의 신랄한 비평은 왠지 모르게 미소를 품고 있었는데, 이는 듣는 사람으로 하여금 크게 위로받게 해주었고, 히르카니아[1]인을 닮은 잔혹성 속에 언뜻언뜻 보이는 인정은 심각하게 염려할 필요는 없다는 생각이 들게 하였어. 정숙한 여자들은, 전혀 그렇지 않을 때조차, 어쩐지 상냥하지 못하고 사람을 경멸하는 것 같은 경향이 있는데, 나는 그런 것은 도저히 못 참아. 그런 여자들은 언제나 종을 흔들어 급사에게 쫓아내라는 지시를 내릴 준비를 하고 있는 것 같네. 그래서 내 생각엔 힘들여 여자의 비위를 맞추는 남자를 (그것만으로도 남이 생각하는 것만큼 유쾌한 일은 아니지만) 그토록 못된 놈으로 취급할 필요는 없을 것 같아. 사랑스러운 로제트는 그런 표정을 절대로 짓지 않는다네. 하긴 그녀로서도 그게 유리하겠지. 그녀는 내 면목을 새롭게 해주었고, 일찍이 나에게 없던 점까지도 보완해주었다고 자신 있게 말할 수 있는 유일한 여자야. 나의 정신은 자유롭게 날개를 폈고, 그녀는 재치 있고 열정 넘치는 대화로 나로 하여금 스스로 생각하고 있던 것 이상의, 또 실제로 지니고 있는 것 이상의 재능을 발견하게 해주었어. 사실 나는 별로 서정적이 못 되었거든. 그녀와 함께 있을 때에는 더더욱 그럴 수 없지. 그 이유는 C군의 말대로 그녀에게 시적인 면이 없기 때문이 아니라, 그녀가 생기와 활력이 넘치고 활동적이며 스스로의 환경에 완전히 박혀 있어서, 그러한 환경에서 빠져나와 구름 속으로 올라갈

---

1 고대 페르시아 지구. 주민들이 난폭하고 잔인한 것으로 유명하다.

마음이 들지 않기 때문이야. 그녀는 실생활을 매우 즐겁게 하면서 스스로에게나 남에게 재미있는 삶을 안겨주기 때문에 공상도 그 이상을 줄 게 없거든.

기적과도 같은 일 아닌가! 그녀와 사귄 지 두 달 가까이 되었는데, 그때부터 그녀가 없을 때에만 심심했으니 말이야. 평범한 여자들이 그런 결과를 만들어낼 수 없다는 것은 자네도 인정하겠지. 왜냐하면 여자는 거의 언제나 이것과는 정반대의 반응을 보였고, 멀리 떨어져 있는 편이 가까이 가서 보는 것보다 더 나를 기쁘게 했으니 말이야.

로제트는 참으로 훌륭한 성격을 지니고 있어. 물론 남자에 대해서 말일세. 왜냐하면 여자에 대해서는 악마보다도 더 심술궂기 때문이야. 그녀는 쾌활하고 명랑하고 재치 있으며 어떤 이야기에도 막힘이 없고, 그녀만의 독특한 화술이 있고, 또 듣는 사람이 예상하지 못한 귀여운 익살을 부릴 줄 알지. 재미있는 벗이고, 애인이라기보다는 가끔 함께 자기도 하는 사랑스러운 친구이지. 가령 내가 좀 더 나이를 먹고 소설 같은 생각을 좀 덜 하게 된다고 해도, 지금과 달라질 것은 아무것도 없을 테고, 나를 살아 있는 것 중에 가장 행복한 존재라고 생각할 거야. 그러나…… 그러나…… 이 '그러나'라는 짧은 말은 결코 좋은 일의 전조는 아니야. 더구나 이 악마와도 같은 짧은 한마디의 말이야말로 불행하게도 인간의 모든 말

중에서 가장 많이 사용되는 말이지. 그러나 나는 바보고 멍청이며, 틀림없는 천치야. 나는 어떤 일에도 만족할 줄 모르고 언제나 이치에 맞지 않는 것을 찾고 있으며, 완전한 행복을 누리는 대신 반만의 행복을 누리고 있어. 반만이라도 이 세상에서는 대단한 것이지만, 내게는 그것으로 충분하다는 생각이 안 드네.

세상 사람들의 눈에 나는 많은 사람이 탐내고 부러워하는, 또 어느 누구도 경멸하지 못하는 애인을 갖고 있는 사람이야. 그러니 나의 숙원은 표면상으로는 이루어진 셈이고, 이제 나는 운명에 대해 싸움을 걸 자격이 없다네. 그럼에도 나는 내가 애인을 갖고 있는 것 같지 않아. 이성적으로는 이해가 가는데, 실감이 나질 않거든. 만약 누군가 나에게 느닷없이 애인이 있느냐고 묻는다면 없다고 대답할 것 같아. 하지만 어느 시대나 나라를 막론하고, 미모와 젊음과 재기를 구비한 여자를 소유하고 있으면 애인을 가졌다고 말해왔고, 또 지금도 그렇게 말하고 있잖아. 나도 다른 방법이 있다고는 생각지 않네. 그럼에도 불구하고, 그 점에 관하여 나는 이상한 의심을 느끼지 않을 수 없어. 그래서 만약 여러 명이 짜고서 내가 로제트의 사랑을 받는 연인이 아니라고 주장한다면, 아무리 사실이 명백해도 나는 그 말을 믿을지도 몰라.

내가 이런 말을 한다고 해서, 내가 그녀를 사랑하지 않는다든가 그녀가 나의 어떤 점을 못마땅하게 여기고 있다고 상상하면 곤란해. 그러기는커녕 나는 그녀를 대단히 사랑하고, 남들이 다 그렇게 생각하듯이 예쁘고 남자의 마음을 자극하는 여자라고 생각해. 단지 나는 그녀가 내 것이라는 느낌이 들지 않는 것뿐이야. 어떤 여자도 그녀만큼 나를 즐겁게 해주었던 적이 없고, 내가 쾌락에 대해서 알게 된 것도 그녀의 품 안에서인데 말이야. 그녀의 단 한 번의 입맞춤이나 아주 간결한 애무도 나를 발끝까지 떨게 하고 온몸의 피를 심장까지 역류시킨다네. 이 모든 것을 종합해보게. 사정은 자네에게 이야기한 바와 같아. 그러나 인간의 마음은 이렇게 어리석음으로 가득 차 있는 법이야. 마음속에 잠재하는 모든 모순을 화해시켜야 한다면, 정말 큰일이겠지.

그 까닭은 무엇일까? 정말로 나는 이유를 모르겠어.

나는 그녀의 얼굴을 하루 종일, 또 기분이 내키면 밤새도록 보고 있어. 나는 내가 좋을 대로 온갖 방법으로 그녀를 애무하고, 알몸으로 있게 하든 옷을 입히든, 도시에 있든 시골에 데리고 가든 내 마음대로야. 그녀는 끝없이 나를 즐겁게 해주려고, 나의 변덕이 아무리 유별난 것이라도 거침없이 몸을 맡겨와. 어느 날 저녁 나는 응접실의 한가운데에서 그녀를 소유하고 싶은 충동을 느끼게 되었어. 천장의 샹들리에와 사방의 벽에 걸려 있는 촛대에 환하게 불을 밝히고, 난로에는 불을 활활 타게 하고, 안락의자는 손님을 초대한 야회 때와 같이 둥글게 원형으로 놓고, 그녀는 무도회 복장으로 꽃다발과 부채를 들고, 손가락과 목은 갖고 있는 모든 다이아몬드로 장식하고, 머리에는 깃털을 꽂고, 가능한 한 눈부시게 화려한 옷을 입고 있으며, 나는 곰의 모피를 입고 있는 상상을 하게 되었지. 그녀는 거기에 동의하였어. 모든 준비가 끝나자, 하인들은 누가 와도 문을 열어주면 안 된다는 명령을 받고는 몹시 놀랐어. 무슨 영문인지 도무지 이해하지 못하는 듯 멍청히 물러가는 모습을 보고 우리들은 배꼽을 잡고 웃었지. 분명 그들은 마님이 정신이상이 된 게 아닐까 하고 생각하는 듯하였어. 그러나 그들이 어떻게 생각하고 안 하고는 우리에게 하등 문제가 되지 않았어.

그날 밤은 내 생애를 통해 가장 익살스러운 날이었지. 곰의 다리 밑에는 깃털이 달린 모자를 씌우고, 발톱마다 반지를 끼고, 은으로 만든 호신용 단검을 차고, 손잡이에 하늘색 리본을 감은 내 모습을 상상할 수 있겠나? 나는 미녀의 곁에 다가갔어. 그리고 매우 우아하게 절을 하고 그녀 곁에 앉아 온갖 방법으로 귀찮게 하였어. 사향 냄새가 나는 달콤한 말과 과장된 찬사를 늘어놓았고, 그때그때 되는 대로 지껄인 말들은 나의 상스러운 곰 탈과 특히 잘 어울렸어. 나는 색칠한 도화지로 만든 근사한 가면을 쓰고 있었는데, 그 가면은 곧 탁자 밑으로 던져지고 말았지. 그 정도로 나의 여신은 그날 밤 아름다웠고, 나는 그녀의 손과 손보다 더 좋은 곳에 키스하고 싶어 안달이 났지. 가면 다음에 모피도 곧 벗어 던져졌어. 나는 곰으로 있어본 습관이 없었기 때문에, 곰가죽이 못 견딜 정도로 나를 숨막히게 했어. 그다음에 무도회 복장이 멋진 연기를 하였다는 점은 자네도 상상할 수 있겠지. 깃털 장식은 눈처럼 미녀의 주위에 떨어지고, 소매로부터 곧 어깨가, 코르셋으로부터 젖가슴이, 구두에서 맨발이, 스타킹에서 다리가 모습을 드러냈어. 풀어진 목걸이가 마루에서 굴러다녔고, 내 기억에 이처럼 새 옷이 가차 없이 구겨져 우글쭈글하게 된 적은 없었을 거야. 옷은 은사로 짜인 것이었고, 안감은 흰색의 고운 명주였어. 로제트는 여자로서는 도저히 생각조차 못할 씩씩한 모습을 보여주었고 나를 감복시켰어. 그녀는 벗어 던진 무도복 더미를 관심 없는 증인처럼 바라보았고, 그녀의 옷이나 레이스를 아쉬워하는 기색을 한순간도 보이지 않았어. 그러기는커녕 미친 듯이 즐거워하며 그녀나 내 생각대로 매듭이나 고리가 빨리 풀리지 않으면 손수 나서서 그것들을 찢거나 끊어버렸어. 이거야말로 고대의 여러 영웅들이 세운 혁혁한 공훈과 어깨를 나란히 할 역사에 남을 쾌거 아니겠나? 특히 그 옷이 새 옷일 때에, "옷을 구기지 말아주세요."라든가 "더럽히지 말아주세요."라고 말하는 것은 여자가 연인에게 보이는 최대한의 사랑의 증거잖아. 새 옷은 남편에게 일반적으로 알려져 있는 이상으로 성채 노릇을 하는 법이지. 로제트는 나를 너무 사랑하거나 에픽테토스[2]도 두려워 떠는 철학을 지니고 있음에 틀림없어.

그러나 나는 로제트에게 옷값 이상을 지불했다고 생각하네. 내가 지불한 화폐는 상인들 사이에서는 가치가 없지만, 상당한 평가를 받고 존중받고 있는 것이거든. 그토록 큰 영웅심은 그만한 보수를 받을 가치가 충분히 있는 법이지. 또한 그녀도 아량이 넓은 여자이므로 내가 준 것에 대해 충분히 답례를 해주었어. 나는 제정신을 가진 사람의 짓이라고는 생각되지 않는, 몸이 경련을 일으키는 듯한 쾌락을 체험하였어. 나는 내가 그런 쾌락을 경험하게 되리라고는 생각하지 못했어. 갑작스러운 웃음소리와 더불어 요란스러운 입맞춤, 끓어오르는 격렬한 애무, 짜릿하고 자극적인 쾌락, 옷과 환경 때문에 마음껏 즐길 수 없는 탓에 오히려 전혀 거추장스러움이 없는 때보다 백배나 더 생기가 넘치는 행복감, 이런 것들이 내 신경을 자극하여 손발이 떨려와 좀체 낫질 않았어. 그때 그녀가 나를

---

2 Epictetos: 1세기의 스토아 학파의 철학자. 절제와 엄격함으로 개인이 자유와 행복에 이르는 길을 가르쳤으며, 신성과 자연의 의지에 따라 살 것을 주장하였다. 그의 제자이자 그리스의 역사가인 아리아노스가 그의 가르침을 엮은 『어록』과 『제요』는 서양인들 사이에서 일종의 도덕 교본으로 읽혀졌다고 한다.

진정시켜주려고 애쓰면서 나를 바라보는 다정하고도 자랑스러운 모습과 내 비위를 맞추기 위해 노심초사하는 기쁨과 근심에 찬 태도를 자네는 도저히 상상도 못할 거야. 그녀의 얼굴에는 나에게 그토록 큰 희열을 안겨준 것에 대한 기쁨이 빛나고 있었고, 환희의 눈물로 젖어 있는 그녀의 눈에는 나의 건강을 염려하는 근심의 기색이, 또 자신을 위해서도 나의 건강을 바라는 마음이 또렷이 나타나 있었어. 그 순간보다 그녀가 아름답게 보인 적은 없었어. 그녀의 눈매에 어머니의 눈매 같은 순결한 무엇인가가 있어서 나는 방금 전에 있었던 아나크레온[3]의 전투 장면도 다 잊고 그녀 앞에 무릎을 꿇은 채 손에 입맞추게 해달라고 애청하였어. 그러자 그녀는 제법 엄숙하고 독특한 위엄을 지니고 입맞춤을 허락하더군.

틀림없이 그녀는 C군이 주장하는 만큼, 또 나 역시 가끔 생각하는 만큼, 타락한 여자는 아니야. 그녀는 머리가 타락한 여자일지는 몰라도 마음이 타락한 여자는 아닐세.

내가 자네에게 이야기한 장면은 여러 장면 중 하나일 뿐이야. 이 사실로 미루어볼 때, 내가 한 여자의 사랑을 받고 있다고 해도 과히 틀린 말은 아닌 듯해. 그런데 어찌된 영문일까!

---

3 Anacreon: 기원전 6세기에 이오니아의 테오스에서 태어난 서정시인.

그렇게 할 수가 없으니 말이야. 집에 돌아오자마자, 나는 내가 사랑받고 있는지 아닌지 마음에 걸리기 시작하여 여느 때와 마찬가지로 이 생각 저 생각을 해보았어. 나는 스스로 한 일과 상대가 한 일을 완벽하게 기억해내지. 그저 대수롭지 않은 몸짓이나 태도까지 자질구레한 모든 것이 생생하게 눈앞에 떠올라, 아무리 희미한 목소리의 억양이나 어슴푸레한 쾌락의 뉘앙스까지도 남김없이 기억해낸다네. 다만 나는 그것이 모두 나에게만 일어난 일이고, 다른 사람과는 관련이 없는 일 같은 생각이 들어. 그것이 하나의 환상이나 착각, 꿈이 아니었다는 확신이 없고, 혹시 내가 어느 책에선가 읽은 이야기는 아니었나, 혹은 내가 곧잘 하는 바와 같이 스스로 지어낸 이야기는 아니었나 하는 의심이 들곤 해. 내가 경망스러운 확신에 사로잡혀 착각한 것은 아닐까, 속임수의 노리개가 된 것은 아닌가 하고 걱정하지. 내가 몹시 피곤하다는 사실, 또 외박을 하였다는 사실에도 불구하고 나는 여느 때와 같이 같은 시각에 잠자리에 들었다가 아침까지 푹 자고 났다는 생각이 굳이 든단 말이야.

육체적으로는 확실하게 알고 있는 사실을 정신적으로 믿지 못하는 나는 정말로 불행한 사람이야. 보통은 그 반대며, 사실이 사상을 증명하지 않나. 그런데 나는 사상에 의하여 사실을 증명하려고 하다니. 그러나 그것이 잘 안 돼. 참 이상한 일인데도 사실이야. 애인을 가지고 있다고 생각하고 안 하고는 어느 정도 주관적인 문제겠지만, 나에겐 지금 애인이 있는데도 그렇다고 믿을 수가 없어. 그토록 명백한 일에 대해서도 수긍이 가지 않으므로, 나는 삼위일체같이 간단한 일조차 믿지를 못해. 신앙은 애써 구하는 것이 아니라 하늘에서 거저 주시는 것, 신의 특별한 은혜가 아닌가.

나처럼 남의 인생을 살고 싶어 하고, 남의 성격을 갖고 싶어 하는 사람도 없을 거야. 또 나처럼 그 점에서 성공하지 못한 사람도 없을 걸세. 무엇을 하든지 간에 남들은 나에게 환상 같기만 하고, 그들의 존재를 느낄 수가 없어. 그러나 그것은 그들의 생활을 인정하고 거기에 참여하려는 의욕이 없기 때문이 아니야. 모든 것에 있어서 마음으로부터의 공감의 강도가 문제인데, 나는 어떤 사물이나 인물의 존재 여부에 대해 도무지 관심이 없고, 그것으로부터 어떤 감지될 만한, 명백한 영향도 받지 않는다네. 현실의 세계에서 내 앞에 나타나는 남녀를 보아도, 내 마음에는 꿈속의 환상 이상으로 강한 흔적을 남기지 않아. 내 주변에는 꿈인지 생시인지 알 수 없는 유령, 혹은 그와 유사한 창백한 무리가 낮은 소리로 웅얼거리고 있어. 나는 그 가운데에서 말할 수 없이 외롭다네. 왜냐하면 좋게든 나쁘게든 나에게 작용하는 것은 아무것도 없으며, 성격도 나와는 전혀 다른 것 같기 때문이야. 만약 그들에게 말을 걸어 상식에 어긋나지 않는 대답을 들으면, 나는 마치 개나 고양이가 갑자기 말을 하기 시작하여 그 짐승들과 대화를 나누기라도 한 듯 놀란다네. 그들의 목소리는 언제나 나를 놀라게 해. 그래서 그들은 덧없는 환상에 지나지 않고 나는 그들을 비추는 객관적인 거울이라는 생각을 하곤 하지. 잘났든지 못났든지 간에, 분명히 나는 그들과 같은 종류는 아니야. 나보다 우월한 존재는 신밖에 없다고 생각하는 순간이 있는가 하면, 어떤 때에는 스스로를 돌 밑의 쥐며느리나 모래 위의 연체동물만도 못하다고 생각하게 돼. 그러나 어느 경우든, 윗니든 아랫니든, 나는 절대로 인간이 나와 같은 종류라고 믿을 수가 없어. 나를 선생이라고 부르든지, 혹은 '이 사람'이라고 부르면, 정말로 이상한 기분이 들어. 내 이름조차 가공적인 것이며, 내 진짜 이름이 아닌 것 같아. 그럼에도 불구하고, 매우 시끄러운 소음 가운데에서 아무리 작은 소리라도 내 이름이 불리는 걸 들으면 나는 돌연 열에 들뜬 듯이 발작적으로 재빨리 뒤를 돌아보지. 나도 내가 왜 그러는지 도저히 납득이 안 간다네. 내 이름을 알고 있고, 나를 그저 익명의 군중으로 보지 않는 그 사람이 혹시 나의 경쟁자나 적은 아닐까 하고 걱정해서일까?

내 성격이 얼마나 남과의 교제나 접촉을 끔찍하게 싫어하는지 통감한 것은 특히 여자와 함께 지내던 때야. 나는 물컵

속에 떨어진 기름 모양으로, 아무리 젓거나 섞어도 물과 결합되지 않아. 기름은 수백, 수천 개의 알맹이로 분리되지만, 젓기를 그만두면 곧 한 덩어리가 되어 표면에 떠오르지. 기름방울과 한 컵의 물, 이게 바로 내 이야기라네. 쾌락은 모든 생물을 결합시키는 다이아몬드의 사슬이며, 물질적인 불이 철과 화강암을 녹이듯이 마음속의 암석이나 금속을 녹여 눈물이 되어 떨어지게 하는 맹렬한 불꽃이지만, 아무리 강한 쾌락이라도 나를 정복하고 감동시킬 수는 없어. 그럼에도 나는 아주 예민한 감각을 갖고 있지. 하지만 내 마음과 몸은 서로 적대시하는 부부로서, 이 부부는 합법적 부부든 내연의 관계든 모든 부부가 그렇듯이 끊임없이 전쟁 상태를 계속하고 있어. 사람들은 여자의 팔이 이 세상에서 가장 단단히 남자를 묶는 것이라고 말하지만, 나에게는 극히 약한 사슬일 뿐이야. 나는 애인의 가슴에 꽉 안겨 있을 때처럼 멀리 떨어져 있는 것같이 느껴진 적이 없다네. 숨이 막혀올 뿐이야.

몇 번이나 나는 나 자신에게 화를 내었던가! 이렇게 되지 않기 위해 얼마나 노력을 하였던가! 얼마나 나는 다정한 사람, 또 사랑스럽고 정열적인 사람이 되기를 바랐던가! 마음의 머리채를 움켜쥐고 입맞추고 있는 나의 입술 위로 끌고 갔던 일이 몇 번이었던가!

별 짓을 다 해보아도, 마음은 내 손아귀에서 풀려나자마자 입술을 닦으며 뒤로 물러나버리고 말아. 이 가련한 마음으로서는 육체의 방탕에 입회하여 입에 맞는 것이 하나도 없는 연회에 계속 앉아 있어야 하는 것이 얼마나 고통스러운 일일까!

내가 로제트와 함께 지내기로 결심한 것도 과연 나에게 사교성이 전혀 없는지, 남의 존재를 믿을 수 없을 만큼 내가 남에게 관심이 없는지 확실하게 시험해보기 위해서였어. 나는 그 실험들을 지칠 때까지 해보았지만, 여전히 의심은 풀리지 않고 있어. 그녀와 함께 있으면 쾌락이 하도 강렬해서 마음이 감동까지는 아니더라도 누그러지는 일이 곧잘 있었기 때문에, 정확한 관찰이 어렵긴 했어. 결국 나는 그 쾌락이 내 피부 속을 뚫지 못하는 표면적인 쾌락에 지나지 않는다는 사실을 깨달았네. 내 마음은 단지 호기심에 쏠렸을 뿐이야. 내가 쾌락을 느끼는 것은 젊고 힘이 있기 때문이야. 그러니까 그 쾌락은 나 자신에게서 유래하는 것이지, 남으로부터 주어지는 것은 아니란 말이야. 기쁨의 원인은 로제트에게 있는 것이 아니라 바로 나 자신에게 있단 말일세.

아무리 노력해도 나는 자신으로부터 한순간도 빠져나올 수가 없네. 나는 여전히 예전 그대로의 나야. 내가 생각해도 기분 나쁠 정도로 따분한 사람이며, 남을 따분하게 하는 사람이란 말이야. 나로서는 머릿속에 남의 사상을, 마음속에 남의 감정을, 내 몸 안에 남의 고통과 기쁨을 받아들이는 일을,

아무리 노력해도 할 수 없단 말이야. 나 자신 안에 갇혀 있어서 아무도 그 안에 침입할 수가 없어. 죄수는 도망가고 싶어서 벽이 허물어지기만을, 또 그에게 길을 내어주기 위해 문이 저절로 열리기만을 고대하지. 그런데도 어떤 숙명이 각각의 돌을 제자리에, 또 각각의 빗장을 쇠장식에 완강하게 붙들어 매어놓고 있는 것인지 알 수가 없군. 내 마음속에 남을 받아들이는 일도, 또 남의 마음속을 찾아가는 일도 불가능하니 말일세. 나는 남과 허물없이 사귀지도 못하고, 군중의 한가운데에서 한없이 슬픈 고독 속에 살고 있어. 침대 위에서는 홀아비가 아닌지 모르겠지만, 마음은 여전히 홀아비라네.

아! 나는 한 입자, 한 분자만이라도 나 자신을 확장시킬 수가 없어. 내 혈관에 다른 사람의 피가 흐르게 할 수도 없고. 늘 나의 눈으로만 볼 뿐, 더 뚜렷하게도, 더 멀리도, 그 밖에 어떤 식으로도 볼 수가 없지. 또 늘 똑같은 귀와 똑같은 감각으로 소리를 들어. 그리고 똑같은 손가락으로 물건을 만져. 변하지 않는 기관으로 변하는 사물을 느낀다네. 똑같은 음색과 말투를 되풀이하고, 똑같은 문구와 말을 되풀이하며, 나로부터 도망쳐 어딘가 남이 따라오지 않는 곳에 숨을 수도 없어. 언제나 스스로를 방어하지 않을 수 없어, 나 혼자 식사하고 나 혼자 잠자리에 들어. 수많은 새로운 여자들 틈에서 나만은 언제나 똑같은 남자야. 현대생활이라는 연극의 파란만장한 장면의 한복판에 서서 그 역할을 달달 외운, 틀에 박힌 인물을 연기하지. 늘 똑같은 것을 생각하고, 똑같은 꿈을 꾸어. 이 얼마나 괴롭고 따분한 일인가!

나는 탕구트족(族)의 뿔피리를, 포르투나투스의 모자[4]를, 아바리스의 지팡이[5]를, 기게스의 반지[6]를 갈망한다네. 선녀의 손에서 마법의 지팡이를 빼앗을 수 있다면, 내 혼을 팔았을지도 몰라. 그러나 내가 무엇보다도 원했던 것은 점쟁이 티레시아스[7]와 같이 산 위에서 사람의 성을 바꾸는 힘을 가지고 있는 뱀들을 만나는 일이야. 그리고 내가 인도의 기괴한 신들을 부러워한 것은 그들의 영원한 윤회와 그들의 무수한 변신 때문이라네.

처음에 나는 다른 남자가 되어보고 싶었어. 그러나 같은 남

---

4 포르투나투스는 15세기 무렵 독일 우화의 주인공으로, 보물이 무한히 나오는 자루와 마술 모자를 가지고 있었다.

5 아바리스는 스키티아의 마술사로, 아폴론한테 화살을 하사 받아 그것을 걸터 타고 허공을 날았다. 고티에는 이 화살을 지팡이로 표현한 것 같다.

6 사람의 모습을 감추어주는 반지를 가지고 있던 그리스인 기게스가 리디아의 칸다올레스 왕에게 이를 선물하자, 부인 로도페의 미모를 자랑스러워하던 칸다올레스는 기게스로 하여금 반지를 끼고 그녀의 나체를 들여다보게 한다. 이를 알고 노여워하던 로도페가 기게스에게 남편을 살해해달라고 요청하고, 칸다올레스가 죽은 뒤 기게스가 왕위를 물려받는다.

7 그리스 신화 속 인물로, 양성을 모두 경험한 테베의 맹인 예언자. 킬레네 산에서 암수 뱀이 뒤엉켜 교미하는 것을 보고 떼어놓자 여성으로 변하였으며, 7년 후 같은 곳에서 또다시 교미하는 뱀과 마주쳐 떼어놓자 남성으로 변하였다고 한다.

자가 되면 무엇을 느낄 것인지 거의 예측할 수 있었고 기대할 만한 놀라움과 변화를 느끼게 되지는 않을 거라는 생각이 들자 이번에는 여자가 되고 싶었어. 밉지 않은 애인을 얻었을 때에는 언제나 그렇게 생각하지. 못생긴 여자는 나에게 남자와 같으니까. 그리고 나는 한참 기분을 내고 있을 때에 역할을 바꾸어보고 싶었어. 왜냐하면 내가 주는 효과를 분명하게 알 수가 없어서, 내 기분에 의해서만 남의 기분을 판단해야 하는 일은 안타깝기 짝이 없기 때문이야. 이런저런 생각들이 가장 부적절한 순간에 떠올라, 나를 멍하니 생각에 잠긴 듯하고 꿈꾸는 듯한 모습으로 만드는 바람에, 나는 냉정하다거나 박정하다는 비난을 듣곤 한다네.

천만다행으로 그런 일을 전혀 모르는 로제트는, 내가 이 세상에서 누구보다도 사랑에 푹 빠진 남자라고 믿고 있어. 그녀는 나의 무력한 광란을 정욕의 광란이라고 믿고서는 내가 문득문득 생각해내는 온갖 실험적인 변덕에 전적으로 몸을 맡기려고 해.

나는 그녀를 소유하고 있다는 사실을 스스로에게 납득시키기 위해서 온갖 짓을 다 해보았네. 그녀의 마음속 깊이 들어가 훑어보려고 하였으나, 언제나 첫 번째 계단인 그녀의 피부나 입에서 멈추고 말았어. 아무리 육체적으로 긴밀히 결합되어 있어도 우리 두 사람 사이엔 아무런 공통점이 없다는 사실을 확실히 깨닫고 있다네. 내가 품고 있는 사상 따위는 그녀의 젊고 상냥한 머릿속에서 날개를 편 적이 없으며, 그토록 단단하고 순결한 가슴을 물결치듯 돌출시키고 있는 그녀의 활기에 찬 뜨거운 심장은 내 심장과 같은 상태로 고동쳐본 적이 없어. 내 영혼은 그녀의 영혼과 결합한 적이 한 번도 없어. 독수리의 날개를 가진 큐피드는 프시케의 아름다운 상아 이마에 입맞춘 적이 없단 말일세. 없고말고! 이 여인은 내 애인이 아니야.

내가 내 영혼을 육체의 사랑에 동참하게 하기 위하여 얼마나 애를 썼는지 자네가 알까! 얼마나 격렬하게 내 입을 그녀의 입속에 쑤셔 박고, 내 팔을 그녀의 머리칼로 적시고, 그녀의 완만하고 부드러운 허리를 꽉 휘감았던가. 젊은 헤르마프로디토스를 사랑했던 태고의 살마키스와 같이 나는 그녀의 육체와 나의 육체를 하나로 녹여보려고 했어. 그녀의 가슴에서 새는 한숨이나 그녀의 눈꺼풀에서 흘러나오는 쾌락의 눈물을 마셔보기도 했어. 그러나 두 사람의 몸이 단단히 서로 엉켜 포옹이 강해지면 강해질수록, 애정은 사라져갔어. 내 영혼은 슬퍼하듯이 주저앉아 자기가 초대받지 않은 이 한심스러운 결혼을 가엾이 여기듯 바라보거나, 혹은 추잡스러운 듯이 얼굴을 가리고 망토자락 뒤에서 숨 죽인 채 울고 있었어. 이 모든 것은 내가 로제트를 사랑하고 있지 않은 데에서 연유하는지도 몰라. 아무리 로제트가 사랑받을 값어치가 충분히 있는 여자고, 나 역시 아무리 그녀를 사랑하길 갈망해도 말일세.

나는 철저하게 나를 고집하는 그런 생각을 뿌리치기 위해서, 나와 마주치는 일이 전혀 없도록 극히 이상야릇한 환경을 조성하였어. 물론 개성을 떨쳐버릴 수는 없기 때문에, 그 개성을 자각할 수 없도록 완전히 생활을 바꾸고 갈피를 잡지 못하도록 했어. 그러나 역시 성공하지 못하고, 나라고 하는 악마는 끝까지 나를 집요하게 따라다니더군. 그놈을 쫓아낼 방법은 전혀 없었어. 나 자신에게는, 다른 귀찮은 사람에게 말하듯 외출을 했다든지 지방에 내려갔다는 핑계를 댈 수 없으니 말이야.

나는 애인을 데리고 온천에 갔었어. 가서 최선을 다해 트리톤[8]의 흉내를 내보았지. 바다는 거대한 대리석 욕조였다네. 네레이스[9]로 말하자면, 아무리 물이 맑다고 해도, 그녀가 감추고 있는 아름다움의 정수를 드러내기에는 부족하다고 생각했어. 또 나는 그녀를 달 밝은 밤에 음악이 흐르는 곤돌라에 태워보았어.

---

8 상반신은 사람이고 하반신은 인어인, 그리스 신화 속 해신(海神).

9 그리스 신화에 나오는 지중해의 아름다운 님프. 해마의 등에 올라타고 노래와 연주를 한다고 한다.

그런 일은 베네치아에서는 흔한 일이지만, 여기에서는 좀처럼 볼 수 없는 일이야. 또 마차에 그녀를 태우고 쏜살같이 달려보기도 했지. 바퀴 소리가 요란한 가운데, 마차는 상하좌우로 흔들리면서 덜커덕거렸어. 어떤 때에는 등불이 밝혀지기도 했다가, 또 어떤 때에는 칠흑같이 깜깜해지기도 했어. 이것은 꽤 자극적인 방법이므로 자네에게도 한번 꼭 사용해보라고 권하고 싶어. 아, 참 잊고 있었네. 자네는 존경받아 마땅한 인격자며 이런 미친 흉내는 내지 않겠지. 나는 열쇠가 내 주머니 속에 있는데도 창문을 통해 그녀의 집에 들어간 적도 있어. 또 대낮에 공공연하게 그녀를 우리 집으로 오게 하여, 아무도(물론 나만 제외하고는) 그녀가 나의 애인이라는 사실을 의심하는 사람이 없게 되었어.

이러한 모든 고안은, 만약 내가 젊은이가 아니었다면 환락에 무감각해진 난봉꾼의 책략으로 보였을지 모르지만, 이 때문에 로제트는 그 어느 남자보다 나를 진심으로 사랑하게 되었네. 그녀는 나의 그런 태도를 그 어느 것도 억제할 수 없는, 때와 장소를 가리지 않고 절대로 변하지 않는 열렬한 사랑의 발로라 확신하고, 그것이 자신의 끊임없는 매력에서 나오는 결과며 자신의 미모가 거둔 승리라고 생각한다네. 정말로 나 역시 그녀가 옳기를 바라고 있어. 만약 그녀의 생각이 잘못된 것이라 할지라도 그것은 엄밀히 말해 나의 탓도, 그녀의 탓도 아닐세.

그녀에 대해 내가 유일하게 범하고 있는 과오는 내가 나인 채로 남아 있는 것이야. 만약 이 사실을 그녀에게 말한다면, 어린아이와 같은 그녀는 그 점이야말로 그녀의 눈에는 내가 갖고 있는 최고의 장점으로 보인다고 즉석에서 대답할 거야. 아마 진짜로 그렇게 생각해서라기보다는, 그렇게 대답해야 된다고 생각해서겠지.

딱 한 번, 우리 둘의 관계가 시작되고 나서 얼마 되지 않아서인데, 나는 목적을 이루었다고 생각한 적이 있었어. 한순간, 내가 사랑했다는 확신이 들었던 거야. 내가 사랑을 했단 말일세. 오, 친구여! 나는 오직 이 순간을 위해 살아왔어. 만약 이 한순간이 한 시간이었다면, 나는 신이 되고 말았을 테지. 우리 두 사람은 말을 타고 떠났어. 나는 나의 귀여운 페라구스에 올라타고, 그녀는 일각수(一角獸)처럼 다리가 가늘고 목덜미가 날씬한, 눈과 같이 흰 암말에 탔어. 그리고 하늘 높이 솟아올라 있는 느릅나무가 늘어선 넓은 길을 지나갔어. 태양은 겹겹이 포개진 나뭇잎 사이로 미지근한 황금빛의 일광을 우리에게 내리쏘았어. 짙푸른 남빛의 마름모꼴이 양떼구름 속의 여기저기에서 반짝였으며, 푸르스름한 커다란 띠가 지평선의 가장자리를 꾸미고 있었고, 석양의 오렌짓빛과 합쳐져 초록색 사과가 연하디연한 연두색으로 변해 있었어. 하늘의 모습은 말할 수 없이 아름다웠고, 산들바람이 이름 모를 야생화의 황홀한 향기를 실어왔어. 가끔 우리 앞으로 새가 날아와 즐겁게 지저귀며 오솔길을 가로질러 갔지. 시골 부락의 어디에선가 조용히 아베마리아의 종소리가 울렸는데, 그 소리는 점점 멀리 사라져가면서 한없이 부드러워졌어. 우리 둘이 탄 말들은 보통걸음으로 바짝 붙어서 나란히 보조를 맞추어 나아갔어. 나는 마음이 부풀어왔고, 영혼이 육체 위로 넘쳐흘렀어. 일찍이 그토록 행복해본 적은 없었지. 나는 아무 말이 없었고, 로제트 역시 말이 없었으나, 두 사람의 마음이 이처럼 하나가 되어본 적은 없었어. 우리는 너무도 가까이 붙어 있었기 때문에, 내 다리가 로제트가 탄 말의 배에 닿을 정도였다네. 나는 그녀 쪽으로 몸을 굽혀 그녀의 허리를 한 팔로 감쌌지. 그녀 역시 똑같이 하였고, 머리를 젖혀 내 어깨에 기대었어. 우리의 입술이 합쳐졌어. 오, 얼마나 깨끗하고 달콤한 키스였던가! 말은 변함없이 목에 맨 고삐를 흔들거리며 걸어갔어. 나는 로제트의 팔이 느슨해지며 허리가 점점 더 휘어지는 것을 느꼈어. 나 자신도 지쳐서 거의 까무러칠 지경이었어. 아! 자네에게 단언하지만, 그때야말로 내가 나인지, 남인지 알 수 없었다네. 우리는 그런 식으로 오솔길 끝까지, 아니 발소리가 들려와 급히 자세를 바로 하지 않으면 안 되는 곳까지 갔어. 그들은 서로 아는 사람들로 우리와 마찬가지로 말을 타고 있었는데, 우리에게 다가와 말을 걸어왔어. 만약 내가 권총을 갖고 있었더라면, 그들을 향해 쏘았을 거야.

나는 그들을 우울하고 무섭게 노려보았어. 그런 내 모습이 그들에게는 퍽 이상하게 보였겠지. 어쨌든 내가 그들에게 그토록 화를 낸 것은 잘못이었어. 왜냐하면 그들은 자기들도 모르는 사이에 나의 쾌락이 지나치게 심해져서 고통으로 변하든지, 그 무게를 못 이기고 내려앉으려던 순간에, 그 쾌락을 도중에 중단시켜주는 고마운 공헌을 해주었기 때문이야. 적당한 때에 그만둔다는 것은 중요한 일이지만, 사람들은 그 점에 대해 자칫 경의를 표하지 않지. 가끔 말이야, 여자와 자면서 팔을 허리에 감고 자는 일이 있잖아. 여자 몸의 따뜻한 온기를 느끼고, 허리 주변의 부드럽고 매끈한 살결, 반들거리는 상아와도 같은 옆구리의 감촉을 느끼고, 부풀어올라 팔딱거리는 젖가슴을 움켜쥐어보면 처음에는 기분이 좋겠지. 미녀는 그런 사랑스럽고 아름다운 자세로 잠이 들어. 휘어 있던 허리도 차차 완만해지고, 가슴도 가라앉고, 옆구리는 잠들었을 때의 규칙적인 숨결로 오르락내리락거리지. 근육은 느슨해지고 머리는 머리카락 속에서 떨구어져. 그런데도 자네의 팔은 더욱더 힘주어 상대를 껴안으면서, 상대가 요정이 아니라 여자라는 사실을 깨닫게 되지. 그러나 자네는 어떤 일이 있어도 팔을 빼지는 않을 거야. 이유는 많아. 첫째, 함께 잤던 여자를 깨우는 것은 꽤 위험한 일이기 때문이야. 필경 그녀가 꾸고 있을 달콤한 꿈 대신에 더 달콤한 현실을 준비해두지 않으면 안 될 테니까. 둘째, 팔을 빼낼 수 있도록 몸을 들어달라고 부탁하는 것은 상대가 무거워 처치 곤란함을 간접적으로 자백하는 일이 되는데, 그것은 예의에 어긋나는 일이지. 아니면 자네의 몸이 약해서 지쳐버렸음을 암시하는 결과도 되지만, 그것은 자네에게 매우 굴욕적인 일이며 여자의 마음을 몹시 상하게 하는 일이기도 해. 셋째, 이런 자세로 쾌락을 얻었으니까 이대로 자세를 유지하면 더 많은 쾌락을 얻을 것이라고 생각할 수 있겠지만, 그건 틀린 생각이야. 불쌍한 팔은 살덩이에 억눌려 피가 멎고, 신경이 마비되고, 수백만 개의 바늘로 찔리는 것같이 저리고 아파와. 마치 크로티나의 밀롱[10]이 겪은 것처럼, 침대의 이불과 여신의 등은 두 군데의 갈라진 틈이 합쳐지려고 하는 나무줄기를 방불케 돼. 마침내 날이 새고, 자네는 이 고통으로부터 해방되지. 자네는 결혼식의 단상에서 뛰어내리는 그 어떤 신랑보다도 더 당황하면서 그 형틀에서 뛰어내릴걸.

이제까지 말한 건 대충 정열에 대한 이야기야. 또 쾌락에 대

---

10 기원전 6세기에 살았던 그리스의 유명한 장사. 그는 들고 있으면 점차 무거워지는 짐을 들어올리는 훈련을 쌓아 천하무적의 장사가 되었다.

한 이야기기도 하지.

하여튼 중단되었음에도 불구하고, 또 그 덕분인지는 모르겠지만, 그런 쾌락은 나로서는 상상도 못하던 것이었네. 나는 진짜로 다른 사람이 된 것 같았어. 로제트의 영혼은 몽땅 내 몸 안으로 들어왔어. 또 내 영혼은 나를 떠나, 그녀의 영혼이 내 마음을 채웠듯이 그녀의 마음을 채웠어. 말할 것도 없이, 두 사람의 영혼은 그 후에 로제트가 '말 위에서의 키스'(이 김에 말하지만 그 말은 내게 불쾌하였어)라고 불렀던 그 긴 키스가 진행되고 있는 동안 서로 만나, 이 덧없는 진흙의 땅 위에서 두 생물의 영혼이 만날 수 있는 가장 밀접한 형태로 어울려 하나로 섞였던 것이야.

틀림없이 천사들도 이런 식으로 포옹하겠지. 진정한 천국은 하늘에 있는 것이 아니고 사랑하는 사람의 입술 위에 있다네.

나는 그와 비슷한 순간을 고대하였지만 소용없었지. 한시도 쉬지 않고 그런 기회를 가져보려고 노력하였어. 우리는 종종 아름다운 석양에 말을 타고 숲속 오솔길로 산책을 나갔어. 나무들은 여전히 푸르고 새들은 같은 노래를 부르고 있었지만, 태양은 광채를 잃었고, 나뭇잎도 노랗게 물들어 보였어. 새들의 노래는 날카로운 불협화음으로 들렸고, 우리들의 마음은 하나가 되지 못했어. 우리는 말을 빠른 걸음으로 가게 하면서, 똑같은 키스를 시도해보았어. 세상에! 우리의 입술만

이 합쳐졌을 뿐, 이번 것은 예전에 한 입맞춤의 환상에 지나지 않았어. 내가 평생에 한 번 주고받았던 아름답고 고상하고 성스러운, 오직 한 번뿐인 진실한 키스는 영원히 날아가버리고 말았어. 그날부터 나는 숲에서 돌아올 때마다 말할 수 없는 비애를 마음속에 품게 되었네. 로제트는 언제나처럼 명랑하고 쾌활하게 떠들었지만, 이런 기분에서 벗어날 수는 없었어. 그녀는 미소를 짓는 척하였지만, 살짝 찌푸린 뾰로통한 얼굴에서 수심을 엿볼 수 있었어.

나를 그런 우울한 기분에서 벗어나게 해주는 것은 술에 취하는 것과 휘황하게 빛나는 촛불밖에 없었어. 우리 두 사람은 마치 사형수처럼 말없이 계속 술을 마시고, 더 이상 마실 수 없을 때까지 그치지 않았어. 그때서야 비로소 우리는 웃어대고, 이른바 우리의 감상이라고 하는 것을 기꺼이 비웃었지.

우리들은 웃었어. 왜냐하면 울 수가 없었기 때문에. 아! 나의 말라버린 눈 안에 누가 한 방울의 눈물을 흘리게 할 수 있을까?

왜 나는 그날 밤 그토록 기쁨을 느꼈을까? 그 답을 말하기란 쉽지 않아. 하지만 나는 똑같은 남자였고, 로제트는 똑같은 여자였어. 내가 말을 타고 산책한 것은 그때가 처음이 아니었고, 그녀 역시 그랬지. 해가 지는 광경도 그전에 이미 본 적이 있었고, 그러한 광경은 빛나는 색채로 인해 사람들이 즐겨

보는 명화를 볼 때와 다름없는 감동을 주었을 뿐이야. 이 세상에 밤나무와 느릅나무의 가로수 길도 많이 있고, 그런 길을 걸은 것도 처음은 아니야. 그렇다면 누가 우리들에게 그곳에서 그토록 고상한 매력을 느끼게 하였고, 낙엽을 토파즈로, 초록 잎새를 에메랄드로 변하게 했을까? 누가 저 날아다니는 미립자를 황금빛으로 물들였으며, 잔디에 흩어진 물방울을 진주로 보이게 했을까? 그리고 누가 평소에는 가락이 맞지 않는 종소리와 이름 모를 작은 새의 지저귐에 그처럼 부드러운 가락을 주었을까? 우리들이 탄 말까지도 그것을 느낀 것을 보면, 허공에 상당히 예민한 시정이 떠돌고 있었음에 틀림없어.

그러나 세상에 그보다 목가적인 단순한 경치는 없을 거야. 몇 그루의 나무, 약간의 구름, 대여섯 그루의 백리향, 한 명의 여자, 문장 위에 황금 서까래처럼 내리쬐는 햇빛, 게다가 내 마음에 뜻밖의 놀라움이나 경이가 있었던 것도 아니야. 나는 완전히 정상적인 정신 상태였어. 그 장소에 간 것은 그때가 처음이었지만, 나는 지금도 나뭇잎의 모양과 구름의 위치, 하늘을 가르고 우리와 같은 방향으로 날아간 흰 비둘기까지도 생생하게 기억하고 있네. 그 은으로 된 작은 종소리도 처음 들었지만 그 후에도 몇 번이나 내 귀에 울려 퍼졌고, 마치 친구의 목소리같이 느껴졌어. 그 가로수 길도 그전에 한 번도 가본 적이 없었지만, 일각수에 올라탄 공주를 데리고 여러 번 갔었던 느낌이었어. 내가 꾸는 가장 향락적인 꿈은 밤마다 그곳에 산책 나가는 것이며, 내가 원하는 것은 거기에서 로제트와 주고받았던 것과 똑같은 키스를 하는 것이야. 그 키스 역시 나에게 새로운 것은 아니었지만, 내가 꼭 그랬으면 좋겠다고 고대했던 키스였지. 그날이 내 일생에서 실망하지 않은 유일한 날이었고, 현실이 이상만큼 아름다웠던 날이었을 거야. 그 순간이 전부터 내가 꿈꾸어오던 순간을 실현시켜준 것처럼, 완전히 내 소원을 이루어줄 수 있는 여자와 풍경과 건축과 요컨대 뭔가를 찾아낼 수 있다면, 나는 신들도 부럽지 않고, 천국의 특등석도 기꺼이 내줄 수 있었을 걸세. 그러나 실제로 인간의 육체는 그렇게 세찬 쾌락에는 한 시간도 버틸 수 있는 것이 못돼. 그런 키스를 두 번 다시 한다면, 존재 전체가 빨려나가게 되고, 영혼도 육체도 완전히 텅 비게 될 거야. 그런 걱정 때문에 그 생각을 멈추지는 않네. 수명을 무한히 연장시킬 수는 없으니까, 언제 죽어도 마찬가지고 어차피 죽을 바에는 노쇠하거나 따분해서 죽는 것보다는 쾌락을 맛보다 죽는 게 나을 것 같아서야.

그러나 그런 여자는 존재하지 않아. 아니, 존재해. 어쩌면 겨우 벽 하나 사이로 떨어져 있는지도 모르지. 어쩌면 어제나 오늘 마주쳤을지도 모르고.

그 여자가 되기에 로제트는 무엇이 부족할까? 그녀에게 부족한 것은 내가 그녀를 그렇다고 생각하는 것뿐이야. 왜 나는 언제나 사랑하지도 않는 여자를 애인으로 삼는 숙명을 지녔을까? 그녀의 목은 아무리 정교한 목걸이라도 어울릴 정도로 매끈하고, 손가락은 아무리 호화스러운 반지라도 돋보이게 할 수 있을 만큼 호리호리해. 루비 또한 예쁜 귀의 붉은 귓불 끝에 달려 빛나는 것을 기뻐하며 붉은색을 더하겠지. 그녀의 허리는 비너스의 허리띠를 맬 가치가 있어. 그러나 그것을 매줄 수 있는 것은 오직 그녀의 아들 큐피드뿐이야.

로제트가 지니고 있는 가치는 모두 그녀 안에 있고, 내가 그녀에게 준 것이라고는 아무것도 없어. 흔히 사랑을 하면 사랑하는 여자를 베일로 감싼다고 하지만, 나는 그녀의 미모에 그 완전무결한 베일을 걸쳐준 적이 없어. 그 베일에 비교하면 이시스[11] 신의 베일은 투명한 베일이지. 그 한쪽 구석을 들어올릴 수 있는 것은 포만감뿐이라네.

나는 로제트를 사랑하지 않아. 설령 사랑하더라도, 적어도 그 사랑은 내가 사랑에 대하여 생각하고 있는 관념과는 달라. 혹은 내 관념이 옳지 않은지도 모르지. 나로서는 어느 쪽이라

---

11 이집트의 여신으로, 남매지간인 오시리스와 결혼하여 아들 호루스를 낳았다. 이시스는 사자(死者)의 수호신, 모신(母神), 훌륭한 어머니와 아내의 전형으로 널리 알려지게 되었으며, 그녀의 신체는 두꺼운 휘장으로 가려져 그것을 들여다보는 자는 지옥으로 떨어진다고 하였다.

고 단정지을 수는 없어. 그녀가 나로 하여금 다른 여자들에 대해 흥미를 전혀 느끼지 못하게 하고 만 것은 사실이야. 그녀를 소유하고부터는 아무리 짧은 순간일망정 다른 여자를 원한 적은 없어. 그녀가 질투한다면 그것은 환영에 대한 질투겠지만, 그녀는 그런 일을 별로 마음에 두는 여자는 아니네. 하지만 내 공상이야말로 그녀로서는 가장 두려워하는 연적인 셈이지. 그녀가 아무리 총명하다고 해도 이것까지는 눈치채지 못할걸.

만약 여자들이 이런 일을 알게 된다면! 전혀 변덕스럽지 않은 남자일지라도 열렬히 사랑하는 여인을 얼마나 수없이 배반하는가! 여자들도 우리와 마찬가지로, 혹은 그 이상으로, 우리를 배반하는지도 몰라. 그러나 여자들도 우리처럼 그런 일은 입 밖에 내지 않아. 정부란 장식이나 자수 속에 숨어 있는 주제라고나 할까. 그녀에게 하는 키스는 대개의 경우, 그녀에게 하는 게 아니야. 정부의 몸을 핑계로 다른 여자에 대한 생각을 품고 있는 것이며, 정부는 다른 여자로 말미암아 불러일으켜진 정욕을 적어도 한 번 이상 이용하는 거라네(그것을 이용이라고 할 수 있다면). 아! 불쌍한 로제트여, 몇 번이나 그대는 나의 몽상에 그대의 육체를 빌려주어, 그대의 연적들에게 현실성을 주었던가. 그대는 본의 아니게 그대를 배반하는 일에 공모자가 되어주었다! 만약 내가 그대를 포옹하고 내 입술이 그대의 입술 위에 포개어질 때에 그대의 아름다움이나 사랑은 아무것도 아니며, 그대에 대한 생각은 나에게서 천 리나 떨어져 있었다는 사실을 그대가 눈치챈다면. 만약 누군가가 그대에게, 내가 사랑의 수심에 잠긴 눈을 내리뜨는 것은 그대를 보지 않기 위함이며, 그대의 역할은 환상을 완성시켜주어서 그 환상을 흩뜨리지 않기 위함일 뿐이라고 말한다면, 또 그대는 나의 정부가 아니라 단순한 향락의 도구에 지나지 않으며, 실현할 수 없는 소원을 얼버무리는 수단에 지나지 않음을 알려준다면!

오, 천상의 창조물들이여, 독일의 노대가(老大家)가 그린, 황금빛 바탕의 그림 안에서 연보랏빛의 눈을 아래로 뜨고 백합 같은 손을 포개고 있는 가냘프고 창백한 아름다운 처녀들이여, 성당의 채색유리에 그려진 성녀들이여, 아라베스크 장식 안에서 상냥하게 미소 짓고 꽃무늬를 짜맞춘 종 안에서 생생한 금발을 엿보이게 하고 있는 미사 기도서의 순교자들이여! 오, 아름다운 창녀여, 자줏빛 긴 커튼 아래에서, 장미꽃을 흩뿌린 침대에 실오라기 하나 걸치지 않은 모습으로 흐트러진 머리로 몸을 눕히고, 팔찌와 큰 알의 목걸이를 걸치고, 부채를 든 채 어둠 속에 석양의 빛을 받아 반짝이는 거울과 함께 있는 창녀들이여! 물결치는 허리와 살집이 좋은 단단한 넓적다리와 매끄러운 배와 부드럽고 늠름한 엉덩이를 요염하게 보여주고 있는 티치아노[12]의 갈색 아가씨들이여! 정원의 나무 그늘에 흰 자태를 드러내고 있는 고대의 여신들이여! 당신네들은 나의 하렘에 사는 여자들로서, 나는 차례차례 당신들을 내 것으로 만들었지. 성녀 우르술라[13]여, 나는 로제트의 아름다운 손에 키스할 때에 당신의 손을 생각하고 있었어. 나는 무라네스의 검은 머리를 갖고 놀았는데, 로제트는 그때만큼 머리를 고치는 데 애먹은 적이 없었지. 처녀 디아나여, 나는 당신을 사랑하였던 악타이온[14]보다 더 자주 당신과 놀았지만, 사슴으로 변하지는 않았어. 또 나는 그 아름다운 엔디미온[15]을 대신하기도 하였다네! 의심받지 않고 복수당할 염려도 없는 연적이 얼마나 많은지! 게다가 그 연적은 항상 그림이나 조각의 형태로만 존재하는 것도 아니라네!

---

12 Vecellio Tiziano(1488~1576): 이탈리아 르네상스의 대표적인 베네치아파 화가. 일찍이 뛰어난 대가로 인정받았으며 초상화, 종교화 등 여러 종류의 그림을 그렸다. 한편 신화를 주제로 한 그림에서는 그리스 · 로마 시대의 이교적인 쾌활함과 자유분방함을 느낄 수 있는데 특히 벌거벗은 비너스나 다나에의 표현에서 그 누구도 능가할 수 없는 육체의 아름다움과 관능성의 기준을 세웠다.

13 Sainte Ursula: 브르타뉴의 왕 디오그네트의 딸. 5세기경 쾰른에서 훈족에게 포로가 되어 정절을 지키다가 순교하였다.

14 사냥의 여신 디아나가 목욕하는 것을 들여다본 사냥꾼. 디아나가 노하여 그를 사슴으로 변하게 하였고, 그는 곧 자신의 사냥개에게 물려 죽고 말았다.

15 그리스 신화 속 미소년. 달의 신 셀레네가 그의 미모를 사랑하여 제우스에게 그 아름다움을 영원히 간직하게 해줄 것을 빌었다. 제우스는 그 소원을 받아들여 엔디미온을 영원히 잠들게 하였다. 셀레네는 밤마다 그가 잠자고 있는 동굴을 찾아 밤새도록 얼굴을 뚫어지게 보았다고 한다.

여인들이여, 그대의 연인이 평소보다 다정해지고 여느 때와 다른 감동을 안고 그대를 꼭 껴안을 때, 또 그대의 무릎 사이에 머리를 파묻고 얼굴을 들어 축축하고 방황하는 눈으로 그대를 바라볼 때, 향락이 더욱더 욕망을 부추길 때, 마치 그대의 말소리를 듣게 될까 봐 두려운듯이 입을 맞출 때, 그는 그대가 그 자리에 있다는 사실조차 잊고 있다고 보면 되리라. 그때 그는 그대가 심장을 뛰게 해준 공상의 연인과 만나고 있는 것이며, 그대는 그 여인의 역할을 하는 것이다. 왕비를 향한 사랑을 위해 많은 시녀들이 이용되었다. 많은 여자들이 여신을 향한 사랑을 위해 이용되어, 상스러운 현실이 우상의 받침돌로 종종 이용되었다. 시인이 추잡한 매춘부를 애인으로 삼는 경우가 많은 이유도 그 때문이다. 십 년 동안 함께 자면서 얼굴을 본 적이 없을 수도 있다. 많은 위대한 천재들이 이러했으며, 그들의 꺼림칙하고 수상쩍은 관계는 세상을 놀라게 하였다.

나는 로제트에 대하여 그런 종류의 배반을 한 것뿐일세. 나는 오직 그림이나 조각의 여성들을 위해서만 그녀를 배반하였고, 그녀도 절반은 협력하였지. 난 양심에 비추어볼 때 꺼림칙한 어떤 사소한 죄도 짓지 않았어. 이 점에 관해 나는 융 프라우 산의 눈처럼 순결해. 그럼에도 나 자신은 아무도 사랑할 수 없으면서 누군가의 사랑을 받고 싶어 한다네. 내가 그런 기회를 찾아 나서진 않겠지만, 그것이 제 발로 찾아오는 것을 화내진 않겠지. 그러나 만약 온다고 해도 그걸 이용할 생각은 없어. 왜냐하면 상대가 바뀌어도 어차피 마찬가지라고 마음 속 깊이 확신하고 있기 때문이야. 어차피 그렇다면 다른 여자들보다야 로제트가 낫거든. 왜냐하면 그녀는 여자라는 점 말고도, 여전히 재기발랄하고 화끈하게 비도덕적인, 유쾌한 친구이기 때문이야. 이런 생각은 그녀로부터 떠나가려고 하는 내 마음을 붙드는 데 대단한 공헌을 하고 있어. 왜냐하면 정부를 잃는 동시에 친구를 잃는 일은 슬프기 때문이네.

4

벌써 다섯 달—맞아, 내가 로제트 부인의 다소곳한 연인이 되고 나서 영원을 다섯 개 쌓아올린 것과 다름없는 다섯 달이 벌써 지난 것을 자네는 알겠나? 빼어난 미녀 아니고는 불가능한 일이야. 내가 이렇게 꾸준할 줄 나도 몰랐네. 그녀로서도 의외였을 거야. 우리는 사실 깃털이 뜯긴 한 쌍의 비둘기 같다네. 그런 애정을 갖는 것은 멧비둘기밖에 없잖아. 우리는 구구 하고 울어보기도 하고, 또 부리로 서로 찔러보기도 하고, 또 넝쿨처럼 서로 엉켜보기도 해! 둘이서 같이하는 삶은 얼마나 멋진지! 세상의 그 어느 것도 이보다 더 감동적인 것은 없으며, 우리들의 가엾은 조그만 심장은 같은 꼬챙이에 꿰여 바람에 활활 타오르는 불에 구워졌을 거야.

말하자면 머리를 맞대고 지낸 다섯 달이었지. 이를테면 하루 종일, 날이 새도록 마주 보고 있었기 때문이야. 더구나 굳게 문을 잠근 채 다른 사람을 일체 만나지 않았으니 생각만 해도 소름이 끼쳐! 그런데 말이야! 이것은 유례가 없는 로제트의 명예를 위해서 미리 말해둘 일인데, 나는 별로 지루한 줄 몰랐고, 아마도 그 시기는 내 평생 가장 즐겁게 보냈던 시간이었을 거야. 열정이 없는 사나이의 마음을 그 정도로 빈틈없이 즐겁게 해줄 수 있다는 게 믿어지지 않아. 공허한 마음에서 오는 지루함이 얼마나 끔찍한 것인지 아무도 모르네! 이 여인이 갖고 있는 역량은 좀처럼 상상할 수 없어. 그 여인은 처음에는 그 역량을 머리에서 꺼내었으나 그다음에는 마음에서 꺼내게 되었어. 왜냐하면 그녀는 나를 숭배에 가까울 정도로 사랑했기 때문이야. 그녀는 얼마나 교묘하게 아무리 작은 불꽃이라도 그것을 활활 타오르는 큰불로 만드는지! 얼마나 능란하게 영혼의 희미한 움직임까지도 유도하는지! 얼마나 육체의 피로를 달콤한 몽상으로 변화시킬 줄 아는지! 또 얼마나 우여곡절 끝에 그녀로부터 멀어지려고 하는 나를 자기 곁으로 돌아오게 하였는지! 참으로 놀라운 일이야! 그녀야말로 천재 중의 천재라고 나는 찬탄해 마지않는다네.

나는 시무룩하고 언짢은 기분이 들어 싸움이라도 걸까 하는 생각에 그녀의 집을 찾았어. 그러나 귀신에라도 홀린 듯,

몇 분 지나니까 마음에도 없는 달콤한 아첨을 하게 되고, 두 손에 키스하며 쾌활하게 웃지 않고는 못 배기게 되더군. 그런 압제를 생각해본 적이 있나? 그러나 아무리 그녀가 능란하다 해도, 이런 대면은 더 이상 참을 수가 없어. 2주쯤 전부터 나는 이야기 도중에 테이블에 책을 올려놓고 대여섯 줄 읽어보는 일이 자주 있었어. 이제까지 한 번도 없었던 일이지. 로제트는 그 사실에 놀라움을 감추지 못했고 그 방에 있던 책을 모두 딴 곳으로 옮겨버렸어. 책을 본래의 상태로 되돌려달라고 말하지는 않았으나 내심 분하기 짝이 없었어. 그 전날에는 ―무서운 조짐이었지!―둘이 함께 있는데 손님이 왔더군. 처음에는 무척 화를 냈는데, 이번에는 화가 나기는커녕 어쩐지 기쁜 생각이 들었어. 나는 친절하게 손님을 대접했고, 로제트가 빨리 손님을 보내기 위해서 되도록 이야기를 중단시키려고 했는데도 불구하고, 대화를 계속했어. 그리고 손님이 돌아갔을 때, 나는 그 사나이가 꽤 재치 있으며 사귀어봐도 재미있을 것 같다고 이야기하였지. 로제트는 두 달 전에 내가 그 사람을 얼간이이며 세상에서 가장 귀찮은 놈이라고 생각했다는 사실을 상기시켜주더군. 정말로 나는 그런 말을 한 적이 있기 때문에 뭐라고 할 말이 없었어. 표면상으로는 모순되어 보여도 내 말은 옳았네. 왜냐하면 처음에 그는 넋이 나갈 만한 만남을 방해하였지만, 이번에는 이야깃거리도 달리고 심심하던

차에(적어도 나의 경우에는) 구조하기 위해 다가와, 그날만은 연출하기도 귀찮은 애정의 장면을 면하게 해주었기 때문이야.

이상이 우리들의 현재 모습이라네. 상황은 심각해. 특히 둘 중 하나가 아직 열이 식지 않아서 상대편의 남은 사랑에 필사적으로 매달릴 때에는 더욱 심각하지. 나는 몹시 궁지에 몰려 있어. 나는 로제트를 사랑하지는 않지만, 대단히 호감을 갖고 있고, 따라서 그녀를 괴롭히는 일 따위는 절대로 하고 싶지 않아. 나는 그녀로 하여금 가능한 한 오래 내가 그녀를 사랑하고 있다고 믿게 하고 싶어.

꿈같이 보내게 해준 모든 시간과 쾌락과 더불어 아낌없이 준 사랑에 대한 감사의 뜻으로도 꼭 그렇게 하고 싶어. 나는 그녀를 속일 테야. 즐거운 거짓말이 슬픈 진실보다 낫지 않을까? 그녀를 사랑하고 있지 않다고 말할 마음은 조금도 없어. 그녀가 골몰하는 덧없는 사랑의 환상은 그녀가 대단히 갖고 싶어 하는 것이고 소중한 것이기에, 그리고 그녀가 황홀하게 정성을 다하여 그 창백한 망령을 너무도 꽉 껴안고 있기 때문에, 그녀를 실신시킬 수는 없다네. 그러나 결국 그녀도 내 사랑이 또 하나의 망령임을 알게 되지 않을까 두려워. 오늘 아침 우리들이 주고받은 대화를 더 정확하게 전달하기 위해서 연극의 형태로 이야기해줄게. 이 대화는 우리들의 관계가 오래 지속되지 못할 것이라는 우려를 낳게 한다네.

장면은 로제트의 침대야. 햇빛이 커튼을 통하여 쏟아져 들어오고 있어. 열 시. 로제트는 내 목 아래로 한쪽 팔을 집어넣고 있는데 나를 깨울까 봐 꼼짝 않고 있다네. 때때로 그녀는 한쪽 팔로 턱을 괴고 약간 몸을 들어 숨을 죽이고 내 얼굴을 살피지. 나는 이 모든 광경을 속눈썹 아래로 살펴보고 있어. 이미 한 시간 전에 깨어 있었기 때문이야. 로제트가 입고 있는 잠옷 목둘레의 레이스 장식은 찢겨져 있어. 간밤에 요란했거든. 머리카락은 잘 때 쓰는 모자 밖으로 흐트러지고 비어져 나와 있어. 그 모습은 사랑하지 않으면서도 함께 잘 수 있을 정도로 꽤 아름답지.

로제트 (내가 자고 있지 않은 것을 보고) 어머 주무시는 체하시다니!

나 (하품을 하며) 아!

로제트 그런 식으로 하품하지 마세요. 그러시면 일주일 동안 키스해드리지 않겠어요.

나 거 참!

로제트 당신은 제가 해드리는 키스 따윈 아무렇지도 않단 말씀이시군요.

나 그럴 리가.

로제트 어머, 남의 일같이 대답하시네! 좋아요. 이제부터 일주일 동안 당신의 입술 근처에도 안 갈 테니까요.

나 체!

로제트 체라니요!

나 말도 안 돼! 저녁 전까지 키스해주지 않으면 난 죽을 거요.

로제트 죽어버리다니요! 어떻게 되신 것 아니에요? 응석이 너무 심하시네요.

나 난 죽지 않을 거야. 어떻게 되지도 않았고, 반대로 응석 부리는 것도 아니야. 우선 그 존댓말 좀 그만둘 수 없나? 이제 당신을 안 지도 꽤 오래되었고, 적당히 이름을 부르고 스스럼없는 말로 주고받는 것이 좋을 것 같아.

로제트 응석이 심해, 달베르!

나 좋아. 이제 입술을 이리 줘.

로제트 안 돼요, 다음 주 화요일까진.

나 자, 어서! 달력이 있어서 더 사랑도 못한단 말인가? 그러기엔 우린 너무 젊어. 자, 공주님, 귀하신 입술을. 그러지 않으면 입술을 비틀어버리고 말 거야.

로제트 안 돼요.

나 아! 그대는 강간당하고 싶은 게로군, 공주님. 할 수 없지. 그렇다면 강간당하게 해드리지. 아직 경험은 없으시겠지만, 아주 손쉬운 일이고말고.

로제트 어머 무례해라!

나 똑똑히 알아둬요. 아름다운 그대, 난 어디까지나 그럴 수도 있겠다고 농담을 한 것뿐이지 털끝만큼도 잘못한 것은 없으니까. 그건 그렇고 너무 본론에서 멀어졌군. 머리를 이쪽으로 돌려봐. 허허 참, 이건 또 무슨 일이오, 사랑하는 중전마마? 키스는 모름지기 웃는 얼굴을 보고 해야지, 볼멘 얼굴로 해서는 안 되는 법이야.

로제트 (나를 껴안기 위해 몸을 낮추면서) 어떻게 나더러 웃으라고 할 수 있어요? 심한 말씀만 하고 계시면서…….

나 나는 부드럽게 이야기할 작정이었어. 그런데 왜 그렇게 심한 이야기만 하도록 부추기는 거요?

로제트 난 모르죠. 하지만 당신이 그렇게 말씀하시네요.

나 별 뜻 없는 농담을 갖고 가혹하다고 생각하다니.

로제트 별 뜻 없다고요! 당신은 그걸 별 뜻 없다고 넘겨버리시는 거예요? 사랑에 있어서는 모든 게 그렇겠죠. 보세요, 당신의 웃음거리가 되느니 차라리 맞는 게 낫겠어요.

나 그렇다면 내가 우는 꼴을 보려고?

로제트 당신은 항상 극단에서 극단을 가시는군요. 뭐 울어달라고 청하지는 않겠어요. 하지만 좀 더 사리에 맞는 말을 해달라고, 그리고 그런 식으로 사람을 울리는 말투는 어울리지 않으니까 그만해달라고 말씀드리는 거예요.

나 난 사리에 맞는 말도 할 줄 모르고, 조롱도 그만둘 수 없어. 그럼 당신이 원하는 대로 때려볼까?

로제트 그러세요.

나 (그녀의 어깨를 두세 번 가볍게 두드리면서) 당신의 사랑스러운 몸에 상처를 입히거나 매혹적인 등에 푸른 멍을 들게 하느니 내 목을 자르는 게 낫겠어. 나의 여신이여, 맞는 것이 여자로서 아무리 기쁜 일이라 해도 그렇게는 못하겠군.

로제트 이제 저를 사랑하지 않으시는군요.

나 그것은 전혀 상관 관계가 없는 말이야. 앞뒤가 맞지 않아. 마치 비가 오고 있으니까 우산은 필요 없다든가 추우니까 창문을 열라는 식으로.

로제트 당신은 나를 사랑하지 않아요. 한 번도 사랑하지 않았고요.

나 아! 묘한 말이야. 당신은 나를 사랑하지 않고, 한 번도 사랑한 적이 없다는 말. 서로 모순되잖아. 한 번도 시작한 적 없는 일을 어떻게 그만둘 수 있어? 귀여운 여왕님, 그대는 지금 무슨 말을 하고 있는지 모르고 있어. 전혀 이치에 어긋나는 말을 하고 있다고.

로제트 당신의 사랑을 너무나 받고 싶어서, 저 역시 될 수 있는 한 그렇게 생각하려고 노력했어요. 사람은 자기가 원하는 것을 쉽게 믿게 마련이니까요. 그러나 이제는 제가 착각하고 있었다는 것을 알겠어요. 당신도 오해하고 있었어요. 당신은 호감을 사랑으로 오해하고 정욕을 열정으로 오해하고 있었던 거예요. 그런 일은 언제나 있는 법이에요. 저는 당신을 원망하지 않아요. 당신이 사랑을 느끼지 못했던 것이 당신 탓은 아니니까요. 저에게 매력이 없는 것을 슬퍼해야겠지요. 더 예쁘고, 더 쾌활하고, 더 귀여웠어야 했겠지요. 오, 저의 시인이여! 저 있는 곳으로 당신을 끌어내리려고 하지 말고, 당신이 계신 곳까지 저를 끌어올렸어야 했어요. 저는 당신이 구름 속에서 사라져버리지는 않을까, 당신의 머릿속에서 저에 대한 마음이 없어지지는 않을까 걱정이 되어 견딜 수가 없었어요. 저는 당신을 사랑의 감옥에 가두고 말았어요. 그리고 저의 모두를 바친다면 조금이라도 저를 마음에 두실까 하고…….

나　　로제트, 조금만 뒤로 가줘. 당신의 넓적다리가 뜨거워서 못 견디겠어. 마치 불에 타고 있는 것 같아.

로제트　방해가 되신다면 일어나겠어요. 아! 돌과 같은 분이시네요. 낙숫물은 돌도 뚫는다는데, 저의 눈물은 당신의 가슴에 스며들 수 없단 말씀이시군요. (그녀는 운다.)

나　　그렇게 울다간 침대가 목욕탕이 되고 말겠군. 목욕탕이라니? 대양이군. 로제트, 수영할 줄 알아?

로제트　악당!

나　　뭐, 이번에는 악당이라고! 나를 너무 치켜세워주는군, 로제트. 난 그런 명예를 가질 자격이 없소. 유감스럽게도 난 유순한 부르주아일 뿐이오. 털끝만큼도 죄를 지은 게 없으니까. 하기야 당신을 정신없이 좋아하는 어이없는 짓을 했는지는 모르지. 그뿐이오. 당신은 어떻게 해서라도 나에게 그 일을 후회하게 만들려고 하는 거요? 나는 당신을 사랑했고, 지금도 더할 수 없이 사랑하오. 당신의 애인이 되고 난 이래, 난 그림자처럼 당신과 붙어 살았소. 밤낮 가리지 않고 내 시간을 몽땅 당신에게 바쳤지. 당신에게 거창한 말을 하지 않은 것은 그런 말은 글로 적는 것밖에 좋아하지 않기 때문이오. 하지만 당신에게는 수많은 애정의 증거를 보여주었소. 앞으로도 영원한 진심을 맹세하는 일 따위는 아마 하지 않을 거요. 당신의 정부가 되고 나서 내 체중이 줄었소. 더 이상 뭘 바라는 거요? 나는 지금 당신의 침대 안에 있고, 어제도 여기에 있었고, 내일도 있을 텐데. 사랑하지 않는 사람과 이렇게 할 수 있을까? 나는 당신이 하라는 대로 하게 되어 있소. 당신이 가라고 하면 가고, 멈추라고 하면 멈추지. 세상에 나처럼 충실한 애인은 없을 거요.

로제트　그 점이 제가 불만인 점이에요. 사실 당신은 아무것도 흠잡을 수 없는 완벽한 애인이에요.

나　무엇이 마음에 들지 않는단 말이오?

로제트　아무것도 없어요. 차라리 당신에게 잔소리할 게 있었으면 좋겠어요.

나　이상야릇한 싸움이군.

로제트　그보다 더 나쁘죠. 당신은 저를 사랑하지 않는 거예요. 나는 아무것도 할 수 없고 당신 역시 그래요. 그러니 무슨 수가 있겠어요? 하다못해 당신에게 용서해줄 잘못이 있는 게 더 낫겠어요. 제가 당신을 꾸짖으면 당신은 어떤 식으로든 변명을 하실 테고, 화해할 텐데.

나 그건 당신에겐 득이 되는 일이겠지. 죄가 크면 그만큼 속죄도 화려할 테니까.

로제트 당신은 제가 그런 수법을 쓸 주제가 못 되는 것을 잘 알고 계시잖아요. 설령 당신이 저를 사랑하지 않으신다고 해도, 조금 전에 말씀드린 것과 같은 입장에서 싸움을 했더라면…….

나 맞아. 그건 당신의 너그러운 마음씨의 선물이라는 것을 잘 알고 있어……. 그런데 싸움을 하고 싶다면 한번 해봅시다. 그게 밑도 끝도 없이 핑계만 내세우고 있는 것보다는 낫지.

로제트 당신에게 거북한 이야기만 나오면 자르시는군요. 하지만 사랑하는 그대여, 제발 말로만 하자고요.

나 그건 별로 고맙지 않은 진수성찬인데. 단언하지만 당신은 잘못 생각하고 있어. 왜냐하면 당신은 황홀할 정도로 예뻐서 나는 감정이 복받친단 말이야…….

로제트 그런 말씀은 다음 번에 하세요.

나 어허 참, 나의 여신이여, 당신은 마치 히르카니아의 귀여운 암호랑이 같군. 오늘은 유별나게 잔인하군! 베스타의 무당이라도 되고 싶은 거요? 변덕도 별나시오.

로제트　왜 그럼 안 되나요? 세상에는 더 이상야릇한 변덕도 있답니다. 그러나 당신을 위해서라면 무당이라도 되겠어요. 잘 알아두세요. 저는 저를 사랑하는 사람이나 사랑한다고 믿을 수 있는 사람 외에는 몸을 맡기지 않아요. 당신은 그 어느 쪽에도 해당이 안 되는걸요. 그럼 이만 실례하고 일어나겠어요.

나　당신이 일어난다면 나도 일어날 거요. 당신은 한 번 다시 누워야 하는 수고를 하게 될 뿐이야.

로제트　놓아주세요!

나　그렇게는 안 돼.

로제트　(발버둥치면서) 오! 놓으라니까요!

나　미안하지만, 부인. 당신 뜻대로 할 수가 없습니다.

로제트　(자기 힘으로는 어림없다고 보며) 좋아요! 그럼 있겠어요. 어머 이렇게 꽉 껴안고! 어떻게 하란 말이에요?

나　그야 알고 계실 텐데요. 나는 내가 하려는 일을 말하지 않는 것을 원칙으로 삼고 있습니다. 예의범절을 중시하죠.

로제트　(이미 저항하는 힘을 잃고) 듬뿍 사랑해주시는 조건이라면…… 항복할게요.

나　적이 입성하고 나서 항복하다니 좀 늦었군.

로제트　(거의 의식을 잃은 듯이 내 목에 두 팔을 두르고) 무조건…… 나를 당신의 너그러움에 맡기겠어요.

나　옳지, 그렇지.

....

친애하는 친구여, 여기에 한 줄의 점선을 넣는 것도 적절하다고 보네. 이제 남은 대화는 의성어로밖에는 표현할 방법이 없을 테니 말이야.

태양 광선은 이 장면의 처음부터 입회하여 방을 한 바퀴 돌 정도로 우리와 함께 시간을 보냈다네. 보리수의 감미로우면서 가슴에 스며드는 향기가 정원에서 흘러 들어오고 있어. 날씨는 더할 수 없이 좋고, 하늘은 영국 여자의 눈동자처럼 파란색이네. 우리는 일어나 왕성한 식욕으로 아침을 먹은 후 시골로 긴 산책을 나가. 맑은 공기와 장려한 벌판과 기쁨에 넘치는 자연의 광경은 내 마음에 충분한 감상과 애정을 쏟아부어, 결국 로제트에게 내 마음도 다른 남자와 다르지 않다고 믿게 할 수 있었지.

숲속 나무 그늘과 분수의 속삭임, 새들의 노래, 아름다운 경치, 나뭇잎과 꽃들의 향기 등, 목가(牧歌)를 짓거나 묘사를 하는 데 없어서는 안 될 이 모든 것들을 경멸하기로 우리는 결정하였지만, 그럼에도 불구하고 이런 것들이 우리가 타락해 있을 때조차 도저히 거역할 수 없는 신비한 힘을 우리에게 적잖이 미친다고 자네는 생각해본 적이 없나?

극비의 봉인을 뜯고 자네에게 비밀을 털어놓으면, 나는 바로 최근에도 휘파람새의 겸손한 감동에 사로잡혔다네. 장소는 아무개라고 하는 사람의 정원이었어. 해가 완전히 저물었는데도 하늘은 거의 대낮같이 밝은 빛을 띠고 있었어. 그것이 어찌나 심오하고 맑았던지 신이 계신 곳까지도 한눈에 볼 수 있을 것 같았어. 성 야곱의 길이라고나 할까? 흰색의 구불구불한 길 위에는 천사의 옷주름이 펄럭이는 것같이 생각되었어. 달은 떴으나 큰 나무에 완전히 숨겨져 있었어. 나무는 수백만의 작은 빛의 구멍이 뚫린 까만 나뭇잎으로 빛나고, 후작부인의 부채에서도 볼 수 없을 만큼의 금박이 입혀 있었어. 둔한 소리와 한숨으로 가득 찬 고요함이 정원 전체에 들렸어. (너무 비장한 표현 같지만, 그건 내 탓이 아니야.) 달의 푸른빛밖에는 보이지 않았지만, 알지 못할 사랑스러운 환상들에 둘러싸인 것 같았고, 테라스에는 나밖에 없었으나 혼자 있다는 생각이 들지 않았어. 나는 아무 생각도 하지 않고 꿈도 꾸지 않은 채 주변의 자연과 융합되어 나뭇잎과 함께 한들거리며 물과 함께 비치고 빛과 함께 빛나고 꽃과 함께 반짝이는 것을 느꼈어. 나는 더 이상 내가 아니었고, 나무, 물, 또는 분꽃이 되어 버렸어. 나는 그 모든 것이 되었어. 지금 생각해도 그때의 나처럼 나 자신을 잊어버릴 수는 없을 것 같아. 갑자기 뭔가 이상한 일이 일어날 듯이 나뭇잎은 가지 끝에서 산들거림을 멈추고 분수의 물방울은 공중에서 멈추었어. 달의 가장자리에서 나온 은빛 그물도 허공에 걸려 있었어. 내 심장만이 대우주에 울려 퍼지는 게 아닌가 하는 생각이 들 정도로 드높이 고동치고 있었어. 그러나 그 고동도 그치고, 풀이 싹트는 소리와 2백 리 앞의 낮은 한마디 소리까지 알아들을 수 있는 고요함이 주변에 가득 찼어. 그러자 그 순간을 기다리고 있었다는 듯이 한 마리의 나이팅게일이 작은 목구멍에서 날카로운 소리를 뿜어내었어. 그 소리는 귀로 들리는 동시에 가슴속 깊이 울려 퍼지는 것 같았어. 소음 하나 없는 맑은 하늘에 퍼지며 유려한 분위기를 자아냈어. 나이팅게일의 노래를 뒤따르는 다른 소리들은 날개를 치며 하늘을 날아다녔어. 나는 마치 새의 말을 알아듣기나 하는 듯이 나이팅게일의 노래를 완전히 이해하였어. 나이팅게일이 노래하는 것은 내가 해보지 못한 사랑 이야기였어. 어떤 이야기도 그보다 더 정확하고 진실하진 않을 거야. 나이팅게일은 아무리 자세한 세부도, 희미한 뉘앙스도 생략하지 않았어. 그리고 내가 혼잣말로도 하지 못했던 것을 이야기하였고, 내가 이해조차 하지 못했던 일을 설명해주었어. 그것은 내 공상에 소리를 붙여주었고, 그때까지 벙어리였던 환상에 대답하게 해주었어. 나는 내가 사랑받고 있음을 알았고, 부드럽고 아름답게, 시름 없이 연주하는 선율은 내가 머지않아 행복을 얻을 수 있음을 가르쳐주었어. 그 노래의 떨리는 소리를 통하여, 또 노랫가락의 비에 젖으면서, 사랑하는 여인의 흰 팔이 달빛을 쬐며 내가 있는 곳으로 다가오는 듯한 느낌이 들었어. 그녀는 백 개의 꽃잎을 품은 커다란 장미의 싹에서 그윽한 향기를 풍기며 서서히 일어섰어. 그녀의 아름다움을 자네에게 굳이 써 보이려고 하지 않겠네. 도저히 말로 표현될 수 있는 게 아니니. 필설로 이루 다 말할 수 없는 것을 어떻게 말할 수 있겠나? 모양도 색채도 없는 것을 어떻게 말할 수 있겠는가? 음색도 가사도 없는 소리를 어떻게 쓸 수 있겠나? 나는 그때처럼 더없는 사랑을 느껴본 적이 없었어. 나는 자연을 가슴에 부둥켜안았고, 처녀의 몸에 허공을 가두는 듯이 두 팔로 힘껏 껴안았어. 그리고 내 입술을 스쳐 가는 바람에 입맞추고, 눈부신 나의 몸에서 발산한 빛 속을 헤엄쳐 다녔어. 아! 만일 로제트가 그 자리에 있었다면 나는 그녀에게 얼마나 횡설수설하며 알 수 없는 소리를 지껄였을까! 그러나 여자란 적절한 때에 올 줄을 몰라. 나이팅게일은 노래를 멈추었어. 달은 졸음을 견디다 못해, 구름 모자를 눈 위에 덮어썼더군. 나는 정원을 떠났어. 밤 추위가 몸에 스며들기 시작했거든.

추위 때문에 나는 내 잠자리보다 로제트의 잠자리가 당연히 더 따뜻할 것으로 생각하고 그녀의 방으로 자러 갔지. 집안의 모두가 잠들어 있었으므로 내 열쇠로 문을 따고 들어갔어. 로제트 역시 잠들어 있었는데, 최근에 나온 내 시집을 베개로 베고 있는 것을 보고 나는 흡족한 기분이 들었어. 그녀는 두 팔을 머리 위로 올린 채, 엷은 미소를 띤 입을 반쯤 벌리고, 한쪽 다리를 펴고 다른 한쪽 다리는 구부린 채 아름답고 우아하면서도 마음 편한 자세로 자고 있었어. 그 모습의 아름다움을 보니 그녀를 더 깊이 사랑하지 않은 것이 후회가 되더군.

그녀를 바라보면서 나는 타조 같은 멍청이라는 생각이 들었어. 나는 그토록 오래전부터 열망하던 것을 갖고 있었던 거야. 말이나 칼처럼 내 소유인 정부를 말이야. 그것도 젊고 아름답고, 사랑스럽고 재기발랄한. 그녀에겐 잔소리쟁이 어머니도, 훈장을 받은 아버지도, 까다로운 아주머니도, 결투를 좋아하는 오빠도 지금 곁엔 없어. 게다가 남편은 납을 씌운 참나무관에 들어가 못으로 박히고 커다란 돌판에 무겁게 눌려 있어. 이런 건 보통 장점이 아닐세. 왜냐하면 쾌락의 절정에서 들통이 나, 층계에 따라 40도에서 45도의 호를 그으며 내팽개쳐진 후 길 위에서 감동을 마무리해야 하는 일은 달갑지 않은 일이거든. 산의 공기와도 같이 자유롭고, 고상하고 세련된 취미를 과시할 만큼 부자며, 더구나 도덕 관념 따위는 털끝만큼도 없고 정조의 정 자도 없이 새로운 포즈를 시도해 보이잖아. 마치 처음부터 세상의 소문 따위는 문제 삼지 않는 듯해. 그런 말은 입 밖에 내어본 적이 없고, 어떤 여자하고도 친하게 사귀지 않으면서, 남자들이 그러듯 여자를 경멸한다니까. 플라토닉러브 따위엔 코웃음 치고, 또 그런 사실을 감추지 않으면서도 마음의 애정을 중요하게 여기는 여자. 필경 다른 세계에서는 유명한 창부가 되어 아스파시아[1]나 임페리아[2]를 무색하게 할 여자!

그런데, 그 여자가 내 것이란 말이야. 난 그 여자를 내 마음대로 가지고 놀았지. 그 여자의 방과 서랍의 열쇠도 다 가지고 있어. 그녀 앞으로 온 편지도 내가 다 개봉하였다네. 그녀가 이제까지 사용해온 이름을 없애고 다른 이름으로 부르기도 하였어. 그녀는 내 물건이고 내 재산이었어. 그녀의 젊음, 아름다움, 애정, 이 모든 것이 나에게 속해 있었고, 나는 그것을 사용했고, 남용하기까지 했지. 나는 마음 내키는 대로 그녀를 낮에 재웠다가 밤에 깨우기도 했어. 그래도 그녀는 희생한다는 내색을 하지 않고, 또 체념한 산 희생양이라는 모습도 보이지 않은 채 그저 내 뜻에 따르더군. 그녀는 사려 깊고, 애정이 넘치고, 거기에다 이상하게도 나에게만 정절을 지키고 있어. 만약 6개월 전에 내가 정부가 없는 것을 한탄하고 있을 무렵

---

1 Aspasia: 아테네의 장군 페리클레스의 애인. 밀레토스 출생으로 기원전 440년대 초 아테네로 이주하여 창녀가 되었으며 사교계의 여왕이 되었다. 정치와 수사학에도 능통하였다고 한다.

2 Imperia(1455~1511): 로마의 창녀. 뛰어난 미모와 재치로 유명하다.

에 나의 이런 행복한 모습을 멀리서나마 어렴풋이 보았다면, 나는 기쁜 나머지 미치광이가 되어 환희의 표시로 모자를 하늘 높이 던졌을 걸세. 그런데 이게 뭔가! 이제 그런 행복을 차지하고 있는데도 내 마음은 차가우니 말이야. 나는 그 행복을 거의, 아니, 전혀 느끼지 못해. 나에게 감명을 주지 않는 현재를 보자면, 과연 상황이 달라진 것인지 의심이 들 정도야. 나는 내심 로제트와 한 달쯤 후에, 혹은 그전에 헤어질 것이라는 확신이 들어. 그리고 로제트라는 여자를 알고 있었다는 것조차 생각나지 않을 정도로 완전히, 매우 조심스럽게 잊어버릴 거야! 그녀 쪽에서도 같은 식으로 나올까? 그러지 않을걸.

나는 이 모든 일을 골똘히 생각해보았어. 그리고 후회 비슷한 기분으로 자고 있는 미인의 이마에 키스하였어. 그 키스는 한밤중에 젊은 남자가 젊은 여자에게 하는 키스로서는 가장 청순한 애수에 넘치는 것이었을 거야. 그녀는 약간 몸을 움직이더군. 입가에 미소가 한층 뚜렷해졌지만, 잠을 깨진 않았어. 나는 천천히 옷을 벗고, 이불 속으로 미끄러지듯 들어가 그녀와 나란히 뱀처럼 쭉 뻗고 누웠어. 내 몸의 차가움에 그녀는 놀라 눈을 떴어. 그리고 한마디 말도 없이 그녀의 입으로 내 입을 꽉 누르고 내 몸을 칭칭 감아 나는 곧 따뜻해졌어. 그날 밤의 서정시는 산문으로 바뀌었으나, 적어도 시적인 산문이었지. 그날 밤은 내가 여태까지 지냈던 중 가장 아름다운 청정한 밤이었어. 그런 밤은 다시는 오지 않겠지.

지금도 즐거울 때는 가끔 있어. 그러나 그 즐거움은 방금 이야기한 것처럼 외부 환경에 의해 조성되고 준비되지 않으면 안 돼. 처음에는 사랑을 하지 않으면서 맛볼 수 있는 기쁨을 얻기 위해 달을 쳐다보든지 나이팅게일의 노래를 듣든지 하여 상상력을 자극할 필요는 없었네. 두 사람을 잇는 줄 가운데 아직 끊어진 줄은 없지만, 여기저기 헝클어진 데가 있어서 우리 둘의 관계는 예전처럼 순조롭지 않아.

로제트는 아직 사랑에 빠져 있으므로 이런 난국을 타개하기 위하여 최선을 다하고 있어. 불행하게도 세상에는 마음대로 되지 않는 것이 두 가지 있다네. 사랑과 권태지. 나로서도 가부간에 닥쳐올 무기력을 극복하기 위해 초인적인 노력을 하고 있어. 그리고 도시의 살롱에서 열 시면 졸음이 오는 시골 사람같이 될까 봐 한 눈을 뜨고 손가락으로 눈꺼풀을 밀어 올린다네! 그러나 애쓰는 보람 없이 부부의 잠자리에서도 건성이 될 테니 불쾌하기 짝이 없는 노릇이지.

사랑스러운 로제트는 요전의 시골 여행에 재미를 붙여 어제 다시 나를 시골로 꾀어냈어. 위에 언급한 시골은 제법 아름다워 여기에 잠깐 써보는 것도 사족은 아닐 것 같군. 그것은 내가 하고 있는 이 형이상학을 재미있게 설명해줄 것이며, 또 인물에는 배경이 없으면 안 되잖아. 인물은 배경이 비어 있거나, 혹은 화가들이 흔히 바탕색을 칠하는 그 갈색의 희미해진 색조로는 절대 돋보이지 않는 법이야.

그 부근은 그림처럼 아름다워. 오래된 나무들이 양쪽에 한 줄로 선 넓은 길을 지나서 중앙에 도금한 동의 머리를 얹은 오벨리스크가 서 있는 별 모양의 광장으로 나가. 거기에서부터 다섯 갈래로 길이 갈라지고 있어. 그러고는 지면이 갑자기 낮아지지. 길은 매우 좁은 골짜기로 내려가는데, 그 골짜기의 바닥은 강이야. 강 위엔 아치가 하나밖에 없는 다리가 놓여 있어. 다리를 건너가면 저쪽은 가파른 고갯길로 되어 있는데 그곳에 마을이 있고, 초가지붕과 사과나무 사이에 슬레이트 지붕의 종각이 보여. 지평선 양쪽이 작은 언덕으로 가려져 있어서 그다지 넓지는 않으나 기분 좋고 눈을 편하게 해줘. 다리 옆에는 물레방아와 탑 모양을 한 붉은 벽돌공장이 있어. 거의 끊이지 않고 개 짖는 소리가 들려오고, 포인터와 짧은 안짱다리를 가진 개 몇 마리가 문 앞에서 햇볕을 쬐고 있는 것을 보면, 거기에 밀렵감시인이 살고 있다는 것을 알 수 있어. 다만 덧문에 말똥가리와 흰담비가 꼼짝 않고 있어 좀 이상하다는 생각이 들긴 하네. 그곳에서부터 마가목의 가로수 길이 시작되는데, 그 새빨간 열매를 찾아 작은 새들이 구름처럼 모여 있지. 사람의 왕래가 잦지 않기 때문에, 길 한가운데에 한줄기 흰 바퀴 자국이 있을 뿐 그 외에는 짧고 미세한 이끼로 덮여 있고, 마차 바퀴로 움푹 파인 곳에는 녹색의 옥 같은 작은 청개구리들이 개골거리며 뛰어다니고 있어. 조금 걸어가면 옛날에는 금색 칠이 되어 있었을 법한 쇠창살 문 앞에 서게 돼. 문의 양측에는 철조망과 말막이 방책이 붙어 있어. 그 후 길은 저택으로 나 있는데, 저택은 마치 새장처럼 숲속에 묻혀 있어서 아직 그 모습이 보이지 않아. 더구나 길은 절대로 서두는 법 없이 꾸불꾸불 구부러지면서 작은 시내와 샘물 근처로 나가기도 하고 아름다운 정자나 전망대에 들르기도 하면서 중국식 다리도 건너고 전원풍의 다리도 건너면서 작은 강을 지나지. 지면이 울퉁불퉁한 데다가 물레방아를 움직이기 위해 높이 쌓은 물막이 탓에 하천은 여기저기에서 4, 5척 높이의 폭포가 되어 있어. 길가에서 그런 작은 폭포가 내는 소리를 듣는 것처럼 기분 좋은 일은 없지. 버드나무와 딱총나무가 강가에 늘어서서 두꺼운 커튼을 둘러치고 있기 때문에 폭포는 보이지 않아. 그러나 정원의 이 부분은 다른 부분의 앞마당에 지나지 않아. 이 영지를 가로지르는 넓은 도로가 있고, 정원은 불행하게도 둘로 끊어져 있으나 그러한 결점도 대단히 멋진 방법으로 벌충되어 있다네. 폐허가 된 성을 본떠서 외보(外堡)와 총안(銃眼)을 늘어놓은 내다보는 구멍이 많은 성벽이 도로 양측에 치솟아 있지. 저택 쪽으로 거대한 송악 덩굴이 휘감긴 탑이 서 있고, 거기에서 맞은쪽에 있는 성채에 진짜 도개교를 걸칠 수 있도록 꾸며서 매일 아침 그 쇠사슬을 내릴 수 있게 해놓았더군. 고딕식의 훌륭한 아치를 지나 그 탑을 빠져나오면 두 번째 성곽 안으로 들어서게 돼. 거기에는 백 년 이상이나 손질하지 않은 노목이 우뚝우뚝 솟아 있고, 마디가 많은 줄기에는 겨우살이들이 빽빽이 휘감겨 있는데, 난 이토록 아름답고 기이한 나무를 본 적이 없다네. 어떤 나무는 꼭대기에만 잎사귀가 있어서 커다란 우산 같은 모양을 하고 있고, 어떤 나무는 깃털같이 퍼져 있어. 또 어떤 나무는 그와 반대로 아래쪽에 잎사귀가 우거지고, 그 위로는 잎이 떨어진 줄기가 마치 접목한 듯이 불쑥 하늘을 향하고 있지. 이런 나무들은 앞에 보이는 풍경같이 일부러 만든 경치나 연극의 무대 장치처럼 기묘한 모양을 하고 있어. 송악 덩굴은 나무에서 나무로 건너가 숨이 막힐 정도로 휘감겨 초록 잎새 사이에 검은 잎사귀를 끼워 넣은 모양이 마치 그 그림자 같아 보여. 이처럼 회화적인 경치는 둘도 없을 거야. 이곳에서 하천은 작은 호수가 아닌가 여겨질 정도로 폭이 넓어지고, 얕은 수심의 맑은 물속으로 바닥에 나 있는 물풀이 훤히 드러나지. 수정같이 맑은 물속에서 구름이나 강가에 늘어선 수양버들의 그림자와 함께 수련과 연꽃이 흔들거리고 있어. 저택은 건너편 물가에 있어. 그리고 연한 녹색과 산뜻한 빨간색으로 칠해진 작은 배가 다리를 찾아 멀리 돌아가는 수고를 덜어주지. 저택의 건물들은 각각 다른 시대에 지어진 것으로, 박공의 모양도 일정하지 않고 작은 종각이 많이 달려 있어. 이 건물은 길모퉁이마다 돌을 쌓아올린 벽돌집이야. 건물의 몸체는 시골식이며 벽에는 가지가지의 장식이 가득해. 또 다른 건물은 매우 근대적으로, 이탈리아식의 평평한 지붕과 기와를 얹은 난간과 단지 장식, 텐트 모양을 한 아마포의 현관이 붙어 있어. 창문 크기도 제각각인데 서로 어울리지 않는다네. 모양도 각각 다르고 클로버나 아치 모양까지 있지. 왜냐하면 예배당이 고딕식이기 때문이야. 어느 부분은 중국식 집같이 여러 가지 색을 바른 격자로 되어 있으며, 거기에 인동덩굴, 재스민, 한련, 개머루가 휘감기고, 그 작은 가지가 교태를 부리며 방 안까지 들어와 안녕 하고 인사하면서 손을 내미는 풍경이야.

이토록 고르지 않음에도 불구하고, 또는 오히려 그 때문에 이 건축은 더욱 운치 있어 보인다네. 적어도 한눈에 모든 것을 다 볼 수는 없어. 어디를 봐야 할지 골라야 하고, 미처 보지 못한 부분이 언제나 남아 있게 된다네. 이 저택은 2백 리가량 떨어져 있어서 이전엔 모르고 있었는데, 보자마자 마음에 들었어. 그리고 두 사람을 위하여 이런 사랑의 보금자리를 선택한 착상에 로제트에게 감사하는 마음이 들었어.

우리가 그곳에 도착한 것은 해가 질 무렵이었어. 지쳐 있었으므로 우리는 왕성한 식욕으로 저녁을 먹고 곧 자기로 하였지(물론 따로따로). 둘 다 푹 잘 예정이었으니까.

나는 꽃과 향기와 새가 많이 나오는 달콤한 꿈을 꾸었어. 그 순간 이마 위로 따뜻한 숨결이 느껴지며, 누군가 하늘에서 사뿐히 내려와 입을 맞추는 거야. 응석을 부리는 듯한 입술의 소리가 나고 그 자리가 부드럽게 젖은 느낌이었기에 꿈이 아니라는 걸 알았어. 그리고 눈을 떴지. 처음에 보인 것은 내게 키스하기 위해 침대 위에 몸을 굽히고 있는 로제트의 흰 목덜미였어. 나는 그녀의 허리를 두 팔로 안고, 오랫동안 느끼지 못하였던 애정을 다하여 키스로 답하였어.

그녀는 일어나서 커튼을 걷고 창문을 열었어. 그리고 돌아와서 침대에 걸터앉더니 자기의 두 손으로 내 손을 잡고 내 반지를 만지작거리더군. 그녀의 옷차림은 요염할 정도로 간소했어. 코르셋도 페티코트도 입지 않고 크게 주름을 잡은 우유같이 흰 삼베로 만든 넉넉한 가운밖에 걸치지 않았어. 머리는 위로 올려 꽃잎이 서너 개밖에 달리지 않은 백장미를 달고 있었어. 상아 같은 발은 밝은 빛의 얼룩덜룩한 융단 실내화 안에서 놀고 있었어. 실내화는 로마의 처녀들이 신는 것같이 뒤축이 없고 좀 큰 듯했지만 무척 귀엽더군. 나는 내가 그녀의 미래의 연인이 아니라 현재의 애인이라는 점이 아쉬웠어.

그녀가 기분 좋게 나를 깨우러 왔을 때 꾸고 있던 꿈은 그다지 현실과 동떨어진 것은 아니었어. 내 방은 조금 전에 묘사한 호수를 마주 보고 있었어. 재스민이 창가를 둘러싸고 바닥에 별 모양의 꽃들을 은비처럼 뿌리고 있었지. 이상하게 생긴 커다란 꽃이 마치 내게 향기를 뿜듯이 발코니 밑에서 꽃받침을 흔들거렸어. 수천 가지의 다른 향기가 섞인 그윽하고 은은한 바람이 침대까지 흘러왔고, 호수가 거울처럼 반사되며 수백만의 금박으로 반짝이는 것이 보였어. 새들이 알 수 없는 소리로 조잘거리고, 지저귀고, 짹짹거리며 휘파람을 불어댔어. 마치 축제의 웅성거림과 같이, 어수선하면서도 조화로운 소리였지. 정면에는 해가 비치는 언덕 위에 금빛으로 물든 푸른 잔디가 펴져 있고, 어린 소년의 감독 아래 커다란 소 몇 마리가 여기저기에 흩어져 풀을 뜯고 있었어. 그리고 훨씬 멀리 보이는 고지에는 짙은 녹색의 수풀이 커다란 네모 모양을 그리고 있었고 거기에서부터 숯을 굽는 푸르스름한 연기가 소용돌이 모양으로 피어오르고 있었어.

이 한 폭의 그림 안에서는 모든 것이 고요하고, 싱싱하고, 부드럽게 미소를 띠고 있었어. 어디를 보아도 아름다움과 젊음밖에는 없었지. 내 방 벽에는 페르시아 융단이 걸려 있었고, 바닥에는 돗자리가 깔려 있었으며, 몸통이 볼록하고 모가지가 가는 일본 항아리들이 일찍이 본 적도 없는 꽃을 가득 꽂은 채, 여기저기 선반이나 청대리석의 난로 위에 예술적으로 진열되어 있었는데, 난로 역시 꽃으로 가득 차 있었어. 문

위에는 화려한 색채와 대가를 자처하는 필치로 전원의 자연과 목가적인 풍경이 그려져 있었고, 구석구석에는 소파와 안락의자가 놓여 있었어. 그리고 새하얀 옷을 입은 젊고 아름다운 여자가 있었는데, 그 여자의 비쳐 보이는 듯한 옷에 살이 닿을 때마다 어렴풋한 분홍빛이 번졌어. 마음의 기쁨도, 눈의 즐거움도 이보다 더한 장면은 도저히 상상할 수 없을 걸세.

만족스럽고 무기력한 나의 시선은 용과 중국의 고관을 그린 훌륭한 항아리로부터 로제트의 실내화로, 거기에서 삼베가운 아래에서 빛나는 그녀의 어깨 주변을 헤매었어. 그리고 가냘프게 떨고 있는 재스민꽃들과 물가에 있는 버드나무의 금발과도 같은 잎사귀에 머문 후, 물 위를 미끄러져 가서 언덕 주변을 살펴보고, 다시 방 안으로 돌아와 양 치는 처녀나 입음 직한 긴 코르셋의 장밋빛 리본 위에 고정되었어.

나무 잎사귀가 우거진 숲속에서 하늘은 수천의 푸른 눈을 떴어. 물은 평온하게 흐르는 소리를 졸졸 울렸어. 나는 이러한 고요한 기쁨에 넋을 잃고 몸을 내맡기며, 손은 여전히 로제트의 조그만 두 손에 맡긴 채 아무 말도 하지 않았지.

사람들이 뭐라고 말하든 행복은 흰색과 장미색이야. 달리 표현할 수는 없을 걸세. 행복에는 당연히 부드러운 색들이 어울려. 행복이라는 이름의 팔레트 위에는 바다의 초록색과 하늘의 파란색, 밀짚의 노란색밖에는 없다네. 또 그 그림은 중국의 화가가 그린 그림처럼 밝지. 꽃, 빛, 향기, 부드러운 감촉의 피부, 어디에서 오는지 알 수 없는 아련한 화음, 이런 것으로 사람은 완벽하게 행복해질 수 있지. 다른 방법으로 행복을 얻을 수는 없다네. 평범한 것을 혐오하는 나를 보더라도 기발한 모험과 강렬한 정열과 정신이 아찔할 정도의 흥분과 상궤를 벗어난 역경만을 꿈꾸면서도 지금 말한 방법으로 아주 손쉽게 행복해지고 말거든. 그 외의 방법은 찾을 수가 없다네.

그러나 그때는 이런 생각들을 조금도 하지 못했다는 사실을 믿어주게. 이것은 나중에 자네에게 편지를 쓰면서 떠오른 것일세. 그 순간에는 향락밖에는 염두에 없었어. 그것이야말로 분별 있는 인간의 유일한 관심사지.

이곳에서의 생활을 자네에게 새삼 설명할 필요는 없겠지. 자네가 상상하는 그대로야. 깊은 숲속의 산책, 제비꽃과 딸기, 입맞춤과 파란 작은 꽃, 풀밭에서의 간식, 독서와 나무 밑에 잊고 온 책, 스카프 자락이나 물속에 손을 적셔보는 뱃놀이, 오랫동안 불러보는 노래, 맞은편 해안에서 메아리쳐 되돌아오는 긴 웃음들. —상상을 초월한 이상적인 생활 아닌가!

로제트는 내게 극진한 애무와 친절을 베풀고 있어. 그녀는 5월의 암비둘기보다 더 달콤하게 속삭이고, 내 옆에 붙어서 치마폭으로 나를 감싸며 그녀가 내뿜는 숨 외에는 내가 숨쉬지 못하도록, 자기의 눈동자 외에는 내가 볼 수 없도록 애쓴다네.

나를 완전히 가두어버리고, 그녀의 허가 없이는 나가지도 들어가지도 못하게 하지. 내 마음 한구석에 초소를 세우고 밤낮으로 지켜보고 있어. 마음이 황홀해지는 화제를 꺼내고 세련되고 매혹적인 이야기를 들려주지. 내 무릎 위에 앉는가 하면, 곧 제후와 주인 앞에 선 천한 노예같이 행동해. 나로서는 기분이 안 좋을 리 없지 않은가. 가뜩이나 나는 이런 식의 순종을 좋아하고 동양식의 독재자 경향이 있는데 말이야. 그녀는 아무리 사소한 일이라도 내 의견을 묻지 않고서는 하지 않으며, 자신의 변덕이나 의지 따위는 완전히 버린 것처럼 보여. 내 생각을 먼저 헤아려 미리 실행해놓으려고 한다네. 그녀의 재치와 부드러움, 호의는 압도적이며 창문에서 정신없이 뛰어내릴 정도로 완벽해. 이렇게 사랑스러운 여자를 버린다면 인간이 아니라고 오해를 받지 않겠나? 난 영원히 신용을 잃고 말 거야.

오! 나는 그녀의 잘못도 잡고 싶고 결점도 폭로하고 싶어! 언쟁할 기회를 얼마나 애타게 고대하는지! 그러나 이 악당은 내게 조금의 허점도 보이질 않아! 말다툼을 해보려고 갑자기 퉁명스럽게 말을 걸어도 은방울이 굴러가는 듯한 목소리로 대답할 뿐이야. 두 눈엔 눈물까지 글썽이며 너무도 애처롭고 사랑스러운 모습을 보이는 바람에 아무리 나 스스로 호랑이나 악어보다 더 무섭게 화를 내려다가도 용서를 빌지 않을 수 없다네.

그녀는 말 그대로 나를 사랑으로 죽이고 있다네. 나를 고문하고, 나를 가두고 있는 틀을 매일 한 단계씩 조여가고 있어. 아마도 그녀는 나로 하여금 그녀를 혐오한다고, 그녀가 지긋지긋하다고, 만일 나를 놓아주지 않으면 매질로 얼굴에 상처를 입히겠다고 말하게끔 하려는 것 같아. 제기랄! 그렇게 되고말고. 만약 그녀가 언제까지나 지금처럼 친절하게 군다면, 머지않아 그렇게 될 거야. 그렇지 않으면 악마에게 채여가도 좋아.

겉으로는 아무리 잘 나가고 있어도, 내가 그녀에게 신물이 났듯이 그녀도 나에게 싫증이 났을 거야. 그러나 그녀는 나에게 미친 듯이 빠져 있었기 때문에 유달리 민감한 여자들의 엄격한 시선으로부터 남자를 버렸다는 악평을 받기 싫은 거야. 모든 위대한 열정은 영원하다고들 주장하지. 그런데 영원이라고 하는 귀찮은 짐을 짊어지지 않은 채 그것의 이점만을 취하는 것은 참으로 편리한 일이라네. 로제트는 이렇게 생각하고 있어. '이 청년은 이제 나에 대한 애정의 찌꺼기밖에 가지고 있지 않아. 그러나 순진하고 온순한 사람이므로 그것을 밖으로 표현하지 못하고, 어떻게 해야 좋을지 모르고 있어. 그는 분명 나를 지겨워하면서도 나를 버릴 결심을 하기보다는 고통을 참을 거야. 그는 시인이 될 면모를 지녔으므로 연애와 정열에 관한 아름다운 글을 머릿속에 가득 채워놓고 있으며, 트리스탄[3]이나 아마디스의 역할을 하지 않으면 안 된다고 양심적으로 생각하고 있어. 그런데 이 세상에서 사랑하지 않는 사람(더구나 여자를 더 이상 사랑하지 않는다는 것은 몹시 미워한다는 뜻이야)의 애무보다 못 견딜 일은 없으므로, 소화불량을 일으킬 정도로 애무를 아낌없이 해주려고 해. 그렇게 하면 나를 눈 딱 감고 버리고 말든가, 아니면 처음 만났을 때처럼 나를 사랑해주겠지. 하긴 그렇게 되지 않으려고 조심은 하겠지만.'

더할 나위 없이 교묘한 추리야. 버림받은 아리아드네[4] 역을 맡는 것도 매력적이지 않은가? 사람들은 동정해주고, 칭찬도 해줘. 이토록 사랑스러운 여자를 버리다니, 이런 비열한 사람은 아무리 저주해도 부족하다고 하겠지. 여자는 체념한 듯한 괴로운 표정을 가장한 채, 팔꿈치를 무릎에 대고 한 손으로 턱을 괴고서 주먹의 파란 핏줄이 보이게 해. 더욱 비통한 헤어스타일을 하고 당분간 옷도 어두운 색채의 옷을 입어. 배은망덕한 사람의 이름은 되도록 입 밖에 내지 않지만, 우회적인 암시를 하고 교묘한 뉘앙스를 지닌 한숨을 쉬곤 하지.

이토록 선량하고 아름답고 정이 많은 여자, 큰 희생을 치렀으며 어느 것 하나 흠잡을 데 없는 여자, 엄선된 꽃병, 사랑의

---

3 중세의 목가적인 전설인 『트리스탄과 이졸데』의 남자 주인공.

4 크레타의 왕 미노스의 딸. 반인반수의 괴물 미노타우로스를 없애러 크레타 섬에 온 그리스의 영웅 테세우스에게 반해, 그의 몸에 실을 묶어 미궁에서 빠져나올 수 있게 한다. 아리아드네는 테세우스와 결혼을 약속하고 함께 크레타 섬을 떠났는데, 아테네로 가는 도중에 테세우스가 아리아드네를 낙소스 섬에 버리고 떠났다고 한다.

진주, 얼룩이 없는 거울, 한 방울의 젖, 순백의 장미, 생명에 그윽한 향기를 곁들이는 이상적인 진수. 무릎을 꿇고 경배하지 않으면 안 될 정도의 여자, 죽은 후에는 성스러운 유물로서 사람들에게 나누어주기 위하여 잘게 썰어야 할 여자, 이러한 여자를 부당하게도, 교활하게도, 악랄하게도 돌보지 않다니! 해적도 그보다 더 나쁘진 않을 것이다! 그런 놈은 사형에 처해버려라! 여자는 그놈 때문에 분명 죽고 말 테니까. 그런 짓을 한 그놈의 배 속에는 심장 대신 돌덩이가 들어 있을 거야.

오, 남자여! 남자여!

나는 이렇게 중얼거렸어. 하지만 내 상상이 틀렸는지도 몰라.

여자가 태어나면서부터 아무리 훌륭한 배우일지라도, 그 정도로 능숙하게 연극을 꾸밀 수는 없을 거야. 그러니 요컨대 로제트가 보여주는 모든 시범들은 나를 향한 그녀의 감정을 정확하게 표현하는 것 아닐까? 어쨌든 이제 두 사람이 얼굴을 마주 대하는 일은 불가능하게 되었어. 그래서 아름다운 성의 아가씨는 급기야 이웃의 아는 사람들에게 초대장을 보내게 되었지. 우리는 지금 존경하는 시골의 신사 숙녀를 맞이할 준비로 바쁘다네. 잘 있게, 친구.

5

내 추측은 틀렸어. 사랑을 할 수 없는 나의 악한 마음이 감사의 부담을 짊어지기 싫어 그따위 변명을 꾸며낸 거야. 나 자신을 변명하기 위하여 기꺼이 그런 생각을 붙들고 늘어졌던 것이지만, 그처럼 잘못된 일도 없었어. 로제트는 연극을 하고 있었던 게 전혀 아니었어. 만약 이 세상에 진실한 여자가 있다고 하면 그건 바로 그녀야. 기가 막히는군! 난 그녀의 성실한 정열을 원망하고 있어. 그녀의 성실성이 두 사람을 더욱 더 떨어지기 힘들게 하는 끈이 되는 바람에, 그녀를 버리는 일이 더욱 곤란해졌고, 용서하기 힘들게 되었어. 나는 그녀가 거짓말을 하고 변덕을 부리는 쪽이 더 좋다네. 내 입장이라는 것이 얼마나 묘한지! 떠나버리고 싶어 하면서 눌러앉아 있고,

미워한다고 말하고 싶으면서 사랑한다고 말한다네. 과거가 나를 자꾸 앞으로 밀어내기 때문에 뒤를 돌아볼 수도, 멈출 수도 없어. 그녀에게 충실한 자신을 억울해하면서도 역시 충실하고 있어. 정체 모를 수치심이 다른 여자에게 몸을 맡기는 것을 방해하고, 자신과 적당히 타협하게 만들어. 겉모습은 그대로 보전하면서 한쪽에서 뺏은 것을 다른 쪽에게 주는 사람들도 있지. 옛날에는 사람을 만나는 기회가 자연스럽게 찾아왔는데 지금은 그것이 꽤 어려워. 중요한 용건이 생겨나기 시작하지. 그러한 갈등이 많을 경우도 어지간히 힘들긴 하겠지만, 나의 현재 상태와 비교하면 아무것도 아니야. 새로운 우정이 옛 우정을 휩쓸어가는 것이라면 발을 빼기도 훨씬 쉽겠지. 새로운 애정을 가슴속에 간직하고 있는 집에서 희망이 다정하게 미소 짓고 있으니까. 금발이며 장밋빛에 대한 환상이 방금 죽은 언니의 미처 완성되지도 않은 무덤 위에서 새하얀 날개를 파닥거려. 오래된 꽃다발의 시든 꽃받침 사이에서 더 화려하고 더 향기로운 꽃이 고상한 눈물을 가득 채우고서 갑자기 피어나와. 하늘빛의 아름다운 전망이 눈앞에 펼쳐져. 곱게 이슬에 젖은 소사나무의 가로수가 지평선까지 이어지고 있어. 여기저기에 창백한 동상이 서 있고, 송악 덩굴이 휘감긴 벽에 벤치가 기대어 있는 정원, 마거리트가 별을 뿌려놓은 듯이 피어 있는 잔디, 팔꿈치로 턱을 괴고 달을 쳐다보는 좁은 발코니, 순간적인 빛의 사선이 엇갈리는 나무 그늘, 넓은 커튼으로 햇볕을 가린 살롱, 차마 이루어질 수 없는 사랑이 만들어내는 이러한 그늘과 정적. 다시 청춘이 돌아오기라도 한 듯해. 게다가 장소와 습관과 인물이 일변해버려 어쩐지 회한마저 느끼게 해. 그러나 봄날의 꿀벌처럼 머리 둘레를 붕붕 날아다니고 있는 소원이 그 회한의 소리에 귀를 기울이는 것을 방해해. 마음의 공허는 채워지고, 옛 추억은 새로운 느낌 안으로 사라지게 되지. 그러나 내 경우에는 그렇게 되지 않아. 나는 따로 아무도 사랑하고 있지 않으며, 로제트와 끊어졌으면 좋겠다고 바라는 것도 그녀에 대해서가 아니라 나 자신에 대해서 피로와 권태를 느꼈기 때문이니까.

한동안 약간 수그러들었던 이전의 그 생각이 전에 없이 격렬하게 되살아났어. 나는 옛날처럼 정부를 갖고 싶다는 소원으로 몸살을 앓았어. 또 옛날과 똑같이 로제트의 팔에 안겨서도 내가 언제 정부를 가진 적이 있던가 하고 의심한다네. 루이 13세 시대의 정원 안에서 창가에 기대 있던 그 아름다운 귀부인이 다시 눈에 떠오르고, 흰 말을 탄 사냥 복장의 미인이 숲속의 가로수 길을 질주하지. 이상의 미인은 구름의 해먹 위에서 미소 짓고, 새의 노랫소리와 나무 잎사귀들이 바스락거리는 소리가 그녀의 목소리인가 하고 혼동이 될 정도야. 사방에서 내 이름을 부르는 것 같고, 공기의 요정이 눈에 보이지 않는 솥의 장식 술로 내 얼굴을 간질이는 것 같아. 내가 초조해하던 시절처럼, 만약 지금 당장 출발한다면, 어딘가 멀리 서둘러 떠난다면, 나와 관계 있는 일이 벌어지고 내 운명이 결정되는 장소에 도착할 것 같다는 생각이 들어. 어딘지는 모르겠지만, 지구 한구석에서 나를 기다리고 있는 사람이 있을 것 같아. 나에게 올 수 없는 어느 영혼이 몹시 괴로워하며 나를 애타게 부르고 나를 꿈꾸고 있어. 그것이 나의 온갖 불안을 자아내고 자리에 가만히 앉아 있을 수 없게 만들어. 오래 살아 정든 고장에서 세찬 힘에 의해 밖으로 당겨나가는 것 같아. 내 성질은 남들이 마지막으로 의지할 만한 곳도 못 되고 다른 천체를 가까이 끌어당기는 항성의 하나도 아니야. 나는 궤도를 벗어난 유성처럼 다른 유성을 만나 그것의 위성이 될 수 있을 때까지, 내가 반지를 바칠 토성을 만날 때까지 넓고 넓은 하늘의 광야를 헤매지 않으면 안 돼. 오! 그 만남은 언제 이루어질까? 그때까지는 휴식도 안전도 기대할 수 없어. 나는 극을 찾아 끊임없이 흔들리고 있는 미친 듯한 나침반의 바늘 신세야.

이 비열한 끈끈이에 붙들리게 된 것도 깃털 하나 내버림으로써, 마음이 내킬 때에는 언제든지 날아갈 수 있다고 믿어서였어. 그런데 이보다 더 어려운 일은 없군. 나는 불카누스가 만든 철망보다 뚫기 어려운 눈에 보이지 않는 그물에 씌워져버렸어. 너무 가늘고 촘촘하게 짜여 있어서 빠져나갈 틈도 없어. 적어도 그물 안은 꽤 넓어서 자유롭게 움직이고 다닐 수 있을 것 같아 보여. 그것을 끊으려고만 하지 않는다면, 그물이 있다는 것을 느끼지 못하겠지. 그러나 끊으려고 하면, 그것은 완강하게 저항하고 청동의 성벽같이 튼튼하게 되고 말아.

아, 나의 이상이여, 그대를 실현하기 위한 노력을 조금도 기울이지 않고 얼마나 시간을 낭비하였던가! 무기력하게도 하룻밤의 환락에 몸을 던졌단 말인가! 그러니 나에게 그대를 만날 가치 따위는 없다!

가끔 나는 다른 여자를 사귀어볼까 하고도 생각해. 그렇다고 해서 염두에 두고 있는 여자가 있는 것은 아닐세. 대개는 만일 로제트를 끊을 수 있게 된다면, 어떤 여자와도 두 번 다시 관계를 맺지 않겠다는 결심을 하곤 하지. 그러나 그런 결심은 아무리 봐도 이치에 맞지는 않아. 왜냐하면 로제트와의 관계는 적어도 외관으로는 매우 행복했기 때문에 그녀에게 불평할 아무런 근거가 없거든. 그녀는 내게 언제나 친절했고, 행동에도 나무랄 데가 없었어. 몸가짐도 모범이 될 정도로 바르고 의심을 품을 여지 따위는 조금도 없어. 눈을 크게 뜨고 안달복달하는 질투심으로 지켜보고 있어도 그녀에 관해서는 트집잡을 데가 없고 결국은 푹 잘 수밖에 도리가 없어. 아무리 질투가 심한 남자라도 과거의 일밖에는 질투할 근거가 없을 거야. 과거의 일이라면 크게 질투할 건더기가 있는 게 사실이지. 다행히도 그런 종류의 질투는 꽤 드물어. 게다가 뒤돌아보면서 낡은 정열의 잡동사니를 찾아다니고 거기에서 독약과 원한의 잔을 짜내기에는 현재가 너무나 즐거워. 만일 그런 일을 생각한다면, 어떤 여자도 사랑할 수 없지 않을까? 여자가 나 이전에 많은 연인을 가지고 있었던 일을 어렴풋이 들어서 안다고 할지라도 남자의 자존심이란 얼마나 복잡괴상한 것인가! 여자가 정말로 사랑한 상대는 자기가 처음일 것이라든가, 여자가 자기와 어울리지 않는 사람과 관계를 맺은 것은 부득이한 사정이 겹쳤기 때문이라든가, 또는 스스로 충족되길 바라는 막연한 바람에서 마음에 드는 남자를 못 만났기 때문에 몇 번이고 상대를 바꾸었을 것이라고 생각하곤 하지.

어쩌면 우리들이 정말로 사랑할 수 있는 상대는 처녀, 몸과 마음이 모두 깨끗한 처녀, 어떤 따스한 봄바람도 어루만져본 적이 없고 그 닫힌 가슴은 빗방울도 이슬의 구슬도 받아본 적이 없는 연약한 꽃봉오리일지도 몰라. 그대 한 사람만을 위하여 순백의 꽃잎을 여는 청초한 꽃, 어떠한 욕망도 거기에서 목을 축여본 적이 없는, 은빛의 꽃받침을 단 아름다운 백합, 그것은 그대의 빛으로만 금빛으로 물들여지고, 그대의 숨결로만 흔들리고, 그대의 손으로 주는 물에 의해서만 적셔지지. 한낮의 태양은 새벽녘의 고상하고 희미한 빛에는 미치지 못해. 많은 경험을 쌓고 인생의 모든 것을 다 알고 있는 영혼이 아무리 열렬하다고 해도 사랑에 눈뜬 젊은 마음의 청정한 무지에는 떨어지는 법이지. 아! 이 얼마나 쓰디쓰고 수치스러운 생각인가. 나는 다른 남자의 입맞춤의 흔적을 닦고 있는 것이며, 지금은 내 것이 되어 있는 이 이마, 입술, 가슴, 어깨, 몸 전체에 다른 사람의 키스에 의한 빨간 자국이 남아 있지 않은 곳이 없다고 생각하는 것은. 이미 서로 이야기할 말조차 없는 황홀한 경지에서 주고받는 성스러운 중얼거림도 이미 다른 사람에게 들려준 일이 있는 것이야. 쾌락에 떨리는 그 관능도, 나에게서 처음으로 흥분과 황홀함을 배운 것은 아니지. 멀리 떨어진, 아득하게 먼 저쪽의 도저히 찾아갈 수 없는 영혼의 한쪽 구석에 추억이 엄숙하게 지키고 있고, 그것이 예전의 쾌락과 지금의 쾌락을 비교하고 있다니!

나는 본래가 무사태평한 사람이라 아직 아무도 밟은 적이 없는 샛길보다 대로를 좋아하고, 산속의 샘물보다 공공의 물을 마시는 것을 좋아하지만, 눈처럼 깨끗하고 미모사같이 민감하고 오직 얼굴을 붉히고 눈을 내리뜨는 것밖에 하지 못하는 숫처녀를 사랑하도록 노력해야 해. 어떤 잠수부도 내려가 본 적이 없는 이 맑은 파도 밑에서, 클레오파트라의 진주와 쌍을 이루는, 더할 수 없는 아름다움을 지닌 진주를 찾아낼 수 있을지 몰라. 그러나 그렇게 하기 위해서는 나를 로제트와 결합시키고 있는 끈을 잘라버리지 않으면 안 될 거야. 그녀를 상대로 이런 소원을 실현시킬 수 있을 가망이 없고, 솔직히 말해 나에게 그럴 힘이 있다고 생각할 수도 없네.

그런데도 눈 딱 감고 자백하자면, 내 마음속에는 감히 부끄러워 털어놓을 수 없는 비밀스러운 이유가 있다네. 하지만 자네에겐 아무것도 숨기지 않겠다고 약속했고, 적어도 이 참회가 가치 있는 것이 되기 위해서는 자네에게 이야기하지 않을 수 없군. 그 이유는 나의 우유부단한 태도와 크게 관련이 있어. 만일 로제트와 관계를 끊으면, 그 후임을 찾기 위해서는 아무리 손쉽게 손에 넣을 수 있는 여자들 안에서 찾는다고 해도 반드시 얼마간의 시간이 걸릴 거야. 그런데 나는 로제트를 만난 이후 완전히 쾌락의 습관이 붙어버려서 잠시라도 중단하는 것은 고통이 되었다네. 창녀로 임시변통할 수는 있겠지. 나도 예전에는 창녀를 꽤 좋아하였고, 이런 경우에 절대로 여자에게 불편을 느끼지 않았어. 그러나 지금은 창녀 따위는 딱 질색이야. 생각만 해도 속이 메스꺼워져. 그러니까 창녀는 고려의 대상에 넣어선 안 되는데, 나는 쾌락에 홀딱 빠져 그 독이 이미 골수에까지 스며들어버렸으니, 여자 없이 한두 달 지낸다는 것은 생각도 못한다네. 이것이야말로 이기주의 중에서도 가장 추잡한 이기주의지. 하지만 아무리 고매한 사람들도 솔직히 말한다면, 분명히 비슷한 이야기들을 할 거야.

그래서 난 단단히 함정에 빠지게 되었지. 그런 이유가 없었다면, 나와 로제트는 훨씬 오래전에 싸우고 말았을 거야. 그러나 사실상 다시 한번 여자의 비위를 맞추자니 죽도록 따분하여 도저히 마음이 내키지 않아. 이미 수없이 말한 아부를 되풀이하거나, 숭배를 다시 바치거나, 편지를 쓰거나 답장을 내야겠지. 밤에 부인들을 20리 밖까지 배웅하거나, 사랑하는 사람의 그림자를 살피면서 창문 밑에서 서성거리느라 발에 동상이 걸리고, 소파 위에 앉아 몇 벌의 옷이 나와 나의 여신을 갈라놓고 있는가 세어보고, 꽃다발을 바치거나 무도회를 쫓아다녀야 하는데, 그래보았자 끝은 이 모양이니, 이게 보통 성가신 일인가! 차라리 가만히 있는 편이 낫지. 뛰어나가본들 정신없이 동분서주하거나 고생만 하다가 똑같은 신세가 되고 말걸. 그럴 이유가 없잖아! 만일 사랑에라도 빠진다면, 이야기는 달라질 테고 그 모든 일이 재미있게 느껴질 거야. 그러나 나는 그렇게 되고 싶다고 갈망하면서도—왜냐하면 결국 이 세상엔 사랑뿐이니까—사랑에 빠지지 못해. 그러나 사랑의 그림자에 불과한 쾌락도 그토록 매력이 있다면, 그 실체는 과연 무엇일까? 심장에 황금 화살촉이 박혀 하늘을 태우는 듯한 사랑의 불길에 타는 사람들은 어떤 맑은 희열의 호수에서 말로 표현할 수 없는 황홀한 파도 속을 헤엄치고 있단 말인가!

로제트 곁에서 나는 관능의 만족이 주는 결과인 그 부질없는 평온과 태만의 평화를 느끼기는 하지만, 그 이상은 없어. 그리고 그것으로는 충분치 않아. 자주 마비된 관능은 무감각해지고 안심은 권태로 변하곤 하지. 그렇게 되면 나는 할 일 없이 빈둥거리다가 정처 없는 몽상에 빠져 맥이 풀려 지쳐버리고 말아. 무슨 일이 있어도 이런 상태에서 벗어나지 않으면 안 돼.

아! 친구들 중에는 낡은 장갑에 입맞추고 손을 잡은 것에 기뻐서 어찌할 바를 모르고, 무도회의 땀에 젖어 절반 시든 볼품없는 꽃을 터키 여왕의 보석상자와도 바꾸는 것을 싫어하고, 『완벽한 편지 작성법』에서 베낀 듯한 서투르고 보잘것없는 연애편지를 내복의 심장이 닿는 곳에 소중히 꿰매고, 다리가 굵은 여자를 마음씨가 고우니까 하고 변명하면서 애지중지하는 자들이 있어. 나도 그들처럼 될 수 있으면 얼마나 좋을까! 가슴 설레며 긴 치마 뒤를 쫓아다니거나, 사랑하는 사람의 하얀 모습이 빛의 물결 속을 지나가는 것을 보기 위하여 문이 열리기를 언제까지 기다리거나, 작은 소리로 속삭이는 한마디에 얼굴을 붉힐 수 있다면, 빨리 약속 장소에 가기 위하여 저녁식사도 하지 않을 정도로 진실되고, 연적을 찔러 죽이고 남편과 결투할 정도로 용기가 있다면, 또 하늘의 특별한 은총으로 못생긴 여자를 영적이라고 생각하고 미련한 여자를 마음 좋은 여자로 볼 수 있다면, 미뉴에트를 춤추거나 젊은 여자들이 연주하는 클라브생이나 하프의 소나타를 경청할 수 있다면, 스페인 카드 놀이나 뒤집어 먹는 카드 놀이를 배울 재주가 있다면, 요컨대 내가 하나의 평범한 남자였고 시인이 아니었다면, 지금에 비하여 훨씬 행복했을 텐데. 나도 따분하지 않고 남도 따분하게 하는 일이 없었을 텐데.

나는 여자들에게 단 한 가지밖에 요구하지 않았어. 바로 아름다움이야. 재능이나 영혼도 기꺼이 무시하였지. 아름다운 여자는 언제나 재주도 가지고 있다는 게 나의 지론이야. 그녀는 아름다움의 재기를 갖고 있고, 거기에 필적할 만한 다른 재기가 무엇이 있는지 몰라. 아름다운 눈의 섬광에 어울리기 위해서는 빛나는 말과 번쩍이는 표정이 필요해. 나는 예쁜 말보다 예쁜 입을 좋아하고 신학에서조차 칭찬할 만한 미덕보다 잘생긴 어깨가 좋아. 귀여운 발을 위해서는 50명의 영혼도 희생할 용의가 있고, 잔느 다라공[1]의 손과 폴리뇨 성모[2]의 이마를 위해서는 모든 시와 시인을 버려도 아쉬워하지 않을 거야. 나는 무엇보다도 아름다운 모양을 숭배해. 나에게 있어서 아름다움이란 눈에 보이는 신, 손에 닿는 행복, 땅에 내려온 하늘이라네. 부드럽게 넘실거리는 윤곽, 가는 입술, 옆으로 찢

---

1 Jeanne d'Aragon(1500~1577): 이탈리아의 유명한 재원. 스페인의 페르디난도 5세의 사생아로, 미모로 이름을 떨쳤다.

2 라파엘로의 유명한 그림 「폴리뇨의 성모」에 나오는 인물.

어진 듯한 눈, 갸우뚱한 고개, 갸름한 타원형의 얼굴은 말로 다 할 수 없이 내 마음을 빼앗고 몇 시간이고 나를 붙들고 놓아주지 않아.

아름다움이란 돈으로 살 수 없는 유일한 것이며, 그것을 애당초 지니고 있지 않은 자에게는 영원히 주어지지 않는 것이지. 그것은 씨를 뿌리지 않은 채로 싹트는 덧없이 약한 꽃이며, 순수하게 하늘이 주신 선물이 아닌가! 아, 아름다움이여! 우연이 이마에 얹을 수 있는 가장 빛나는 왕관이여. 그대는 인간의 손이 닿지 않는 모든 것, 예컨대 푸른 하늘, 금빛의 별, 고결한 백합의 향기처럼 고상하고 소중하다! 우리는 허술한 의자를 옥좌로 바꾸고 세계를 정복할 수 있어. 많은 사람이 그 일을 해냈지. 그러나 신의 생각의 순수한 화신인 아름다움이여, 누가 그대 앞에 무릎을 꿇지 않을 수 있단 말인가?

내가 바라는 것은 오직 아름다움뿐이야. 사실이네. 그러나 그 아름다움은 지극히 완전한 것이어야만 하기 때문에, 영원히 만나지 못할지도 몰라. 나는 이곳저곳을 다니며 몇 명의 여자들에게서 훌륭한 부분을 보았어. 그러나 그것에 수반되는 다른 부분은 별로 좋지 못했지. 나는 나머지 부분을 보지 않고 오직 좋은 부분만을 위하여 그 여자를 사랑하였어. 이처럼 자기 정부가 지닌 특성의 반을 제거하고, 못생긴 또는 평범한 데를 마음속에서 잘라내고, 좋은 것에만 시선을 한정하는 것은 꽤 힘든 작업이며 고통스러운 짓이야. 아름다움이란 조화이지. 따라서 고르지 않게 예쁜 여자보다 한결같이 못생긴 여자 쪽이 보기에 불쾌감을 주지 않는 경우가 많아. 미완성의 걸작이나 무언가 빠져 있는 아름다움을 보는 것처럼 마음 아픈 일은 없어. 기름 얼룩은 변변치 못한 모직물보다 고급 직물에 묻어 있는 쪽이 훨씬 보기 싫잖아.

로제트는 아름답다고 말할 수 있긴 한데, 내 꿈을 이루기엔 요원하지. 그녀의 몇몇 부분들은 나무랄 데 없이 짜여진 조각 같아. 그러나 다른 부분들은 그 소재 위에 그다지 솜씨 좋게 새겨져 있지 않아. 어떤 곳은 대단히 정교하고 아름다우나, 일을 날림으로 적당히 해치운 곳도 많이 있어. 풋내기 눈에 그 조각은 구석구석까지 완성되어 완전한 아름다움을 갖춘 것 같아 보이지. 그러나 좀 더 주의 깊게 관찰하는 자의 눈에는 작업에 소홀한 점이나 거기에 어울리는 경지에 이르기 위하여 장인이 몇 번이고 손보지 않으면 안 되는 윤곽이 곧 들어오지. 그 대리석을 다듬고 마무리하는 것은 사랑의 신의 몫이야. 즉 그것을 완성하는 것은 내가 아니란 말일세.

게다가 나는 아름다움을 곡선의 독특한 굴곡에 한정하지 않아. 내가 보기에 모습, 몸짓, 태도, 숨소리, 색깔, 소리, 향기 등 생명에 관계되는 모든 것이 아름다움을 구성하고 있어. 향기 나는 것, 노래하는 것, 빛나는 것 모두가 곧바로 아름다움에 속해. 나는 금실 은실로 수놓은 화려한 비단과 넉넉하고 묵직한 주름이 있는 휘황찬란한 천을 좋아해. 또 꽃송이가 큰 꽃과 향로, 신선하고 맑은 물의 투명함과 아름다운 무기들의 거울과도 같은 반짝거림, 순수한 혈종의 말과 베로네세[3]의 그림에 나오는 흰 개를 좋아하지. 이 점에 관해서 나는 진짜 이교도 신자지만, 못생긴 신은 절대로 섬기지 않아. 요컨대 사람들이 나더러 신앙이 없는 사람이라고 부르지는 않지만, 사실 나처럼 못된 기독교인도 없을 거야. 기독교의 본질인 물질에 대한 멸시를 난 도무지 이해할 수 없네. 하느님의 작품을 채찍질하는 것은 모독 행위라고 생각해. 육체도 하느님이 손수 당신의 모습을 본떠 빚은 것이기 때문에, 결코 나쁜 것이라고 생각하지 않아. 머리와 두 손만 내놓을 수 있는 어두운 색깔의 긴 제의와 가끔 이마가 빛나는 것 외에는 전부 칙칙한 색으로 빈틈없이 칠해져 있는 종교화는 아무래도 탐탁지 않아. 나는 태양이 어디에나 쏟아져 들어오고, 가능한 한 환하게 그림자를 없애고, 색채가 찬란하게 빛나고, 선이 구불구불 구부러지고, 나체가 당당히 자신의 모습을 과시하고, 물질이 자기 자신을 께름칙하게 생각하여 숨지 않기를 바라네. 왜냐하면 물

---

3 Paolo Veronese(1528~1588): 베네치아파의 이탈리아 화가.

질도 정신과 마찬가지로 하느님을 찬양하는 영원한 찬송이기 때문이야.

그리스인들이 아름다움에 대해 왜 그토록 광적인 열정을 품었는지 너무 잘 이해가 가. 또 재판관이 변호인의 변론을 듣는 곳을 어두운 방에 한정시킨 법률도 일리가 있다고 생각해. 변호인의 뛰어난 용모나 훌륭한 거동이 재판관에게 유리한 인상을 주고 재판의 공정을 해치는 것이 두려워서일 거라네.

나는 못생긴 상인에게서는 아무것도 사지 않아. 반면 누더기 옷과 그 여윈 몸이 회화적인 거지들에게는 기꺼이 돈을 주곤 하지. 내가 알고 있는 거지 중에 작은 키의 이탈리아인 거지가 있는데, 그는 열병에 걸려 안색이 레몬처럼 퍼렇고, 얼굴의 반을 차지하는 커다란 눈은 흰자위와 검은자위가 모두 보이지. 마치 골동품 상인이 액자에 끼우지 않고 길가에 세워놓은 무릴로[4]나 리베라[5] 같아. 그 거지는 다른 거지보다 항상 2수를 더 받지. 나는 아름다운 말이나 아름다운 개는 절대 때리지 않고, 친구나 하인도 인상이 좋지 않으면 상대하지 않는다네. 추잡한 물건이나 추잡한 인간을 보는 것은 내게 정말 고역

---

4 Murillo(1618~1682): '에스파냐의 라파엘로'라고 불리던 유명한 화가.

5 Ribera(1591~1652): 에스파냐의 화가. '작은 에스파냐 사람'을 뜻하는 '로스파뇰레토(Lo Spagnoletto)'라는 애칭도 갖고 있다.

이야. 취미가 저속한 건축이나 모양이 좋지 않은 가구는 다른 점에서 아무리 쾌적하고 마음을 끄는 집 안에서라도 앉고 싶은 마음이 나지 않아. 최고급의 와인도 보기 흉한 잔에 따르면 내 눈엔 막포도주같이 보여. 그리고 솔직히 나는 질그릇 위에 담긴 고급요리보다는 차라리 베르나르 팔리시[6]의 칠보접시에 담긴 스파르타식의 간소한 죽 쪽이 낫다네. 나는 언제나 외관에 무지하게 집착하며, 그 때문에 노인과의 교제를 꺼리지. 노인 중에는 특이한 아름다움을 지닌 사람도 없지 않지만, 대개 주름살이 지고 모습이 흉하기 때문에 어쩐지 슬프고 불쾌한 느낌이 들어. 그들에 대한 연민에는 다분히 혐오감이 섞여 있어. 온 세상의 폐허 중에서 인간의 폐허야말로 말할 것도 없이 가장 보기 슬픈 것이야. 만일 내가 화가였다면(화가가 되지 않았던 것을 항상 애통하게 생각하고 있어), 여신이나 님프나 마돈나나 천사나 큐피드밖에 화폭에 담지 않았을 거야. 아름다운 인간도 아닌 주제에 초상화를 그린다고 붓을 더럽히는 것은 회화에 대한 모독이야. 못생긴 역겨운 얼굴이나 무의미하고 저속한 얼굴을 묘사하느니 차라리 실물의 목을 싹둑

6 Bernard Palissy: 16세기 프랑스의 저명한 도자기 장인. 도자기 연구를 위해 모든 가구와 마루까지 태워버렸다고 한다. 구교로 개종을 거부하여 바스티유 감옥에서 사망한 것으로 추정된다.

잘라버리는 쪽이 낫겠어. 칼리큘라의 잔학한 행동도 이런 의미에서 본다면 거의 칭찬할 만한 일로 보여.

내가 어느 정도 지속적으로 희망하였던 유일한 소원은 아름다웠으면 하는 것이야. 여기에서 내가 아름답다고 하는 것은 파리스[7]나 아폴론 정도로 아름답다는 뜻이야. 기형이 아닌 것, 약간의 균형 잡힌 얼굴, 말하자면 코는 얼굴 한가운데에 붙어 있고, 들창코도 매부리코도 아니며, 눈은 빨갛지도 충혈되어 있지도 않고, 입이 적당히 찢어져 있는 것은 아름다운 얼굴이라고 할 수 없어. 그 정도라면 나도 아름다운 축에 끼겠지. 그런데 나는 사내다운 아름다움에 관하여 내 마음속에 그리고 있는 관념에 턱없이 모자랄 뿐 아니라, 마치 종각에서 시계의 종을 치는 인형같이 생겼단 말일세. 양쪽 어깨가 산같이 솟아 있고, 두 다리는 개처럼 휘어 있고, 콧등과 주둥이는 꼭 원숭이 같으니 그 인형들을 닮지 않았겠나. 나는 몇 시간씩이고 거울을 뚫어지게 들여다보면서 상상할 수도 없는 주의를 기울여 내 얼굴에서 어딘가 나아진 데는 없는가 하고 살피는 일이 종종 있어. 그럴 때 나는 얼굴의 윤곽이 움직이기 시작해서 더 정밀하고 더 맑게 펴지거나 굽어지기를, 눈이 빛나

---

7 그리스 신화 속 영웅으로, 트로이의 왕 프리아모스의 차남. 가장 아름다운 자를 뽑는 '파리스의 심판'으로 유명하다.

며 더욱 생기가 넘치는 정기 안을 헤엄치기를, 이마와 코 사이의 기복이 메워지고 옆모습이 그리스 조각상의 옆얼굴처럼 침착함과 간소함을 지니게 되기를 애타게 기다리지만, 언제나 그런 일이 전혀 일어나지 않는 것에 몹시 놀라곤 해. 또 나는 봄이 될 적마다 뱀이 허물을 벗듯이 나의 현재 모습에서 빠져나가길 희망한다네. 내가 미남자가 되기 위해서는 아주 조금만 변하면 되는데, 영원히 그렇게 될 수 없다니! 정말 말도 안 돼! 어딘가 선의 반이나 백 분의 일, 또는 천 분의 일만 길든지 짧다면, 그리고 이쪽 뼈의 살이 조금 적어지고 저쪽 뼈의 살이 조금 많아지면 좋을 텐데! 화가나 조각가라면 30분 정도 걸리면 고치겠지. 내 육체를 구성하고 있는 분자가 저런 상태로 굳어진 이유는 무엇일까? 여기가 불룩 나오고 저기가 들어가는 윤곽을 갖게 되는 것은 무엇 때문이며, 이런 식으로 만들어지고 저런 식으로 만들어지지 않은 필연성은 어디에 있는 것일까? 정말이지 내가 녀석의 모가지를 거머쥘 수만 있었으면 목 졸라 죽였을 거야. 정체도 알 수 없는 비참한 한 조각이 어딘지 모를 곳에 떨어져 지금 보다시피 꼴사나운 얼굴로 어이없게 굳어버렸기 때문에 나는 영원히 불행한 거야! 세상에 이처럼 어처구니없고 비참한 일이 또 있을까? 내 영혼은 이처럼 열렬한 염원을 가지고 있으면서도, 그 영혼이 애써 살리고 있는 빈약한 썩은 육체를 버리고, 뛰어난 미모로 그 영혼을 슬프게도 하고 즐겁게도 하는 조각품을 살아 움직이게 할 수 없단 말인가? 만약 내가 영혼을 어느 육체에서 다른 육체로 옮기는 비결을 알 수 있다면, 상처를 내거나 미모를 해치지 않도록 온갖 주의를 기울여 암살하고 싶은 사나이가 두세 명은 있어. 나는 내가 하고 싶은 것을 하기 위해서는(그런데 내가 무엇을 하고 싶은지는 모르겠지만) 대단히 훌륭하고 완전무결한 아름다움이 필요하다고 언제나 생각한다네. 만일 그 아름다움을 손에 넣을 수 있다면, 엉망진창으로 얽힌 내 생활도 말끔히 본래의 모습으로 바뀔 걸세.

회화에는 아름다운 얼굴이 얼마나 많이 있는가! 그런데 왜 그중 어느 하나도 내 얼굴이 아니란 말인가? 오래된 화랑 안에서 시간에 녹슬고 먼지 속에 사라져가는 많은 아름다운 얼굴이여! 액자 안에서 나와, 나의 어깨 위에 그들의 얼굴을 꽃피우는 게 낫지 않을까? 짙푸른 화면에 떼를 지어 날고 있는 천사 하나가 30년 동안 그 얼굴을 나에게 빌려준다고 해서 라파엘로의 명성에 손상이 갈까? 그의 벽화에는 많은, 더구나 아름다운 장소가 노화로 인해 벗겨지거나 떨어져나가고 있는데. 사람들은 그 일에 신경도 쓰지 않을 거야. 속된 사람들이 방심한 눈으로 놓치고 마는 침묵하고 있는 미인들은 그 벽 위에서 무엇을 하고 있는 걸까? 인간이 한 자루의 막대기 손잡이에 끼운 털과 판자 위에 용해시킨 여러 색 물감으로 해낸 일을 하느님과 우연은 어찌하여 실현할 재능이 없는 것일까?

그려진 눈매가 그것을 보는 사람을 꿰뚫고 무한히 뻗어나가는 것같이 보이는 멋진 얼굴을 보면 우선 나는 오싹하고 소름이 끼쳐. 다분히 공포가 섞인 감탄이야. 내 눈은 눈물이 어리고 심장이 두근거리지. 그 후 그 아름다움과 좀 더 친숙해지고 아름다움의 비밀을 더 깊이 알아냈을 때, 나는 그 얼굴과 내 얼굴을 암암리에 비교해본다네. 내 마음속에서 질투가 살무사보다 무섭게 서리며, 그 그림에 달려들어 갈기갈기 찢어버리고 싶은 충동을 참느라 무지 애를 쓰지.

아름답다고 하는 것은 모든 것이 나에게 미소 짓고 기꺼이 나를 받아들이게끔 그 자체에 매력을 지니는 것이며, 내가 말하기 전부터 모든 사람이 내게 호의를 갖고 내 의견에 따르게 되는 것이야. 길을 지나가거나 발코니에 모습을 나타내는 것만으로 군중 안에서 친구나 연인이 생기지. 사랑받기 위해서 붙임성 있게 굴 필요가 없고, 못생기면 안 가질 수 없는 재치나 친절 따위의 부담에서 벗어나도 되고, 신체적인 아름다움을 보충하기 위한 수많은 정신적인 장점이 없어도 돼. 얼마나 멋지고 훌륭한 선물이란 말인가!

더구나 최고의 아름다움에 덧붙여 최고의 체력을 지닌 사람은 안티노오스의 피부에 헤라클레스의 근육을 지니고 있는 것과 같아. 그 이상 무엇을 바랄 수 있을까? 이 두 가지에 내가 갖고 있는 정신을 보탠다면, 나는 3년 이내에 황제가 되어 보일 자신이 있어! 내가 미모나 체력 못지않게 바라마지않는 또 하나는 한 장소에서 다른 장소로 마음먹은 대로 옮겨가는 능력이야. 천사의 아름다움과 호랑이의 힘과 독수리의 날개, 이것만 갖추면 세상도 처음에 생각했던 것처럼 됨됨이가 과히 나쁘지 않다고 생각하게 될 거야. 사냥감을 유혹하고 매혹하기 위한 아름다운 용모, 사냥감에 달려들어 채가기 위한 날개, 사냥감을 갈기갈기 찢기 위한 발톱, 이것을 손에 넣지 않는 이상 나는 행복해질 수 없다네.

내가 지금까지 마음에 품은 모든 정욕과 취미는 이 세 가지 욕망이 탈바꿈한 것에 불과해. 나는 무기와 말과 여자를 사랑하였어. 무기는 내가 갖고 있지 않은 완력을 보충하기 위해, 말은 날개 역할을 시키기 위해, 여자는 내게 없는 아름다움을 하다못해 다른 누구 안에서라도 갖기 위해서야. 나는 교묘하고 날카롭게 만들어져 그로 인한 상처가 도저히 낫지 않을 무기를 즐겨 찾았어. 유감스럽게도 말레이의 단검과 터키의 장검을 쓸 기회는 없었으나 그런 무기를 신변에 두는 것을 좋아해. 그것을 칼집에서 뽑아낼 때에는 말할 수 없이 마음이 든든해지며 알 수 없는 힘이 솟아나 팔의 힘이 빠질 때까지 무턱대고 함부로 휘두르지. 그리고 우연히 거울에 비친 내 얼굴을 보고 흉악한 인상에 놀라. 말에 대해서 말하자면, 나는 말이 지쳐빠질 정도로, 영문 모를 정도로 정신없이 몰고 다녀. 페라구스도 타는 것을 중지하지 않았다면, 오래전에 죽어버렸을 거야. 그렇게 되면 큰 손해이지. 어쨌든 좋은 말이니까. 어떤 아라비아의 명마가 내가 원하는 만큼 빠르고 과감한 다리를 갖고 있을까? 여자들에게 나는 외관밖에 추구하지 않아. 지금까지 본 여자는 내가 마음에 그리고 있는 미의 관념에서 너무 멀기 때문에, 나는 회화나 조각에 마음을 돌렸지. 그것은 나같이 활활 타오르는 관능을 지니고 있는 자에게는 결국 빈약하기 짝이 없는 수단에 불과하더군. 그러나 조각에 대한 사랑에는 무언가 위대하며 아름다운 것이 있어. 그 사랑은 사적인 감정을 완전히 떠난 것이며, 승리에 수반되는 포만이나 혐오에 빠질 염려도 없고, 또 분별 있는 사람이라면 피그말리온[8] 이야기와 비슷한 불가사의를 바랄 리도 없기 때문이야. 하긴 나는 항상 불가능을 좋아하긴 하지만.

나처럼 아직 청춘의 절정기에 있고, 인생의 고배를 마시기는커녕 극히 단순한 일조차 경험한 적이 없는 사람이 이 정도로 무감각해져서 기괴한 일이나 곤란한 일에서밖에 흥미를

---

8 그리스 신화 속 조각가. 예술에 일생을 바치기 위해 독신을 맹세하고 여인상을 만들었는데, 자신이 조각한 상에 사랑을 느끼게 된다. 아프로티테가 그 여인상을 아내로 삼게 해달라는 그의 간절한 소원을 받아들여 그 조각상에 생명을 주어, 그 여자를 아내로 삼고 딸 파포스를 낳는다.

돋우지 못한다는 것은 참으로 이상한 일 아닌가?

포만이 쾌락 뒤에 따라오는 것은 자연의 법칙이며 납득할 만한 일이야. 연회에서 온갖 요리를 실컷 먹은 사람은 이미 식욕을 잃고 아주 잃어버린 듯한 입맛을 가지각색의 양념이나 독한 술로 불러 깨우려고 한다는 것은 누구나 아는 사실 아닌가. 그러나 이제 막 식탁에 앉아 처음 두서너 접시밖에 손을 대지 않은 사람이 벌써 물려 진수성찬 아니면 구역질이 나서 먹을 수 없고, 숙성한 고기나 푸른 줄무늬가 낀 치즈, 송로나 부싯돌의 향기가 나는 술밖에 좋아하지 않는다는 것은 특별한 체질에서 오는 현상임에 틀림없어. 마치 여섯 달 된 갓난아기가 유모의 젖을 싫어하고 브랜디를 핥고 싶어 하는 것과 같지. 나는 사르다나팔로스 왕처럼 온갖 환락을 섭렵한 듯이 지쳐 있지만, 내 생활은 표면적으로는 극히 순결하고 평정하다네. 소유가 포만으로 이끄는 유일한 길이라는 생각은 잘못이야. 인간은 욕망에 의해서도 거기에 도달하게 되며, 절제는 과도한 향락 이상으로 인간을 소모시킨다네. 내가 느끼는 욕망은 소유보다도 한층 더 피곤한 것이야. 욕망의 눈은 내가 갖고 싶은 것, 내 머리 위에 빛나는 것을 손이 만지는 것보다 더 빨리, 그리고 더 깊이 파고들어. 그것을 손에 넣어본들 그 이상 무엇을 배울 수 있겠어? 그 끊임없는 열정적인 응시에 필적할 만한 경험이 무엇이 있겠는가?

나는 경험은 적으나 많은 것을 꿰뚫어 보았기 때문에, 나를 유혹하는 것은 우뚝 치솟은 봉우리의 정상밖에는 아무것도 없다네. 나는 노후에 들어간 인류나 건강한 개인을 덮치는 병에 걸려 있어. 불가능이라는 병이지. 나는 스스로 할 수 있는 일에는 조금도 매력을 느낄 수 없어. 티베리우스, 칼리큘라, 네로, 제정시대의 위대한 로마인이여, 세상 사람들의 오해를 받고 웅변을 뽐내는 패들로부터 시달리고 있는 사람들이여, 나 역시 그대들과 같은 병으로 괴로워하였고 마음과 연민을 다하여 그대들을 동정하고 있다! 나 역시 바다에 다리를 놓고 파도 위에 포석을 깔고 싶다. 내 향연을 비추어 밝히기 위해 거리를 모두 태워버리려는 꿈을 꾸었고, 새로운 쾌락을 알기 위해 여자가 되기를 원하였다. 아, 네로여! 그대의 황금궁전도 내가 세운 궁전에 비하면 추레한 마구간에 불과하다. 헬리오가발루스[9]여, 나의 의상실은 그대의 것보다 훨씬 풍부하고 비교가 안 될 정도로 훌륭하다. 나의 서커스장은 그대의 것보다 훨씬 잔인하고 피비린내 나며, 내 향수는 훨씬 독하며 폐부를 찌르고, 나의 노예가 훨씬 수가 많고 일도 잘한다. 나는 나의 수레에 나체의 창녀들을 태우고, 그대들보다 더 거만

9 Heliogabalus: 218년부터 222년까지 로마의 황제. 폭행과 잔학과 방탕으로 후세에 이름을 날렸다.

한 걸음으로 인간들 위를 걸었다. 고대의 거인들이여, 나의 약한 옆구리에는 그대들 못지않은 위대한 심장이 고동치고 있다. 그대들의 지위에 있었다면 나도 그대들과 같은 일을, 아니 그 이상의 일을 했을 것이다. 하늘에 올라 별을 세차게 때리거나 세상에 가래를 뱉기 위하여 얼마나 많은 바벨탑을 쌓아 올렸단 말인가! 왜 나는 신이 될 수 없는 것일까, 인간일 수는 없는데!

아! 이제까지 20년에 걸친 삶의 피로를 쉬게 하기 위해서는 수십만 년의 허무가 필요하다는 생각이 들어. 하늘에 계신 아버지시여, 당신은 제 위에 무슨 돌을 굴리시는 겁니까? 어떤 암흑 속에 저를 처넣으시는 겁니까? 어떤 망각의 물을 마시게 하는 겁니까? 어느 산에 거인 타이탄을 묻으시렵니까? 나는 입에서 화산을 내뿜고 몸을 뒤척일 때마다 땅을 들썩거리도록 운명 지어져 있단 말인가?

내가 그토록 마음씨 곱고, 얌전하고, 취미도 풍속도 간소한 어머니에게서 태어났던 일을 생각하면, 용케도 나를 배고 있던 그 배를 파열시키지 않았다는 사실에 놀라지 않을 수 없어. 어머니의 차분하고 맑은 마음이 그 피와 함께 내 몸에 하나도 전해지지 않은 것은 무슨 이유일까? 왜 나는 그녀의 육체의 자식에 불과하고 정신의 자식이 아닐까? 비둘기가 호랑이를 낳은 격 아닌가. 게다가 그 호랑이는 발톱으로 삼라만상이라는 먹이를 움켜쥐고 싶어 한다네.

나는 더없이 안정되고 정숙한 분위기에서 지내왔어. 내 생활처럼 맑고 판에 박힌 생활을 상상하기도 힘들 거야. 나는 어린 누이동생들과 집에서 기르는 개와 함께 어머니의 팔걸이 의자 그늘에서 어린 시절을 보냈어. 주변에서 늘 보는 사람이라곤 말하자면 대를 걸쳐 우리의 시중을 들고 있는 머리가 하얗게 센 늙은 하인들과 언제나 검은 옷을 입고 장갑을 하나하나 모자의 차양 위에 얹는 근엄하고 젠체하는 친척과 친지들의 다정하고 차분한 얼굴들뿐이었어. 상당히 나이를 먹은 아줌마들은 통통한 몸매에 깔끔하고 얌전하고 새하얀 속옷과 회색 치마와 그물처럼 떠서 만든 장갑을 착용하고 수도원의 사람들처럼 허리띠에 두 손을 끼고 있었어. 슬플 정도로 검소한 가구, 칠하지 않은 참나무 내장재에 가죽 벽걸이 등 마치 플랑드르 대가들의 그림에서처럼 수수하고 거무칙칙한 방이었어. 정원은 습기로 차 있었고 어두웠어. 칸막이를 가르는 회양목과 담을 뒤덮는 담쟁이와 가지 끝이 벗겨진 전나무가 그 정원의 녹색을 대표하고 있었지만 그다지 잘되어 있진 않았어. 집은 지붕이 매우 높은 벽돌집으로 꽤 넓고 상태도 좋았지만, 왠지 모르게 음침하고 활기가 없었어. 틀림없이 그런 집은 세상과 동떨어져 한가하고 고적한 생활을 하기엔 안성맞춤이지만, 그런 집에서 자란 아이들은 누구 할 것 없이 나중에는 수도원에 몸을 던지지 않을 수 없다네. 그런데 이게 무슨 일이란 말인가! 이 정숙하고 고요한 분위기 안에서, 이 어두컴컴하고 명상적인 지붕 아래에서 나는 짚 위의 모과처럼 아무도 모르는 사이에 조금씩 부패해가기 시작한 거야. 엄격하고 경건하고 건전한 가정에 있으면서 심한 타락에 빠져들었던 것이지. 나는 결코 세상에 물들지 않았기 때문에 그것이 세상 탓이라고는 할 수 없어. 그렇다고 내가 정열이 많아서도 아닌 것이, 난 지나치게 진지한 벽에서 내뿜는 차가운 땀에 얼어 있었거든. 벌레는 다른 과일로부터 내 속으로 들어온 것이 아니야. 그것은 내 살 속에서 저절로 생겨 사정없이 파먹었어. 따라서 밖에서 보면 아무런 징후도 알아차릴 수 없고, 좀먹히고 있는 사실을 알려주는 일도 없었어. 그러나 내 안은 텅 비었고, 살짝만 건드려도 터질 것 같은 반짝거리는 얇은 껍질이 남아 있을 뿐이야. 도덕심이 견고한 부모 밑에서 태어나 세심한 주의 속에서 성장하고, 모든 나쁜 일로부터 멀리 떨어져 있던 아이가 혼자서 이 정도로 타락하고 이 지경에 이르게 되었다니 정말 설명하기 어려운 일 아닌가? 멀리 6대 선조까지 거슬러 올라가도 나를 구성하고 있는 것과 같은 분자를 가진 조상은 틀림없이 한 사람도 찾아볼 수 없을 거야. 나는 가족 중에서 색다른 존재야. 그 고상한 줄기에서 나온 가지가 아니고 언젠가 울적한 폭풍우가 지나간 밤, 이끼가 낀 뿌리에 난

독버섯이지. 그러면서도 아무도 나만큼 아름다움에 대한 동경과 열정을 지녔던 사람은 없었고, 이처럼 집요한 노력으로 스스로의 날개를 펼치려고 했던 사람도 없었다네. 그러나 그 하나하나의 기도가 나를 더 깊이 추락하게 하고, 나를 구원해주어야 할 것이 나를 파멸시켰어.

나는 남과 교제하기보다는 고독을 원하지만, 나에게는 고독이 교제보다도 훨씬 나빠. 나를 나 자신으로부터 벗어나게 해주는 것은 모두가 은인이야. 사교계는 지루하기도 하지만, 그것은 내가 머리를 숙이고 두 팔을 끼고 저 꿈과 같은 공상의 나선계단을 오르내리는 것을 방해해. 그래서 로제트와 둘만 지내는 생활이 깨지고 손님이 찾아오게 되자, 나도 부득이 스스로를 억제하게 되었고, 어두운 생각에 잠기는 일도 적어졌어. 조금의 틈만 보여도 독수리 떼처럼 내 마음에 덤벼드는 저 터무니없는 욕망에 시달리는 일도 드물어졌어. 손님 중에는 제법 예쁜 여자가 몇 명 있었고, 귀엽고 명랑한 청년도 한두 명 있었어. 그러나 그 시골사람의 무리 중에서 가장 나의 흥미를 끈 사람은 말을 타고 찾아온 어떤 청년이었어. 그 청년은 2, 3일 전에 이 마을에 막 도착했다고 하더군. 그는 처음부터 내 마음에 들었어. 그가 말에서 내리는 것을 보자마자 나는 그를 좋아하게 되었어. 그보다 더 우아한 모습은 찾아보기 힘들 거야. 키는 그다지 크지 않았지만, 날씬하고 균형이 잡혀 있었어. 태도나 몸짓에 왠지 부드럽고 나긋나긋한 데가 있었고, 그 점이 뭐라 말할 수 없이 기분이 좋았어. 손과 발의 모양은 여자들도 부러워할 정도였지. 단 하나의 단점은 남자로서는 지나치게 화사할 정도로 아름다운 용모뿐이었어. 눈은 새카맣고 비유할 수 없이 아름다우며, 묘한 표현을 담고 있어 그 시선을 감당하기가 어려울 정도였어. 그러나 그는 대단히 어리고 수염도 나지 않았기 때문에, 온화하고 단정한 얼굴의 아랫부분이 독수리 같은 눈동자의 광채를 부드럽게 완화시켜 주었지. 머리는 밤색이며 윤기가 흘렀고, 곱슬거리는 머리칼이 목덜미를 감싸고 있었으며, 머리 모양에 특별한 매력을 지니고 있었어. 그야말로 내가 꿈꾸던 미의 전형이 실현되어 내 앞에 걸어오는 것 아니겠나! 이 사람이 남자라니, 아니 내가 여자가 아니라니, 이 무슨 비극이란 말인가! 이 아도니스[10]는 아름다운 용모에 매우 민첩하고 풍부한 교양을 지니고 있을 뿐더러 은방울 굴러가는 소리로 세련된 이야기와 농담을 하는 특권을 구비하고 있어서 그 소리를 들으면 저절로 감동을 받지 않을 수 없더군. 그는 정말로 완벽했어. 그도 나처럼 아름다운 것을 좋아하는 눈치였어. 의복은 매우 사치스럽고 세

10 그리스의 유명한 미소년. 멧돼지에 물려 죽었는데 비너스가 그를 아네모네로 변하게 했다.

련되었으며, 말은 활기찬 순종이었기 때문이야. 그리고 모든 것을 완벽하게 갖추기 위해서 조랑말에 탄 열네댓 살 먹은 시동을 뒤에 거느리고 왔어. 그는 금발에 홍안으로 천사같이 예뻤어. 그러나 먼 거리를 오느라 지쳐서 반쯤 잠들어 있었기 때문에, 주인은 그를 안장에서 내리고 방까지 팔에 안고 가야 했어. 로제트는 이 청년을 극진히 대접했어. 내 생각엔 그녀가 그를 이용하여 나의 질투심을 불러일으켜 내 정열의 재 밑에 잠든 불꽃을 타오르게 하려는 계획을 세운 것 같아. 경쟁상대는 분명 가공할 만한 자임에는 틀림없었지만, 나는 별로 질투심이 일지 않았어. 그러기는커녕 내 마음은 홀딱 그에게 끌려 그의 우정을 얻기 위해서라면 숙원의 사랑을 단념해도 아깝지 않다고 생각할 정도였지.

6

이쯤에서 관대하신 독자께서 허락해주신다면, 여태까지 무대를 독점하고 혼자만 지껄여온 잘난 인물을 잠깐 그대로 몽상에 잠기게 하고, 보통 형태의 소설로 바꾸어보도록 하겠다. 그러나 필요에 따라 극적인 형식도 섞을 것이며, 또 앞서 말한 청년이 친구에게 보내는 서한체로 된 고백도 여전히 사용할 것임을 양해해주기 바란다. 그 까닭은 우리가 아무리 통찰력이 강하고 명민하다 하여도 이 이야기에 관해서는 당사자보다는 아는 바가 적은 것이 틀림없기 때문이다.

그 어린 시동은 몹시 지쳐 있었기 때문에, 주인의 팔에 안겨서 잠들어 있었고, 머리카락이 흩어진 작은 머리는 마치 죽은 사람처럼 좌우로 흔들거렸다. 이 처음 오는 손님에게 할당

된 방은 현관의 돌계단으로부터 꽤 떨어져 있었다. 그를 안내하던 하인이 대신 아이를 안겠다고 자청하였지만, 젊은 기사는 그 짐이 마치 한 개의 새털밖에 안 된다는 듯 정중하게 거절하고 내려놓으려 하지 않았다. 그리고 소년이 깨지 않도록 세심한 주의를 기울이고 가만히 소파 위에 눕혔다. 어머니도 그처럼 마음을 쓰지는 않을 것이다. 하인이 물러가고 문이 닫히자, 그는 소년 앞에 무릎을 꿇고 신고 있던 신발을 벗기려고 하였다. 그러나 작은 발은 부어올라 아픈 상태였기 때문에 그 일은 꽤 어려웠다. 잠이 든 아름다운 시동은 가끔 깨어나려는 듯 어슴푸레한 알아들을 수 없는 잠꼬대를 하였다. 젊은 기사는 그때마다 손을 멈추고 소년이 다시 잠들기를 기다렸다. 마침내 신발이 벗겨졌다. 정말로 대단한 수고였다. 양말은 수월하게 벗길 수 있었다. 이 일이 끝나자 주인은 소년의 두 발을 들어올려 벨로아 소파 위에 나란히 올려놓았다. 그것은 참으로 드물게 조그만 귀여운 발이었으며, 새 상아와 같은 흰색이었으나 열일곱 시간 전부터 구두에 죄어 있었기 때문에 약간 붉은색을 띠고 있었다. 여자의 발이라고 하기에도 너무나 작은, 마치 걸어본 적이 없는 것 같은 발이었다. 밖에서 보이는 다리는 둥글고, 통통하고, 윤기가 흘렀으며, 비쳐 보일 듯이 혈관이 보였고, 뭐라 말할 수 없을 정도로 화사하였다. 그야말로 발에 어울리는 다리였다.

청년은 여전히 무릎을 꿇은 채, 애인을 대하는 듯한 지극한 정성으로 그 발을 바라보고 있었다. 그는 몸을 굽혀 왼쪽 발에 입맞추고, 이어 오른쪽 발에도 입을 맞추었다. 그리고 계속 입을 맞추며 다리를 거슬러 올라가, 옷이 있는 데까지 갔다. 시동은 그의 긴 속눈썹을 올리며 주인에게 비몽사몽간에 붙임성 있는 눈길을 보내었는데, 그 눈길에는 하나도 놀란 기색이 없었다. 그는 혁대 밑에 손가락을 끼우면서 "혁대가 너무 조여요." 하고 중얼거렸다. 그리고 그대로 잠에 빠져들었다. 주인은 혁대를 풀고, 머리 밑에 쿠션을 받쳐주고, 아직 화끈거리긴 하지만 조금씩 식기 시작한 발을 만져보고, 자기의 외투로 정성껏 감쌌다. 그리고 팔걸이의자를 끌어당겨 소파 곁에 가까이 앉았다. 두 시간이 지났다. 청년은 소년의 자는 모습을 바라보면서 그 이마 위에 어리는 꿈의 그림자를 좇고 있었다. 방 안에 들리는 것은 규칙적인 숨결과 벽시계의 똑딱거리는 소리뿐이었다.

그것은 너무도 귀여운 한 폭의 그림이었다. 노련한 화가라면 이러한 두 유형의 아름다움의 대비 안에서 효과를 이끌어내는 방법을 알 것이다. 주인은 여자처럼 예뻤고, 시동은 소녀처럼 예뻤다. 머리카락 속에 파묻힌 둥근 장미색 얼굴은 나뭇잎 그늘 아래 보이는 복숭아 같았다. 먼 길의 피로가 보통 때의 윤기를 다소 빼앗았는지는 모르지만, 여전히 복숭아의 신선미와 부드러움을 지니고 있었다. 반쯤 열린 입 안으로 하얀 우윳빛의 치아가 보였고, 팽팽하고 윤기 나는 관자놀이에는 파란 혈관이 그물코같이 교차되고 있었다. 속눈썹은 미사 기도서에 나오는 성모 마리아의 머리를 장식하는 금실처럼 거의 볼의 절반까지 덮고 있었다. 비단 같은 긴 머리는 금색과 은색을 동시에 띠고 있었다. 그림자가 있는 곳은 금색이고, 빛이 닿는 부분은 은색이었다. 목덜미는 포동포동하면서도 연약하였고, 의복은 남자의 것인지 여자의 것인지 구분이 되지 않았다. 호흡을 편하게 해주려고 윗도리의 단추를 두셋 끄른 바람에, 네덜란드의 고급 천으로 만든 셔츠의 옷깃 사이로 통통하게 부풀어오른 눈부시게 흰 살결의 마름모꼴이 보였고, 어린아이의 가슴이라고는 생각할 수 없는 폭신하고 부드러운 선의 시작이 엿보였다. 자세히 보면 엉덩이 부분이 지나치게 부풀어 있는 것도 같았다. 이 점에 관해서 독자는 각자 나름대로 생각해주기 바란다. 우리는 오직 추측만을 이야기한 것이다. 독자와 마찬가지로 우리는 아무것도 모르지만, 조금 있으면 자세히 알게 되리라 생각되므로 새로운 사실을 입수하는 대로 알려드리기로 하겠다. 만일에 독자가 우리들보다 감식하는 눈이 높다면, 그 셔츠의 레이스 아래를 들여다보고 엉덩이의 윤곽이 지나치게 돌출하였는지 아닌지를 마음속으로 결정하기 바란다. 그러나 한 가지 양해를 구할 것은 커튼이 당겨져 있어서 방 안은 그런 탐색에 적당하지 않은 옅은 어둠이 가득하였다는 사실이다.

기사는 얼굴이 창백하였으나, 그것은 정력과 활기에 가득 찬 금빛의 창백함이었다. 눈동자는 촉촉한 푸른 수정체 속을 헤엄치고, 곧고 홀쭉한 코는 옆모습을 고상하고 우아한 풍채와 늠름한 정력으로 넘치게 하였으며, 얇은 살점밖에는 붙어 있지 않아서 코 주변으로 빛이 비쳐 보였다. 입은 매우 온화한 미소를 띠곤 했으나 평소에는 이탈리아 대가의 그림에서와 같이 양쪽 모퉁이가 오히려 바깥쪽에서 안쪽으로 활 모양으로 휘어져 있었다. 그리고 왠지 모르게 멋져 보이는 거만함과 흉내도 낼 수 없는 험악한 냉소와 어린아이같이 잔뜩 찌푸린 얼굴과 대단히 색다른 데다가 매력 있는 불쾌한 모습 등이 있었다.

주인을 시동에, 또한 시동을 주인에 결합시키는 관계는 어떤 것인가? 틀림없이 두 사람 사이에는 주인과 하인 사이에 있을 수 있는 애정 이상의 것이 있다. 둘은 친구 사이일까, 형제일까? 그렇다면 왜 저런 변장을 하고 있는 것일까? 방금 우리들이 언급한 광경을 목격한 사람이라면 누구나 이 두 사람의 관계가 실제로 겉으로 보이는 관계일 것이라고 믿기는 어려울 것이다.

"귀여운 천사는 잘 자고 있군!" 하고 청년은 낮은 소리로 중얼거렸다. "여태까지 이만큼 먼 길을 온 일은 없었는데. 이 화사한 아이가 말로 이백 리나 달렸다니! 피로 때문에 병에 걸리지는 않았을까? 아니, 대단한 일은 없겠지. 내일이면 씻은 듯이 다 낫고 예쁜 혈색을 되찾아, 비 온 뒤의 장미처럼 생기가 넘치겠지. 이런 모습은 얼마나 예쁜가! 잠을 깨울 걱정만 없다면, 닥치는 대로 마구 애무해주고 싶구나. 볼에 있는 보조개는 얼마나 귀여운가! 살결은 얼마나 곱고 흰가! 잘 자라, 나의 사랑하는 보배여. 아! 너의 어머님이 정말로 부럽구나. 나는 너를 낳고 싶었어. 병에 걸린 건 아닐까? 아니야. 호흡은 고르고 꼼짝도 하지 않아. 그런데 누군가 문을 두드리는 것 같군……."

정말로 누군가가 아주 조용히 문을 두 번 두드렸다.

청년은 일어섰다가 혹시 잘못 들은 것은 아닐까 하고 다시 소리가 나길 기다렸다. 먼저보다 좀 더 힘이 들어간 소리가 두어 번 들렸다. 그리고 다정한 여자의 음성이 낮게 들려왔다.

"저예요, 테오도르님."

테오도르는 문을 열었다. 그러나 날이 저물고 나서 남몰래 찾아온, 다정한 목소리의 여자를 위해 문을 여는 청년의 태도로 보기에는 생기가 전혀 없었다. 문이 방긋이 열리며 방문객의 얼굴이 보였다. 누구였을까? 번민하는 달베르의 정부, 로제트 아가씨 바로 그녀였다. 얼굴은 이름보다도 더 빨개져 있었고 가슴은 밤에 미남자의 방에 들어오는 여자답게 두근거리고 있었다.

"테오도르님." 하고 로제트가 불렀다.

테오도르는 손가락을 들어, 조용히 하라는 듯이 입술에 갖다댔다. 그리고 자고 있는 아이를 눈으로 가리키며 옆방으로 그녀를 데리고 갔다.

"테오도르님." 하고 로제트가 다시 불렀다. 그녀는 그 이름을 되풀이하는 것이 기쁜 듯하였고, 또 그렇게 하면서 흐트러진 마음을 가다듬으려는 모양이었다. "테오도르님." 로제트는 청년이 그녀를 팔걸이의자에 안내하기 위해 잡은 손을 놓지 않고 계속하였다. "드디어 돌아오신 거예요? 그동안 무엇을 하셨어요? 어디에 계셨어요? 벌써 반년 동안이나 뵙지 못했다는 걸 아세요? 아! 테오도르님, 미워요. 설령 사랑하시지 않더라도 당신을 사랑하는 사람에게 존경과 동정은 주는 법이랍니다."

테오도르 무엇을 하고 있었냐고요? 모르겠습니다. 이리저리 왔다 갔다 했고, 잠을 자다 밤을 새우기도 했으며, 노래를 불렀다 울기도 했고, 배를 주린 적이 있는가 하면 목이 마른 적도 있었고, 너무 더웠다가 너무 춥기도 하였고, 심심해하기도 했지요. 돈을 그만큼 축내고 6개월의 나이를 더 먹고 살아 있을 뿐입니다. 그것은 그렇다 치고 당신은 무엇을 하고 계셨습니까?

로제트 당신을 애타게 그리워하고 있었어요.

테오도르 단지 그것뿐인가요?

로제트 네, 그것뿐이에요. 시간을 보내는 방법이 서툴렀나요?

테오도르 가엾은 로제트, 시간을 좀 더 잘 보낼 수 있었을 텐데. 예를 들면 당신의 사랑에 보답할 줄 아는 사람을 사랑한다든가.

로제트 다른 일과 마찬가지로 사랑에도 정나미가 떨어졌어요. 저는 사랑을 고리대금으로 빌려주는 일 따위는 하지 않아요. 거저 드리지요.

테오도르 보기 드문 미덕을 지니셨군요. 선택된 영혼에서만 볼 수 있는 미덕입니다. 나는 당신을 사랑할 수 있게 되기를 얼마나 간절히 원했는지 모릅니다. 적어도 당신이 원하는 방향으로 말입니다. 그러나 우리들 사이에는 넘을 수 없는 장애가 있어서요. 그것은 말씀드리기가 좀 뭣하지만 말입니다. 저와 헤어지고 나서 누군가 애인을 만드셨어요?

로제트 한 사람 만들어, 아직까지 진행 중이에요.

테오도르 어떤 종류의 사람인가요?

로제트 시인이에요.

테오도르 맙소사! 어떤 시인인가요? 작품은 있습니까?

로제트 잘 모르겠어요. 아무도 모르는 시집 같은 게 한 권 있더군요. 어느 날 밤에 읽어보았어요.

테오도르 그럼 당신의 애인은 무명시인이군요. 재미있겠는데요. 팔꿈치에는 구멍이 나 있고, 셔츠는 더러우며, 양말은 압착기 모양으로 비틀어져 있나요?

로제트 아니요. 말쑥한 차림에, 손도 씻고, 코끝에 잉크의 얼룩도 묻어 있지 않아요. C씨의 친구이며 테민 부인 댁에서 만났어요. 왜 어린아이같이 뽐내고 순진한 체하는 키 큰 부인을 아시잖아요.

테오도르 그런데 그 영광스러운 인물의 성함을 알려주실 수 있겠습니까?

로제트 아! 이를 어쩌나, 물론 알려드려야죠! 그 사람은 기사 달베르라고 합니다.

테오도르 기사 달베르! 내가 말에서 내렸을 때에 발코니에 서 있던 청년 같은데요.

로제트 맞아요.

테오도르 그리고 나를 자세히 지켜보고 있었던.

로제트 네, 그 사람이에요.

테오도르 그 사람은 꽤 괜찮던데요. 그런데도 나를 잊지 못했단 말인가요?

로제트 네, 불행하게도 당신은 잊을 수 있는 분이 아니더군요.

테오도르 분명히 그 사람은 당신을 몹시 사랑하겠죠?

로제트 잘 모르겠어요. 몹시 사랑하는 것같이 보이는 적도 있지만, 사실은 사랑하고 있지 않아요. 오히려 미워하고 있는 것 같기도 해요. 저를 사랑할 수 없는 것에 대해 저를 원망해요. 그 사람은 경험이 아주 많은 사람 같아요. 정욕에 열렬한 흥미를 느끼면서도 욕망이 일단 채워지면 너무 놀라고 실망하고 말아요. 함께 잤다고 해서 서로 사랑해야 한다는 것은 착오예요.

테오도르 그래, 당신은 그 애인 아닌 애인을 어떻게 하실 작정인가요?

로제트 옛날의 초승달이나 작년의 유행과 같이 하겠어요. 그 사람은 스스로 저를 버릴 용기가 없어요. 진정한 의미에서 저를 사랑하지도 않으면서 향락의 습관에 질질 끌려 저에게 매달려 있어요. 그 점이 관계를 끊기에 제일 힘든 점이죠. 만약 제가 그 사람을 도와주지 않으면, 그는 최후의 심판날이나 아니면 훨씬 뒤까지 지긋지긋해하면서도 양심적으로 저를 버리지 않을 거예요. 그에게는 모든 고상한 성격이 내재되어 있고, 그의 영혼은 영원한 사랑이라는 태양 아래에서 꽃피우길 바랄 뿐이니까요. 정말이지, 저는 그를 위해 빛이 되어주지 못하는 것이 화가 나요. 지금까지 제가 사랑하지 않은 저의 모든 애인들 중에서는 그를 제일 사랑한답니다. 그래서 만일 못되게 군다면, 그를 꼼짝 못하게 하고 얽어매놓겠지요. 하지만 그런 짓은 하지 않을 거예요. 마침 지금 마지막 선언을 하여 그를 체념시키고 있는 중이에요.

테오도르 체념하는 데 얼마나 걸릴까요?

로제트 2주나 3주, 그러나 당신이 오셨기 때문에 예정보다 빨리 끝날지 몰라요. 제가 도저히 당신의 정부가 될 수 없다는 것은 잘 알고 있어요. 거기에는 제가 모르는 이유가 있다고 말씀하셨죠. 만일 당신이 숨김없이 말씀해주신다면, 기꺼이 체념할게요. 어쨌든 제가 당신 곁에 있을 거라는 희망을 가질 수는 없지만 당신이 계신데 다른 사람의 정부가 될 수는 없어요. 그것은 저에게 모독처럼 느껴지고 다시는 당신을 사랑할 권리가 없어지는 것 같아요.

테오도르 나에 대한 사랑 대신에 그를 가지면 되지 않아요?

로제트 그렇게 하는 게 좋으시다면 그렇게 할게요. 아! 당신만 제 것이 되어주신다면, 제 인생은 전혀 다른 것이 되었을 텐데! 세상 사람들은 저를 잘 몰라요. 아무도 저를 몰라주는 채 세월만 가네요. 당신은 달라요, 테오도르. 당신은 저를 이해한 유일한 분이시고, 저를 잔인하게 대하셨던 유일한 분인걸요. 저는 애인으로 당신밖에 바라지 않았지만, 당신을 갖지 못하였어요. 오, 테오도르, 당신만 저를 사랑하여주셨다면! 저는 품행이 좋고 정숙한 여자가 되었을 테고, 당신에게 어울리는 여자가 되었을 거예요. 그러나 저는 (누군가 저를 기억해준다면) 지위와 재산을 빼고는, 천한 매춘부와 다름없는, 창녀와 같은 여자였다는 평을 남기겠지요.

저는 더없이 고상한 기질을 갖고 태어났어요. 그러나 사랑받지 못하는 것보다 더 사람을 타락시키는 것은 없더군요. 제가 지금과 같이 되기까지 얼마나 고생을 했는지 모르고 저를 경멸하는 사람도 많아요. 저는 모든 남자들 중에 제가 좋아하는 분의 것이 도저히 될 수 없다는 걸 깨달았기 때문에, 그야말로 부평초 신세가 되었어요. 어차피 당신 것이 될 수 없는 몸을 굳이 지키려 하지 않았어요. 그러나 마음만은 어느 누구에게도 주지 않았고 앞으로도 절대로 주지 않을 거예요. 저의 마음은, 비록 당신이 부서뜨렸지만, 당신 거예요. 그리고 다른 남자와 동침만 하지 않으면 정숙하다고 보는 대부분의 여자들과는 달리, 비록 몸은 아낌없이 주었지만, 혼과 마음만은 언제나 당신에게 절개를 지키고 있었어요. 적어도 몇몇 남자들을 행복하게 해주었고, 그들의 머리맡에 하얀 환상을 보내 춤추게 하였어요. 고상한 마음을 지닌 사람들을 사랑하지 않으면서 사랑하는 체 속였어요. 당신에게 거절당한 것이 너무나 슬펐기 때문에, 다른 사람에게 같은 고통을 안겨주는 것은 생각만 해도 견딜 수 없었기 때문이에요. 세상 사람들이 순전히 음란한 마음에서 한 것으로 보고 이러쿵저러쿵 떠드는 제 행동의 유일한 이유이지요! 제가 음란하다고요? 오, 세상에! 테오도르님, 일생을 망치고, 행복을 놓치고, 모두에게 오해를 받아도 그 오해를 풀 길이 없고, 저의 가장 훌륭한 성격이 결점으로 보이고, 가장 깨끗한 본성이 가증스러운 독으로 보이고, 제 안에서 나쁜 것만 폭로되고, 악덕의 길은 언제나 열려 있는데 미덕의 길은 항상 닫혀 있고, 수많은 독당근과 바곳[1] 사이에서 한 송이의 백합이나 한 송이의 장미도 피우지 못했다는 사실을 깨닫는 것이 얼마나 고통스러운지 당신이 이해하여주신다면! 당신은 알 수 없어요, 테오도르.

테오도르 어허! 허 참! 로제트, 당신의 이야기는 모든 사람들의 이야기이기도 합니다. 우리들의 가장 좋은 부분은 우리들에게 남겨진 부분이지, 우리가 만들어낼 수 있는 것이 아닙니다. 시인도 마찬가지입니다. 그들의 가장 뛰어난 시는 씌어지지 않은 시입니다. 그들은 서재보다는 관 속에 더 많은 시를 가지고 갑니다.

로제트 저도 저의 시를 무덤으로 가져가겠어요.

테오도르 나 역시 내 시를 가져가게 되겠지요. 평생 동안 한 번도 시를 짓지 않은 사람이 어디 있겠습니까? 머릿속에서나 마음속에서 한 편의 시도 짓지 않을 정도로 행복하지도 불행하지도 않았던 사람이 과연 있을까요? 사형집행인이라도 매우 다정한 감상의 눈물에 젖은 시를 지었는지도 모르죠. 필경 시인들도 사형집행인에게 필적할 만한 시를 지었을 거예요. 시인들도 그들 못지않게 과격하고 무서운 사람들이니까요.

---

1 독성이 있는 미나리아재빗과의 식물.

로제트 그렇군요. 제 무덤에는 백장미를 놓으면 좋겠어요. 저는 열 명의 애인을 가졌습니다만, 아직까지 처녀이며, 처녀로 죽을 거예요. 묘혈 위에 재스민이나 오렌지꽃을 영원히 내리게 하는 세상의 많은 처녀들은 진정한 메살리나들이었어요.

테오도르 로제트, 나는 당신의 참된 가치를 알고 있습니다.

로제트 진정한 제 모습을 본 사람은 이 세상에서 당신뿐이에요. 당신은 정말로 진지하고 깊은 사랑으로 심하게 괴로워하는 저를 보셨어요. 왜냐하면 그것은 이루어질 수 없는 사랑이기 때문이지요. 자기를 사랑하고 있는 여자를 본 사람이 아니면, 그 여자의 참된 모습을 모르니까요. 그것만이 괴로운 가운데 유일한 위안이에요.

테오도르 그런데 요즘 세간에서 당신의 애인이라고 쑥덕대는 청년은 당신을 어떻게 생각하나요?

로제트 애인의 마음속은 포르투갈 만보다도 더 깊은 심연이라고 하잖아요. 남자의 마음속에 무엇이 있는지 모르겠어요. 추에다가 몇십만 미터나 되는 밧줄을 달고 그 끝까지 풀어내 버려도 바닥에 닿지 않을 거예요. 그러나 이 사람의 마음만은 가끔 바닥에 닿은 적이 있었고, 추는 때로 예쁜 조가비를 끌어올려 왔어요. 그러나 대개는 진흙과 산호조각이 섞여 있었어요. 저에 대한 그의 생각은 많이 변했어요. 우선 처음에는 다른 사람들이 다다랐던 같은 지점에서 출발하여 저를 경멸하였지요. 상상력이 풍부한 청년이란 모두 그렇더군요. 그런 사람들은 항상 제일 먼저 커다란 환멸부터 느끼지요. 공상으로부터 현실로 옮겨갈 때 틀림없이 커다란 충격을 받게 마련이에요. 그 사람은 저를 경멸하면서도 저와 노는 것을 즐거워했어요. 지금은 저를 존경해주는데 동시에 지겨워하죠. 관계의 초창기에 그는 저의 하찮은 면밖에 보지 않았어요. 무슨 짓을 해도 제가 저항하지 않을 거라는 안심이 그 사람이 결심하는 데에 많은 도움이 되었으리라 생각해요. 그 사람은 너무도 초조하게 애인을 갖고 싶어 하는 듯이 보였어요. 그래서 저는 처음에 그 사람이 가슴 가득히 애정이 물결치고, 청춘의 한창때 으레 그렇듯이 여자가 없으면 나무줄기에 달라붙거나 목장의 꽃이나 잔디에라도 입맞춤을 하는 막연한 동경을 갖고 있다고 생각했죠. 그러나 그런 것이 아니었어요. 그는 다른 곳에 도달하기 위해 저를 발판으로 삼았을 뿐이에요. 그 사람에게 저는 도정일 뿐, 목적은 아니었어요. 그는 스무 살의 생기 넘치는 외관과 청춘의 부드러운 솜털 밑에 엄청난 타락을 감추고 있었어요. 마음이 좀먹혀 있었어요. 쪼개보면 재밖에 나오지 않는 과일이었지요. 그 젊고 늠름한 몸 안에는 사투르누스[2]보다 더 나이를 먹은 영혼이 꿈틀거리고 있었어요. 여태껏 본 적이 없는 불행한 영혼을 지니고 있었어요. 솔직히 말하면, 테오도르님, 저는 무서워졌어요. 그 사람의 아주 캄캄한 깊은 곳을 들여다보면 현기증이 날 것 같아요. 그 사람의 괴로움에 비하면 당신이나 저의 괴로움은 아무것도 아니에요. 만약 제가 그 사람을 좀 더 사랑했다면, 그를 죽였을지도 몰라요. 이 세상에 없는 무엇인가가 그 사람을 유혹하고 부르는 바람에, 그는 밤이고 낮이고 쉬지 못해요. 동굴 안의 해바라기처럼 눈에 보이지 않는 태양을 향해 발버둥치고 있어요. 그의 영혼은 육체와 결합하기 전에 망각의 강물에 충분히 담가지지 않은 것 같아요. 그리고 천상에 있었을 때의 영원한 아름다움에 대한 추억을 마음에 새기고 있어서, 그것이 그 사람을 심하게 괴롭히는 것 같아요. 전에는 날개를 가지고 있었는데, 지금은 발밖에 없다는 사실을 회상하는 것이지요. 만약 제가 하느님이라면, 그런 실수를 한 천사에게는 두 겁의 세월 동안 시를 빼앗아버리겠어요. 그는 덧없는 청춘 시절, 금발의 젊디젊은 꿈을 되살리기 위해 화려한 색종이의 성을 쌓는 대신 벨로스[3]의 사원을 여덟 개 쌓아올린 것보다도 더 높은 탑을 쌓아올려야 했어요. 그러나 저는 상대할 기력이 없었기 때문에 그의 마음을 모르는 체하였고

---

2 로마 신화에 나오는 농경신으로, 우라노스의 아들이며 제우스의 아버지.

3 Belus: 기원전 2000년 아시리아의 전설적인 왕.

그가 광활한 공간을 날아오르기 위해 날개를 질질 끌며 산의 정상을 찾는 것을 말없이 보고만 있었어요. 그는 제가 이러한 일을 눈치채고 있는 줄 몰라요. 왜냐하면 저는 꿈에도 모르는 척하면서 어떤 변덕에도 응해주고 있으니까요. 저는 그 사람의 고민을 해결해줄 수 없기 때문에, 언젠가 하느님 앞에 섰을 때 그가 저의 참뜻을 헤아리고는 적어도 저에게 대단한 사랑을 받았다는 행복을 느끼게 해주고 싶었어요. 지금도 그렇게 바라고 있고요. 저는 그에게 상당한 동정과 흥미를 느꼈고, 다정한 말투나 태도로 그를 쉽게 속일 수 있었어요. 그래서 능숙한 배우처럼 제 역할을 충실히 연기했어요. 쾌활해 보였다가 우울해 보이기도 했고, 다감하기도 했다가 육감적이 되기도 했고, 불안과 질투를 가장하기도 했어요. 거짓 눈물을 흘리고 입가에 웃음을 만들어 보이기도 했지요. 저라고 하는 사랑의 마네킹을 눈부시도록 화려하게 치장하였어요. 저의 집 정원의 가로수 길을 산책하게도 해주었어요. 모든 새들을 그가 지나는 길에 노래하게 하였고, 달리아나 독말풀 등 모든 꽃더러 그 사람 앞에 머리 숙여 인사하게 하였지요. 귀여운 백조의 은빛 등에 태워 호수를 건너게도 하였고요. 저는 백조의 배 속에 숨어서 저의 목소리와 재치와 아름다움과 젊음, 그 모두를 백조에게 빌려주었어요. 그래서 어떤 현실도 저의 거짓말에는 미치지 못하고 넋을 잃을 만큼 멋진 외관을 그에게 꾸며주었어요. 만약 그 허황한 인형을 산산조각으로 부수어야 할 때가 온다면, 죄는 모두 저에게 있는 것같이 보이게 만들고 그 사람이 너무 미련을 갖지 않도록 할 작정이에요. 저 스스로 그 풍선을 핀으로 찔러 공기를 빼내는 구멍을 뚫겠어요. 그것이야말로 신성한 매음이며 명예스러운 기만이 아닐까요? 저는 수정 항아리 안에 그의 눈물이 떨어질 때마다 받아두었어요. 그것이 저의 보석상자이며 다이아몬드예요. 그리고 저는 그것을 저를 하느님이 계신 곳으로 데려다주는 천사에게 드릴 작정이에요.

테오도르 그것이야말로 여자의 목에서 빛을 낼 수 있는 가장 아름다운 보석이겠지요. 여왕의 장신구도 그보다는 못할 것입니다. 제 생각에 막달라 마리아가 그리스도의 발에 부었던 향유는 그녀가 위로해준 남자들의 오래된 눈물을 모은 것 같아요. 또 성 야곱의 길에 뿌려진 것도 그런 눈물이지, 사람들이 말하듯 헤라의 젖은 아니라고 봅니다. 그런데 당신이 그 사람에게 해준 일을 누군가 당신에게 해준 적이 있습니까?

로제트 유감이지만, 아무도 없었어요! 당신이 그렇게 해주지 못하니까요.

테오도르 아, 사랑스러운 영혼이여! 내가 그걸 해줄 수 없다니! 그러나 희망을 잃어서는 안 됩니다. 당신은 아름답고 아직 젊어요.

당신은 지난날을 장사 지내는 반암의 무덤으로부터 당신의 유해와 주름살투성이의 늙은 날의 허둥거리는 망령을 서둘러 처넣는 이끼 낀 돌무덤으로 이어지는 그 길, 회양목과 낙엽 진 나무들에 둘러싸인 침울한 그 길에 닿기 전에, 꽃피는 보리수와 아카시아의 길을 수없이 지나가야 합니다. 당신은 이제부터 아득히 먼 인생의 산길을 올라야 합니다. 눈이 쌓인 정상에 도달하려면 아직도 먼 길을 가야 합니다. 지금은 향기 좋은 나무숲과 아이리스가 삼색의 다리를 놓은 맑은 폭포와 아름다운 녹색의 떡갈나무와 향기로운 낙엽송이 있는 지역일 뿐이지요. 조금 더 올라가십시오. 그러면 발밑에 열리는 좀 더 넓은 풍경 속에 당신을 사랑하게 될 남자가 잠들어 있는 집의 지붕에서 파란 연기가 피어오르는 것이 보일 것입니다. 처음부터 인생을 포기해서는 안 됩니다. 이런 식으로 우리들의 운명은 기대하지 않았던 광경을 열어줍니다. 나는 인생을 살아가는 인간이 고딕식 탑의 나선형 계단을 오르는 순례자의 모습 같다고 생각하곤 합니다. 긴 화강암의 뱀이 침침한 어둠 속에서 꾸불거리고 있는데, 그 비늘 하나하나가 계단인 것입니다. 몇 번 빙빙 돌고 나면 입구에서 들어오는 아주 사소한 광선도 사라지고 말죠. 그림자에 가로막혀 환기창에서도 햇빛이 들어오지 않습니다. 벽은 검고 땀을 흘리고 있습니다. 아래에서 보았을 때, 마치 무도회에 갈 때처럼 레이스와 자수에 둘러싸여 그처럼 날씬하고 호리호리한 탑에 올라가고 있는 것이 아니라, 다시는 나갈 수 없는 감옥으로 내려가는 것 같아 보입니다. 더 이상 위로 가지 말까 하고 주저하는 일도 있습니다. 그만큼 그곳의 축축한 어둠이 답답하여 견딜 수 없는 것이지요. 계단은 아직도 몇 바퀴 더 남아 있습니다. 점점 수가 많아지는 들창이 반대편 벽에 황금빛 클로버 모양을 오려냅니다. 집집의 들쭉날쭉한 박공과 기둥 위를 건너지른 수평의 조각들, 굴뚝의 이상한 모양이 보이기 시작합니다. 계속 올라가면 거리 전체가 눈 아래 펼쳐집니다. 사방팔방에 뾰족하게 서 있는 바늘과 화살의 숲이 천차만별 가지각색의 모양으로 조각되어 있고, 그 수를 헤아릴 수 없는 틈새들로 햇빛이 비치고 있습니다. 돔과 둥근 지붕은 거인의 유방이나 티탄의 머리같이 커다란 활 모양을 하고 있습니다. 작은 섬같이 보이는 집들과 궁전은 그림자와 빛이 한 덩어리가 되어 두드러져 보입니다. 조금 더 올라가면 전망대 위로 나가게 됩니다. 그럼 당신은 도시의 성벽 저쪽에 초록색 밭과 푸르스름한 언덕과 강의 일렁이는 물결 위에 떠 있는 흰 돛을 보게 될 것입니다. 눈부신 빛이 내리쬐고, 제비는 즐거운 듯이 짹짹거리며 당신 곁을 왔다 갔다 합니다. 멀리 도시에서 들려오는 소리가 마치 친한 사람이 중얼거리는 소리나 꿀벌이 윙윙거리는 소리처럼 들려옵니다. 모든 종각이 듣기 좋은 진주 같은 음색을 공중에 흩뿌립니다. 바람은 가까운 수풀의 향기와 산의 온갖 꽃향기를 실어옵니다. 그곳에 있는 것은 오직 빛과 조화와 향기뿐이지요. 만약 발이 아파지거나 낙심하여 아래쪽 계단에 주저앉고 말거나 다시 내려가버리고 만다면, 그 경치는 도저히 볼 수 없을 것입니다. 그러나 때에 따라서는 탑의 한가운데에나 혹은 꼭대기에 출구가 하나밖에 없을 수도 있습니다. 당신의 인생의 탑은 이렇게 되어 있는 것입니다. 그러므로 어둠 속의 바위 모서리에 매달려 들판이 내려다보이는 밝은 클로버 모양의 지역에까지 이르기 위해서는 더욱 강한 용기와 날카로운 손톱으로 무장한 인내가 필요합니다. 게다가 총안(銃眼)이 막혀 있든지 그것을 뚫는 것을 잊어버린 경우에는 꼭대기까지 올라가야 합니다. 그러나 아무것도 보지 않고 올라가면 올라갈수록 전망은 한층 넓게 여겨지고 기쁨과 놀라움도 더 큰 법입니다.

로제트 오, 테오도르, 빨리 창이 있는 곳으로 가고 싶어요! 아주 캄캄한 어둠 속의 계단을 오르기 시작한 지 벌써 오래된걸요. 그 출구가 막혀 있고, 꼭대기까지 기어올라가야 할까 봐 두려워요. 그리고 그 수없이 많은 층계 끝이 닫혀버린 문이거나 돌천장이라면 어떻게 하죠?

테오도르 그런 말을 해서는 안 됩니다, 로제트. 그런 생각은 하지 마세요. 어느 건축가가 출구 없는 계단을 만들겠습니까? 하물며 세계를 쌓아올린 온화한 건축가를 어째서 보통 건축가보다도 더 바보에다가 무분별한 분으로 생각하세요? 하느님은 틀리는 일도 없고 깜빡 잊어버리는 일도 없습니다. 당신을 방해하기 위해서 창문도 출구도 없는 돌로 된 긴 통 안에 가두고 재미있어하는 일은 생각할 수도 없습니다. 왜 당신은 하느님이 우리 같은 보잘것없는 개미새끼에게 한순간의 하찮은 행복을 시샘하고, 이 넓은 우주에서 그 개미새끼가 줍는 한 알의 좁쌀을 뺏는다고 생각하세요? 그런 일을 하기 위해서 하느님은 호랑이나 재판관처럼 잔인하지 않으면 안 되겠지요. 그리고 우리가 그토록 마음에 들지 않는다면, 하나의 혜성더러 조금만 궤도에서 벗어나서 꼬리털 한 개로 우리를 목 졸라 죽이라고 하면 그만입니다. 어떻게 하느님이 도미티아누스 황제가 파리를 갖고 그랬듯이 우리들 하나하나를 황금핀으로 찌르고 기뻐한다는 생각을 할 수 있습니까? 하느님은 문지기도 아니려니와 교회 집사도 아니고, 늙었다고 해서 다시 어린아이가 되는 것은 아닙니다. 그런 하찮은 짓궂음은 모두 하느님께서 아시는 바가 아니며, 우리들과 지혜의 우열 겨루기를 하거나 우리를 골탕 먹일 정도로 얼간이는 아닙니다. 용기를 내세요, 로제트, 용기를! 숨이 차면 잠시 멈추어 서서 쉬십시오. 그리고 다시 오르세요. 당신의 행복을 바라볼 수 있는 창구까지 가려면 힘껏 노력하여 나머지 스무 계단만 올라가면 될 것입니다.

로제트 안 돼요! 오! 절대로! 탑의 꼭대기에 다다르면 뛰어내리고 싶을 뿐일걸요.

테오도르 가여운 사람, 쫓아 없애세요. 박쥐처럼 당신 주변을 날아다니며 당신의 아름다운 이마에 어두운 날개의 그림자를 던지고 있는 그런 불길한 생각 따위는. 만약 당신이 나의 사랑을 받고 싶다면, 행복해져야 하고 울어선 안 돼요. (그는 그녀를 다정하게 끌어당겨 양쪽 눈에 입맞춘다.)

로제트 당신을 안 것이 제게는 얼마나 불행인지 몰라요! 그럼에도 처음부터 다시 산다고 해도 당신과 사귀기를 원하겠죠. 제게는 당신의 엄격함이 다른 사람의 정열보다 더 좋아요. 당신은 저를 많이 괴롭혔지만, 제가 느낀 즐거움은 모두 당신에게서 받은 거예요. 당신을 통해 저는 제가 가질 수도 있었을 모습을 보았어요. 당신은 저의 밤을 비추는 빛이었으며, 제 영혼의 여러 어두운 구석을 비춰주셨어요. 저의 삶에 전혀 새로운 조망을 열어주셨죠. 불행한 사랑이긴 했지만, 당신 덕분에 사랑이 무엇인지 알게 된 것도 사실이에요. 사랑받지 못하면서 사랑하는 것은 슬프고 깊은 매력이 있더군요. 저를 잊은 사람을 기억하는 것도 아름다운 일이에요. 짝사랑이라고 하더라도 사랑할 수 있다는 것은 행복이에요.

그런 행복도 모른 채 죽는 사람도 많지요. 그러므로 짝사랑에 우는 사람이 제일 불쌍한 것도 아니에요.

테오도르 그런 사람들은 괴로워하거나 상처의 아픔을 느끼지만 그래도 살아 있지 않습니까. 그들은 무언가에 애착을 갖고 있어요. 그들에겐 하나의 별이 있고, 그들은 그 별 주위를 회전하지요. 하나의 극을 향해 그들은 세차게 당겨지고 있습니다. 그들에겐 원하는 것이 있고 이렇게 말할 수 있습니다. "저기에만 도달하면, 그것만 손에 넣으면, 나는 행복해질 거야."라고 말이죠. 그들은 끔찍한 단말마의 고통을 겪지만, 죽어가면서 적어도 이렇게 혼잣말을 할 수 있습니다. "그분을 위해 죽는 거야." "이렇게 죽는 것은 새로 태어나는 것이지." 진짜 유일하게 구원받을 수 없는 사람들이란 미칠 것 같은 포옹으로 우주 전체를 껴안으려고 하는 사람들, 모두를 원하기 때문에 아무것도 구할 수 없는 사람들, 천사나 요정이 내려와서, "무언가 하나를 원하시오. 이루어질 것입니다."라고 해도 당황해서 아무 말도 못하는 사람들입니다.

로제트 만약 요정이 온다면 저는 무엇을 원할지 알고 있어요.

테오도르 당신은 그것을 알고 있지요, 로제트. 그래서 당신은 저보다 행복합니다. 왜냐하면 저는 그것을 모르기 때문이에요. 내 마음속에는 수많은 막연한 욕망들이 요동치고 한데 뒤엉켜 다른 욕망을 낳고 그 새로운 욕망은 이전의 욕망을 집어삼

킵니다. 나의 욕망은 빙빙 소용돌이치며 정처 없이 날고 있는 새떼와 같은 것입니다. 그러나 당신의 욕망은 태양을 응시하고 있는 독수리며 단지 공기가 부족하기 때문에 날개를 펴고 날아오를 수가 없을 뿐입니다. 아! 내가 원하는 것을 알게 된다면. 나를 쫓아다니는 사상이 나를 둘러싸고 있는 안개 속에서 뚜렷하고 분명히 나타난다면. 나의 하늘 끝에 행복이든 불행이든 어떤 별이라도 좋으니 나오기만 한다면. 요사스러운 도깨비불이든 인정 많은 등대든 뭐든지 좋으니 내가 쫓아가야 할 빛이 암흑에서 나타난다면. 샘물도 없는 사막 안으로 이끌려 간다고 해도 불기둥이 내 앞에 서서 나아간다면! 설령 절벽에 부딪친다고 해도 가야 할 방향을 안다면! 이렇게 무의미하고 단조로운 제자리걸음을 하고 있는 것보다는 늪지대나 숲을 뛰어다니는 저주받은 사냥꾼의 어리석은 뜀박질이 더 낫습니다. 이렇게 살아간다는 것은 눈을 가린 말이 아무것도 보지 못한 채, 장소도 옮기지 않고, 우물의 수레바퀴를 돌리며 몇천 리 길을 걷는 것과도 같습니다. 저는 꽤 오랫동안 바퀴를 돌리고 있었으니까 두레박은 꽤 올라왔을 것입니다.

로제트 당신에게는 달베르와 닮은 데가 많이 있어요. 말씀을 듣고 있으면 꼭 그 사람이 말하고 있는 것처럼 느껴져요. 당신이 그분을 더 잘 알게 된다면 틀림없이 좋아하시게 될 거예요.

두 분이 반드시 마음이 맞을 테니까 말이에요. 그분도 역시 당신처럼 목적 없는 정열에 괴로워하고 있어요. 무엇인지는 모르지만 엄청난 사랑을 가슴에 품고서 하늘에라도 올라갈 기세예요. 지구는 한 발을 걸치기에도 부족할 정도의 발판이라고 여기면서 하늘에서 떨어지기 전의 루시퍼[4]보다도 더 큰 자존심을 갖고 있는걸요.

테오도르 저는 처음 보고 평범한 시인의 한 사람이겠지 하고 생각하고 있었어요. 지상에서 시를 몰아낸 시인, 가짜 진주를 이어놓은 운문가, 세상만사 중에 단어의 마지막 음절밖에는 관심이 없고 그림자(ombre)와 어둡다(sombre), 불꽃(flamme)과 영혼(âme), 신(Dieu)과 장소(lieu)를 이어놓은 다음에는 팔짱을 끼고 발을 꼬고 세상이 쪼개어져도 상관 않는 무리들같이 말입니다.

로제트 그런 패들과는 거리가 멀어요. 그에게는 운문 따위는 아무 상관도 없는 일이며, 절대로 미봉책이 되지 않아요. 이미 쓴 작품으로 판단한다면, 그의 인품을 대단히 오해하게 되지요. 그는 그 사람 자신이며, 언젠가 그 외의 시를 쓴다고 볼 수도 없어요. 그의 깊은 영혼 안에는 아름다운 사상을 가둔

4 실추한 천사와 악마에게 주어지는 명칭.

하렘이 있고 그것을 삼중의 벽으로 둘러싸고 터키의 황제가 애첩을 지켰던 것보다 더 열심히 지키고 있어요. 그는 문제시하고 있지 않거나 마음에 들지 않는 사상만을 운문 속에 짜넣을 뿐이에요. 시는 마치 그러한 사상을 내쫓는 문 같아요. 세상은 그가 원치 않는 것만을 가질 뿐이죠.

테오도르 그러한 질투나 수치는 나도 잘 압니다. 마찬가지로 많은 사람들은 가슴에 품고 있던 사랑을 잃거나 애인이 죽은 후에야 비로소 그 사랑과 애인을 인정하지요.

로제트 이 세상에서 무언가를 정말로 내 것으로 하기 위해서는 그렇게 힘이 드는군요! 불꽃은 많은 나비를 부르고 보물은 도적을 부르죠! 저는 그렇게 스스로의 사상을 묵묵히 무덤까지 가지고 가서 군중의 더러운 입맞춤과 추잡한 손에 맡기려고 하지 않는 사람이 제일 좋아요. 사랑하는 사람의 이름을 나무껍질에도 적지 않고, 메아리에게도 누설하지 않으며, 잠을 자고 있으면서도 행여 꿈속에서라도 그 이름을 무심코 입 밖에 내지는 않을까 하여 걱정하는 사람이 좋아요. 저 역시 그런 사람 중의 하나이며, 제 마음을 어느 누구에게도 털어놓은 적이 없으니 아무도 제 사랑을 모를 거예요……. 그런데 벌써 열한 시가 되었네요, 테오도르님. 주무셔야 할 텐데 실례가 많았습니다. 당신과 헤어져야 할 때에는, 언제나 가슴을 조이고 이제 다시 뵙지 못하는 것이 아닌가 하여 걱정이 됩니다. 그래서 되도록 시간을 끌게 돼요. 그러나 이제는 가야겠군요. 그럼 안녕, 달베르가 찾을지 모르겠네요. 안녕, 사랑하는 임이여.

테오도르는 그녀의 허리에 팔을 두르고 문 있는 데까지 바래다주었다. 그리고 거기에 멈추어 서서 언제까지나 그녀의 모습을 바라보았다. 복도는 여기저기에 작은 창문이 나 있고, 좁은 유리문이 끼워져 있어서 그리로 달빛이 흘러들어 어둠과 빛이 환상적으로 교차되어 있었다. 창문 곁을 지날 때마다 로제트의 희고 맑은 모습이 마치 은빛 유령처럼 빛났다. 잠시 모습을 감추었다가 다시 더 멀리에서 전보다 빛나는 모습을 나타냈다. 그리고 마지막으로 완전히 모습을 감추었다.

테오도르는 깊은 명상에 잠긴 듯이 잠시 팔짱을 끼고 그 자리에 선 채 꼼짝하지 않았다. 손을 이마 위에 대고 머리를 흔들어 머리카락을 뒤로 넘겼다. 그리고 방 안으로 돌아와 여전히 자고 있는 소년의 이마에 입을 맞추고 잠자리에 들었다.

7

로제트가 눈을 뜨자 달베르가 평소와는 달리 부랴부랴 찾아왔다.

"어머 벌써 오셨어요?" 하고 로제트가 말하였다. "어서 오세요. 오신 중에 제일 일찍 오셨네요. 그럼 감사의 뜻에서 제 손에 키스하시는 것을 허락해드릴게요."

그러고 나서 그녀는 레이스로 장식된 플라망감의 이불 밑에서 둥글고 포동포동한 팔에 달려 있는, 여태까지 절대로 보여주지 않았던 작고 예쁜 손을 내밀었다.

달베르는 그 손에 점잔을 빼며 키스하였다. "그런데 다른 한쪽은 허락해주시지 않는 겁니까?"

"좋고말고요! 문제없어요. 저는 오늘 대단히 기분이 좋거든요, 자."

그녀는 이불 안에서 다른 손을 내밀고 그의 입에 살짝 갖다 대었다. "저는 정말로 양순한 여자 아니에요?"

"당신은 그야말로 우아함의 화신이시네요. 월계수 숲속에 흰 대리석으로 신전이라도 세워드리지 않으면 안 되겠군요. 사실 저는 당신이 프시케와 마찬가지로 비너스에게 질투라도 받으면 어쩌나 걱정이 되어 견딜 수가 없습니다." 달베르는 그렇게 말하면서 미녀의 두 손을 모아 자신의 입으로 가져갔다.

"정말 막히지도 않고 술술 말씀을 잘하시네요! 마치 외우고 계셨던 것 같아요." 로제트가 입을 뾰로통하며 말하였다.

"천만의 말씀. 당신에게 말씀드린 문구는 당신을 위해 특별히 만든 것입니다. 당신에게는 순결한 목가밖에는 통용되지 않아요." 달베르가 대답하였다.

"어머나! 당신 오늘 뭘 잘못 잡수셨어요? 이렇게 겉치레의 인사가 심하시니 어디 편찮으신 것은 아니세요? 이러다가 돌아가실까 봐 걱정이 되네요. 확실한 이유도 없이 갑자기 성격이 변하는 것은 좋지 않은 징조라고 하잖아요? 그런데 당신을 좋아하던 여자들 사이에 당신은 침울한 분으로 정평이 나 있는데, 오늘은 무어라고 말할 수 없을 정도로 붙임성이 좋으셔요. 자, 정말로, 안색이 창백하시네요, 가련한 달베르. 손을 이리 주세요. 맥을 봐드릴게요." 그녀는 달베르의 소매를 걷어올리고, 익살스러울 정도로 자못 심각한 체하고 맥박을 세었다.

"아니…… 맥은 아무렇지도 않아요. 열이 있는 것 같지도 않고요. 그렇다면 오늘은 제가 유별나게 예쁘다는 말씀이네요! 미안하지만 거울 좀 집어주세요. 당신의 과장된 칭찬이 얼마나 맞는지 두고 볼 테니까요."

달베르는 화장대 위에 있는 거울을 집어 침대 위에 놓았다.

"정말, 당신의 말씀이 전혀 빗나간 것이 아니네요. 시인 선생님, 왜 당신은 저의 눈에 관한 소네트를 지어주지 않으세요? 지어주지 않을 이유가 없잖아요. 보시다시피 제가 얼마나 불행해요! 이렇게 고운 눈과 이렇게 훌륭한 시인이 있는데 소네트도 하나 받지 못하고 있으니. 마치 제가 애꾸눈을 하고 있고 물 긷는 인부를 애인으로 갖고 있는 것 같네요! 당신은 저를 사랑하지 않아요. 이합체의 소네트 하나 지어주지 않으시다니. 또 저의 입을 어떻게 보시고 그러시는 거예요! 저는 이 입으로 당신과 키스하였고, 앞으로도 더 하게 될 텐데요. 사랑으로 번민하는 미남 아저씨, 정말로 당신은 그런 호의를 받을 자격이 없어요. (하지만 제가 말씀드리는 것은 오늘의 일은 아니에요. 오늘은 아주 멋지거든요.) 그러나 저의 일은 이 정도로 하고, 당신은 오늘 아침에 평소와 달리 생기가 넘치는 것 같아요. 마치 오로라의 형님 같으세요. 그리고 이제 겨우 날이 막 샜을 뿐인데 무도회에라도 가듯이 몸치장을 하고 계시는군요. 어쩌면 뭔가 저에게 흑심을 품고 계신 것은 아니세요? 저의 정조를 기습하실 생각이세요? 저를 정복할 작정이신가요? 그런 일은 이미 끝나버린 옛날 옛적의 이야기라는 걸 잊고 있었어요."

"로제트, 그렇게 놀리지 마시오. 내가 당신을 사랑하는 것을 잘 알고 있잖소."

"그러나 그것은 경우에 따라 다르죠. 지금은 잘 모르겠군요. 당신은 어떻게 생각하세요?"

"잘 알겠소. 그 증거로 당신이 문에 자물쇠를 걸어주신다면, 확실히 보여드리지요. 자랑은 아니지만, 당신이 끽 소리도 내지 못하게 할 정도로."

"그건 싫어요. 저에게 아무리 증거를 보여주신다 해도 문은 열어놓겠어요. 문을 잠그고 혼자 즐거워하기엔 아깝네요. 태양이 어디에나 비치듯이, 오늘은 당신만 괜찮으시다면, 태양과 같이 비치게 해드리겠어요."

"분부대로 하지요. 제 마음에 들지는 않지만, 제가 찬성한 걸로 해두십시다. 저는 당신의 충실한 충복이므로 무엇이든 당신의 뜻대로 하겠습니다."

"바로 그거예요. 그런 마음가짐을 잊지 마세요. 그러나 밤에는 방에 자물쇠를 걸어도 좋아요."

그때 상냥한 흑인 종이 문틈으로 커다란 머리를 내밀며 말하였다. "테오도르 드 세란님께서 인사차 뵙기를 청하고 계십니다."

"들어오시게 하세요." 로제트는 이불을 턱까지 끌어올리면서 대답하였다.

테오도르는 우선 로제트의 침대 곁으로 가서 몸을 많이 굽히고 우아하게 절하였고, 그녀는 그에게 친근한 표시로 고개를 끄덕였다. 그러고 나서 테오도르는 달베르 쪽을 향하여 허물없는 태도로 붙임성 있게 인사하며 말하였다. "말씀 중에 제가 실례를 하는 것은 아닌지요? 재미있는 대화를 나누고 계셨을 텐데 제가 방해를 한 듯합니다. 어서 계속하십시오. 간략하게 무슨 이야기를 하고 계셨는지 저에게도 알려주시면 고맙겠습니다."

"원 별말씀을!" 로제트는 짓궂은 미소를 띠며 대답하였다. "별것 아닌 이야기였어요."

테오도르는 로제트의 침대 맨 아래쪽에 자리 잡았다. 달베르가 미리 와서 머리맡의 자리를 차지하고 있었기 때문이다. 얼마 동안 대화는 정해진 화제 없이 이런저런 이야기가 오갔는데, 매우 지적이며 흥미 있는, 활기찬 대화였다. 그러므로 여기에서 보고하는 것은 삼가도록 하겠다. 글로 옮기면 너무 운치를 잃게 되지 않을까 걱정이 되어서다. 태도, 어조, 열성적인 말과 행동, 하나의 단어를 발음하는 무수한 방법, 탁탁

튀다가 갑자기 사라지고 마는 샴페인의 거품 같은 재치의 주고받음은 도저히 글로 고정시키거나 재현할 수 없는 그 무엇이었다. 누락된 부분은 틀림없이 나보다 그 일을 훌륭하게 해줄 독자가 채워넣을 몫이다. 이곳에 대여섯 페이지 정도 대단히 멋있고, 변덕스럽고, 공상을 뽐내는, 우아하고 눈부시게 아름다운 지면이 빠져 있다고 상상해주기 바란다.

우리들의 이러한 수법이 아가멤논의 얼굴을 마음대로 그릴 수 없는 것에 절망한 나머지, 얼굴을 베일로 가려버린 티만테스[1]의 화법을 상기시키는 것을 잘 알고 있다. 그러나 우리들에게는 무모하게 붓을 휘두르는 것보다 겁쟁이인 편이 훨씬 바람직하다.

달베르가 어떤 이유로 그렇게 일찍 일어났는지, 또 어떤 충동에 사로잡혀 로제트와 사랑에 빠져 있었던 때와 같이 그 이른 아침부터 찾아왔는지 알아보는 것은 헛된 일은 아닐 것이다. 그것은 막연하고 무의식적인 질투심의 보이지 않는 결과임엔 분명하다. 물론 달베르는 로제트에 집착하고 있지 않으

---

1 Timenthes: 기원전 4세기 때 그리스의 화가로 「이피게니아의 희생」을 남겼다. 트로이 전쟁에 출전하기 위해 그리스 연합군이 항구에 집결하였으나 바람이 전혀 불지 않는데, 미케네 왕 아가멤논의 딸 이피게니아를 제물로 바치면 바람이 불 것이라는 신탁이 내린다. 티만테스의 이 그림은 이피게니아를 제단으로 끌고 가는 모습을 그린 것으로, 아가멤논 왕은 베일로 얼굴을 가리고 있어 그 표정을 살필 수 없다. 왜냐하면 그 고통을 나타낼 만한 적절한 표정을 생각할 수 없었기 때문이다.

며 오히려 헤어지면 다행이라고까지 생각하고 있었다. 그러나 적어도 그는 자기가 먼저 물러나는 것은 괜찮으나 여자한테 차이는 것은 참을 수 없다고 생각하였다. 그런 일은 설령 처음의 정열이 사라졌다고 해도, 남자의 자존심에 심한 상처를 입히는 법이다. 테오도르는 너무도 미남의 기사였으므로, 그가 불시에 나타남으로써 지금까지 실제로 여러 번 일어났던 일이 일어날 염려가 있었다. 즉, 모든 여자들의 눈이 테오도르 쪽에 쏠리고 그 눈과 함께 마음도 따라가지 않으리라는 법이 없었다. 그런데 이상하게도 테오도르가 이제까지 많은 여자를 휩쓸었음에도 그녀들의 애인은 자기 여자를 가로챈 남자에 대해서 보통 있을 법한 뿌리 깊은 원한을 한 번도 그에게 품은 적이 없었다. 그의 태도에는 마치 정복자다운 매력과 극히 자연스러운 우아함과 더없이 부드럽고 게다가 엄숙해서 가까이 하기 어려운 무언가가 있어 남자들조차도 항복하고 마는 것이었다. 달베르는 만일 테오도르를 우연히 만나게 되면 실컷 욕이나 해주어야겠다고 작정하고 로제트의 방을 찾아왔으나, 막상 테오도르의 얼굴을 대하고 보니 화가 나기는커녕 상대의 이야기에 얼떨결에 넘어가버리는 데에 깜짝 놀랐다. 반 시간쯤 지난 후에 두 사람은 마치 죽마고우라도 된 듯 싶었다. 그러나 달베르는 만약 로제트가 누군가를 사랑한다면 그것은 틀림없이 이 남자일 것이라고 마음속으로 확신하였다.

당장은 그런 기미가 보이지 않았으나 적어도 앞으로는 질투할 소지가 충분히 있었다. 만약 그 미녀가 흰 가운을 입고 마치 달빛에 비친 나비처럼 그 미남자의 방으로 미끄러지듯 살짝 들어가 서너 시간 후에 남의 눈을 피해 나오는 것을 그가 보게 된다면 어떨까? 그는 실제 자신이 지금까지 생각했던 스스로의 자화상보다 훨씬 불행하다고 생각할 수 있다. 왜냐하면 사랑에 빠진 미녀가 그녀 못지않게 잘생긴 기사의 방에서 나온다면 들어갔을 때와 온전히 같은 몸이라고는 거의 생각할 수 없기 때문이다.

로제트는 비상한 주의를 기울이고, 마치 사랑하는 사람의 말을 경청하듯이 테오도르의 이야기에 귀 기울였다. 이야기는 재미있고 다양했기 때문에 그녀의 열성도 극히 자연스러웠고 전혀 이상한 느낌을 주지 않았다. 따라서 달베르는 다른 의심을 품지 않았다. 로제트에게 말하는 테오도르의 목소리는 정중하였고 친밀감을 담고 있었으나, 그 이상 특별한 것은 없었다.

"오늘은 무엇을 할까요, 테오도르?" 하고 로제트가 말하였다. "뱃놀이를 하면 어떨까요? 어떻게 생각하세요? 아니면 사냥을 할까요?"

"사냥으로 합시다. 그 편이 따분한 백조와 나란히 물 위를 미끄러져가거나 양쪽에 수련의 잎사귀를 구부리는 것보다는 우울하지 않아서 좋아요. 당신의 의견은 어떻습니까, 달베르?"

"저는 유유히 배에 흔들리며 강을 흘러가는 것도, 불쌍한 사냥감을 좇아서 정신없이 말을 달리는 것도 다 좋습니다. 당신들이 가는 곳이라면, 나도 가겠습니다. 이제 마담 로제트께서 일어나셔서 적당한 의복을 입으시는 것만 남았습니다." 로제트는 수긍하고 동의를 표하며 초인종을 눌러 하인을 불렀다. 두 청년은 서로 팔짱을 낀 채 나갔다. 그 모습을 보니 두 사람 모두 같은 여자에게 사랑받고 있는 애인이라는 것이 쉽게 짐작이 갔다.

이윽고 모든 준비가 끝났다. 달베르와 테오도르는 벌써 안뜰에서 말을 타고 있었다. 그때 로제트가 승마복 차림으로 현관의 돌계단 위에 모습을 나타냈다. 그녀는 과연 발랄하고 단호한 모습으로, 승마복 차림과 더할 수 없이 잘 어울렸다. 그녀가 여느 때와 같이 가뿐한 몸매로 훌쩍 말에 올라타 부드럽게 채찍질을 하자, 말은 쏜살같이 달리기 시작하였다. 달베르는 양쪽 다리로 박차를 가하며 곧 뒤따라붙었다. 테오도르는 그들을 따라잡으려고 마음먹기만 하면 언제든지 할 수 있다고 생각하고, 두 사람을 어느 정도 앞서 가게 하였다. 그는 무언가를 기다리는 듯이 자주 저택 쪽을 뒤돌아보았다.

"테오도르! 테오도르! 어서 오세요! 목마에라도 타고 계신 거예요?" 하고 로제트가 외쳤다.

테오도르는 말을 달리게 하여 그녀를 놓치지 않을 정도로 거리를 좁혔다. 그래도 여전히 그는 이미 보이지 않게 된 저택 쪽을 뒤돌아보고 있었다. 곧이어 길 저 끝에 갑자기 작은 소용돌이가 일어났다. 처음에는 그것이 무엇인지 분간할 수 없었다. 눈 깜짝할 사이에 소용돌이는 테오도르의 곁에까지 뒤쫓아왔다. 그리고 옛날의 『일리아스』의 구름처럼 두 개로 갈라지더니 불가사의한 시동의 장밋빛 얼굴이 나타났다.

"테오도르, 뭘 하세요!" 하고 로제트가 다시 외쳤다. "당신이 탄 거북이에게 박차를 가해서 빨리 저희 곁으로 오세요."

테오도르는 격분하여 앞발로 땅을 걷어차고 있는 말의 고삐를 늦추었다. 말은 순식간에 로제트와 달베르를 앞질러버렸다.

"나를 사랑하는 사람은 따라오세요." 테오도르는 높이가 네 척이나 되는 울타리를 뛰어넘으면서 말했다. 그러고 나서 "어떻습니까! 시인 양반!" 하며 맞은편에 있는 달베르에게 말하였다. "뛰어넘어보지 않으시겠습니까? 사람들은 당신의 말에 날개가 붙어 있다고 하던데요."

"저는 돌아가는 편이 낫겠습니다. 단 하나밖에 없는 머리를 깨고 싶지 않으니까요. 머리가 몇 개 있다면 해보겠습니다만." 달베르가 미소를 띠며 대답하였다.

"아무도 저를 따라오지 않는 걸 보니, 아무도 저를 사랑하지 않는군요." 테오도르는 평소보다 한층 입 언저리를 둥글게 아래로 내리면서 말하였다. 어린 시동은 원망에 찬 표정으로 커다란 푸른 눈을 그에게 돌렸다가 곧바로 말의 배를 심하게 찼다.

말은 놀라운 속도로 달렸다.

"있어요! 누군가가!" 하며 시동은 건너편 울타리에서 테오도르에게 말하였다.

로제트는 묘한 눈으로 아이를 흘끗 보고 눈까지 빨갛게 되었다. 그리고 말의 목을 강하게 채찍으로 한 대 친 후에 그녀는 가로수 길을 가로막고 있는 연두색 울타리를 단숨에 넘었다.

"제가 테오도르 당신을 사랑하지 않는다고 생각하세요?"

아이는 곁눈으로 그녀를 쏘아보고 테오도르 곁으로 다가왔다.

달베르는 이미 가로수 길의 한가운데 가 있었다. 그리고 이 모든 일에 대해서 아무것도 모르고 있었다. 이른바 아득히 먼 옛날부터 아버지나 남편이나 애인은 아무것도 보지 못하는 이점을 갖고 있기 때문이다.

"이스나벨, 미쳤어. 그리고 로제트, 당신도 미쳤어요!" 하고 테오도르는 말하였다. "이스나벨, 뛰어넘는 거리가 너무 짧았잖아. 로제트 당신은 나무에 옷이 걸릴 뻔했어요. 자칫하면 죽을 뻔했잖아요."

"그럼 어때요?" 하며 로제트가 너무도 슬프고 우울한 목소리로 대답했으므로, 이스나벨은 울타리를 뛰어넘은 로제트를 용서해주었다.

일행은 둥근 광장으로 나갔다. 거기에는 사냥개와 시중드는 사람들이 대기하고 있었다. 우거진 숲을 깎아 손질하여 만든 여섯 개의 아치가 여섯 개의 면을 가진 탑으로 통하였고, 각각의 면에는 거기에서 끝나는 길의 이름이 새겨져 있었다. 숲속의 나무는 매우 키가 커서, 양털처럼 더부룩한 구름을 빗질하는 듯이 보였는데, 강한 바람이 불어올 때마다 그 구름들은 나무 꼭대기에서 흔들거리고 있었다. 높이 우거질 대로 우거진 풀과 헤치고 나갈 수도 없는 덤불이 사냥감에 알맞은 은신처를 제공하고 있어서, 사냥은 더할 나위 없이 좋은 결과를 약속하고 있었다. 주변은 수백 년이나 되는 떡갈나무가 치솟은 그야말로 옛날 그대로의 숲이었다. 요즘처럼 나무를 심지 않고, 게다가 심은 나무의 생장을 기다릴 인내심이 없는 시대에는 좀처럼 볼 수 없는 숲이었다. 증조부가 아버지를 위하여, 아버지가 손주들을 위하여 심은 세습적인 숲, 훌륭하고 폭이 넓은 가로수 길과 구슬을 위에 얹은 오벨리스크, 로코코식의 분수와 정연한 연못, 머리에 흰 분을 뿌리고 노란 사슴가죽의 반바지와 하늘색 옷을 입은 파수꾼이 있는 숲. 한낮에도 어두운 울창한 숲에는 부베르만스[2]의 그림에 나오는 것 같은 커다란 말이 흰색의 반들반들한 엉덩이를 멋지게 돋보이게 하고 있었고, 파롯셀[3]이 조마사(調馬師)의 등을 즐겨 장식하던 당피에르[4]식 나팔의 커다란 귀를 반짝이고 있었다. 수많은 개들이 자욱한 먼지 속에 초생달이나 뱀 같은 꼬리를 끊겨 떨어질 정도로 흔들어댔다. 신호 나팔이 울려 퍼졌다. 목을 조르다시피 밧줄을 끌어당기던 개가 풀려나와 드디어 사냥이 시작되었다. 숲속을 여기저기 도망쳐 다니는 사슴의 행보를 자세히 묘사하는 것은 사양하겠다. 그것이 뿔이 열 개 달려 있는 사슴이었는지 아닌지 우리는 잘 모르고 있으며, 여러모로 알아보았지만 뭐라고 단언할 수가 없다. 참으로 분한 일이다. 그러나 그토록 오래되었고 그토록 울창하며 그토록 위풍당당한 숲에는 마땅히 뿔이 열 개 있는 사슴밖에 없을 것 같다는 생각이 든다. 이 소설에 등장하는 네 사람의 주인공이 제각기 색이 다른 말을 타고 보조도 가지각색으로 뒤쫓고 있는 사슴이 왜 그러한 종류의 것이 아니면 안 되는지 우리로서는 알 수 없다.

---

2 Philips Wouwermans(1618~1668): 네덜란드파의 거장 화가. 사냥, 말, 여관의 안뜰 따위를 즐겨 그렸으며, 필치의 정교함과 치밀함, 색채의 확실성으로 유명하다.

3 Joseph Parrocel(1646~1704): 프랑스의 화가. 전쟁화를 선호했다.

4 Picot de Dampierre(1756~1793): 프랑스의 장군.

그 사슴은 제법 사슴답게 달렸다. 뒤쫓아가는 쉰 마리의 개들의 속도에 적지 않은 박차를 가하였다. 개들은 대단히 빠른 속도로 지나갔고 가끔 개 짖는 소리만 들렸다.

테오도르는 말도 훌륭할 뿐 아니라 솜씨도 가장 뛰어났기 때문에 믿을 수 없을 정도의 열성으로 개들의 뒤를 쫓았다. 달베르는 그 뒤를 가까이 따라갔다. 로제트와 시동 이스나벨은 꽤 떨어져 따라가고 있었으나 그 거리는 점점 더 멀어졌다.

이윽고 그 간격은 돌이킬 수 없을 만큼 벌어지고 말았다.

"조금 쉬면서 말을 한숨 돌리도록 할까요?" 로제트가 말했다. "사냥감은 연못 쪽으로 가게 되어 있는데, 저는 샛길을 알고 있으니까 다른 사람들과 같은 시간에 닿을 수 있어요."

이스나벨은 작은 산지에 매어놓았던 말의 고삐를 잡았다. 말은 고개를 숙이고 발톱으로 모래를 파기 시작했다.

그 작은 말은 로제트의 말과는 정반대였다. 한쪽이 깜깜한 밤과 같이 검다면, 다른 한쪽은 새틴나무처럼 희었다. 한쪽은 모든 털이 곤두서고 흐트러져 있었으나, 다른 쪽은 갈기를 엮어 파란색 리본으로 묶고, 꼬리는 빗으로 빗어 곱슬곱슬하였다. 후자가 전설상의 일각수 같았다면 전자는 복슬강아지 같은 모습이었다.

차이는 말뿐 아니라 말을 타는 사람에게도 있었다. 로제트의 눈썹과 머리는 새카만데 이스나벨은 금발이었다. 로제트의 눈썹은 대단히 선명하게 눈에 띄었는데 이스나벨의 눈썹은 피부색과 거의 다름이 없고 복숭아의 솜털 같았다. 전자의 안색은 대낮처럼 밝고 요염하게 빛나고 있었으나 후자는 새벽 하늘같이 투명하고 불그스름하였다.

"이제 슬슬 갈까요?" 하고 이스나벨이 로제트에게 말하였다. "말도 숨을 돌린 것 같으니까요."

"그러죠!" 아름다운 승마복 차림의 여인이 대답하였다. 그리고 두 사람은 연못 방향으로 이어지는 제법 좁은 지름길을 말을 탄 채 돌아섰다. 두 마리의 말은 말머리를 나란히 하고 달렸기 때문에 다른 사람이 지나갈 틈이 거의 없었다.

이스나벨이 가고 있는 쪽에 뒤틀리고 마디가 많은 나무 한 그루가 굵은 가지를 길 위에 뻗고 있었다. 그것은 마치 팔을 쑥 내밀어 말 탄 사람에게 주먹질하고 있는 것 같았다. 아이는 그것을 알아차리지 못했다.

"조심하세요!" 하고 로제트가 외쳤다. "안장 위에 엎드려요! 부딪쳐 떨어지겠어요."

때는 이미 늦었다. 가지는 이스나벨의 가슴에 부딪쳤다. 그 심한 충격에 그는 등자를 헛디뎠으나 말은 계속 달리고 있었고 가지가 너무 굵어 구부러지지 않았기 때문에 몸이 안장에서 떠올라 뒤로 거칠게 넘어졌다.

아이는 그대로 기절하고 말았다. 로제트는 몹시 놀라 곧바로 말에서 뛰어내려 그에게 달려갔다. 시동은 죽은 것 같았다.

모자는 부딪쳐 나가떨어지고 아름다운 금발은 모래 위에 사방으로 흩어져 있었다. 손가락을 편 작은 손은 핏기라곤 없었기 때문에 초로 만든 손 같아 보였다. 로제트는 그 곁에 무릎을 꿇고 정신을 차리게 하려고 애썼다. 그녀는 소금도 물통도 가져오지 않았기 때문에 어쩔 줄을 몰랐다. 마침 그녀는 바퀴자국이 깊이 파인 곳에 빗물이 말갛게 괴어 있는 것을 발견하였다. 그래서 샘의 요정인 개구리가 허둥지둥하는 것을 아랑곳하지 않고 물속에 손가락을 흠뻑 적셨다가 젊은 시동의 새파란 관자놀이에 몇 방울 뿌렸다. 그는 아무것도 느끼지 못하는 듯하였고, 물방울은 백합 위를 미끄러지는 이슬처럼 흰 뺨을 따라 흘렀다. 로제트는 옷이 갑갑할지도 모른다는 생각에 그의 혁대를 풀고, 윗도리의 단추를 끄르고, 가슴이 편하게 호흡할 수 있도록 셔츠를 열어 앞가슴이 드러나게 하였다. 그때 로제트는 남자라면 대단히 즐거운 놀라움을 느꼈을 무엇인가를 보았다. 하지만 그녀에게는 결코 유쾌한 일이 아닌 듯하였다. 왜냐하면 그녀의 눈살이 찌푸려지고 윗입술이 어렴풋이 떨렸기 때문이다. 그것은 유달리 흰 가슴이었다. 아직 형태는 잡히지 않았지만 아름다운 미래를 약속하고 있었고, 이미 상당히 아름다웠다. 둥글고 매끈하고 상아같이 흰, 롱사르식으로 말한다면 보기에 좋고, 입맞추기에 더욱 좋은 가슴이었다.

"여자구나!" 그녀는 말하였다. "여자였어! 아! 테오도르!"

이스나벨은—분명 본명은 아니지만 우선 그대로 해두자—조금씩 숨을 쉬기 시작하였다. 그리고 기운 없이 긴 속눈썹을 올렸다. 아무 데도 다치지는 않았고 단지 기절했을 뿐이었다. 그는 곧 몸을 일으켰다. 그리고 로제트의 부축으로 일어나 다시 말에 오를 수 있었다. 말은 주인의 기척을 느낄 수 없자 멈추어 서 있었던 것이다.

그들은 슬슬 연못이 있는 곳으로 갔다. 그들은, 아니 그녀들은 거기에서 사냥 나온 사람들을 발견하였다. 로제트는 일어난 일을 간략하게 테오도르에게 말하였다. 그는 로제트의 이야기를 들으면서 여러 번 안색이 변하더니, 이스나벨의 곁을 떠나지 않고 그의 말과 나란히 보조를 맞추었다.

일행은 일찌감치 저택으로 돌아왔다! 즐거운 마음으로 시작된 하루의 끝은 상당히 슬픈 것이 되고 말았다.

로제트는 생각에 잠기었다. 달베르 역시 깊은 명상에 잠긴 듯하였다. 그 원인을 독자는 머지않아 알게 될 것이다.

8

아닐세, 친애하는 실비오 군, 아니고말고. 내가 자네를 잊을 리가 있겠나. 나는 떠나온 곳을 뒤돌아보지 않고 인생을 외곬으로 나아가는 사람은 아닐세. 나의 과거는 내 뒤를 쫓아와서 현재를 잠식하고 심지어 미래마저 잠식하려고 해. 자네의 우정은 최근 수년 동안 파랗게 안개 낀 지평선 위에 유독 선명하게 부각되는 기억의 하나야. 나는 종종 지금 내가 서 있는 정상에서 말할 수 없는 애수를 느끼면서 그곳을 뒤돌아 바라보곤 해.

오! 얼마나 아름다운 시절이었던가! 우리는 그야말로 천사처럼 깨끗했었지! 발은 거의 땅을 밟지 않았고, 어깨에는 날개와 같은 것이 붙어 있었으며, 우리들의 욕망은 우리들의 넋을 빼앗았고, 봄의 산들바람은 우리들의 이마 위에 청춘의 후광을 떨치게 하였지.

강이 두 갈래로 갈라지는 곳에 있었던 그 포플러가 많은 작은 섬을 자네는 기억하겠지? 그 섬에 가기 위해서는 폭이 좁고 한가운데가 묘하게 휘어 있는 기다란 널빤지를 건너야 했잖아. 염소나 건널 만한 다리로 실제로 염소밖에 건너 다니지 않았지. 정말 아름다운 장소였지. 물망초가 작고 파란 눈동자를 귀엽게 깜빡거리던 짧고 무성한 잔디, 녹색의 섬을 허리띠처럼 둘러싸고 있던 중국 비단 같은 노란 샛길, 사시나무와 포플러나무의 흔들리는 그림자는 그 낙원의 큰 낙이었어. 아낙네들이 밤이슬을 맞히기 위하여 커다란 천을 펼쳐놓고 있었는데, 그것이 마치 네모난 눈의 벌판처럼 보였잖아. 그리고 햇볕에 탄 갈색머리 소녀가 긴 머리카락 아래로 야성적인 눈을 반짝거리며 파수 보고 있는 천 위를 염소가 디딜 기색이 보이면 소리를 지르거나 버드나무 지팡이를 휘두르면서 쫓아내고 있었지. 자네, 그 아이 기억나? 불규칙하게 너울너울 날아다니던 유황색의 나비들과 개암나무 우거진 곳에 집을 지었던, 우리들이 몇 번씩이나 붙잡으려고 했던 물총새는? 또 강으로 내려가는 울퉁불퉁하고 딱딱한 돌계단은 어때? 그곳의 말뚝이나 기둥은 밑부분이 물이끼로 파랗게 되고 윗부분은 풀과 가지가 뒤얽혀 바둑판처럼 되어 있었잖아. 물은 얼마나 맑고 거울 같았나! 바닥의 반짝반짝 빛나는 자갈이 보일 정도였지! 물가에 걸터앉아 발을 물속에 쭉 뻗는 일은 얼마나 즐거웠던가! 물 위에 우아하게 펼쳐진 황금색 수련은 목욕하는 님프가 타고 온 당나귀 등에 떠도는 녹색의 머리카락 같았지. 하늘은 남빛의 미소와 황홀한 회색 진주의 투명함을 지닌 채 자신의 모습을 이 거울에 비춰보고 있었어. 그리고 하루 종일 그것은 터키석이 되었다가 반짝이는 사금이 되었고, 또 솜이나 물결이 되기도 하며 끊임없이 변하였어. 에메랄드빛 목을 한 작은 집오리 떼가 끊임없이 물가에서 물가로 이리저리 헤엄쳐 돌아다니면서 그 깨끗한 거울 위에 잔물결을 일으키고 있었는데, 그 집오리 함대를 내가 얼마나 좋아했는지!

우리들은 그런 풍경 속의 인물로서 안성맞춤 아니었나! 우리들은 그 유연하고 온화한 자연과 잘 어울렸고 그것과 쉽게 조화를 이루고 있었어! 밖에는 봄, 안에는 젊음, 잔디 위에는 태양, 입술에는 미소, 풀숲이란 풀숲에는 모두 퍼져 있던 꽃의 눈, 우리들의 마음속에 피어난 흰색 환상, 우리들의 뺨과 찔레나무 위에 있던 수줍은 붉은 기운, 우리들의 심장 안에는 노래하는 시가 있었고 나무엔 모습을 감추고 지저귀는 작은 새가 있었고, 빛과 비둘기의 우는 소리와 그윽한 향기와 뭐라 말할 수 없는 가지각색의 소리와 고동치는 심장과 자갈을 움직이는 흐르는 물과 싹트는 풀과 생각, 꽃받침에 구르는 이슬

방울과 속눈썹에 맺힌 눈물, 사랑의 탄식과 나뭇잎의 산들거림……. 해질녘이 되면 우리는 천천히 그곳을 산책했지. 때로 한쪽 발은 물에, 다른 쪽 발은 땅에 닿을 정도로 물가에 다가가서 말이야.

아! 그것도 오래가진 못했어, 적어도 나에게는. 왜냐하면 자네는 어른이 되어서도 어린 시절의 순진함을 잃지 않고 지낼 수 있었지만, 내 안에 있었던 타락의 씨앗은 순식간에 생장하고 그 고름은 내가 가지고 태어난 깨끗하고 신성한 것을 인정사정없이 좀먹고 말았어. 내 마음에 남은 좋은 것은 자네에 대한 우정뿐이라네.

나에게는 자네에게 아무것도 숨기지 않는 습관이 있어. 행동도 생각도. 자네에게는 마음속의 어떤 비밀도 적나라하게 숨김없이 다 말했네. 아무리 괴상하고 우스꽝스럽고 엉뚱한 일이라도 마음속의 움직임을 빠짐없이 자네에게 써 보여야겠지. 그러나 얼마 전부터 내가 느끼게 된 이 감정은 대단히 색다른 것이며 나로서도 납득이 가지 않을 정도라네. 언젠가 말한 적이 있었지. 나는 아름다움을 탐구하고 거기에 도달하려고 초조하게 굴기 때문에, 결국 불가능한 일이나 기괴한 일로 빠져버리지는 않을까 걱정이라고. 나는 거의 그 지경까지 와버린 것 같네. 서로 반발하고 나를 좌우로 잡아끌고 가는 그 흐름 속에서 언제나 빠져나갈 수 있을까? 내가 타고 있는 배의 발판은 언제쯤이면 발밑에서 흔들리지 않으며 사방팔방에서 광풍에 세차게 밀려오는 파도를 피할 수 있을까? 어디로 가면 닻을 내릴 항구나 파도가 닿지 않는 묵직한 바위를 찾아, 젖은 옷을 말리고 흠뻑 젖은 머리의 물기를 뺄 수 있을까?

자네는 잘 알고 있잖아. 내가 얼마나 육체의 미를 탐구하고 외적인 형태를 중요하게 생각하며 가시(可視)의 세계에 사랑을 바치고 있는가를. 그도 그럴 수밖에. 정신의 미를 믿고 다소나마 그것을 추구하기에 나는 너무 부패하고 지나치게 타락해 있으니 말일세. 나는 선악의 의식을 완전히 잃고 말았어. 그리고 타락한 나머지 거의 야만인이나 어린아이의 무지로 돌아가고 말았어. 사실 나에게는 이 세상에 칭찬할 만한 것이나 비난할 만한 것이 아무것도 없는 것 같아. 아무리 이상한 행위에도 나는 놀라지 않아. 나의 양심은 귀머거리에 벙어리야. 간통은 나에게 더없이 결백한 것으로 보여. 젊은 아가씨가 매춘을 하는 것도 아무 문제가 아니라고 생각해. 나는 조금도 후회하지 않고 친구를 배반할 수 있을 거라고 믿네. 만약에 절벽 위를 걷고 있는데 거추장스러운 자가 있으면 거침없이 골짜기의 밑바닥으로 밀어내고 말 테니까. 아무리 잔인한 장면이라도 냉정하게 바라보고 있을 거야. 또 나는 인간의 고통이나 불행이 아주 싫지도 않아. 세상에 어떤 재난이 내려오는 것을 보면 옛날에 당했던 모욕에 복수할 때처럼 씁쓸하고 신랄한 쾌감을 느낀다네.

오, 세계여, 그대는 그대를 이토록 증오하게끔 나에게 무슨 짓을 저질렀단 말인가? 도대체 누가 나로 하여금 이토록 그대를 미워하게 하는 것인가? 그대로부터 배반당한 원한을 이렇게 품게 되기까지 도대체 내가 무엇을 그대에게 기대하였다는 말인가? 그대는 얼마나 숭고한 희망을 배반하였던가? 왜 독수리의 날개를 잘랐던가? 그대는 내게 어떤 문을 열어주려고 하였다가 다시 닫아버렸으며, 우리 둘 중에 누가 약속을 어긴 것일까?

그 어느 것도 내 마음을 움직이고 감동시키지 않아. 영웅적인 행위에 관한 이야기를 들어도 옛날처럼 그 숭고한 전율이 머리끝에서 발끝까지 흐르는 것을 느낄 수 없어. 그런 모든 일이 시시하다고 생각되네. 어떤 음악도 나의 해이해진 마음의 줄을 죄고 공명시킬 만큼 깊지가 않아. 다른 사람이 눈물을 흘리고 있어도 그 눈물이 아름답다든가, 빛이 그림처럼 거기에 반사한다든가, 아름다운 볼을 타고 흐르는 것이 아니라면, 마치 비 오는 풍경을 보는 것과 똑같은 기분에 불과해. 이제 조금이나마 내 마음에 동정이 가는 것은 동물뿐이야. 나는 농민이나 하인이 얻어맞는 것을 보아도 아무렇지 않지만, 내 앞에서 말이나 개가 얻어맞는 것은 도저히 참을 수가 없어. 그렇다고 내가 비뚤어진 마음을 지닌것은 절대 아니며, 여태껏 누구에게도 해를 끼친 적도 없다네. 그러나 그것은 오히려 내가 매사에 무기력하기 때문이며, 싫어하는 모든 사람들에 대해서 뿌리 깊은 경멸을 품고 있기 때문일 거야. 해코지를 하기 위해서라도 그들에게 관심을 가져볼 수 있을 텐데, 나는 그러지도 못 할 정도로 그들을 경멸한다네. 나는 이 세상 전체를 통째로 미워하지만, 이 산더미 속에서 특히 미워할 가치가 있는 사람은 한두 명에 불과해. 누군가를 미워하는 것은 사랑하는 것과 같은 정도의 관심을 갖는 것이지. 군중 안에서 한 사람을 식별하고 가려내는 것이야. 사람 때문에 마음이 소란해지고, 낮에도 생각하며 밤에도 꿈을 꾸게 되지. 그자가 살아 있는 것을 생각하고 베개를 씹고 이를 가는 것이야. 사랑하는 사람을 위해서 그 이상의 것을 할 수 있을까? 과연 사람들은 적을 멸하기 위한 노고와 동요를 애인의 비위를 맞추기 위해서 할까? 나는 그렇다고 생각하지 않네. 누군가를 아주 미워하기 위해서는 다른 사람을 사랑해야 해. 너무나 커다란 증오는 하나의 위대한 사랑을 보완하는 법이거든. 그렇다면 그 어느 것도 사랑하지 않는 내가 누구를 미워할 수 있겠어?

나의 증오는 나의 사랑과 마찬가지로 막연한 일반적인 감정이야. 그 감정은 무언가에 매달리고 싶어 하는데, 그것이 안 돼. 나는 내 안에 사랑과 증오의 보고를 간직하고 있는데, 그것을 어떻게 하면 좋을지 몰라 그것이 무서운 힘으로 나를 누르고 있어. 만일 그 어느 쪽을, 또는 양쪽을 밖으로 발산시키지 않는다면, 나는 죽고 말걸. 돈을 너무 처넣어서 자루가 터지거나 벌어지듯이 나는 파멸하고 말 텐데. 오! 만약 누군가를 미워할 수 있다면. 함께 살고 있는 얼간이 놈들 중의 한 명이 나를 모욕하고 내 얼어붙은 혈관 안에 늙은 살무사의 피가 끓어오르게 하며, 내가 웅크리고 있는 이 음울한 게으른 잠에서 나를 꺼내준다면. 절레절레 머리를 흔드는 늙은 마법사여, 만약 네가 쥐와 같은 이빨로 나에게 달려들어 물고 네 독과 노여움을 옮겨준다면! 만약 내 발밑에서 괴로워 몸부림치는 원수의 심장에서 나오는 최후의 맥박이 내 머릿속에 감미로운 전율을 흐르게 하고, 그의 피 냄새가 나의 변질된 콧구멍에 꽃향기보다도 더 향기롭게 느껴진다면. 오! 나는 얼마나 기꺼이 사랑을 내던질 것인가, 그리고 얼마나 행복에 도취할 것인가!

치명적인 포옹, 호랑이에게 물린 상처, 휘감기는 큰 뱀, 가슴을 짓밟고 찌부러뜨리는 코끼리의 발, 전갈의 날카로운 꼬리, 버들옷의 젖과 같은 즙, 자바의 토인이 사용하는 물결 모양의 단검, 밤의 어둠에 번쩍이다가 피 속으로 사라지는 칼날, 이런 것이야말로 나에게는 잎을 딴 장미꽃이나 젖은 입술이나 사랑의 포옹을 대신하는 것이지!

나는 아무도 사랑하지 않는다고 말했지만, 이 일을 어쩌나!

실은 지금 무언가를 사랑하는 것 같아 걱정이야. 이런 식으로 사랑하느니보다는 미워하는 편이 더 나은지 몰라! 오랫동안 찾아 헤매던 미의 전형을 우연히 만났단 말일세. 내 환상이 육체를 입고 있는 것을 찾아내었어. 나는 그것을 보았고, 그것은 나에게 말을 걸어왔어. 나는 그것의 손을 잡았고, 그것은 실재하고 있었어. 그것은 환상이 아니라네. 나는 기대가 빗나갈 리가 없다는 것을 잘 알고 있었고, 내 예감은 틀린 적이 없었지. 그래, 실비오 군. 나는 지금 일생을 통해 꾼 꿈의 바로 옆에 있다네. 내 방은 여기에 있고, 그의 방은 저기에 있어. 여기에서 그의 방 창문의 커튼과 램프의 불빛이 흔들리는 것이 보여. 그의 모습이 방금 커튼 위에 비쳤어. 한 시간 후면 우리는 함께 저녁을 먹으러 갈 거야.

그 아름다운 터키풍의 눈꺼풀, 맑고 깊은 눈매, 엷은 호박색의 윤기가 나는 아름다운 살결, 눈부시게 빛나는 길고 검은 머리, 홀쭉하고 게다가 위엄 있는 코, 파르미자니노[1]풍의 날씬하고 탄력 있는 부드러운 수족, 고상한 몸매, 타원형의 맑은 얼굴……. 이들은 무한한 우아함과 귀족적인 기품을 주는 것이며, 이 모든 것은 내가 그토록 바랐던 것이고, 대여섯 사람

---

1 Parmigianino(1503~1540): 이탈리아의 화가. 섬세한 명암법을 구사하였으며, 우아하고 세련된 화풍으로 유명하다. 종교화를 주로 그렸다.

에게 분산되어 있다고 하더라도 더할 수 없이 기쁘다고 생각했던 것인데, 그것이 모두 한 사람의 몸에 모여 있다니!

내가 이 세상에서 가장 사랑하는 것은 아름다운 손일세. 만약 자네가 그 사람의 손을 본다면! 어쩌면 그렇게 완벽할 수 있을까! 눈이 부시도록 흰 손! 말랑말랑한 피부! 촉촉이 스며드는 것 같아! 손가락 끝이 어쩌면 그렇게 잘생겼을까! 손톱 밑의 눈은 얼마나 또렷한지! 그 반들반들한 광택이란! 마치 장미꽃의 싹과 같아서 그토록 인기가 있고 유명하던 안도트리슈의 손도 이 손에 비하면 칠면조 지키는 사람의 손이나 접시 닦는 여자의 손에 불과할 거야. 더구나 그 손을 조금이라도 움직일 때의 우아함과 기교는 어떤지! 새끼손가락이 얌전하게 굽어 있으면서 다른 손가락들이 약간 떨어져 있는 모습이라니! 그 손을 생각하면 미칠 것 같고, 입술이 떨리고 달아올라. 나는 차마 더 이상 볼 수가 없어 눈을 감네. 그러나 그 손은 손가락 끝으로 내 속눈썹을 집고 눈꺼풀을 걷어 올려서 내 앞에 상아나 눈 등의 수많은 환상을 늘어놓아주지.

아! 비단 속에 숨어 있는 것은 분명 악마의 손톱일 거야. 장난꾸러기 악마가 나를 가지고 노는 것임에 틀림없어. 난 마술에 걸렸어. 이런 일은 절대 있을 수 없어.

그 손…… 내가 그것을 보고 느낀 대로 그릴 수만 있다면, 난 이탈리아로 건너가 대가의 그림을 연구하고, 비교하고, 데생하고, 필요하다면 화가도 되겠어. 아마도 그것이 이 망상을 쫓아버릴 수 있는 유일한 길이겠지.

나는 미를 탐구하였어. 그러나 나는 내가 구하는 것이 무엇을 의미하는지 몰랐지. 그것은 태양을 직시하고, 불꽃을 만지는 것이었네. 나는 몹시 괴로웠어. 완전한 미를 내 것으로 할 수 없고, 그것 안에 내가, 또 내 안에 그것을 용해시킬 수 없어, 그것을 표현하거나 느낄 방법이 없는 거라네! 무언가 아름다운 것을 보면 나는 온몸으로, 모든 부위에서, 동시에 그것을 만지려고 해. 그것을 노래하고, 그리고, 조각하고, 쓰고, 또 내가 그것을 사랑하듯이 사랑받기 원하지. 그러나 그것은 지금도 불가능하고 앞으로도 불가능한 야망일 수밖에 없어.

자네 편지는 나를 괴롭게 했어. 몹시 괴로웠지. 자네에게 이런 말을 하는 것을 용서하게. 자네가 누리고 있는 안정되고 깨끗한 행복, 단풍진 숲속의 산책, 이마에 하는 조심스러운 입맞춤으로 끝나는 다정하고 격의 없는 긴 대화, 방을 따로 쓰는 조용한 생활, 해가 짧아졌나 하고 착각할 정도로 금세 지나가고 마는 낮, 이런 것들이 내가 지금 휩쓸리고 있는 마음속의 초조를 한층 더 심란하게 하였어. 그럼 자네는 두 달 후면 결혼하겠군. 모든 장애는 제거되었고 자네들은 지금 영원히 함께할 확신이 선 것 아니겠나. 자네가 현재 누리고 있는 행복은 미래의 행복으로 확장될 테지. 자네는 지금 행복하며,

곧 더 많은 행복을 누리게 될 것을 의심치 않아. 자네는 참 운이 좋은 사내야! 자네의 연인은 아름다워. 그러나 자네가 그녀에게 사랑하는 것은 죽어 있는 아름다움이 아니지. 즉, 손으로 만질 수 있는, 물질적인 아름다움이 아니라 눈에 보이지 않는 영원한 아름다움, 노쇠하지 않는 아름다움, 말하자면 영혼의 아름다움이야. 그녀는 우아하기 이를 데 없고 순진하며, 그런 영혼들이 알고 있는 방법으로 자네를 사랑하지. 자네는 그녀의 금발이 루벤스나 조르조네가 그린 머리 색에 가까운지 아닌지 꼬치꼬치 알아본 적이 없어. 그러나 그녀의 머리이기 때문에 자네는 좋아하였지. 나는 단언할 수 있네. 행복한 애인인 자네는 자네가 사랑하는 사람이 그리스형인지, 아시아형인지, 영국형인지, 이탈리아형인지도 모를 거라고. 오, 실비오 군! 자네같이 맑은 사랑에 만족하면서, 숲속의 오두막집도 마조레 호수 안의 정원도 원하지 않는 사람이 또 있을까.

만약 나에게 이곳에서 도망갈 용기가 있다면, 한 달쯤 자네와 함께 지내러 갈 텐데. 아마도 나는 자네가 호흡하는 공기로 깨끗해지고, 자네의 가로수 길의 그늘은 타는 듯한 내 이마에 약간의 시원한 기운을 던져주겠지. 그러나 틀렸어. 거기는 나 따위가 발을 들여놓을 수 없는 천국이야. 나에게는 고작 두 사람의 천사가 함께 손을 잡고 서로 시선을 주고받으며 산책하는 것을 멀리서 바라보는 것이 허락되었을 뿐이야. 악마는 뱀의 모습을 하지 않으면 에덴 동산에 들어갈 수가 없어. 그러니 친애하는 아담이여, 하늘의 모든 행복을 준다고 해도, 난 자네의 이브의 뱀이 되고 싶지는 않네.

도대체 내 영혼 안에서는 어떤 일이 벌어지고 있는 것일까? 누가 내 피를 휘젓고 독으로 변하게 한 것일까? 내 마음의 얼어붙은 어둠 속에 연두색 가지와 독삼의 양산을 펼치는 악마와 같은 사념이여, 어떤 독을 품은 바람이 옮겨온 종자에서 너는 싹텄단 말이냐! 나를 위하여 준비된 곳은 여기였는가. 필사적으로 찾아온 모든 길이 끝나는 곳이 바로 여기였단 말인가! 오, 운명이여, 그대는 이토록 무참하게 우리를 가지고 논단 말인가! 태양을 지향하는 독수리와도 같은 그 정열, 하늘을 열망하였던 저 맑은 불꽃, 신성한 애수, 마음에 간직한 신성한 사랑, 아름다움에 대한 신앙, 그 보기 드문 고상한 환상, 끊임없이 용솟음쳐 나오던 마음속의 샘물, 언제나 날개를 펼치고 있었던 그 환희, 5월의 산사나무보다도 더 꽃이 만발하고 향기가 풍기는 그 몽상, 내 젊은 날의 모든 시, 이런 아름답고 진귀한 자질은 모두 나를 밑바닥 중의 밑바닥 인간으로 떨어뜨리는 데밖에 도움이 되지 않았단 말인가!

나는 사랑하기를 원했어. 미친 사람처럼 사랑을 부르고 사랑을 간구하면서 걸었지. 그리고 나의 무능력을 한탄하며 분노에 몸부림쳤어. 나의 피를 불태우며 쾌락의 수렁으로 육체를 질질 끌고 갔어. 나를 사랑하는 젊고 아름다운 여자를 이 삭막한 가슴에 숨도 못 쉴 정도로 부둥켜안았어. 나에게서 도망가는 정열의 뒤를 쫓아갔지. 스스로 몸을 팔기도 하였어. 나는 하느님이 나의 짝으로 정하여준 천사가 천국의 꽃을 들고 영광스러운 희미한 빛 속에 나타나게 될 은밀하고 조용한 구석에서 기다리는 대신, 마치 처녀가 방탕아의 무리 안에서 애인을 구하려고 못된 곳으로 나가는 것과 같은 행동을 했어. 생각해보면, 철없는 아이처럼 소란을 피우고 이리저리 뛰어다니며 순리와 때를 억지로 맞추려고 헛되이 보낸 이 모든 시간에 나는 고독과 명상 안에서 지내며 사랑받을 가치가 있는 사람이 되기 위해 노력했어야 했던 것 같아. 그렇게 하는 것이 현명한 방법이었는데. 눈에 꺼풀이 씌어 있는 바람에 절벽으로 곧장 나가고 말았지 뭔가. 이미 한쪽 발은 허공에 매달려 있고, 이제 다른 발마저 곧 떼려고 하고 있지. 아무리 발버둥쳐봤자 소용없음을 나는 잘 알고 있네. 내 앞에 입을 벌리고 있는 새로운 심연의 밑바닥으로 굴러 들어갈 수밖에 없다네.

맞아, 내가 꿈꾸고 있던 사랑은 바로 그런 거야. 이제야말로 내가 갈망하던 것의 정체를 확실히 알게 되었어. 이거야말로 장미가 엉겅퀴로, 엉겅퀴가 장미로 보이는 아름답고도 무서운 불면, 감미로운 고통과 비참한 행복, 우리들을 황금의 구릉으로 둘러싸고 술에 취한 것같이 물체의 모양을 떨게 하는 뭐라 말할 수 없는 불안, 사랑하는 사람의 이름의 마지막 철자가 언제까지나 울려 퍼지는 귀의 울림, 갑작스러운 전율, 타는 것 같기도 하고 얼어붙는 것 같기도 한 땀방울, 틀림없이 그것이야. 시인은 거짓말을 하지 않아.

우리들이 늘 만나기로 한 살롱에 들어가려는 순간, 내 심장은 옷 밖에서도 남의 눈에 띌 정도로 심하게 두근거리기 시작했어. 그래서 나는 심장이 튀어나가지 않을까 걱정되어 두 손으로 누르지 않으면 안 되었지. 만약 공원 가로수 길 끝에서 그의 모습을 알아차리게 되면, 거리가 당장 사라지고 길이 있는 곳조차 알 수 없게 된다네. 악마가 그 사람을 데리고 온 것이든지, 나에게 날개가 생긴 게 틀림없어. 나는 어떤 일을 해도 그 사람에게서 벗어날 수가 없어. 책을 읽을 때면 그 모습이 눈앞에 아른거려. 말을 타고 쏜살같이 달려가다 보면, 소용돌이 안에서 그 사람의 긴 머리가 나의 머리와 뒤얽히는 것을 느끼고, 빠른 호흡과 더운 숨결이 나의 뺨에 닿는 기분이 들어. 그 모습이 떠나지 않고 항상 나를 따라다니지. 눈에 보이지 않게 되면 그 모습이 더욱 뚜렷이 보이는 때인걸.

자네는 내가 사랑하지 못하는 걸 동정했지. 그러나 이번에는 내가 사랑하고 있다는 걸, 더구나 내가 사랑을 바치는 사람을 사랑하는 것을 동정해주게나. 이 무슨 불행이며, 이미 동강난 내 생활에 가해진 도끼의 일격은 또 무엇이란 말인가!

이 무슨 어이없고 죄 많은, 이상야릇한 정열이 나를 빼앗아갔단 말인가! 내 이마를 붉게 물들인 이 치욕은 영원히 사라지지 않을 거야. 나의 착오 중에서도 가장 통탄스러운 착오일세. 이제 뭐가 뭔지도 모르겠어. 마음은 혼돈 속에 천 갈래 만 갈래로 흐트러져 있어. 내가 누구인지, 남이 누구인지도 모르겠어. 내가 남자인가 아니면 여자인가 하는 의심도 들어. 나 자신이 무서워. 설명할 수 없는 동요가 마음을 교란시키고, 이성이 날아가버리고, 생존의식마저 송두리째 잃어버리고 만 것같이 느껴지는 순간이 있어. 오랫동안 나는 일의 진상이 믿어지지 않았어. 그래서 신중하게 자신을 타진하고 관찰해보았지. 내 영혼 안에 뒤얽혀 있는 어수선한 응어리를 풀어보려고 하였어. 하지만 결국 그것이 뒤집어쓰고 있는 많은 베일을 통하여 무서운 사실을 발견하고야 말았지……. 실비오 군, 나는 지금 사랑을 하고 있다네……. 오! 아니, 자네에게조차 차마 말할 수가 없군……. 나는 남자를 사랑하고 있다네!

9

그래, 실비오. 나는 남자를 사랑하고 있어. 오랫동안 나는 스스로 속이려 애썼지. 내가 느끼는 감정에 다른 구실을 붙였고, 순수하고 사심 없는 우정이라는 옷을 입혔어. 나는 그것이 모든 아름다운 사람들과 아름다운 것들에 대해 느끼는 찬탄일 뿐이라고 믿었지. 며칠 동안 나는 새로 태어난 정열 주변에 파생하는 위태로우면서도 아름다운 샛길들을 산책하였어. 그러나 지금은 얼마나 깊고 무서운 길에 빠졌는지 확실히 알았지. 더 감추지 않겠네. 난 내 마음을 상세하게 진단하고 모든 정황을 냉정하게 판단하였지. 극히 사소한 구석까지 검토해보았다네. 평소 나 자신에 대해 연구하는 습관 때문에 생긴 철저함으로 구석구석 내 마음속을 파헤쳤어. 그걸 생각하기도, 또 글로 옮기기도 부끄럽기 짝이 없지만, 사실인 걸 어쩌나! 나는 그 청년을 우정으로서가 아니라 사랑으로 좋아한단 말일세. 그래, 사랑으로.

아, 실비오, 나의 선량한 단 하나밖에 없는 친구여. 나는 자네를 무척 좋아하지만, 자네는 한 번도 나에게 그런 감정을 품게 한 적이 없어. 그러나 일찍이 하늘 아래 긴밀하고 강렬한 우정이 있었다면, 서로 다르긴 해도 완전히 서로 이해하는 두 영혼이 있었다면, 그것은 우리의 우정이었으며 우리의 영혼 아니겠나. 얼마나 신나는 시간들을 우리는 함께 보내었던가! 끝도 없는, 게다가 아무리 이야기해도 더 하고 싶은 잡담! 아무도 나누지 않은 이야기들을 우리는 얼마나 많이 나누었던가! 우리는 모모스 신[1]이라면 인간의 옆구리에 뚫고 싶어 했을 창문을 서로의 마음에 가지고 있었잖아. 자네보다 젊고 그토록 어리석은 내가 그 꽤나 이성적인 자네의 친구라는 사실을 내가 얼마나 자랑스럽게 여겼는지 아나!

그 청년에 대한 나의 기분은 정말로 믿을 수 없는 거라네. 여태까지 어떤 여자도 이렇게까지 기묘하게 나를 혼란시킨 적은 없어. 은과 같이 맑은 그의 목소리는 내 신경을 자극하고,

---

1 조소와 야유, 욕설의 신.

이상한 방법으로 나를 흔들어놓아. 내 영혼은 그의 입술에 매달려 꿀벌이 꽃을 빨듯이 그가 하는 말의 꿀을 빨아먹으려고 해. 지나가다 스쳐 조금이라도 그의 몸에 내 몸이 닿으면, 발끝에서 머리끝까지 부들부들 떨려. 밤에 서로 헤어질 때에 그가 비단결같이 부드러운 멋진 손을 내밀면 나의 모든 생명은 그의 손이 닿은 데에 집중되고 한 시간이 지나도 그가 남긴 손가락의 감촉을 느낀다네.

오늘 아침, 나는 그가 눈치채지 못하도록 매우 오랫동안 그를 뚫어지게 쳐다보았어. 난 커튼 뒤에 숨어 있었지. 그는 내 창문 바로 맞은편 창문에 있었어. 저택의 그 부분은 앙리 4세의 치세 말기에 지어진 것이며, 당시의 관례에 따라 반은 벽돌, 반은 돌로 되어 있었어. 창문은 길고 가늘며 상인방(上引枋)과 돌로 되어 있는 발코니가 붙어 있었지. 테오도르는—왜냐하면 자네는 이미 문제의 사람이 테오도르라는 것을 눈치챘을 테니까—외로운 모습으로 난간에 팔꿈치를 기댄 채 깊은 생각에 잠겨 있는 듯하였어. 반쯤 젖혀진 커다란 꽃무늬가 있는 빨간 다마스산 피륙이 커다란 주름이 잡힌 채 그의 뒤에 드리워져 배경 역할을 해주고 있었어. 그의 아름다움이란 이루 다 말할 수 없네! 갈색을 띤 창백한 얼굴은 커튼의 새빨간색 위에 선명하게 두드러졌어! 까맣게 반들반들 윤기가 흐르는 옛날 에리고네[2]의 포도송이를 상기시키는 두 줄기의 두꺼운 머리가 양쪽 볼을 따라 늘어져 있는데, 단정하고 가느다란 타원형의 아름다운 얼굴을 매력적인 방식으로 감싸고 있었어. 둥글고 통통한 목은 완전히 노출되어 있었고, 부인복 비슷한, 소매가 꽤 넓은 실내복 같은 것을 입고 있었어. 손에는 한 송이의 노란 튤립을 들고 있었으나, 생각에 골몰하여, 가차 없이 꽃잎을 쥐어뜯어 그 조각들을 바람에 날리고 있었어.

벽을 비추던 햇빛의 각도가 이동하여 창문을 투시하였어. 그러자 화면은 조르조네의 더할 나위 없이 아롱거리는 그림도 능가할 만큼 생생하고 투명한 색조로 반짝였어.

바람이 고요히 어루만지는 긴 머리와 저렇게 노출된 대리석의 목과 몸을 꼭 조이는 커다란 옷과 꽃잎 사이의 암술같이 소맷부리에서 나와 있는 아름다운 손, 그의 모습은 남자라기보다는 여자, 여자 중에서도 제일 아름다운 여자였어. 나는 마음속으로 중얼거렸지. 저건 여자야! 아! 틀림없이 여자야! 그리고 갑자기 오래전에 자네에게 썼던, 그 어처구니없는 공상이 생각났어. 자네도 기억하지? 내 이상의 장소와 내 이상

---

2 그리스 신화에 나오는 이카리오스의 딸. 디오니소스에게 술을 만드는 법을 배운 에리고네가 마을 사람들에게 술어 나누어주어 사람들이 술에 취해 쓰러지자, 이를 독살한 것으로 오인한 사람들이 그녀의 아버지 이카리오스를 죽인다. 에리고네는 아버지의 무덤 앞에서 목을 매어 죽는다. 그로 인하여 '에리고네의 포도'라고 하면 술 내지 술의 해독을 일컫게 되었다.

을 만나게 될 것 같은 방식에 대해서 말이야. 루이 13세식 정원에 있는 아름다운 부인, 빨간색과 흰색의 저택, 넓은 테라스, 늙은 마로니에 나무들이 서 있는 오솔길과 창가에서의 만남에 대해 자세히 써 보낸 적이 있잖아. 바로 그것이었네. 내가 본 것은 그 꿈과 똑같은 그대로의 현실이었지. 건축의 양식도, 채광 상태도, 미인의 종류도, 여러 색채와 특징도, 내가 바라던 그대로였어. 그 귀부인이 남자라는 것 외에는 아무것도 달라진 것이 없었어. 그러나 솔직히 말한다면, 그때 나는 그 사실을 전혀 잊고 있었다네.

테오도르는 변장한 여자이어야 하네. 그렇지 않을 수가 없어. 여자라 하더라도 너무 예쁜 여자라서 도저히 남자의 아름다움이라고는 생각할 수 없네. 아무리 하드리아누스 황제의 총아 안토니누스라도, 베르길리우스의 벗 알렉시스라도 그렇게 예쁠 수는 없을 거야. 그는 틀림없이 여자야. 그러니 내가 이토록 번민하는 것도 바보짓이 아닐까. 그렇다면 모든 것이 너무나 자연스럽게 설명이 되고, 나 역시 생각했던 것처럼 그렇게 괴상한 사람도 아니잖아.

신이 남자의 더러운 눈꺼풀에 저렇게 길고 새까만 비단술을 붙였을까? 아랫입술이 두껍고, 빽빽이 털이 나 있는 우리들의 천한 입에 그렇게 산뜻하고 부드러운 주홍색을 칠했을까? 창칼로 깎아 아무렇게나 손발을 붙인 우리들의 뼈에는 그토록 희고 고상한 살을 입힐 가치가 없어. 우리들의 보기 흉한 머리는 그렇게 멋진 머리카락의 물결에 적셔지게 되어 있지는 않네.

아, 아름다움이여! 우리들이 이 세상에 창조된 이유는 만약의 경우 당신을 만났을 때, 당신을 사랑하고, 무릎을 꿇고 숭상하기 위해서가 아닐까? 또 그런 행복이 우리에게 주어진다면, 영원히 당신을 찾아 온 세상을 헤매기 위해서가 아닐까? 그러나 그대를 소유하는 것, 우리들 자신이 아름답게 되는 것은 천사나 여성 아니면 할 수 없어. 연인, 시인, 화가, 조각가, 이들 모두는 당신을 위하여 제단을 세우려고 해. 사랑하는 남자는 애인 안에, 시인은 노래 안에, 화가는 화폭 안에, 조각가는 대리석 안에 아름다움의 제단을 세우려 하지. 그러나 우리들을 영원히 절망시키는 일은 자신이 느끼는 아름다움을 직접 만져볼 수 없다는 거야. 그야말로 자기가 원하는 육체에 대한 꿈을 실현할 길이 없는 육체로 싸여져 있다는 사실이지.

일찍이 나는 내가 으레 가져야만 하는 이상적인 외형을 나한테서 훔쳐간 것 같은 청년을 본 적이 있어. 그 녀석은 내가 원하던 바로 그 모습을 하고 있었어. 그는 나의 못생긴 데를 모두 아름답게 고친 모습을 하고 있었는데, 그 곁에 있으면 나는 그놈의 밑그림과도 같았어. 키는 나와 비슷하였으나 나보다 날씬한 데다 늠름하였지. 풍채도 나를 닮았으나 나보다도 아름답고 품위가 있었어. 눈빛도 나를 꼭 닮았으나 나의 눈이 도저히 갖고 있지 않은 눈매와 빛을 지니고 있었어. 코 역시 나와 같은 모양이었으나 노련한 조각가가 수정한 것 같았어. 콧구멍은 나보다 크고 정열적이었으며, 평평한 부분이 한층 또렷이 눈에 띄었어. 그에게는 뭔가 남자다운 데가 있었으나, 나에게는 그런 특징이 전혀 없었지. 자연이 내 몸을 연습 상대로 해서 또 한 사람의 완벽한 나를 만들어낸 것 같았어. 나는 아름다움이라고 하는 관념이 삭제되고 왜곡되어 뒤죽박죽이 된 형태이지만, 그는 완벽한 격식대로의 서체로 쓴 정서였다네. 그가 균형 잡힌 아름다움에서 나오는 그 나무랄 데 없는 얌전한 몸가짐으로 걷거나 멈추어 서고, 부인들에게 인사하고, 앉고, 자는 것을 보고 있으면, 나는 심한 비애와 질투를 느꼈어. 그것은 마치, 아틀리에의 한쪽 구석에서 말라 금이 가고 있는 점토 원형의 비애와 같다고 할까. 그런데 한쪽으로는 나라는 원형이 없으면 나올 수도 없는 자랑스러운 대리석 조상이 조각된 초석 위에 오만하게 우뚝 서서 구경꾼의 관심과 칭찬을 받고 있는 걸세. 그놈은 결국 더 쉽게 녹는 청동을 써서 주형의 구석구석에 정확하게 흘러 들어갔기 때문에, 나보다 약간 잘된 나 자신에 지나지 않아. 그가 그런 식으로 으스대고, 자기가 진짜인 것처럼 건방진 태도를 취하는 것은 참으로 파렴치하다고 봐. 그는 결국 나의 표절자에 지나지 않아. 왜냐하면 나는 그보다 먼저 나왔고, 내가 없었다면 자연은 그를 그런 식으로 만들려고 생각조차 하지 못했을 것이기 때문이야. 여자들이 그의 훌륭한 풍채와 그에게서 풍기는 멋을 칭찬할 때, 나는 벌떡 일어서서 "바보 같은 소리, 저를 직접 칭찬해주세요. 왜냐하면 그 사람은 바로 저이기 때문이죠. 어차피 저에 대한 찬사인데 그것을 저 사람에게 돌리다니 헛수고십니다." 하고 말해주고 싶어서 견딜 수 없었어. 때로 나는 그를 목 졸라 죽이고, 나의 것인 그 몸에서 그의 혼을 내쫓아버리고 싶은 끔찍한 생각에 온몸이 근질거리기도 하였어. 그리고 이를 악물고 주먹을 휘두르며 그의 둘레를 서성거렸어. 마치 부재중에 한 떼의 부랑자에게 저택을 빼앗기고 어떻게 쫓아내야 좋을지 몰라서 저택 주변을 서성거리고 있는 영주와 같이. 게다가 그 청년은 얼간이이니 더욱 성공한 셈이지. 가끔 나는 그의 잘생긴 외모보다도 그의 바보스러움을 부러워하였어. 마음이 가난한 자에 관한 복음서의 말씀은 완전하지 않아. 하늘나라가 그들의 것이라는데, 그런 일은 나로서는 알 수 없고 또 어떻든 상관없어. 하지만 그들이 지상의 왕국을 얻는 것은 틀림없어. 그들은 돈과 미인, 다름 아닌 세계에서 가장 바람직한 그 둘을 얻는 것이야. 그러나 부자면서 재기 있는 남자나 무언가 가치 있는 청년이 평범한 애인을 갖는 것은 극히 쓸쓸한 일 아닌가? 테오도르는 대단히 아름다우나 나는 그의 아름다움을 갖고 싶다는 생각이 안 들고, 오히려 그가 나보다 아름다운 것을 기쁘게 생각하고 있어.

옛 시인의 애가에 많이 등장하는 이런 괴상한 연애는 몹시 놀랍고 이해할 수 없었지만 실제로 사실이며, 가능한 일이라네. 우리는 그것을 번역할 경우에 원문의 이름 대신에 여자의 이름을 붙이곤 했었지. 유벤티우스는 유벤티나로 어미를 바꾸고 알렉시스는 이안테로 바꿨어. 아름다운 청년들은 아름다운 소녀가 되었지. 그런 식으로 카툴루스,[3] 티불루스, 마르티알리스,[4] 그리고 다정한 베르길리우스의 기괴한 하렘을 다시 만들었어. 대단히 교묘한 작업이긴 하지만, 우리가 얼마나 고대의 천재를 이해하지 못했는지 증명해주는 것에 불과해.

나는 호메로스 시대의 인간이며, 내가 살고 있는 이 시대는 내 시대가 아니네. 나는 나를 둘러싼 사회에 대해서는 아무것도 몰라. 나에게 아직 그리스도는 탄생하지 않았어. 나는 알

---

3 Gaius Valerius Catullus(기원전 84~54): 로마의 시인. 요염하고 아름다우며 방탕한 시풍으로 유명하다.

4 Marcus Valerius Martialis(40?~104?): 스페인 태생 로마 시인. 권문에 빌붙는 것을 낙으로 삼았으며, 『풍자시』 한 권을 남겼다.

키비아데스[5]나 페이디아스[6]와 마찬가지로 이단자야. 나는 골고다 언덕으로 수난의 꽃을 꺾으러 간 적도 없고, 십자가에 달린 그리스도의 옆구리에서 흘러나와 세계를 심홍의 띠로 묶은, 그 깊은 흐름에 몸을 담가본 적도 없어. 반역적인 나의 육체는 영혼의 우월을 인정하지 않고, 죽어야 하는 운명에 놓여 있는 것을 모른다네. 나는 이 세상을 하늘나라 못지않게 아름답다고 생각하며 형상의 올바름이 미덕이라고 봐. 영성은 내가 상관할 바가 아니네. 나는 환각보다는 조상을, 황혼보다는 대낮을 좋아해. 내가 좋아하는 것은 세 가지, 즉 황금과 대리석과 자주색으로 빛과 견고함과 색채이지. 나의 몽상은 그런 것으로 구성되고 또 내가 환상을 위해 세우는 모든 궁전도 그런 재료로 이루어진다네. 때로는 색다른 꿈을 꾸기도 하지. 아름다운 나체의 청년들이 마구도 고삐도 없는 백마를 타고 끝없이 이어지는 행렬을 이루며, 파르테논 신전에 있는 벽화에서와 같이 한줄기 짙고 산뜻한 남빛 위를 행진하는 거야. 또는 주름이 바로잡힌 속옷을 입고 머리띠를 맨 소녀의

---

5 Alkibiades(기원전 450?~404): 아테네의 장군. 비열한 야심가로, 거대한 부호의 대명사로 불린다.

6 Pheidias(기원전 500~431): 고대 그리스 최고의 조각가. 올림피아의 제우스 상 등을 조각했다.

행렬이 상아의 시스트럼[7]을 손에 들고 거대한 항아리 주위를 돌고 있어. 안개나 아지랑이 등 몽롱한 것이나 애매한 것은 절대 나오지 않아. 나의 하늘에는 구름이 없다네. 설령 있다고 하여도 끌로 새긴 딱딱한 구름이며, 제우스의 상에서 떨어진 대리석의 파편으로 되어 있지. 깎아지른 듯이 솟아 있는 산들이 하늘의 가장자리를 거칠게 자르고, 제일 높은 봉우리의 하나에 팔꿈치를 기댄 태양이 황금빛 눈꺼풀 밑에서 노란 사자처럼 눈을 붉게 크게 뜨고 있어. 매미가 울어대고, 보리 이삭이 삐걱거리고, 더위에 지친 어둠이 풀이 죽어 움츠리며 나무 밑에 웅크리고 있어. 모든 것이 찬란하게 빛나고 번쩍여. 아무리 미세한 세부도 명확한 형체를 이루고, 선명하게 보여. 각각의 물체가 확고한 형체와 색채를 지니고 있어. 기독교 예술의 활기 없는 몽상 같은 것은 들어갈 여지가 없지. 이러한 세계가 바로 나의 세계라네.

나의 풍경을 흐르는 시냇물은 조각한 항아리에 담겨져 조각한 물결을 흘러내리게 해. 에우로타스 강[8]의 갈대와 같이 끊임없이 웅성거리는 커다란 초록 갈대 사이로 청록색의 머리

---

7 고대 이집트의 타악기의 일종.

8 그리스의 라코니아 지방에 있는 강. 스파르타를 가로질러 마라토니시 만으로 흘러들어간다. 지금은 에브로타스 강으로 불린다.

카락을 지닌 나이아스의 포동포동한 엉덩이가 눈부시게 눈에 들어온다네. 어두운 참나무 숲속을 디아나가 화살을 등에 진 채, 머플러를 바람에 휘날리며 끈이 복잡하게 매어져 있는 장화를 신고 지나가. 그 뒤에 개의 무리와 매력적인 이름을 가진 님프들이 따라가고 있어. 나의 그림은 르네상스 전의 프리미티프파[9]의 그림처럼 네 가지 색채로 그려져 있고, 대개의 경우 채색된 돋을새김으로 되어 있지. 왜냐하면 나는 눈으로 본 것을 손으로 만지기를 좋아하고, 또 희미한 주름의 속까지 둥그스름한 윤곽을 추구해야 하기 때문이야. 나는 하나하나의 대상을 온갖 방면에서 감상하고, 손에 등불을 들고 그 주위를 둘러봐. 나는 사랑에 관해서도 고대의 빛으로 비추어 어느 정도 완벽한 조각예술로서 관찰하였어. 팔의 모양은 어떤가? 그만하면 괜찮군. 손도 품위 있어. 발은 어떤가? 발목에 품위가 없고 발뒤꿈치가 평범해. 그러나 가슴은 균형이 잡히고 모양이 괜찮아. 굴곡이 꽤 폭신하고 부드럽군. 어깨도 살집이 좋고 훌륭해. 이 여자는 모델로서는 괜찮아. 여러 부분을 주형으로 뜰 수 있거든. 됐다, 이 여자를 사랑하자.

나는 언제나 그런 식이었어. 여자를 조각가의 눈으로 볼

---

9 르네상스보다 앞선 회화, 조각의 일파.

뿐, 애인으로서 보지 않았지. 나는 항상 그릇의 모양에 열중하였고, 안의 품질은 문제 삼지 않았어. 설령 판도라의 상자를 얻었다고 해도 뚜껑을 열어보지 않았을 거야. 좀 전에 나에게는 그리스도가 아직 강림하지 않았다고 말했는데, 근대의 천국에 빛나는 별인 영광의 아기의 다정하신 어머니인 마리아도 역시 태어나지 않았어.

나는 곧잘 대성당의 돌 그늘에 오랫동안 멈추어 서곤 했었지. 그리고 채색유리 위에 흔들리는 빛을 바라보고, 때마침 눈에 보이지 않는 손가락이 파이프오르간의 건반에 닿고 바람이 파이프 안을 지나가 저절로 나는 소리에 귀 기울였어. 마돈나의 기다란 눈매 안에 서린 열은 창공을 경건한 마음으로 우러러보았지. 매끄럽고 밝은 이마와 맑게 비쳐 보이는 관자놀이와 복숭아꽃보다도 부드럽고 수수한 처녀다운 향기를 풍기는 광대뼈를 바라보았어. 그리고 거기에 파르르 떠는 그림자를 던지고 있는 아름다운 금빛 속눈썹을 하나하나 세어보았어. 그녀를 에워싸고 있는 희미한 빛 속에 얌전하게 기운 가냘픈 목덜미의 희미한 선을 분간하였어. 그다음에 대담하게도 윗도리의 주름을 집어 올리고 성자의 입술밖에 빤 적이 없는 동정녀의 불룩한 젖가슴을 직접 보기까지 하였어. 그리고 가늘고 파란 혈관이 희미한 가지로 갈라져 사라지는 데까지 더듬어 가서 천상의 음료가 흰 줄기로 내뿜어져 나오도록 손가락으로 눌러보며, 그 신비의 장미꽃 봉오리에 내 입술을 갖다대보기도 하였어.

그런데 말야! 그 날아갈 듯이 가뿐하고 막연한, 날개 달린 비물질적인 미는 솔직히 나에게 평범한 감명밖에 주지 않더군. 나는 바다의 거품에서 나온 비너스 쪽이 천 배나 나아. 눈초리가 치켜 올라간 고풍스러운 눈, 맑고 선명하며 입맞춤을 열렬히 바라는 듯한 관능적인 입술, 좁고 둥근 이마, 바다처럼 물결치는 아무렇게나 뒤에서 묶은 머리, 단단하고 윤이 나는 어깨, 아름다운 무수한 선을 그리고 있는 등, 작고 제대로 눈에 띄지도 않지만 둥글고 팽팽한 모양을 지닌 가슴, 넓직한 엉덩이, 섬세한 균형, 그토록 찬양받는 여자다운 육체에 깃든 초인간적인 활력, 이러한 것은 기독교 신자이며 현명한 자네 같은 사람은 상상도 할 수 없을 정도로, 나를 황홀하게 하고 매료시키는 것이야.

마리아는 겸손한 모양을 가장하고 있지만, 나에게는 너무 고귀해. 흰 헝겊을 감은 발은 고대의 용이 아직껏 발버둥치고 있는, 이미 퇴폐의 조짐이 분명한 지상에 겨우 발끝만 대고 있어. 눈은 더없이 아름답지만, 항상 하늘을 우러러보거나 땅을 내려다보고 있고, 절대로 정면을 보지 않아. 인간의 모습을 비춰주는 거울로 사용된 적이 한 번도 없단 말일세. 게다가 나는 그녀의 머리 둘레에서 금빛 안개 속을 날아다니며 미소 짓고 있는 케루빔들의 후광도 좋아하지 않아. 머리와 옷을 바람에 휘날리면서, 승천하는 그녀의 뒤를 연모하듯이 뒤따라가는 그 남자 천사들에게는 질투를 느끼네. 그녀를 떠받치기 위하여 그녀를 얼싸안고 있는 손이나 그녀에게 부채질을 해주기 위하여 움직이는 날개가 나에게는 불쾌하고 거북해. 빛의 옷을 입고, 황금의 실로 된 가발을 쓰고, 청색과 녹색의 깃털을 지닌 그토록 예쁘고 멋있는 하늘의 주인공들을 보면 샘이 나서 견딜 수 없단 말일세. 만일 내가 하느님이라면 나의 연인에게 그런 시동들을 가까이 못하게 할 테야.

비너스는 이 세상에 오기 위해—인간을 사랑하는 신으로서는 정말 어울리는 일 아닌가—알몸뚱이로, 그것도 혼자서, 바다에서 나오잖아. 그녀는 올림포스 산보다 지상을 좋아하고, 연인을 보아도 신들보다 인간 쪽이 많지. 그녀는 초췌한 신비의 베일 따위로 몸을 두르지 않는다네. 그녀는 돌고래를 뒤에 따르게 하고, 삿갓조개에 한쪽 발을 올리고 서 있어. 태양이 찬연히 매끈한 복부를 비추고, 흰 손은 늙은 아버지인 오케아노스가 비길 데 없는 진주로 장식해준, 아름다운 머리의 물결을 허공에 떠받치고 있지. 사람들은 그녀를 볼 수 있네. 그녀는 아무것도 감추지 않아. 수치심은 못생긴 여자를 위해서만 있기 때문이야. 수치심은 근대의 산물이며, 외형과 물질에 대한 기독교의 경멸에서 나온 것이지.

아, 고대의 세계여! 그대가 숭배했던 모든 것은 경멸당하고 있다. 그대의 우상은 쓰레기 속에 뒹굴고, 너덜너덜한 누더기를 걸친 몹시 여윈 수도사들과 그대의 곡마단 호랑이들에 어깨를 물려 피투성이가 된 순교자들이 그대의 아름답고 사랑스러운 신들의 좌대 위를 차지하고 있다. 그리스도는 그의 수의로 세계를 덮었다. 아름다움도 스스로의 몸을 부끄럽게 여기고 수의를 걸쳐야만 되었다. 아티카의 한낮에, 눈부시게 빛나는 태양 아래에서 열광하는 군중에 둘러싸여, 학교에서나 운동장에서 체력을 겨루는, 사지에 기름을 바른 아름다운 청년들이여, 바카스 신의 춤을 추고 타이게투스 산[10]의 정상까지 나체로 경주하는 스파르타의 젊은 아가씨들이여, 이제 윗도리와 망토를 걸치시라. 그대들의 시대는 끝이 났으니. 그리고 자네들, 대리석을 다듬는 조각가와 청동의 프로메테우스여, 그대들의 끌을 부숴버려라. 조각가는 다시 나오지 않을 것이다. 손으로 만질 수 있는 세계는 멸망하였다. 어둡고 음울한 사상만이 광활한 공허를 채워준다. 클레오메네스[11]도 직조공을 찾아 직물과 포목의 주름을 연구할 것이다.

처녀성이여, 피투성이의 흙에서 태어나, 수도원의 축축한

10 스파르타 근방에 있는 펠로폰네소스의 작은 산.

11 Cleomenes: 기원전 3세기 아테네의 조각가. 「메디치가의 비너스」를 제작하였다.

그늘에서 차가운 성수의 비를 맞으면서 누렇게 시든 꽃을 간신히 피우는, 가엾은 식물이여, 향기도 없이 가시만 무성한 장미여, 그대는 시바리스[12]의 무희들의 감송향과 팔레르노산 포도주에 젖은 아름답고 즐거운 장미를 대신하고 말았다!

열매를 맺지 않는 꽃이여, 고대의 세계는 그대를 몰랐다. 그대는 사람을 취하게 할 정도로 향기가 강한 고대의 화관을 장식해본 적이 없다. 그 원기발랄하고 건강에 넘친 사회에서는 그대 따위는 거들떠보지도 않고, 짓밟혔을 것이다. 처녀성, 신비주의, 애수, 이 세 단어는 어느 누구도 알지 못하는 단어였다. 그리스도가 가져온 세 가지 새로운 병이다. 이 세상을 찬 눈물로 적시고, 구름에 팔꿈치를 기대고, 한 손을 호주머니에 넣고, 오로지 "아, 죽음이여! 죽음이여!"라고 외치는 창백한 망령들이여, 그대들은 관대하고 익살스러운 신들이 넘쳐났던 지상에는 아예 발을 들여놓을 수도 없었을 텐데!

나는 여자를 고대의 격식에 따라, 우리들의 쾌락을 위해서만 존재하는 아름다운 노예로 간주하고 있다네. 기독교가 여자에게 부여한 권리 회복은 내 알 바가 아니야. 나에게 여자란 우리들이 사랑하고 가지고 노는, 우리와는 다른 열등한 존

---

12 이탈리아 남부에 있던 고대 그리스의 식민도시. 활발한 상업 활동으로 부를 축적하였으며, 사치스럽고 나태한 생활로 유명하다.

재야. 상아나 금으로 만든 것보다는 영리하고, 밑으로 떨어뜨리면 스스로 일어서는 장난감 같은 것이지. 그 때문에 누군가가 내 여성관이 잘못되어 있다고 말했지만, 천만의 말씀, 반대로 나는 내가 대단히 옳다고 생각한다네.

정말이지 나는 여자가 왜 그토록 인간으로 보이고 싶어 하는지 알 수가 없어. 비단뱀이나 사자나 코끼리가 되고 싶다면 이해가 되는데, 인간이 되고 싶다는 것은 도저히 납득이 안 가. 만약 내가 여자가 인간이냐 아니냐 하는 중대한 문제가 토의되었던 트리엔트 공의회에 참석했다면, 반드시 부정적인 의견을 주장했을 거야.

나는 지금까지 약간의 연애시, 아니 적어도 다른 사람들이 연애시로 봐주기를 바라는 의도로 시를 썼어. 그중 한 부분을 최근에 다시 읽어보았는데, 거기에는 근대적인 연애감정이 완전히 빠져 있더군. 만일 그것이 프랑스어의 운문 대신 라틴어의 이행시로 씌어져 있다면, 아우구스투스 황제 시대의 삼류 시인의 작품인가 하고 여길지도 몰라. 또 그 시는 여자들을 위해 지은 것이지만, 여자들이 좋아하기는커녕 정말로 화를 낼 것 같아 걱정이야. 하긴 여자들이야 양배추나 장미꽃과 마찬가지로 시를 알 수가 없지. 그러나 따지고 보면 지극히 당연한 일이야. 왜냐하면 여자 자신이 바로 시거나 시의 최고 소재이기 때문이지. 플루트는 사람이 자기를 갖고 연주하는 곡을 듣지도 못하거니와 이해도 못하잖아.

그 시 안에서 노래하는 것은 금발이나 칠흑같이 검은 머리, 기적적으로 고운 피부, 둥그스름한 팔, 작은 발과 세련된 손뿐이야. 그리고 모든 시는 그런 아름다운 것들을 되도록 빨리 갖게 해달라고 신에게 비는 간절한 기원으로 끝나고 있어. 클라이맥스에는 문턱에 늘어진 화분, 꽃비, 불타는 향, 거기에 덧붙여 카툴루스식의 입맞춤, 잠 한숨 자지 않은 고혹적인 밤, 오로라 여신에게 돌아가서 늙은 남편인 티토노스[13]의 사프란 색 커튼 뒤에 숨어 있으라고 명령하는 싸움이 있을 뿐이네. 그것은 열기 없는 빛이며 진동이 없는 소리야. 그것은 정확하고, 잘 다듬어져 있으며, 똑같은 흥미를 갖고 만들어졌어. 그러나 이 모든 세련됨과 표현 너머에는 노예와 이야기할 때에 애써 부드럽게 말하려고 하는 주인의 목소리와 같은 간략하고 무뚝뚝한 음성이 느껴져. 그것은 그리스도 기원 이후의 연애시에서처럼, 내가 사랑하고 있으니까 당신도 사랑하라고 다른 영혼에 애원하는 영혼이 아니고, 또 스스로의 품에 안겨, 다 같이 하늘의 별을 비추자고 작은 시내에게 권유하는

---

13 그리스 신화에 등장하는 미남으로, 트로이 왕 프리아모스의 동생. 그를 사모한 새벽의 여신 오로라에게 유괴되어 그 남편이 된다. 오로라는 제우스에게 빌어 티토노스의 영생을 얻었으나 영원한 청춘을 원하는 것을 잊는 바람에, 티토노스는 깜짝할 사이에 노쇠해져서 결국 매미로 변하였다.

미소 짓는 푸른 호수도 아니며, 같은 둥지로 날아가기 위해 동시에 날개를 펼치는 비둘기 한 쌍도 아니야.

아름다운 그대, 킨티아[14]여, 서두르세요. 그대가 내일도 살아 있다고 누가 장담합니까? 그대의 머리는 에티오피아 처녀의 반들반들한 살결보다도 까맣습니다. 서두르세요. 지금부터 몇 년 후엔, 그 많은 머리카락 안에 흰 머리털이 몰래 섞이겠죠. 오늘은 향기가 좋은 장미도 내일은 죽음의 냄새가 나고, 장미의 시신으로 변하고 만답니다. 그대의 뺨이 장미의 모습을 지니고 있는 동안 장미의 향기를 실컷 맡을 것입니다. 그대가 나이를 먹으면 킨티아여, 아무도 그대를 찾지 않겠지요. 심지어 관리의 하인조차도, 돈을 주어도 상대하지 않을 것입니다. 그대는 지금 나에게 넌덜머리를 내고 있지만, 그런 나를 그대가 쫓아다니게 될 것입니다. 사투르누스의 손톱이 그대의 맑게 빛나는 이마에 주름살을 짓게 되면, 지금은 끊임없이 찾아오는 사람들의 애원하는 소리로 떠들썩하고, 미지근한 눈물에 젖어 북적대는 그대의 현관도 사람들이 멀리하여, 잡초와 가시덩굴만 무성하게 되겠지요. 서두르세요, 킨티아여, 아주 미소한 잔주름도, 열렬한 사랑에는 무덤이 되는 법이랍니다.

---

14 Cinthia: 기원전 1세기 로마의 시인 프로페르티우스가 찬양한 미인. 본명은 호스티아.

고대의 애가는 모두 이렇게 잔혹하고 위압적인 방식으로 요약돼. 언제나 결론은 그거야. 그것이야말로 가장 강하고 가장 큰 이유이며, 그 논지 중의 아킬레스이지. 이것을 제외하고는 별로 말할 것이 없어. 두 번 염색한 올이 가는 아마포 드레스와 굵기가 똑 고른 진주목걸이를 약속하면 책 한 권이 끝나. 나 역시 이러한 경우에는 그야말로 가장 안성맞춤인 방식이라고 생각한다네. 그러나 나는 그러한 옹색한 수법에 반드시 구애받지는 않아. 여기저기에서 뽑아낸 가지각색의 명주실로 나의 빈약한 작품에 수를 놓지. 그러나 실은 짧고 스무 군데나 이어져 있어서 천의 실과 어울리지 않아. 내 시는 연애에 대하여 꽤 세련된 것을 말하고 있는데, 그 이유는 여기저기에서 미사여구를 많이 읽었기 때문이야. 그런 것쯤이야 배우의 재능만 있으면 충분히 해낼 수 있는 것이지. 대부분의 여자에게는 그런 겉치레만으로 충분해. 무엇인가를 적고 상상하던 습관으로, 나는 그런 일이라면 별로 어려움을 겪지 않아. 다소나마 경험이 있는 자라면 조금만 궁리해도 그 정도까지는 쉽게 갈 수 있어. 그러나 나는 스스로 말하고 있는 것을 한마디도 마음속으로 느껴본 적이 없네. 그러면서도 고대의 시인과 같이 "킨티아여, 서두르세요." 하고 작은 소리로 속삭이는 거야.

남들은 종종 내가 교활하고 본심을 드러내지 않는다고 비난해. 사실 나만큼 숨김없이 지껄이고 마음속을 털어놓기를 좋아하는 자도 없다네. 그렇지만 나는 주위 사람들과 같은 사상이나 감정을 갖고 있지 않기 때문에, 더구나 내가 숨김없이 한마디라도 하면, 당장 떠들썩하게 제멋대로 반대의 소란을 일으킬 수 있기 때문에, 침묵을 지키는 편이 좋아지고 말았어. 발언한다고 해도, 세상에서 일반적으로 인정받는, 말하자면 시민권을 소유하고 있는 말밖에 지껄이지 않게 되었어. 지금 자네에게 쓴 내용을 부인들에게 말한다면, 그야말로 쫓겨나기 안성맞춤이지! 연애에 대한 나의 견해와 사고방식을 그녀들은 도저히 이해하지 못할 거야. 남자들에 대해서도 네 발로 걷지 않는 것은 잘못이라고 맞대놓고 말할 수 없네. 사실, 그런 자세가 그들에게 가장 어울린다고 생각하지만 말이야. 나는 말 한마디를 갖고 싸우기는 싫어. 내가 어떤 생각을 하든지 간에 결국은 마찬가지야. 쾌활한 것같이 보일 때 마음이 슬프다고 해서, 또 우울한 것같이 보일 때 사실은 즐거운 기분으로 있다고 해서 무슨 상관이란 말인가? 세상은 내가 나체로 다니지 않는다고 꾸짖을 수는 없다고 생각해. 그렇다면 몸뚱이와 마찬가지로 얼굴에도 옷을 입혔다 한들, 아무것도 잘못된 일은 없잖아. 마스크가 바지보다, 거짓말이 코르셋보다 발칙하다는 말이 어디 있겠나?

아! 지구는 한쪽 편을 고기처럼 굽고 다른 한쪽 편을 얼음처럼 얼리면서 태양의 주위를 돌고 있어. 한쪽에서는 60만 명의 인간이 서로 갈기갈기 물어뜯는 전쟁이 일어나고 있는데, 날씨는 더할 나위 없이 아름다워. 꽃들은 비길 데 없는 아름다움으로, 말발굽 아래까지, 넉살 좋게 향락적인 앞가슴을 드러내고 있어. 마침 오늘은 옛날이야기에 나오는 것 같은 좋은 일이 많이 일어나고 있군. 비는 억수로 쏟아지고, 눈마저 조금씩 내리는 데다가 천둥 번개가 번쩍이고, 우박이 떨어진단 말이야. 마치 말세가 온 기분이야. 인류의 은인들도 마차가 없으면 배까지 진창에 잠겨 개처럼 진흙투성이가 되겠지. 천지만상은 인정사정없이 인간을 냉소하고, 매 순간 비웃고 신랄한 욕을 퍼붓고 있어. 모두가 서로 무관심하고, 각자 타고난 팔자대로 살든 죽든 할 뿐인걸. 내가 이걸 하든 저걸 하든, 살든 죽든, 괴로워하든 즐거워하든, 숨기든 솔직하게 지껄이든, 그것이 도대체 태양이나 사탕무와 또 인간 자신과 무슨 관계가 있단 말이야? 밀짚 하나가 개미새끼 위에 떨어져서 세 번째 다리의 두 번째 마디를 부러뜨렸다고 하자. 또 커다란 암석이 마을로 무너져 마을을 눌러 부쉈다고 하자. 나는 어느 쪽 불행이 별의 금빛 눈물을 더 흘리게 한다고 생각지 않아. 자네는 나의 가장 절친한 친구야. 만일 이 말이 마치 방울처럼 속이 텅 빈 말이 아니라면 말일세. 그런데, 내가 죽었다고 하자. 설사 자네의 슬픔이 아무리 깊다 해도, 자네는 단 이틀도 밥을 먹지 않고 지낼 수 없을 테고, 이러한 뜻밖의 불행에도 자네는 역시 즐겁게 트릭트랙[15]놀이를 계속하겠지. 내 친구나 정부 중 그 누가 20년 후까지 내 이름을 기억해줄까? 내가 팔꿈치에 구멍이 난 옷을 입고 거리를 지나간다면, 누가 나를 알아볼 수 있을까? 망각과 허무, 그것이 인간의 전부라네.

나는 세상에 유례가 없이 완전히 고독한 인간이라고 생각하고 있어. 나와 사물을 또 사물과 나를 이어주는 끈들은 하나하나 모두 끊어지고 말았어. 인간이 마음속에 일어나는 움직임을 이해하는 능력을 남긴 채로 이렇게까지 우둔하게 되어버린 예는 거의 없을 거야. 나는 마치 마개를 열어놓아서 완전히 김이 빠져버린 술처럼 되어버렸네. 술은 겉으로 보면 멀쩡한데, 혀를 갖다 대어봐. 물처럼 아무 맛도 나지 않을걸.

이런 생각을 하고 있노라면, 나의 갑작스러운 타락에 몸서리가 쳐질 정도야. 이대로 놔둔다면, 나는 소금에 절이기라도 하지 않는 한, 완전히 썩어 구더기에 먹혀 죽고 말 거야. 왜냐하면 나에게 더 이상 영혼을 찾아볼 수 없기 때문인데, 영혼이야말로 살아 있는 신체와 시체를 구별하는 유일한 것이 아니겠느냔 말이야. 불과 1년 전만 해도, 나에게는 조금이나마 인간미가 남아 있었어. 돌아다니며, 무언가를 찾고 있었지. 모

15 주사위 놀이의 일종.

두가 소중히 여기는 생각을 품고 있었으며 일종의 목표, 말하자면 이상이 있었어. 사랑받고 싶었고, 나이에 어울리는 나름대로의 꿈도 품고 있었어. 물론 그 꿈은 여느 청년들의 꿈과 마찬가지로 흐릿하고 희미한 데다가 순정은 아니었지만, 올바른 규범 안에 묶여 있었어. 그런데, 차츰차츰 막연했던 부분이 사라지고, 마음속에 남은 것은, 오직 더러운 진흙의 두꺼운 층뿐이었어. 공상은 악몽이 되고, 환상은 음탕한 꿈으로 변했어. 영혼의 세계는 내 앞에서 상아로 된 문을 닫아버렸어. 나는 이젠 손으로 만질 수 있는 것만 이해할 수 있어. 꿈은 돌로 변하였지. 내 주위의 모든 것이 뒤섞이고 응축하고, 그 어느 것도 떠돌거나 흔들거리지 않아. 공기도 숨결도 없어져버렸어. 물질이 나를 짓누르고, 내 안에 침입하여 나를 뭉개버렸어. 마치 어느 여름날에 발을 물속에 담근 채 잠든 순례자가 잠에서 깨어보니 겨울이 되어 발이 얼음에 갇혀 움직일 수 없게 된 꼴일세. 나는 지금 누구의 사랑도 우정도 바랄 경황이 없어. 저 빛나는 후광을 내 이마에 장식하기 위하여, 그토록 갈망했던 영광조차 전혀 나의 마음을 돋우지 않아. 이렇게 슬플 수가! 내 마음속에서 집요하게 꿈틀거리는 것은 단 하나, 나를 테오도르 쪽으로 끌고 가는 무서운 욕망뿐이야. 나의 도덕적 관념은 이것으로 요약돼. 요컨대, 육체적으로 아름다운 것은 선이며 추한 것은 악이라고. 아름다운 여자를 만났다고 하세. 설령 그 혼이 극히 흉악해서 간통이나 독살까지 범할 수 있다고 해도, 솔직히 말하면 난 그런 일 따위는 어떻든 좋아. 코의 모양만 예쁘다면, 내가 그 여자를 좋아하는 데에 아무런 지장도 없을 거야.

나는 최고의 행복이란 이런 것이라고 생각해. 밖으로 창문이 하나도 나지 않은 커다란 네모진 건물이 있어. 그 안에는 흰 대리석 기둥에 둘러싸인 안뜰이 있지. 그 한가운데에는 맑디맑은 물을 뿜어대는 아라비아식 수정의 분수가 있고, 오렌지와 석류나무 화분이 번갈아 놓여 있어. 그 위로는 새파란 하늘과 노랗게 불타는 태양이 있지. 곤들매기처럼 주둥이가 뾰족한 사냥개가 여기저기에서 자고 있어. 때때로 발목에 금 발찌를 낀 맨발의 흑인과 사치스럽고 화려한 복장을 한 살갗이 흰 날씬한 시녀들이 바구니를 팔로 껴안거나 항아리를 머리에 얹은 채로 둥근 아치 밑을 다녀. 나는 거창한 덮개 아래 쿠션 더미 속에 파묻혀 꼼짝도 하지 않은 채 한마디 말도 없이 앉아 있어. 길들인 사자에 팔꿈치를 기대고 젊은 여종의 노출된 가슴을 발판으로 밟으며, 커다란 옥 파이프 안에 아편을 담아 피우고 있어.

나는 다른 천국을 생각할 수 없네. 만약 신이 내가 죽은 다음에 천국에 가기를 원한다면, 그는 나를 위해 어떤 별의 한쪽 구석에 이런 설계로 조그마한 정자를 지어줄 걸세. 남들이 이러쿵저러쿵 떠드는 천국은 내겐 지나치게 음악적으로 느껴져. 치욕을 무릅쓰고 자백한다면, 고작 1만 년이나 계속될까 말까 한 소나타 따위는 도저히 견딜 수가 없어.

나의 엘도라도,[16] 나의 약속된 땅이 어떤 것인지 자네도 알았겠지. 이것 역시 다른 것과 마찬가지로 꿈이야. 그러나 이 꿈에는 하나의 특징이 있는데, 그것은 내가 여기에 아는 얼굴을 단 하나도 넣지 않았단 사실이지. 내 친구 중 어느 누구도 그 공상의 궁전 문턱을 넘은 일이 없어. 내가 알던 여자 중 어느 한 사람도 비로드 쿠션 위에 나와 함께 앉아본 일이 없어. 여기에서는 나만 한가운데에 홀로 있을 뿐이야. 이곳에서 살게 할 여자의 모습이나 젊은 처녀들의 아름다운 모습을 나는 한 번도 사랑하려고 생각해본 적이 없어. 더구나 나를 사랑하고 있다고 생각되는 여자도 없어. 이 공상의 궁전에서 나는 한 사람도 총애하는 짝을 만들지 않았어. 여기에는 흑인 여자, 흑백의 혼혈 여자, 피부가 파랗고 머리가 빨간 유대인 여자, 그리스 여자와 코카서스 여자, 에스파냐 여자와 영국 여자 등이 있어. 그것은 나에게 여러 가지 술을 비축하고 온갖 종류의 벌새를 수집하는 것과 똑같은 심정으로 여러 색깔과 밑그

16 고대인의 유토피아. 황금이 넘치는 땅.

림의 여자를 갖는다는 것밖에 의미하지 않아. 그 여자들은 쾌락의 도구인 동시에 액자가 필요 없는 그림이며 가까이 보고 싶어 부르면 걸어오는 조각상이지. 여자는 조각상에 비하면, 내가 좋아하는 방향으로 자유롭게 움직이게 할 수 있는 부정할 수 없는 장점이 있는 반면, 조각상은 그 주위를 인간이 직접 여기저기 돌아다니며 볼 위치를 정해야 하잖아. 그건 피곤한 일이지.

이런 생각을 지니고서는 내가 이 시대나 이 세상에 안주할 수 없다는 것을 자네도 잘 알겠지. 그 정도로 자기가 사는 시대나 세상과 상관없이 지낼 수는 없으니 말일세. 그러니까 나는 따로 뭔가 찾지 않으면 안 되네.

이렇게 생각하다 보면 다음과 같은 결론에 도달하는 것은 너무나 당연한 일이지. 요컨대 나는 세련된 모양과 순수한 선 등 눈의 쾌락밖에 찾지 않으니까, 그런 것과 마주치면 어디에서나 때를 놓치지 않고 즐기려는 거야. 내가 유달리 고대의 연애만을 좋아하는 이유도 이것으로 납득이 가겠지.

그리스도 이후, 고대 조각가의 특별한 장점을 이루는 그 정성으로 청춘의 미를 이상화하고 재현한 남자의 상은 하나도 없었어. 여자는 정신적·육체적인 미의 상징이 되었으나, 남자는 아기 예수가 베들레헴에 탄생하신 이래 완전히 실격해버렸지. 여자는 삼라만상의 여왕이 되었어. 별은 함께 모여 머리를 장식하는 관이 되었고, 하늘에 솟아오르는 달도 그 발밑에 웅크리는 것을 영광으로 여겼으며, 태양은 그녀의 보석이 되어주기 위해서 가장 맑은 빛을 물려주었지. 천사에 아첨하는 화가들은 천사를 여자의 얼굴로 그렸어. 물론 그 때문에 그들을 비난하려고 하는 것은 아니야. 그리스도라고 하는 다정한 체하는 비유의 이야기꾼이 나타나기 전에 사정은 정반대였네. 모든 신과 영웅들을 매혹적으로 표현하려고 하는 경우에도 결코 그들을 여성화하는 일은 없었지. 그들은 대단히 늠름하고 게다가 품위 있는, 각각 나름대로의 형을 지니고 있었어. 작가가 그 윤곽을 아무리 우아하게, 팔과 다리를 아무리 부드럽게, 근육과 혈관의 흔적 없이 제작해도 언제나 남자다운 면모를 잃지 않았어. 뿐만 아니라 여성만이 갖고 있는 아름다움에도 곧잘 남성적인 특징을 가미하곤 했어. 어깨통을 넓게, 엉덩이를 작게 하고 가슴 부분을 돌출시키지 않았어. 또 팔과 넓적다리를 여자 이상으로 늠름하게 보이도록 하곤 했지. 파리스와 헬레네는 거의 차이를 찾아볼 수가 없어. 따라서 양성을 구비한 헤르마프로디토스는 우상숭배를 하던 고대인으로부터 가장 열렬히 총애를 받은 환상의 하나였던 거야.

헤르메스와 아프로디테의 아들은 이단의 천재가 창조한 상쾌한 걸작의 하나지. 완전한 남녀 두 개의 육체가 조화롭게 하나로 융화하여 우열이 없을 뿐만 아니라 전혀 다른 두 개의

미가 조화를 이루어 서로 돋보이게 하고 있기 때문에 더욱 뛰어난 미를 이룩하고 있어. 이보다 더 멋진 것을 이 세상에서 상상해낼 수는 없을 거야. 특히 외형을 사랑하는 사람으로서는 막 날아가려고 하는 머큐리의 것인지, 목욕하고 나온 디아나의 것인지 도무지 판단이 서지 않는, 그 등과 허리와 화사하고 늠름한 다리 등을 보고 느끼는 불안보다 더 바람직한 불안이 있을까? 토르소는 아름답고도 기괴한 미의 종합이야. 포동포동하고 젊음이 가득한 가슴 위엔 젊은 처녀의 유방이 색다른 아름다움으로 부풀어 오르고 있어. 그야말로 여자답게 부드럽게 부풀어 있는 허리 아래로 젊은 남자에게서 볼 수 있는 들쭉날쭉한 기복과 늑골이 엿보여. 배는 여자로서는 좀 납작하고 남자로서는 너무 부풀어 있어. 그리고 몸 전체가 어쩐지 애매하고 파악하기 어려운, 뭔가 독특한 매력을 갖고 있어. 테오도르라면 틀림없이 이런 종류의 미에서 으뜸가는 모델이 되었겠지. 그러나 내가 보기에는 여성적인 부분이 더 강하고, 『변신이야기』[17]의 헤르마프로디토스보다는 살마키스[18]

17 시인 오비디우스의 신화적 전집. 신화 및 전승 시대의 모든 전설을 담고 있다.

18 『변신이야기』에 나오는 전설. 살마키스는 그리스 카리아 지방에 있는 샘물의 님프로, 헤르메스와 아프로디테의 아들 헤르마프로디토스를 사랑하여 청혼하지만 거절당한다. 어느 날 살마키스는 샘물에 들어온 헤르마프로디토스를 꼭 껴안고 한 몸이 되게 해달라고 신에게 빈다. 신은 그 소원을 받아들여 그를 남자도 여자도 아닌 미의 극치인 육체로 변하게 한다.

쪽의 요소를 더 많이 보이고 있다네.

이상하게도 나는 그의 성별을 거의 생각해본 적이 없이, 마음에 한 점 거리낌 없이 그를 사랑하고 있어. 가끔 나는 이 사랑이 파렴치한 사랑이라고 스스로 납득시키기 위해 되도록 엄격하게 타이르기도 해. 그러나 그것은 건성으로 하는 말일 뿐이야. 이성으로 타이를 뿐이지, 마음으로는 아무렇지도 않거든. 사실은 지극히 당연한 일이며, 누구나 내 입장이 되면 마찬가지일 것이라고 생각한다네.

나는 그의 얼굴을 보고 그가 이야기하거나 노래하는 것을 들으면, 그가 기막히게 노래를 잘 부르기 때문이기도 하지만, 말할 수 없는 기쁨을 느껴. 그가 아무래도 여자 같다는 생각이 들어 못 견디겠어. 그래서 어느 날 정신없이 이야기하던 결에 무심코 마담이라고 부르고 말았어. 그는 웃음을 터뜨렸으나 그 웃는 모습이 나에게는 몹시 부자연스럽게 보이더군.

만일 그가 여자라면, 어떤 동기로 그런 변장을 할 생각이 들었을까? 나로서는 도저히 알 수가 없어. 젊고 아름답고, 수염이 전혀 없는 젊은 기사가 여자로 변장한다면 그건 이해가 돼. 그렇다면 단단하게 갇혀져 있는 수없이 많은 문이 열리게 되고, 그는 미궁처럼 복잡하고 색다른 사건에 뛰어들어갈 수도 있을 거야. 그 방법으로는 철통같이 보호되어 있는 부인에게도 접근할 수 있고, 그런 기만 덕분에 행운을 꿈꾸는 길도 열릴 수 있을 거야. 그렇지만 아름답고 젊은 여자가 남장을 하고 다닌다고 해보았자 무슨 이득이 있느냔 말이야. 손해를 보는 일밖에 없지 않나. 여자는 구애를 받거나 아첨을 받고 사랑받는 쾌락을 버려선 안 돼. 그보다 차라리 목숨을 버리는 것이 나아. 그것이 이치에 맞는 이야기야. 그러니 이런 것이 없는 여자의 인생이 과연 무슨 소용이 있겠어? 아무짝에도 소용이 없지. 아니면 죽음보다도 못한 인생이지. 하긴 나는 서른 살이 된 여자나 얼굴이 얽은 여자가 종각 위에서 몸을 던지지 않는 것을 언제나 이상하게 생각하고 있다네.

그럼에도 불구하고 온갖 이론보다도 더 강한 무엇인가가 나에게 외치고 있어. 그는 여자라고, 내가 꿈꾸고 있던 여자라고, 내가 유일하게 사랑할 수 있고 또 나를 유일하게 사랑해 줄 수 있는 여자라고. 맞아. 그는 독수리의 눈과 여왕의 아름다운 손을 가진 여신, 구름의 옥좌 위에서 황공하게도 나에게 미소를 보내주는 여신이네. 그녀는 나를 시험하기 위해서, 내가 그녀를 알아보는지 아닌지 알아보기 위해서, 애타게 연모하는 나의 눈이 그녀가 쓴 베일 안까지 꿰뚫어 보는지 아닌지 보기 위해서 그런 변장을 하고 내 앞에 나타난 거야. 마치 이상한 옛날이야기에서 선녀가 처음에 거지 모습으로 나타났다가 그다음에 갑자기 황금과 보석을 찬란하게 반짝이며 일어나듯이 말일세.

나는 그대를 꿰뚫어 보았어. 오, 내 사랑이여! 그대의 모습을 보고 내 심장은 성모 마리아가 성녀 엘리자베스를 방문하였을 때, 엘리자베스의 배 안에서 성 요한이 뛰었듯이 내 가슴속에서 뛰었어. 공중에는 찬란한 빛이 넘쳤지. 신들의 양식에서 나는 것 같은 그윽한 향기가 코를 찔렀어. 나는 그대의 발이 불붙은 치맛자락을 끄는 것을 보고서 그대가 단순한 여자가 아니라는 사실을 당장에 눈치챘었어.

루비처럼 그대의 입에서 날아오르는 진주 같은 리듬에 비교하면, 천사들이 넋을 잃고 듣는 성녀 세실리아[19]의 비올라가 들려주는 감미로운 곡도 가락이 맞지 않는 잡음에 지나지 않아. 젊고 상냥한 미의 여신들이 그대의 주위에서 영원의 윤무를 추고 있어. 그대가 숲속을 거닐 때면 작은 새들은 지저귀면서 그대를 잘 보기 위해서 알록달록한 작은 머리를 갸웃거려. 그러고는 아름다운 노래를 그대에게 들려주지. 사랑에 빠진 달은 목동을 버리고 그대에게로 가서 파란 은빛의 입술로 그대에게 입맞춤하기 위해 평소보다 일찍 하늘에 올라와. 바람도 그대의 아름다운 발의 화사한 자국을 지우지 않겠다고 모래 위를 조심스럽게 불어. 분수는 그대가 몸을 기울일 때에

---

19 Sainte cecilia: 3세기에 순교한 로마의 성녀로, 음악의 수호자로 알려져 있다.

성스러운 그대 얼굴의 그림자에 주름살을 만들지 않도록 수정보다도 매끄럽게 모습을 가다듬지. 수줍음을 잘 타는 제비꽃까지도 그대 앞에서는 작은 심장을 열고 온갖 교태를 지어 보여. 질투가 많은 딸기는 경쟁심에 사로잡혀서 그대 입술의 성스러운 선홍색에 지지 않겠다고 힘주곤 해. 눈에 잘 보이지 않는 날벌레까지도 즐거운 듯이 윙윙 소리를 내고, 날개를 치며 그대에게 갈채를 보내. 온 자연이 그대를 사랑하고 그대를 찬양해. 아, 그대, 자연의 더할 수 없이 아름다운 작품이여!

아! 이제 알겠어. 여태껏 나는 죽은 것과 다름이 없었어. 바야흐로 나는 수의를 벗어던지고, 무덤에서 여윈 두 손을 내밀어 태양을 향해 뻗는다네. 유령처럼 창백한 얼굴빛도 사라졌어. 피가 혈관 안을 힘차게 뛰고 있어. 내 주위를 지배하고 있던 무서운 침묵도 마침내 깨져버렸어. 머리 위에 덮여 있던 잔뜩 찌푸린 날씨도 찬란하게 빛나기 시작했어. 무수한 신비의 소리가 나에게 속삭이지. 머리 위에는 밤하늘에 깨알처럼 빛나는 무수한 별들이 꼬불꼬불한 나의 길에 금가루를 흩뿌리고 있네. 마거리트는 다정하게 반기며 은방울꽃들은 억양이 있는 희미한 소리로 내 이름을 중얼거려. 나는 지금까지 몰랐던 수많은 것들을 알게 되었고, 여러 가지 일들 간의 불가사의한 관계와 공감을 발견한 덕에 장미나 휘파람새의 말도 이해하게 되었고, 더듬거리면서도 읽지 못하던 책마저 척척 읽게 되었어. 기생식물에 에워싸인 품격 높은 떡갈나무 고목이 내 친구인 것도 알게 되었고, 언제나 눈물이 그렁그렁한 크고 파란 눈을 가진, 여위고 초라한 협죽도가 오래전부터 은밀하고 수줍은 정열을 나에게 보내고 있다는 것도 알게 되었네. 내 눈을 뜨게 하고, 수수께끼 같은 말을 가르쳐준 것은 바로 사랑이야. 웅크리고 앉아 졸던 내 영혼이 추위에 얼어 있던 그 움막 속으로 사랑이 강림하신 것이야. 사랑은 내 영혼의 손끝을 잡고, 밖으로 나가는 좁고 가파른 계단을 올라가게 해주었어. 감옥의 문은 모두 열렸고, 이 불쌍한 프시케는 갇혀 있던 내 마음으로부터 처음으로 밖에 나오게 되었네.

다른 하나의 생명이 나의 생명이 되었지. 나는 다른 사람의 가슴으로 호흡하기 때문에, 그 사람을 다치게 하는 타격은 나를 죽이고 말 거야. 이 행복한 날이 오기 전까지 나는 영원히 스스로의 배만 주시하고 있는 그 음침한 일본의 우상과도 같았어. 나는 나 자신의 구경꾼이었으며, 스스로 상연하는 희극 무대의 1층 뒷좌석이었지. 나는 스스로의 삶을 방관하였고, 시계추가 흔들리는 것을 보듯이 내 심장의 고동 소리를 듣고 있었어. 그뿐이야. 나의 멍청한 눈에 사물의 모습이 비쳤고, 방심한 나의 귀를 소리가 두드렸지만 외계의 그 어느 것도 내 영혼을 건드리지 못했어. 어떤 존재도 나와는 아무 관계가 없었지. 나 이외의 모든 사람의 존재에 대해서 의심을 품었고,

나 자신의 존재조차 자신이 없었어. 우주의 한가운데에 나만 이 존재하였고, 그 외의 모든 것은 그 허무를 채우기 위한 연기, 그림자, 덧없는 환상, 허무한 외형에 지나지 않았어. 어쩌면 그토록 다를 수가 있을까!

그렇지만 만약 내 예감이 틀렸고, 테오도르가 모두가 믿고 있듯이 정말로 남자라면! 그 정도로 불가사의한 미남도 때로는 있는 법이겠지. 멋진 젊음은 자칫 착각을 일으키게도 할 테니까. 그러나 나는 그런 경우를 생각하고 싶지 않아. 그렇다면 나는 아마도 미쳐버릴 거야. 황폐해져버린 내 마음의 황무지에 어제 막 떨어진 한 알의 씨는 벌써 수천 수백의 가는 뿌리를 사방팔방으로 뻗고 있어. 그 씨는 단단하게 달라붙어 무슨 수를 써도 뽑아낼 수 없을 거야. 이미 그것은 꽃을 피우고 초록 잎사귀를 산들거리며, 우람한 뿌리를 뻗는 훌륭한 나무가 되어 있어. 만약 테오도르가 여자가 아니라고 확실하게 알게 되면 어쩌지! 그래도 그를 더 사랑할 수 있을지 모르겠어.

10

아름다운 벗이여, 너는 내가 어떤 남자든지 한 남자에게 마음을 허락하기 전에, 모든 남성을 보아두고 진실을 깊이 파고들어 연구해보려고 한 계획을 알고 있겠지. 나는 지금 사랑은 물론, 사랑하려는 의욕마저도 완전히 잃고 말았어.

우리들은 어쩌면 이토록 불쌍한 처녀들일까. 그토록 애지중지하고 자라난 조심성과 비밀주의의 삼중 벽에 엄중하게 둘러싸인 규중처녀—우리에게는 아무도 이야기해주지 않았기 때문에 우리는 아무런 의심도 할 줄 몰랐을 뿐만 아니라 제일 중요한 공부에 대해선 아무것도 모르고 있었어. 우리들은 얼마나 기묘한 모순 안에서 살고 있으며, 얼마나 기만적인 환상의 팔에 흔들리고 있는지 몰라!

아! 그라시오자, 이런 변장을 하려고 결심한 순간은 세 번이라도 저주받아 마땅해. 나는 얼마나 지독한 일, 천한 일, 상스러운 일을 보고 듣고 하지 않으면 안 되었는지 몰라! 순수하고 고귀한, 그 무지라고 하는 소중한 보배를 나는 잠시 잃어버리고 말았어!

달이 맑고 아름다운 밤이었지. 너도 기억하고 있지? 우리는 정원의 아주 깊숙한 곳에 있는, 인적이 드문, 쓸쓸한 길을 함께 산책하였잖아. 길의 한쪽 끝에 피리를 불고 있는 반수신(半獸神)의 상이 있었는데, 이미 코가 이지러지고 몸 전체에 거무스름해진 이끼가 두껍게 끼어 있었지. 다른 한쪽 끝은, 전망을 멀리 보이게 하기 위해서 벽에 풍경화가 그려져 있었는데, 비에 젖어 반은 지워져 있었고, 드문드문 남아 있는 잎의 그늘에 여기저기 별이 반짝였고, 은빛의 달이 둥글게 빛나는 것이 보였어. 화단에서는 여린 새싹 향기와 신록의 향기가 산들바람의 울적한 숨결을 타고 흘러왔어. 모습을 보이지 않는 작은 새가 지친 듯한 묘한 가락으로 울고 있었지. 우리들은 숫처녀들이 대개 그러듯이 연애며, 멋진 남자들이며, 결혼, 또는 미사 때에 본 훌륭한 기사 등에 대해서 서로 이야기를 나누었어. 그리고 세상사 등 여러 가지 일에 관해서 우선 지니고 있는 얼마 안 되는 지식을 교환하였지. 우연히 언뜻 들은, 뜻도 제대로 모르는 말에 관해서도 이것저것 꼬치꼬치 서로 물어보았어. 정말이지 아무리 아무것도 모르는 사람이라도 스스로 알 수 있는 우스운 질문을 수없이 했잖아. 바로 전날 수도원의 기숙학교에서 갓 나온 작은 두 새참내기가 몰래 나눈 이야기에는 얼마나 많은 소박한 시와 귀여운 어리석음이 넘쳤는지!

너는 대담하고 용감한 청년을 애인으로 삼겠다고 말했지. 수염을 기르고 머리가 까맣고 큼직한 박차와 커다란 새털장식과 긴 칼을 지닌, 말하자면 사랑에 빠진 호걸이라고 할 수 있는 사람을 사랑하겠다고 말이야. 그래서 너는 영웅적인 혁혁한 무훈을 세우는 일 따위에 열중하였지. 너는 결투나 암살, 기적과 같은 헌신을 상상하였고, 네 애인으로 하여금 가서 집어오도록 하기 위해서라면 장갑을 사자굴에라도 처넣을 기세였지. 대수롭지 않은 바람 소리에도 놀라는 너 같은 부끄럼쟁이 금발 소녀가 그렇게 훌륭한 대사를 단숨에 더할 나위 없이 씩씩하게 말하다니, 정말 웃겼어.

나는 너보다 겨우 6개월 연상이었지만, 사실은 여섯 살이나 더 나이를 먹은 것처럼 공상에 익숙하지 않았어. 내가 가장 마음에 걸렸던 것은 남자들은 서로 어떤 이야기를 하는지, 살롱이나 극장 밖에 나와 어떤 행동을 하는지였어. 남자들의 생활에는 우리들의 눈에는 치밀하게 숨겨져 있어도 무언가 애매하고 어두운 데가 많이 있는 것 같아. 나는 그것을 꼭 알아야만 하겠다고 생각했어. 난 가끔 커튼 뒤에 숨어서 집에 찾아오는 기사들의 모습을 멀리서 엿보는 일이 있었어. 그 사람들의 태도에는 무언가 천하고 비열한 데가 있어 보였고, 야릇한 무관심과 완강한 집착 같은 것이 느껴졌는데, 막상 집 안에 들어오면 마치 방의 입구에서 마술로 벗어던진 듯이 그런 티는 자취도 없이 사라져버렸어. 젊은 사람이나 나이를 먹은 사람이나 모두 한결같이 여자 앞에 가면 약속이나 한 듯이 상투적인 가면이나 상투적인 감정, 상투적인 말투를 받아들이는 것 같았어. 나는 응접실 구석에서 팔걸이의자에 등을 기대지도 않은 채, 인형처럼 똑바로 앉아 손가락으로 꽃다발을 만지작거리면서 유심히 살피고 귀를 기울이고 있었지. 나는 눈을 내리뜨고 있었지만, 오른쪽이나 왼쪽, 그리고 앞이나 뒤가 훤히 보였어. 마치 옛날이야기에 나오는 살쾡이의 눈처럼 내 눈은 벽을 꿰뚫어 보았고, 옆방에서 무슨 일이 일어나고 있는지 알아맞힐 수도 있었을 거야.

나는 또 남자가 기혼 여성에게 이야기를 거는 태도에는 확실히 차이가 있다는 것도 알아차렸어. 그것은 나나 내 친구들에게 이야기할 때처럼 신중하고 예절 있는, 천진난만하게 꾸며진 말은 아니었어. 그들은 더 자유로운 농담을 던지며, 덜 점잖고 허물없는 태도로 말을 하였고, 속이 뻔한 침묵이나 암시는 곧 타락으로 이어졌는데, 상대 여자도 자기처럼 타락하고 있다는 사실을 훤히 알고 있는 듯했지. 난 그들 사이에 우리들에게는 없는 어떤 공통된 요소가 있다는 것을 확실히 느꼈어. 그리고 그 요소가 무엇인지 알기 위해서는 어떤 희생을 치르더라도 아깝지 않다고 생각했어.

살롱에서 몹시 갑갑한 생각으로 시달리고 나서, 큰 소리로 이야기하거나 슬금슬금 수상한 곁눈질을 하면서 유쾌한 듯 웃는, 산책 나간 청년들의 무리를 나는 얼마나 마음 졸이며 호기심의 충동에 사로잡힌 채 긴장한 눈과 귀로 뒤따라갔는지 몰라. 남을 깔보듯 쑥 내민 그들의 입 언저리에는 의심에 찬 냉소가 떠돌고 있었어. 그리고 방금 자기네들이 한 말을 무시하고 우리들에게 떠들어댄 겉치레 말과 아부를 취소하려는 것 같았어. 그 말이 들리지는 않았지만, 나는 입술의 움직임으로 그들이 하고 있는 말이 우리들은 모르는 말이며, 또 아무도 우리 앞에서는 입에 담지 않는 말이라는 사실을 알게 되었어. 가장 내성적이고 얌전해 보였던 사람들도, 반항적이며 지루함에 지쳐버린 태도로 홱 하고 머리를 쳐들었어. 긴 대사를 끝낸 배우의 고통스러운 한숨이 그 사람들의 가슴에서 자기도 모르는 사이에 새어 나왔어. 그들은 우리와 헤어질 때에 힘차게 서둘러 뒤를 돌아보았지만, 그 모습은 진지하고 붙임성 있게 하지 않으면 안 되는 힘든 일에서 해방되는 것을 마음속으로 기뻐하는 모습이었어.

그들이 나누는 대화를 한 시간쯤 들키지 않고 들을 수만 있다면, 나는 인생의 1년쯤은 투자해도 좋다고 생각했어. 가끔 나는 어떤 태도나 그럴싸한 몸짓이나 어렴풋이 엿보는 눈초리 따위로 보아 나에 관한 일이 화제가 되어 있고 내 나이나 얼굴 이야기를 하고 있는 게 틀림없다는 걸 짐작하곤 했어. 그럴 때 나는 마치 활활 타오르는 불 위에라도 올려진 것 같았지. 때때로 내 귀에 흘러오는 희미한 말과 더듬더듬 들려오는 한마디 한마디가 호기심을 더욱 부채질하였지만, 알 도리가 없었기에 의구심과 어쩔 줄 모르는 난처함에 끌려들어 가곤 했어.

대개 남들이 말하는 것은 듣기 좋은 이야기뿐이고, 내 마음을 졸이게 하는 이야기는 없었어. 나는 사람들이 나를 예쁘게 보든 안 보든, 그다지 신경을 쓰지 않았어. 그러나 대수롭지 않은 소문이 어렴풋이 들려와 그것이 곧장 오랜 냉소나 기묘한 눈짓이 되는 것은, 그야말로 내가 알고 싶어 못 견디는 일이야. 커튼 뒤나 문의 모퉁이에서, 작은 소리로 중얼거려진 한마디를 위해서라면 나는 더할 나위 없이 화려하고 감미로운 이야기도 아낌없이 버릴 수 있다고 생각했지.

만약 나에게 애인이 있다면, 그 애인이 다른 남자에게 나에 대해서 어떤 태도로 이야기하는지, 더구나 다소 술기운이 돌 때 양쪽 팔꿈치를 테이블에 올려놓고서 연회장의 동료에게 어떤 말로 자신의 행운을 자랑하는지 나는 꼭 알고 싶었어.

이제는 잘 알고 있어. 그리고 그것을 알고 나니 얼마나 분한지 몰라. 언제나 그런 법이지만.

내 생각은 미친 짓이었어. 그러나 이미 저질러진 일인걸. 한 번 알게 된 것을 그렇게 간단히 잊을 수는 없기 마련이야.

그리운 그라시오자, 너의 말을 듣지 않은 걸 이제 와서 후회하고 있단다. 그렇지만 충고 따위는 아무도 듣지 않는 법이야. 특히 그것이 너같이 아름다운 입에서 나올 때에는 말이야. 이유는 모르겠지만, 충고란 백발의 할아버지한테서 받지 않으면 현명한 충고라고 볼 수 없는 것 아니겠어? 어떤 바보라도 60살이 되면 영리해진다는 말도 있잖아.

어쨌든 남자의 정체에 대한 호기심은 나를 몹시 괴롭혔고, 나는 더 이상 참을 수 없게 되었지. 그 호기심은 마치 프라이팬 안의 밤처럼 내 몸 안에서 나를 볶아대고 있었어. 숙명의 사과는 내 머리 위의 나뭇잎 속에서 통통하게 부풀어 있었지. 설령 맛이 써서 나중에 버린다손 치더라도, 한 입 베어 먹어보지 않고는 마음을 놓을 수 없었어. 그래서 우리들의 그리운 할머니, 그 금발의 이브처럼 나는 그 사과를 깨물고야 말았어.

나에게 남아 있던 단 한 사람의 친척이었던 백부가 돌아가시고 나는 내 멋대로 무엇이든지 할 수 있는 처지가 되었어. 그래서 오랫동안 꿈꾸던 일을 실행에 옮겼지. 아무도 내가 여자인 점을 눈치채지 못하도록 그야말로 조심했어. 칼이나 피스톨의 취급 방법도 배웠고, 말도 익숙하게 탈 수 있게 되었고, 어떤 시종도 당하지 못할 정도로 대담해졌어. 외투 입는 법과 채찍질하는 법도 공부했지. 말하자면, 사람들이 꽤 예쁘다고 하던 소녀를 아주 예쁜 기사로 만드는 데에 성공하였던 셈이야. 나에게 없는 것은 수염뿐이었어. 이와 같이 나무랄 데 없이 준비가 되자 충분한 경험을 쌓기 전에는 두 번 다시 돌아오지 않겠다고 결심하고 집을 떠났어.

이것만이 나의 의문을 해결하는 유일한 방법이었어. 애인들이 있어도, 나에게 아무것도 가르쳐주진 않았을 거야. 불충분한 지식을 얻을 뿐이겠지. 그런데 나는 남자를 속속들이 연구하고 냉혹한 메스로 근육에 있는 힘줄 하나하나를 면밀히 분석하고 펄펄 살아 있는 것을 해부대 위에 올려놓고 싶었거든. 그렇게 하기 위해서는 남자의 집에서 남자가 옷을 벗은 채 홀로 있는 것을 보아야 했고, 산책도 따라가야 했으며, 또 선술집이나 다른 곳에도 따라가보아야 했어. 나는 변장한 덕분에 아무에게도 들키지 않고 어느 곳이나 다 갈 수 있었어. 내 앞에서 남자들은 아무것도 숨기려 하지 않았고, 사양하거나 어색해하는 태도를 내던져버렸어. 나는 그들이 숨김없이 털어놓고 이야기하는 것도 들어보았고, 나를 진짜 남자로 보이기 위해서 거짓 이야기도 꾸며대었어. 아, 얼마나 슬픈 일인지! 여자가 아는 것은 남자가 쓴 소설일 뿐, 절대로 그들의 이야기는 아니거든.

이것은 생각하기조차 두렵고 또 아무도 생각해보려고 하지 않는 문제이지만, 우리는 우리를 사랑하는 것같이 보이는 남자나 또 우리들이 남편감으로 선택하려는 남자들의 생활과 행동을 정말이지 아무것도 모르고 있어. 그들의 진짜 생활은 이 지구에서 몇천만 리나 떨어져 있는 토성이나 다른 별 주민의 생활처럼 우리에게는 전혀 알려져 있지 않은 것이야. 남자는 다른 종류의 인종이라고 생각해도 될 정도이며, 남자와 여자 사이에 정신적인 유대 따위는 전혀 없어. 한쪽의 미덕은 다른 쪽의 악덕이 되고, 남자의 명예는 여자의 수치가 되는 법이거든.

우리들, 여자의 생활은 그야말로 분명하고 일목요연해. 집에서는 집대로, 또 기숙학교에서는 기숙학교대로 규율을 잘 따르잖아. 우리들이 하고 있는 일은 누구나 다 볼 수 있지. 모든 사람이 우리가 찰필로 그린 서투른 데생이나 양배추만큼 커다란 장미와 팬지를 배합하고 밑을 엷은 색 리본으로 예쁘게 묶은 꽃다발을 그린 수채화를 볼 수 있어. 더구나 아버지나 할아버지의 생신을 위하여 수놓는 실내화도 누구에게 들킬까 마음 졸여야 하는 물건은 아니잖아. 소나타나 로망스도 될 수 있는 한 냉정하게 연주하지. 우리들은 어머니의 치맛자락에 빈틈없이 꿰매어 붙여진 듯 늦어도 아홉 시나 열 시에는 청결하고 신성한 침실의 새하얀 침대에 들어가서는 다음 날 아침까지 절개 바르게 문빗장을 단단히 걸어 잠그지. 아무리 빈틈이 없고 질투가 심한 사람이라도 트집을 잡을 수가 없을 거야.

아무리 맑은 수정이라도 이런 생활보다 더 투명하지는 않을 거야.

우리를 아내로 맞아들이는 사람은 우리들이 젖을 떼기 시작할 때부터의 일을 전부 알고 있어. 조사하려고만 하면 그보다 훨씬 전의 일까지도 알 수 있는걸. 우리들의 생활은 사람의 삶이 아니라 이끼나 꽃 같은 식물의 삶이야. 어머니라고 하는 차가운 그림자가 주변을 떠돌고 있기 때문에 꽃을 피우지 못하는, 불쌍한 장미꽃 봉오리지. 우리들에게 있어서 중요한 것은 코르셋을 똑바로 펴고 똑바로 앉아 있는 일, 눈을 적당히 숙이고 몸을 움직이지 않은 채 긴장하고 있는 일이지. 인체 모형이나 용수철 장치의 인형조차 무색할 정도로.

우리들은 입을 꼭 다물고 있어야 하고, 질문을 받았을 때 "네."라든가 "아니요."라는 말 외에는 대답할 수 없어. 재미있는 이야기가 나올 만하면, 당장 우리들을 하프나 클라브생 연습으로 쫓아보내고 말아. 음악 선생이라고 하는 사람들은 하나같이 예순이 넘었고 보기 흉하게 담배를 피우는 사람뿐이야. 또 우리들 방에 걸려 있는 그림의 모델들은 대단히 막연하고 얼버무려진 체형을 갖고 있어. 그리스의 신들도 아가씨들의 기숙학교에 들어가기 위하여 미리 헌옷 가게에서 헐렁한 마부용 외투를 사오거나 점선으로 자기의 모습을 새기게 하는 배려를 한 것 같아. 그래서 신들도 문지기나 마차의 마부를 빼닮아서 우리들의 공상을 불태우기에는 부적당하기 그지없지.

사람들은 우리들이 공상에 빠지는 것을 방해하기 위해서 우리들을 바보로 만들어버렸어. 우리들은 학창 시절을 무언가를 배우기 위해서가 아니라, 배우는 것을 방해하기 위해서 보내야 했어.

우리들은 실제로 정신적으로나 신체적으로 감옥에 갇혀 있었던 것이나 마찬가지야. 그런데도 젊은 남자들은 무엇이든지 할 수 있고, 아침에 나가면 다음 날 아침까지 돌아오지 않아도 되고, 돈도 있고, 또 돈을 벌어 마음대로 쓸 수도 있으니까 시간을 어떻게 보냈는지 변명할 필요가 어디 있겠어? 사랑하는 여자에게 낮 동안이나 밤 동안에 한 일을 설명하려고 하는 남자가 어디 있을까? 아무도 없을걸. 가장 고지식하다고 소문난 사람들까지도 그러진 않을 거야.

나는 말과 의복을 읍내에서 좀 떨어진 곳에 있는 작은 소작지에 미리 보내놓았어. 그리고 거기에서 옷을 갈아입은 후 말

안장에 걸터앉아 드디어 출발했어. 왠지 모르게 마음이 죄어 오는 것 같았지. 나에게 미련이란 조금도 없었어. 친척도, 친구도, 심지어 개 한 마리, 고양이 한 마리조차 뒤에 남겨두고 오지 않았으니까. 그런데도 슬퍼서 눈물이 나오려고 했어. 그 농가는 1년에 대여섯 번밖에 간 일이 없기 때문에 유달리 가까운 관계에 있던 것도 아니었고, 기꺼이 찾아가는 곳도, 또 떠날 때에 눈시울이 뜨거워지는 곳도 아니었어. 그런데도 나는 그 집의 파란 연기가 먼 나무숲속에서 덩굴손처럼 떠오르는 것을 보기 위해서 두 번이고 세 번이고 뒤돌아보았지.

그곳은 내가 나의 옷과 치마와 함께 여자라는 칭호를 남기고 떠나온 곳이야. 내가 옷을 갈아입은 방에는 이미 내 머릿속에서 잊혀 관심도 없는 20년의 과거가 갇혀 있는 셈이야. 그 문에 "여기에 마들렌 드 모팽 잠들다"라고 써도 될 정도지. 왜냐하면 이제 나는 정말로 마들렌 드 모팽이 아니라 테오도르 드 세란인걸. 이제 어느 누구도 마들렌이라는 그 부드러운 이름으로 나를 불러서는 안 돼.

앞으로 입을 일이 없는 옷을 가두고 있는 서랍은 내 백색의 환상에 장례를 치르는 관처럼 보였어. 나는 남자가 되었어. 아니, 적어도 남자의 모습을 갖추었지. 처녀로서의 나는 죽어버렸어.

소작지를 둘러싸고 있는 밤나무 구릉이 아주 안 보이게 되자, 나는 내가 아닌 것같이 여겨졌고, 지금까지 내가 해온 일이 전혀 다른 사람의 행동이었으며 그것을 내가 옆에서 보고 있었던 것 같다는 생각, 혹은 끝까지 읽지 않은 소설의 시작과 같다는 생각이 들었어.

그리고 여러 가지 사소한 일을 즐거운 마음으로, 차례차례 끝도 없이 회상했어. 그 어린이다운 순진함 때문에 때로는 경멸하는 듯한 의젓한 미소가 입가에 번지기도 하였지. 초등학교 4학년생의 실없는, 목가적인 고백을 듣고 있는 것 같았어. 내가 영원히 이별하고 떠나려고 하는 이 순간, 어린 시절이나 처녀 시절의 천진난만한 추억이 모두 길가로 달려와 반가워하는 몸짓으로 희고 가는 손가락으로 나에게 키스를 보내는 것이었어.

나는 마음을 괴롭히는 이 충격으로부터 도망치기 위해서 말에 박차를 가했어. 양편에 늘어선 숲속의 나무가 화살처럼 스쳐갔어. 그러나 꿀벌 떼보다도 시끄러운 말괄량이 추억의 무리는 길 양편을 함께 달리기 시작했고, "마들렌! 마들렌!" 하며 계속 소리내어 부르고 있었어.

나는 말의 목을 채찍으로 한 대 힘껏 쳤어. 말은 흥분하여 곧장 달렸지. 머릿결은 거의 수직으로 나부꼈고 망토도 마치 돌에 새겨진 주름처럼 수평으로 퍼졌어. 그 정도로 빨리 달렸던 거야. 한 번 뒤를 돌아보았는데, 말발굽이 일으킨 먼지가 작은 흰 구름의 모습으로 먼 지평선에 보였어.

나는 말을 잠깐 멈추었어.

길가의 찔레나무 덤불 속에 무언가 하얀 것이 움직이는 것이 보였어. 그러자 은방울같이 맑고 고운 소리가 내 귀를 조용히 두드렸지.

"마들렌, 마들렌! 이렇게 멀리 어디로 가시는 거예요? 마들렌, 나는 당신의 처녀성이랍니다. 그래서 이렇게 흰 옷을 입고, 흰 관을 쓰고 흰 살결을 하고 있는 거예요. 그런데 당신은 왜 장화를 신고 계셔요, 마들렌? 당신 발은 아주 예뻤을 텐데. 그런데 장화와 바지, 새털 장식이 달린 커다란 모자까지, 마치 전쟁에 나가는 기사 같네요! 넓적다리에 부딪쳐 아프실 텐데 왜 그런 긴 칼을 차고 계시는 거죠? 정말로 이상한 옷차림이셔요. 마들렌, 당신을 따라가는 것이 좋을지 안 좋을지 모르겠어요."

"무서우면 집으로 돌아가도록 해. 내 꽃에 물도 주고 비둘기도 보살펴주면 되잖아. 네 생각은 틀렸어. 이런 고급 직물의 옷을 입고 있는 편이 너의 얇은 리넨보다도 훨씬 안전해. 장화를 신고 있으면 내 예쁜 다리를 남에게 들킬 염려가 없고, 칼은 몸을 지키기 위한 것이며 모자 위에 나풀거리는 깃털은 내 귀에 허황한 사랑의 노래를 부르러 오는 휘파람새를 놀라게 하기 위한 것이야."

나는 길을 재촉했어. 바람이 내쉬는 한숨은 아저씨의 생일 축하 때 배웠던 소나타의 마지막 절을 듣는 것 같았고, 작은 담 위에 한창 피어 난 커다란 장미는 몇 번이고 수채화로 옮긴, 그림의 본을 상상하게 했어. 어느 집 앞을 지나갈 때, 내 방의 커튼이 흔들리고 있는 듯한 환상에 사로잡히기도 했어. 나의 모든 과거가 나에게 달라붙어 내가 앞으로 나아가 새로운 미래에 다다르는 것을 방해하려는 것 같았어.

나는 두서너 번 망설인 후 말의 머리를 돌려보았어.

그러나 호기심이라고 하는 작은 파란색 뱀이 음험한 말을 매우 상냥하게 속삭이는 거야.

"달리세요, 달리세요, 테오도르, 배우기에 좋은 기회입니다. 오늘 배워두지 않으면 영원히 알 수 없는걸요. 그렇다면 당신의 고상한 마음을 우연에 맡길 작정이세요? 정직하고 다정해 보이는 듯한 사람을 만나면 얼른 그 사람에게 주어버릴 작정이세요? 남자란 영문 모를 비밀을 숨기고 있게 마련이랍니다, 테오도르."

나는 다시 말을 달렸어.

바지는 내 몸에 꼭 맞았으나 마음에는 맞지 않았어. 나는 어두운 숲속에서 이름 모를 불안에, 아니 굳이 이름을 붙이자면 공포의 전율에 사로잡혔어. 밀렵자가 쏜 총소리 때문에 하마터면 기절할 뻔했던 거야. 만약 총소리의 주인공이 강도였다면, 안장 주머니에 넣어둔 권총도, 당당한 칼도 별로 도움이 되지 못했을 거야. 그러나 그런 일에는 점차 익숙해져 나중에는 신경도 쓰지 않게 되었어.

태양은 연극이 끝나면 끌어내려지는 극장의 샹들리에처럼 서서히 지평선 밑으로 지고 있었어. 토끼나 꿩이 가끔 길을 가로지르며 뛰어다녔지. 그림자가 차츰 길어지고 먼 곳이 빨갛게 물들어갔어. 하늘의 어떤 부분은 대단히 부드럽고 짙은 연보랏빛으로 물들었는가 하면, 다른 부분은 레몬색과 오렌지색으로 변했어. 밤새가 울기 시작했고 숲속에서 이상한 지저귐이 떼를 지어 들려왔어. 이윽고 간신히 깜빡이고 있던 빛도 꺼지고 어둠은 나무숲 그늘에서 점점 더 깊어졌어. 이제까지 혼자서 밤길을 걸어본 적도 없는 내가 오후 여덟 시에 드넓은 숲속에 있었다니! 정원 끝까지만 가도 무서워 죽던 내가, 그라시오자, 이런 일이 있을 수 있다고 생각해? 나는 완전히 공포에 짓눌려 심장이 몹시 두근거렸지. 그래서 언덕을 지나 저 너머에서 내가 가고 있는 마을의 등불이 번쩍이는 것이 보이자 얼마나 안심이 되었는지 몰라. 나와는 아무런 관계도 없는 그 빛이 나를 지켜주는 친구들의 커다란 눈동자 같았어.

내 말도 나 못지않게 기뻐했어. 말은 숲속의 마거리트나 딸기의 향기보다도 훨씬 자기의 마음에 드는, 마구간의 부드러운 냄새를 재빨리 맡아서 찾아내고는, 곧장 붉은 사자 여관으로 달려갔어.

금빛 불이 여인숙의 납 유리창에 반짝였고 양철 간판이 좌우로 흔들리며 노파처럼 신음하고 있었어. 북풍이 더 세졌기 때문이야. 나는 말을 마부에게 맡기고 부엌으로 들어갔지.

부엌 안에는 검붉은 입을 벌린 커다란 난로가 있었고, 입 한 개마다 한 다발의 장작을 삼키고 있었어. 그리고 난로 양편에는 사람만큼이나 몸통이 큰 개 두 마리가 앉아서 무시무시한 불길에 몸을 쬐고 있었는데, 열이 너무 심해지면 다리를 약간 올리고 한숨 같은 소리를 내곤 했어. 틀림없이 한 걸음 물러나는 것보다는 타서 재가 되는 편이 낫다고 생각했겠지.

나의 도착이 그 개들에게는 별로 달갑지 않은 기색이었어. 나는 친해지려고 몇 번이나 개들의 머리를 쓰다듬어주었지만, 소용 없었어. 그 개들은 기분 나쁜 듯한 눈으로 몰래 나를 노려보았어. 참으로 뜻밖이었지. 왜냐하면 짐승들은 언제나 기꺼이 내 곁에 다가오곤 했었으니까 말이야.

여인숙 주인이 나타나 저녁식사로 무얼 먹겠느냐고 묻더군. 그 사나이는 배가 나왔고, 빨간 코에 탁한 눈을 하고 있었으며 싱글벙글 웃고 있었어. 한마디 말할 때마다 도깨비의 이빨처럼 뾰족하고 듬성듬성한 두 줄의 이빨을 드러냈어. 허리에 매달고 있는 커다란 식칼은 왠지 모르게 수상쩍은 데다가 여러 가지 용도가 있는 듯이 보였어. 내가 식사를 주문하자 그는 개한테로 다가가더니 어딘가를 걷어차는 거야. 그러니까 개는 일어나 수레바퀴처럼 생긴 것이 있는 곳으로 가 들어앉아 불쌍하게도 찡그린 얼굴을 하면서 내가 있는 쪽을 원망스럽게 쳐다보더군. 그러나 아무도 상대해주지 않자 드디어 체념하고 바퀴를 돌리기 시작했어.

난로와 촛불 연기로 새카맣게 그을린 천장에는 굵은 떡갈나무의 들보가 몇 개씩이나 가로지르고 있었어. 찬장에는 은보다도 더 번쩍거리는 주석 접시와 파란 꽃다발을 그린 흰 도자기 항아리들이 어두운 곳에서 빛나고 있었어. 또 벽에는 공들여 닦은 냄비가 여러 줄로 늘어서 있었지. 마치 고대 그리스나 로마의 삼단노선에 나란히 걸린 방패처럼 말이야. (서사시 같이 거창한 이 비유를 용서해줘, 그라시오자.) 두 명의 뚱뚱한 하녀가 커다란 식탁 둘레에서 움직이며 접시와 포크를 짤그랑거리고 있었는데, 배가 고플 때에는 그 소리가 어떤 음악보다도 즐겁게 여겨지잖아. 배의 청각이 귀보다도 훨씬 예민해지기 때문일 거야. 결론적으로 여인숙 주인의 저금통처럼 생긴 입과 톱니는 유감이었지만, 이 여인숙은 제법 정직하고 즐거운 곳이었어. 그럭저럭 하는 동안에 비가 유리창을 두드리고 바람이 무섭게 으르렁거리기 시작했어. 설령 여인숙 주인의 입이 대여섯 자쯤 넓어지고 이빨이 세 배나 길고 희게 된다 해도 나는 도저히 밖으로 나갈 엄두가 나지 않았을 거야. 어둡고 비오는 밤에 신음하는 바람 소리처럼 싫은 것도 없으니 말이야.

문득, 이 세상에서 어느 누구도 나를 이곳으로 찾으러 올 사람이 없다는 생각에 절로 웃음이 나더라.

늘 머리맡에 작은 대리석 전등을 켜놓고 베개 밑에 소설을 한 권 넣은 채 따뜻하고 폭신폭신한 침대에 누워 조금만 이상한 소리가 나도 옆방에 대기하고 있던 몸종이 당장 달려올 채비가 되어 있는, 그러한 신분의 마들렌 아가씨가 집에서 2백 리나 떨어진 시골 여인숙에서 지푸라기 의자에 앉아 장화를 신은 발을 난로 앞에 걸치고, 몸을 뒤로 젖힌 채 작은 두 손을 호주머니에 처박고 있다고 누가 상상이나 하겠어?

맞아. 마들렌은 다른 친구들처럼 나팔꽃과 재스민이 피어 있는 창문의 발코니에 한가하게 팔꿈치로 턱을 괴고 저 멀리 평야 끝의 희미한 보랏빛 지평선이나 5월의 산들바람으로 뭉쳐진 장밋빛 구름 따위를 멍하니 바라보고 있지는 않아. 공상이 머물 수 있도록 진주를 온통 박아 넣은 궁전에 백합 꽃잎으로 된 양탄자를 깔거나, 너희들 아름다운 몽상가들처럼 가장 완벽한 상상으로 텅 빈 환상을 치장하지도 않아. 마들렌은 한 사람의 남자에게 몸을 바치기 전에 모든 남자를 알려고 결심하였어. 그리고 색조가 화려한 비로드나 비단의 아름다운 의복도, 목걸이도, 팔찌도, 새도, 꽃도, 모든 것을 다 버렸어. 남자들의 숭배나 극진한 추종도, 꽃다발도, 연가도, 뛰어난 미모에다 의상까지 훌륭하다고 칭찬받는 기쁨도, 고운 여자의 이름도, 몸에 갖춰지는 모든 것을 자진하여 아낌없이 내놓았어. 그리고 인생이라고 하는 큰 공부를 위해 용기를 내어 자진해서 혼자의 몸으로 세상을 향해 나아간 거야.

다른 사람이 이 일을 안다면, 마들렌을 바보라 하겠지. 너도 그렇게 말했잖아, 그리운 그라시오자. 그러나 진짜 바보는 스스로의 영혼을 바람에 맡긴 채, 단 한 알에서라도 싹이 난다는 확신 없이 돌이나 바위 위에 함부로 사랑의 씨를 뿌리는 사람들이야.

아, 그라시오자! 생각만 해도 몸서리가 나. 사랑할 값어치도 없는 사람을 사랑하는 것! 또 불순한 눈 앞에 알몸뚱이가 된 영혼을 보여주고, 마음의 성전에 문외한을 침입시키는 것! 자신의 맑은 물결을 잠시나마 흙탕물에 섞이게 하는 것! 아무리 딱 잘라 헤어진다 해도 진흙은 끝까지 남아 있기 때문에 작은 시냇물은 본래대로 투명해질 수가 없어.

남자에게 내 몸을 포옹하게 하고 만지게 하는 건 생각만 해도 끔찍해. 몸을 보이고, 더구나 그 남자로부터 이런 말을 들어서야 되겠어? 예컨대 저 여자는 이렇게 생겼고, 이러저러한 곳에 이런 특징이 있다는 둥, 또 그녀의 기분은 이렇고 저렇다는 둥, 이런 일에는 웃고 저런 일에는 운다는 둥 하고 말이야. 심지어 그녀는 무슨 꿈을 꾸며 자기의 가방속에는 그 여자의 공상하는 날개가 한 장 들어 있고, 이 반지는 그녀의 머리카락으로 짠 것이며 그 여자의 마음의 한 조각이 이 편지에 끼워져 있다고, 또 그녀는 이런 식으로 나를 애무하고 언제나 사용하는 애정의 문구는 이러저러하다는 말을 할 수도 있겠지.

아! 클레오파트라여! 왜 당신이 하룻밤을 함께 지낸 연인을 다음 날 아침에 죽였는지 그 이유를 이제야 알겠어. 전에는 잔인하기 짝이 없는 짓이라고 생각하고, 가증스럽다고 생각했는데! 위대하신 관능의 아가씨여! 당신은 얼마나 인간의 본성을 잘 알고 있었단 말인가! 당신의 야만적인 행동에는 깊은 진리가 숨어 있었어! 당신은 누구한테도 규방의 비밀을 입 밖에 내는 것을 원하지 않았어. 당신은 그런 식으로 환상을 깨끗이 보전하였어. 품에 안고 애무하였던 아름다운 환상을 현실의 경험이 하나씩 지워가는 것을 견딜 수 없었겠지. 그 환상에 차차 혐오감을 갖게 되기보다는 도끼로 싹둑 잘라버리는 편이 낫다고 생각한 거야. 자신이 선택한 남자가 매 순간 기대에 어긋나는 일을 한다면 얼마나 고통스러울까! 그 성격 안에서 뜻밖에 무한한 비열함을 발견하거나, 사랑의 프리즘을 통하여 대단히 아름답게 보였던 모습이 실제로는 몹시 추한 모습이었다는 사실을 알게 되거나, 정말로 소설적인 영웅이라고 믿고 있었던 남자가 결국은 슬리퍼나 실내복을 몸에 걸치고 있는 산문적인 부르주아에 불과하다는 사실을 알게 되는 것은 말할 수 없는 슬픔 아니겠어!

나는 클레오파트라가 가졌던 권세를 갖고 있지 않아. 설령 갖고 있다고 해도 그것을 사용할 만한 용기는 없어. 그러니 잠자리에서 일어나자마자 연인의 목을 치게 하는 일 따위는 할 수도 없으려니와 바라지도 않아. 그렇다고 해서 다른 여자가 참듯이 참을 수도 없기 때문에, 남자를 선택하기 전에 두 번은 봐두어야 해. 만약에 진짜로 남자를 갖고 싶은 생각이 든다면, 나는 두 번 아니라 세 번까지도 볼 테야. 하지만 지금까지 보고 들은 대로라면 과연 그렇게 될지 모르겠어. 적어도 어딘가 행복이 가득한 나라에서 나와 마음이 잘 맞는, 요컨대 소설에서 잘 말해주듯이, 지금까지 한 번도 사람을 사랑한 일이 없고, 게다가 진실한 뜻에서 연애를 할 수 있는 정말로 순수하고 티 없는 사람을 만나기 전에는 말이야. 그러나 그것은 쉬운 일이 아니잖아.

몇 명의 기사가 여인숙에 들어왔어. 폭풍이 불고 어두워져서 가던 길을 계속 갈 수 없었던 모양이야. 모두 젊은 사람들로, 그중에서 나이가 가장 많은 사람조차 서른을 넘지 않은 게 분명했어. 그들의 옷차림이 상류계급 출신임을 말해주었어. 또 옷차림을 빼놓고라도, 그들의 오만불손한 태도가 충분히 그것을 짐작하게 해주었어. 그중에는 한두 명 호감이 가는 용모도 있었지만, 다른 사람은 모두 다소 차이는 있어도, 버릇없는 쾌활함과 태평한 호인의 인상을 보여주고 있었어. 이러한 태도는 남자들끼리 있을 때에는 저절로 나타나는 법이지만, 여자 앞에 나오면 완전히 사라지게 되어 있지.

그 사람들이 만약 난로 옆의 의자에서 꾸벅꾸벅 졸고 있는 이 화사한 젊은이가 겉에서 본 모양과는 달리 틀림없는 한 명의 아가씨, 그 사람들이 말하는 대단한 횡재라는 걸 눈치챈다면, 분명 당장 어조를 달리하고, 몸을 뒤로 젖힌 채 어깨를 치켜올렸을 거야. 그리고 무릎을 꿇고 양 팔뚝을 벌리고 눈과 입과 코와 머리와 몸 전체의 움직임에 미소를 띠고 황송해서 몸을 굽혀 다가왔겠지. 당장 평상복의 말투를 집어던지고 비로드나 명주 나들이옷의 말투로 이야기했을 거야. 그리고 내가 조금만 몸을 움직여도, 내 고운 발이 울퉁불퉁한 마루에 닿지 않도록 스스로 융단이 되어주기 위해 마루 위에 엎드리기라도 했을 거야. 모든 손이 나를 받쳐주기 위해서 내밀어지고, 제일 푹신한 의자가 제일 좋은 장소에 놓여질 테지. 그러나 나는 고운 청년의 모습이었고, 예쁜 아가씨는 아니었어.

사실대로 말하면, 나는 그 사람들이 제대로 나에게 신경 쓰지 않는 것을 보고는 버리고 온 치마가 그리워졌어. 한순간 모욕당한 느낌도 들더라. 남자옷을 입고 있다는 사실을 나 스스로도 가끔씩 잊고 있었기 때문이야. 그래서 그 사실을 생각해내고는 언짢아하는 눈치를 보이지 않도록 주의해야 했어.

나는 말없이 팔짱을 끼고 앉아 있었어. 그리고 잘 구워지고 있는 닭과 내가 공교롭게도 방해하여, 같은 성수반(聖水盤)에 빠진 악마들처럼 바퀴 안에서 날뛰고 있는 가엾은 개를 열심히 보는 척했어.

그때 일행 중의 제일 젊은 남자가 내 곁에 다가와 어깨를 세게 쳤어. 나는 아파서 나도 모르게 작은 소리로 비명을 지르고 말았지 뭐야. 그는 여럿이 함께 마시는 술이 맛있으니까 혼자서 식사하지 말고 함께 하는 것이 좋지 않겠느냐고 말했어. 나는 그야말로 더 바랄 나위 없는 행운이었으므로, 그렇게 하겠다고 대답했지. 그래서 식기가 함께 놓여졌고 우리는 식탁에 앉았어.

개는 숨을 헐떡거리더니 커다란 사발에 담긴 물을 세 모금에 다 마셔버리고는, 다른 개의 맞은편 자리로 되돌아갔어. 그 개는 마치 도자기로 만든 것처럼 꼼짝도 하지 않았어. 새로 오신 손님이 특별한 배려로 닭 요리를 주문하지 않았기 때문이야.

주고받는 이야기의 이모저모로 보아 그 사람들이 당시 ×××에 있던 궁궐로 가는 도중에 거기에서 다른 친구들과 합류하기로 했다는 사실을 알게 되었어. 나는 이제 대학을 갓 나온 부잣집 아들이며 시골에 있는 친척집에 가는 길인데, 학생들의 여행이 흔히 그렇듯이 가능한 한 도중에서 시간을 길게 끌며 가는 길이라고 말해주었지. 그 말에 모두가 웃음을 터뜨리더라. 그리고 나의 순수하고 천진한 모습에 대해서 이러쿵저러쿵 떠들더니, 애인이 있느냐고 물었어. 내가 여자에 관해서 아는 게 없다고 대답하자, 그들은 더욱 큰 소리로 웃더라. 술병은 빠른 속도로 비워져갔어. 술을 많이 마시지 않기 위해 무척 노력을 기울였지만, 약간 술기운이 돌았어. 그러나 끝까지 정신을 잃지 않고 화제를 여자의 일로 돌렸지. 그것은 별로 어려운 일은 아니었어. 왜냐하면 여자에 관한 일은 남자들이 술에 취했을 때, 신학이나 미학 다음으로 가장 인기 있는 화제기 때문이야.

정확히 말해 그 사람들은 술에 많이 취해 있지는 않았어. 그들은 술이 대단히 센 사람들이거든. 어느새 그들은 끝도 없는 도덕에 관한 토론을 시작했고 제멋대로 테이블에 양쪽 팔꿈치를 댄 채 마구 지껄여댔어. 그중에 한 사람은 하녀의 두툼한 몸통을 팔로 껴안고는 매우 사랑스럽다는 듯 고개를 가볍게 문지르고 있었어. 또 한 사람은 젊은 자네트의 빨간 사과 같은 커다란 두 뺨에 키스하게 해주지 않으면 담배를 억지로 먹인 두꺼비처럼 자기 배도 곧 터질 거라고 고함을 쳐댔어. 자네트는 손님의 배를 두꺼비같이 터지지 않게 하기 위해서 기꺼이 그 소원을 들어주었지. 뿐만 아니라 한쪽 손이 뻔뻔스럽게도 숄의 주름 사이로 깊숙이 파고 들어가, 작은 금십자가

로는 지킬 수 없는 가슴의 촉촉한 골짜기까지 내려가는 것도 제지하지 않았어. 그것도 모자라 그 남자는 뭔가 낮은 목소리로 소곤소곤 말한 후에야 간신히 손을 놓고 자네트에게 설거지를 계속하는 것을 허락했어.

원래 그 사람들은 궁궐에 있는 사람들이니 언행이 우아한 사람들일 거야. 만일 내가 이 장면을 직접 보지 않았다면, 그 사람들이 여인숙의 하녀와 그런 식으로 시시덕거리는 줄을 어떻게 알겠어? 아마도 그들은 아름다운 애인에게 세상에서 가장 엄숙한 서약을 한 후, 이제 막 작별하고 왔겠지. 사실 나에게 애인이 있었다고 해도 내가 키스한 입술을 여인숙 여자 종업원의 뺨 따위로 더럽히지 말아달라고 당부할 생각은 못했을 거야.

그 남자는 피리스[1]나 오리안느[2]와 입맞춤이라도 한 듯 대단히 기뻐하는 것처럼 보였어. 조금도 부끄러워하지 않고 힘주어 한 입맞춤이어서 하녀의 새빨간 뺨에 작은 자국이 남을 정도였지. 하녀는 설거지를 한 손등으로 그 자국을 닦았어. 그 남자는 마음속에 담아두고 있는 맑고 깨끗한 여신에 대하여

---

1 돈키호테가 이상형으로 삼는 중세의 모범적 기사들 중 한 명이 사랑하는 여자.

2 중세 스페인의 기사 이야기인 『아마디스 데 가울라』의 주인공인 아마디스가 사랑하는 여자로, 소설 『돈키호테』에도 나온다.

이토록 자연스러운 애정이 담긴 키스를 한 적이 없을 거야. 본인도 그렇게 생각한 듯이 거만한 태도로 잘난 체하며 낮은 소리로 말하더군. "말라깽이 여자인걸, 별로야!"

이 말이 거기에 모인 사람들의 공통된 생각인 듯, 모두 고개를 끄덕이고 찬성의 의사를 표시했어.

"거 참, 나는 매사에 운이 나쁘단 말이야." 그 남자는 그 말을 되풀이했어. "이봐 친구들, 이것은 절대 비밀이고 누설해선 안 될 이야기인데, 사실 나는 지금 사랑을 하고 있다네."

"저런! 저런!" 하고 다른 사람들은 뜻밖이라는 듯 놀라움을 금치 못했어. "사랑이라니! 거 참 야단났군. 그래 그 사랑을 어떻게 하겠단 말인가?"

"건실한 여자지. 웃지 마, 친구들. 그런 여자라면 갖지 않을 이유가 없잖아? 무엇이 우습단 말이야? 이봐, 거기 자네, 더 웃는다면 이 집을 자네 머리에 던져버리겠네."

"알겠네, 알았어! 다음을 이야기해봐."

"그 여자는 나에게 홀딱 반해 있어. 굉장히 고운 마음씨의 임자야. 마음씨에 관한 일이라면, 나는 모르는 게 없지. 적어도 말에 대해서 알고 있는 만큼은 알고 있어. 그래서 여러분에게 보증하지만, 그 마음씨로 말할 것 같으면 최상품이란 말이야. 고상한 심지, 극도의 쾌락, 헌신적인 애정, 희생적 정신, 세련된 애정 등 상상할 수 있는 최고의 소질을 지니고 있다네.

그렇지만 앞가슴이 볼품이 없어. 완전히 납작하단 말이야. 마치 열다섯 소녀의 가슴 같아. 그래도 제법 미인이라서, 손도 곱고 발도 작아. 말하자면 재능이 넘쳐 살이 부족한 거지. 그녀를 안방에 모셔놓고 싶은 생각이 들어. 제기랄, 재능과 함께 잘 수는 없을 텐데. 난 억세게도 운이 나쁜 놈이야. 동정해다오, 친애하는 제군." 이렇게 말하고 그 남자는 취기로 몹시 감상적이 되었는지 하염없이 울기 시작했어.

"공기의 요정과 자야 하는 불행을 자네트가 위로해줄 거야." 옆에 앉아 있던 사람이 컵에 가득 술을 따라주면서 말했어. "자네트의 마음이 두툼한 만큼 다른 사람에게 나누어줄 살집도 있을 걸세. 코끼리 세 마리 몫에 필적할 분량은 있을걸."

아, 순수하고 고상한 부인이여! 당신이 모든 것을 바친 누구보다도 사랑하는 남자가 선술집에서 당신이 모르는 사람들 앞에서 당신에 관해서 함부로 지껄이고 있는 것을 알게 된다면! 당신이 외롭게 손으로 턱을 괸 채, 사랑하는 사람이 돌아올 길을 바라보고 있는 동안 그 남자는 부끄러운 기색도 없이 당신의 옷을 벗기고, 술에 취한 친구들 앞에서 끔찍하게도 실오라기 하나 걸치지 않은 당신의 모습을 보여주고 있다니!

만약 누군가가 와서, 네가 사랑하는 사람이 너와 헤어진 지 24시간도 안 되어 추접스러운 하녀에게 간사스러운 말을 건네고, 하룻밤을 함께 지낼 약속을 했다고 한다면 넌 그럴 리가 없다고 우겨대며 믿지 않으려 하겠지. 넌 네 눈과 귀를 의심할 거야. 그러나 그건 사실인걸.

대화는 더 계속되었고 온통 말 같지 않은 음란한 이야기뿐이었어. 그러나 터무니없는 과장과 추접스러운 농담 안에 진심에서 우러나온 뿌리 깊은 감정이 깔려 있었어. 바로 다름 아닌, 여성에 대한 절대적인 경멸이었지. 나는 그날 밤에 모럴리스트의 책을 마차로 20대분을 읽은 것보다도 더 많은 것을 배웠어.

지겨울 정도로 들려온 야비한 이야기들 때문에, 슬프고도 엄숙한 표정이 내 얼굴에 또렷이 떠오르고 있었어. 사람들은 눈치를 채고 친절하게도 내 기분을 돋우어주려고 하였어. 그러나 나는 쾌활해질 수가 없었어. 남자들이 우리 눈앞에 보이는 것과는 다르리라고 어렴풋이 낌새를 채고 있긴 했지만, 이렇게까지 가면이 실제와 다른 줄은 몰랐기 때문에 놀라운 만큼 불쾌감도 컸단다.

나는 공상에 빠지기 쉬운 소녀를 철저하게 각성시키기 위해서는 이런 대화를 30분만이라도 들려주는 게 제일이라고 생각해. 어머니의 어떤 꾸중보다도 이 편이 더 효과가 있을 거야.

어떤 사람들은 자기 마음에 드는 여자 따위는 얼마든지 마음대로 정복할 수 있다고 자랑하며 그렇게 하기 위해서는 한마디로 족하다고 떠벌렸어. 다른 사람들도 여자를 정복하는 비결을 서로 피력하면서, 절개가 굳은 여자를 공략하는 전술을 의논했어. 또 다른 사람들은 자기의 애인을 웃음거리로 만들고 그렇게 타락한 여자에게 빠진 자신이 바보 중의 바보라고 스스로를 욕했어. 모두가 사랑을 싸구려 취급하더군.

남자들이 우리를 속이고 그럴듯한 외양 속에 그런 생각을 하고 있었다니! 그토록 겸손하고 정중하고 애인을 위해서라면 무슨 짓이라도 할 듯한 얼굴을 하고 있는 남자들을 보고, 누가 이런 상상을 할 수 있겠어? 아! 남자들은 한번 여자를 함락시킨 후에는 의기양양하게 머리를 들고, 멀리서 무릎을 꿇고 빌었던 애인의 이마에 파렴치하게도 장화의 뒤축을 갖다 얹는단다! 잠시 스스로를 낮추었던 원한을 어쩌면 그렇게도 잔혹하게 풀 수 있을까! 겸손의 대가를 어쩌면 그토록 엄청난 가격으로 치를 수 있을까! 자기들이 지어 불렀던 목가에 얼마나 많은 욕설을 퍼붓는단 말인가! 그 난폭한 언사와 용렬한 생각이란! 또 그 상스러운 언행이란! 참으로 완벽한 변신인데, 이것은 남자들을 위해서도 이득이 되지 않아. 나의 상상이 아무리 앞질러 간다고 해도 현실에 비하면 훨씬 못 미치는 정도야.

이상이여, 황금빛 술을 가진 파란 꽃이여, 그대는 봄의 하늘 아래에서 부드러운 몽상의 향기로운 바람에 날리며 진주의 이슬에 젖어 피어나는구나. 그리고 선녀들이 두른 비단옷보다도 훨씬 섬세한 섬유질의 뿌리를 우리들의 영혼 깊숙한 곳에 박고서는 그 수없이 많은 솜털이 이는 머리로 가장 맑고 깊은 맛을 들이마시려고 한다. 달콤하고도 씁쓸한 이상의 꽃이여, 그대를 뽑아내려고 하면 마음은 구석구석 피를 흘리고, 꺾인 줄기에서는 붉은 방울이 뚝뚝 떨어져 우리들의 눈물 호수 안에 고인다. 그 붉은 방울은 죽어가는 아모르의 임종을 지키는 힘든 시간을 헤아리게 해준다.

아! 저주스러운 꽃이여, 어느새 내 마음속 깊이 이토록 무성해져버렸다니! 그대의 잔가지들이 폐허 속의 쐐기풀보다도 더 무성하였구나. 어린 휘파람새가 그대 곁으로 이슬을 먹으러 와 그대의 그늘에서 노래하였다. 에메랄드의 날개와 루비의 눈을 한 다이아몬드 나비가 금빛 분을 바른 그대의 연약한 암술 둘레를 날며 춤추었고, 황금빛 꿀벌 떼가 그대의 독이 있는 꿀을 아무 생각 없이 마셨다. 키마이라는 그대 곁에서 쉬기 위하여 백조의 날개를 펼치고 사자의 발톱을 그들의 아름다운 가슴 아래 포개어놓았다. 헤스페리데스[3]의 나무도 이보다 더 잘 지켜지지는 않았을 거야. 공기의 요정은 백합의

3 그리스 신화에 나오는 아스트라의 세 딸. 황금사과가 열리는 나무를 머리가 백 개 달린 용의 도움으로 엄중히 지키고 있었는데, 헤라클레스가 용을 죽이고 황금사과를 빼앗았다.

단지 안에 별의 눈물을 모으고 밤마다 마술의 이슬로 그대를 적시었다. 만치닐[4]이나 유파스나무[5]보다도 독이 강하다고 일컫는 나무여, 사람의 눈을 현혹시키는 그대의 아름다운 꽃과 기분이 좋아지는 향기로운 독에도 불구하고 나는 영혼으로부터 그대를 뽑아내기 위하여 얼마나 고생을 하였던가! 레바논의 산에 있는 사이프러스도 거대한 바오밥나무[6]도, 50미터나 되는 종려나무도, 황금빛 술을 가진 작은 파란 꽃인 그대가 내 영혼 안에서 차지하는 크기만큼 자리 잡을 수는 없을 것이다.

저녁식사가 겨우 끝나고 잠자리에 들게 되었어. 그러나 손님의 수가 침대의 두 배였기 때문에 교대하여 자든지, 두 사람이 함께 자는 수밖에 없었어. 그것이 다른 패거리들로서는 아주 간단한 일이었지만, 나에게는 그렇게 간단한 일이 아닐 수밖에. 갑옷 안에 있는 소매 없는 윗도리와 남자용 조끼 덕택에 몸 여기저기의 부푼 곳을 적당히 감출 수 있었지만, 슈미즈 한 장만 남아버리면 저주스러운 둥그스름한 모양은 전부 알려지고 말 것이거든. 나는 이 신사들 중 누구에게도 정

---

4 열대산의 독이 있는 나무.

5 독이 있는 나무로, 자바의 토인은 그 수액에서 채취한 독을 화살에 칠한다.

6 열대지방에서 나는, 세계에서 제일 큰 수목 중의 하나다. 아프리카에서는 신성한 나무로 손꼽는다.

체를 폭로하고 싶지 않았어. 그때는, 그 사람들이 진짜 괴물로 밖에 보이지 않았거든. 나중에 알고 보니, 그들은 꽤 좋은 괴물이었고, 다른 동류와 그다지 다르지도 않았지만 말이야.

나와 함께 자기로 한 사람은 몹시 취해 있었어. 그래서 이불 위에 쓰러지자마자, 한쪽 손과 발을 축 늘어뜨린 채, 곧 잠이 들고 말았지. 그 잠은 의인의 잠은 아니었고, 최후의 심판 때 천사가 귓전에 나팔을 불든 말든 끄떡없이 나자빠져 자는 잠이었어. 그 덕분에, 엄청난 난국도 대단히 편해졌어. 나는 조끼도 장화도 벗지 않고, 자고 있는 남자의 몸을 가랑이 사이로 넘어 벽 바로 옆에 누웠어.

이렇게 나는 남자와 자게 되었단다! 어차피 잘되었지, 뭘! 그러나 솔직히 말하면 대단히 자신이 있었는데도 불구하고 왠지 안절부절못하고 마음이 혼란해지는 것이었어. 이렇게 얄궂은 처지에 놓인 것은 생전 처음이었기 때문에 꿈같다는 생각이 들었어. 상대방 남자는 깊이 잠들어 있는데, 나는 밤새도록 눈을 감을 수가 없었어.

그는 대충 스물네 살가량 되어 보이는 청년이었고, 얼굴 생김새도 제법 고왔으며 눈썹은 검고 수염은 거의 금빛이었어. 긴 머리가 강에 이는 물결을 흩뜨린 것같이 머리 둘레에서 소용돌이치고, 물에 비치는 구름처럼 창백한 뺨에는 붉은 기가 엷게 흐르고, 입술은 반쯤 열려 아련한 미소를 띠고 있었어.

나는 한쪽 팔로 머리를 괴고 깜빡깜빡 흔들리는 촛불에 비치는 상대의 얼굴을 오랫동안 바라보았어. 촛농이 넓게 흘러 떨어져 심지에 검은 버섯 같은 것이 잔뜩 붙게 되기까지 말이야.

두 사람 사이에는 꽤 넓은 틈이 있었어. 그 사람은 한쪽 끝에서 막 떨어질 것같이 자고 있었고, 나는 조심하며 반대쪽 끝에서 오그리고 있었기 때문이야.

말할 것도 없이 내가 그날 들은 일들은 애정이나 욕망을 일으키게 하는 것들이 아니었어. 나에게 남자는 무서운 존재로밖에 생각되지 않았어. 그럼에도 불구하고 나는 필요 이상으로 마음을 졸이고 설레었어. 내 몸은 마음과는 달리 의당 분별해야만 하는 혐오를 분별하지 못하고 있었어. 가슴이 두근거리고 몸이 달아오르고 도무지 휴식을 구할 수가 없었어.

여인숙 안은 쥐 죽은 듯 조용히 잠들어 있었어. 때때로 마구간의 돌바닥을 치는 말발굽 소리와 굴뚝에서 재 속으로 떨어지는 물방울 소리가 들릴 뿐이었지. 초는 끝까지 타더니 연기가 나면서 꺼져버렸어.

우리 두 사람 사이에는 칠흑 같은 어둠이 장막을 친 듯이 내려왔어. 불빛이 갑자기 꺼졌을 때에 내 기분이 어땠는지, 너는 상상조차 못할 거야. 이젠 모든 것이 끝장이며 다시는 불빛을 볼 수 없을 것만 같았어. 일어나버릴까 하고도 생각했지만,

일어나서 무엇을 하겠어? 아직 새벽 두 시고, 불은 모두 꺼져 있는데 이 생소한 집 안을 유령처럼 헤맬 수도 없는 일이잖아. 좋든 싫든 꼼짝 않고 날이 새는 것을 기다릴 수밖에.

나는 바로 누워 두 손을 깍지낀 채, 뭔가 생각해보려고 조바심을 쳤어. 그러나 그럴 때마다 '나는 남자와 자고 있다'라는 생각이 드는 거야. 심지어 상대방 남자가 잠에서 깨어나 내가 여자라는 사실을 알게 되면 좋겠다는 생각까지 들더라. 물론 이런 터무니없는 생각이 든 것은 술을 조금 마신 탓도 있었겠지만, 몇 번이나 이런 생각에 사로잡히곤 했어. 자칫하면 손을 뻗어 상대를 깨워 내 정체를 알릴 뻔했지 뭐야. 그러나 다행히 이불에 손이 얽혀 거기까지 가지 못하게 해주었어. 덕분에 반성할 시간을 갖게 되었지. 이불에서 팔을 빼내는 동안, 잠시 잃었던 분별을 전부는 아니더라도 최소한 스스로를 억제할 수 있을 정도로 되찾게 되었던 거야.

손에 입맞춤을 허락하려면 10년이 걸리더라도 그 남자의 뒷조사를 했을 내가, 나처럼 자존심 강한 미인이 시골 주막의 허름한 침대 위에서 우연히 지나치는 남자에게 몸을 맡길 생각을 하였다니 정말 이상한 일 아니니! 더구나 별 뾰족한 이유도 없으면서 말이야.

갑작스러운 흥분이, 끓는 피가 숭고한 결심을 이렇게까지 뒤흔들 수 있을까? 육체의 소리가 마음의 소리보다도 더 강한 걸까? 그 후 내 자존심이 하늘을 찌르게 될 때마다 겸손해지기 위해서 언제나 그날 밤의 일을 떠올리고 있단다. 나도 이제는 남자들처럼 생각하게 되었어. 여자의 절개 따윈 얼마나 빈약한 것인지 몰라! 불면 날아가버릴 듯이 빈약한 것이지!

아! 아무리 날개를 펼치려고 해도 소용 없어. 날개에는 흙이 달라붙어 있거든. 육체가 닻이 되어 영혼을 지상에 매어놓고 있어. 고귀한 사상의 바람에 돛을 날려도 대양의 빨판상어가 용골(龍骨)에 달라붙어 있는 듯 배는 꿈쩍도 하지 않아. 자연이란 이토록 짓궂은 장난을 하는 법인가 봐. 하나의 생각이 마치 높은 원주에 오른 것같이, 교만이 하늘 높이 치솟으면, 자연은 붉은 피에게 서둘러 혈관의 문으로 몰려가라고 명령해. 또 관자놀이가 쑤시고, 귀가 먹먹해지지. 그래서 현기증이 도도한 사상을 덮쳐버려. 눈에 보이는 형체가 모두 흐릿하고 희미하게 뒤얽히고, 대지는 폭풍에 덮친 배처럼 흔들리고, 하늘은 빙빙 돌고, 별은 사라반드 춤을 춰. 지금까지 그럴싸한 격언밖에 지껄이지 않았던 입은 마치 입맞춤을 원하는 것처럼 오므려 내밀게 되고, 호되게 남을 밀어젖혔던 팔도 힘이 빠져 숄처럼 힘없이 휘감기지. 거기에다가 살과 살의 접촉과 머리카락 속을 지나가는 뜨거운 숨을 더해봐. 모든 정신을 잃게 돼. 때로는 그다지 많은 것이 필요하지도 않단다. 반쯤 열린 창문으로 들의 수풀 향기가 들어온다든가, 두 마리의 작은 새가 주둥이로 서로 쪼고 있는 것을 본다든가, 꽃 핀 마거리트라든가, 옛날의 연가가 생각나서 영문도 모르고 몇 번이고 되풀이한다든가, 따뜻한 바람에 괴로운 생각이 떠오르거나 황홀한 기분이 된다든가, 침대나 소파가 푹신하다든지 하는 것으로 충분해. 방 안의 고독조차 둘이었다면 오죽이나 즐거울까, 또 쾌락을 좇는 병아리들에겐 다시없이 즐거운 둥지가 되리라고 생각하게 해. 커튼을 드리워 어두운 방, 고요함, 이 모두가 무심한 날갯짓으로 너를 스치고 네 주변에서 구구 하고 부드럽게 우는 비둘기처럼 너에게 그리움을 안겨다주지. 살에 와닿는 천마저 나를 어루만지고, 그리워하듯 몸에 달라붙는 것이 느껴져. 이런 상황에서 젊은 아가씨는 남이 보지 않는다면 어떤 남자에게라도 팔을 벌리고 달려들어 안기게 되는 거야. 철학자조차 쓰고 있던 페이지를 버리고 망토로 머리를 숨긴 채 이웃 창녀의 집으로 달려가게 될걸.

이토록 이상야릇한 흥분을 느끼게 한 그 남자를 물론 사랑하지는 않았어. 그 매력이라고 한다면, 오로지 여자가 아니라는 것뿐이었지. 하지만 그때 상황으로서는 그것만으로도 충분하였어! 남자! 그토록 조심하며 정체를 드러내지 않으려고 하는 신비한 존재, 집안도, 내력도 잘 모르는 기묘한 동물, 봄과 함께 우리들의 잠을 깨우는 희미한 쾌락의 꿈, 열다섯의 나이부터 계속 품어왔던 단 하나의 생각을 홀로 단번에 실현할 수 있는 악마, 혹은 신!

남자! 쾌락의 막연한 관념이 나의 흐려진 머릿속을 떠돌고 있었어. 아주 조금밖에 가지고 있지 않던 지식도 나의 욕망을 북돋우었어. 끊임없이 마음에 걸리고 고민해왔던 의문을 무슨 일이 있어도 알아내고야 말겠다는 격렬한 호기심이 나를 부추겼어. 문제의 해결은 바로 다음 페이지에 써 있어. 페이지를 넘기기만 하면 돼. 더구나 책은 바로 옆에 있단 말이야. 제법 미남 기사인 데다 침대도 좁고 칠흑 같은 밤! 몇 잔의 샴페인으로 황홀해진 아가씨! 얼마나 의심스러운 상황인가! 그런데 이게 뭐야! 그 상황에서 일어난 것이라곤 별것 아닌 극히 평범한 결말이라니 말이야.

나는 지그시 눈을 고정시킨 채 벽을 응시하고 있었어. 주변의 어둠이 옅어져감에 따라 벽에 창문이 있는 것을 분간하게 되었어. 유리창은 점점 밝아지고, 아침의 어슴푸레한 빛이 쏟아져 들어와 창문이 투명해졌어. 하늘은 점차 밝아지고, 얼마 안 있어 날이 샜어. 나의 정조가 욕망을 이긴 영광의 싸움터를 둘러싸는 오말산(産) 서지의 녹색 벽지 위로 희미한 빛이 들어왔을 때 얼마나 기뻤는지, 너는 상상할 수도 없을걸! 승리의 면류관인가 하는 생각까지 들었어.

상대방 남자는 바닥에 떨어져 정신없이 곯아떨어져 있었어.

나는 일어나서 재빨리 치장을 하고, 창문으로 달려갔어. 창문을 열자, 아침 산들바람에 기분이 좋아졌어.

머리를 빗으려고 거울 앞에 갔었는데, 새빨갛다고 생각했던 얼굴이 새파란 데에 놀라고 말았지.

다른 사람들이 우리가 아직 자고 있는지 어떤지 보려고 들어왔어. 그리고 자고 있는 친구를 발로 쿡쿡 찌르며 깨웠어. 그 남자는 자기가 바닥에 떨어져 있는 것을 보고도 별로 놀라는 기색이 없더라.

우리는 말에 안장을 얹고 출발했어. 오늘은 이만 쓰도록 할게. 펜이 무디어져 쓸 수가 없는데, 깎기가 귀찮네. 나의 모험 이야기는 다음에 또 말해줄게. 그때까지 내가 너를 사랑하듯이 나를 사랑해줘. 그리운 그라시오자, 그리고 방금 이야기했지만, 내 정조에 대한 의심은 아예 하지 말아줘.

11

세상에는 싫은 일도 많지. 남한테 돈을 빌려 내 것같이 여기고 있던 것을 돌려주기도 싫고, 전에는 좋았으나 이제 좋아지지 않는 여자를 애무하는 것도 싫고, 저녁식사 시간에 남의 집을 방문하였는데 그 집 주인이 한 달 전부터 시골에 가 있다는 것도 싫어. 소설을 쓰는 것도 싫지만, 읽는 것은 더욱 싫어. 사랑하는 여자를 방문하려고 하는 날, 콧등에 여드름이 나거나 입술이 말라 트는 것도 싫고, 익살스러운 장화를 신었는데 길에서 여기저기 솔기가 뜯어지는 것도 싫고, 돈지갑이 텅 비어서 거미가 집을 짓고 있는 것도 싫어. 문지기가 되는 것도 싫지만, 황제가 되는 것도 싫어. 내가 나인 것도 싫지만, 다른 사람이 되는 것도 싫어. 걸어가면 발이 구두에 쓸려 까져서 아프기 때문에 싫고, 말을 타고 가면 넓적다리가 까져서 싫고, 마차를 타고 가면 살찐 남자가 십중팔구 이쪽 어깨를 베고 졸기 때문에 싫고, 배는 멀미로 모두 토해버리기 때문에 싫어. 겨울은 추위에 떨기 때문에, 또 여름은 땀투성이가 되어서 싫어. 그러나 이 지상과 지옥과 천국을 통틀어 가장 싫은 것은 희곡, 희극은 빼놓고라도 분명 비극이야.

비극은 정말로 속이 메스꺼워져. 그토록 어리석고 시시한 것이 세상에 또 있을까? 황소같이 우렁찬 목소리의 뒤룩뒤룩 살찐 폭군이 살색 양말을 신고, 털투성이의 팔을 풍차의 날개처럼 휘두르면서 무대를 온통 짓밟는 모습은 페로의 푸른 수염[1]이나 사람 채는 귀신[2]의 별 볼일 없는 복제 아닌가? 그들의 허풍을 제정신으로 보고 있노라면, 누구를 막론하고 웃음을 참을 수 없을걸.

불행한 사랑에 우는 여자 역시 이 못지않게 우스꽝스러워. 검정이나 흰색 옷을 입고, 머리는 어깨 위에서 울고, 소매는 손끝에서 흐느껴 울고, 손가락으로 눌러 빠져나온 과일 씨처럼 코르셋에서 터져나올 듯한 몸짓으로 걸어가는 꼴이란 보

1 17세기 프랑스의 동화작가 샤를 페로의 유명한 동화 속 주인공. 여섯 명의 아내를 차례로 잡아먹고 일곱 번째 아내를 죽이려다가 그 형제에게 죽임을 당한다.

2 갓난아기를 돌보다가 위협하는 전설적인 여자 괴물. 처음에는 어린아이를 잡아먹게 되어 있었으나 나중에는 땅굴에 넣거나 맹수에게 먹이는 설정으로 바뀌었다.

기에도 웃기잖아. 비단신을 마룻바닥에 질질 끄는 꼴이나 흥분하면 발뒤꿈치를 약간 들어올린 후 발굽 소리를 내는 것도 꼴불견이야. 점잔을 있는 대로 빼면서 이것저것 열심히 주워섬기는 대사란 "오!" 또는 "아!"가 전부인데, 이건 도대체 말도 안 돼. 그녀들이 사랑하는 귀공자들도 대단히 멋쟁이지. 약간 어둡고 우울하긴 한데, 그렇다고 해도 이 지상과 천상을 통틀어 가장 뛰어난 상대임에는 틀림없어.

희극으로 말하면 사회질서를 바로잡아야 하는데도 불구하고, 다행히 그 의무를 충분히 완수하고 있지 않아. 어찌 되었든, 부친의 설교나 아저씨의 긴 이야기는 현실과 마찬가지로 연극에서도 지루한 일이지. 바보를 상연하면 바보들의 숫자가 점점 더 늘어난다는 설에 난 동의할 수 없어. 고맙게도 바보의 수는 이미 엄청날 뿐 아니라, 그 종족은 웬만해서 없어질 것 같지 않거든. 돼지 얼굴이나 소 얼굴을 하고 있는 녀석의 모습을 흉내 내거나, 집에 들어오면 창문으로 내던져버릴 만한 하찮은 놈들의 쓸데없는 말을 그대로 옮길 필요가 있을까? 얼간이의 초상은 얼간이와 똑같고 아무 흥미도 없어. 거울에 비춰봤자 얼간이는 얼간이일 뿐이야. 구두 수선공의 몸짓이나 행동 방식을 그대로 흉내 내는 배우는 실제 구두 수선공 이상으로 나를 즐겁게 해주지 않아.

그러나 내가 좋아하는 연극이 하나 있네. 그것은 공상적이며 터무니없이 상식을 벗어난 연극이야. 고지식한 구경꾼은 대사를 한마디도 이해하지 못하고, 제1막부터 체면이고 인사고 없이 휘파람을 불어댈 것 같은 연극이지.

그것은 아주 색다른 연극이야. 개똥벌레가 램프의 역할을 하고 악보대에는 풍뎅이를 올려놓고, 그 더듬이로 박자를 맞추게 해. 귀뚜라미도 한몫 끼고, 휘파람새가 제1플루트를 불지. 완두콩 꽃에서 나온 작은 공기의 요정이 상아보다도 희고 예쁜 다리 사이에 레몬 껍질로 만든 베이스 현을 끼고 있어. 그리고 티타니아[3]의 속눈썹으로 만든 활을 거미줄 현 위에서 맹렬한 팔 동작으로 달리게 하는 거야. 이 오케스트라의 지휘자인 풍뎅이가 쓰고 있는, 세 가닥 고수머리로 된 작은 가발은 기쁨에 흔들리며 사방으로 빛의 가루를 흩뿌려. 얼마나 상쾌한 하모니며 훌륭한 서곡인가 말일세!

정확하게 연극의 개막을 알리는 소리가 울리면, 달걀 껍질보다도 얇은 나비 날개로 만든 막이 조용히 올라가지. 관람석은 자개 박힌 지정석에 앉아 있는 시인의 영혼으로 가득해. 그 시인들은 백합의 금빛 암술 위에 앉은 분홍빛 물방울을

---

3 셰익스피어의 「한여름밤의 꿈」에 나오는 여주인공으로, 요정들의 왕인 오베론의 아내. 티타니아와 싸우다가 화가 난 오베론이 티타니아의 눈꺼풀에 비약을 발라 잠에서 깨어나 처음 본 사람을 사랑하게 만든다. 티타니아는 잠에서 깬 뒤, 마법으로 인해 당나귀 머리를 달게 된 천한 백성인 보텀에게 푹 빠지게 된다.

통해 연극을 보고 있어. 그것이 그들의 오페라글라스이거든.

배경은 기존의 어떤 연극과도 달라. 사람들이 발견하기 이전의 미국과 마찬가지로 우리가 모르는 나라야. 아무리 휘황찬란한 색채를 만들어내는 화가의 팔레트라도 그 배경을 장식하는 색조에는 반도 미치지 못해. 그곳은 모두 이상하고 독특한 색채로 칠해져 있지. 초록빛을 띠고 있는 회색, 푸르스름한 쥐색, 군청색, 노랑과 빨강의 래커 따위가 홍청망청 씌워져 있어.

초록빛을 띤 푸른 하늘에는 황금색과 다갈색의 굵은 줄무늬가 들어 있어. 중경으로는 호리호리하고 가냘픈 나무에 드문드문 달린 윤기 없는 장미색 잎사귀가 흔들리고 있어. 원경은 하늘빛 안개 대신에 산뜻한 연두색이 보여. 그리고 여기저기서 황금빛 연기의 소용돌이가 피어오르고 있지. 구름 사이로 비치는 광선이 사원의 폐허와 탑 위에 걸려 있어. 종루와 반구형 지붕, 피라미드, 아케이드와 난간으로 가득 찬 도시들이 여기저기 언덕에 자리 잡고 수정같이 맑은 호수에 모습을 비추고 있어. 선녀의 가위로 깊이 베어진 넓은 잎사귀를 붙인 커다란 나무숲이 나무의 줄기나 가지를 빽빽이 뒤얽히게 하여 옆 무대를 이루고 있어. 구름이 숲의 꼭대기에 마치 눈송이처럼 쌓이고, 그 틈으로 난쟁이와 땅의 요정의 눈이 반짝이는 것이 보여. 구불거리는 뿌리는 거인의 손가락처럼 땅속 깊이 헤치고 들어가 있어. 딱따구리가 단단한 주둥이로 장단을 맞추며 그 나무를 두드리고 있고, 에메랄드색 도마뱀이 나무뿌리의 이끼 위에서 볕을 쬐고 있어.

버섯은 건방진 본성을 드러내어 모자를 쓴 채 연극을 보고 있고, 귀여운 제비꽃은 풀잎 사이로 작은 발끝을 세운 채 엿보다가 주인공이 지나가자 파란 눈을 크게 뜨지. 피리새와 홍방울새는 배우에게 대사를 속삭이기 위해서 작은 가지 끝에서 고개를 숙이고 있어.

막다른 골목에 몰린, 사슴의 눈물로 된 작은 시내가 키 큰 잡초와 새빨갛고 커다란 엉겅퀴, 비로드 잎사귀를 단 우엉 사이를 마치 은색 뱀처럼 꾸불꾸불 지나가고 있어. 잔디 위에는 여기저기, 아네모네가 핏방울같이 반짝이고 있고 진주의 관을 쓴 마거리트가 공작부인처럼 몸을 뒤로 젖히고 있어.

등장인물은 어떤 시대에도 나라에도 속해 있지 않아. 그들은 그저 이유 없이 왔다 갔다 해. 먹지도 않고, 마시지도 않으며, 주거도 직업도 없어. 땅도, 연금도, 집도 소유하고 있지 않아. 다만 가끔 비둘기 알 정도 크기의 다이아몬드를 담은 작은 상자를 안고 있는데, 걷는다 해도 꽃잎 위의 빗방울 하나 엎지르지 않고 길에 먼지 하나 내지 않지.

그들의 복장은 정말로 유례 없이 기발하고 이상야릇해. 종루처럼 뾰족한 모자는 중국의 우산처럼 테두리가 넓고 극락

조라든가 불사조의 꼬리에서라도 뽑은 것 같은 터무니없는 털이 붙어 있어. 화려한 줄무늬가 있는 망토, 비로드와 한 살 된 숫노루의 가죽으로 만든 윗저고리, 저고리에 두른 금테두리 사이로 고운 명주와 은사의 안감이 들여다보여. 풍선처럼 부푼 헐렁한 바지, 자수로 무늬를 낸 새빨간 양말, 커다란 꽃무늬로 장식된 굽 높은 구두, 작고 길쭉한 칼은 칼끝이 위로 손잡이가 아래로 향한 채, 장식용 끈과 리본이 가득 붙어 있지. 이상은 남자의 분장이야. 여자들 역시 여기에 못지않게 우스꽝스럽게 옷을 입고 있어.

그녀들의 분장의 특징을 생생하게 표현하기 위해서는 델라 벨라[4]나 로마인 데 후크[5]의 그림을 보는 편이 빠를 거야. 넉넉하게 물결치는 옷이며 풍성한 주름은 꿩이나 비둘기의 목처럼 빛나고 무지개의 모든 색조를 반사하고 있어. 큰 소매에서는 또 다른 소매가 엿보이고, 들쭉날쭉한 레이스의 칼라는 얼굴보다도 높이 솟아 있어 마치 액자처럼 보일 지경이고, 코르셋은 매듭과 자수를 잔뜩 배열하고 있어. 또 견장, 색다른 보석, 왜가리의 깃털 장식, 큼직한 진주 목걸이, 한복판에 거울을

---

4 Della Bella(1600~1664): 이탈리아 피렌체 태생의 화가. 1648년 이후 후세 판화가의 그림본이 된 데생집을 만들었다.

5 Romeyn de Hooch(1646~1708): 네덜란드의 화가.

끼워넣은 공작털 부채, 작은 실내화와 뒤축이 높은 구두, 조화로 된 장식띠, 번쩍거리는 무늬들, 금박으로 꾸민 얇은 천, 흰 분, 애교점, 그 외에도 연극의 화장에 곁들이는 짜릿하고 자극적인 모든 것.

이러한 취미는 영국, 독일, 프랑스, 터키, 스페인, 타타르,[6] 어느 나라 것도 아니며, 이 모든 나라의 가장 아름답고 좋은 점을 조금씩 집대성하고 있어. 이런 복장을 한 배우는 어떤 말을 해도 부자연스럽게 보이지 않아. 공상은 사방팔방으로 날아다닐 수 있고 스타일은 햇볕을 쬐는 뱀같이 알록달록한 몸체를 제멋대로 배배 꼴 수 있지. 아무리 이국적인 환상이라도 색다른 꽃을 피우거나 호박과 사향의 향기를 내는 데 아무런 지장이 없네. 장소도, 이름도, 의상도, 무엇 하나 그것을 방해하지 않아.

그들이 이야기하는 내용도 얼마나 재미있고 매력적인지! 이 훌륭한 배우들은 대사의 효과를 올리기 위해 입을 찡그리고 눈을 부릅뜨고는 무대에서 고래고래 소리나 지르는 사람들의 흉내를 내지 않아. 적어도 의무에 이끌려 일해야 하는 노동자나 일에 꼼짝없이 붙들려 반드시 그 일을 끝내야 하는 황소

6 중앙아시아의 터키, 몽고를 일컬음.

같은 모습은 찾아볼 수 없다네. 백묵이나 연지를 두껍게 처바르고 있지도 않으며, 함석 칼을 휘두르지도 않아. 또 넓은 소매의 외투 안에 병아리의 피를 담은 돼지 오줌통을 숨겨놓지도 않고, 연극의 처음부터 끝까지 기름이 밴 것 같은 넝마를 질질 끌고 다니지도 않지.

그들은 스스로가 말하지 않는 것을 그다지 중요하게 여기지 않는 저 상류사회의 사람들처럼 서두르지도 고함치지도 않고 느긋하게 말해. 사랑하는 남자가 상대방 여자에게 의중을 털어놓고 이야기할 때에도 태연자약한 태도지. 말을 하면서, 흰 장갑 끝으로 넓적다리를 털거나 바지의 주름을 털어. 귀부인 역시 아무렇지도 않은 듯이 꽃다발의 이슬을 흔들어 떨어뜨리거나 시녀와 재치 있는 농담을 주고받고 있어. 사랑하는 남자는 무정한 여자의 마음을 움직이기 위해 별로 걱정하지 않아. 그의 주된 일은 진주 다발이나 장미꽃 다발을 입에서 흘리고, 진짜 탕아로서 귀중한 보석을 흩뿌리는 것이네. 종종 그는 완전히 자취를 감추고 작가로 하여금 대신 설득하게 하는 일도 있어. 질투 따위의 결점은 그의 알 바 아니며, 그의 기분은 언제나 더없이 양순해. 그는 천장의 줄무늬나 벽의 그림 무늬 띠를 쳐다보면서 시인이 공상한 것을 마음대로 말하게 내버려두고 다시 자기 역할로 돌아가 연인 앞에 무릎을 꿇어.

모든 것은 참으로 경탄할 만한 무관심 속에서 묶여지고 풀어져. 결과에는 원인이 없고 원인에는 결과가 없지. 가장 기지가 풍부한 인물이 가장 바보 같은 말을 하고, 가장 우둔한 인간이 가장 재치 있는 말을 하거든. 젊은 아가씨가 창녀조차 얼굴을 붉힐 만한 이야기를 하는가 하면, 창녀가 도덕적인 금언을 늘어놓기도 해. 전대미문의 사건이 아무 설명도 없이 줄줄이 벌어져. 귀족인 아버지가 일부러 중국에서 대나무로 된 중국 배를 타고 돌아와 유괴되었던 딸을 알아봐. 여러 신들과 선녀가 기구를 타고 오르락내리락하고 있어. 연기는 토파즈를 뿌려놓은 파도의 둥근 천장 아래, 바다 속으로까지 전개되어 산호와 녹석(綠石)의 숲을 지나 바다 밑바닥을 여기저기 두루 돌아다니지. 그런가 하면 갑자기 종달새와 독수리의 날개를 타고 하늘로 날아오르기도 해. 대화의 상대는 우주 전체라고 할 수 있어. 사자가 힘찬 목소리로 오! 오! 하고 장단을 맞추고, 벽이 갈라진 틈으로 말을 하지. 그리고 익살이나 수수께끼 또는 동음이의어가 문득 생각나 덧붙이고 싶으면, 아무리 재미있는 장면이라도 중단해도 전혀 지장이 없어. 보텀[7]의 당나귀 얼굴도 에어리얼[8]의 금발과 마찬가지로 환영받아. 작

7 296쪽 티타니아 주 참조.

8 셰익스피어의 「폭풍」에 나오는 공기의 요정.

가의 기지가 온갖 형태로 나타나지. 요컨대 이러한 모든 모순은 프리즘을 통해 보이는 여러 가지 양상의 기지와 같은 것이라네.

이렇게 뒤죽박죽된 외관상의 혼란은 따지고 보면 세밀하게 연구된 풍속극보다 한층 더 정확하게 실제 인생의 변덕스러운 모습을 표현하고 있어. 모든 인간은 자기 자신 안에 전 인류를 포함하고 있기 때문에 머리에 떠오른 것을 그대로 묘사하면 외부에 있는 사물을 돋보기로 비추는 것보다 훨씬 성공하는 법이거든.

오, 아름다운 가족이여! 사랑을 하고 있는 큰 도련님, 안절부절못하는 아가씨, 눈치가 빠른 하녀, 비꼬길 좋아하는 재담가, 순진한 남자 하인과 농부, 역사학자도 그 이름을 모르고 지리학자도 그 왕국을 모르는 너그러운 왕, 야단스러운 옷차림을 한 익살꾼, 즉흥적으로 기지를 휘두르고 신기에 가깝게 재주를 넘는 광대, 오, 제군, 생글거리는 입으로 하여금 자유분방하게 변덕을 지껄이게 하는 이들이여, 나는 누구보다도 제군을 사랑하고 제군을 존경한다. 파르디타,[9] 로잘린드,[10] 세리, 판다로스, 파롤, 실비어스, 레안드르, 기타 지극히 허구적

---

9 셰익스피어의 「겨울 이야기」의 여주인공. 사랑스러운 젊은 처녀의 전형.

10 셰익스피어의 「뜻대로 하세요」의 여주인공.

이면서도 지극히 진실한 매력적인 모든 사람들이여, 이들은 가지가지 공상의 날개를 타고 열등한 현실을 떠나 멀리 날아가고 있어. 또 이들 안에서 시인은 지극히 경망스럽고 무관심한 외관으로 가장하면서도 자기 자신의 기쁨과 슬픔과 사랑과 내면의 꿈을 구현하고 있어.

선녀를 위해서 씌어졌고 달빛 아래서 상연되어야 하는 이런 종류의 연극 중에 특히 나를 매료시키는 한 편이 있어. 대단히 막연하고 근거가 없는 데다 줄거리도 극히 애매하고 인물의 성격도 몹시 색다르기 때문에 작가 자신도 뭐라고 이름 붙일 수 없어서 「뜻대로 하세요」[11]라고 부르는 작품이야. 이 이름이라면 융통성 있게 의미를 해석할 수도 있고, 어떤 내용에도 적합하잖아.

이 별난 희곡을 읽다 보면 미지의, 그러나 언젠가 본 적이 있는 듯한 나라로 옮겨가는 느낌이 들어. 스스로 죽었는지 살아 있는지도 모르게 되고, 또 꿈을 꾸고 있는지 깨어 있는지도 모르게 되지. 상냥한 사람들이 우리에게 은은하게 미소를

---

11 셰익스피어의 전통적인 전원극에 속하는 이 유명한 낭만희극은 1599년에서 1600년경의 작품으로, 후에 조르주 상드에 의해 프랑스어로 번역되어 1856년 4월 12일에 프랑스에서 상연되었다. 이 희곡의 주인공 로잘린드 역시 모팽 양과 마찬가지로 남장을 통하여 줄거리를 복잡화하고, 상황의 아이러니를 빚어내고, 그녀의 인물상을 다면화하고 있다.

짓고, 지나가면서 우리에게 다정한 인사를 건네. 그 사람들의 모습은, 마치 길모퉁이에서 느닷없이 자신의 이상형과 부딪혔거나, 잊고 있던 첫사랑의 모습이 불쑥 앞에 나타난 것 같은 감동과 당혹감을 느끼게 해. 샘물은 반쯤 쉰 목소리로 중얼거리며 흐르고, 바람은 망명한 늙은 공작의 머리 위에서 동정의 한숨을 내쉬면서 오래된 수풀의 노목을 흔들어. 그리고 우울증 환자인 제이퀴즈가 버드나무 잎에 청하여 그의 철학적인 비애를 물에 흘려보낼 때 마치 우리 자신이 이야기하는 듯한 느낌을 받을 뿐만 아니라 마음속의 가장 은밀한 생각이 파헤쳐져 세상 밖으로 끌려나온 것처럼 여겨지지.

오, 운명에 그렇게까지 시달린 용감한 기사 로우랜드 경의 젊은 아들이여! 나는 자네가 부러워 못 견디겠어. 자네에게는 백발인데도 여전히 건장한 착한 노복이 있었어. 자네는 추방당하였으나 이미 마음대로 싸워 승리를 거둔 후였지. 자네의 간사한 형제는 자네의 재산을 빼앗아버렸으나 로잘린드가 목걸이를 자네에게 주지. 자네는 가난하지만 사랑받고 있어. 자네는 조국을 떠나지만 자네를 박해하는 자의 딸이 바다 저쪽에까지 자네를 찾아오지 않나.

울창한 아르덴 숲이 자네를 맞이하고 숨겨주기 위하여 커다란 팔을 벌려. 친절한 숲은 자네를 재우기 위하여 동굴 안에 포근한 이끼를 겹겹이 쌓아놓지. 비와 햇빛으로부터 자네를 보호하기 위하여 자네의 이마 위에 나뭇가지로 아치를 만들어줘. 숲은 샘의 눈물과 사슴의 울음소리로 자네를 위로하고, 자네가 연애편지를 쓸 때에는 바위로 하여금 친절한 책상이 되게 하고, 연애편지들을 매달기 위하여 덤불의 가시를 빌려주며, 또 사시나무의 명주 껍질에 명하여 자네가 거기에 로잘린드의 머리글자를 새기려고 할 때, 단검의 칼날 끝을 받게 해.

젊은 올랜도여, 나도 자네처럼 어두운 숲이 있어 마음의 상처를 위로하기 위하여 그 속에 몸을 숨길 수 있다면, 또 아무리 변장하고 있다 해도 한눈에 알아보는 그리운 여자를 길모퉁이에서 우연히 만날 수 있다면! 그러나 슬프도다! 영혼의 세계에 초록빛 아르덴 숲은 없어. 그리고 그 향기로 모든 것을 잊게 해주는 변덕스러운 작은 야생화는 시의 꽃동산에서밖에는 피지 않아. 우리들이 아무리 눈물을 흘려도 저 아름다운 은빛 폭포가 될 수는 없어. 한숨을 쉬어봐도 소용이 없어. 아무리 친절한 메아리도 우리들의 슬픔을 압운이나 환상으로 장식하여 되돌려 보내지는 않거든. 가시나무마다 소네트를 써서 매달아놓아본들 무슨 소용이 있는가. 로잘린드는 그것을 줍지 않을 테고, 나무껍질에 그리운 사람의 머리글자를 새겨도 헛된 일인걸.

하늘을 나는 새여, 나에게 다들 하나씩 깃을 빌려주지 않겠니. 제비도, 독수리도, 벌새도, 나는 그 깃으로 한 쌍의 날개를 만들어 낯선 곳으로 하늘 높이 쏜살같이 날아가고 싶구나. 그곳에는 살아 있는 사람들의 도시라는 것을 상기시킬 만한 것이 아무것도 없을 것이고, 내가 나라는 사실을 잊은 채 새로운 다른 생활을 하는 것도 가능할 거야. 미국보다도, 아프리카보다도, 아시아보다도 세계의 끝 어떤 섬보다도 멀리, 얼음의 바다를 넘어, 극광이 어른거리는 땅 끝을 넘어 시인의 숭고한 창조와 지고한 미의 전형이 난무하는 보이지 않는 왕국이야.

재기 발랄한 머큐소[12]여, 그대 이야기를 들으면 클럽이나 살롱의 평범한 회화 따위를 어찌 참을 수 있단 말인가? 그대의 한마디 한마디는 별빛이 총총한 밤하늘에 쏘아 올려진 축포와 같이 금색 은색의 빛줄기로 밝아지는데. 창백한 데스데모나[13]여, 버드나무의 로망스를 들은 다음에 지상의 어떤 음악에 흥미를 가지라는 것인가? 고대의 조각가여, 대리석의 시를 새기는 시인이여, 그대들의 비너스와 비교하면 어느 여자가 추하게 보이지 않는단 말인가.

---

12 셰익스피어의 「로미오와 줄리엣」에 나오는 인물. 로미오의 친구로, 쾌활하고 공상적인 청년.

13 셰익스피어의 희곡 「오셀로」의 여주인공.

아! 나는 정신의 세계를 무시하고 물질의 세계를 껴안으려고 했던 열렬한 소원에도 불구하고 잘못 태어났어. 인생은 나를 위해 창조된 것이 아니고, 나를 배척하고 있다는 느낌이 들어. 나는 어떤 일에도 어울릴 수가 없고, 어느 길을 가도 미아가 되고 말아. 평탄한 가로수 길도 울퉁불퉁한 산길도 한결같이 나를 심연으로 데리고 가버려. 넓은 하늘로 날아가려고 하면 공기가 내 주위에 응결해서, 펼친 날개를 접을 틈도 없이 그 자리에 선 채 꼼짝 못하고 마는걸. 나는 날 수도 걸을 수도 없어. 지상에 있을 때에는 하늘이 나를 끌어올리고, 공중에 있을 때에는 땅이 나를 끌어내려. 위에서는 북풍이 내 날개를 쥐어뜯고, 밑에서는 자갈이 내 발을 다치게 해. 나는 현실 세계의 유리조각 위를 걷기에는 발바닥이 너무 약하고, 현실 위를 날아 심원한 신비의 하늘로 원을 그리며 날아올라가 접근하기 어려운 영원한 사랑의 정상까지 가기에는 날개의 폭이 너무 좁아.

나는 가장 불행한 천마(天馬)이며, 대양(大洋)이 달을 사랑하고 여자가 남자를 속인 이래, 이 세상에 존재한 이질적인 조각들의 가장 비참한 조합이야. 처녀의 얼굴에 사자의 다리, 암양의 몸뚱이에 용의 꼬리를 한, 벨레로폰[14]에게 피살된 그 괴이한 괴물도 나에 비교하면 지극히 단순한 구조의 동물에 불과해.

내 연약한 가슴 안에는 얌전한 소녀의 제비꽃을 흩뿌린 몽상과 건전하지 못한 쾌락에 빠진 창녀의 터무니없는 정열이 함께 머물고 있어. 내 욕망은 사자처럼 손톱을 갈면서 먹이를 찾아 어둠 속을 헤매지. 내 사념은 암염소보다도 더 마음을 졸이면서 소름 끼치는 낭떠러지에 매달려 있어. 나의 증오는 독으로 거듭 부풀어올라 비늘이 겹쳐진 등을 구부리고 몸을 잔뜩 서린 채, 바큇자국으로 움푹 파인 땅을 질질 기어다녀.

나의 영혼은 기묘한 나라야. 외관은 꽃이 어우러져 피어 있는 현란한 나라지만, 바타비아의 나라보다도 부패한 독가스가 자욱하게 끼어 있어. 조금이라도 그 수렁에 햇볕이 들면 뱀의 알이 부화되고 모기가 끓게 되지. 커다란 노란 튤립이나 나가사리나 앙소카 꽃이 아름답게 핀 그늘에는 더러운 짐승의 썩은 고기가 숨겨져 있어. 사랑에 빠진 장미가 진홍색의 입술을 벌리고, 목가나 소네트를 들려주는 친절한 휘파람새에게 이슬을 치아처럼 드러내며 미소 짓는다네. 이보다 더 아름다운 광경은 없지. 그러나 덤불 밑의 풀 속에는 수종병에 걸린 두꺼비가 절름거리는 발을 질질 끌고 걸어다니며 자신이 지나

---

14 그리스 신화 속 인물. 포세이돈의 아들이며, 코린토스의 영웅. 벨레로폰은 그의 천마(天馬) 페가소스를 타고 하늘을 날아 괴물 키마이라를 죽이고, 리키아 왕의 후계자가 되었다.

간 길에 흘린 침으로 은칠을 하고 있어. 이 사실은 내기를 걸어도 좋다네.

가장 순수한 다이아몬드보다도 더 맑고 투명한 샘이 있어. 그러나 그 물결 속에 컵을 집어넣느니 차라리 썩은 골풀이나 익사한 개가 떠 있는 수렁의 물을 마시는 편이 나을 거야. 왜냐하면 샘의 바닥에 숨어 있는 커다란 뱀이 독을 토하면서 무서운 힘으로 빙빙 돌고 있기 때문이야.

뿌린 것은 밀이었는데 싹튼 것은 수선화, 사리풀, 가라지, 청녹색의 잔가지가 달린 독인삼이야. 심은 뿌리 대신 검은 만드라고라[15]의 털투성이의 비틀린 줄기가 지면에서 나오는 것은 놀라운 장면이지.

거기에 추억 한 가지를 남겨놓고, 나중에 찾아가봐. 그 추억에 이끼가 끼어 동굴의 축축한 흙 위에 있는 돌보다도 더 파래지고 쥐며느리나 기분 나쁜 다른 곤충들이 우글우글 꾀어 있는 것이 보일 거야.

그 어두운 숲을 빠져나갈 생각일랑 아예 하지 않는 게 좋아. 그곳은 미국의 원시림이나 자바의 정글보다도 돌아다니기가 더 힘들어. 굵은 밧줄보다도 강한 덩굴풀이 나무에서 나무

15 약용가짓과 식물로서, '맨드레이크'라고도 불린다. 주로 마법용 풀이나 약초로 쓰이며, 뿌리 모양이 사람과 비슷해 좋지 않은 미신과 전설이 따라다닌다.

로 이어지고, 창 끝보다도 뾰족한 가시가 있는 식물이 온갖 길을 막고 있어. 잔디마저 쐐기풀처럼 뜨거운 보풀로 덮여 있어. 가지가 뻗어 형성된 아치에는 피를 빨아먹는 커다란 박쥐가 거꾸로 매달려 있지. 몹시 큰 풍뎅이가 위협적인 뿔을 휘두르면서 네 개의 날개를 공중에 펄럭거리고 있고, 악몽에 나올 것 같은 괴상하게 생긴 동물이 앞을 가로막는 갈대를 짓밟으면서 걸어와. 코끼리 떼가 바짝 말라버린 피부 주름 사이에 앉은 파리를 으깨어버리거나, 바위나 나무에 옆구리를 비벼대고 있어. 꺼칠꺼칠한 등껍질을 가진 코뿔소나 콧등이 불룩하고 털이 곤두선 하마가 거대한 발로 진흙과 숲속의 잔해를 짓밟으면서 헤매 다녀.

나무가 듬성듬성한 곳에는 약간 축축한 공기 사이로 태양 광선이 금가루를 흩뜨린 것처럼 쏟아져 들어오고 있어. 앉아서 좀 쉬어볼까 하는 생각은 어림도 없지. 그런 장소에는 늘 호랑이 가족이 한가로이 엎드려 누워 있거든. 그들은 코를 추켜올려 공기를 들이마시며 푸른 녹색 눈을 깜빡거리지. 피처럼 빨갛고 까칠까칠한 혀로 비로드 같은 털을 핥아 빛나게 하고 있어. 한쪽에선 비단뱀이 몸을 서리고 꾸벅꾸벅 졸면서 조금 전에 삼킨 암소를 소화시키고 있어.

모든 것을 조심해야 해. 풀도, 과일도, 물도, 공기도, 그림자도, 햇빛도, 모든 것이 치명적인 위험을 안고 있어.

나무에서 내려와 날갯짓을 하면서 손가락 끝에 앉으려고 오는, 금빛 주둥이와 에메랄드 목을 지닌 앵무새의 수다에도 귀를 기울이지 않는 게 좋아. 그 작은 앵무새는 우리가 안으려고 몸을 굽히면 귀여운 금빛 주둥이로 그야말로 침착하게 우리 눈을 빼먹고 말걸. 만사가 이런 식이란 말이야!

온 세상이 나를 원치 않아. 세상은 마치 내가 무덤에서 도망쳐 온 망령이라도 되는 듯 나를 거부하지. 나는 거의 유령처럼 창백해. 피는 내가 살아 있다는 사실을 믿으려 하지 않는지 피부를 물들여주지 않아. 막힌 운하의 고인 물처럼 혈관 속을 천천히 흘러다닐 뿐. 나의 심장은 마음을 설레게 하는 일과 마주쳐도 미동도 하지 않아. 나의 괴로움과 기쁨은 남들과는 전혀 다르다네. 나는 아무도 원하지 않는 것을 간절히 바라는가 하면, 남이 열중하는 것을 경멸하지. 상대방 여자가 나를 사랑하지 않을 때 오히려 나는 사랑하였고, 그들에게서 미움을 받고 싶을 때 사랑받았어. 항상 너무 빠르지 않으면 너무 늦고, 너무 많지 않으면 너무 적고, 너무 지나치지 않으면 너무 모자라. 절대로 꼭 맞는 일은 없지. 아직 도착하지 않았거나 이미 멀리 지나친 꼴이야. 나는 스스로의 삶을 창문에서 내버리거나, 아니면 극단적으로 한군데에 집중하지. 그리고 남의 일에 쓸데없이 참견하는 사람처럼 뛰어다니는가 하면 옛날의 고행자처럼 몽롱한 수면 상태에 빠지기도 하지.

내가 하는 일은 언제나 꿈같이 보여. 그래서 내가 하는 짓이 자유의사의 결과라기보다는 몽유병자의 것처럼 느껴져. 깊은 내면에서 막연히 의식하지만, 내 안에 뭔가 다른 게 있어서 그것이 나와는 상관없이 세상의 보편적인 법칙에서 벗어난 행동을 하게 하는 것 같단 말이야. 일의 단순하고 자연스러운 장점은 다른 모든 것들의 뒤에서만 보여지기 때문에 나는 맨 먼저 이상망측한 것을 붙잡고 말아. 선이 조금만 비뚤어지면, 나는 곧 그것을 뱀이 몸을 트는 것보다도 더 비틀어진 소용돌이로 만들고 말아. 윤곽도 매우 정확해질 때까지 그 모습을 계속 흐트러뜨리고 변형시키지. 사람의 얼굴도 귀신처럼 보여서 무서운 눈으로 노려본다니까.

따라서 나는 일종의 본능적 방어로서 항상 필사적으로 사실 그 자체, 즉 일의 외면적 음영에 매달렸어. 그리고 예술에 있어서도 조형미에 중대한 가치를 부여하였지. 나로서는 조각상은 완전히 이해할 수 있지만 인간은 이해할 수가 없거든. 생명이 시작되는 곳에서부터 나는 한 걸음도 앞으로 나가지 않고, 마치 메두사의 목을 본 것처럼 겁을 먹고 꽁무니를 뺀다네. 생명 현상은 나를 대단히 놀라게 하고 그 놀라움은 좀처럼 가라앉지 않아. 나는 죽은 사람의 흉내라면 훌륭하게 해치울 수 있을 거야. 산 사람이라고 하기에는 극히 빈약하고 생존관념이 완전히 결여되어 있기 때문이지. 자신의 목소리에 상상도 못할 정도로 놀라고, 그것을 남의 목소리로 착각하는 일도 한두 번이 아니네. 팔을 뻗으려고 해서 팔이 뻗어지면 완전히 기적이라는 생각이 들어 망연하게 넋을 잃고 마는 일마저 있다니까.

반대로 실비오, 나는 아무리 불가해한 일이라도 그런 것이라면 모두 이해할 수 있어. 오히려 기상천외한 일이 지극히 자연스럽게 여겨지고 불가사의할수록 손쉽게 파악할 수 있어. 몹시 기괴하고 착잡한 악몽의 맥락도 수월하게 짚어낼 수 있어. 좀 전에 이야기한 것과 같은 종류의 연극이 가장 내 마음에 드는 것도 이런 이유 때문이야.

이 문제에 관해서 나는 테오도르와 로제트와 실컷 논쟁을 벌였네. 로제트는 내 취향을 별로 좋아하지 않으며, 진짜 진실을 좋아하는 편이야. 테오도르는 시인에게 더 광범위한 영역을 인정하되, 관습적인 시각에 입각한 진리도 인정하고 있어. 나는 작가에게 완전한 자유를 허용하면서 공상이 주권자로서 지배해야 한다고 주장했다네.

좌중의 대다수는 그런 연극은 연극의 일반 조건에서 벗어나 있기 때문에 상연할 수 없다고 우겨댔어. 그 주장에 대해 나는 이렇게 답하였지. 여러분의 견해는 일반적인 설과 마찬가지로 한 면에서 보면 옳지만, 다른 면에서 보면 틀렸다고. 사람들이 장면의 가능성과 불가능성에 대하여 품고 있는 사상은 모두 핵심이 빠져 있으며, 이성보다는 오히려 편견에 의거하고 있다고 말이야. 그래서 특히 「뜻대로 하세요」와 같은 연극은 틀림없이 상연할 수 있으며, 더군다나 지금까지 무대에 선 적이 없는 사교계의 인사들이 연기를 시도하면 더 좋을 거라고 주장하였어.

그렇다면 한번 상연해보자는 쪽으로 낙착되었지. 때마침 사교계의 시즌도 끝나가고 있었으며, 모든 종류의 오락도 이미 다 해본 상태였으니까. 사람들은 사냥에도, 승마에도, 뱃놀이에도 싫증나 있었어. 보스턴이라고 불리는 카드놀이가 아무리 변화가 많다 해도 밤새 거기에 매달릴 만큼의 매력을 못 느끼게 되었지. 그래서 이 제안은 열렬한 환영을 받게 된 거야.

그림에 조예가 있는 한 청년이 배경을 그리겠다고 자청했어. 그는 지금 대단한 열의를 가지고 그 일에 몰두하고 있어. 닷새 안에 완성될 것 같아. 무대는 저택 안에서 제일 넓은 귤나무 온실 안에 만들기로 했어. 만사가 잘되리라고 믿어. 올랜도 역은 내가 맡고, 로잘린드 역은 로제트가 맡기로 하였어. 그거야 당연하지 않겠어? 내 애인으로서, 또 이 집의 여주인으로서 그 역은 당연히 그녀의 몫이지. 그런데 갑자기 그녀가 정숙한 체하는 태도로 격에 맞지도 않는 변덕을 부리면서 남자로 변장하기가 싫다는 거야. 만약 내가 모르고 있었다면 다리라도 못생긴 게 아닌가 하고 의심했을지도 몰라. 사교계의 모든 귀부인들이 로제트에게 질쏘냐 서로 앞을 다투어 얌전한 체하기 시작하였어. 한때는 계획이 무산되는 게 아닌가 걱정이 되더군. 그러나 우울증 환자인 제이퀴즈 역을 맡기로 되어 있던 테오도르가 로잘린드 역을 맡겠다고 자청하였어. 로잘린드는 여자로 나오는 제1막을 제외하고는 거의 모두 기사로 분장하고 있을 뿐만 아니라, 자기는 아직 수염도 나지 않았고 외모도 예쁘장한 편이므로 화장용 분과 코르셋, 부인복으로 관객들을 충분히 속일 수 있을 거라는 말이었어.

지금 우리들은 제각기 맡은 역할의 연습에 몰두하고 있어. 꽤나 웃기는 풍경이라네. 정원의 한적한 구석구석에 가봐. 어디에서나 반드시 누군가가 손에 종잇조각을 들고 하늘을 우러러보는가 하면, 갑자기 아래를 보면서 낮은 목소리로 대사를 중얼거리지. 더구나 그런 동작을 일곱 번이고 여덟 번이고 반복하고 있다니까. 연극 연습을 하고 있다는 사실을 모르는 다른 사람들이 보면 필경 우리를 미친 사람이나 시인(거의 마찬가지 말이지만)의 집안이라고 생각하겠지.

곧 모두 리허설에 들어갈 만큼 완전히 외워버렸어. 뭔가 뜻밖의 일이 일어나면 어쩌나 불안하긴 한데, 설마 그러기야 하려고. 나는 우리 배우들이 각자 자기의 영감에 의해 연기하지 않고 인기배우의 몸놀림이나 대사의 억양을 흉내 내지는 않을까 하고 걱정했는데, 다행히도 그들은 그런 염려를 할 만큼 정확하게 연극을 본 적이 없었어. 그러므로 무대를 밟은 적이 없는 풋내기의 서투른 연기 속에서 가장 숙달된 천재도 표현할 수 없는 귀중하고 자연스러운 번뜩임과 순박한 매력이 드러날 것으로 기대된다네.

우리의 젊은 화가는 정말 훌륭한 솜씨를 보여주었어. 고목의 줄기와 거기에 휘감기는 온갖 덩굴식물에 이토록 기묘한 외관을 주기란 불가능해. 그는 정원의 나무를 모델로 하여 그것을 무대 배경에 어울리게 눈에 띄게 과장했어. 모든 것이 자유분방하게 대담한 필치로 그려져 있어. 돌도 바위도 구름도 속세의 것이라고는 생각할 수 없을 정도로 기괴한 모습을 하고 있지. 반사하는 빛은 잘게 흔들리며, 수은보다도 넘실대는 물 위에서 놀고 있어. 나뭇잎에 일게 마련인 차가움은 가을의 붓이 던지는 사프란 색의 광택으로 돋보여지고 있어. 수풀은 에메랄드빛을 띤 녹색에서부터 분홍빛 홍옥수의 빨간색에 이르기까지 여러 가지 색으로 칠해져 있어. 강렬한 색과 소박한 색이 잘 조화되어 있고, 하늘도 부드러운 파란색에서 눈부신 색까지 다양해.

그는 모든 의상을 내가 지시하는 대로 그렸어. 대단히 아름다운 모양의 의상들로, 처음에 사람들이 이런 모양은 비단이나 비로드 등 기존의 옷감으로는 재현할 수 없다고 강력하게 주장하는 바람에 하마터면 중세 음유시인의 복장을 채택할 뻔했다네. 부인들은 이런 날카로운 색채에는 눈이 아찔해진다고 말했지. 그 말에 우리는 그녀들의 눈이야말로 절대로 꺼지지 않는 별이기 때문에, 그녀들이 염려하는 바와는 반대로 옷의 색깔이 튀지 않을 뿐 아니라, 램프, 샹들리에, 태양도 그녀들 앞에 나오면 한낮에 켜진 등불일 뿐이라고 말해주었지. 그녀들도 이 말에는 반박할 도리가 없었으나 이번에는 다른 구실을 들어 레르네의 히드라[16]처럼 떼를 지어 몰려와서는 고개를 쳐들었어. 한쪽 목을 자르면 다른 놈이 더 억지를 쓰고 달려드는 격이었다네.

이런 걸 갖고 어떻게 하라는 말씀이에요? 종이에 그릴 때에는 아무거나 괜찮게 보이지만 옷으로 걸치면 달라요. 저는 이런 옷은 도저히 못 입겠어요! 제 치마는 형편없이 짧단 말예요. 적어도 네 치는 짧을걸요. 이런 차림으로 무대에 나갈 수는 없어요! 이 목 칼라는 너무 높아요. 마치 꼽추나 목이 없는 인간 같아요. 이런 헤어스타일은 나이가 너무 들어 보여요.

옷에 풀을 먹이고 핀을 꽂으면, 또 당신이 입을 마음만 있으면 아무 염려 없어요. 농담이시겠지요! 말벌의 몸통보다도 가

16 고대 그리스의 산지 알고리드에 있는 레르네 호수에 사는 괴물 뱀으로 머리가 아홉 개 달려 있었는데 이 머리들은 한꺼번에 베어내지 않는 한 아무리 베어도 계속 다시 살아나곤 했다. 헤라클레스는 열두 가지 시련 중 하나로 그 머리들을 자르는 데 성공했다.

늘고 제 새끼손가락 반지를 빠져나갈 정도로 가는 당신 같은 체격에! 이 블라우스를 더 줄이지 않으면 당신이 키스를 받지 못할 거라는 데 25루이 걸겠어요. 치마가 너무 짧다니 천만의 말씀이에요. 당신이 얼마나 아름다운 각선미를 지니고 있는지 아신다면, 틀림없이 제 의견에 찬성하실 겁니다. 천만에, 당신의 목덜미는 훨씬 돋보이고, 레이스의 후광 안에서 멋지게 보여요. 이 헤어스타일은 전혀 할머니 같아 보이지 않아요. 그리고 설령 당신이 2년이나 3년 나이를 더 먹는다 해도, 여전히 너무 젊어 보이는걸요. 그러니 그런 건 문제되지 않아요. 정말로 당신이 마지막으로 안고 있던 인형의 조각을 어디에 넣고 있는지 우리가 몰랐더라면, 당치도 않은 오해를 살 뻔했네요…… 등등.

귀부인들에게 아름답고 적합한 의상을 입히기 위해서 얼마나 막대한 겉치레 말을 퍼붓지 않으면 안 되었는지, 자네로서는 도저히 상상하지 못할 거야.

그들에게 애교점 하나만 찍게 하는 데에도 여간 힘든 게 아니었어. 여자에게는 얼마나 별난 취미가 있는지! 아무것도 모르는 계집아이마저 윤을 낸 노란 밀짚색 쪽이 담황색이나 짙은 분홍색보다 어울린다고, 마치 티치아노와 같은 고집을 부린단 말이야. 빨간 깃을 오른쪽이 아니라 왼쪽에 꽂도록 하기 위해서 내가 쓴 권모술수의 반만이라도 정치에 응용한다면,

나는 적어도 국무총리나 황제쯤은 될 수 있을 걸세.

이 무슨 난리법석인지! 진정한 연극이란 실로 엄청난, 손쓸 방도가 없는 소동이었어!

연극 이야기가 나오고 나서부터 여기는 보통 북적거리는 게 아니라네. 서랍이란 서랍은 모두 뽑아져 있고 장롱도 텅 비어 있어. 약탈이라도 당한 듯한 광경이지. 테이블과 안락의자, 콘솔이 도처에 흩어져 있고, 발 디딜 데도 없어. 집 안에는 옷이나 망토나 베일이나 치마나 외투나 숄이나 두건이나 모자 등이 흩어져 있어. 이 정도 의상이 겨우 일고여덟 명이 입을 것이라고 생각하니, 한 사람이 여덟 벌에서 열 벌의 의상을 껴입고 있는 시장의 어릿광대를 문득 떠올리게 돼. 이렇게 산더미 같은 옷 중에서 각자 한 벌씩만 꺼내어 입는다니 도저히 믿어지지가 않아.

하인은 바쁘게 우왕좌왕하고 있지. 저택에서 읍내로 통하는 길을 말 두세 마리가 끄는 마차가 다니지 않는 날이 없을 정도야. 이런 상태로 간다면, 모든 말들이 숨이 차서 달리지 못하게 될 걸세.

극장의 지배인은 우울한 감정 따위에 잡혀 있을 짬이 없네. 나 역시 우울증과 인연을 끊은 지 오래지. 그러기는커녕, 심신이 지쳐 녹초가 되고 말았어. 연극 일마저 뭐가 뭔지 전혀 모르겠어. 어쨌든 올랜도 역 외에 기획까지 맡아 일이 두 배가 되었으니 말이야. 무슨 어려운 문제만 생기면 곧 나한테 가져오고, 게다가 내 결정이 반드시 신탁처럼 받아들여지는 것은 아니므로 끝없는 논쟁을 해야 하지.

항상 선 채로 20명의 질문에 대답하고, 끊임없이 계단을 오르락내리락하면서 하루에 1분도 생각할 틈이 없는 것이 인생이라면, 나는 이번 일주일만큼 인생을 살아본 적이 일찍이 없어. 그러나 나는 남들이 생각하는 것만큼 이 소동에 몰두하고 있는 것은 아니네. 소용돌이는 별로 깊은 데까지 미치지 않기 때문에, 몇 길쯤 가면 흐름이 없는 죽은 물이 끈적끈적하게 고여 있는 것이 보이지. 생명이라는 것은 내 마음속에 그렇게 쉽사리 스며들지 않아. 활발하게 행동하고 눈앞의 일에 열중한 것같이 보여도 사실 그때처럼 생명이 희박했던 적도 없었어. 행동은 남들이 도저히 상상조차 할 수 없을 정도로, 나를 기진맥진하게 만들어. 나는 행동하지 않을 때에는 생각하거나 적어도 몽상해. 그것 역시 생존의 한 모습이지. 그러나 자기로 만든 우상과 같은 이 휴식을 그만두면 이러한 생존의 모습조차 없어지고 말아.

지금까지 나는 아무것도 하지 않았어. 앞으로도 무엇을 할지 아직 모르겠어. 나에게는 뇌의 작용을 막을 힘이 없어. 그것이 재능 있는 사람과 천재의 유일한 차이점이야. 나의 경우는 끊임없는 끓어오름이며 광란의 쇄도이지. 마음에서 머리로 뿜어 오르고 출구가 없기 때문에 모든 사상을 익사시키고 마는, 이 내심의 분수를 나로서는 제어할 수 없거든. 나는 아무것도 창작할 수 없는데, 그것은 재능의 고갈 때문이 아니라 오히려 과잉 때문이야. 나의 사상은 싹틀 때에는 엎치락뒤치락하며 우거질 대로 우거지지만, 나중엔 서로 물크러져 열매를 맺지 못해. 아무리 살기를 띠고 서둘러도 이런 속도로 끊임없이 뒤를 이어 나오는 사상을 처리하기에는 역부족이야. 한 문장을 끝내면, 거기에 표현된 사상은 마치 1초 동안에 한 세기라도 지나갔나 생각될 정도로, 이미 아득히 먼 것이 되고 말아. 그리고 종종 머릿속에서 그 사상을 대신하는 다른 사상과 모르는 사이에 뒤섞이고 말아.

이러한 까닭으로 나는 시인으로서도 연인으로서도 살 수 없네. 나로서는 이미 잃어버린 사상밖에 표현할 수 없거든. 어느 여자를 내가 소유하는 것도 이미 그 여자를 잊고 다른 여자를 사랑하기 시작한 때야. 남자로서 나는 어떻게 스스로의 의사를 공공연하게 발언할 수 있을까? 왜냐하면 아무리 내가 서둔다고 해도, 내가 현재 하고 있는 행동에 대한 감정은 이미 나에게서 사라졌고 희미한 추억에 의해서만 행동하고 있기 때문이야.

하나의 사상을 뇌의 광맥에서 골라내서 그것을 채석장에서 잘라낸 대리석 덩어리처럼 우선 본바탕 그대로 꺼내어 앞에 놓고, 아침부터 밤까지 한 손에 끌, 한 손에 쇠망치를 들고, 치고, 새기고, 깎고, 밤에는 밤대로 그 가루를 약간 가지고 가서 잉크를 빨아들이게 하는 일은 나로서는 도저히 할 수 없어.

나는 머릿속으로는 울퉁불퉁하고 딱딱한 석재에서 날씬한 모습을 새겨내고, 그것을 확실하게 손바닥 보듯이 마음속에 그릴 수 있어. 그러나 형상을 마음속에 그린 모습에 가깝게 하고 윤곽의 굴곡을 정확하게 잡기 위해서는 석재의 모서리를 말끔히 쳐내고, 파편을 튀게 하고, 줄과 망치를 두드리는 일을 싫증이 날 정도로 하지 않으면 안 되기 때문에 내 손은 물집투성이가 되고 결국은 끌을 땅에 떨어뜨리고 말지.

만일 그래도 참고 일을 계속하면, 피로가 겹쳐서 심안이 몽롱해지고 대리석이 구름처럼 보여 그 두께 안에 숨어 있는 순백의 실체를 잡을 수 없게 돼. 그래서 아무렇게나 손으로 더듬어 찾아 헤매기 때문에, 어느 부분은 너무 깊게 새기고, 또 어느 부분은 너무 얕게 새기게 되지. 발이나 팔이 이어져야 하는 데를 잘라놓거나, 비워놓아야 할 곳을 채우기도 해. 그리고 여신 대신에 도자기 인형을 조각해버려. 어떤 때에는 인형만도 못한 것이 되지. 막대한 비용과 노력을 들이고 땅 밑에서 캐온 귀한 돌덩이가 온통 엉망으로 두들겨 맞고, 베어지고 깊이 새겨져, 일정한 계획에 따라 조각가가 가공했다기보다는, 산호충이 집으로 삼기 위해 들쑤셔먹고 구멍을 뚫어놓은 것 같은 모양이 되고 말지.

미켈란젤로여, 당신은 마치 어린아이가 밤나무에 세공이라도 하듯이 대리석을 잘게 찢었는데 거기에는 어떠한 비결이 있는 것인가? 당신의 단단하기 짝이 없는 끌은 어떤 강철로 만들어진 것인가? 그리고 당신네들, 작품을 수없이 창조해낸 성실한 예술가들이여, 어떤 재료도 손쉽게 다루고 어떤 꿈이라도 자유자재로 색채나 청동에 흘려 집어넣는 당신네들은 얼마나 당당한 몸에서 잉태되었단 말인가?

정말 순진한 허영심이지만, 나에 관해 그토록 심한 말을 털어놓은 다음이니까, 너그러이 봐주리라고 보네. 나는 말이야, 실비오, 설령 온 우주가 나를 모르고, 내 이름이 처음부터 잊히는 운명을 짊어지고 있다고 해도, 이래 봬도 남 못지않은 시인이며 화가라네! 설마 자네가 나를 경멸하진 않겠지. 나는 어떤 시인도 생각한 적이 없던 시상을 지니고, 사람들이 탄식을 내지를 정도로 청순하고 성스러운 모습을 창조하였어. 나는 지금 그것을 마치 실제 그림인 양 분명하고 똑똑하게 눈앞에 보고 있어. 만일 내 머리에 구멍을 뚫고 거기에 유리를 끼워 들여다볼 수 있다면, 전에 한 번도 볼 수 없었던 근사한 화랑이 될 거야. 이 세상 어떤 왕도 여기에 겨눌 만한 화랑을 갖고 있다고 자랑할 수는 없을걸. 내 안엔 앙베르에 있는 진품처럼 휘황찬란한 루벤스가 있어. 나의 라파엘로는 대단히 잘 보존되어 있고, 그의 많은 마돈나 중에서도 내 안에 있는 것만큼 정숙하게 미소 짓고 있는 것은 없을 거야. 부오나로티[17]도 이토록 자신 있고 무시무시하게 근육을 뒤틀지는 못할 거야. 마치 '파올로 칼리아리'[18]라는 서명이 되어 있는 것처럼 베네치아의 태양은 내 캔버스 위를 찬연히 비추고 있네. 렘브란트 자신의 암흑도 저 멀리 창백한 별이 떨리는 이 액자 안에 머물고 있어. 나의 독특한 방식대로 그려진 그림들은 분명 누구에게도 경멸받지 않을 걸세.

이런 말을 하면 세상 사람들이 나를 이상한 놈이며 하찮은 자부심에 빠져 있는 놈이라고 생각하리라는 건 나도 잘 알고 있어. 그러나 이것은 사실이네. 이 점에 대한 나의 신념은 아무리 조롱당해도 끄떡도 안 해. 내 말을 인정하는 사람은 하나도 없겠지. 그렇지만 어쩌겠나? 모든 인간이 백 아니면 흑의 각인이 찍혀 태어났고, 내 각인은 필경 흑인걸.

이 점에 관해 내 감정을 충분히 숨겨놓지 못할 때가 종종 있어. 그리고 멀리서 무릎을 꿇고 그 업적을 숭상하거나 조각상을 우러러보아야 하는 고매한 천재들에 대해서 너무 버릇없이 이야기를 하곤 하지. 한번은 그만 무심결에 그 천재들을

17 Michelangelo Buonarroti(1475~1564): 미켈란젤로의 이름.

18 Paolos Caliari: 16세기 이탈리아의 화가 파올로 베로네세의 본명.

"우리들"이라고까지 말했지 뭔가. 다행히 그때의 이야기 상대는 그런 일을 별로 마음에 두지 않는 사람이었지만, 그렇지 않았더라면 필경 더할 나위 없이 자만에 빠져 있는 녀석으로 치부되었을 거야. 안 그런가, 실비오? 나는 분명히 시인이며 화가 맞지?

사람들에게 천재라고 인정받고 있는 사람들이 실제로 다른 사람들보다 뛰어난 위인이라고 믿는 것은 잘못된 일이야. 라파엘로가 작업을 하며 일을 시킨 무명의 제자나 화가들이 얼마나 그의 명성에 기여했는지 남들은 몰라. 라파엘로는 여러 사람의 정신과 재능에 자신의 서명을 준 셈이야.

화가와 작가를 막론하고 대가들은 자기들만으로 한 세기를 점령하고 있어. 그들은 허겁지겁 모든 장르에 동시에 손을 대지. 그들의 경쟁자가 나타나면 즉각 표절 시비를 걸고, 처음부터 싹을 잘라버려. 그것은 이미 다 알고 있는 전술이며 별로 새삼스럽지도 않지만, 그래도 번번이 성공하지.

이미 유명해져 있는 인간의 재능이 자네가 갖고 있는 재능과 똑같은 종류일 수도 있어. 우리는 모방자로 보이는 것이 싫은 나머지 타고난 성향을 왜곡시켜서 다른 방면으로 돌릴 수밖에. 우리는 승리의 나팔을 힘껏 불든가, 지난날의 창백한 환상을 환기시키기 위해서 태어났다네. 그런데도 우리의 손가락은 구멍이 일곱 개 있는 플루트 위에 얹혀 있거나 규방의 소파에 앉아 리본을 매어야 해. 이 모두가 우리의 아버지께서 우리를 8년이나 10년 더 일찍 일정한 틀 속에 넣어주지 않았기 때문이며, 사람들이 두 사람이 같은 밭을 경작하는 것을 납득해주지 않기 때문이야.

그러한 이유로 숭고한 지성을 지닌 많은 사람들이 스스로 잘 알고 있으면서도 자기 길이 아닌 길을 가고 있는 거야. 그들은 추방당한 자기 영토의 테두리에서 끝내 떠나지 않고 몰래 담 너머를 들여다보면서, 자기도 가지고 있지만 땅이 없어서 뿌리지 못한 씨앗의 알록달록한 꽃들이 태양 아래 활짝 피어난 것을 바라보는 것으로 만족해야 해.

나라는 사람을 보면, 환경이 나에게 기회를 가져다주네 마네, 또 공기와 태양이 많네 적네 하는 것을 떠나서, 또 문이 열려 있어야 하는데 닫혀 있네, 혹은 만남을 놓쳤네, 아는 사이가 되었어야 하는데 몰랐네 어쩌고 하는 것을 떠나서, 우선 내가 무언가가 되기는 할지 그걸 모르겠단 말이야.

나에겐 딱히 천재라고 불릴 만한 어리석은 구석도 없고, 위인이 찬연히 빛나는 산의 정상에 도달했을 때 세상 사람들이 의지라고 하는 미명으로 우러러 받드는, 또 거기에 도달하기 위해 꼭 필요한 집요함도 없다네. 나는 이 모든 것이 빈 껍질이며 그 안에는 오직 부패만 들어 있음을 너무 잘 알지. 그래서 오랫동안 집착하면서 온갖 고난을 물리치고 한결같은 태도로 일을 추구할 수가 없어.

천재들은 매우 편협하지만, 그렇기 때문에 천재지. 그들에게는 지성이 결여되어 있기 때문에, 도달하려는 목표를 알아차리지 못해. 그들은 두서너 발자국을 성큼성큼 내디뎌 중간 지역을 넘고 말아. 그들의 정신은 시대의 흐름 같은 데에는 굳게 닫혀져 자신의 계획과 직접 관계되는 것 외에는 어떤 것도 인지하지 못하기 때문에, 사고와 행동의 낭비가 극히 적어. 그리고 집중력이 흩어지거나 정신이 헷갈리는 일이 없어. 대부분의 천재들은 오히려 본능적으로 행동하는 사람들이라, 자기의 전문분야 밖으로 나오면 다른 사람들은 거의 이해하지 못할 정도로 무능한 인간이 되고 말아.

훌륭한 시를 짓는 일은 분명 드물고도 멋진 천부적 재능이야. 또 나만큼 시에 관한 여러 가지 사항에 흥미를 갖고 있는 사람도 드물걸. 그러나 나는 한평생을 알렉상드랭의 12음절구에 매일 생각은 없어. 세상에는 시의 반구(半句)보다 더 흥미를 끄는 것들이 수없이 많거든. 그렇다고 내가 사회 현상이나 개혁에 흥미를 갖는단 말은 아니야. 농민이 글을 읽건 말건, 또 사람들이 빵을 먹건 풀을 뜯건, 그런 일엔 별로 관심이 없다네. 그러나 내 머릿속에서는 한 시간 동안에 중간 휴지(休止)나 각운과는 상관없는 수많은 환상이 지나가지. 그렇기 때문에 나는 작품을 보면 태워버려도 좋을 몇몇 시인들보다 더 많은 사상을 갖고 있으면서도 막상 시를 짓지 못하는 거야.

나는 아름다움을 사랑하고 그것을 느껴. 아름다움을 가장 사랑하는 조각가가 이해하는 만큼 나도 그것에 대해 설명할 수 있어. 그렇지만 나는 조각을 하지 않아. 불완전한 조각의 추함이 거슬리기 때문이야. 나는 작품을 갈고 닦아 좋아질 때까지 기다릴 수 없어. 시든 회화든, 내가 만든 것을 남기고 싶은 마음이 든다면, 어쩌면 나를 유명하게 만들어줄지도 모르는 시나 그림을 완성하겠지. 그렇게 되면 나를 사랑하는 사람들도(만약 그럴 사람이 있다면) 내 말만 듣고 나를 믿어주는 수고를 하지 않아도 될 것이며, 나라고 하는 무명의 천재를 헐뜯는 사람들의 빈정대는 냉소에 당당하게 응대할 수 있을 텐데.

나는 팔레트나 붓을 들고 아무 걱정 없이 그때그때의 기분에 따라 붓 가는 대로 태연하게 캔버스를 채우는 사람이나, 한 자도 지우지 않고 한 번도 천장을 쳐다보지 않고서 1백 행의 시를 단숨에 써버리는 사람을 많이 알고 있어. 그들의 작품은 가끔씩 좋지 않을 때가 있지만, 그들에게만은 언제나 감탄하고 있네. 결점이 아무리 확연히 드러난 것이라도 그것을 보지 않는 행복한 대담함이 부러울 뿐이야. 나는 조금이라도 비뚤게 그리면 곧 그것을 알아차리고 견디지 못해. 게다가 실제보다도 이론을 더 잘 알고 있기 때문에 스스로 결점을 알면서도 교정할 수 없는 일이 종종 있어. 그렇게 되면 캔버스를 벽 쪽으로 돌려버리고 두 번 다시 손대려고 하지 않지.

나에게는 완전한 작품에 대한 관념이 항상 눈앞에 생생하게 떠오르고 있기 때문에 나 자신의 작품에 대한 혐오감이 앞서 일을 계속할 수가 없다네.

아! 나의 사상이 지니고 있는 상냥한 미소와 그것을 캔버스에 옮겼을 때의 추악한 찡그린 모습을 생각하면, 밤마다 빛의 날개를 펼치는 아름다운 꿈 대신 무서운 박쥐가 날아다니는 것을 보고 장밋빛 사상 위에 굵은 가시가 돋아나는 것을 보며 절묘한 휘파람새의 가락을 기대하고 있던 곳에서 당나귀 울음소리를 듣게 되면, 나는 너무도 절망하여 역정을 내며 나 자신의 무력에 그만 정이 떨어지고 말아. 그러고는 사상을 배반하는 죄를 범하기보다는 차라리 한평생 아무것도 쓰지 않고, 말하지 않겠다고 결심하곤 해.

나는 편지 한 장 마음대로 쓸 수가 없어. 전혀 다른 말을 해버리는 적이 자주 있다네. 어느 부분은 터무니없이 길어지고, 다른 부분은 말도 안 되게 짧아져. 그리고 가장 긴요한 용건을 빠뜨리고 말든가, 추신에 쓸 수밖에 없게 되고 말지.

이 편지를 자네에게 쓰기 시작했을 때도 분명히 지금까지 말한 것의 반도 말할 예정이 아니었네. 나는 다만 연극 연습을 시작했다는 것을 알리려고 했을 뿐이야. 그런데 하나의 단어가 하나의 문장을 끄집어내고, 하찮은 일에 관한 설명이 많은 사소한 설명을 낳고, 그 사소한 것이 또 다른 것을 잉태하고, 그것이 빨리 나오려고 발버둥쳐. 이래서는 언제까지 가도 끝이 없고, 2절판 책으로 2백 권이 안 된다는 보장이 없어. 이건 좀 심하잖아.

펜을 들자마자 머릿속은 마치 수없이 많은 풍뎅이를 풀어놓은 것같이 날개 치는 소리로 귀가 먹먹해질 정도야. 그것들은 두개골의 벽에 부딪치거나 재주넘기를 하거나, 올라갔다 내려갔다 하면서 무시무시한 소동을 부리고 있지. 머릿속의 사상이 모두 날아다니며 출구를 찾고 있는 거라네. 모두 한꺼번에 뛰쳐나가려고 하기 때문에, 어떤 놈은 다리가 부러지고 어떤 놈은 크레이프 같은 날개가 찢어지기도 하지. 그러나 가끔 아무리 해도 문이 열리지 않는 바람에 한 놈도 문턱을 넘어 종이 위까지 오지 못할 때가 있어.

나라는 인간은 이런 식이란 말이야. 확실히 잘 만들어졌다고 할 수는 없지만, 그렇다고 어쩌겠나? 책임은 하느님에게 있지 나에게 있는 것은 아니니까, 나로서는 어찌할 도리가 없는 일일세. 내가 자네에게 용서해달라고 할 필요는 없겠지, 실비오. 용서는 미리 받았고, 자네는 제대로 판독도 할 수 없는 난잡한 문장이나 머리도 꼬리도 없는 공상이라도 끝까지 친절하게 읽어주는 친절함을 갖고 있어. 아무리 앞뒤가 맞지 않는 잠꼬대라도 그것을 내가 썼다는 이유로 항상 자네는 흥미를 가져주지. 그리고 나에 관계된 일이라면 설령 그것이 잘못된 것이라도 자네는 그걸 소중히 여겨주지 않나.

그러니까 자네에게는 대개의 인간이 불쾌하게 생각하는 것이라도—그야말로 자존심에 관한 일인데—안심하고 고백할 수 있어. 그러나 이런 알량한 일은 잠시 멈추기로 하고, 이 편지의 원래 목적이 머지않아 상연하기로 되어 있는 연극에 관한 보고이므로 주제로 돌아가기로 하지.

리허설이 오늘 있었다네. 그러나 오늘처럼 갈피를 못 잡은 적도 없었어. 많은 사람들 앞에서 무언가를 암송해야 할 때 느끼는 당혹감 때문이 아니고, 다른 이유 때문이야. 우리들은 모두 의상을 걸치고 시작할 준비를 갖추었어. 오직 테오도르만 오지 않아서 방으로 사람을 보냈더니 곧 내려간다는 대답이었어.

드디어 그가 나타났어. 테오도르처럼 발걸음이 가벼운 사람도 이 세상에 없건만 나는 훨씬 전부터 그의 발소리를 듣고 그가 나타나리라는 것을 알았지. 그에 대한 나의 관심이 워낙 각별하기에 나는 벽을 사이에 두고도 그의 동작을 짐작할 수 있었어. 그가 문의 손잡이에 손을 대려고 하는 순간, 나는 몸이 떨리기 시작했고 심장이 몹시 두근거렸어. 내 일생을 좌우하는 중대사가 일어날 것 같은, 오래도록 기다려왔던 그 장엄한 순간이 왔다는 생각이 들었어.

문이 소리 없이 열리고 닫혔어.

모두 이구동성으로 감탄사를 내뱉었지. 남자들은 박수를 쳤고 여자들은 얼굴이 새빨개졌어. 로제트만은 그 순간 무언가가 뇌리를 스치고 지나간 양 안색이 새파래지더니 몸을 벽에 기대었어. 그녀는 나와 반대의 이유로 같은 동작을 취했던 거야. 나는 그녀가 테오도르를 사랑하고 있다고 항상 의심하고 있었네.

물론 그 순간, 그녀도 나와 마찬가지로, 분장한 로잘린드가 사실은 젊고 아름다운 여자임에 틀림없다고 확신한 것 같아. 그녀의 덧없는 누각은 그 일격으로 산산조각이 났을걸. 반대로 내 꿈은 그 폐허 위에 높이 솟아올랐지. 적어도 내게는 이런 생각이 떠올랐어. 그러나 나의 착각인지도 몰라. 어쨌든 정확한 관찰 따위는 도저히 할 수 없는 상황이었으니까.

그 자리에는 로제트 외에도 서너 명의 미녀가 있었어. 하나같이 너무나도 못나 보였어. 태양빛 옆에서 그녀들이 뽐내는 미모의 별빛 따위는 사라져버리고 만 거지. 그리고 어떻게 그런 여자들을 봐줄 만하다고 생각하였는지 스스로 의아해하였어. 그때까지 그녀들을 정부로 삼고 좋아하던 사람들도 이제는 하녀 정도로 여기게 될 정도였으니까.

지금까지 막연한 윤곽으로 어렴풋하게 그리던 모습이, 허무하게 추구하며 갈망해 마지않던 망령이 그곳에, 바로 눈앞에,

손으로 만질 수 있는 살아 있는 몸으로 서 있었어. 더 이상 뿌연 빛의 안개 속에서가 아니라 환한 빛의 파도 속에 몸을 적시고 있었어. 허무한 변장이 아닌 실제 옷을 걸치고 있었지. 사람을 우롱하는 청년의 모습이 아니라 더할 수 없이 아름다운 여자의 모습으로 말일세.

나는 한없는 행복을 느꼈어. 마치 내 가슴을 누르고 있던 한두 개의 산이 없어진 듯한 느낌이었어. 나 자신에 대하여 갖고 있던 두려움이 사라져 없어지는 것 같았고, 스스로 괴물이라고 자책하던 불쾌감에서도 해방되었어. 자신에 대하여 다시 목가적인 상상을 허용하게 되었고, 마음속에는 봄의 제비꽃들이 흐드러지게 피어났어.

그는, 아니 그녀는(나는 이제 그녀를 남자라고 믿었던 어리석은 추억을 떠올리고 싶지 않아) 거기에 모인 사람들에게 최초의 탄성을 지를 기회라도 주려는 듯이, 잠깐 출입구에 가만히 서 있었어. 밝은 빛이 그녀를 머리부터 발끝까지 비추었어. 뒤로 멀리 뻗은 복도를 어두운 배경으로 하고, 조각한 틀을 액자로 한 채, 빛이 단순히 그녀에게 비추어지는 것이 아니라 오히려 그녀의 몸 안에서 내뿜어지는 듯 찬연했어. 그 모습은 살과 뼈로 된 인간이라기보다는 화가가 그린 절묘한 그림이 아닌가 하는 생각이 들 정도였지.

풍만한 갈색 머리가 굵은 진주로 만든 장식용 끈과 서로 얽혀 자연스럽게 구불거리면서 아름다운 두 뺨에 드리워진 모습이란! 어깨와 가슴은 노출되어 있었는데, 나는 일찍이 이렇게 아름다운 어깨와 가슴을 본 적이 없었네. 아무리 훌륭한 대리석 조상이라도 이토록 뛰어난 완전함에는 미치지 못해. 그 투명한 모습 아래에서 생명의 흐름이 손바닥 보듯이 보였어! 새하얀 피부에 감도는 불그스름한 빛이란! 조화롭게 황금색으로 빛나는 안색은 얼마나 기분 좋게 이마로부터 머리로 넘어가고 있는지! 백조의 목보다도 부드럽고 매끄러운 윤곽의 감미로운 굴곡 안에는 얼마나 매력적인 시가 들어 있는지! 나의 느낌을 표현할 말이 있다면 자네에게 50페이지 정도 묘사를 해 보일 거야. 그러나 말이란 여자의 등이나 가슴을 한 번도 본 적이 없는 놈들이 만들어놓은 것이므로 내가 꼭 표현하고 싶은 내용의 반도 없다네.

나는 무슨 일이 있어도 반드시 조각가가 되어야겠다고 굳게 마음먹었어. 이토록 아름다운 모습을 보면서 어떤 방법으로도 표현할 수 없다면, 바보나 미치광이가 되어버릴 것 같아서 말이야. 나는 그 어깨를 위하여 소네트를 20개나 지었지만 그래도 뭔가 부족해. 내 손으로 직접 만질 수 있는 진짜와 똑같은 것이 필요하다네. 시는 미의 환상을 표현할 뿐, 미 그 자체를 표현할 수는 없어. 화가는 더 정확한 외모를 포착할 수는 있으나 그것은 역시 외관에 불과해. 조각은 모조품으로서

갖출 수 있는 모든 현실을 갖추고 있지. 조각은 다양한 면모를 지녔으며 그림자도 있고 손으로 만질 수도 있어. 좀 딱딱하고 말을 하지 않는다는, 두 가지 극히 경미한 결점을 제외하고는 진짜와 다를 바 없지 않은가 말이야.

그녀의 의복은 색깔이 변하기 쉬운 옷감으로 만들어져 있어서, 밝은 데에서는 군청색으로, 어두운 곳에서는 금빛으로 비쳐 보였어. 꼭 맞게 끼는 신발 때문에 그렇지 않아도 작은 발이 더욱 작아 보였지. 그리고 진홍색의 양말은 너무나 잘빠진, 관능적인 다리 둘레에 연인처럼 달라붙어 있었어. 레이스의 술 장식에서 빠져나온 팔은 둥글고 통통하였으며 새하얀 데다가 공들여 닦은 은처럼 상상할 수 없을 정도로 고상하게 빛나고 있었어. 반지와 팔찌를 잔뜩 낀 손은 특이한 색으로 뒤섞인 새털부채를 부치고 있었는데 그것이 작은 무지개 같아 보이더군.

그녀는 뺨에 연지를 바른 건 아니지만 옅은 분홍빛을 띠고 방으로 들어왔어. 사람들은 모두 황홀하여 탄성을 지르며 어떻게 그녀가 대담한 기사이며 고약한 결투가, 또 과감한 수렵가인 테오도르 드 세란일 수 있는지 의심했고, 분명히 그의 쌍둥이 누이동생일 거라고 확신했어.

남자가 여장을 한 것이라고는 도저히 생각할 수 없었어! 동작에는 전혀 부자연스러운 데가 없었고, 걸음걸이도 대단히 멋있기 그지없었어. 눈동자와 부채의 움직임도 보는 사람의 넋을 잃게 하였지. 더구나 허리는 얼마나 가는지! 손가락 사이에 낄 정도였어! 정말로 대단해! 믿어지지 않아! 분장에는 털끝만큼의 빈틈도 없었어. 가슴도 여자의 가슴같이 포동포동 부풀어 있고, 뿐만 아니라 수염이 한 가닥도, 단 한 가닥도 없었어. 더구나 목소리는 얼마나 부드러운지! 오! 아름다운 로잘린드여! 그대의 올랜도가 되지 않겠다고 할 사나이가 누가 있겠는가!

맞아, 설사 내가 겪은 고뇌를 겪는다고 해도 로잘린드의 올랜도가 되지 않겠다고 할 사람이 어디 있을까? 아무에게도 말할 수 없는 불륜의 사랑, 도저히 마음에서 지울 수 없는 사랑, 끝없이 깊은 침묵을 어쩔 수 없이 지켜야 하는 사랑, 매우 내성적이며 조심스러운 남자가 극히 정숙하고 엄격한 여자에게 털어놓을 수 있을지언정 이것만은 감히 입에 담을 수 없는 사랑, 저주받은 방탕한 눈으로 보아도 비상식적이며 변명의 여지가 없는 정열, 이런 정열에 비하면 보통의 정열은 아무것도 아니지. 내가 지닌 정열은 내가 생각해도 부끄럽고, 희망을 가질 수 없는 정열이며, 만에 하나 성공한다고 해도 죄의식에 수치로 죽어버릴 것만 같은 정열 아닌가? 성공하지 않길 바라고, 남들이 찾는 좋은 기회를 두려워하고 오히려 피하는, 이런 것이 나의 운명이었던 거야.

나는 몹시 심한 절망에 사로잡혀 놀람과 호기심이 뒤섞인 공포를 느끼면서 나 자신을 지켜보고 있었어. 더구나 나를 가장 견딜 수 없게 한 것은 지금까지 나는 아무도 사랑한 적이 없으며, 이것이 내 청춘의 최초의 흥분이고 내 사랑의 봄날에 처음으로 피어난 데이지라는 생각이었어.

나로서는 이 파렴치한 사랑이 청춘의 순진하고 다소곳한 환상을 대신하였지. 저녁나절 숲가의 단풍이 붉게 물든 오솔길과 정원의 연못을 향한 대리석의 흰 테라스를 산책하면서 조용히 간직하고 있었던 나의 애정에 대한 꿈은 이 수상쩍은 미소와 모호한 목소리를 지닌 믿을 수 없는 스핑크스로 변신하지 않으면 안 되었어. 그리고 나는 감히 이 수수께끼를 풀어볼 용기도 못 내고 그 앞에 선 채 꼼짝 못하고 있네! 자칫 잘못 해석하면 나는 파멸이지. 아, 슬프다! 왜냐하면 그것이 나를 이 세상과 이어주는 유일한 줄이며 이 줄이 끊어지면 만사가 끝장나기 때문이야. 나한테서 이 빛을 빼앗아보게. 그럼 나는 세상에서 가장 오래된 파라오의 붕대에 감긴 미라보다도 훨씬 음침하고 무기력하게 될걸.

나는 더할 수 없이 강력한 힘으로 테오도르에게 끌리는 것을 자각할 때에는 공포에 사로잡혀 로제트의 팔 안으로 뛰어들어갔어. 그녀는 나에게 말할 수 없는 혐오감을 주었지만 그렇게 했네. 그리고 마치 바리케이드나 방패와 같이 그녀를 나와 테오도르 사이에 끼어들게 했어. 그녀 곁에서 자고 있을 때에는 이 사람이야말로 입증된 틀림없는 여자라고 생각하고, 비록 내가 그녀를 사랑하고 있지 않더라도 이 관계가 단순한 음란이나 방탕으로 타락하지 않을 정도로 그녀는 나를 아직 충분히 사랑하고 있다고 생각하며 위안을 삼았지.

그러나 그동안에도 마음속으로는 예의 실현 가능성이 없는 정열을 상기하고 그것에 대하여 그토록 성의 없는 태도를 취하는 것을 왠지 모르게 후회했어. 그리고 마치 배신이라도 하고 있는 듯 자신을 책망했어. 물론 나는 내가 꿈꾸는 사랑의 대상을 영원히 소유할 수 없다는 것을 알고 있어. 그럼에도 불구하고 한심스러운 자신에게 화가 치밀어 로제트에게도 툭하면 냉담한 태도를 취하곤 했어.

리허설은 내 기대 이상으로 잘 진행되었어. 테오도르는 특히 훌륭하였고, 내 연기도 최고라고들 하였지. 그러나 그것은 내가 좋은 배우가 될 소질을 지니고 있기 때문은 아니네. 다른 역할도 그렇게 잘 연기할 수 있을 거라고 생각한다면 착각이지. 사실은 상당히 묘한 우연으로 내가 말한 대사가 내 실제 입장과 꼭 들어맞는 말들이었기 때문에, 책에서 읽고 암기했다기보다는 오히려 마음에서 우러나온 대사라고 해도 될 정도였어. 그래서 몇 군데 대사가 기억나지 않아도 조금도 망설임 없이 당장 대사를 지어내어 빈칸을 채울 수 있었어. 적어도 내가 올랜도가 되기 전부터 올랜도는 나였던 거야. 이 이상 꼭 들어맞는 관계는 도저히 찾아볼 수 없다네.

격투 장면에서 테오도르가 극본에 있는 그대로, 목에서 목걸이를 끌러 내게 내밀었을 때, 그는 매우 안타까운 듯한, 전조가 가득한 눈빛으로 나를 쳐다보고 다음의 대사를 더없이 품위 있고 우아하게 건넸어.

"용감하신 기사님, 이것을 저에 대한 추억으로 목에 걸쳐주시옵소서. 어린 소녀를 추억하실 것으로 더 드릴 것이 있다면 무엇이든 더 드리겠습니다."

그 말을 듣고 나는 정말 감동해버려 간신히 이렇게 얘기했어.

"어떤 정열이 나의 혀를 꽉 누르고 이같이 꼼짝달싹 못하게 묶어버렸단 말인가? 나는 이 사람에게 아무 말도 못하고 있는데, 이 사람은 나와 이야기하고 싶어 하는구나. 오, 불쌍한 올랜도여!"

제3막에서 로잘린드는 남자의 복장을 하고 개니미드라는 이름으로, 앨리너로 개명한 사촌인 실리어[19]와 함께 다시 등장해.

이것은 나에게 불쾌한 인상을 주었어. 나는 이미 그녀의 의상이 대단히 마음에 들었거든. 말하자면 나의 욕망에 조금이

19 셰익스피어의 「뜻대로 하세요」에 나오는 프레드릭 공작의 딸.

나마 희망을 주고, 설사 윤리에 어긋나는 것이라고 하더라도 매혹적인 착각을 즐길 수 있게 해주었기 때문이지! 사람이란 원래 덧없기 짝이 없는 외모를 믿고 자신의 소원을 현실로 간주하는 데에 금세 익숙해져버리는 존재인가 봐. 그래서 나는 테오도르가 남자 복장을 하고 나타난 것을 보고 완전히 우울해지고 말았어. 전보다 훨씬 더 깊은 우울증에 빠지고 말았지. 왜냐하면 기쁨은 슬픔을 더욱 강하게 환기시킬 뿐이며 태양은 암흑의 무서움을 더 잘 이해시키기 위해서만 빛나고, 흰색은 검은색의 비애를 두드러지게 하는 목적밖에 없기 때문이야.

그의 복장은 대단히 우아하고 멋있었어. 마름질도 고상하고 참신한 데다가 장식끈과 리본을 이어놓아 루이 13세 궁정의 풍류 인사의 취미를 그대로 보여주고 있었지. 깃털이 달린 끝이 뾰족한 펠트 모자가 아름다운 고수머리 위에 그림자를 떨어뜨리고, 금과 은을 상감한 칼이 여행용 망토 옷자락 밖으로 나와 있었어.

그러나 이 남성다운 복장에는 여성적인 분위기가 배어 있다는 사실이 생생히 느껴졌어. 엉덩이 부분이 왠지 모르게 넓고 가슴도 포동포동 부풀어 있는 데다가 남자의 몸에는 도저히 생길 수 없는 의상의 굴곡이 만들어진 것으로 보아 그 사람의 성별에 의심의 여지가 없었다네.

태도 역시 단호한 척했지만 어딘지 모르게 수줍어하는 모양이 우습기 짝이 없었어. 그리고 세련된 몸가짐으로 여자의 의상을 입었을 때의 자연스러운 모습과는 달리 평소의 복장을 걸치자 왠지 거북스러워하는 느낌이 들었다네.

그것을 보니 나는 기분이 좋아져 역시 여자였구나 하고 굳게 믿게 되었어. 그리고 실수 없이 내 역할을 연기할 수 있을 만큼 마음의 안정을 되찾았지.

자네가 이 연극을 알고 있던가? 아마 모를 거야. 나는 2주일 전부터 이것을 읽고 낭독하는 일밖에 하지 않았기 때문에 이젠 완전히 암기해버렸어. 세상에서 나만큼 이 연극의 구성이나 줄거리를 이해할 수 있는 사람은 없을걸. 내가 평소에 늘 하는 실수이긴 하지만, 나는 내가 술에 취해 있으면 누구나 다 술에 취해 벽에라도 부딪칠 것 같은 생각이 들고, 히브리어를 할 줄 안다면 하인에게 히브리어로 실내복과 슬리퍼를 가지고 오라고 말한 후 그 하인이 못 알아듣는 것에 깜짝 놀란다네. 어쨌든 이 희곡은 한번 꼭 읽어봐. 나는 자네가 이 희곡을 읽어보았다는 가정하에 나와 관련된 부분만을 이야기하도록 하겠네.

로잘린드는 사촌 자매와 숲속을 산책하다가, 덤불 가지에 오디나 야생 자두 대신 자신을 칭송하는 목가가 달려 있는 것을 보고 깜짝 놀라지. 그것은 몹시 이상한 열매로, 가시덤불 위에 달려 있지 않은 게 다행이었어. 목이 마를 때에는 가지에 달린 맛있는 오디를 발견하는 편이 서투른 시를 발견하는 것보다 바람직하니까 말이야. 그녀는 어린 나무껍질을 무참히 흠내어 자기 이름의 머리글자를 새긴 것이 누구일까 하고 매우 궁금해하지. 전에 올랜도를 만난 적이 있는 실리어는 이 사람이 누구인지 말해달라는 로잘린드의 청에 못 이겨, 그 시의 작자는 격투가 벌어졌을 때 공작에게 고용되어 있는 찰스[20]를 패배시킨 청년임에 틀림없다고 말해줘.

이윽고 올랜도가 등장해. 로잘린드는 시간을 묻는 척하며 남자에게 말을 걸지. 분명히 이것은 너무나도 간단한 시작이야. 이처럼 부르주아적인 시작은 없을걸. 그러나 걱정하진 말게. 이 평범하기 그지없는 말에서 곧 생각지도 않던 기발한 생각이 마치 비료를 충분히 준 옥토에서와 같이 이상야릇한 꽃이나 비유가 되어 엄청나게 피어날 테니까.

하나하나의 단어가 문장 위에 떨어지며 새빨갛게 불에 단 쇠망치처럼 무수한 불꽃을 좌우로 튀기는 몇 번의 멋진 대화가 오간 후, 로잘린드는 혹시 산사나무에 오드를 걸어놓고 가시나무 가지에 엘레지를 매단 남자를 아는지 물으면서, 그 사

20 셰익스피어의 「뜻대로 하세요」에 나오는 프레드릭 공작의 씨름꾼.

람은 사랑의 병에 걸려 있는데 자기는 그 병을 완치하는 법을 알고 있다고 말해. 올랜도는 그 사랑에 시달리고 있는 사람이 바로 자기라고 고백하고, 그 병을 고치는 확실한 처방을 알고 있다면 자기에게도 제발 가르쳐달라고 간청하지. "당신이 사랑에 빠져 있다고요?" 하고 로잘린드는 말해. "그런 기색은 조금도 보이지 않는군요. 뺨도 여위지 않았고 눈도 들어가지 않았는데요. 양말도 발뒤꿈치에 걸리지 않았고 소매의 단추도 끌러지지 않았습니다. 게다가 구두끈도 대단히 품위 있게 매여져 있네요. 당신은 사랑하고 계시다고 하지만, 그것은 틀림없이 당신 자신에 대한 사랑이겠지요. 저의 처방 따위로는 도움이 되지 않습니다."

난 이렇게 대답하였지. 이때 벅찬 감동에 가슴이 떨려왔어. 이게 바로 그 대사라네.

"아름다운 젊은이여, 제가 당신을 사랑하고 있음을 믿어주십시오."

이 대답은 앞뒤가 맞지 않는 너무나 느닷없는 대사였지만, 작가가 사전에 뭔가를 예감하고 나를 위해 일부러 써놓은 것이 아닐까라는 생각이 들었어. 테오도르에게 그 대사를 읊었을 때, 나는 뭐라고 형용할 수 없는 감동을 느꼈지. 테오도르의 고귀한 입술은 방금 그가 말한 대사의 비꼬는 표현 때문에 여전히 약간 삐죽 튀어나와 있었으나 눈은 말할 수 없는 부드러움을 띠고 미소 짓고 있었어. 젊고 아름다운 얼굴의 윗부분이 밝은 표정으로 빛나고 있었어.

"저더러 그 말씀을 믿으라고요? 당신을 사랑하고 있는 여자에게 말하는 것만큼이나 쉽게 말씀하시는군요. 하지만 그 여자는 당신을 사랑하는 사실을 쉽게 인정하지 않을걸요. 그런 일에 관해서 여자란 언제나 양심의 말을 부정하는 법이죠. 그렇지만 농담은 그만두기로 하고, 로잘린드에게 바치는 송가를 나무에 건 분이 정말로 당신이세요? 그리고 당신은 정말 사랑의 병 때문에 약을 구하고 계세요?"

아름다운 로잘린드는 그 많은 각운을 달고 훌륭한 시를 지은 사람이 올랜도임에 틀림없다는 사실을 확인하자 그에게 비법을 말해주기로 했어. 그 방법이란 바로 이래. 즉 로잘린드는 그에게 자신이 사랑의 병을 앓고 있는 남자가 사랑하고 있는 여자처럼 가장할 테니, 마치 진짜 애인에게 대하는 것처럼 자기의 비위를 맞추어 기분을 풀어주어야 한다고 말해. 그리고 그녀는 그가 사랑에 싫증이 나도록 터무니없는 변덕을 보여줘. 금방 울었다가는 금방 웃음을 터뜨리고, 한 번은 상냥하게 대하다가 다른 한 번은 쌀쌀맞게 대하지. 그를 할퀴기도 하고, 얼굴에 침을 뱉기도 하는 등 잠시도 가만있지를 않아. 아양을 떨기도 했다가 변덕을 부리기도 하고, 새침한 척하다가 울적해하는 짓을 번갈아하며, 권태와 우울과 히스테리가 경박한 여자의 텅 빈 머릿속에 부채질하는 천차만별의 변덕을 부려. 그 모습은 마치 악마의 도움을 받든지 아니면 아예 악마에게 씐 것 같아. 악마와 원숭이와 대리인을 하나로 합쳐도 이렇게까지 못된 꾀를 짜낼 수는 없을 거야. 아니나 다를까 이 기적적인 방법은 굉장한 효력을 발휘해. 환자는 사랑의 발작에서 광기의 발작으로 빠지는 바람에 보는 이의 마음을 조마조마하게 하다가, 드디어 수도원이라고 하는 은둔처로 여생을 끝내러 간다는 이야기야. 이것은 나무랄 데 없는 결말이며 예상하기 어렵지 않은 이야기이기도 해.

올랜도는, 당연히 그렇듯이, 이런 방법을 써서까지 건강을 회복하고 싶진 않다고 생각해. 그러나 로잘린드는 굽히지 않고 이 요법을 써보려고 해. 게다가 그녀는 이런 대사까지 읊는 거야. "저를 로잘린드라고 불러주세요. 매일 저의 오두막으로 저를 보살피러 와주신다면, 반드시 병을 고쳐드리겠습니다." 이 말을 할 때 테오도르가 심상치 않은 눈빛으로 나를 응시하였기 때문에 나는 그 눈빛에 말 이상으로 깊은 뜻이 있으리라는 것을 짐작했고, 나에게 진정을 털어놓고 이야기하러 오라는 간접적인 고백으로 듣지 않을 수 없었어. 올랜도는 이렇게 대답했지. "물론 기꺼이 찾아뵙지요, 젊은이." 그러자 그녀는 더욱 의미심장한 표정으로 자기 마음을 이해하지 못하는 것을 원망하듯이 덧붙여. "아니, 아니, 저를 로잘린드라고 불러주셔야 한다니까요."

어쩌면 내가 잘못 보았는지도 모르지. 확실히 이 눈으로 보았다고 생각했던 것이 실제로는 아닐 수도 있어. 테오도르는 아무 말도 하지 않았지만 나의 애정을 눈치챈 듯해. 그리고 이 연극의 가면과 남자인지 여자인지 분간이 안 되는 말 따위, 빌려온 표현의 베일을 통해 자신의 진짜 성별과 우리의 상황을 암시한 것 같아. 그녀처럼 총명하고 세상사에 밝은 여자가 처음부터 내 마음속에 일어난 일을 알아채지 못할 리 없지. 말로는 하지 않았지만, 내 눈이나 불안한 태도로 충분히 알아차릴 수 있을 뿐만 아니라, 내가 애정을 숨기고 뜨거운 우정을 가장한 베일 역시 직접 관련된 당사자가 눈치채지 못할 정도로 두꺼운 것은 아니었네. 세상물정에 어두운 순진하기 짝이 없는 처녀라도 금방 알 수 있겠지.

얼마나 중대한 이유가 있기에 이 미녀가 이런 끔찍한 변장을 하고 있는지 나로선 알 수가 없어. 이 변장이야말로 나의 모든 번민의 원인이었으며 하마터면 나를 기괴한 연인으로 만들 뻔했지 않은가. 이런 일만 없었다면 마치 탄탄대로를 달리는 마차의 바퀴처럼 만사가 뜻대로 순조롭게 해결되었을 텐데. 달디단 사랑의 꿈에 젖어 더없이 편안하게 지낼 수도 있었을 테지. 또 새빨갛게 달구어진 쇠에 손이라도 닿은 듯이, 혹은 사람으로 변한 벨제뷔트[21]의 발톱에라도 잡힌 듯이 공포에 떨면서 스무 발 뒤로 물러서지 않고 우리 여신의 흰 손을 두 손으로 꽉 잡을 수 있었을 텐데.

진짜 정신이상자처럼 절망하여 날뛰거나, 후회해보려고 헛고생을 하고, 그래도 후회하지 않는 자신을 한탄하는 대신, 아침마다 기지개를 켜면서 의무를 다하고 양심을 만족시킨 상쾌한 기분으로 중얼거렸겠지. "난 사랑을 하고 있어." 이 말은 아침에 푹신한 베개를 베고 따뜻한 이불을 뒤집어쓰고 중얼거리는 말 중에서 생각해낼 수 있는 가장 유쾌한 말이지. 단 "나에겐 돈이 있다."라는 말은 어쨌든 예외이지만 말일세.

나는 아침에 일어나면 거울 앞에 앉아 일종의 경의를 표하며 나를 바라본다네. 머리를 빗으면서 안색이 시인답게 창백한 것에 감동하지. 그리고 그것을 많이 이용하자고, 그것을 충분히 유용하게 쓰자고 결심해. 왜냐하면 불그스름한 얼굴로 사랑하는 것만큼 흥이 깨지는 일도 없으니까 말이야. 그런 일이 일어나지 말란 법도 없으니, 만일 그런 불행한 일이 생기면, 매일 얼굴에 화장 분을 바르든가 아니면 대장부답게 구는 것을 체념하고 수다쟁이 여자들이나 젊은 여자들의 뒤꽁무니를 쫓아다니는 편이 나을 거야.

---

21 신약성서에 나오는 악마, 또는 저승의 사자.

다음에 나는 이 사랑스러운 육체, 정열의 소중한 그릇에 영양을 공급하기 위해 엄숙하고도 진지하게 아침식사를 하지. 고깃국물과 사냥해서 잡은 수육으로 품질 좋은 사랑의 림프액과 싱싱하고 뜨거운 피를 만들어 내 육체가 고운 마음의 소지자들에게 쾌감을 줄 수 있는 상태를 유지한다네.

아침식사가 끝나면 손톱으로 이를 쑤시면서 불규칙하게 변하는 운을 짜맞추고 나의 공주님을 찬양하는 14행시를 지어. 지금까지 아무도 생각하지 못했던, 게다가 한없이 우아한 비유를 수없이 생각해내지. 처음 4행은 천체의 무용을, 다음 4행은 신학적인 미덕의 미뉴에트를, 마지막 두 개의 3행도 여기에 못지않은 정취를 담고 있어. 여기에서는 그 대단한 헬레네도 여인숙의 하녀로, 또 파리스도 얼간이 정도로밖에 대우받지 못할 거야. 훌륭한 비유에는 동양도 두려워서 멀리 피할 걸세. 특히 놀라운 마지막 1행은 적어도 한 음절마다 두 개의 수식을 달고 있을 텐데, 그 이유는 전갈의 독이 꼬리에 있듯이 14행시의 가치는 마지막 1행에 있기 때문이야. 14행시가 완성되고 그것을 반들거리고 향수를 뿌린 종이에 정식으로 베낀 뒤 나는 의기양양하게 집을 나가겠지. 하늘에 닿거나 구름에 걸리면 곤란하니까 (참으로 용의주도하게) 머리는 숙이고 나갈 거야. 나의 심혈을 기울인 신작에 관하여 삼라만상의 의견을 구하기 위해서라면 모든 친구들과 원수들, 갓난아이와 유모와 말과 당나귀, 심지어 담과 나무에까지도 내 작품을 들려주고 다니겠어.

사교계에 가서 나는 학자다운 태도로 여자들과 이야기하지. 그리고 진지하고 침착한 어조로 감정에 관한 문제를 말해. 그때의 태도는 자신이 취급하고 있는 문제에 관한 것이라면 말로 하는 것보다 훨씬 상세하게 알고 있고, 더구나 그것은 책에서 배운 것이 아니라는 듯한 태도야. 그것은 틀림없이 굉장한 성과를 올려. 그래서 위로는 나이를 숨기고 있는 연상의 여인으로부터 밑으로는 상대가 되지 않는 계집애까지 그곳에 모인 온갖 여인을 모래 위의 잉어처럼 기절시키고 말지.

나는 정말로 행복한 생활을 할 수 있었을 텐데. 애완용 개의 꼬리를 밟아도 부인한테 심하게 야단맞지 않고, 도자기가 놓인 조그만 원탁을 뒤엎거나 식탁의 제일 맛있어 보이는 음식을 다른 사람에게 남겨주지 않고 혼자 다 먹어도 사랑에 빠진 남자에게 흔히 있는 멍한 증세라고 용서받았을 거야. 게다가 내가 가위눌린 듯한 얼굴을 하고 다 먹어치우는 것을 보면, 모두 두 손 모아 "가엾은 사람 같으니!"라고 했겠지.

그리고 또 정신 나간 사람처럼 수척한 모습, 헝클어진 머리, 구깃구깃한 양말, 풀어진 넥타이, 축 늘어진 손, 이런 모습도 해 보였겠지! 완전히 이성을 잃은 사람처럼, 공원의 오솔길을, 때로는 성큼성큼, 때로는 종종걸음으로 걸었을 테지! 또 눈을 모아 넋을 잃고 달을 바라보거나, 태연자약하게 물에 뛰어들기도 했겠지!

그러나 하느님은 전혀 다른 것을 내게 명하셨어.

내가 홀딱 반한 미인은 남자용 조끼를 입고, 장화를 신고, 동성의 옷을 경멸하는 거만한 여걸이며, 때때로 상대를 불안한 곤혹에 빠뜨린다네. 얼굴 생김새나 몸매는 틀림없이 여자인데, 정신은 틀림없이 남자거든.

나의 애인은 검술의 달인이며, 가장 노련한 사범에게까지도 시범을 보일 정도야. 결투는 몇 번 하였는지 모를 정도고, 서너 명은 죽였거나 상처를 입혔을걸. 폭이 열 자나 되는 수로를 말을 타고 뛰어넘는가 하면, 시골의 가난한 귀족처럼 사냥에 정신이 없다네. 애인으로서는 이상한 장점 아닌가! 이런 경우에 처해본 사람은 나뿐일 거야.

나는 웃고 있지만, 결코 웃을 일은 아니네. 이번처럼 괴로운 적은 없었어. 이 두 달이 2년, 아니 2세기라도 되는 것 같아. 머릿속은 아무리 튼튼한 뇌수라도 지쳐버릴 것 같은 불안의 반복이었어. 인정사정없이 휘둘리고 죽어라 하고 여기저기 끌려다녔어. 미친 듯이 흥분하는가 하면, 맥이 빠진 것같이 풀이 죽고, 터무니없는 희망에 분발하는가 하면, 한없는 절망으로 굴러떨어진다네. 그 고통은 죽지 않은 게 다행이라는 생각이 들 정도야. 테오도르의 일은 완전히 내 마음을 빼앗고 내 마음속에 넘쳐 있기 때문에, 어째서 초롱 안의 초처럼 내 몸 안이 선명하게 들여다보이지 않았는지 모르겠어. 그렇게 죽을 듯한 불안에 시달리면서 그 미친 사랑을 용케도 들키지 않았으니 말이야. 적어도 로제트는 내 마음의 동요에 이해관계가 가장 많이 달려 있는 장본인이었음에도 불구하고, 아무것도 눈치채지 못한 모양이야. 그녀 역시 테오도르에게 몰두해 있기 때문에 내 태도가 냉담해진 걸 모르고 있는 것 같아. 아니면 내가 내숭의 거장이라도 된다는 말이겠지만, 나에게 그런 자부심은 없네. 테오도르 자신도 여태껏 내 마음을 수상하게 여기는 기미는 조금도 보이지 않고, 교육을 잘 받고 자란 청년이 같은 연배의 남자에게 말을 거는 것같이 허물없이 의좋게 말을 걸어와. 그러나 오직 그것뿐이야. 그와 나는 예술이나 시, 그리고 그와 비슷한 온갖 화제에 대하여 아무런 구애도 받지 않고 이야기해왔으나, 서로의 신상에 관해서 숨김없이 솔직히 이야기해본 적은 한 번도 없어.

어쩌면 그녀에게 어쩔 수 없이 남장을 하게끔 한 사정이 다 해결되어, 이제 몸에 맞는 복장으로 되돌아가는 것은 아닐까 하는 생각도 들어. 나로선 알 수 없는 일이지. 여하튼 로잘린드는 어떤 말에 특별한 억양을 붙여서 발음하는 듯했고, 극본의 대사 안에서도 뜻이 애매하게 해석될 수 있는 곳에서 특히 힘주어 발음하는 것 같았어.

밀회 장면에서 로잘린드가, 정말로 애태우고 있는 애인이라면 두 시간 전부터 와 있어야 하는데도 오히려 두 시간이나 늦게 온 것을 책망하는 대목에서 스스로의 과격한 애정에 놀라, 앨리너의 팔에 몸을 던지며, "오, 사촌 여동생! 사랑스러운 사촌! 내가 얼마나 깊이, 사랑의 구렁 속에 빠져버렸는지 넌 모를 거야!" 하면서 괴롭게 한숨을 쉴 때에도 그녀는 기적적인 재능을 발휘했어. 그것은 다정함과 애수와 거역할 수 없는 애정의 혼합이었지. 그녀의 목소리는 감동에 떨렸고, 웃음소리 안에는 막 폭발할 것 같은 열렬한 사랑이 엿보이는 듯했어. 게다가 여자가 남장을 하고 있다는 대단히 자극적이며 특이한 점, 또 올랜도가 그녀를 남자라고 믿고, 그럴듯하게 남자의 모습을 하고 있는 애인에게 사랑을 고백하는 장면을 상상해봐.

다른 상황에서였다면 평범하고 진부하게 들릴 만한 표현도 그 순간엔 특히 두드러졌고, 연극에 흔히 나오는 시시한 비유나 사랑의 대화도 새롭게 들리는 것 같았어. 또한 여기에 나오는 여러 가지 사상은 대단히 진기하고 좋은 것뿐이었으나 설사 그것이 재판관의 법복이나 임대용 당나귀의 껑거리끈같이 닳아서 너덜너덜한 것이었다 해도, 그것을 말하는 방식 때문에 더없이 고상하고 훌륭한 것으로 보였을 거야.

자네에게 말한다는 것을 깜빡 잊고 있었는데, 로제트는 로잘린드 역을 거절하였으나, 조역인 피비 역을 흔쾌히 맡았어.

피비는 아르덴 숲에서 양을 치는 처녀인데, 동료 목동인 실비어스가 정신없이 사랑하고 있어. 그러나 그녀는 그것이 견딜 수 없이 싫어서 실비어스에게 냉정하게 대하고 있어. 피비는 달을 뜻하는데 그녀는 그 이름처럼 차가워. 그녀는 눈의 심장을 갖고 있는데 아무리 뜨거운 한숨의 불에도 녹지 않고, 오히려 얼음의 껍질이 더욱더 딱딱해질 뿐이며 다이아몬드처럼 굳어지고 말지. 그러나 아름다운 소년 개니미드의 복장을 한 로잘린드를 한번 보자마자 그 얼음은 눈물이 되어 녹고, 다이아몬드는 밀랍보다도 더 물렁거리게 돼. 오만하며 사람을 냉소하던 피비도 이제는 사랑에 빠져서 그때까지 다른 사나이들에게 주고 있었던 고통을 스스로 체험하게 되지. 자존심은 땅에 떨어지고 이것저것 수단 방법을 가리지 않아. 그래서 그녀는 가련한 실비어스에게 부탁하여 편지를 로잘린드에게 전해달라고 해. 그 편지 안에는 사랑의 고백이 더없이 겸허한 애원의 말로 끊이지 않고 끝없이 이어져 있지.

로잘린드는 실비어스를 향한 동정에 마음이 움직여, 한편으로는 피비의 사랑에 응하지 못하는 충분한 이유가 있기 때문에, 아주 쌀쌀맞은 냉정한 태도를 보이며 흉내 낼 수 없을 정도로 혹독하고 호된 조롱을 퍼부어. 그러나 피비로서는 자기를 따르는 불행한 목동의 다정하고 열정이 넘치는 목가보다도 그 모욕 쪽을 훨씬 좋아한다네. 그래서 아름다운 소년의 뒤를 귀찮게 따라다니기 시작하지. 그리고 몹시 졸라댄 덕에 만일 언젠가 아내를 구하게 되면 그녀를 고르겠다는 약속을 받게 돼. 그러나 개니미드는 피비에게 그때까지 실비어스를 친절하게 대해줄 것과 너무 혼자 좋아하고 우쭐대지 않겠다는 약속을 하게 해.

로제트는 슬프고도 쓸쓸한 표정으로 그 연기를 매력적으로 소화해내었어. 애처로운 어조는 듣는 이의 심금을 울렸지. 로잘린드가 "나도 할 수만 있다면 사랑하고 싶어요."라고 말했을 때, 로제트의 눈에서는 눈물이 흘러넘쳤어. 피비는 곧 그녀의 운명이었기 때문이야. 마치 올랜도가 나였듯이. 두 사람의 차이점이라면 올랜도는 만사가 행복한 결말로 끝나는데, 피비는 사랑에 배반당하고, 팔로 껴안고 싶었던 이상향 대신, 결국 실비어스와 결혼하지 않으면 안 된다는 거지. 인생이란 이런 식이야. 한 사람의 행복은 필경 다른 사람의 불행을 초래하지. 테오도르가 여자라면, 나에게는 대단히 행복한 일이지만, 로제트에게는 더없이 불행한 일이거든. 그녀는 내가 지금껏 헤매고 있는, 그 이루어질 수 없는 사랑 속에 빠지게 될 거야.

연극의 마지막에 로잘린드는 소년 개니미드의 조끼를 벗고 본래의 여자 옷으로 갈아입어. 그리고 비로소 공작한테는 딸로서, 올랜도한테는 애인으로서 인정받아. 그때 결혼의 신 히

멘이 사프란 색의 의상을 걸치고 합법적인 혼인의 증거로 횃불을 들고 나타나. 그리고 세 쌍의 결혼식이 행해져. 올랜도는 로잘린드와, 피비는 실비어스와, 어릿광대 역인 터치스톤은 시골 처녀 오드리와, 그 후 에필로그의 축사가 있고, 막이 내려…….

이 연극은 엄청난 흥미를 불러일으키고 관심을 모았어. 이것은 말하자면 연극 안에 있는 또 하나의 연극으로서, 우리들만을 위해 공연하는, 다른 사람에게는 보이지도 않고 이해되지도 않는 연극이었어. 상징적인 말의 이면에는 우리들의 생활 전체가 요약되어 있었고, 마음속 깊이 숨겨진 소원이 암시되어 있었어. 로잘린드의 이상한 요법이 없었다면, 나는 언젠가는 낫는다는 희망도 없이 병이 더욱 깊어져, 어두운 숲속의 좁은 길을 외롭고 정처 없이 헤매었을 거야.

그러나 나는 아직 심증적인 확신을 얻은 것에 지나지 않고, 확실한 증거는 얻지 못했어. 이러한 애매한 상태를 언제까지나 지속할 수는 없어. 더 확실하게 테오도르와 이야기해보아야겠어. 나는 할 말을 준비하고 스무 번이나 그의 곁으로 갔으나 차마 말을 꺼낼 수가 없었어. 아무리 해도 결심이 서지 않아. 정원도 좋고, 혹은 서로의 방을 방문하는 처지이니 내 방이나 그의 방에서 둘만 이야기할 기회는 얼마든지 있지만, 나는 팔짱을 낀 채로 그 기회를 놓치고 말아. 그리고 죽도록 분한 생각에 자기 자신에 대해 무턱대고 화를 내곤 하지. 나는 입을 벌리지만, 하고자 하는 말은 마음에도 없는 다른 말로 변하고 말아. 그리고 사랑을 고백하는 대신, 비가 오고 있다든가, 날씨가 좋다든가, 기타 그런 종류의 시시한 일을 지껄이는 거야. 이렇게 지내는 동안, 이 계절도 끝나고 곧 집으로 돌아가게 되겠지. 여기에서라면 내 희망이 쉽게 이루어질 수도 있지만, 다른 곳에서는 그러지 못할 거야. 우리들은 분명 반대 방향으로 뿔뿔이 헤어져 서로 행방을 잃고 말 것임에 틀림없어.

전원생활이 주는 자유는 참으로 즐겁고 편안하네! 조금씩 낙엽이 지기 시작한 가을의 나무들도 싹트기 시작한 사랑의 수심에 상쾌한 그림자를 던져줘! 아름다운 자연은 거부하기가 어렵지! 작은 새는 그토록 구슬프게 노래하고, 꽃들은 향기로 진동하고, 언덕 뒤편에는 금빛으로 물든 부드러운 잔디가 펼쳐져 있어! 고요한 자연은 무수한 관능적인 생각을 불어넣어. 그러나 그런 생각은 인간 세계의 세찬 소용돌이 속에서는 팔방으로 흩뿌려져 버려지고 말걸. 인기척이 없는 시골의 정적 속에서 서로의 심장 고동소리를 듣게 되는 두 사람은 본능적으로 팔을 벌려 서로 껴안게 되어 있어. 마치 이 세계에 그들 외에 다른 생명체가 없는 것처럼.

오늘 아침, 나는 산책하러 나갔네. 날씨는 따뜻했고 습기가

차 있었지. 하늘은 흐리고 파란 능형이 하나도 보이지 않았어. 그러나 어둡지도 않았고 비가 올 것 같지도 않았어. 조화롭게 섞여 있는 두서너 종류의 얇은 회색 무리가 하늘의 구석구석까지 덮고, 그 흐릿한 망망대해 위를 큰 솜덩어리와 비슷한 둥근 구름이 완만하게 흐르고 있었어. 그 구름은 다감한 사시나무 상단을 겨우 움직일 정도로 미약한 바람의 끊어질 듯한 숨결로 움직이고 있었어. 큰 밤나무 사이에서 안개가 떠올라 멀리 강이 흐르고 있다는 것을 알려주고 있었어. 미풍이 숨쉴 때마다 시든 단풍잎이 대여섯 장 떨리면서 흩날리고, 겁먹은 참새 떼처럼 내 앞의 샛길을 달려갔어. 그리고 바람이 그치면, 조금 앞에서 멈추고 움직이지 않았어. 그것은 작은 새처럼 날개를 벌리고 자유롭게 나는 정령의 모습을 닮긴 하였지만, 결국은 바로 아침 서리로 시든 나뭇잎이며, 지나가는 미약한 바람의 장난감과 비웃음일 뿐이야.

먼 곳은 완전히 안개에 덮여 그토록 들쭉날쭉한 지평선의 가장자리도 아주 희미해졌기 때문에, 어디에서부터 하늘이 시작되고 어디에서 땅이 끝나는지 분명하지 않았어. 그나마 회색이 좀 진해지거나 안개가 좀 짙어지기 때문에 간신히 원근의 구별이 갔던 것이지. 이 휘장을 통해 보면 회백색의 상체를 흔드는 버드나무는 현실의 나무라기보다는 오히려 나무의 유령 같은 모습이었어. 언덕이 물결처럼 굽이치는 모양도 딱딱한 지면의 기복이라기보다는 떠도는 구름의 물결과 비슷했어. 물체의 윤곽은 흔들리는 것 같았고 거미줄처럼 아주 가는 회색 실이 경치의 앞과 먼 쪽을 이어주고 있었어. 어둡게 그늘진 곳에서는 선이 훨씬 명료하게 그려져 있었고, 그물코처럼 보였지. 밝은 곳에서는 그 안개의 그물은 보이지 않고 망막한 빛에 녹아 있었어. 공기 안에는 왠지 모르게 졸립고, 축축하며, 뜨뜻미지근한, 부드럽게 침체된 것이 있었고, 그것이 이상하게 애수를 자아냈어.

길을 걸으면서 이젠 나에게도 가을이 다가왔다는 생각이 들더군. 화려했던 여름은 이미 지나가버렸고, 이제 다시 돌아올 리 없다는 생각이 드는 거야. 내 영혼의 나무는 이 숲속의 나무보다도 더 많은 낙엽이 졌겠지. 저 높은 가지 위에 푸른 잎이 겨우 하나 남아, 자매들이 한 사람씩 떠나가는 것을 슬퍼하고 몸을 떨며 울고 있겠지.

희망의 빛을 가진 작은 잎새여, 나무에 머물러 있어다오. 너의 잎맥과 섬유의 온갖 힘을 다하여 가지에 매달려 있어라. 바람 소리에도 무서워하면 안 돼. 오, 사랑스러운 작은 잎이여! 만약 네가 떨어지고 만다면, 내가 살아 있는 건지 죽은 건지 누가 알까? 나무꾼이 나무 밑동을 후려갈기고, 자르고, 가지를 쳐 장작 묶음으로 만드는 것을 누가 막아줄까? 아직 나무들의 잎이 남김없이 떨어져버리는 시기는 아니야. 태양은 자기를 에워싸고 있는 안개의 막을 물리칠 수 있어.

이 꺼져가는 계절의 풍경은 나에게 많은 생각을 안겨주었어. 새삼스럽게 세월의 빠름이 절감되었고, 이렇게 하다간 나의 이상향을 가슴에 안아보지 못한 채 죽을 수도 있겠다는 생각이 들더군.

방으로 돌아가며 나는 마음을 다잡았지. 맞대놓고 말할 결심이 서지 않는다면, 나의 모든 마음을 남김없이 편지지에 써야지 하고 말이야. 같은 집에 살면서 언제든지 볼 수 있는 사람에게 편지를 쓰다니 좀 이상해 보일 수도 있어. 그러나 이미 나로서는 이상한가 이상하지 않은가 따위를 생각할 여유가 없다네.

나는 부들부들 떨며, 안색까지 변하면서, 그 편지를 봉했어. 그리고 테오도르가 밖에 나가 있는 틈을 타서 편지를 그의 테이블 한가운데에 놓았고, 꺼림칙한 죄라도 지은 듯이 떨리는 가슴을 안고 그 방에서 도망쳐 나왔어.

12

나의 모험 이야기를 너에게 다 해주겠다고 약속했었지. 그러나 사실은 내가 얼마나 글쓰기를 싫어하는지 모를 거야. 그래서 네가 나에게는 내 눈동자만큼이나 소중한 사람이고, 또 네가 이브나 프시케만큼 호기심이 많다는 사실을 알면서도, 책상 앞에 앉아 크고 새하얀 종이를 펼쳐 그것을 새카만 글씨로 채운다든가, 혹은 바다보다도 깊은 잉크통을 옆에 놓고 그 한 방울 한 방울을 어떤 사상이나 적어도 사상다운 것으로 바꾸는 일이 보통 힘이 드는 게 아니야. 차라리 이제부터라도 서둘러 말에 뛰어올라가 우리들을 가로막고 있는 240리를 단숨에 달려가서 지금 눈에 띄지도 않을 정도로 작은 파리의 발로 써서 보여주려고 하는 일을 내 입으로 말해주는 편이 더 낫겠다는 생각이 들어. 그렇게 되면 악당의 모험담 같은 내 이야기의 방대한 양에 나 스스로 놀랄 일도 없을 텐데 말이야.

240리! 내가 이 세상에서 가장 사랑하는 사람과 나 사이에 이렇게 먼 거리가 있다니! 당장이라도 편지를 찢고 말에 안장을 얹고 싶은 심정이지만, 이제 그런 일은 생각도 할 수 없어. 이런 복장을 하고는 네 곁에 가서 우리가 천진난만하고 순수한 소녀였을 때처럼 사이좋은 생활을 함께할 수가 없단다. 만약 내가 다시 한번 치마를 두르고 싶은 마음이 든다면, 그것은 틀림없이 바로 이런 이유 때문일 거야.

저번 편지에서 내가 시골의 여인숙에서 이상한 하룻밤을 보내고, 내 정조가 항구를 떠나자마자 하마터면 난파할 뻔했다는 데까지 이야기했지. 우리는 모두 같은 방향으로 출발했어. 일행은 나의 훌륭한 말에 대하여 칭찬이 자자했어. 정말 그것은 혈통이 있는 말로서 빠르기로도 천하일품이었거든. 그 말 덕분에 나는 상당한 존재로 간주되어 그들은 나의 가치에 말의 가치를 보태어 꽤 높이 평가해주었어. 그러나 그 사람들은 내 말이 지나치게 활기차고 팔팔한 것이 아닌가 하고 걱정하는 눈치였어. 그래서 나는 조금이라도 위태로운 일 따위는 없다는 것을 보여주기 위해서 몇 번이고 말에게 도약을 시키고 꽤 높은 울타리를 뛰어넘고 쏜살같이 달려나갔지.

사람들은 나를 뒤쫓아 따라붙으려고 안달하였지만 소용없

었어. 나는 그들로부터 어지간히 멀리 떨어진 다음 말머리를 돌리고 무서운 기세로 되돌아갔어. 그리고 사람들의 옆에까지 가서, 전속력으로 달리고 있던 말의 고삐를 당겨 딱 멈추게 했지. 이런 일은, 너도 아는지 모르겠는데, 정말로 어렵고 위험한 일이란다.

그것을 보고 사람들은 갑자기 나에게 대단한 존경심을 품게 되었어. 대학을 갓 나온 젊은 청년이 이토록 능숙하게 말을 다루리라고 생각할 수 없었겠지. 그들의 이런 발견은 내가 가진 신학적인 기본 도덕을 인정해주는 것보다 훨씬 도움이 되더군. 그들은 나를 풋내기로 취급하지 않았고 아첨하는 듯한 친절한 말투로 말을 걸어왔는데, 그 점이 나는 기뻤어.

나는 입던 옷은 벗어던졌지만, 타고난 자존심은 버리지 않았어. 이미 여자는 아니었기 때문에 완전한 남자가 되고 싶었어. 남자의 모습을 하고 있는 것만으로는 만족할 수 없었지. 나는 여자로서는 도저히 바랄 수 없는 기사로서 성공해보겠다고 결심했어. 나를 가장 불안하게 한 것은 어떻게 하면 그런 용기를 얻을 수 있는가 하는 점이었어. 어쨌든 용기와 몸가짐에 대한 숙련은 남자가 제일 쉽게 평판을 얻을 수 있는 방법이니까. 그러나 그것은 내가 보통 여자와 마찬가지로 겁쟁이기 때문은 아니야. 난 대부분의 여자들에게서 볼 수 있는 심약함은 갖고 있지 않지만, 남자들에게는 자랑일 수 있는 그 무심하고 사나운 난폭함과도 상당히 거리가 멀어. 내 바람은 훌륭한 풍채를 지닌 기사들과 같이 위풍당당한 남자, 영웅호걸이 되어 세상을 활보하고 남장을 한 덕을 톡톡히 보겠다는 거야.

그러나 그런 일이 있고 난 이후, 나는 그것이 아무것도 아니며 방법도 아주 간단하다는 사실을 알게 되었어.

너에게 관습적인 여행 이야기는 하지 않을게. 말하자면 어느 날 몇 리를 걸었다든가, 또는 어느 곳에서 다른 곳으로 갔다는 등, 또 백마 여관이나 철십자 여관에서 먹은 구운 고기가 덜 익었다든가 탔다든가, 포도주가 시큼했다는 이야기, 혹은 내가 잔 침대의 커튼 무늬가 인물이었다든가 꽃이었다든가 하는 이야기들 말이야. 이런 세부들은 매우 중요하고 후손에게 기록을 남기는 것도 좋겠지만 이번만은 후손에게도 양해를 구하기로 하고, 너도 저녁식사로 몇 접시가 나왔는지, 여행하는 동안 잠은 잘 왔는지 어땠는지 아는 것을 체념해주렴. 나 역시 밀밭이나 숲, 다양한 경작지나 촌락에 흩어진 언덕 등 내 눈앞에 펼쳐진 여러 풍경의 상세한 묘사를 삼가려고 해. 그런 것은 쉽게 상상할 수 있잖아. 약간의 땅을 마음속에 그리고, 거기에 대여섯 그루의 나무와 약간의 새싹을 심고 그 뒤에 회색이나 푸르스름한 하늘을 대충 바르면 한 떼의 기사들이 움직이고 있는 배경을 충분히 상상할 수 있을 거야. 지난 편지에서 그런 것까지 자세하게 쓴 점 용서해주기 바라. 다시는 그러지 않을게. 그 전에 한 번도 밖에 나와본 적이 없었기 때문에, 쓸데없는 일까지 대단히 중요하게 생각된 것뿐이야.

기사 중의 한 사람이 나를 아주 좋아하게 되어 언제나 그의 말을 내 말 곁에 나란히 하고 걸었어. 그 사람은 다름 아닌 요전에 너에게 자세히 묘사한, 그 심한 고통을 겪은 기념할 만한 밤에 나와 같은 침대에서 잔, 하마터면 꾀어낼 뻔한 청년이었어.

물론 나는 세계에서 가장 아름다운 왕관을 씌워준다고 해도 그를 애인으로 삼을 생각은 없지만, 그다지 불쾌한 사람은 아니었어. 교육도 받았고, 재치도 있으며, 늘 기분이 좋은 사람이야. 단 여자에 관해 이야기할 때면 노골적으로 경멸하고 몹시 빈정거리는 투로 말하기 때문에 두 눈을 빼내버리고 싶을 때가 많아. 하지만 그 사람의 과장된 말 속에는 잔혹하게도 진실이 많았고, 하물며 남장을 하고 있는 처지에 그 정당함을 인정하는 태도를 취하지 않을 수 없었어.

그 사람은 끈질기게, 몇 번이나 되풀이하여 자기 누이동생이 있는 곳에 찾아가보지 않겠느냐고 권하였어. 그 누이동생은 이제 막 상복을 벗으려고 하는 미망인이며, 지금은 아주머니 한 분과 오래된 저택에서 살고 있다는 것인데, 나로서는 도저히 그 청을 뿌리칠 수가 없었어. 형식적으로 몇 번 거절해

보긴 했지만, 이곳을 가나 저곳을 가나 나에겐 결국 마찬가지였고, 내 목적을 달성하기에는 어떤 방법을 써도 마찬가지였기 때문이야. 그래서 그 사람이 적어도 두 주일 정도는 머물러주어야지 그러지 않으면 무척 곤란하다는 말을 했을 때, 그렇게 하겠노라고 대답했지.

갈림길에 오자 그 사람은 Y자 모양으로 되어 있는 길의 한 쪽을 가리키며 말했어. "이쪽입니다." 다른 사람들은 우리들과 악수를 하고 다른 길로 갈라졌어.

몇 시간 후에 드디어 목적지에 도착했어. 정원과 가도 사이에는 꽤 넓은 수로가 있었지만, 거기에는 물 대신 잡초만 무성하게 우거져 있었어. 다듬어놓은 돌을 사각으로 겹겹이 쌓은 돌담이 있었고, 모난 귀퉁이에는 커다란 철책과 철침이 돌 사이에 스스로 피어난 것같이 솟아 있었어.

옛날식 아치형으로 깎아 손질한 느릅나무의 넓은 가로수길이 맨 먼저 우리 앞에 나타났고 이어 광장 같은 곳이 나타났어.

나무들은 나이를 먹었다기보다는 시대에 뒤떨어진 듯, 가발을 쓰고 머리에 흰 분을 뿌린 것 같은 모습이었어. 게다가 머리 꼭대기에만 볏처럼 잎을 조금 남기고 나머지는 정성스럽게 가지가 쳐진 채였어. 마치 터무니없이 큰 깃털 장식이 군데군데 지면에 꽂힌 것 같은 모습이었어.

롤러로 공들여 고르게 한 잔디 광장을 횡단하고 나자 이번에는 이상한 나무 집을 빠져나가야 했어. 그 집은 피라미드와 시골풍의 원주로 장식되어 있었는데, 이 모든 것은 거대한 회양목으로 끌이나 낫, 도끼의 힘을 빌려 만들어진 것이었어. 가로수의 군데군데에 있는 틈새를 통하여 오른쪽이나 왼쪽으로 어떤 때에는 절반 허물어진 석조 저택이 보였고, 어떤 때에는 물이 말라 이끼가 끼어 있는 폭포의 계단이 보였고, 혹은 항아리가, 혹은 코나 손가락이 이지러진 님프나 목동의 조각상과 그 조각 사이로 어깨나 머리에 앉아 있는 비둘기가 보였어.

저택 앞에는 프랑스식으로 만들어진 넓은 화단이 펼쳐져 있었어. 회양목과 호랑가시나무가 모든 칸막이를 둘러치고 있었는데, 너무도 엄격한 대칭을 이루고 있어서 정원이라기보다는 융단이라고 말해야 할 정도였어. 무도회의 장식에라도 쓰일 듯한 커다란 꽃송이들이 미뉴에트 춤을 추려는 공작 부인처럼 엄숙한 자태와 차분한 얼굴로 옆을 지나가는 사람들에게 가볍게 고개 숙여 인사를 하고 있었어. 다른 꽃은 분명히 그보다 예의범절이 떨어져, 융단을 짜는 과부처럼 어색하게 몸을 움직이지 않은 채 꼼짝 않고 있었어. 자연 그대로의 형태인 것은 물론이고 둥근 것이나 네모난 것이나 뾰족한 것이나 세모난 것 등, 온갖 모양을 한 관목이 녹색이나 흰색의 화분에 심어져 있었고, 큰 가로수 길에 줄을 서서 현관의 돌계단까지 손을 잡고 안내하는 것같이 보였어.

대여섯 개의 작은 탑이 건물의 비교적 새로운 부분에 반쯤 가려진 채 건물 높이보다 원추 모양의 판암 지붕 높이만큼 더 솟아 있었어. 그리고 제비꼬리 모양으로 오려낸 바람개비가 오래된 유적임을 알려주었지. 중앙 정자의 창문은 전부 같은 발코니를 향하고 있었고, 그 발코니는 공들여 세공한 호사스러운 철 난간으로 장식되어 있었어. 다른 창문은 돌 틀로 에워싸여 있었는데 거기에 글자나 리본 도안이 조각되어 있었어.

네다섯 마리의 개가 입을 크게 벌리고 짖어대며, 미친 듯이 달려왔어. 개들은 말 둘레를 뛰어다니며 깡충깡충 뛰었지. 특히 내 일행의 말에 대한 환영은 대단했어. 분명 그 개들은 틈나는 대로 마구간에도 들르고 산책에도 따라갔을 거야.

이런 소란을 알게 된, 농부와 마부를 겸한 듯한 머슴이 나와 우리들의 말고삐를 잡고 마구간 쪽으로 끌고 갔어. 그때까지 우리들은 사슴처럼 겁이 많고 낯을 가리는 어린 농가의 딸 외에는 아무도 만나지 못했어. 그 여자아이는 우리들의 모습을 보자 허둥지둥 도망가, 삼밭 뒤의 이랑 속으로 숨어버렸어. 몇 번이나 불러 안심시키려고 애썼지만, 결국 나오지 않더군.

창문에는 아무도 모습을 나타내지 않았어. 이 저택에는 사람이 살고 있지 않은지, 마치 유령의 집 같더군. 개미 소리 하나 밖으로 들려오지 않았거든.

우리들은 꽤 지쳐 있었기 때문에 박차를 가하면서 돌계단을 올라가기 시작했어. 그때 집 안에서 문을 열었다 닫았다 하는 소리가 들려오고 누군가가 서둘러 마중나오는 것 같았어.

아니나 다를까 한 젊은 여자가 난간 위에 나타났어. 그녀는 단숨에 계단을 뛰어내려와 일행인 남자의 목에 매달렸어. 청년은 매우 다정하게 부인에게 입을 맞추고 허리에 팔을 두른 채, 그녀를 거의 안다시피 하여 층계참까지 데리고 갔어.

"친애하는 알시비아드, 당신이 얼마나 다정하고 친절한 오빠인지 아시기나 하세요? 이분이 우리 오빠라고 알려드려야 할 것 같네요. 말씀드리지 않으면 도저히 믿지 못하시겠죠?" 하고 젊은 미녀는 내가 있는 쪽으로 몸을 돌리며 말했어.

나는 정말로 오누이 사이로는 보이지 않는다고 대꾸하면서, 그 사람이 그녀의 오빠이며 그녀를 숭배하는 사람의 명단에서 제외되어야 하는 것은 불행한 일이라고까지 말했어. 또 만약 내가 그런 입장에 놓인다면 이 세상에서 가장 불행하면서도 행복한 기사가 될 거라고 대답했지. 이 대답이 그녀를 생긋 미소 짓게 했어.

이런 이야기를 하면서 우리는 천장이 낮은 객실로 들어갔어. 그곳의 벽은 플랑드르산 고급 벽지가 붙여져 있었어. 그 벽지에는 잎사귀가 뾰족한 나무에 환상적인 새가 떼 지어 몰려와 있었어. 세월의 흐름에 변한 색깔이 기묘한 색조 변화를 보이고 있었어. 하늘은 녹색, 나무는 노란 윤기를 띤 연한 청색, 그리고 인물의 의복에서는 그림자 지는 곳의 색깔이 대개 옷감의 색과 대비되어 있었어. 피부색은 나무 같았고, 빛 바랜 숲속의 그늘을 산책하는 님프는 알몸이 된 미라 같았어. 유독 입만 본래의 붉은색을 유지하고 생명이 있는 것처럼 미소를 띠고 있었어. 전경에는 야릇한 녹색의 키 큰 풀이 알록달록한 커다란 꽃들과 함께 빽빽이 들어차 있었는데, 그 꽃의 암술은 마치 공작새의 깃털 같았어. 진지하고 깊은 생각에 잠겨 있는 듯한 독수리가 머리를 어깨 사이에 감추고, 긴 부리를 불룩해진 모이주머니 위에 놓고, 희미한 은빛 줄무늬가 그려진 검은색의 잔잔한 물 안에서 가느다란 한쪽 다리로 철학자처럼 서 있었어. 나뭇잎 사이로 멀리 작은 저택이 보였는데, 그 저택에는 후춧가루통처럼 생긴 작은 탑이 여러 개 우뚝 솟아 있었고, 발코니에는 화려하게 치장한 아름다운 부인들이 가득했어. 그녀들은 그 아래를 지나가는 행렬인지 사냥개를 내려다보고 있었어.

흰 모직물을 방불케 하는 폭포가 유별나게 울퉁불퉁한 바위에서 흘러내리고, 그 바위는 지평선의 가장자리에서 조각구름과 하나로 합쳐지고 있었어.

특히 나에게 강한 인상을 준 것은 한 마리의 새를 겨냥하고 있는 여자 사냥꾼이었어. 손가락이 벌어지고 활시위가 당겨지자 화살이 날아가. 그러나 벽의 모서리에 부딪혀 화살은 옆의 벽으로 옮겨지고, 큰 갈고리같이 구부러져 있어. 새는 움직이지 않는 날개를 열심히 퍼덕이면서 옆 가지로 달아나려고 안간힘을 쓰는 듯했어.

새털과 금으로 된 화살촉을 단 그 화살이 언제까지나 공중을 날면서 결코 과녁에 가 닿지 못한다는 것에 이상한 기분이 들었어. 마치 인간의 슬프고 참혹한 운명의 상징 같아서 가만히 보는 동안에 그 신비하고 꺼림칙한 의미가 점점 더 다가왔지. 사냥꾼 여인은 한쪽 발을 앞으로 내디디고 오금을 굽히고 비단 같은 눈꺼풀을 지닌 눈을 크게 뜨고는 엉뚱한 쪽으로 빗나간 화살을 잃어버린 채 꼼짝 않고 서 있었어. 그 모습은 마치 자기가 잡으려고 하였던, 여러 빛깔의 날개를 가진 플라밍고가 자기가 쏜 화살에 맞아 눈앞에 떨어지기를 기다리는 듯했어. 착각인지는 모르겠지만, 그 얼굴에서 나는 명성을 얻을 것으로 기대하던 작품을 끝내지 못하고 죽는 시인, 드디어 작품을 받아쓰려는 순간에 가혹한 최후를 맞게 된 시인의 얼굴과도 같은 슬프고 절망적인 표정을 보았지.

벽지에 대해서 너무 장황하게, 필요 이상으로 길게 썼네. 그러나 고급 장인이 만들어낸 그 환상의 세계는 이상하게도 내 마음을 잡고 놓아주지 않았어.

나는 그런 공상적인 식물이나 현실의 세계에는 없는 꽃이나 초목, 그리고 알려지지 않은 나무가 늘어선 숲을 좋아해. 그 숲에는 일각수나 염소, 뿔 사이에 금색 십자가를 단 눈처럼 새하얀 사슴이 헤매고, 그들을 쫓는 사냥꾼은 빨간 수염을 기르고 사라센 옷감의 옷을 입고 있어.

어릴 때에 벽지가 있는 방에 들어갈 때면 언제나 오싹오싹 몸이 떨려 몸을 제대로 가누지 못했어.

벽 앞에 서 있는 인물은 천의 구불거림과 빛의 움직임으로 살아 있는 유령 같았어. 어쩐지 내 행동을 감시하여 적당한 때와 장소를 골라 누군가에게 낱낱이 보고하려는 탐정 같다는 생각이 들어서, 그 앞에서는 사과나 과자를 몰래 집어먹을 생각도 나지 않았어.

그 심각한 인물이 빨간 실로 짜여진 입술을 열거나 자수를 놓은 귀의 귓바퀴에 소리라도 들리게 되면, 얼마나 많은 이야기가 나올까. 그 말없는 냉정한 사람들은 얼마나 많은 살인과 배반, 파렴치한 간통, 온갖 종류의 기괴한 일을 목격하게 될까……!

벽지 이야기는 그만하기로 하고 본래 이야기로 돌아갈게.

"알시비아드, 오라버님이 오셨다고 아주머니께 말씀드리고 올게요."

"오! 그건 서두르지 않아도 좋아, 누이. 그보다 우선 여기에 앉아 이야기를 좀 하는 게 어떨까. 이분은 테오도르 드 세란이라는 존함을 가진 기사로 당분간 이곳에서 머무실 거야. 정중히 잘 모시라는 말을 할 필요는 없겠지. 이분을 뵈면 정중히 대하지 않을 수 없을 테니까." (난 그 사람이 말한 대로 적는 것이니, 행여 내가 우쭐해한다고 오해하지 말아줘.)

아름다운 부인은 알았다는 표시로 고개를 끄덕이고, 다른 화제를 꺼냈어.

나는 이야기를 하면서 그녀의 모습을 자세히 바라보며, 여태까지 가지지 못했던 주의력을 다하여 관찰했어.

그녀는 나이가 스물서넛 정도로 상복이 더할 나위 없이 잘 어울렸어. 솔직히 말하면 그녀의 모습은 비탄에 잠기거나 쓸쓸해 보이지 않아서, 혹시 그녀가 망부 마우솔로스의 유골을 대황처럼 삶아 국을 끓여 먹은 것은 아닐까 하는 의심이 들 정도였어. 그녀가 죽은 남편을 위해 뜨거운 눈물을 흘렸는지 모르겠어. 설사 흘렸다고 해도 그런 기미는 전혀 보이지 않던 걸. 손에 들고 있는 예쁜 바티스트 천의 손수건에도 젖은 흔적은 보이지 않았거든.

눈도 붉어져 있지 않았어. 그렇기는커녕 정말 아름답고 맑게 반짝이고 있었지. 눈물이 흐른 흔적을 뺨에서 찾아보려 해도 소용 없었어. 미소를 띠는 습관으로 두 개의 작은 보조개가 있었고, 미망인으로서는 흰 치아를 너무 자주 내보인다고도 말할 수 있을 거야. 그러나 그 작고 고르게 난 치아가 절대로 불쾌하지는 않았어. 나는 그 사람이 남편을 여의었다고 해서 울어서 눈이 붓거나 코끝이 빨갛게 되어야 한다고 의무감을 느끼지 않는 듯한 모습이 처음부터 마음에 들었어. 오히려 그녀가 조금도 슬퍼하는 모습을 보이지 않고, 말을 길게 끌거나 정숙한 한숨으로 문장의 중간을 끊는 대신 은방울 같은 맑은 목소리로 자연스럽게 떠드는 것이 고맙기까지 했지.

그녀의 행동이 대단히 교양 있는 태도로 보였기 때문에, 처음부터 총명한 사람임에 틀림없다고 판단하였는데, 과연 그대로였어.

그녀는 대단히 아름다웠고 손과 발도 예뻤어. 상복이 세련된 데다가 너무나 잘 어울렸기 때문에 검은색이 주는 애처로운 느낌을 완전히 지우고 있었어. 그대로 무도회에 가도 아무도 이상하게 여기지 않았을 거야. 만약 내가 결혼하여 남편을 여읜다면 그녀에게 상복의 본을 빌려달라고 하고 싶을 만큼 그녀는 천사처럼 상복이 잘 어울렸어.

얼마간 이야기를 나누다가 우리는 늙은 아주머니의 방으로 올라갔지. 아주머니라는 사람은 뒤로 젖혀진 커다란 팔걸이 의자에 앉아 발을 작은 발판에 올려놓고 있었어. 곁에는 눈곱이 낀, 자못 까다롭게 생긴 늙은 개가 있었는데 우리들이 들어가니까 검은 콧등을 쳐들고 인사 대신 으르렁거리더군.

나는 할머니를 만나면 언제나 무서워. 우리 어머니는 아주

일찍 돌아가셨잖아. 나도 어머니가 점점 나이를 드시면서 얼굴 모습이 모르는 사이에 변해가는 것을 보았다면 아무렇지도 않게 익숙해졌겠지만, 어린 시절에 젊고 밝은 얼굴에만 둘러싸여 있었기 때문에 나이를 먹은 사람에 대해서 견딜 수 없는 혐오감을 갖게 되었어. 그래서 그 예쁜 미망인이 늙은 부인의 노란 이마 위에 빨간 입술을 갖다대는 것을 보고 몸을 떨었어. 나는 도저히 그렇게 할 수 없었어. 물론 나 역시 60살이 되면 그 할머니같이 되겠지. 그래도 마찬가지야. 나로서도 어쩔 수가 없는걸. 나도 우리 어머니처럼 젊은 나이에 죽게 해달라고 하느님께 기도할 거야.

다행히 그 아주머니는 예전의 아름다움 중에 가늘고 고상한 용모를 남기고 있어서, 단지 예뻤거나 생기가 넘쳤을 뿐인 여자가 나이를 먹으면 갖게 되는 구운 사과 같은 추함을 지니고 있지는 않았어. 눈가에 주름이 생기고 눈꺼풀이 축 늘어져 있긴 하였지만, 그래도 그녀의 눈은 원래의 생생한 모습을 다소 지니고 있어서, 그 시절에는 눈부신 정열의 불빛을 분출했다는 것을 알 수 있었어. 마르고 가는 코는 약간 매부리코같이 구부러져 있었고, 옆얼굴은 왠지 모르게 딱딱한 느낌을 주었지만, 지난 세기의 유행에 따라 연지를 바른 오스트리아 사람 같은 입술의 너그러운 미소 때문에 부드러워 보였어.

옷차림은 고풍이었지만 어색하지 않았고, 얼굴의 모습과 조화를 이루고 있었어. 머리에는 작은 레이스 장식이 달린 흰색의 검소한 네모진 모자를 쓰고 있고, 길고 마른 손은 퍽 예쁜 손이었던 것 같은데, 헐렁헐렁한 벙어리 장갑을 끼고 있었지. 적갈색의 옷에는 그보다 더 색이 진한 나뭇가지 무늬가 짜여 있었고, 그 위에는 검은 외투와 빛에 따라 색깔이 변하는 명주 앞치마를 두르는 것으로 몸치장을 마치고 있었어.

늙은 여자란 언제나 이렇게 수수한 복장을 하고, 다가오는 죽음에 경의를 표하지 않으면 안 되는가 봐. 새털이나 꽃 장식, 엷은 색의 리본이나 젊은 사람에게만 어울리는 야한 장식을 달아선 안 되는 모양이야. 인간의 수명에 그런 겉치레를 해 보아야 소용 없어. 목숨은 겉치레를 원하지 않거든. 그런 일은 늙은 창녀가 하얗고 붉은 분을 바르거나, 술 취한 마부가 욕설을 퍼붓고 마차를 발로 걷어차면서 바퀴를 괴어놓은 돌을 밀어내는 것과 마찬가지로 애만 쓰고 공이 없는 헛수고야.

아주머니는 옛 궁정에 드나들던 사람 특유의 편안하면서도 정중한 태도로 우리를 맞아주었어. 그런 태도의 비결은 다른 아름다운 비결과 마찬가지로 나날이 쇠퇴해가는 것 같아. 아주머니의 목소리는 쉬고 떨리기는 했지만, 아직까지도 아주 부드러웠어.

내가 마음에 든 모양인지, 몹시 감탄한 표정으로 아주머니는 나를 찬찬히 살펴보았어. 한 방울의 눈물이 눈 가장자리에서 커다란 주름살 사이로 조용히 흘러내려 어딘가로 사라져 말라버렸어. 아주머니는 내게 눈물을 보인 것을 사과하면서 내가 옛날에 전쟁으로 잃은 아들과 꼭 닮았다고 하셨어.

그 저택에 체류하는 내내, 정말인지 어쩐지는 몰라도, 어쨌든 나는 죽은 아들과 닮았다고 해서 아주머니로부터 극진한 대접을 받았어. 그것은 내가 처음 생각했던 것보다 훨씬 운이 좋은 일이었어. 왜냐하면 여태까지 나이를 먹은 사람이 내게 베풀어준 가장 큰 기쁨은 기껏해야 그들이 내게 이야기를 걸어오지 않거나 내가 가면 곧 자리를 떠주는 것이 전부였으니까.

R***에 있는 동안에 일어난 일들은 자세히 이야기하지 않을게. 처음에 있었던 일을 이토록 장황하게 쓰고, 인물이나 장소에 관하여 두세 번 세밀하게 공들여 말하는 이유는 이곳에서 기상천외한, 하지만 지극히 당연한 사건이 일어났기 때문이야. 어쩌면 내가 남자 옷을 입었을 때부터 예상했어야 될 일인지도 몰라.

나는 천성적으로 무슨 일이든지 심각하게 생각하지 않는 성격이라 경솔한 일을 저지르고 말았어. 지금에 와서 말도 못하게 후회하고 있지만. 그 일로 인하여 마음씨 착하고 예쁜 사람을 괴롭힌 데다가 그 괴로움을 치유하기 위하여 내 정체를 밝혀야 하는 지경에 이르렀고 나 역시 큰 상처를 입었기 때문이야.

나는 완벽하게 남자 행세를 하였고 또 조금은 기분 전환을 하기 위해서 친구 누이동생의 기분을 맞춰주는 것도 나쁘지 않다고 생각했어. 그녀가 장갑을 떨어뜨리면 서둘러 마루에 엎드려 줍고는 예의를 다하여 돌려주거나, 자못 괴로운 척하면서 그녀의 팔걸이의자 뒤에 몸을 굽히고 귓바퀴에 대고 더없이 감미로운 여러 가지 말들을 불어넣는 일이 매우 재미있었거든. 그녀가 다른 방으로 가려고 하면, 나는 공손히 손을 내밀었어. 말을 타려고 하면 등자를 눌러주었고, 산책을 나가면 옆에 붙어 걸었어. 저녁 때에는 책을 읽어주거나 함께 노래를 불렀지. 요컨대 세심한 주의를 기울이고 숙녀에게 봉사하는 기사의 모든 의무를 다하였어.

나는 사랑하는 남자들이 하는 모든 몸짓을 해보았어. 그래서 내 방에서 나 혼자만 있게 되면 아주 진지한 어조로 읊은 그 모든 엉뚱한 대사들을 생각하며 미친 듯이 웃어댔어.

알시비아드와 늙은 후작부인은 우리들이 사이좋게 지내는 것을 기뻐하는 듯이 보였고, 곧잘 두 사람만 있게 놔두곤 했어. 그런 기회를 이용하지 못하다니, 나는 진짜 남자가 아닌 것을 종종 안타까워했어. 만약 내가 남자였다면 만사는 내 뜻대로 되었을 거야. 왜냐하면 아름다운 미망인은 죽은 남편의 일 따위는 완전히 잊어버린 듯하였고, 설사 생각이 난다 하더라도 스스로 나서서 그 추억을 배반하려는 것같이 보였기 때문이야.

이런 식으로 시작하고 보니 손을 뗄 수가 없게 되어 항복도 후퇴도 못하게 되었어. 어느 한도를 넘어 앞으로 나갈 수도 없었고, 그저 입에 발린 말로만 애정을 보이는 수밖에 없었어. 월말에 R***을 떠날 예정이었으므로 어물어물해서 그 자리를 넘긴 후 다시 찾아오겠다는 약속을 하며 물러갈 생각이었어. 내가 떠나면 그 미인은 딴 데에 마음을 빼앗겨 나를 만나지 않는 동안에 그럭저럭 잊어버릴 거라고 생각했어.

그러나 이렇게 장난을 치고 있는 동안, 그것이 뜻밖에도 진지한 정열을 일깨웠고, 일은 생각지도 않은 방향으로 흘러가 버리고 말았어. 사랑도 불장난과 마찬가지로 해선 안 되는 것이라는 진리가 증명된 셈이지.

로제트는 나를 만나기 전까지는 아직 사랑을 모르고 있었어. 아주 어릴 때에 나이 차이가 많이 나는 남자와 결혼하여 남편에 대해서는 부모 자식과 같은 애정밖에는 느끼지 못하였지. 물론 구애하는 남자는 있었지만, 매우 특이하고 불가사의하게도, 애인은 만들지 않았어. 호색한들이 단지 그녀를 유혹하기 위해 정성을 쏟은 것이 아니라면 그야말로 서로 연대가 잘 안 맞았겠지. 언제나 짐승의 똥이나 짐승을 매는 줄, 또는 멧돼지나 사슴의 뿔, 사냥용 뿔피리 소리와 뿔이 열 개 달린 사슴 이야기밖에는 할 줄 모르고, 달력의 문자 수수께끼와 낡아서 곰팡이가 난 목가를 혼동하는 시골 신사와 가난한 귀족이 그녀에게 어울리지 않는 것은 분명해. 또 그녀의 절개는 그들의 구애를 물리치는 데 많은 노력을 기울이지 않아도 될 정도로 꿋꿋했어. 게다가 밝고 쾌활한 그녀의 성격은 연애를 하기엔 너무나 적합하지 않았어. 연애란 공상에 탐닉하는 감상적인 사람들이 잘 빠지는 감정이잖아. 하긴 그녀가 늙은 남편으로부터 받은 쾌락이란 대단히 평범한 것이었을 테니까 그녀가 대단한 모험에 이끌려서 다시 한번 쾌락을 시도해보려고 하지 않을 이유는 없겠지. 그래서 그녀는 일찍 미망인이 된 기쁨, 그리고 앞으로도 긴 세월 동안 아름다운 모습으로 지낼 수 있는 기쁨을 조용히 즐기고 있었던 거야.

그런데 나의 도착과 함께 모든 것이 변하고 말았어. 나는 처음에 냉정하고 올바른 예의의 한계를 지키고 있으면, 그녀가 나에게 신경 쓸 일이 별로 없을 거라고 생각했어. 그러나 곧 나는 이러한 태도는 전혀 도움이 되지 않을 뿐 아니라 그러한 가정이 아무리 신중한 것일지라도 근거가 없는 것이었음을 인정하지 않을 수 없었어.

슬픈 일이야! 이 세상 어느 것도 타고난 운명을 피할 길 없고, 어느 누구도 좋든 싫든 스스로 타고난 별의 영향을 피할 수 없는 것이겠지.

로제트의 운명은 평생에 단 한 번, 그것도 이루어질 수 없는 사랑을 하는 것이었어. 그녀는 그 숙명을 따라야 하고, 또 따르게 될 거야.

오, 그라시오자, 난 사랑을 받았어! 아무리 여자에게 받는 사랑일망정, 또 이렇게 왜곡된 사랑 안에는 보통의 사랑에서는 느낄 수 없는 고통이 있을망정, 사랑을 받는다는 것은 감미로운 일이야. 아, 정녕 감미로운 일이고말고! 밤중에 잠에서 깨어 한쪽 팔로 머리를 괴고선 생각하곤 해. 누군가 나를 생각하고, 내 꿈을 꾼다. 내 생활에 온갖 신경을 다 쓰고 있다. 내 눈과 입의 움직임이 그 사람의 기쁨 아니면 슬픔이 된다. 내가 무심코 한 말이 조심스럽게 받아들여져서 몇 시간이나 이렇게 저렇게 해석되고 다시 생각된다. 나는 불안한 나의 애인이, 바늘이 자석에 이끌리듯 이끌려 따라오는 극이다. 나의 눈동자는 하늘, 입은 천국이며 진짜 천국보다도 더 갈망되고 있다. 내가 죽으면 따뜻한 눈물의 비가 나의 유골을 적시고 나의 무덤은 결혼식의 화환보다도 더 화려하게 장식될 것이다. 만약 내가 위험에 마주친다면 누군가가 칼끝과 나의 가슴 사이에 뛰어들어 나를 위해 목숨을 바쳐줄 것이다! 정말로 멋진 일이야. 세상에 이보다 더 좋을 수는 없어.

이런 생각을 하며 기뻐하는 자신을 보고 나는 자책감을 느꼈어. 왜냐하면 나로서는 그러한 기쁨의 답례로서 아무것도 줄 것이 없으니까 말이야. 나는 마치 부자이며 너그러운 친구한테 돌려주지 못할 것을 받는 가난뱅이 같은 느낌이 들었어. 그러나 그렇게 열렬하게 사랑받는 것이 기뻐서 때로는 묘한 환희를 느끼면서 하는 대로 맡겨두고 있었지. 사람들이 모두 나를 '무슈'라고 부르며 남자로 취급하는 것을 보고, 나도 모르게 스스로 여자라는 사실을 잊어버렸어. 변장이 본래 복장처럼 여겨지고, 전에는 다른 옷을 입고 있었다는 사실이 떠오르지 않았어. 그리고 바늘을 쥐던 손으로 칼을 쥐고 있다는 사실, 또 입고 있던 치마를 잘라 바지로 고쳐 입고 있다는 사실을 까마득하게 잊어버리고 있었어.

많은 남자들이 나보다 훨씬 여성스러웠어. 나에게서 여자다운 부분이라고 하면 가슴과 두서너 군데의 둥그스름한 윤곽과 고운 손 정도야. 난 치마를 허리에 두를지언정 결코 정신에까지 두르지는 않아. 때로는 정신의 성과 육체의 성이 합치되지 않는 일이 있어. 엄청난 혼란을 일으킬 수밖에 없는 모순이지. 예컨대 나 같은 사람이 단지 물질적으로 우연히 나의 성이 된 여성의 옷을 집어 던지겠다는, 생각하기 나름으로는 미친 것 같으면서도 실은 대단히 현명한 결심을 하지 않았다면, 분명 불행해졌을 거야. 나는 승마나 검술이나 심한 운동을 좋아했고 남자아이들처럼 기꺼이 나무를 타거나 뛰어다녔어. 그래서 두 다리를 가지런히 하고 두 손을 나란히 하고 얌전하게 앉아 있거나, 조심스럽게 눈을 내리깔거나, 맑고 달콤한 목소리로 이야기하거나, 수틀의 구멍에 몇천만 번씩 털실 끝을 끼는 것은 따분해서 견딜 수가 없어. 나는 남에게 복종하는 것이 이 세상에서 제일 싫어. 내가 제일 많이 입에 담는 말은 "난 이걸 원해"라는 것이야. 나의 윤기 있는 이마와 비단 같은 머리카락 아래에서는 강한 남자 못지않은 꿋꿋한 기상이 움직이고 있어. 대부분의 여자를 매혹시키는, 그 겉멋을 부린 어리석은 말 따위는 아무 흥미도 없어. 나는 소녀로 변장했던 아킬레스처럼 기꺼이 거울을 칼과 바꿀 거야. 내가 여자한테서 좋아하는 오직 하나는 여자의 아름다움이야. 그러므로 여러 가지로 불편하고 자신의 기상과 잘 일치되지 않음에도 불구하고, 나는 여자의 육체를 포기할 생각은 없어.

그러나 이런 종류의 연애에는 무언가 새롭고 자극적인 것이 있기 때문에, 만일에 가엾은 로제트가 심각해지지 않았더라면, 나는 매우 재미있어했을 거야. 로제트는 아름답고 선량한 영혼의 모든 힘을 다해, 더할 나위 없이 순진하고 진지하게 나를 사랑하기 시작했어. 남자로서는 도저히 이해할 수 없는, 막연하게 상상조차 할 수 없는 사랑으로, 상냥하게, 또 열렬하게 사랑해주었지. 내가 사랑받고 싶은 방식대로, 또 만약 내가 꿈꾸던 남성과 만났다면 사랑했을 방식대로 사랑해주었어. 그러나 얼마나 아름다운 보물, 지금까지 어떤 해녀도 바다의 보석상자에서 찾아낸 적이 없는 희고 투명한 진주가 사라져버린 것일까! 얼마나 기분 좋은 숨결과 다정한 한숨이 사랑스럽고 순결한 입술에 받아들여지지도 않은 채, 허무하게 허공 속으로 흩뿌려졌는가!

그녀의 정열은, 만일 상대가 진짜 남자였다면 그를 얼마나 행복하게 해줄 수 있었을까! 잘생기고 매력이 넘치며 재주가 많고 애정과 재치가 풍부한, 얼마나 많은 불행한 청년들이, 무정하고 무뚝뚝한 우상들 앞에 무릎을 꿇고, 덧없는 소원을 되풀이하였을까! 얼마나 많은 착하고 선량한 영혼들이 절망한 나머지 창녀의 품 안으로 몸을 던지거나, 묘지를 밝히는 등불처럼 조용히 사라져갔을까! 만약에 그러한 영혼들도 진지한 사랑을 만났다면, 방탕이나 죽음의 나락으로 떨어지지는 않았을 텐데.

인간의 운명이란 정말 이상야릇한 것이야! 또 우연이란 참으로 짓궂기도 하지!

많은 사람들이 열렬히 원하는 것이, 그것을 바라지도 않고 또 바랄 수도 없는, 바로 나에게 주어진 걸 생각해봐. 한 변덕스러운 미혼 여성이 장래의 애인들을 좀 더 잘 알기 위해 남장을 하고 나라 안을 여기저기 돌아다니려고 결심했어. 그리고 시골 여인숙에서 어느 남자와 함께 자고, 그 남자의 누이동생이 살고 있는 저택으로 가게 돼. 그 누이동생은 암고양이

나, 암비둘기, 혹은 사랑에 굶주리고 수심에 잠겨 있는 모든 생물처럼, 한눈에 사랑에 빠진다는 이야기야. 만일 내가 정말로 젊은 남자고, 그것이 뭔가 나에게 이로운 일이었다면, 사정은 전혀 달라졌을 테고, 귀부인은 나를 틀림없이 두려워하였을 테지. 운명은 의족을 한 사람에게 슬리퍼를, 손이 없는 사람에게 장갑을 주고 싶어 해. 우리들을 편안하게 살 수 있게 하는 유산은 으레 죽을 때가 다 되어 찾아오는 법이야.

나는 그녀가 원하는 만큼 자주 가진 못했지만 가끔 로제트의 방으로 찾아갔어. 그녀는 손님을 맞이할 때에는 대개 선 채로 맞이하였지만, 나를 위해서는 그런 절차를 생략해주었어. 내가 원한다면, 다른 것들도 더 생략해주었을 거야. 그러나 항간의 말대로 아무리 예쁜 아가씨라도 자기가 갖고 있는 것밖에 줄 수 없는데, 내가 갖고 있는 것이란 게 로제트에게는 크게 도움이 되지 않는 것이잖아.

그녀는 입맞춤을 받기 위해 작은 손을 내게 내밀었어. 솔직히 말하면 나는 그 손에 키스하는 것이 왠지 즐거웠어. 왜냐하면 대단히 보들보들한 데다 새하얗고 게다가 좋은 향기까지 풍기고 있었고, 땀이 솟아나면 촉촉하고 부드러웠거든. 나는 그 손이 내 입술 아래서 떨리고 경련을 일으키는 것을 느꼈지만, 짓궂게 오래도록 입술로 꼭 누르고 있었어. 그러자 로제트는 완전히 흥분했고 애원하듯이 가느다란 눈으로 나를 똑바로 응시했어. 그 눈에는 쾌락에 대한 동경과 정감 있는 맑은 빛이 넘쳤어. 그다음에 나를 더 잘 맞이하기 위해 아름다운 머리카락을 조금 든 채로 베개 위에 떨어뜨렸어. 나는 이불 속에서 그녀의 가슴이 애타게 물결치고 온몸이 경련을 일으키듯이 흔들리는 것을 알아차렸어. 이런 경우 대담한 행동을 할 수 있는 사람이었다면 틀림없이 그렇게 했을 테고, 그런 용기를 낸 데에 대하여 감사까지 받았을 거고, 소설의 몇 장을 건너뛴 것을 매우 기쁘게 생각했을 거야.

나는 그녀의 손을 잡고 이불 위에 놓은 채로 한두 시간 그대로 있었어. 우리의 흥미 있는 대화는 끝없이 이어졌어. 로제트는 나에 대한 사랑에 정신없이 몰두하고 있었지만, 거의 성공을 의심하지 않고 자유롭고 쾌활하게 수다를 떨었어. 때때로 정열이 그녀의 쾌활한 표정에 애수를 띤 투명한 베일을 쳤지만, 그런 모습이 더욱 사랑스럽게 보였어.

만약 내가 가장하고 있는 모습과도 같은 순진한 청년이 이런 행운에 기뻐서 어찌할 바를 몰라하지 않는다면, 또 이 기회를 이용하려고 하지 않는다면 그야말로 놀랄 일이지. 실제로 로제트는 그 누구에게도 냉정한 대우를 받을 여자는 아니었어. 그녀는 내 처지를 잘 알지 못하기 때문에, 내가 그녀를 사랑하고 있지 않더라도 자기에게 충분한 매력이 있고 나에게 청년의 혈기가 있을 것이라고 기대하고 있었어.

그러나 그런 상태가 부자연스럽게 보일 정도로 지속되었기 때문에, 그녀는 점점 걱정하기 시작했어. 내가 아무리 달콤한 말을 하거나 재치 있는 변명을 되풀이해도, 그녀를 안심시킬 수는 없었어. 그녀는 내 행동에 아무래도 일치되지 않는 모순 즉, 정열적인 말과 냉담한 행동이 함께한다는 사실을 눈치챘어.

그리운 그라시오자, 너는 내 우정에 마치 이성에 대한 정열과도 같은 것이 있다는 걸 누구보다도 잘 알고 있지. 나는 변덕스럽고 열렬하고 까다로운 데다가 질투마저 일으킬 정도로 강한 우정을 간직하고 있었잖아. 로제트를 향한 우정 역시 너에 대한 우정과 흡사했어. 그러니까 그 우정을 연애와 헷갈리는 것도 무리는 아니야. 하물며 로제트는 내가 입고 있던 옷에 속아 내가 여자라는 걸 조금도 알아차리지 못했기 때문에 완전히 넘어가고 말았던 거야.

나는 지금까지 어떤 남자도 사랑한 적이 없었기 때문에, 넘쳐나는 애정을 젊은 처녀와 부인과의 우정에 온통 쏟아부었어. 그리고 그 우정에 극단적인 흥분과 열광을 실었어. 왜냐하면 나는 어떤 일에도 조심스럽고 소극적인 태도를 취할 수 없었기 때문이야. 나는 무엇을 하든 간에, 특히 감정에 있어서는 더욱 그래. 내가 보기에 인간은 두 가지 종류밖에 없는데, 귀여워서 견딜 수 없는 사람과 미워 죽겠는 사람뿐이야. 그 외의 사람은 나에게 살아 있지 않은 것과 마찬가지며, 그런 사람들의 신체 위로 마치 길을 달리듯이 말을 달려도 아무렇지 않을 것 같아. 도로의 포석이나 연석으로밖에 생각되지 않거든.

나는 타고난 성질을 제멋대로 밖으로 나타내는 성격이며, 또 남을 귀여워하는 방법도 여러 가지 알고 있어. 그래서 가끔 그런 방법이 어떤 결과를 초래할지 모르고, 로제트와 산책할 때에도, 우리 아저씨 댁의 모퉁이에 있는 쓸쓸한 가로수길을 너와 함께 걸을 때처럼 로제트의 등 뒤로 손을 돌리곤 했어. 그뿐 아니라, 그녀가 수를 놓는 동안, 뒤에서 팔걸이의자의 등에 몸을 구부리고, 둥글고 통통한 목덜미에서 금빛으로 빛나는 그녀의 귀밑머리를 내 손가락에 감거나 빗으로 예쁘게 빗은 머리카락을 손등으로 문질러 광을 내거나, 그 외에도 내가 친구들에게 늘 하던, 네가 알고 있는 몇몇 교태들을 부렸단다.

그녀는 그러한 애무를 단순한 우정의 표현이라고 생각하지 않았던 모양이야. 남들이 보통 생각하는 우정은 그런 식으로는 가지 않으니까. 그녀는 내가 그 애무 이상으로 나아가지 않는 것을 보고 내심 놀라며 그것을 어떻게 해석해야 좋을지 몰라하는 것 같았어. 그리고 여러 가지로 고민한 결과 이러한 생각에 다다르게 되었나 봐. 즉 내가 아직 어려서 사랑에 관한 일에는 전혀 익숙하지 않기 때문에 몹시 소심하므로, 온갖 수단을 동원하여 친절하게 대하고 용기를 북돋워주어야 한다고 말이야.

로제트는 내가 대담하게 행동할 수 있도록 일부러 호젓하고 쓸데없는 방해가 들어오지 않는 장소를 골라, 둘이서만 있는 기회를 만들려고 노력했어. 큰 숲속으로도 자주 산책하러 나갔고, 나무가 빽빽하게 우거진 안성맞춤인 그늘이 다정한 마음에 쾌락을 연상시키거나 사랑의 욕망을 일으켜, 자신에게 유리하게 상황을 바꾸어주지는 않을까 하고 시험해보기도 했어.

어느 날 그녀는 나를 저택의 뒤쪽에 멀리 펼쳐진 한 폭의 그림 같은 정원으로 데리고 가서 오랫동안 여기저기를 걸어다녔어. 난 정원이라곤 건물 주변에 있는 부분밖에 모르고 있었는데, 그녀는 딱총나무와 개암나무가 양쪽에 심어진, 이상하게 꼬불꼬불 구부러진 샛길을 지나서 어느 시골풍의 오두막집으로 데리고 갔어. 그곳은 통나무를 가로로 나란히 하고 지은 숯 굽는 집 같은 건물이었는데, 지붕은 갈대로 이어져 있고 허술한 문짝은 제대로 대패질하지도 않은 판자를 대여섯 장 못을 쳐 박았고, 틈에는 이끼나 잡초가 자라고 있었어. 그 곁에는 껍질이 은빛이며 여기저기에 검은 반점이 있는 큰 물푸레나무가 치솟아 있었는데, 그 녹색으로 물든 뿌리 사이에서 샘물이 세차게 뿜어져 나오고 있었어. 샘물은 대여섯 발자국 떨어진 곳에 있는 두 단의 대리석 계단을 지나 에메랄드보다도 파란 물냉이가 우거진 연못으로 흘러들어가고 있었어. 물냉이가 나지 않은 부분은 눈같이 하얀 잔모래가 전면에 깔려 있었어. 수정같이 맑고, 얼음같이 찬 물이었어. 방금 지면에서 뿜어오른 데다 울창한 숲에서 햇볕이라곤 전혀 쬐지 않았기 때문에 미지근해지거나 탁해질 틈이 없었어. 나는 이런 샘물을 좋아했기 때문에, 그 맑은 물을 한 모금 마시고 싶은 마음을 억제할 수 없었어. 따로 그릇이 없어 샘물 위에 몸을 굽혀 몇 번이고 손으로 떠 마셨지.

그것을 보자 로제트도 목이 마르다며 물을 마시고 싶다고 했어. 그리고 자기는 물에 닿게끔 몸을 구부릴 수 없으니까 내게 좀 떠달라고 부탁했어. 나는 양손을 가능한 한 단단하게 붙이고 샘물 안에 담갔다가 컵처럼 로제트의 입술까지 들어올렸어. 그리고 로제트가 다 마실 때까지 그대로 들고 있었어. 그것은 긴 시간은 아니었어. 어차피 물의 분량이 적은 데다가 아무리 손가락을 단단하게 붙이고 있어도 빈틈에서 물방울이 새게 마련이잖아. 그때 두 사람의 모습은 아름다운 군상 같았을 거야. 조각가가 마침 그 자리에 있어 스케치해주면 좋겠다는 생각이 들 정도였지.

그녀가 물을 거의 다 마셔버리자 내 손이 그녀의 입술 바로 아래 있었기 때문에 그녀가 내 손에 입맞추지 않을 수 없었어. 물론 내 손바닥에 남아 있는 마지막 물방울을 빨아 마시기 위해 그렇게 해야 했겠지만, 나는 속지 않았어. 그녀 얼굴이 갑자기 새빨개졌기 때문에 의심할 여지가 더욱 없었지.

그녀는 다시 내 팔을 잡고 오두막집으로 향했어. 그녀는 이야기를 핑계 삼아 되도록 바싹 달라붙어 가슴이 내 팔에 완전히 기대어지도록 몸을 기울였어. 이토록 교묘한 자세에서 나 말고 다른 사람이었다면 누구나 마음이 어지러워 견딜 수 없었을 거야. 그 가슴의 단단하고 정갈한 윤곽과 따뜻한 체온이 분명히 느껴졌어. 게다가 가쁘게 몰아쉬는 숨결은, 일부러든 아니든, 대단히 기분 좋고 정욕을 돋우는 것임에 틀림없었어.

그렇게 오두막집에 도착하자, 나는 발로 문을 밀어 열었어. 그러자 전혀 예기치 못한 광경이 눈앞에 나타났어. 나는 바닥의 거적에 풀을 깔고, 두서너 개의 변변치 않은 의자가 있을 뿐이겠지 하고 예상했었는데, 천만의 말씀, 당치도 않은 생각이었어.

그것은 상상 밖으로 우아하게 꾸며진 귀부인의 침실이었어. 문과 거울 위에는 살마키스와 헤르마프로디토스, 비너스와 아도니스, 아폴론과 다프네 등 오비디우스의 『변신이야기』의 가장 색정적인 장면과 신화에 나오는 연애소설의 이것저것이, 밝은 연보랏빛의 부조로 표현되어 있었어. 창문 사이 벽에는 세밀하게 조각된 방울 장미와 대단히 정교하게 싹을 금으로 꽃잎을 은으로 조각한 마거리트가 배합되어 있었어. 더구나 모든 가구마다 테두리를 은줄로 두르고, 뽀얗고 윤기 나는 피부를 두드러지게 하는 데 안성맞춤인, 더할 수 없이 부드러운 파란 벽지로 둘러싸여 있었어. 벽난로와 콘솔과 선반에는 미술 골동품이 비좁을 정도로 가득 늘어서 있었고, 긴 의자와 소파 등 공작부인의 호사스러운 가구가 알맞게 놓여 있었어. 나는 그 은둔처가 결코 엄숙한 일을 하기 위한 장소가 아니고 고행을 하기 위한 장소와도 전혀 거리가 멀다는 것을 곧 눈치 채었지.

사치스러운 상감을 한 받침 위에 아름다운 로코코식의 탁상시계가 있었고, 그것이 커다란 베네치아식 거울과 마주 보면서, 특이한 광채를 내고 있었어. 그러나 시간을 잊기 위해 마련된 이 장소에서 시간을 알리는 것이 어리석은 일이라는 듯 시계는 멈춰 있었어.

나는 로제트에게 이런 세련된 사치가 무척 마음에 들고, 간소한 외관 아래 멋진 취미를 숨기는 것은 고상하다고 말했어. 여자가 검소한 겉옷 안에 자수를 놓은 페티코트나 흰 레이스를 단 슈미즈를 입고 있는 것은 높이 평가받을 일이라고 하였지. 그런 복장은 그 사람이 가지고 있는, 또는 가지게 될지도 모르는 애인에 대한 세심한 배려이며, 애인은 그 배려에 틀림없이 감사할 것이라고 말했어. 그리고 금 상자에 호두를 넣는 것보다야 호두 안에 다이아몬드를 끼우는 것이 훨씬 값어치가 있다고도 덧붙였지.

로제트는 그 의견에 동의한다는 것을 증명하기 위해 옷자락을 조금 걷어올려 보였어. 페티코트의 가장자리에는 큰 꽃송이와 산뜻한 잎이 호사스럽게 자수되어 있었지. 이러한 훌륭한 속옷의 비밀까지 밝히고 보여주는 것은 아마 나뿐일 거야. 그러나 나는 슈미즈의 아름다운 모양이 페티코트에 비해 떨어지지는 않는지 어떤지는 확인해보려고 하지 않았어. 필경 슈미즈 역시 사치를 다하고 있었겠지. 로제트는 더 위에까지 보여주지 않은 것을 유감스럽게 생각하는 표정으로 옷자락을 내렸어. 그러나 그것만으로도 멋지게 생긴 장딴지의 일부분을 볼 수 있었기 때문에 페티코트의 속이 틀림없이 아름다우리라고 상상할 수 있었어. 치마를 펼치기 위해 앞으로 내민 발은 잘 어울리는 쥐색 양말 아래에서 기적적으로 훌륭한 품위와 아름다움을 보여주고 있었어. 그리고 큰 리본을 단 굽 있는 작은 실내화는 신데렐라가 신었던 유리구두 같았어. 나는 그 발을 칭찬하면서, 그보다 예쁜 발은 본 적이 없고 그렇게 잘생긴 발이 또 있으리라고 생각하지 않는다고 말했어. 그러자 그녀는 솔직하고 순진하게 "맞아요."라고 대답했는데, 그 표정이 자못 귀엽고 영리해 보였단다.

로제트는 붙박이장이 있는 곳에 가서 한두 병의 술과 설탕에 절인 과일과 과자가 든 접시를 몇 개 꺼내와서 조그만 테이블 위에 늘어놓았어. 그리고 내가 앉은 소파로 건너왔는데, 소파가 매우 좁았기 때문에 나는 그녀의 등 뒤로 한쪽 팔을 돌릴 수밖에 없었어. 그래서 나는 왼쪽 손밖에 쓸 수 없게 되었지. 그녀는 양손이 다 비어 있었기 때문에 나에게 마실 것을 따라주고 과일과 과자를 접시에 놓아주었어. 게다가 내가 서툴게 왼손으로 먹고 있는 것을 보고, "어머 안 되겠어요. 내가 먹여드릴게요. 아니, 도련님, 혼자서 드실 줄도 모르시는군요." 하고 장난을 쳤어. 그러면서 그녀는 먹을 것을 자기 손으로 집더니 내 입으로 가져와서는 예쁜 손으로 억지로 집어넣고 무턱대고 차례차례 받아먹게 했어. 마치 작은 새에게 모이를 주듯이 말이야. 그녀는 행복해 보였고 웃고 있었어. 나는 조금 전에 내 손바닥에 해준 키스의 답례로 그녀의 손가락에 키스하지 않을 수 없었어. 그러자 그녀는 그것을 방해라도 하듯이 손으로 내 입술을 떠밀더군. 그러나 실은 그녀의 손과 내 입술을 더 밀착시키는 기회였지.

그녀는 카나리아산 포도주와 함께 바베이드[1]산 크림을 두서

1 안틸레스 군도 중 하나. 처음에 포르투갈인이 발견하였는데, 17세기 중엽부터 영국 영토가 되었다. 고구마, 코코아 등이 생산된다.

너 모금 마셨어. 나도 같은 정도로 마셨어. 그것은 많은 분량은 아니었지만, 평소 아주 소량의 술을 물에 타서만 마셔본 두 여자의 마음을 들뜨게 하기에는 충분했어. 로제트는 뒤로 몸을 젖히고, 내 팔에 응석을 부리며 기대왔어. 그녀는 반코트를 벗은 채로 있었기 때문에 뒤로 젖힌 자세로 조금 눌려진 포동포동한 목 언저리가 보였어. 피부색은 황홀할 정도로 고상하게 투명하고 모양은 섬세한 데다가 놀라울 정도로 고르게 퍼져 있었어. 나는 한참 동안 말할 수 없는 감동과 기쁨으로 그것을 바라보았어. 그리고 연애를 할 때 남자 쪽이 우리 여자보다 이득이라는 생각과 우리는 남자들에게 제일 아름다운 보배를 제공하지만 남자들은 우리에게 주는 것이 아무것도 없다는 생각이 들었어. 키스에 과감히 노출되어 있는, 또 스스로 키스를 유발하는 듯한, 곱고 윤이 나는 피부와 봉긋 솟아 있는 윤곽 위를 입술로 더듬으면 얼마나 즐거울까! 비단결 같은 피부, 육체를 싸고 있는 물결치는 선, 감촉이 부드러운 머리카락은 남자들한테서는 도저히 얻을 수 없는, 미묘한 환락의 근원 아닐까! 우리들 여자에게 애무란 거의 수동적일 뿐이지만, 사실 애무란 받기보다는 주는 게 훨씬 즐거운 일이거든.

나는 이런 일은 1년 전에는 안중에도 없었어. 남의 가슴이나 어깨를 봐도 모양이 좋은지 나쁜지 전혀 알 수 없었지. 그러나 여자의 옷을 벗어던지고, 젊은 남자들과 지내고부터는 지금까지 모르고 있던 감정이 마음에 싹트게 되었어. 요컨대 아름다움에 대한 감정 말이야. 그런 감정은 대개 여자들에게는 결여되어 있거든. 난 그 이유를 정말 모르겠어. 아름다움에 대해선 남자보다 여자 쪽이 더 분별력을 갖고 있을 법한데 말이야. 하지만 아름다움을 갖고 있는 쪽은 여자이고, 자기 자신에 대해서 아는 것만큼 어려운 일도 없다는 것을 생각하면, 여자가 아름다움을 이해하지 못하는 것도 그다지 놀랄 일은 아니지. 보통 여자가 볼 때 예쁘다고 생각되는 여자는 어느 남자도 거들떠보지 않아. 그러나 반대로, 남자들이 모두 미인이다, 우아하다 하고 칭찬하는 여자들은 치마부대들로부터는 한결같이 가증스럽고 닭살이 돋는다고 험담이 대단할걸. 내가 진짜 남자라고 하면, 미인을 고를 때에는 무엇보다도 우선 이 사실을 중요한 기준으로 삼겠어. 그래서 여자들의 비난은 미인의 보증서라고 여기겠어.

이제 난 아름다움을 사랑하고, 또 아름다움을 이해해. 내가 입고 있는 남자 옷은 나를 여성으로부터 분리하고 모든 종류의 경쟁심을 지워주었어. 그래서 누구보다도 여자를 잘 평가할 수 있다고 생각해. 나는 이미 여자가 아니야. 그렇다고 남자도 아니지. 또한 정욕에 눈이 멀어 마네킹을 신상으로 보는 일도 없을 테고, 냉철하며 어떤 편견도 갖고 있지 않아. 내 입장은 완전한 중립이야.

길고 가는 속눈썹, 투명한 관자놀이, 맑은 눈동자, 동그스름한 귀, 머리의 빛깔과 윤기, 고상한 손과 발, 가녀린 발목과 손목, 지금까지 주의하지 않았던 무수히 많은 특징들이 참된 미를 형성하고 혈통의 순결함을 증명하는 것인데, 이런 것들이 나의 평가 기준이 되어 나는 미인을 고르는 데 거의 틀리는 일이 없어. 내가 "이런 여자라면 전혀 나쁘지 않은데." 하고 말하는 여자라면, 남자들은 눈을 감고 애인으로 삼아도 좋을 거야.

너무도 자연스러운 결과이지만, 나는 예전보다 그림을 훨씬 잘 이해하게 되었어. 스승이라고 해보았자 한 장의 천박한 벽지밖에 없지만, 나에게 나쁜 작품을 좋은 것이라고 믿도록 하기는 어려울걸. 나는 이 공부에 대해서, 심오하고 기묘한 매력을 느껴. 왜냐하면 세상의 모든 것과 마찬가지로 정신과 육체의 아름다움도 이해되어지기를 원하며, 처음부터 그 본성을 파악하게끔 하지는 않기 때문이야.

로제트의 이야기로 돌아가자. 아름다움에 관한 주제로부터 로제트로 화제를 옮기는 일은 어렵지 않아. 아름다움과 로제트는 서로 밀접한 관계가 있으니까.

이미 말한 바와 같이, 그녀는 내 팔에 안겨 머리를 내 어깨에 기대었어. 아름다운 뺨은 홍분 때문에 엷은 장미색으로 물들었고, 요염하게 붙인 애교점의 검은색이 돋보였어. 그녀가 환히 웃는 동안 치아는 양귀비꽃 위에 떨어진 빗방울같이 빛났고, 반쯤 감은 속눈썹은 커다란 눈의 젖은 광채를 더하였지. 햇빛은 그녀의 비단결 같은 머리카락 위에서 수많은 금빛을 아롱거리게 하였고, 굽이치는 몇 개의 머리칼이 둥글고 통통한 목덜미에 흘러내려, 목덜미의 요염한 흰 살결을 돋보이게 하였어. 또 두서너 개의 귀밑머리가 다른 것보다도 고집이 센 듯이 무리를 떠나 짐짓 금빛으로 반짝이면서 제멋대로 소용돌이를 치고 있었는데, 빛이 꿰뚫고 지나가며 그것을 무지갯빛으로 빛나게 하였어. 마치 옛 그림에서 성모님의 머리를 둘러싸고 있는 그 금실과도 같았어. 우리는 둘 다 잠자코 있었어. 나는 진줏빛으로 비쳐 보이는 로제트의 관자놀이와 푸르스름한 모세혈관을 바라보고, 또 눈썹 끝이 점점 가늘어지면서 어느새 부드러운 솜털이 되어 있는 것을 넋을 잃고 바라보았어.

로제트는 깊은 생각에 잠겨서 무한한 쾌락의 꿈에 흔들리고 있는 듯했어. 양팔은 펼쳐진 숄처럼 축 늘어져 몸의 양쪽에 드리워지고, 머리는 마치 그것을 떠받치고 있는 근육이 끊어졌는지, 아니면 떠받치기에 너무 약한 건지 점점 뒤로 기울어졌어. 그녀는 치마 밑으로 작은 두 발을 오므려 내가 앉아 있는 소파의 구석에 몸을 한껏 웅크렸어. 그래서 소파가 몹시 좁았는데도 한쪽에 넓은 공간이 생겼어.

로제트의 보들보들하고 탄력성 있는 몸은 마치 밀랍같이 내 몸에 달라붙어, 몸의 윤곽이 서로 꼭 들어맞을 것처럼 되었어. 물은 그릇에 따라 모양이 변한다고 하지만, 이렇게까지 그릇과 꼭 들어맞지는 않을 거야. 내 허리에 안긴 로제트는 화가가 그림자에 두께와 폭을 주기 위해 물체의 바깥쪽에 긋는 선과 같았어. 이런 식으로 몸을 휘어 구부리고 휙 감기는 것은 사랑하는 여자 아니면 할 수 없는 일이야. 담쟁이덩굴이나 버드나무조차도 어림없는 일이지.

로제트의 은은한 체온이 그녀와 내 옷을 통하여 나에게로 전해져왔어. 그녀의 몸에서는 무수한 자기의 흐름이 용솟음치듯이 나왔어. 그녀의 생명이 모두 나에게로 옮겨와 그녀를 완전히 버린 게 아닌가 하는 생각이 들 정도였어. 로제트는 점점 더 힘이 빠져 곧 쓰러질 것처럼 몸을 눕혔어. 반들반들한 이마에는 땀이 나기 시작했고 눈에는 눈물을 글썽였어. 그녀는 서너 번 두 손을 들어 그것을 숨기려고 했어. 그러나 도중에 손에 힘이 빠져 무릎에 떨어지는 바람에 눈에 닿지 못했어. 굵은 눈물방울이 눈꺼풀에서 넘쳐 불타는 듯한 뺨을 타고 흐르다 곧 말라버렸어.

내 입장은 매우 곤란하였고 꽤 우습게 되었어. 내가 백치처럼 보일 거라는 생각에 무척 당황했지만, 어떻게 할 도리가 없었어. 이런 경우에는 대담한 행동으로 나가는 수밖에 없을 텐데, 나로서는 그렇게 할 수 없는 입장이잖아. 어떤 짓을 해도 저항받을 리 없다는 것을 잘 알고 있었지만, 나는 어찌할 바를 모르고 옴짝달싹할 수 없게 되었어. 달콤한 말을 속삭이거나 연가를 읊는 일도 처음에는 도움이 되겠지만, 이쯤 되고 보면 그처럼 시시한 짓거리도 없겠지. 일어서서 나가자니 그것같이 우스운 일도 없을 테고 말이야. 그렇게 한다면, 로제트가 푸티파르[2] 되어 내 망토 자락을 잡지 않으리라고 장담할 수 없겠지. 그럼 난 그녀를 거절할 도덕적인 이유를 하나도 들 수 없게 되잖아. 게다가 부끄러움을 무릅쓰고 말하자면, 내가 스스로 원한 듯한 이 장면에 왠지 모르게 마음이 끌려, 딱 잘라 거절할 수도 없는 심정이었어. 그녀의 격렬한 정욕은 그 불꽃으로 내 마음을 타오르게 하였고, 나는 그녀를 만족시켜주지 못한다는 사실에 정말로 화가 났어. 이 사랑이 이루어지게 하기 위해서, 내가 그녀에게 보여지는 모습처럼 진짜 남자였으면 좋았을 텐데 하는 생각이 들었다가, 또 로제트가 잘못 생각하고 있는 것이 원망스럽기도 했어. 나도 숨이 가빠지고 얼굴이 붉어지는 것이 느껴졌어. 나의 가련한 애인에 못

2 성서에 나오는 유명한 일화로, 요셉을 유혹하려고 했던 이집트 신관장의 처. 요셉은 옷자락이 잡힌 것을 잘라내고 도망쳤으나, 그녀는 소원을 이루지 못한 화풀이로 요셉이 자기를 욕보이려 했다고 남편에게 일러 남편은 그것을 믿고 요셉을 감옥에 가두었다.

지않을 만큼, 가슴이 두근거렸어. 같은 여자라는 생각이 차츰 사라지고 쾌락을 찾는 막연한 마음만 남았지. 눈앞이 흐려지고 입술이 떨리기 시작했어. 만일 로제트가 여자가 아니고 기사였다면, 틀림없이 나를 마음대로 하였을 거야.

마지막으로 로제트는 더 이상 견딜 수 없었는지, 발작적인 동작으로 벌떡 일어나더니, 안절부절못하고 방 안을 걷기 시작했어. 그리고 거울 앞에 멈추어 서서 흐트러진 머리를 고쳤어. 그동안 나는 풀이 죽은 얼굴을 하고 있었는데, 어떤 표정을 지어야 할지 모르겠더군.

이윽고 로제트는 내 앞에 서서 뭔가 생각하는 눈치였어.

그녀는 내가 그녀를 가만히 놔두는 이유가 극단적으로 겁이 많은 탓이며, 자기가 처음에 상상한 이상으로 내가 어리기 때문이라고 생각했나 봐. 열렬한 사랑의 불길 때문에 모든 분별을 잃은 그녀는 최후의 노력을 시도해보려 하였고, 체신이 깎이는 한이 있어도 모든 수단을 다 써봐야겠다고 마음먹은 모양이야.

그녀는 번개보다도 빠르게 나에게 달려들어 무릎 위에 앉는가 하면, 내 목에 달라붙어 두 손을 머리 뒤에서 깍지 낀 후 자기 입술을 미친 듯이 내 입술에 갖다대고 누르는 것이었어. 젖가슴이 반쯤 벌어져 몸부림치면서 내 가슴 위에서 두근거리고 내 머리카락 안에서 깍지를 끼고 있던 손가락이 경련을 일으켰어. 나 역시 온몸에 전율이 오면서 젖꼭지가 딱딱하게 부풀어오르지 뭐야.

로제트는 내 입술에 달라붙어 떨어지지 않았어. 그녀의 입술은 내 입술을 감싸고, 이와 이는 부딪치고, 두 사람의 호흡이 뒤섞였어. 나는 잠시 뒤로 물러서며 그 키스를 피하기 위해 두서너 번 머리를 뒤로 젖혔어. 그러나 거부할 수 없는 매력에 끌려 곧 머리를 다시 앞으로 하고 그녀가 나에게 해준 것에 못지않은 열렬한 키스를 돌려주었어. 만약 그때 밖에서 갑자기 소란스럽게 개 짖는 소리와 문을 발로 할퀴는 소리가 들려오지 않았다면, 어떻게 되었을까. 문이 열리고 훌륭한 흰색 그레이하운드 사냥개가 킁킁거리며 오두막집 안으로 뛰어들어왔어.

로제트는 재빠르게 일어나 단숨에 방의 저쪽 끝으로 갔어. 잘생긴 사냥개는 즐거운 듯이 날쌔게 그녀의 주위를 뛰어다니며 손을 핥으려고 달려들었어. 로제트는 너무 당황해서 반코트를 어깨에 걸치려고 했지만 자꾸 허둥거렸지.

그 사냥개는 오빠인 알시비아드가 귀여워하는 개였어. 알시비아드는 그 개를 항상 곁에 두었기 때문에 개가 오면 주인도 곧 온다는 것이 확실했어. 가엾은 로제트가 매우 당황한 것도 그 때문이었지.

아니나 다를까, 알시비아드, 바로 그 사람이 장화를 신고 박차를 달고 손에 채찍을 든 채 들어왔어. “그래! 여기에 있었구나. 벌써 한 시간 전부터 찾고 있었는데, 나의 충실한 스넥이 네가 숨은 곳을 찾아내주지 않았더라면 도저히 찾을 수 없었겠는데.” 그리고 진담인지 농담인지 알 수 없는 눈으로 누이동생을 보며 다음과 같이 말했는데, 그 말을 듣고 로제트는 눈의 흰자위까지 빨개졌어. “이렇게 호젓한 곳에 틀어박혀 있던 것을 보면, 어지간히 골 아픈 문제를 논하고 있었나 보지? 아마 신학 아니면 영혼의 선악에 관한 문제겠지?”

“어머! 당치도 않은, 그런 일 없어요. 우리들은 그렇게 고상한 일 따위는 이야기하지 않았어요. 단지 과자를 먹으며, 유행 이야기를 하고 있었을 뿐이에요. 그뿐이에요.”

“아니, 그런 것 같지 않은데. 뭔가 센티멘털한 주제에 열중하고 있었던 것 같아. 그러나 그런 우울한 이야기로부터 기분 전환을 하기 위해서 나와 함께 한 바퀴를 돌고 오는 것도 나쁘지는 않다고 보는데. 실은 새로 암말이 하나 생겨서, 시험해 보고 싶단 말이야. 테오도르 군, 자네도 타게. 그리고 괜찮은지 아닌지 봐줘.” 우리들 세 사람은 함께 오두막집을 나갔어. 알시비아드가 내 팔을 끼고, 나는 로제트의 팔을 끼고, 우리들 세 사람의 표정은 모두 제각각이었어. 알시비아드는 깊은 생각에 잠긴 듯했고, 나는 편안해졌고, 로제트는 몹시 언짢은 표정이었어.

알시비아드가 온 것은 나에게 매우 다행한 일이었지만, 로제트에게는 뜻밖의 방해가 된 셈이야. 그녀는 자신의 교묘한 공격과 기발한 책략의 성과를 망쳤다고 생각했을 거야. 만약 그때 알시비아드가 오는 것이 15분 정도 늦었더라면, 이 사건의 결말이 어떻게 되었을까. 생각하면 끔찍해. 나로서는 도저히 알 도리가 없어. 어쩌면 알시비아드가 마치 운명의 신처럼 그 절박한 순간에 나타나지 않은 편이 좋았을지도 몰라. 어차피 어떻게든 결말을 내버려야 할 테니까. 그 와중에 나는 두세 번쯤 내 정체를 로제트에게 고백할 뻔했어. 그러나 협잡꾼으로 보이거나, 내 비밀이 세상에 널리 알려지는 것이 두려워서 입에서 튀어나오려고 하는 말을 억눌렀어.

이 상태가 오래갈 수는 없잖아. 해결할 방법도 없는 난국을 단숨에 끝내기 위해서는 내가 떠나는 수밖에 없었어. 내 곁에 앉아 있던 로제트는 그 말을 듣자 기절할 듯한 표정이 되어 손에 들고 있던 컵을 떨어뜨렸어. 아름다운 얼굴이 갑자기 새파래지면서 애처로운 눈으로 힐책하듯이 나를 쳐다봤기 때문에 나 역시 기분이 나빠졌어.

아주머니는 자못 불쾌한 놀라움에 사로잡힌 모습으로 주름진 늙은 두 손을 들어올리더니 평소보다 한층 더 불안한, 가늘고 떨리는 목소리로 말했어. "어머나! 테오도르 씨, 그런 식으로 떠나시려고요? 어제까지만 해도 돌아가시려는 기색이 조금도 없으시더니. 우편물도 온 것이 없으니까 편지를 받으셨을 리도 없고, 아무런 이유도 없지 않습니까. 모처럼 두 주일 동안 머무르시겠다고 약속하셨는데, 갑자기 취소하시다니 그럴 권리는 없으십니다. 아무도 한번 약속한 일은 되돌릴 수 없는 것입니다. 자, 로제트가 어떤 얼굴을 하고, 당신을 원망하고 있는지 보세요. 저도 로제트처럼 당신을 원망하고, 무서운 얼굴로 노려보겠습니다. 예순여덟 살의 할머니가 화낸 얼굴은 스물세 살의 아가씨가 화낸 얼굴보다 훨씬 무섭답니다. 당신도 입장을 바꾸어 생각해보세요. 당신은 숙모와 조카딸을 모두 화나게 만드시는데, 더구나 그것도 식사 후에 갑자기 이유를 알 수 없는 변덕에 의해 결정된 일이니 말이에요."

알시비아드는 주먹으로 식탁 위를 쾅쾅 치더니, 저택의 문에 모두 바리케이드를 치고 말의 네 다리의 힘줄을 자르는 한이 있어도 절대로 보내지 않겠다고 고함쳤어.

로제트는 다시 한번, 말할 수 없이 슬픈 눈으로 애원하듯이 나를 쳐다보았어. 그 눈을 보고서는, 일주일 전부터 굶은 호랑이의 잔인함이 없는 한, 감동받지 않을 수 없었어. 나는 거기에 거역할 도리가 없어 어색하기는 하였지만, 더 있겠다고 엄숙하게 약속하고 말았어. 다정한 로제트는 남의 눈이 없었다면 기쁜 나머지 내 목에 달려들어 입에 키스를 퍼부었을 거야. 알시비아드도 큰 손으로 내 손을 꽉 쥐더니, 팔이 어깨에서 빠질 정도로 심하게 흔들어대었어. 결국 내 둥근 반지를 납작하게 눌러 찌부러뜨리고, 손가락에 꽤 깊은 상처를 세 개나 냈지.

아주머니도 몹시 기뻐하며 코담배를 듬뿍 집어 냄새를 맡았어.

그러나 로제트는 전과 같은 쾌활한 상태로 돌아갈 수 없었어. 내가 가버릴지도 모르고 또 그것을 희망하고 있다는 생각, 그때까지 한 번도 확실하게 머릿속에 그려보지 못한 그 일 때문에 그녀는 깊은 몽상에 잠기고 말았어. 그래서 내가 떠나겠다는 말을 꺼낸 후 그녀의 뺨에서 사라지고 만 윤기는 여전히 돌아오지 않았지. 뺨에는 창백함이, 마음 깊은 곳에는 근심이 남아 있었어. 나의 태도는 그녀에게 의외의 느낌을 더해줄 뿐이었어. 그녀는 우리의 관계가 진전되어도 좋다는 뜻을 분명하게 밝혔는데, 내가 지나치게 몸을 사리는 이유를 이해할 수 없었겠지. 그래서 내가 떠나기 전에 딱 잘라서 약속을 받아놔야겠다고 생각했나 봐. 그렇게 해야만 마음대로 나를 만류하기 쉽다고 믿었던 거지.

이 점에 관해서는 그녀의 생각이 옳았어. 내가 여자만 아니었더라도, 그녀의 계산은 맞았을 거야. 왜냐하면 남자는 여자를 일단 제 것으로 만들면 곧 싫어지거나 쾌락에 권태를 느낀다고들 말하지만, 조금이라도 인간다운 착실한 마음을 가지고 있고, 또 구제불능일 정도로 타락하지 않은 사람이라면 상대방의 행복으로 인하여 사랑하는 마음이 더해가는 법이며, 또 떠나려는 연인을 붙잡기 위해서는 그에게 자기 자신을 완전히 맡겨버리는 것이 제일 좋은 방법일 때가 많으니까.

그래서 로제트는 내가 출발하기 전에 나로부터 확실한 태도를 보고 싶어 했고, 그렇게 할 수 있는 계획을 세웠어. 그녀는 일단 끊어진 관계를 회복하는 것이 얼마나 어려운지 알고 있었고 이런 상황에서 두 번 다시 기회를 만날 수 있으리라고는 생각하지 않았기 때문에, 어떻게든 내가 고집하고 있는 애매한 태도를 버리고 확실하게 내 입장을 밝히도록 노력했어. 그러나 나로서는 그 시골 오두막집에서의 밀회 같은 것은 어떻게든 피하려고 결심했어. 그렇다고 이제 와서 냉담한 체하거나 소녀처럼 얌전 빼는 것도 이상한 일이었기 때문에 도무지 어떤 태도를 취해야 할지 모를 지경이었어. 그래서 언제나 제3자로 하여금 우리 사이에 끼여 있게 만들었지. 로제트는 반대로, 나와 단둘이 있기 위하여 가능한 모든 수단을 동원했단다. 저택은 시내에서 멀리 떨어져 있었고, 근처의 귀족도 별로 찾아오지 않았기 때문에 그녀의 기도는 자주 성공했어. 나의 무언의 저항은 그녀를 슬프게 하였고 의아하게 만들었어. 때에 따라서는 스스로의 매력에 의심을 품고 내 사랑이 열렬하지 않은 것은 자기가 못생겼기 때문이라고 생각하는 일조차 있었어. 그러자 그녀는 한층 더 나에게 아양을 떨고 열심히 비위를 맞추려고 애쓰는 거야. 상복을 입고 있는 탓에 야단스러운 화장을 할 수는 없었지만, 여러모로 꾸미고 변화를 주어서 날마다 뚜렷하게 매력을 더해갔어. 이만저만한 노력을 기울인 게 아니야. 별별 방법을 다 써보더라. 명랑했다가 우울해했고, 상냥하다가 열정이 넘치는가 하면, 붙임성 있는 태도로 요염하게 굴거나 응석을 부리기도 했어. 게다가 여자의 얼굴에 어울리는 온갖 표정을 차례차례로 짓는 바람에, 그것이 가면인지 실제의 얼굴인지 알 수 없게끔 되었어. 여덟 가지나 열 가지의 전혀 다른 성격을 보여준 후, 어느 것이 내 마음에 드는지 보고 그것으로 정할 태세이니, 그녀 혼자서 후보들을 전부 대표하면서 나는 손수건만 던지면 된다는 식이었어. 그러나 말할 것도 없이 그 어느 것도 성공하지 못했지.

그녀는 자기가 세운 책략이 모두 실패로 끝나자 완전히 맥이 빠진 것같이 보였어. 정말 그토록 노력한다면, 네스토르[3]의 마음을 흔들리게 하고, 절개가 굳은 히폴리토스[4]의 냉담한

---

3 그리스의 필로스 왕. 트로이를 공격한 장군들 중에서 가장 연장자로, 예지력과 장광설로 유명하다.

4 그리스 신화 속 인물로, 아테네의 왕 테세우스의 아들. 계모 파이드라의 사랑을 거절하다가, 오히려 계모를 범하려고 한 것으로 의심을 받는다. 테세우스는 바다의 신 포세이돈에게 자식을 죽여줄 것을 기원하였고, 해신은 괴물 넵튠을 보내어 히폴리토스를 말에서 떨어져 죽게 하였다.

가슴마저 끓어오르게 할 수 있었을 거야. 그러나 나는 네스토르나 히폴리토스와는 전혀 달랐어. 나는 젊은 데다가, 모습은 오만하고 결단력이 있었으며, 말은 대담하였고, 무엇보다도 둘만 있는 경우를 제외하고는 어디에 가나 단호한 태도를 보였어.

트라키아[5]나 테살리아[6]의 모든 마술사들이 내 몸 위에 주문을 불어넣었거나, 아니면 적어도 내가 고자거나 스스로 남성성을 매우 싫어하는 사람이 아닐까 하고 의심하는 게 당연했을 거야. 하긴 남성성이란 별로 믿을 게 못 되지만 말이야. 그러나 로제트는 그런 일은 조금도 의심하지 못했고, 나의 무정함을 그저 애정이 부족한 탓으로만 여기는 듯했어.

며칠이 지났지만, 그녀의 생각은 좀처럼 진척되지 않았어. 그녀는 보기에도 고통스러운 듯했어. 지금까지 언제나 입술에 피어 있던 생생한 미소는 어느덧 불안한 슬픈 표정으로 변하였고, 즐거운 듯이 휘어져 있던 입 언저리는 눈에 띄게 밑으로 처졌으며, 딱딱하고 근엄한 일자로 입을 굳게 다물게 되었어. 수심 어린 눈꺼풀에는 가는 핏대가 뚜렷하게 나타났고 얼마 전까지 복숭아 같았던 뺨은 알아볼 수 없는 부드러움을

5 발칸 반도 동부에 있는 지방.

6 그리스 중동부, 에피루스 지방과 에게 해 사이에 있는 지방.

겨우 간직하고 있을 뿐이었지. 가끔 내 방의 창문으로 그녀가 아침의 화장복을 입은 채 꽃밭을 지나가는 것이 보였어. 그녀는 미끄러지듯 발을 겨우 들어올렸어. 두 팔을 힘없이 가슴에 끼고 습기로 가지가 늘어진 버드나무보다도 깊게 머리를 숙인 채 걸어가는 모습은 마치 바닥에 끌리는 커튼처럼 울적하게 물결치고 있었어. 그때 그녀의 모습은 비너스의 노여움에 시달리고, 그 무정한 여신이 악착스럽게 따라다니던 저 옛날의 사랑하는 여인들 같았어. 큐피드를 잃은 프시케의 모습이 그렇지 않았을까.

그녀가 나의 냉정함과 망설임을 무너뜨려보려고 애쓰지 않던 어느 날, 그녀의 사랑은 단순하고 소박한 모습으로 나를 황홀하게 했어. 조용히 자기 자신을 맡기는 신뢰, 순결하고 순수한 애무, 퍼내도 퍼내도 끝이 없는 무한한 애정, 아름다운 성격의 보배가 끝없이 펼쳐지는 것이었어. 그녀에게는 거의 모든 여성, 재능을 가장 많이 타고났다는 여자에게서조차 발견되는 편협함이나 옹색함이 없었어. 일부러 겉모습을 꾸미려고 하지도 않았고, 자기의 정열을 있는 대로 거침없이 들여다보게 했어. 그리고 그토록 그녀가 열을 낸 데 대해 냉담했던 나의 태도를 조금도 비난하는 기색이 없었어. 자존심이란 사랑과 교대로 사람의 마음에 들어와 앉는 것이잖아. 이 세상에서 정말로 사랑받은 사람이 있다면, 그것은 아마도 로제트에게 사랑받은 나일 거야. 그녀는 고민하고 있었어. 그러나 절대로 푸념하거나 불쾌한 얼굴을 보이지 않았고, 그녀의 뜻대로 되지 않은 것을 오로지 스스로의 탓으로 돌리고 있었어. 안색이 하루가 다르게 몰라보게 창백해가고 있었지. 뺨 위에서는 장미와 백합이 치열한 전쟁을 벌이다가 드디어 백합의 색채가 장미를 대신했어. 나는 그것을 보고 마음이 상했지만, 솔직히 말해서 어떻게 해볼 도리가 없잖아. 그녀에게 좀 더 다정하게 애정을 담아 말을 걸거나 좀 더 사랑하는 듯한 낌새를 보이는 것은 오히려 그녀의 심장에 이룰 수 없는 사랑이라는 가시 달린 화살을 쏘아 넣게 되는 격이니까 말이야. 당장 그녀의 마음을 달래려고 하면 앞으로 더 큰 절망을 가져오게 될 테니, 내가 주는 약은 상처의 아픔을 가라앉히는 것같이 보이지만 실제로는 독을 부어 넣는 결과가 되거든. 그래서 나는 여러 가지 즐겁고 기쁜 일을 이야기해준 것을 후회하고, 내가 간직하고 있는 깊은 우정을 위해서는 오히려 나를 미워하도록 했으면 좋았겠다는 생각까지 했어. 이렇게까지 스스로의 마음을 비우기란 쉬운 일이 아니야. 그 때문에 대단한 노여움을 사게 될 테니까 말이야. 하지만 그렇게 하는 것이 차라리 나을 뻔했어.

나는 두서너 번 그녀의 비위에 거슬리는 말을 해볼까 하였지만, 곧 상냥한 아첨을 덧붙이지 않을 수 없었어. 역시 그녀의 미소보다는 눈물 쪽이 두려웠던 거야. 그녀를 울리게 되면 나는 옳은 일을 했다고 마음속으로는 안심하면서도 공연히 마음이 꺼림칙해져서 후회 비슷한 생각이 들 게 분명하거든. 눈물은 입맞춤으로밖에 막을 수 없는 것이며, 아무리 고급 바티스트 직물로 된 것이라도 손수건에만 그 역할을 맡겨둘 수는 없어. 난 내가 저지른 일을 부정하느라 공연히 애를 쓰지. 눈물도, 입맞춤도 잊히고, 그다음엔 언제나 괴로움만 남을 뿐이야.

로제트는 내가 도망가려고 하는 것을 보고, 집요하고 처절하게 한 조각의 희망에 매달려왔어. 내 입장은 더욱더 복잡하게 얽혀져갔어. 그 인기척이 없는 오두막에서 내가 느꼈던 색다른 흥분, 아름다운 애인의 열렬한 애무 때문에 일으켜진 영문도 모르는 정욕과 격심함은 다소 수그러들었지만, 그 후에도 몇 번인가 되풀이되었어. 그리고 종종 로제트 곁에서 손을 잡고 앉아 그녀가 달콤한 목소리로 말을 걸어오는 것을 듣고 있으면, 나는 그녀가 믿고 있는 대로 남자이며, 만약 그 사랑을 받아들이지 않으면 참혹해지고 말 것이라는 생각이 들곤 했어.

어느 날 밤, 우연히 나는 방에서 아주머니와 단둘이 있게 되었어. 그녀는 태피스트리의 수를 놓고 있었는데, 예순여덟의 나이에도 언제나 손을 놀리지 않는 분이었지. 아주 오래전부터 계속해왔던 그 일을 꼭 죽기 전에 끝내고 싶다고 하시던 터였어. 아주머니는 조금 피곤을 느꼈는지 일감을 아래에 놓고 팔걸이의자 등에 기대었어. 나를 눈여겨 바라보는 그녀의 회색 눈이 안경 너머에서 빛났어. 아주머니는 메마른 손으로 두서너 번 주름진 이마를 문지르더니 무언가 깊은 생각에 잠긴 듯했어. 지나간 그리운 세월의 추억으로 덧없이 슬픈 감동의 표정이 그녀의 얼굴에 스쳤지. 나는 그녀를 방해해서는 안 된다고 생각하고 잠자코 있었어. 5분 정도 흐르자 그녀가 간신히 입을 열었어.

"당신의 눈은 앙리의 눈과 꼭 닮았어요. 사랑하는 앙리의 눈과 비슷하게 인정미가 있고 빛나는 눈매지요. 머리 모양도 같거니와 다정한 데다가 건장한 용모마저 똑같아요. 서로 빼어 박은 듯이 닮았다는 말은 이를 두고 하는 말 아니겠어요. 테오도르 씨, 당신은 당신이 그 아이와 얼마나 닮았는지 모르실 거예요. 당신을 보고 있으면 앙리가 죽었다고는 도저히 생각되지 않는군요. 단지 그 아이가 오랜 여행을 하다가 이제 돌아온 것만 같아요. 당신은 저에게 기쁨과 괴로움을 함께 가지고 와주셨어요, 테오도르 씨. 저 불쌍한 앙리를 회상하게 해주신 기쁨과 제가 잃은 보배가 얼마나 큰가를 가르쳐주신 괴로움이죠. 가끔 당신을 볼 때면, 앙리의 유령이 돌아온 것 같아요. 당신이 떠나가버린다고 생각하면 가슴이 미어져요.

다시 한번 앙리를 잃어버리는 듯한 생각이 들어서요."

나는 사정이 허락되어 더 오래 머무를 수 있다면 기꺼이 그렇게 하겠지만, 벌써 오랫동안 신세를 진 데다 예정보다 훨씬 긴 체류가 되고 말았기 때문에 이젠 떠나야 한다고, 그러나 조만간 꼭 다시 돌아오겠다고 대답했어. 이 집에서 즐거운 추억이 많았기 때문에 그렇게 간단히 잊을 수 없다고 이야기했지.

그런데도 아주머니는 자신의 생각을 굽히지 않고 계속해서 말했어. "테오도르 씨, 당신이 이곳을 떠나버리신다면, 저도 물론 실망할 것입니다만 이곳에는 또 한 사람, 저보다도 훨씬 실망할 사람이 있습니다. 굳이 말씀드리지 않아도 누구인지 잘 알고 계시겠지요. 당신이 떠나시면, 로제트를 어찌해야 좋을지 모르겠어요. 알시비아드는 매일 사냥만 하고 있고, 젊은 여자로서는 저 같은 늙은이를 상대하는 게 재미있지 않을 테니까요.

그러나 제일 섭섭한 사람은 당신도 로제트 양도 아니며 바로 저예요. 당신네들의 손해는 얼마 되지 않지만, 제가 입은 손해는 이루 다 말할 수 없어요. 당신네들은 저보다 훨씬 나은 친구를 쉽게 만날 수 있겠지만, 저는 당신이나 로제트 양을 대신할 사람을 구할 수 없을 테니까요.

저는 당신의 겸손한 인사말을 가지고 언쟁할 생각은 없어요. 그러나 저는 잘 알고 있어요. 그리고 사실대로 말씀드리지만, 이제부터 당분간은 로제트의 기분 좋은 얼굴은 볼 수 없을 것 같아요. 그 아이의 뺨에 비를 내리게 하는 것도, 빛을 비추는 것도 지금으로서는 당신뿐이니까요. 이제 곧 상복을 벗게 되겠지만, 검은 옷을 벗는 것과 동시에 밝은 얼굴을 다시 못 보게 될까 봐 걱정이에요. 그런 일은 좀처럼 예가 없는 일이며 세상의 관습과도 전혀 어긋나는 일이죠. 당신이라면 그런 일쯤은 별로 힘들이지 않고 막아주실 수 있을 뿐 아니라, 반드시 막아주시리라고 믿어요." 노부인은 이 마지막 말에 힘을 주어 말했어.

"물론 저에게 그럴 만한 힘이 있다면, 있는 힘을 다해 조카따님을 기분 좋게 해드리겠습니다. 그러나 저로서는 어떻게 해야 할지 짐작이 가지 않는군요."

"어머! 짐작을 못하시다니요! 그 아름다운 눈은 무엇 때문에 달고 계시나요? 당신의 눈이 그렇게 나쁜지 몰랐어요. 로제트는 자유의 몸이에요. 수입도 일 년에 팔만 프랑이나 있고, 거기에 손을 대는 사람은 아무도 없습니다. 게다가 그녀보다 두 배나 못생긴 여자도 대단한 미인이라는 소리를 듣죠. 당신은 젊으신 데다가 잘 자라셨고, 아직 독신이신 것 같은데요. 세상에 이렇게까지 간단한 일은 없다고 생각되는데요. 혹시 아무리 해도 로제트가 마음에 안 드신다면 모르겠지만, 그럴 리가……."

"그런 일은 없고, 또 있을 수도 없는 일입니다. 왜냐하면 그 분의 마음은 미모만큼이나 아름답고, 그 미모는 어디 한 군데 미운 데를 찾아내어 좀 더 아름답기를 바랄 수도 없으니까요……."

"그녀에게서 못생긴 데를 찾을 수 없고, 또 실제로도 아름답다는 말씀이시지요. 둘 다 맞는 말씀입니다. 말씀하신 그대로예요. 그러나 그녀는 제일 현명한 길을 선택했어요. 그 아이의 마음으로 말하자면, 제가 다 알고 있습니다만, 당신 말고 몇천 명의 남자를 데리고 와도 싫다고 할 거예요. 그리고 꼬치꼬치 캐물어보면, 틀림없이 당신만은 싫지 않다고 대답하겠지요. 당신은 그 아이에게 꼭 맞는 반지를 끼고 계시네요. 손도 거의 그 아이처럼 작으니까요. 단언하건대, 그 아이는 당신의 반지를 기꺼이 받을 거예요."

아주머니는 자신의 말이 내게 어떤 영향을 미쳤는지 확인하기 위하여 잠깐 입을 다물었는데, 내 얼굴 표정에 만족했는지 잘 모르겠어. 나는 곤란하여 미칠 지경이었고, 뭐라고 대답해야 좋을지 몰랐어. 나는 이 대화의 처음부터 그녀의 완곡한 암시가 어떤 뜻이었는지 잘 알고 있었어. 마지막 말까지도 마음속으로는 짐작이 가던 말이었지만, 나는 당황하고 말았어. 나는 거절할 수밖에 없는 처지이지만 도대체 어떠한 이유를 붙이면 좋단 말이야? 내가 여자라는 것밖에는 다른 이유가 없었어. 사실 그것은 결정적인 이유였지만, 어떤 일이 있어도 그것만은 입 밖에 내고 싶지 않았어.

나는 완고하고 엄격한 부모 때문이라고 둘러댈 수도 없었어. 어떠한 부모라도 이런 혼담이라면 대단히 기뻐하며 승낙할 테니까. 설령 로제트가 그토록 마음씨가 좋고, 아름답고, 가문이 훌륭하지 않더라도 8만 프랑의 연금이 있다고 하면 어떤 어려움도 일축하고 말겠지. 로제트를 사랑하지 않기 때문이라고 한다면, 그것은 마음에도 없는 거짓말을 하는 거야. 왜냐하면 나는 진짜로 로제트를 너무 좋아하고 있고, 여자가 여자를 좋아하는 이상으로 사랑하고 있으니까 말이야. 다른 사람과 약혼하였다고 하기에는 내 나이가 너무 젊었어. 겨우 찾아낸 그나마 제일 나은 이유는 내가 막내라서 가문의 이해관계로 인해 말타교단[7]에 들어가야 하기 때문에 결혼은 생각할 수 없다는 것이었어. 또 그 때문에 로제트 양을 만나고 나서부터 대단히 슬픔에 잠겨 있다고 말했지.

그러나 이 대답은 아무짝에도 소용이 없다는 걸 나도 알고 있었어. 아주머니는 그런 속임수에 넘어갈 사람이 아니었고, 그것을 결정적인 이유로 보지도 않았으니까. 그리고 내가 그

---

7 말타 섬에 본부가 있는 그리스도교의 한 교단으로, 군 조직의 공고한 제도를 가지고 있다.

런 말을 하는 이유는 생각할 시간을 벌고, 부모와도 상의하기 위해서라고 짐작하는 것 같았어. 정말이지 이런 혼담은 너무나 뜻밖의 요행이기 때문에, 내가 로제트를 사랑하지 않더라도 이 혼담을 거절하는 건 말이 안 되니까. 팔짱만 끼고 바라볼 수 있을 정도의 재산이 아니잖아.

나는 아주머니가 조카딸의 꾐에 빠져 이런 이야기를 꺼낸 것인지 아닌지 모르겠지만, 로제트는 이 이야기와 상관없다고 봐. 로제트는 나를 당장 자기 것으로 만드는 일 외에는 아무것도 생각할 수 없을 정도로 순진하고 열렬하게 나를 사랑하고 있기 때문에, 결혼 같은 것은 그녀가 최후로 삼을 수단에 불과하거든. 미망인은 우리들의 친밀한 사이를 눈치채고, 그것을 실제 이상으로 깊은 것으로 오해하였겠지. 아울러 나와 빼어 박은 듯이 닮았다는, 전쟁에서 죽은 사랑하는 앙리를 대신하여 나를 곁에 두기 위해서 혼자서 결심하고 얘기를 꺼낸 것임에 틀림없어. 스스로 생각해도 좋은 계획이라고 보고, 다른 사람이 없는 적당한 때를 보아 담판을 시작한 거야. 아주머니의 눈치를 보아하니, 내 변명을 조금도 납득하지 않은 것같이 당장 기회를 보아 쳐들어올 듯한 기세여서, 나는 다시 막막해지고 말았어.

드디어 로제트 쪽에서도 그날 밤, 최후의 시도를 해왔어. 그것은 대단히 엄청난 결과를 가져왔지. 이 편지는 이미 꽤 길어졌기 때문에, 그 이야기는 다음에 얘기해줄게. 그러면 내가 어떻게 기묘한 모험을 시도하게끔 기구한 운명을 타고났는지, 또 하늘이 나를 소설의 주인공으로 삼기 위해서 어떤 식으로 만들어놓았는지 알게 될 거야. 나로서는 이 모든 이야기에서 어떤 교훈을 끄집어내야 할지 모르겠어. 그러나 인생이란 옛날이야기와는 달라서, 한 장마다 그 끝에 운문의 격언이 딸려 있진 않지. 인생이란 말은 대개의 경우, 죽음의 반대를 의미할 뿐이야. 그뿐이란다. 안녕, 그리운 그라시오자. 너의 아름다운 눈 위에 입맞춤을 보내. 나의 자랑스러운 전기를 곧 알려줄게.

13

테오도르 군, 로잘린드 양, 저는 당신을 어느 이름으로 불러야 좋을지 모르겠습니다. 조금 전에 막 뵙고 편지를 드립니다. 저는 당신의 여자 이름을 얼마나 알고 싶은지 모릅니다! 그 이름은 꿀처럼 달콤하고 시보다도 상쾌하고 영롱하게 입술 위를 떠돌겠지요! 저는 이런 말씀을 당신께 드릴 만한 용기조차 없습니다만, 이 말씀을 드리지 않으면 죽을 것만 같습니다. 제가 고민해온 일은 아무도 모르고, 알 수도 없는 일입니다. 저 자신도 명확하게 말씀드릴 수 없습니다. 이런 고민들은 말로 표현될 수 없는 것이니까요. 만일 표현한다면, 제가 재미로 말장난을 한다든가, 새롭고 색다른 것을 말하기 위해 억지로 말을 쥐어짠다든가, 터무니없는 생각을 한다고 하실 것입니다. 게다가 저는 제가 느낀 것을 충분히 표현하지도 못합니다.

아, 로잘린드! 저는 당신을 사랑하고, 숭배합니다. 이보다 더 강한 말이 왜 없을까요! 저는 지금까지 당신 외의 사람을 아무도 사랑한 적이 없습니다. 저는 당신 앞에 무릎을 꿇고 스스로를 아무것도 아니라고 여깁니다. 또 저의 여신 앞에 모든 삼라만상을 무릎 꿇게 하고 싶습니다. 당신은 저에게 자연보다도, 저 자신보다도, 하느님보다도 소중합니다. 하느님이 하늘에서 내려와 당신의 노예가 되지 않는 것이 이상할 정도입니다. 당신이 없는 곳은 어디고 모두 광야며 죽음이고 암흑입니다. 제 눈에는 이 세상에 당신만이 살아 있을 뿐입니다. 당신은 생명이고 태양이며 전체입니다. 당신의 미소를 보면 세상은 밝아지고, 당신이 슬퍼하는 것을 보면 세상은 암흑이 됩니다. 우주는 당신 몸의 동작에 따르고 천상의 조화는 당신을 기준으로 삼습니다. 아, 저의 사랑스러운 여왕이시여! 아, 제가 실제로 꾼 아름다운 꿈이여! 당신은 찬연한 빛을 몸에 걸치고 반짝이는 파도 속을 끊임없이 헤엄치고 있습니다.

당신을 만난 지 이제 겨우 3개월밖에 되지 않았지만, 저는 당신을 오래전부터 사랑하고 있었습니다. 당신을 뵙기 전부터 저는 당신에 대한 사랑에 번민하고 있었습니다. 당신을 부르고, 당신을 찾아 헤매고, 당신을 만나지 못하는 것을 한탄하고 있었습니다. 도저히 다른 여자를 사랑할 수 없다는 것을 잘 알고 있었기 때문입니다. 당신이 몇 번이나 제 앞에 나타나셨는지 아세요? 어떤 때에는 신비스러운 저택의 창문에서 외로운 듯이 발코니에 팔꿈치를 기댄 채, 꽃잎을 바람에 날리고 있었습니다. 또 어떤 때에는 씩씩한 여장부의 모습으로 눈보다도 흰 터키 말에 올라타, 숲속의 어두운 가로수 길을 날다시피 달려가셨죠! 그것은 당신의 자부심이 있으면서도 상냥한 눈매, 백옥 같은 손, 물결치는 아름다운 머리, 홀딱 반할 만큼 위엄 있는 아련한 미소였습니다. 그러나 그것도 당신처럼 아름답지는 않았습니다. 왜냐하면 아무리 열렬하고 절제되지 않은 공상도, 화가나 시인의 공상도, 현실의 숭고한 시에는 미치지 못하기 때문입니다. 당신에게는 마르지 않는 우아한 샘물이 솟고, 거역할 수 없는 유혹의 분수가 용솟음치고 있습니다. 당신은 언제나 열려 있는 값비싼 진주가 담긴 보석상자며, 극히 사소한 동작이나 아무렇지도 않은 몸짓이나 무심코 취하는 자태에서까지도 헤아릴 수 없는 미의 보배를 아낌없이 흩뿌립니다. 만일 부드러운 윤곽의 물결과 일순간의 몸가짐이 그려내는 선이 고정되어 거울 안에 보존될 수 있다면, 당신이 지나는 모습을 비춘 거울은 라파엘로의 고귀한 걸작마저 경멸받게 하고, 선술집의 간판처럼 보이게 할 것입니다.

당신이 취하는 몸짓 하나하나, 머리를 움직이는 다채로운 모습, 당신이 얼마나 아름다운지 보여주는 다양한 자태는 제 마음의 거울에 다이아몬드의 조각칼로 새겨져 있으며 그 깊은 자국은 무엇으로도 지울 수가 없습니다. 저는 당신 몸의 어디에 그림자가 지고, 어디에 볕이 들며 햇볕이 어디를 도드라지게 하는지, 또 어렴풋하게 반사된 빛이 목덜미나 뺨의 부드러운 색조와 어디에서 융합되는지 잘 알고 있습니다. 저는 당신을 보지 않고도, 당신을 그릴 수 있습니다. 당신에 대한 생각이 언제나 제 앞에 포즈를 취하고 있으니까요.

아주 어린 시절부터 저는 몇 시간이고, 오래된 대가의 그림들 앞에 서서, 그 어두운 깊이를 열심히 탐구했습니다. 그리고 상아나 밀랍의 흰 피부가 그림물감의 변질로 인하여 거무스름해진 어두운 바탕색에서 선명하게 떠오르고 있는, 성녀나 여신의 아름다운 모습을 바라보았습니다. 그 용모의 간소하고 엄숙한 모습, 유별나게 아름다운 손과 발, 그토록 섬세하면서도 다정한 의연하게 빛나는 얼굴, 고상한 자태의 둘레에 드리워진 호화로운 커튼, 제 눈에는 그 빨간 주름이 아름다운 몸을 껴안기 위하여 혀처럼 길게 휘감기는 것으로 보였습니다. 저는 수백 년의 연기가 두껍게 감싸고 있는 베일 밑을 너무 오래 응시하고 있었기 때문에 눈이 침침해지고 상대의 윤곽도 희미해졌습니다. 말하자면 움직이지 않는 죽은 생명 하나가 사라져 없어진 미인들의 망령을 되살아나게 한 것입니다. 그러자 저는 그 인물들이 제가 남몰래 숭배하고 있던 미지의 미인과 닮았다는 사실을 깨닫게 되었습니다. 제가 사랑하고 있었던 여성은 그들 중 한 사람일 것이며, 이미 3백 년 전에 죽었으리라는 생각에 저는 한숨지었습니다. 이런 생각은 때에 따라서는 눈물을 흘릴 만큼 저를 괴롭히고, 그 미인이 살고 있었던 16세기에 태어나지 않은 것에 분노하여 자기 자신을 까닭 없이 질책하게 했습니다. 그것은 한평생의 불찰이며 용서할 수 없는 실책이라고 생각되었습니다.

아름다운 환상의 여성은 나이를 더해감에 따라 더욱더 집요하게 저에게 붙어다녔습니다. 그것은 저와 저의 정부가 된 여자들 사이에 어른거리며, 빈정대는 모습으로 미소를 띠고, 또 여신과 같은 완벽한 아름다움으로 제 정부들의 속된 아름다움을 비웃었습니다. 그리고 정말로 아름다우며, 또 저처럼 품격 높은 망령에 홀려 있지 않은 남자들이라면 누구나 행복하게 해줄 수 있는 여자들을 못생겨 보이게 하였습니다. 그 망령이 실제로 몸을 지니고 존재할 것이라고는 믿지 못했는데, 이제 와 생각해보니 그것은 바로 다름 아닌 당신의 아름다움에 대한 예감이었던 것입니다. 오, 로잘린드 양! 당신을 알기까지 제가 얼마나 당신 때문에 고생했는지 아십니까! 오, 테오도르! 당신을 알고 난 후 저는 얼마나 불행하였는지요! 당신만 허락하신다면, 당신은 저에게 꿈의 낙원을 열어주실 수가 있습니다. 당신은 날개를 단 파수의 천사처럼 낙원의 입구에 서서 아름다운 손에 황금의 열쇠를 쥐고 있습니다. 로잘린드 양, 제발, 낙원의 문을 열어주실 생각은 없으십니까?

저는 죽으나 사나 당신의 한마디 말을 기다릴 뿐입니다. 어서 말씀해주시지 않으시겠습니까?

당신은 하늘에서 쫓겨난 아폴론이십니까? 아니면 바다에서 나온 새하얀 비너스십니까? 네 마리의 화염의 말이 끄는 보석 마차를 어디에 놓고 오셨습니까? 진주조개의 껍데기와 푸른 꼬리를 가진 돌고래는 어떻게 하셨습니까? 사랑에 취한 어떤 님프가 한창 입맞춤하고 있을 때에 당신의 몸 안으로 녹아 들어갔단 말입니까? 키파리소스[1]보다, 아도니스보다 아름답고, 어떤 여자보다도 그리운 미모의 젊은이여!

그러나 당신은 여자입니다. 변신의 시대는 이미 지나갔고, 아도니스나 헤르마프로디토스는 죽었죠. 어떤 남자도 그와 같은 아름다움에 도달할 수는 없게 되었습니다. 왜냐하면 영웅이나 신들이 죽고 나서 당신네 여성들만이 그리스도가 배척한 형태미라고 일컫는 귀중한 선물을, 그리스 사원을 방불케 하는 대리석 같은 육체 안에 보존하고, 인간 세계도 결코 하늘을 부러워할 필요가 없다는 것을 보여주었기 때문입니

1 그리스 신화에서 아폴론에게 총애받았던 미소년. 사랑하던 사슴을 죽인 것을 한탄하여 자살하려고 하자 아폴론이 그를 사이프러스로 바꾸어놓았다.

다. 당신은 세계에서 제일가는 신성을, 영원의 본질인 순수한 상징을, 즉 미를 훌륭하게 표현하고 있는 것입니다.

당신을 만나고 나서 저는 마음속의 뭔가가 부서지고, 휘장이 떨어지고, 문이 열리고, 가슴속이 빛의 물결에 흠뻑 적셔지는 것을 느꼈습니다. 그리고 새로운 인생이 눈앞에 열리고, 결정적인 운명의 기로에 서 있음을 알게 되었습니다. 지금까지 어둠 속에서 확인하려고 했던, 한쪽 면만 빛을 받은 형상의 배경을 메우고 있었던 희미한 색채가 일시에 활짝 개었습니다. 그림의 배경을 덮고 있던 어두운 색조가 서서히 밝아지기 시작했습니다. 원경의 초록기를 띤 군청색 위에 장미색의 부드러운 빛이 흘러들어갔습니다. 흐릿한 음영을 간신히 보이고 있었던 나무들이 똑똑한 윤곽을 드러내기 시작했습니다. 이슬을 머금은 꽃들이 잔디의 칙칙한 녹색에 빛나는 점을 흩뜨렸습니다. 딱총나무 가지 끝에는 진홍의 가슴을 가진 피리새가 어지럽게 날고, 눈이 빨갛고 귀가 꼿꼿하게선 작고 하얀 토끼가 백리향 잎사귀 사이로 고개를 내밀고 발로 콧등을 비비고 있습니다. 겁이 많은 사슴은 샘으로 물을 먹으러 와, 가지뿔을 수면에 비추고 있습니다. 사랑의 태양이 저의 인생에 비치기 시작한 아침부터 모든 것은 변하였습니다. 흐릿하고 희미한 모양이 어둠 속에서 꿈틀거리고 무언가 무섭고 기괴한 것을 상상하게 하던 곳에 꽃피는 나무들의 무리와 아름다운 원형극장처럼 둥글게 모인 언덕이 그려지고, 항아리와 조상을 테라스에 늘어놓은 은의 궁전은 푸른 호수에 발을 담그고 마치 두 개의 하늘 사이를 헤엄치는 것같이 보입니다. 발톱이 달린 날개를 달고 비늘 덮인 발로 어둠 속을 기는 거대한 용인가 여겼던 것도, 실은 비단의 돛을 달고 노에 눈부시도록 아름답게 채색한, 여자들과 악사들을 태운 작은 배였습니다. 또 머리 위에서 갈고리와 집게를 휘두르는 것같이 보였던 그 무서운 게는 밤의 산들바람에 길고 가느다란 잎이 흔들거리는 종려나무에 지나지 않았습니다. 저의 환상이나 망상은 흔적도 없이 사라졌습니다. 저는 사랑을 하고 있는 것입니다.

저는 언젠가 당신을 찾아내리라는 희망을 품지 못하고, 스스로의 몽상을 거짓이라고 비난하며 운명에 심한 분노를 퍼부었습니다. 그리고 그런 완벽한 여성을 구하는 일은 미치광이 같은 짓이며, 자연은 빈약하고 조물주는 서투르기 때문에 저의 단순한 공상은 실현할 수 없는 것이라고 혼잣말을 했습니다. 프로메테우스는 인간을 창조하고 하느님에 대항하려는 숭고한 야심을 품었지만, 저는 한 명의 여자를 창조하였을 뿐입니다. 그러한 불손에 대한 벌로서, 충족시킬 수 없는 욕망이 프로메테우스의 독수리처럼 제 간을 갉아먹는 것이 아닌가 하고 의심하였습니다. 거센 바닷가의 늙은 바위 위에 다이아몬드의 사슬로 붙들어 매일 것도 각오하고 있었습니다. 게

다가 늙은 아이스킬로스[2]의 연극에 나오듯이 긴 녹색 머리를 한 아름다운 바다의 님프가 파도 위에 희고 뾰족한 가슴을 드러내고, 바다의 눈물에 젖은 진주모의 육체를 태양에 드러내면서, 저와 이야기하고 저의 고통을 위로하기 위하여 물가로 나와 팔을 기대지는 않을 것이라고 체념하고 있었습니다. 그러나 결과는 그렇게 되지 않았습니다.

당신은 와주셨고, 저는 스스로의 무력한 공상을 책망하여야 했습니다. 저의 고뇌는, 전부터 두려워하고 있었듯이, 황량한 바위 위에서 하나의 생각에 끊임없이 들볶이는 것은 아니었습니다. 그렇다고 괴로움이 사라진 것도 아니었습니다. 저는 당신이 실제로 존재하며, 그 점에 있어서 저의 예감이 저를 실망시키지 않았다는 것을 알았습니다만, 당신은 스핑크스와 같이 애매하면서도 두려운 아름다움을 걸치고 제 앞에 나타나셨습니다. 당신은 그 신비의 여신 이시스와 같이 두꺼운 베일에 싸여 있었기 때문에, 저는 당장 죽음에 처해질까 두려워 그 베일을 벗겨볼 수 없었습니다.

제가 아무것도 모르는 체하면서, 얼마나 안절부절못하면서 마음을 졸이며 당신의 사소한 동작까지 관찰하고 있었는지

---

2 기원전 6세기 인물로, 그리스 비극의 원조. 『페르시아인』, 『포박된 프로메테우스』, 『오레스테이아』 등의 걸작을 남겼다.

아십니까! 저는 무엇 하나 빠뜨리지 않고 보았습니다. 당신이 남자인지 여자인지 확인하기 위하여 목과 손목에서 엿볼 수 있는 약간의 살결을 얼마나 뚫어지게 바라보았는지! 특히 당신의 손은 진지한 연구의 대상이었습니다. 저는 아주 미세한 굴곡도, 눈에 보이지 않는 정맥도, 아무리 희미한 우묵한 곳도 알고 있다고 장담할 수 있습니다. 가령 당신이 발끝에서 머리끝까지 두건이 달린 두꺼운 옷으로 두른다 해도, 손가락 하나만 보아도 당신임을 알 수 있습니다. 저는 당신의 간들간들한 걸음과 발을 처리하는 법과 머리를 쓸어올리는 손놀림까지 자세히 분석하고 당신의 습관적인 몸가짐에 깃든 당신의 비밀을 포착하려고 하였습니다. 특히 뼈가 몸에서 뽑혀 나오고, 수족이 빠진 것같이 힘없이 휘는 심한 권태의 밑바닥에 가라앉아 있을 때, 그러한 망아와 나태 속에서 여성적인 선을 한층 더 확실하게 볼 수 있지 않을까 하고 엿보았습니다. 당신만큼 열띤 시선에 에워싸인 사람도 결코 없을 것입니다.

저는 이렇게 당신을 응시하며 몇 시간이고 넋을 잃고 있었습니다. 객실의 한쪽 구석에 틀어박혀 손에 든 책을 읽는 체하거나, 당신이 있는 방 덧문이 열려 있을 때에는 제 방의 커튼 그늘에 숨어 있었습니다. 그때 저는 당신의 주위에 펼쳐진 빛나는 분위기를 조성하고 있는 경이로운 아름다움에 황홀해하면서, "틀림없이 여자다."라고 중얼거렸습니다. 그러나 곧이어 당신은 거칠고 대담한 동작을 취하거나, 사내다운 억양으로 이야기를 하거나 아무리 봐도 기사다운 태도를 보였기 때문에, 저의 불확실한 추정은 한 순간에 무너져내렸고 원래의 의혹으로 내던져졌습니다.

제가 사랑의 몽상의 그 끝없는 대해를 돛에 가득 바람을 안고 달리고 있으면, 거기에 당신이 찾아와서 검술을 하거나 테니스를 하자고 권하는 것이었습니다. 젊은 기사로 변장한 소녀는 놀랍게도 저의 칼을 쳐서 떨어뜨렸고, 그 익숙한 재빠른 솜씨는 능숙한 검사도 도저히 당할 수 없을 정도였습니다. 전 하루에도 여러 번 이런 절망을 겪었습니다.

저는 당신에게 이런 말을 하기 위하여 가까이 다가가려고 하였습니다. 저의 사랑하는 미인이여, 저는 당신을 숭배하고 있습니다. 그런데 당신은 어느 부인의 귓전에 다정하게 몸을 굽히고 그 고수머리 위에서 달콤한 칭송을 불어넣으시더군요. 제발 저의 입장을 생각해주십시오. 때로는 어떤 여자가, 당신 팔에 매달려 뭔지 모를 유치한 비밀을 털어놓기 위하여 당신을 창가에 몇 시간이고 꼼짝 못하게 붙잡아놓고 있었는데, 저는 여자들이 당신에게 이야기하고 있는 것을 보면, 화가 나서 견딜 수가 없었습니다. 왜냐하면 그런 모습을 보면 저 역시 당신이 남자라는 생각이 들기 때문입니다. 정말 만약 당신이 남자였다면, 저에게는 참을 수 없는 고통이었을 것입니다.

또 저는 남자들이 자유롭게 허물없이 당신 곁으로 다가가는 것을 볼 때에는 더욱더 질투의 불길을 태웠습니다. 그 이유는 그들이 저와 마찬가지로 당신이 여자라는 사실을 어렴풋이 눈치채고 있을 것이라고 생각했기 때문입니다. 이와 같이 저는 모순된 가지가지의 정열에 사로잡혀, 어떻게 해야 할지 분간이 가지 않았습니다.

저는 자신에 대해 몹시 화를 내었고, 제가 그 같은 사랑에 시달려 하룻밤 사이에 독버섯처럼 자란 이 독초를 마음속에서 뽑아낼 힘이 없는 것에 신랄하게 욕을 퍼부었습니다. 그리고 당신을 저주했고 당신을 저의 악령이라고 불렀습니다. 한때는 당신이 벨제뷔트가 아닌가 의심하기까지 했습니다. 당신 앞에서 느낀 감정을 저로서도 이해할 수 없었기 때문입니다.

그리고 당신이 실제로 남장한 여인에 지나지 않는다고 확신할 때에는, 저는 당신이 그런 변덕을 일으킨 이유를 찾아 스스로를 납득시키려고 하였습니다만, 아무리 해도 다시 종래의 의혹으로 내몰리고 말았습니다. 그리고 제가 진정한 사랑을 위해 꿈꾸고 있었던 모습은 결국 저와 같은 남자였다고 생각하며, 똑같은 한탄을 되풀이하였습니다. 저는 우연이 한 사람의 남자에게 이토록 아름다운 외관을 걸치게 한 것을 책망하고, 저의 불행을 영원한 것으로 하기 위해, 오래전부터 마음속에 간직하고 있었던 완전하게 순수한 미를 이 세상에서 찾기를 체념한 순간, 그것과 만나게 된 것을 원망하였습니다.

그러나 로잘린드, 지금 저는 당신이 여자 중에서도 가장 아름다운 여자임을 굳게 확신하고 있습니다. 저는 당신이 본래 성에 맞는 복장을 한 것을 보았습니다. 대단히 깨끗하고 이상적으로 둥그스름한 모습을 한 당신의 어깨와 팔을 보았습니다. 옷깃에 단 장식에서 들여다본 가슴은 다름 아닌 젊은 여자의 가슴이었습니다. 아름다운 사냥꾼 멜레아그로스[3]도, 여성화한 바쿠스도 제 아무리 파로스[4]의 대리석으로 되어 있고, 2천 년 동안의 연인들의 입맞춤으로 닦여져 있다고 해도, 그 의심스러운 형태로서는 이렇게까지 세련된 선과 고운 살결을 나타낼 수는 없습니다. 저는 이 점에 대해서 더 이상 의혹을 품고 있지 않습니다. 그러나 그것이 전부는 아닙니다. 당신은 여자이고, 이제 저의 사랑은 더 이상 비난받을 만한 것이 아니며, 양심의 가책을 느끼지 않고도 그 사랑에 몸을 맡긴 채 당신 곁으로 저를 옮겨갈 수 있습니다. 제가 느끼는 정열이 아무리 크고 심해도 그것은 용납될 수 있는 것이며, 아무 거리

---

3 고대 그리스의 에트리아 왕. 불타고 있는 난로의 숨이 존재하는 한 살아 있을 숙명으로 태어나, 그의 어머니가 그 열기를 우선 꺼두었다. 어느 날 그의 영토에 멧돼지가 날뛰어 퇴치하였으나, 멧돼지의 가죽 분배가 발단이 되어 어머니의 형제들과 싸우고 마침내 그들을 죽여버린다. 그러자 어머니가 노하여, 그동안 간수해두었던 난로의 숨을 불에 던져 죽게 된다. 이 이야기는 많은 조각상으로 남겨져 있다.

4 그리스 키클라데스 군도 중 하나. 백대리석으로 유명하다.

낌 없이 고백할 수 있는 것입니다. 그러나 제가 무언중에 가슴을 태우고 있는 당신, 로잘린드는 제 애정이 얼마나 심각한지 모르실 것입니다. 이제 와서 그런 고백을 받으신다면 필경 대단히 놀라시겠죠. 그렇게 되면 저를 미워하시지는 않을까요? 저를 받아주시고, 저를 사랑해주실 수 있겠습니까? 저로서는 알 도리가 없습니다. 그렇게 생각하니, 저는 몸이 떨려오고, 전보다도 훨씬 불행해집니다.

가끔 당신이 저를 미워하시지 않는 것 같기도 합니다. 우리가 「뜻대로 하세요」를 공연했을 때에 당신은 희곡 대사의 어느 부분에 특별히 힘을 주고 그 뜻을 두드러지게 하여, 저로 하여금 일종의 고백을 하게끔 하셨습니다. 저는 당신의 눈과 미소 안에 은혜로운 약속을 보는 듯하였고, 저의 악수에 응하는 손에 힘이 들어 있는 것을 느꼈습니다. 만약 그것이 저의 착각이었다면! 저로서는 도저히 그렇게 생각해볼 용기가 없습니다. 저는 이 모든 것에 힘입어 저의 사랑하는 마음에 떠밀려 편지를 썼습니다. 당신이 걸치고 계신 옷은 이런 고백에는 어울리지 않기 때문에 저는 몇 번이나 입 언저리까지 나오려는 말을 삼켰는지 모릅니다. 당신이 여자라는 것을 확신하면서도, 남자의 복장은 저의 연약한 연정을 겁먹게 하고, 당신 쪽으로 자유롭게 날아가는 것을 붙들고 맙니다.

부탁입니다, 로잘린드 양. 만일 저를 아직 사랑하시지 않는다면, 사랑하도록 노력해주십시오. 저에 대한 동정심에서라도, 당신이 걸친 베일에도 불구하고 한결같이 당신을 사랑해온 저를, 저의 장래를 무서운 절망과 암흑의 실망으로 떨어뜨리지 말아주십시오. 제가 겨우 철이 들기 시작했던 무렵부터 당신을 열렬히 사랑하고 있었던 일을, 당신을 뵙기 전부터 저의 마음속에 당신의 모습이 그려져 있던 일을, 제가 아주 어렸을 때 당신이 이슬의 관을 쓰고 무지갯빛의 날개를 단 채 손에 파란색의 작은 꽃을 들고 저의 꿈에 나타났던 일을 생각해주십시오. 당신은 제 인생의 목적이며 수단이고 또 그 의미라는 것을, 당신이 없다면 저는 허무한 형태에 지나지 않는다는 것을, 만일 당신 스스로 불을 붙인 불꽃을 불어서 꺼버리신다면, 죽음의 날개에 뿌리는 재보다도 더 잘고 희미한 눈곱만큼의 재밖에 저의 마음속에 남지 않는다는 것을 생각해주십시오. 로잘린드 양, 당신은 사랑의 병을 고치는 요법을 많이 알고 계시므로, 제발 저를 고쳐주십시오. 저는 중환자입니다. 당신의 역할을 저 연극에서처럼 끝까지 이행해주십시오. 아름다운 소년 개니미드의 옷을 벗어던지고, 당신의 아름다운 손을 용감한 기사, 로우랜드 경의 가장 젊은 아들에게 내밀어주십시오.

14

나는 창문에 기대어, 넓은 하늘의 꽃동산에 즐겁게 피어 있는 별들을 바라보며 숨이 넘어갈 듯한 산들바람이 보내는 분꽃 향기를 들이마시고 있었어. 활짝 열린 창문에서 불어오는 바람이 저택 안에 마지막까지 켜져 있었던 내 방의 램프를 꺼버렸어. 나는 수심에 잠겨, 종잡을 수 없는 꿈을 꾸는 듯한 황홀한 기분으로 깜빡 졸고 있었지 뭐야. 하지만 나는 여전히 돌난간에 팔꿈치를 기대고 있었지. 밤의 매력에 매혹되어 있었던 것인지, 아니면 단지 맥이 빠져 멍하게 있었던 것인지 나도 모르겠어. 로제트는 내 방의 불이 꺼졌고, 또 마침 창문이 있는 곳에 건물의 그림자가 덮쳐 있어 내 모습이 보이지 않았기 때문에 틀림없이 내가 잠자리에 들었다고 생각했겠지. 그녀는 최후의 필사적인 시도를 감행하기 위해 그 순간을 기다리고 있었어. 내 귀에는 아무 소리도 들리지 않을 정도로 살짝 문을 열고 들어와, 두서너 걸음 내 뒤에 왔을 때에야 비로소 나는 그녀가 내 방에 들어온 사실을 알아챘어. 그녀는 내가 아직 일어나 있는 것을 보더니 깜짝 놀라더군. 그러나 곧 마음을 진정하고 내 곁으로 다가오더니, 팔을 부여잡고 두 번이나 반복하여 내 이름을 불렀어.

"테오도르님, 테오도르님!"

"아니, 당신은 로제트 양 아니세요! 이런 시각에 혼자서, 불도 안 켜시고, 그렇게 얇은 옷을 입고 오시다니!"

로제트는 지극히 얇은 아마포로 된 가운과, 오두막집에서 나와 함께 지냈던 날의 그 아찔한 순간에 내가 미처 전체를 보지 못한 그 레이스 테두리가 달린 화려한 페티코트만 몸에 걸치고 있었어. 대리석처럼 반들반들하고 차가운 팔은 완전히 노출되어 있었고, 몸을 가리고 있던 천은 부드러운 데다가 환히 비쳐 보였으므로, 마치 젖은 천으로 살결을 가린, 목욕하는 여자의 조각상과도 같이 젖꼭지가 비쳐 보이고 있었어.

"테오도르님, 지금 그 말씀 꾸중이세요? 아니면 그냥 깜짝 놀라셨다는 뜻인가요? 네 저예요, 로제트. 이 저택의 아름다운 주인 마님이죠. 그런데 밤 열한 시에, 거의 자정이 가까운 시각에, 제 방에서 몰래 빠져나와 당신의 방으로 찾아왔어요.

늙은 시녀도, 하녀도, 몸종도 거느리지 않은 채, 알몸이나 다름없는 잠옷 한 벌 차림으로 말이에요. 깜짝 놀라시는 것도 당연해요, 안 그래요? 저 역시 당신과 같이 깜짝 놀라고 있는 걸요. 저도 뭐라고 말씀드려야 좋을지 모르겠어요."

그렇게 말하면서 그녀는 한쪽 팔로 내 몸을 감싸 안고 침대 발치에 쓰러지며, 나를 잡아끌었지.

나는 몸을 빼내기 위해 안간힘을 쓰며 말했어. "불을 켜겠습니다. 방 안이 어두운 것처럼 싫은 일은 없으니까요. 게다가 모처럼 당신이 왔는데, 캄캄해서 당신의 아름다운 모습을 볼 수 없는 것은 슬픈 일이잖아요. 잠깐 실례해요. 부싯돌과 나뭇조각으로 작은 휴대용 태양을 만들겠습니다. 그렇게 하면 질투가 심한 밤이 어둠 속에 감추고 있는 것을 모두 선명하게 볼 수 있겠죠."

"그럴 필요는 없어요. 당신께 빨개진 제 얼굴을 보이지 않는 편이 더 좋아요. 저는 볼이 화끈화끈 달아오르고 있는걸요. 부끄러워 죽겠어요." 그녀는 내 가슴에 얼굴을 파묻고 얼마 동안 흥분에 숨이 막힌 듯이 그대로 꼼짝 않고 있었어.

나는 그녀의 풀어진 긴 고수머리를 기계적으로 만지작거리면서 마음속으로는 이 위기를 벗어날 방법을 열심히 궁리하였지만, 아무것도 생각나지 않았어. 최후의 막다른 골목에 몰려버렸고, 로제트는 자기 뜻을 관철하지 않고서는 나가지 않겠다는 단호한 태도였어. 그녀는 엉망으로 흐트러진 복장을 하고, 절대로 그냥 물러가지 않을 태세였어. 나도 가슴이 열린 가운을 입었던 탓에 정체를 숨기기가 매우 난처했고, 정말 어떤 결말이 날지 걱정이 태산이었지.

“저, 테오도르님, 제 말 좀 들어보세요.” 로제트는 일어나서, 머리카락을 얼굴의 양쪽으로 쓸어 올리면서 말했어. 열린 창문을 통해 때마침 떠오르기 시작한 가느다란 초승달과 별들의 희미한 빛이 들어오고 있었고, 그녀의 이런 모습이 어렴풋이 눈에 들어왔어. “제가 이런 짓을 하다니 잘못된 일이지요. 누구라도 저더러 잘못했다고 할 거예요. 그러나 당신은 이제 곧 떠나실 테고, 저는 당신을 사랑하고 있는걸요! 제 마음의 사연을 들어주시지 않은 채, 떠나가버리신다면 싫어요. 아마 당신은 이제 두 번 다시 이곳에 오시지 않겠지요. 당신을 뵙는 것도, 이번이 처음이자 마지막일지도 몰라요. 당신이 어디로 가시는지 누가 알겠어요? 어디를 가시더라도, 제 영혼과 목숨을 가지고 가세요. 만약 당신이 이곳에 남아 계신다면, 이런 극단적인 짓은 하지 않았겠지요. 당신을 바라보는 행복만으로, 또 당신의 말씀을 듣고 당신 곁에서 지내는 행복만으로 만족하고 그 이상 아무것도 바라지 않았을 거예요. 저는 저의 사랑을 가슴속에 가두어두었을 거예요. 그리고 당신을 오직 진지한, 좋은 친구로서 사귀었겠지요. 그러나 그렇게 할 수 없게 되었어요. 당신은 무슨 일이 있어도 꼭 가신다고 말씀하시는걸요. 이렇게 당신을 따라다니며, 마치 애타게 그리는 그림자처럼 좇아다니고, 당신의 몸에 녹아서 완전히 섞이려고 하는 저의 태도가 당신은 귀찮으시겠지요. 언제나 간청하는 듯한 눈과 외투의 깃을 잡아당기려는 듯이 내밀고 있는 손도 꼴 보기 싫으시겠지요. 저도 잘 알고 있어요. 그러나 그렇게 하지 않고서는 견딜 수 없는걸요. 그래도 당신은 그 일에 대해 불평하실 수는 없어요. 당신 탓이니까요. 저는 당신을 알기 전까지 침착하고, 조용한, 행복하다고 할 수 있는 여자였어요. 그때 아름답고 젊고 상냥하고 매력적인 푀부스[1]처럼 당신이 나타나셨어요. 그리고 저를 여러모로 친절하게 돌봐주시고, 빈틈없는 배려를 베풀어주셨어요. 어떤 기사라도 당신만큼 총명하고 붙임성 좋은 분은 안 계실 거예요. 당신의 입술은 매 순간마다 장미와 루비를 흘리셨어요. 어떠한 일이라도 다정한 말을 건네는 기회로 만드시고, 극히 무의미한 문구라도 훌륭한 찬사로 바꾸어버리곤 하셨어요. 처음에 당신을 죽도록 싫어하던 여자라도 결국은 사랑하지 않고서는 못 견디게 될 거예요. 저는 당신을 처음 본 순간부터 당신을 사랑했

1 태양신 아폴론을 지칭함. 푀부스는 '눈부시게 빛난다'는 뜻.

으니까요.

그토록 친절하셨던 당신이 이쯤 사랑을 받는다고 왜 깜짝 놀라세요? 너무도 당연한 일 아닌가요? 저는 미치광이도, 경솔한 사람도 아니에요. 아무 기사에게나 반하는, 공상을 좋아하는 계집아이도 아니랍니다. 저에게는 사교계의 친구들도 있고, 인생이 무엇인지도 잘 알고 있어요. 제가 하는 짓은, 아무리 절개가 굳은 여자라도 하는 짓이에요. 도대체 당신은 무슨 생각을 갖고 계시고, 앞으로 어떻게 하시겠다는 건가요? 저는 당신 역시 저에게 사랑받고 싶어 하셨다고 생각해요. 달리 상상할 도리가 없는걸요. 그런데도 그 사랑에 빨리 성공하신 것에 대해 왜 이렇게 화내는 듯한 모습을 하고 계세요? 제가 저도 모르는 사이에 당신의 마음에 들지 않는 짓이라도 했나요? 그렇다면 용서하세요. 아니면 이제 저를 아름답다고 여기지 않게 되었거나, 마음에 들지 않는 데를 찾아냈다는 말씀인가요? 당신께서 아름다움에 대해 까다로우신 것은 할 수 없지만, 당신이 이상한 거짓말을 하신 게 아니라면 제가 아름다운 건 사실이잖아요! 저는 당신과 같이 젊고, 당신을 사랑하고 있어요. 왜 이제 와서 저를 경멸하세요? 당신은 처음에 그렇게 열심히 저의 비위를 맞추시고 저의 마음을 잘 아시는 것같이 친절하게 팔을 잡으시고, 제가 당신이 하시는 대로 내버려 둔 손을 그토록 다정하게 잡으시고, 자못 안타까운 표정으로 저를 바라보셨어요. 저를 사랑하지 않으셨다면, 그런 짓은 무엇 때문이었나요? 설마 남의 마음에 사랑의 불을 타게 해놓고, 뒤에서 그것을 웃음거리로 만들려는 잔혹한 생각에서 그런 행동을 하신 것은 아니겠지요. 아! 만일 그렇다면, 그것은 농담을 지나쳐 비열한 배신 행위지요! 그런 못된 장난은 완전히 타락해버린 사람밖에는 할 수 없는 일이에요. 당신의 태도가 아무리 이상해도, 설마 그렇게까지 하실 수 있다고 생각되지는 않지만, 도대체 왜 갑자기 마음이 변해버리셨어요? 저는 도저히 이해할 수 없어요. 당신의 냉담 안에는 어떤 비밀이 숨겨져 있나요? 저를 싫어하신다고는 볼 수 없어요. 당신의 행동 하나하나가 분명하게 그것을 증명하고 있고, 설사 아무리 음험한 사람일지라도 자기가 싫어하는 여자의 비위를 그토록 열심히 맞출 수는 없잖아요. 아, 테오도르님, 무엇 때문에 저에게 화를 내고 계세요? 누가 당신을 이렇게 변하게 만들었나요? 제가 무슨 짓을 했단 말인가요? 비록 당신이 겉으로만 그럴싸하게 보여주셨던 사랑은 날아가고 없다고 해도, 당신을 향한 저의 사랑은 유감스럽지만 남아 있어요. 저는 그것을 마음속에서 뽑아낼 수 없어요. 저를 불쌍히 여겨주세요, 테오도르님. 저는 정말로 불행해요. 하다못해 사랑하는 체하시면서, 다정한 말이라도 걸어주세요. 제 꼴이 보기도 싫은 정도가 아니라면, 그다지 힘든 일도 아니잖아요……."

그녀는 여기까지 말을 이어오자 너무 흥분한 나머지 흐느껴 울다가, 완전히 목소리가 나오지 않을 정도가 되고 말았어. 그러더니 두 손으로 내 어깨에 매달려 지쳐버린 모습으로 이마를 기대었어. 그녀의 말은 모두 다 옳았고, 나로서는 대답할 말이 없었어. 적당히 얼버무린 채, 속여 넘길 수도 없었지. 그렇게 해서도 안 되었고. 로제트는 그렇게 경솔히 다룰 수 있는 여자가 아니었어. 게다가 나 역시 완전히 감동한 나머지 그럴 수도 없었어. 나는 마음씨 고운 여자를 가지고 논 것 같은 생각이 들어 죄책감이 들었고, 진심으로 후회했어.

내가 아무 말이 없는 것을 보자, 가엾은 로제트는 긴 한숨을 쉬며 일어서려고 했지만, 너무 감정이 격하여 일어날 수도 없었어. 그래서 그녀는 내가 입고 있는 남자 상의를 통해서도 느낄 수 있을 만큼 차가운 두 팔을 내 몸에 감아 두르고, 그녀의 얼굴을 내 얼굴에 대고 누른 채 하염없이 무언의 눈물을 흘리기 시작했어.

나는 내가 흘리지 않은 눈물이 한없이 뺨을 따라 흐르는 것을 느끼고, 야릇한 감동을 받았어. 이윽고 나도 함께 눈물을 흘리기 시작했지. 만일 이 상태가 40일이나 계속되었다면, 새로운 노아의 대홍수가 일어나리라고 생각될 정도로 많은 양의 비가 진짜로 쏟아져 내렸어.

마침 그때 창백한 달빛이 방 안으로 쏟아져 들어와 말없이 포옹하고 있는 두 사람을 푸르스름하게 비추었어.

흰 가운과 드러낸 팔, 거의 속옷과 같은 색으로 노출된 가슴과 목, 그리고 흐트러진 머리와 가엾은 모양을 한 로제트의 모습은 무덤 위에 앉은 애수의 대리석 상과 꼭 닮아 있었지. 내 모습을 비추어볼 수 있는 거울이 없었기 때문에 알 수 없었지만, 나는 분명히 불안한 모습이었을 거야.

나는 몹시 감동하여 로제트를 여느 때보다 훨씬 부드럽게 애무하였어. 내 손은 그녀의 머리에서 부드러운 목덜미로, 그 다음에 둥글고 매끄러운 어깨로 내려가 조용히 두드린 후, 떨고 있는 마지막 선을 만지작거렸어. 로제트는 음악가의 손가락 끝에서 흔들리는 건반처럼 내 손 아래에서 몸을 떨고 있었지. 그녀의 살결은 살며시 떨다가 갑자기 경련을 일으켰고, 온몸에 사랑의 전율을 맞아들이는 것 같았어.

나 역시 영문도 모르는 막연하고 관능적인 욕망에 휘감겼어. 그녀의 순수하고 섬세한 몸을 여기저기 어루만지는 것이 나에게는 더할 나위 없이 기분 좋은 일이었어. 나는 어깨에서 잠시 손을 떼었다가 주름 사이로 손을 쑥 집어넣어 그녀의 놀란 가슴을 더듬었어. 그것은 마치 둥지 안에서 별안간 붙잡힌 암비둘기처럼 부르르 떨고 있었어. 그리고 난 빰의 둥그스름한 끝에 거의 느껴지지 않을 정도로 가볍게 입 맞추고 난 후, 그녀의 열려 있는 입으로 옮겨갔어. 그리고 잠시 그대로 꼼짝 않고 있었어. 그것이 2분이었는지, 15분이었는지, 아니면 한 시간이었는지 전혀 모르겠어. 시간 관념을 아주 잊었기 때문이야. 내가 하늘에 있는지 지상에 있는지, 여기에 있는지 저기에 있는지, 혹은 살아 있는지 죽어 있는지도 몰랐어. 쾌락이라는 독한 술은 처음의 한 모금으로 나를 이토록 취하게 하고, 나의 이성은 형태도 없이 사라지고 말았어. 로제트는 점점 더 단단하게 나를 껴안고 자신의 몸으로 나를 감싸왔어. 기절한 것처럼 내 몸을 덮쳐 심하게 요동치는 노출된 가슴을 내 몸 위로 힘차게 누르고 있었어. 입맞춤할 때마다 그녀의 생명은 전부 거기에 모인 듯했고, 다른 곳은 텅 빈 것 같아 보였어. 문득 묘한 생각이 내 머릿속을 스치고 지나갔어. 변장이 탄로 날 걱정만 없었다면, 로제트의 한결같은 정열을 마음껏 펼치게 할 수 있고, 아름다운 연인이 열렬히 바라는 쾌락의 환상에 그럴듯한 실체를 주기 위하여 무언가 허무한 미친 사람 같은 노력을 할 수도 있을 것 같았어. 나는 아직 남자 연인을 가져본 적이 없지만, 이렇게 심한 도전과 끊임없이 되풀이되는 애무, 아름다운 육체와의 접촉과 입맞춤 동안에 속삭이는 달콤한 고백에—아무리 상대가 여자라도—완전히 흥분하고 말았단다. 더욱이 야밤중의 방문이나 소설 같은 정열과 달빛, 이 모두는 기이한 매력을 지니고 있었고, 나중에는 내가 여자라는 사실마저 까맣게 잊어버렸지.

그러나 나는 비상한 노력으로 자제하면서 로제트에게, 이런 시간에 내 방에 와서 이토록 오랫동안 머무는 것은 그녀의 명예를 손상시키는 일이며, 하녀들은 그녀가 밤새도록 방을 비우고 딴 데에서 지낸 일을 눈치챌 것이라고 말했어.

내가 매우 다정한 어조로 말했기 때문에, 로제트는 대답 대신, 가운과 실내화를 벗어던지고 뱀이 우유 항아리 속에 들어가듯이 스르르 내 이불 속으로 미끄러져 들어왔어. 그녀는 내가 더 확실하게 애정의 표시를 보이지 않는 이유가 옷이 방해가 되기 때문이며, 옷만 벗으면 나를 저지하는 장해물이 사라진다고 생각했던 거야. 가엾은 그녀는 몹시 힘들여 고대하던 즐거운 시간이 이제야 왔다고 생각했을 거야. 시계는 이제 겨우 새벽 두 시를 알리고 있었어. 나는 도저히 피할 길 없는 궁지에 몰렸다고 체념했지. 그런데 마침 그때 문이 느닷없이 열리면서, 먼젓번과 마찬가지로 알시비아드가 들어왔어. 한 손에는 촛불을, 다른 손에는 칼집에서 뺀 칼을 들고.

알시비아드는 곧장 침대가 있는 곳으로 가서 침구를 밀어젖히고 당황하여 부산 떠는 로제트에게 불을 들이대면서 놀리는 듯한 어조로 말했어. "안녕하시오, 누이."

가엾은 로제트는 대답할 말을 찾아낼 기운도 없었어.

"한없이 귀엽고 정조 바른 누이께서는 현명하게도 테오도르의 침대가 그대의 것보다도 포근하다고 여기고 이곳으로 주무시려고 오셨나요? 아니면 그대의 방에는 온갖 도깨비들이 설치기 때문에 이곳에서 이분의 경호를 받는 것이 안전하다고 생각하신 것인가요?"

"아주 잘 오셨소."

"아! 세란 기사님, 귀하는 나의 누이동생을 달콤한 눈으로 희롱하시고, 그것으로 끝날 줄 아셨군요. 나로서는 서로 칼을 맞대고 결투를 해보는 것도 나쁘지 않다고 생각하는 바입니다. 응해주신다면, 진심으로 감사하겠습니다. 이봐, 테오도르군. 자네는 내 우정을 이용하여 버릇없이 구는군. 나는 처음에 자네 성격이 고지식한 것을 믿고 호의를 베푼 것을 정말 후회하고 있어. 괘씸하군, 정말 괘씸해."

나는 변명할 도리가 없었어. 사정은 나에게 불리하게 돌아갔지. 로제트가 내 방으로 멋대로 들이닥친 일이나, 내가 로제트의 비위를 맞추기는커녕 될 수 있는 대로 나를 단념하도록 있는 힘을 다했다는 것을 사실대로 말한다고 해서 누가 믿어주겠어? 나에게 할 말이라고는 하나밖에 없었고, 난 그 말을 내뱉었어. "알시비아드님, 원하시는 대로 결투를 합시다."

이런 대화를 하는 동안, 로제트는 비극의 신성한 법칙대로 기절하고 말았어. 나는 아직 반밖에 지지 않은 커다란 흰장미가 꽂힌 수정 컵을 들어 그 안의 물을 대여섯 방울 그녀의 얼굴에 떨어뜨렸지. 그러자 그녀는 곧 제정신을 되찾았어.

로제트는 어찌할 바를 모르고 침대 곁에 웅크리고, 잘 준비를 하는 작은 새처럼 예쁜 얼굴에 이불을 푹 뒤집어쓰고 말았어. 그녀가 이불과 베개를 몸 둘레에 둘둘 마는 바람에, 그 산 밑에 무엇이 있는지 짐작도 못할 정도였어. 단지, 가끔 피리 소리 같은 희미한 한숨이 새어 나와, 거기에 죄를 뉘우치는 젊은 여자가 있다는 사실을 알려줄 뿐이었어. 어쩌면 그 여자는 마음으로만 죄를 범했을 뿐, 실제 행동으로 저지르지 못한 것을 억울하게 여기고 있었는지도 모르겠어. 가엾은 로제트는 분명히 그랬을 거야.

오빠는 누이동생에 대한 걱정이 사라지자 하던 말을 계속했는데, 이번에는 조금 친절한 말투로 이야기했어. "뭐 지금 당장 칼부림하면서 싸우지 않으면 안 된다는 것은 아닐세. 그것은 언제라도 쓸 수 있는 최후의 수단이니까. 자, 들어보게. 승부는 비등할 수는 없는 법이지. 자네는 나이도 젊고, 체력 역시 나보다는 훨씬 뒤떨어져 있어. 그러니까 둘이 싸우면 내가 자네를 죽이거나 병신이 되게 하는 수밖에 없을 거야. 그렇게 되면 대단히 곤란해. 지금 이불 속에 숨어서 아무 말도 하지 않고 있는 로제트한테 평생을 두고 원망받을걸. 로제트는 새끼 비둘기같이 얌전하면서도 일단 화가 나면 호랑이처럼 사납고 심술궂게 변하니까 말이야. 자네는 그 아이에게 가라올

공[2]에 해당되고, 자네에게는 부드럽게 웃는 얼굴만 보이고 있기 때문에 모르겠지만, 정말 못 말리는 여자라네. 로제트는 자유의 몸이고 자네도 그래. 보아하니, 서로 불구대천의 원수지간도 아닌 듯한데, 그 아이의 상도 곧 끝나니까 형편은 안성맞춤이군그려. 이 아이와 결혼하는 것은 어떤가? 그렇게 하면 이 아이도 자기 방으로 자러 갈 필요가 없고, 나도 자네의 몸에 바람구멍을 뚫는 따위, 자네에게나 나에게나 유쾌하지 않은 일을 하지 않아도 되잖아. 어떤가, 자네의 생각은?"

나는 망연자실하고 말았어. 그도 그럴 것이 알시비아드의 제안은 나로서는 절대로 실행할 수 없는 일이잖아. 그의 말대로 하느니 차라리 파리처럼 천장을 네 발로 기거나 발판도 없이 태양을 하늘에서 떼어오는 편이 쉬울 거야. 그러나 알시비아드의 처음 제안보다 이번 제안 쪽이 훨씬 듣기 좋았던 것은 두말할 나위도 없었어.

그는 내가 기뻐하며 승낙하지 않는 것에 놀란 것 같았어. 그리고 나에게 대답할 기회를 주기 위해 다시 한번 그 말을 되풀이했어. 결국 나는 이렇게 대답했지.

"자네의 가문과 인연을 맺는 것은 나로서는 더할 나위 없는

2 에스파냐의 기사 소설 『아마디스 데 가울라』의 주인공으로, 아마디스의 형제.

영광일세. 감히 내 쪽에서 청할 수 없는 행복이지. 아직 지위도 없고 사회적 신용도 없는 나 같은 풋내기에게는 정말로 뜻밖의 행운이야. 그리고 아무리 신분이 높은 사람일지라도 이 제안을 기뻐하지 않는 사람은 없을 걸세. 그러나 내 고집이 센 것처럼 보이겠지만, 나로서는 거절할 수밖에 없다네. 나에게 결투와 결혼 중에 양자택일의 권리가 있다고 하면 결투 쪽을 택하겠어. 정말로 이상한 취미이고 이런 취미를 가진 남자는 거의 없겠지만, 이것이 내 취미라네."

그때 로제트는 진심으로 슬픈 듯이 흐느껴 울면서 베개 밑에서 얼굴을 내밀었어. 그러고는 내가 몹시 침착하고 냉정한 태도를 취하는 것을 보자 마치 뿔을 두들겨 맞은 달팽이처럼 곧 다시 이불 밑으로 기어 들어가고 말았어.

"이렇게 말한다고 해서 내가 로제트 부인을 사랑하지 않는 것은 아니네. 나는 더없이 그녀를 사랑하고 있어. 그러나 나에게는 결혼할 수 없는 이유가 있다네. 그것을 자네에게 말할 수 있다면, 자네 역시 찬성해줄 거야. 게다가 우리 두 사람 사이는 자네가 생각하는 것처럼 깊이 들어간 관계는 아니야. 보통보다 조금 열렬한 우정이라고 할 때 정당하게 해명될 수도 있는 몇 번의 입맞춤뿐이며, 우리 사이에 남의 지탄을 받을 만한 일은 전혀 없었어. 자네 동생의 정조도 흠잡힐 일은 없었고. 이 사실만은 그녀를 위해서도 명확하게 말해두지 않으면 안 되겠군. 그럼 알시비아드 군, 결투는 언제 어디에서 할까?"

"이곳에서 당장!" 하고 알시비아드는 격노하여 미친 듯이 외쳤어.

"정말이야? 로제트가 보는 앞에서?"

"칼을 빼, 비열한 놈! 아니면 후려쳐버리겠다." 알시비아드는 칼을 휘두르며, 머리 주위로 흔들면서 말을 계속했어.

"하다못해 방 밖으로라도 나가자."

"자세를 취하지 않으면 박쥐처럼 벽에 푹 꽂아주겠다. 그렇게 되면, 미리 말해두지만, 아무리 날개를 퍼덕여도 소용이 없어." 알시비아드는 그렇게 말하고는 칼을 들이대며 나에게 다가왔어.

그가 말한 대로 실행할 것임에 틀림없기 때문에 나도 칼을 뽑았어. 처음에 나는 그의 공격을 방어하는 정도에 그쳤어.

로제트는 우리들의 칼 사이에 끼어들기 위해 필사적인 노력을 기울였어. 그녀에게는 어느 쪽도 똑같이 소중했기 때문이야. 그러나 결국 기운을 소진하여 침대 밑에 기절하고 말았어.

두 사람의 칼은 불꽃을 튀기고 철침 같은 소리를 냈어. 장소가 비좁았기 때문에 아주 가까이에서 칼을 맞대지 않으면 안 되었지.

알시비아드는 두세 번 나를 찌를 뻔했어. 만일 내가 유명한 검술 선생 밑에서 배우지 않았더라면, 내 목숨은 그야말로 눈

깜짝할 사이에 날아가고 말았을 거야. 알시비아드는 솜씨가 놀랄 만한 달인이었을 뿐만 아니라 힘도 넘쳤어. 그는 나를 찌르기 위해 온갖 속임수와 함정을 다 사용했어. 그런데도 일이 잘되지 않는 것에 화가 난 그는 두세 번 몸의 허점을 보였어. 그러나 나는 그것을 이용할 생각은 없었어. 그럼에도 그가 더욱더 미친 듯이 날뛰고 다짜고짜 쉴 새 없이 공격을 해왔기 때문에, 나도 그에게서 틈을 엿보지 않으면 안 되었어. 게다가 칼날이 맞부딪치는 소리와 소용돌이치는 불꽃이 나로 하여금 넋을 잃게 했지. 눈앞이 아찔해지는 기분이었어. 나는 죽는다는 생각이 들지 않았고, 조금도 무섭지 않았어. 끊임없이 내 눈앞에 다가오는 날카로운 죽음의 칼끝도, 솜방망이가 달린 연습용 칼 정도로밖에 느껴지지 않았어. 단지 나는 알시비아드의 난폭한 거동에 화가 났고, 또 내게는 죄가 없다는 사실에 더욱 화가 났던 거야. 나는 그의 손에서 칼을 빼앗아보려고 하였지만 잘되지 않았기 때문에, 그가 칼을 떨어뜨리도록 팔이나 어깨를 찔러야겠다고 생각했어. 그 사람은 쇠처럼 단단한 손을 가지고 있었기 때문에, 악마라도 그 손을 펼 수는 없었을 거야.

마침내 알시비아드는 무서운 기세로 나를 깊숙이 찔렀는데, 나는 그것을 충분히 물리치지 못해 소매가 찢기었고 팔 위에 칼의 섬뜩함을 느꼈어. 그렇지만 상처는 입지 않았어. 나는 그것을 보자 화가 불끈 치밀어 올라 지금까지 취하던 방어 자세를 버리고 공격 자세로 바꾸었어. 상대가 로제트의 오빠라는 사실도 잊고, 불구대천의 원수같이 쉴 새 없이 공격을 퍼부었어. 그의 칼의 위치가 어긋난 허점을 이용해서 기회를 놓치지 않고 허리 찌르기를 한 방 먹이고 옆구리를 찔렀어. 그는 앗 하며 뒤로 쓰러졌어.

나는 상대가 죽었다고 생각했지만 실은 상처를 입었을 뿐이었어. 쓰러진 것은 뒷걸음치다가 미끄러졌기 때문이었어. 그라시오자, 그때의 내 심경을 정말 뭐라고 표현할 수 있을까. 물론 남의 몸을 뾰족하고 날카로운 칼끝으로 찌르면 구멍이 나고 피가 뿜어져 나온다는 것은 누구나 아는 일이야. 그러나 알시비아드의 저고리에서 피가 흘러나오는 것을 보자 나는 몹시 당황하고 깜짝 놀랐어. 물론 나도 사람의 배 속에서 인형의 배처럼 겨가 나오리라고는 생각하지 않았지만, 앞으로 또다시 이렇게 놀라는 일은 없을 것 같아. 무언가 놀라운 일이 일어난 것임엔 틀림없었어.

그러나 놀라운 일이란 내가 생각한 바와 같이 상처에서 피가 흐른 일이 아니고, 그 상처를 입힌 사람이 바로 나였다는 사실, 나처럼 젊은 아가씨가(나는 젊은 남자라고 쓸 뻔했어. 그럴 정도로 나는 남자라는 자의식을 갖게 되어버렸단다) 알시비아드처럼 완강한 기사를 검술로 이기고 마루에 쓰러뜨린 일이었어. 게

다가 이 모든 범죄의 원인은 대단히 부자인 데다가 더할 나위 없이 아름다운 여자를 유혹하고, 그녀와의 결혼을 거절했기 때문이 아니겠어!

나는 기절해 있는 누이동생과 죽어버린 줄만 알았던 오빠, 그리고 이제 곧 그 두 사람과 마찬가지로 기절할지 죽을지 모르는 자신 사이에서 완전히 넋을 잃고 말았어. 그래서 초인종의 끈에 매달려, 끈이 갈가리 찢길 때까지, 죽은 사람이라도 눈을 뜰 정도로 초인종을 울렸어. 그리고 모든 사태를 하인들과 아주머니에게 설명하는 일은 로제트와 알시비아드에게 맡기고 곧장 마구간으로 나갔어. 바깥 공기를 마시니까, 곧 기운이 나더군. 나는 내 말을 끌어내 안장을 얹고 굴레를 씌웠어. 나는 껑거리끈이 잘 매여 있는지, 재갈이 잘 물려 있는지 점검했어. 말의 등자를 똑같은 길이로 해주고 복대를 조였지. 나는 적어도 그 같은 경우에 있어서 보기 드문 주의력과 그렇게 끝을 맺은 결투 이후로서는 전혀 이해하기 어려운 침착성을 지니고 꼼꼼하게 마구를 정돈했어.

그리고 말에 올라탄 후, 잘 알고 있는 샛길을 지나서 정원을 횡단했어. 이슬을 가득 머금은 나뭇가지가 나를 치고 내 얼굴을 적셨어. 마치 연로한 나무들이 두 팔을 벌려 나의 갈 길을 막고 성주인 아가씨의 사랑을 이루어주려고 하는 것 같았어. 만약 내가 정신이상이었거나 조금이라도 미신에 빠진 인간이었다면, 그 나무가 모두 나를 붙잡아두려고 주먹을 들이대는 유령이라고 생각했을 거야.

사실, 나는 아무것도 생각하고 있지 않았어. 내가 누구인지도 모를 정도의 마비 상태가, 마치 꽉 끼는 철모처럼 나를 짓누르고 있었거든. 다만 그곳에서 내가 사람을 죽였고, 그 때문에 이렇게 도망친다는 사실만 어렴풋이 머리에 떠올랐어. 게다가 밤이 몹시 이슥해진 탓인지, 아니면 그 밤의 심한 흥분이 몸에 영향을 주어 피곤해진 탓인지, 졸려서 견딜 수가 없었어.

나는 밭으로 이어지는 작은 문에 도착했어. 그 문은 로제트가 산책 때에 가르쳐준 비밀 출입문이었지. 나는 말에서 내려 손잡이를 잡고 문을 밀었어. 말을 먼저 나가게 한 후, 다시 안장 위에 올라타고 C***의 가도로 나갈 때까지 쏜살같이 달렸어. 가도에 나갔을 때에는 이미 어슴푸레 날이 새고 있더라.

자, 여기까지가 나의 첫 모험과 첫 결투의 이야기야. 가능한 한 충실하고 자세히 쓰도록 노력했어.

15

시내에 도착한 것은 새벽 다섯 시였어. 집집마다 창문을 열기 시작했고, 성실하고 정직한 주민들의 얼굴이 피라미드 모양의 잠자리 모자를 쓴 온화한 모습으로 창유리 뒤에서 보였어. 내 말이 울퉁불퉁하고 자갈이 많은 포석 위에 요란하게 편자 소리를 울리자 어느 집을 막론하고, 잠에서 막 깨어나 흐트러진 가슴과 호기심으로 붉게 상기된 커다란 얼굴이 다락방 창문으로 나타나, 이런 시각에 이런 옷차림을 한 나그네가 C*** 읍내로 느닷없이 찾아온 이유를 매우 궁금해하는 것 같았어. 왜냐하면 내 옷차림이 극히 허술한 데다가 어쩐지 수상쩍은 꼴을 하고 있었기 때문이야. 나는 머리칼이 눈 있는 데까지 드리워진 개구쟁이에게 여관이 어디에 있는지를 물었어. 그 아이는 삽살개처럼 콧등을 뒤로 젖힌 채 나를 살펴보더니 가르쳐주더군. 답례로 잔돈을 얼마 쥐여주고 채찍을 한 번 휘둘러 휙 하고 소리를 내자 그 아이는 마치 산 채로 날개를 잡아뜯기는 어치처럼 째지는 소리를 지르며 도망쳤어. 나는 여관을 찾아 들어가자마자 침대에 몸을 던져 푹 잠이 들었어. 잠이 깬 것은 오후 세 시, 피곤이 완전히 풀리기에는 부족한 시간이었지. 하긴 밤새도록 정사와 결투 때문에 뜬눈으로 지새웠고, 비록 결투에는 이겼다고 하지만 허둥지둥 도망쳐오기 바빴으니 말이야.

나는 알시비아드의 상처가 대단히 걱정스러웠지만, 며칠 후에는 마음을 푹 놓게 되었어. 위험스러운 후유증은 없고 상처가 이제 많이 나아가고 있다는 소식을 들었기 때문이야. 나를 이상하게 짓누르던 죄책감이 좀 가신 듯했어. 설사 정당방위로 마지못해 저지른 일일지라도, 다른 사람을 죽였다는 생각은 나를 몹시 괴롭히고 있었거든. 그 무렵까지는 지금처럼 인간의 생명에 대하여 무관심하지 않았으니까.

C***에서 요전에 길동무였던 몇몇 청년도 만났어. 그들을 만나니까 반갑더군. 나는 그들과 좀 더 친해졌고, 인상이 좋은 몇몇 집도 소개받았어. 나는 이제 남자 옷에 완전히 익숙해졌고, 내가 해왔던 것보다 거칠고 활동적인 생활이나 또 내가 맞닥뜨려야 했던 격렬한 운동은 예전에 비해 나를 두 배나

튼튼하게 해주었어. 나는 이 경솔한 청년들을 아무 데나 따라 다녔지. 말도 탔고, 사냥도 했으며, 그들과 함께 진탕 먹고 마셨어. 술도 점차 세지더군. 물론 우리들 중 몇몇 독일인의 주량을 따라가지는 못하지만, 혼자 두서너 병쯤은 마실 수 있게 되었고, 또 별로 취하지도 않았어. 참으로 만족할 만한 진전이지. 입에서 나오는 대로 노래도 흥얼거렸고 여인숙의 여자 종업원을 거침없이 껴안기도 했어. 요컨대 나는 완벽한 기사가 되었고, 유행의 첨단을 걷게 되었지. 지금까지 도덕이나 그것과 비슷한 하찮은 것들에 대하여 품고 있었던 촌스러운 생각 따위는 상대도 하지 않게 되었어. 그 대신 명예에 관해서는 극단적으로 민감하게 되어, 결투를 하지 않는 날이 하루도 없을 정도가 되었어. 결투가 나에게는 필수불가결한 요소가 되었어. 마치 하루도 하지 않으면 못 배기는 운동처럼 되어버린 거야. 따라서 누군가가 나의 얼굴을 쳐다본다든가 발을 밟는 등 결투의 구실을 만들어주지 않을 때에는, 팔짱을 낀 채 놀고 있기보다는 친구들은 물론이고 이름밖에 모르는 사람들을 위해서도 기꺼이 도와주었지.

나는 곧 대담무쌍하다는 평을 얻게 되었어. 그것은 나의 수염 없는 얼굴이나 여성적인 모습을 보고 자칫하면 입에서 나오려던 농담을 딱 그치게 만들기에 안성맞춤이었지. 그래서 남의 조끼에 뚫은 여분의 단춧구멍 네댓 개나 말을 듣지 않는 고집쟁이의 살에 대단히 품위 있게 달아준 몇몇 장식용 끈은 나로 하여금 마르스[1]나 프리아포스[2]보다도 더 남자다운 모습을 갖추게 했어. 세례반(盤)에서 나의 사생아를 안았다고 단언하는 사람들도 얼마든지 만날 수 있었을 거야.

나는 겉으로는 방탕에 빠진 생활을 하고 난잡한 나날을 보내면서도, 마음속으로는 최초의 목적을 달성해야겠다는 생각을 잊지 않았어. 요컨대 남자를 세심하게 연구하고 완벽한 연인을 찾아내겠다는 큰 숙제 말이지. 이것은 연금술사의 돌보다도 더 해결하기 어려운 문제야.

인간이 생각하는 것 중에도 지평선과 비슷한 것이 있단다. 지평선은 어느 쪽을 보아도 눈앞에 보이니까 분명히 존재하고 있긴 한데, 아무리 따라가도 도통 붙잡을 수 없고 보통걸음으로 가거나 뛰어가도 언제나 같은 거리를 유지하고 있거든. 왜냐하면 지평선이란 어느 정해진 거리를 두지 않으면 사람의 눈에 보이지 않는 법이며, 또 우리들이 앞으로 나아감에 따라 차례로 부서지고는 다시 아주 먼 곳에 희미하고 분간하기 어려운 하늘색으로 나타나, 그 펄럭이는 망토의 옷자락을 잡으

---

1 고대 로마의 신. 역사시대에는 전쟁의 신으로 발전했으며, 로마 문학에서는 전쟁에 자신 있는 민족이었던 로마인들의 수호신이었다.

2 정원, 포도, 항해, 번식과 다신의 신. 디오니소스와 비너스의 아들로, 이 신에 대한 숭배는 처음에 소아시아에서 일어나 그리스 전역에 이르렀다.

려고 해도 도저히 잡을 수 없는 법이니까.

나는 남자라는 동물을 알면 알수록 내 소원의 성취가 얼마나 어려운 것인지, 또 내가 행복한 마음으로 사랑하기 위해서 찾고 있는 대상이 남자의 본성의 조건에서 얼마나 동떨어져 있는지 알게 되었어. 그리고 아무리 진심으로 나를 사랑해주는 남자라도 더없이 열성적으로 나를 가장 비참한 여자로 전락시킬 수 있다는 사실을 확실히 깨닫게 되었어. 이미 순진한 소녀 시절의 꿈은 대부분 버리고 말았지. 나는 저 고상한 구름 위에서 내려와, 아직까지 길가나 개천까지는 아니지만, 약간 험한, 그러나 누구나 오를 수 있는 중간 높이쯤의 산에 서 있는 셈이야.

물론 그 산에 오르는 것도 쉽지는 않지. 나는 사람들이 그만큼의 노력을 기울일 가치가 있으며, 그 수고에 반드시 보답받을 수 있으리라고 자신해. 하지만 내 편에서 한 발이라도 내딛으려는 생각은 절대로 없고, 내가 서 있는 이 꼭대기에 꼼짝 않고 서서 기다리고 있어.

내 계획을 들어봐. 나는 남장을 한 채로, 잘생긴 청년과 친하게 지낼 거야. 그리고 능숙한 질문을 하거나 거짓 신뢰를 주어 그 사람으로 하여금 진실을 고백하게 만들어서, 그 사람의 감정이나 사상을 완전히 파악하는 거지. 만일 그 사람이 내가 바라고 있던 이상적인 사람임을 알게 되면 여행을 간다는 구실을 만들어 내 얼굴을 잊을 시간을 주기 위해 3, 4개월 떨어져 있는 거야. 그러고 나서 이번에는 여자 복장을 하고 돌아가, 조금 떨어진 교외에 푸른 잎과 꽃에 파묻힌 안락한 작은 집을 마련하고는, 그 사람과 우연히 만나도록 일을 꾸미고 나에게 구애하게끔 하는 거지. 만일 그 사람이 진실하고 정성어린 사랑을 보인다면, 스스러움이나 경계심을 선뜻 버리고 몸과 마음을 맡겨버릴 거야. 나는 그의 애인이라는 직함만으로 만족하고 다른 이름은 요구하지 않을 작정이야.

하지만 이 계획은 절대로 이루어지지 않을 것 같아. 왜냐하면 이루어지지 않는다는 점이 인간이 세우는 계획의 특징이며, 그 점이야말로 인간의 무력함과 의지의 나약함을 드러내는 것이니까 말이야. '여자의 소원은 신의 소원이다'라는 속담은 다른 모든 속담과 마찬가지로 사실이 아니야. 말하자면 거의 거짓말이란 뜻이지.

멀리서 욕망의 색안경을 통해서 바라보는 동안에만 남자는 아름답게 보여. 눈에 뭐가 씌어야 해. 난 이제 남자라면 치가 떨려. 왜 여자는 그런 것을 자기 침대에서 자게 하는지 모르겠어. 나는 속이 메슥거려 도저히 그런 짓은 할 수 없어.

남자의 얼굴이란 정말로 야비하고 더러워. 고상한 데나 우아한 데라곤 전혀 없잖아! 도대체 울퉁불퉁한, 품위 없는 선이란 다 뭐람! 딱딱하며 검고 주름진 피부는 어떻고! 어떤 남자들은 6개월이나 매달려 있었던 것같이 햇볕에 타고, 바짝 마르고, 뼈가 앙상하고, 털북숭이이고, 손에는 바이올린 같은 힘줄이 달려 있고, 발은 도개교같이 크고, 언제나 음식 찌꺼기가 달라붙어 있는 콧수염이 귀 쪽으로 갈고리 모양으로 휘어져 있고, 머리카락은 비의 솔처럼 딱딱하고, 턱은 멧돼지 머리처럼 뾰족하고, 입술은 독한 술에 절어서 부르트고, 눈에는 대여섯 개의 검은 굽이가 생기고, 목덜미는 뒤틀린 정맥으로 가득하고, 굵은 힘줄이 튀어나왔는가 하면 뼈마디까지 튀어나와 있어. 어떤 남자들은 이불을 입힌 것같이 빨간색 살덩이로 출렁출렁하고, 혁대를 돌리지 못할 정도로 뚱뚱한 배를 앞으로 내밀고 있어. 눈꺼풀을 깜빡거리면서, 색골답게 번득이는 파란 녹색의 작은 눈을 부릅뜬 모습은 인간이라기보다는 바지를 입힌 하마 같아. 그리고 언제나 포도주나 브랜디, 혹은 담배 냄새나 그보다 더 고약한 체취를 풍기고 있지. 약간 불쾌감이 덜하다 싶으면 못생긴 여자같이 생겼다니까. 정말이지 가관이야.

나는 여태껏 이 모든 것을 전혀 알지 못했어. 마치 구름 속에 있는 것같이 발이 거의 땅에 닿지 않았던 거야. 봄날의 장미나 라일락의 향기가 독한 향수처럼 나를 취하게 했던 거야. 그리고 훌륭한 영웅이라든가 충실하고 정중한 애인, 제단에 올려도 좋을 것 같은 정열의 불꽃이나 멋진 헌신이나 희생밖에 꿈꾸지 않았고, 그런 것쯤은 나에게 말을 걸어오는 어떤 악당 안에서도 찾아낼 수 있으리라고 믿었어. 그러나 소녀 시절의 이런 종잡을 수 없는 공상은 오래가지 않았어. 나는 야릇한 의구심에 사로잡혀 그것을 해결하지 않는 한, 마음의 안정을 찾을 수 없었지.

처음에 내가 남자에 대해 품고 있던 공포는 극단적인 과장으로 치우쳐 있었어. 나는 남자를 소름 끼치는 괴물처럼 생각하게 되었어. 남자들의 사고방식이나 태도, 버릇없이 비꼬는 듯한 말투나 난폭한 행동, 또 여자에 대한 경멸은 나를 놀라게 했고, 말할 수 없이 화나게 만들었어. 그만큼 내가 남자에 관해 생각하고 있었던 것은 현실과 거리가 멀었어. 남자들은 괴물은 아니었지만, 유감스럽게도 그보다 더 나쁜 것이었어! 매우 쾌활한 청년들이며, 잘 마시고 잘 먹고 여자에게 온갖 친절을 다 베푸는, 눈치가 빠르고 용감한, 훌륭한 화가이며 뛰어난 음악가이기도 해. 단 하나, 스스로의 존재 목적, 즉 여자라고 불리는 동물에 대한 수컷의 소임을 제외하고는 모든 일에 적임이지. 그들은 여자와는 신체적으로나 정신적으로 아무런 관계도 없어.

처음에 나는 남자들을 보고 느껴지는 경멸을 숨기느라 무척 힘들었어. 그러나 차차 그들의 생활태도에 익숙해졌어. 남이 여자에 대해 무심코 입 밖에 내는 조롱에도, 마치 나 자신도 남자인 양 화를 내지 않게 되었지. 그러기는커녕 나도 가차 없이 여자를 조롱했고, 남들로부터 칭찬을 받으면 이상하게 득의양양해졌어. 틀림없이 내 친구들 중에서 나만큼 여자에 대해서 특별한 야유와 농담을 퍼부은 사람도 없을 거야. 문제의 핵심을 완전하게 파악하고 있는 나로서는 그 점이 특장이었지. 나의 독설들은 신랄할 뿐 아니라 남자들은 도저히 흉내 낼 수 없는 정확성으로 빛나고 있었거든. 왜냐하면 여자들에게 퍼붓는 욕을 보면 언제나 적합한 근거가 있을지는 몰라도, 그 욕의 밑바닥에는 대부분의 경우 애정이 숨어 있기 때문에, 남자들은 여자를 조소할 만한 냉정한 주관을 끝까지 유지할 수 없는 법이지.

나는 제일 다정하고 여자에 대해 이해심 많은 남자가 여자를 가장 나쁘게 말하고, 게다가 여자의 문제를 유별나게 집요하게 물고 늘어진다는 사실을 깨달았어. 마치 그들은 여자가 자기 이상과 다르다는 것과 처음 여자에 대하여 품고 있던 호의가 배반당한 것에 대해서 죽도록 한을 품고 있는 것 같아.

내가 무엇보다도 우선적으로 요구한 것은 육체의 아름다움이 아닌 영혼의 아름다움, 즉 애정이었어. 그러나 내가 생각하고 있는 애정은, 아마 인간의 힘으로는 미칠 수 없는 것 같아. 그렇더라도 나는 그러한 애정으로 사랑하고, 스스로 요구하는 이상의 것을 상대에게 주고 싶어.

너그러운 무분별! 고상한 낭비!

내 것을 하나도 남김없이 전부 내주어버리는 것, 내 소유권이나 자유의사를 버리는 것, 내 의사를 남의 손에 맡기는 것, 더 이상 내 눈으로 보지 않고 내 귀로 듣지 않고 둘이서 하나의 몸을 이루는 것, 내가 상대인지 상대가 나인지 모를 정도로 두 사람의 혼을 하나로 녹이는 것, 빛을 끊임없이 흡수하고 또 끊임없이 발산하는 것, 때로는 달이 되고 때로는 태양이 되는 것, 한 남자 안에서 천지와 만상을 보는 것, 자기 생명의 중심을 다른 사람 안으로 옮기는 것, 항상 크나큰 희생과 절대적인 헌신을 각오하는 것, 사랑하는 사람의 가슴이 내 가슴이라도 되는 듯이 괴로움을 함께하는 것, 아, 얼마나 멋진 일이야! 스스로를 내줌으로써 스스로를 두 배로 만드는 것, 이것이 내가 생각하는 사랑이야.

송악의 충실함, 어린 포도가지의 포옹, 멧비둘기의 다정한 속삭임은 말할 것도 없이, 무엇보다도 자명하고 으뜸가는 조건이겠지.

만일 내가 여자 옷을 입고 집에서 외로이 물레나 돌리고 있거나, 유리창 구석에서 자수나 하고 있었다면, 내가 온 세상을 뒤지며 찾아다니던 주인공이 제 발로 나를 찾아왔을지도 모르지. 사랑이란 행운과 같은 것이며, 뒤쫓기는 것을 좋아하지 않잖아. 사랑은 우물가에서 잠자고 있는 사람을 종종 찾아오고, 여왕이나 신들의 키스는 감겨진 눈 위에 강림하는 법이야. 모든 기쁜 일이나 행복이 자기가 없는 곳에서만 일어난다고 생각하는 것은 이만저만한 오해가 아니며, 이상을 찾기 위해서 말에 올라타거나 역마차에 타는 것보다 엉뚱한 짓은 없어. 많은 사람들이 그런 실수를 저지르고 있고, 앞으로도 그렇겠지. 지평선은 언제나 아름다운 쪽빛으로 물들어 있지만, 거기에 가서 보면 시야를 가리고 있던 산들은 대개 헐벗고 금이 간 찰흙이나 빗물에 씻긴 황토에 불과해.

나는 이 세상에는 훌륭한 청년이 가득 차서 넘치고, 어느 곳에 가더라도 아름다운 아가씨 둘시네아[3]를 찾아다니는 에스프란디안[4]이나 아마디스나 랜슬롯 드 락[5]을 우연히 만나게 되리라고 막연히 생각하고 있었어. 그러나 세상 사람들은 그런 숭고한 추구 따위에는 관심도 없고, 닥치는 대로 아무 창녀와 자고 마는 데 놀라지 않을 수 없었어. 나는 호기심과 의심 때문에 호된 벌을 받은 셈이야. 나 자신은 전혀 즐겨보지 못했는데도 그야말로 지독하게 무감각해지고 말았어. 지식이

---

3 세르반테스의 『돈키호테』에서 돈키호테가 사랑하는 여성.

4 에스파냐의 기사 소설 『아마디스 데 가울라』의 속편인 『에스프란디안의 위업』의 주인공. 아마디스의 아들로, 성년이 되어 가지가지 사건을 거쳐 나중에 콘스탄티노플에서 황제의 딸을 아내로 맞아들여 왕위에 오른다.

5 중세기의 소설 『원탁의 기사』에 나오는 영웅 중의 한 사람. 전형적인 기사로, 용기 있고 남자다우며 기품을 지녀 여러 사건에서 이름을 떨친다.

실천보다 앞섰던 셈이지. 행위의 결과가 아닌, 앞선 지식처럼 나쁜 것은 없어. 완전한 무지 쪽이 몇십만 배나 나은지 몰라. 그런 무지는 많은 실패를 범하게 하지만 그 실패의 교훈으로 말미암아 자신의 생각을 수정할 수 있거든. 왜냐하면 방금 언급한 남성 혐오 안에는 기괴한 미혹을 일으키는 대단히 강력하고 반항적인 요소가 숨어 있기 때문이야. 요컨대 정신은 납득한다고 해도 육체는 납득하지 않고, 정신의 숭고한 경멸에 동의하지 않아. 젊고 원기 왕성한 육체는 정신에 억눌리면서 요동치고 뒷발질을 해. 마치 나이든 노인을 태운 씩씩한 종마가 머리는 굴레에 눌리고 입에는 재갈이 물려 있어 탄 사람을 떨어뜨리지 못하는 격이지.

나는 남자들과 함께 생활하고 나서부터, 많은 여자가 비참하게 배반당하고, 비밀 관계가 부주의하게 폭로되고, 깨끗한 애정이 무심하게 더럽혀지는 것을 보았어. 또 젊은 남자들이 귀여운 애인의 팔에서 빠져나가자마자 닳고 닳은 창녀의 집으로 달려가는 바람에 굳게 맺어진 사이가 정당한 이유도 없이 갑자기 깨지는 것을 보았지. 그래서 이제 애인을 가질 엄두도 못 내겠어. 그것은 대낮에 눈을 뜬 채로 깊이를 알 수 없는 심연으로 뛰어드는 격이지. 그러나 내 마음은 항상 애인이 한 사람 필요하다고 은밀히 원하고 있어. 자연의 절규가 이성의 목소리를 억누르고 있어. 사랑하고 사랑받지 않는 한, 결코 행복해질 수 없을 것 같아. 불행하게도 우리들 여자는 한 사람의 남자밖에 애인으로 갖지 못하는데, 세상의 남자들은 악마가 아니더라도 적어도 천사와는 많이 동떨어져 있지. 설령 어깨에 날개를 붙이고 머리 위에 금박지로 된 후광을 얹었다고 해도, 나는 남자에 대해 너무 잘 알고 있기 때문에 이젠 속지 않아. 아무리 근사하게 지껄여도 소용없어. 나는 남자들이 무슨 말을 하려는지 듣지 않아도 훤히 알고 있고, 혼자서도 끝까지 다 말할 수 있어. 나는 남자들이 대사를 연구하고 무대에 나오기 전에 복습하는 것도 보았지. 남자들이 특히 힘을 주는 곳이나 기대를 거는 문구도 알고 있어. 창백한 얼굴을 하거나 여윈 모습을 보여도 나를 설득시킬 수는 없어. 그런 것은 아무 소용이 없어. 적당한 변장을 하기에는 하룻밤의 광란과 몇 병의 술, 두세 명의 매춘부로 충분하니까. 타고난 장미색의 생기 넘치는 얼굴을 한 젊은 후작이 그런 탁월한 책략을 쓰는 것을 본 적이 있어. 그 후작은 덕분에 더할 나위 없는 창백한 얼굴이 되어 성공적으로 자신의 정열을 입증할 수 있었지. 나는 또한 초췌한 셀라동[6]이 아스트레의 무정함에 괴로워하는 자신을 어떻게 위로하고, 즐거운 시간이 찾아올 때까지

6 16세기 프랑스의 소설가 오노레 뒤르페의 『아스트레』의 남자 주인공. 목가적인 배경을 빌려 당시 상류사회 남성들의 우아한 마음씨를 목동 셀라동 안에 표현했다.

참고 견디는 방법을 어디에서 찾는지 알고 있어. 나는 지저분한 하녀가 수줍음을 잘 타는 아리안[7]의 대역을 하는 것도 본 적이 있어.

그런 일을 목격한 이후로 남자에 대한 흥미를 잃어버렸어. 왜냐하면 첫째, 남자에게는 여자와 같은 아름다움이 없기 때문이야. 아름다움은 영혼의 불완전함을 교묘하게 감추는 화려한 의상인 동시에, 하느님이 세계의 나신 위에 던져주신 신성한 옷이야. 그 덕분에 천박한 창녀라도 이 훌륭하고 호화로운 선물을 받고 태어났다면, 사랑하는 것을 허락받을 수 있을 정도지.

나는 영혼의 미덕을 얻지 못한다면, 하다못해 멋있는 외형과 매끄러운 피부, 부드러운 윤곽과 탄력 있는 선, 고운 피부 등 여자의 매력을 구성하는 모든 것을 얻으려고 생각했어. 애정을 얻을 수 없다면 쾌락을 얻겠다는 것이며, 오빠의 역할 대신에 누이동생의 역할을 하겠다는 거야. 그러나 내가 본 남자는 누구나 다 몹시 못생겨 보였어. 거기에 비하면 차라리 내 말 쪽이 훨씬 잘생겼고, 미남자연하고 있는 멋쟁이를 안느니 차라리 말을 안는 쪽이 역겹지 않을 거야. 물론 지금 내가

---

7 디오니소스 신화에 나오는 여주인공.

사귀고 있는 멋쟁이들은 함께 쾌락의 비법을 짜내는 상대는 아니야. 군인도 나에게는 어울리지 않아. 군인에게는 동작이 어색한 데가 있고, 얼굴이 동물 같아 보이기 때문에 도저히 인간에 속한다고는 생각할 수 없어. 재판관도 탐탁지 않아. 재판관은 꾀죄죄하고 기름살이 오르고 머리털이 곤두서고 양복이 너덜너덜하고 눈이 음산하고 입은 수염으로 가려져 입술이 아예 없잖아. 그리고 썩은 기름이나 곰팡이의 악취가 물씬 나. 그 사람들의 살쾡이나 오소리 같은 콧등에 얼굴을 비벼대고 싶은 생각은 없어. 시인으로 말하자면, 세상의 일이라고는 단어 끝을 맞추는 일 외에는 아무것도 모르고 끝에서 두 번째 음절보다 멀리 간 적이 없어. 그런 자는 아무 데도 쓸모가 없다고 해도 과언이 아니야. 게다가 다른 남자들보다도 훨씬 따분하고 역시 보기 흉하고, 몸가짐에도 의복에도 품위라든가 우아한 데라곤 조금도 없단 말이야. 정말로 이상한 일이지. 하루 종일 형식이나 미에 몰두하고 있으면서 구두가 구부러진 것도, 모자가 비뚤어진 것도 모르고 있으니 말이야! 마치 시골의 약사나 횡설수설하는 복습교사라도 되는 꼴이며, 서투른 시를 소리내어 읽어 진절머리가 나게 해.

화가는 어떠냐 하면 이것 역시 어이없기는 둘째가라면 서럽지. 화가는 일곱 가지 색 외에는 아무것도 안중에 없어. R*** 에서 5, 6일 함께 지낸 두 명의 화가 중 한 사람은 나를 어떻게 생각하느냐는 물음에 이런 재치 있는 대답을 하였어. "이 사람은 상당히 색조가 강해. 그러니까 그림자에 흰색을 쓰지 말고, 황토색과 적갈색을 약간 섞은 밝은 황색으로 하는 것이 좋아." 그것이 나에 대한 그 사람의 의견이었어. 게다가 그 화가는 코가 비뚤어져 있고, 눈은 마치 코처럼 튀어나와 있던걸. 그래서야 작업을 잘할 수 없겠지. 도대체 나는 누구를 선택해야 할까? 가슴이 튀어나온 군인, 어깨가 구부러진 법관, 멍청한 얼굴을 하고 있는 시인이나 화가, 줏대가 없고 믿을 수 없는 멋쟁이? 이 동물원 안에서 어느 우리를 고르면 좋을까? 나는 정말 모르겠어. 어느 하나 마음에 드는 사람이 없어. 어느 쪽이나 똑같이 어리석지 않으면 추하니 말이야.

결국 나에게 남겨진 길은 그게 짐꾼이든 말을 파는 장사꾼이든 상관없이 내 마음에 드는 사람을 찾는 것뿐이야. 그러나 나는 짐꾼은 아주 질색인걸. 오, 슬픈 여주인공이여! 상대를 찾지 못해, 영원히 슬피 우는 운명을 타고난 암비둘기와 같은 운명이여!

아! 얼마나 나는 변장한 내 모습대로 진짜 남자였기를 바랐는지 몰라! 그렇다면 많은 여자들이 내 마음을 이해하고 알아줄 텐데! 나는 사랑의 아름다운 품위와 깨끗한 정열의 고상한 흥분에 충분히 보답할 수 있고, 더할 나위 없이 행복해질 텐데! 그렇다면 얼마나 기쁠까! 내 영혼의 미모사는 천한 손에 닿아 끊임없이 오그라들거나 시들어지는 일 없이 자유롭게 구김살 없이 자랄 거야! 두 번 다시 피지 않을 것 같은 눈에 보이지 않는 아름다운 꽃이 활짝 피어나고, 그 신비로운 향기는 그리운 사람의 영혼을 그윽하게 감싸겠지! 그것은 황홀한 삶, 언제나 창공에 날개를 펴고 있는 무한의 흥분이겠지. 흰 대리석 항아리가 푸른 잎 사이에 선명하게 보이고, 백조가 미끄러지듯이 헤엄치는 저수지가 이곳저곳에 있는 정원 안에서, 영원히 미소 짓는 장미의 숲을 지나며, 금빛 모래가 빛나는 오솔길을 우리들은 서로 꼭 잡은 손을 놓지 않은 채 산책하겠지.

만일 내가 남자였다면, 얼마나 로제트를 사랑하였을까! 몸도 마음도 틀림없이 녹아버릴 것 같은 뜨거운 사랑이었겠지! 우리들의 영혼은 서로 사랑하기 위해 만들어졌어. 서로 녹아 하나로 섞이도록 정해진 진주였어! 나라면 그녀가 마음에 품고 있는 사랑의 이상을 완벽하게 실현시켜주었을 텐데! 그녀의 성격은 나에게 꼭 들어맞았고, 그녀의 아름다움은 나의 이상이었어. 우리들의 사랑이 불가피하게 플라토닉러브일 수밖에 없는 것이 정말 유감이야!

요즈음 내 신상에 어떤 사건이 일어났어.

어느 집을 방문했다가, 거기에서 기껏해야 열다섯 살쯤 되는 귀여운 아가씨를 보게 되었어. 지금까지 그렇게 작고 예쁜 아가씨를 본 적이 없어. 머리는 금발이었는데, 그 금발이 얼마나 눈부시게 비쳐 보일 듯하던지, 거기에 비하면 다른 금발은 두더지털같이 진한 갈색이나 검정으로 보였어. 그 아이의 금발은 마치 은가루를 끼얹은 것 같았지. 눈썹은 대단히 부드럽고 옅은 색이었기 때문에 거의 눈에 띄지 않았어. 눈은 엷은 푸른색인 데다가, 눈매는 비로드처럼 윤기가 났고, 눈꺼풀은 상상도 못할 정도로 반들반들했어. 입은 손가락 끝도 들어가지 않을 정도로 작아서 어린이다운 귀여움이 더욱 돋보였어. 또 뺨의 부드러운 둥그스름한 모양과 보조개는 더없이 순수한 매력을 지니고 있었지. 그 사랑스러운 작은 몸 전체가 말로 표현할 수 없을 정도로 마음을 사로잡아 나를 멍하게 했어. 햇빛이 환히 들여다보일 정도로 희고 화사한 손과 땅을 딛고 서 있을 것 같지도 않은 새처럼 가벼운 발, 한 번의 바람에도 부러지고 말 듯한 몸통, 옆으로 걸친 숄 사이로 알맞게 들여다보이는, 아직 성숙하지 않은 진주조개 같은 어깨, 나는 이 모두가 좋아서 견딜 수가 없었어. 그 아이의 수다는 타고난 재치에 순진함이 덧붙여져 한층 돋보였고, 나는 몇 시간이고 넋을 잃고 듣고 있었어. 그 아이에게 이것저것 말을 시키는 것이 내게 각별한 즐거움을 주었지. 아이는 여러 가지 재미있는 이야기를 했는데, 어느 때는 자신의 말에 특별히 미묘한 뜻을 담았고, 또 어느 때에는 듣는 사람에게 어떤 느낌을 주는지 전혀 모르는 것 같았는데, 그런 태도가 뭐라 말할 수 없이 귀여웠어. 내가 갈색 바다거북 등껍질로 된 상자에 사탕과 과자 등 그 아이가 좋아하는 것들을 넣어 가지고 갔더니 뛸 듯이 기뻐하는 거야. 마치 새끼 고양이처럼 단것을 좋아하더군. 내가 찾아가면 그 아이는 쪼르르 달려와 행복한 과자상자가 있는지 없는지 내 호주머니를 두들겨보았어. 내가 그 상자를 들어올려 번갈아가며 오른손에서 왼손으로 옮기면, 그야말로 전투 비슷한 소동이 일어나곤 했단다. 그러나 언제나 결국은 상자를 빼앗겨 아이가 승리했지.

그런데 어느 날 그 아이가 매우 점잖게 인사만 하고, 보통 때처럼 내 호주머니에 사탕의 샘이 용솟음쳐 나오는지 보러 오지를 않더군. 그러고는 잘난 척하며 뒷짐을 진 채 의자에 똑바로 앉아 있는 것이었어.

"왜 그래, 니농. 이번에는 소금이 좋아진 거야, 아니면 사탕을 먹으면 이가 나빠진다고 걱정하는 거니?" 나는 그렇게 말하면서 예의 그 상자를 두드렸어. 상자는 호주머니 안에서 정말 달콤한 꿀과 같은 소리를 내었지.

니농은 눈에 보이지 않는 사탕의 달콤한 맛을 보려는 듯이, 작은 혀를 반쯤 입술 끝으로 내밀었지만, 몸은 꼼짝도 하지 않았어.

그래서 나는 호주머니에서 상자를 꺼내어 열고 니농이 제일 좋아하는 편도과자를 경건하게 입에 넣어 보였어. 일순간 먹고 싶은 본능이 굳은 결심을 꺾었는지 니농은 사탕을 집으려고 손을 내밀었다가 곧 이렇게 말하면서 손을 제자리로 가져가는 것이었어.

"저는 사탕을 먹기에는 이제 너무 큰걸요."

그러고는 한숨을 쉬었어.

"지난 주에 비해 네가 그렇게 컸다고 볼 수는 없구나. 네가 뭐 하룻밤 사이에 크는 버섯이라도 된단 말이냐? 이리로 와보아라. 재어볼 테니까."

"마음껏 비웃으세요."

아이는 귀엽게 찡그리며 대답했어.

"나는 이제 조그만 아이가 아니에요. 어서 크고 싶단 말이에요."

"정말 대단한 결심이야. 그런 결심은 고집스레 지켜야 한단다. 그렇지만, 귀여운 아가씨, 어떻게 그토록 훌륭한 생각을 하게 되었는지 가르쳐줄 수 없을까? 왜냐하면 일주일 전까지만 해도 너는 조그만 것이 대단히 기쁜 듯, 체면 따위는 걱정도 하지 않고서 편도과자를 와작와작 씹어 먹었잖아."

작은 숙녀는 묘한 표정으로 나를 응시하고 주위를 둘러보더니 아무도 듣는 사람이 없는 것을 확인하자 내 쪽으로 사연 있는 듯이 몸을 굽히고 속삭였어.

"나에게 사랑하는 사람이 생겼어요."

"세상에! 그렇다면 사탕이 싫어진 것도 당연하지. 그러나 사탕을 받아두렴. 그 사람하고 소꿉질할 때에 쓸 수도 있고, 배드민턴의 깃털공과 바꿀 수도 있잖아."

그 아이는 무시하는 듯 어깨를 으쓱거리며 나를 가엾이 여기는 표정을 지었어. 그리고 기분 상한 여왕님 같은 모습을 하고 있었기 때문에 나는 말을 계속했지.

"그런데 그 훌륭한 애인의 이름은 뭐야? 아르튀르일까, 대개 그럴 것이라고 생각하지만, 아니면 앙리?"

그 둘은 니농과 늘 함께 소꿉질 놀이를 하던 친구들이며, 또 니농의 남편 역할을 맡던 소년들이거든.

"아뇨, 아르튀르도 앙리도 아니에요."

니농은 맑고 투명한 눈으로 나를 지그시 응시하더니 말했어.

"어른인걸요."

그녀는 상대의 키 높이를 알리기 위하여 손을 머리 위로 올렸어.

"그렇게 키가 크다고? 큰일났구나. 너의 애인이라는 그렇게 큰 사람, 이름이 뭐지?"

"테오도르님, 당신한테만 그 사람의 이름을 알려드릴게요. 그러나 아무에게도 알려주시면 안 돼요. 엄마한테도, 폴리(가정교사)에게도, 또 당신의 친구들에게도. 그들은 아직 저를 어린이로 보고 있으므로, 틀림없이 저를 놀릴 테니까요."

나는 아무에게도 말하지 않겠다고 굳게 맹세했어. 왜냐하면 그 멋진 남자가 어떤 사람인지 알고 싶어서 견딜 수 없었기 때문이야. 니농은 내가 자기 이야기를 진지하게 듣지 않는다며 고백하기를 망설였어. 그러나 내가 정말로 아무에게도 말하지 않겠다고 명예를 걸고 약속하자 안심하고 안락의자에서 일어서서 내게로 와서는 사랑하는 왕자님의 이름을 내 귀에 대고 몰래 속삭였어.

나는 깜짝 놀라고 말았어. 니농의 상대가 G***라고 하는 기사였기 때문이야. 그는 초등학교 교사 같은 기질과 군악대장 같은 체격을 가진, 지저분하고 도무지 어떻게 할 도리가 없는 짐승에다가 천하에 유례가 없는 난봉꾼이었어. 돼지의 다리와 뾰족한 귀를 갖고 있지 않을 뿐, 사티로스[8]를 꼭 닮은 호색한이었어. 나는 귀여운 니농이 정말로 걱정이 되어 어떻게든 매듭을 지어줘야겠다고 결심했어. 그때 사람들이 들어왔기 때문에 이야기는 거기에서 끝이 났어.

나는 한쪽 구석에 틀어박혀 사태가 더 이상 진전되는 것을 막는 방법을 고민했어. 그토록 연약한 아이가 만일의 경우 그

---

8 그리스 신화에 등장하는 반인반수의 괴물로, 디오니소스와 마찬가지로 주색을 밝힌다. 덥수룩한 머리에 뾰족한 귀, 뿔이 난 이마, 암염소의 다리를 하고 있다.

몹쓸 불량배의 손에 들어가게 되면, 차마 눈뜨고 볼 수 없는 일이 생길 거라고 예상되었기 때문이야.

니농의 엄마는 창녀 같은 여자로, 놀이거리를 제공하고 인사들이 모이는 살롱을 운영하고 있었어. 사람들은 그 집에 모여들어 음탕한 이야기에 흥겨워하고, 그 대가로 상당한 돈을 빼앗기고 있었어. 그 엄마에게 딸은 살아 있는 세례증명서와 같은 것이어서, 나이를 속이는 데 방해가 되었으므로, 제대로 귀여워해주지도 않았어. 게다가 딸은 이제 성장하여, 그녀의 막 피어나는 매력이 엄마와 비교가 되었기 때문에 엄마에게 불리했거든. 엄마는 세월과 남자에 부대껴 원래 모습이 많이 상해 있었어. 아이는 그 때문에 거의 방치되어 있었고, 그 집에 드나드는 불량배의 유혹에도 무방비 상태로 놓여 있었어. 엄마가 딸에 대해서 갖는 관심이란 오직 딸의 젊음을 이용하여 그 미모와 순진함으로 얻게 될 이익을 독차지하는 것뿐이었어. 어쨌든 니농을 기다리고 있는 운명은 이미 분명하게 결정되어 있었어. 나는 그것이 슬펐어. 니농은 틀림없이 더 좋은 운명이 임할 가치가 있는 귀여운 아가씨였기 때문이야. 마치 맑은 물 밑에서 생긴 진주가 잘못되어 불결한 수렁에 빠진 격이었지. 그런 생각이 들자 나는 몹시 충격을 받아, 어떤 희생을 치르더라도 아이를 그 무서운 집에서 구출해야 되겠다고 결심했어.

우선 맨 먼저 해야 할 일은 예의 기사가 사냥감을 뒤쫓는 것을 방해하는 일이었어. 제일 좋은, 간단한 방법은 그 남자에게 싸움을 걸어 결투하는 것이라는 생각이 들었어. 그러나 그것은 여간 힘들지 않았어. 상대가 대단히 겁이 많고 칼을 두려워하기가 천하에 유례가 없는 사나이였기 때문이야.

결국 그에게 자존심을 상하게 하는 말을 실컷 했더니, 그도 마지못해 결투장으로 나올 수밖에 없었지. 나는 그에게 몸가짐을 좀 더 바로 하지 않으면 하인을 시켜 몽둥이로 때려눕혀 버리겠다고 위협했어. 그는 검술에는 꽤 능숙했지만 두려운 나머지 당황하고 있었어. 두서너 번 칼을 맞대자마자 나는 그를 깨끗하게 한 대 쳐주고 그 후 2주일 동안 누워 있지 않으면 안 되게 해주었지. 나로서는 그것으로 충분했어. 별로 죽이고 싶은 마음이 없었고, 후일 교수대에 올라갈 때까지 살려두고 싶었으니까. 그로서는 엄청 감사해야 할 감격적인 배려 아니겠어! 그 나쁜 놈이 붕대에 감겨 병석에 눕고 난 다음, 내가 할 일은 니농에게 집을 나가도록 결심시키는 일뿐이었는데, 그것은 그다지 어려운 일은 아니었어.

니농은 애인이 최근에 보이지 않는 것을 무척 걱정하고 있었기 때문에 나는 스스로 이야기를 꾸며내었지. 남자가 그 무렵 C***에 와 있었던 극단의 여배우와 함께 도망갔다고 했어. 너도 짐작할 수 있다시피, 니농은 화가 단단히 났더군. 그러나 나는 기사가 못생기고 술주정뱅이인 데다가 이제 늙은이라는 둥 입에서 나오는 대로 욕을 하며 니농을 달래고는, 끝으로 나를 애인으로 삼을 생각은 없냐고 물었어. 니농은 내가 더 잘생겼고 옷이 깨끗하니까 그렇게 하겠다고 대답하더라. 그런 천진난만한 말을 진지하게 하는 것을 보고 나는 눈물이 나올 정도로 웃고 말았지. 그리고 그 아이를 치켜세워 우쭐하게 해 주고, 드디어 가출할 결심을 하게 만들었어. 약간의 꽃다발과 거기에 상응하는 키스와 진주 목걸이를 주자 니농이 진심으로 기뻐하는 것을 보고 가슴이 뭉클했어. 그리고 꼬마 여자친구들에게 잘난 체하는 모습을 보자 정말로 웃지 않을 수 없었지.

나는 니농의 몸에 꼭 맞는 멋있고 화려한 시동 복장을 만들어주었어. 여자아이 옷을 입혀 데리고 다닐 수는 없었기 때문이야. 그러려면 나 역시 여자 복장으로 되돌아가지 않으면 안 되는데, 그럴 수는 없었지. 그다음에 니농을 위하여 아주 순하고 타기 쉬운 작은 말을 샀는데, 내가 빨리 달리고 싶을 때 나의 바바리산 준마를 따를 수 있도록 발이 빠른 것을 골랐어. 그리고 니농한테 내가 데리러 갈 테니 현관에 나와 있으라고 말했어. 니농은 내 말대로 반쯤 열린 문 뒤에서 기다리고 있더군. 니농의 집 바로 옆에까지 말을 가까이 대자, 그녀가 곧 달려왔어. 손을 잡아주니까, 내 발끝을 딛고 올라가 훌쩍 말 위로 올라탔어. 니농은 몸이 대단히 가벼운 아이였거든. 나는 말에 박차를 가해 사람이 없는 샛길을 일고여덟 차례 지나 아무에게도 들키지 않고 내 숙소로 돌아올 수 있었어.

나는 니농의 옷을 벗기고 변장을 시켰어. 내가 몸종 대신 여러 가지를 보살펴주자, 처음에는 사양하고 혼자서 입겠다고 하더군. 그러나 나는 그렇게 하면 시간이 많이 걸리는 데다가 이제는 이미 애인끼리이니 절대로 실례될 일은 없으며, 다른 애인들끼리도 모두 그렇게 한다고 타일렀어. 니농은 납득하고, 기꺼이 내가 시키는 대로 했어.

니농의 몸은 정말 반할 정도로 매력적이었어. 어린 소녀답게 조금 여윈 두 팔은 날씬하고 매끈하였고, 부풀어오르기 시작한 가슴은 보통 어른의 가슴과는 비교가 안 될 정도로 멋진 장래를 약속하고 있었어. 그녀는 소녀의 아름다움을 모두 지니고 있는 데다가 성숙한 여자의 매력까지 덧붙여 갖고 있었어. 말하자면 소녀 시대에서 처녀 시대로 옮겨가는 과도기의 아름다운 뉘앙스라고나 할까. 꿈과 같이 도무지 종잡을 수 없는 뉘앙스, 이 달콤한 시절에 아름다움은 희망으로 가득 차고, 하루하루가 사랑의 완성을 위해 새로움을 더하는 법이지.

그녀의 복장은 더할 수 없이 잘 어울렸어. 명랑한 소년의 모습으로 어딘지 모르게 재미있고 우습게 보였어. 새로운 복장을 한 모습을 스스로 볼 수 있게 거울을 내어주자 니농은 깔

깔 웃음을 터뜨리고 말았어. 나는 니농에게 피로에도 기운을 내서 견딜 수 있도록 스페인 포도주에 담근 비스킷을 조금 먹였어.

말은 모두 떠날 채비를 마치고, 안뜰에서 기다리고 있었어. 니농은 제법 침착한 태도로 자기 말에 올라탔어. 나도 다른 말에 올라탄 후 함께 출발했어. 해는 완전히 저물고, 드문드문 보이는 등불도 하나둘씩 꺼지고, 고지식한 C*** 읍내는 여느 시골 읍내에서와 마찬가지로 아홉 시가 울리자 빈틈없이 잠자리에 들 참이었지.

니농이 그다지 능숙한 시종이 아니어서 우리들은 생각만큼 빨리 달리지 못했어. 말이 걸음을 빨리하면, 니농은 정신없이 말갈기에 달라붙어버렸거든. 그런데도 다음 날 아침에는 다른 사람들이 특별한 마차라도 마련하지 않는 한 도저히 뒤쫓아오지 못할 정도로 우리는 멀리 와 있었어. 물론 아무도 쫓아오지 않았지. 또 설사 추격자가 있었다고 하더라도 우리들과는 전혀 다른 방향으로 갔을 거야.

나는 이 작은 미녀가 몹시 사랑스러워졌어. 그리운 그라시오자, 너도 이젠 내 곁에 없고, 나에게는 누군가 또는 무언가 사랑할 존재가 몹시 필요해. 개도, 아이도 좋으니까 실컷 귀여워해주고 싶어 내심 허전했는데 마침 니농이 그 소원을 풀어주었지. 그녀는 내 침대에서 작은 두 팔로 내 몸을 휘감고 자.

그녀는 이제 나의 애인이 되었다고 굳게 믿고, 내가 남자라고 믿어 의심치 않아. 아직 나이가 어리고 천진난만하기 때문에 아무것도 모르고 있지만, 나는 언제까지나 그대로 두고 싶어. 내가 해주는 입맞춤도 그 아이의 환상을 더욱 완벽한 것으로 만들어주었어. 그 아이의 상상은 아직 그 이상으로 발전하지 않았고, 정욕도 다른 것을 생각할 수 있을 정도가 아니야. 그러나 그 점을 니농의 오해라고만 볼 수는 없겠지.

사실 니농하고 나는 내가 남자들하고 다른 것만큼이나 달라. 아무튼 니농은 피부의 색깔이 비쳐 보이는 것 같고, 몸매는 날씬하며 가뿐한 데다가 성격도 얌전하고 고상해서, 여자인 내가 보아도 여자답다는 생각이 들어. 그 아이에 비교하면 나는 마치 장사 같아. 나는 키도 크고 머리도 갈색인데, 니농은 작은 데다가 금발이거든. 니농의 얼굴 모습은 대단히 온순하여 내 얼굴을 한층 강인하고 엄하게 보이게 해. 또 그녀의 목소리는 새가 지저귀는 것같이 아름다운데 내 목소리는 거칠게 들리지. 저런 아이가 남자에게 걸린다면, 산산조각이 나고 말걸. 나는 어느 날 아침 문득 그 아이가 바람에 날아가지는 않을까 하는 걱정에 몸둘 바를 몰랐어. 솜을 채워 넣은 상자에라도 넣어, 목에 걸고 다니고 싶은 심정이야. 나의 다정한 친구여, 너는 그 아이가 얼마나 우아하며 영리한지, 얼마나 달콤하게 애교를 떨며 어리광을 부리는지, 그 가지가지의 귀여운 짓과 사랑스러운 태도를 상상할 수 없을 거야. 정말 그렇게 귀여운 아이는 본 적이 없어. 그런 아이를 그 못된 엄마와 함께 둔다는 것은 정말로 유감스러운 일이야! 나는 이 훌륭한 보배를 탐욕스러운 남자들로부터 빼앗는 데에 심술궂게도 희열을 느꼈어. 나로 말하자면 다른 사람이 이 보배에 접근하는 것을 막는 괴수 그리폰[9]인 셈이야. 그리고 내가 그걸 향락하지 않는 한, 남도 향락하지 못하게 하는 것이지. 세상의 바보들이 나더러 이기주의자라고 떠들어댈지 몰라도 이 생각은 매우 위로가 돼.

나는 그 아이를 가능한 한 오래 지금과 같은 숫처녀 그대로 있게 하고 싶어. 그래서 그 아이가 내 곁에 있는 것이 싫어지거나, 장래의 처지가 확실해질 때까지 옆에 가까이 있게 하려고 마음먹고 있단다.

어린 소년의 옷을 입히고서, 나는 그 아이를 여기저기 온갖 여행에 데리고 다녔어. 그녀는 그런 방랑 생활을 아주 좋아했고, 그 즐거움 때문에 여행의 피로도 거뜬히 참고 견디어냈어. 어딜 가도 사람들은 내 시동의 아름다움을 격찬했고, 그중에는 외관에 속지 않고 실은 여자가 아닌가 하고 의심한 사람도

---

9 몸은 사자이며 머리와 날개는 독수리이고 귀는 말인 상상의 동물. 수염 대신 물고기의 꼬리와 지느러미가 붙어 있다. 라파이오스 산 속의 황금을 지킨다고 알려져 있다.

많이 있었던 것 같아. 그것을 확인해보려고 했던 사람도 몇몇 있었어. 그러나 나는 니농에게 누구하고도 이야기를 못하게 했기 때문에 호기심 많은 사람들은 모두 실망하고 말았지.

나는 그 귀여운 아이한테서 날마다 뭔가 새로운 장점을 발견했기 때문에 점점 더 귀여워하게 되었고, 내가 한 행동에 스스로 감탄했어. 틀림없이 남자들은 그 아이를 가질 자격이 없어. 그토록 아름다운 육체와 영혼이 남자들의 난폭한 욕망과 추잡스러운 타락에 맡겨진다는 것은 정말 애처로운 일이야.

여성만이 그 아이를 소중하게 마음껏 사랑할 수 있어. 다른 관계에서 도저히 나오지 않던 내 성격의 일면이 그 아이와의 관계에서는 완전히 발휘되었어. 대개 남자의 본능으로 여겨지는, 누군가를 보호하고 싶어 하는 욕구 말이야. 만일 나에게 애인이 있고, 그 사람이 나를 보호하는 듯한 태도를 보인다면 나는 몹시 기분이 상할 것 같아. 아무리 남의 보호를 받는 편이 기분 좋다고 해도 나의 자존심은 남에게 베푸는 쪽을 더 좋아하기 때문이야. 따라서 나는 남이 해주면 얼마나 기쁠까 하고 생각했던 배려를 사랑하는 그 아이에게 모두 해줄 수 있다는 것이 대단히 기뻤어. 예를 들면, 나쁜 길에 접어들었을 때에 도와준다든가, 고삐나 등자를 잡아준다든가, 식탁에서 시중을 들어준다든가, 옷을 벗기고 잠자리에 들게 한다든가, 누가 그 아이에게 창피를 주면 감싸준다든가 하는 식으로, 요컨대 정열적이고 세심한 남자가 사랑하는 애인에게 할 만한 모든 일을 베풀었지.

나는 어느새 스스로의 성별을 잃어가고 있었고, 어쩌다 내가 여자라는 사실마저 까맣게 잊을 때가 있었어. 처음에는 내가 입고 있는 옷과 어울리지 않는 일을 무심코 말해버리기도 하였지. 그러나 이제 그런 일은 없어. 내 비밀을 누구보다도 잘 아는 너에게 편지를 쓰면서도, 가끔은 불필요한 남성 형용사를 사용할 정도가 되었거든. 만일 옛날의 치마를 시골집의 서랍에 가서 도로 가져오고 싶은 생각이 든다면—그런 일은 누군가 젊은 미남자를 사랑하지 않는 한 있을 수도 없는 일이지만—이런 습관을 버리는 데 꽤 힘이 들 것 같아. 이번엔 남자로 변장한 여자가 아니라 여자로 변장한 남자로 보일지도 몰라. 실은 나는 남성, 여성, 어느 쪽도 아니야. 나에게는 여자의 바보 같은 온순함이나 두려움이나 소심한 데도 없지만, 그렇다고 해서 남자의 여러 가지 악습이나 불쾌한 방탕이나 난폭한 경향이 있는 것도 아니야. 나는 아직 이름이 없는, 또 다른 제3의 성에 속해 있는 것 같아. 그것이 여느 남성이나 여성보다도 위에 있는지, 밑에 있는지, 혹은 결함이 있는지, 우수한지는 모르겠어. 나는 여성의 육체와 혼을 가지고 있으며 동시에 남성의 정신과 힘도 지니고 있어. 그들 중 어느 하나와 쌍을 이루기에는 양쪽의 성질을 둘 다 너무 많이 갖고 있거나 혹은 너무 없거나 둘 중 하나란다.

아, 그라시오자! 나로서는 남자도 여자도, 어느 한쪽을 완전히 사랑할 수는 없을 거야. 뭔가 충족되지 않은 것이 언제나 내 안에서 불평을 하거든. 애인이든 여자친구이든 내 성격의 한쪽 면에만 응답해줘. 만일 나에게 애인이 있다면, 내 안의 여자다운 부분이 잠깐 동안은 남자다운 부분을 누르겠지. 그러나 그것은 오래가지 않을 테고, 반밖에 만족하지 못할 것 같아. 또 만일에 여자친구가 있다면, 육체적인 쾌락을 원하는 욕구가 방해가 되어 영혼의 청아한 쾌락을 충분히 맛볼 수 없겠지. 그러니 나는 어느 쪽으로 가야 좋을지 모르겠어. 언제까지나 남자와 여자 사이를 헤매고 있을 것 같아.

내 꿈은 이 이중의 본성을 만족시키기 위해서 번갈아가며 남자와 여자가 되는 거야. 오늘은 남자, 내일은 여자, 이런 식으로 말이야. 남자 애인들을 위해서는 번민하는 애정이나 온순하고 헌신적인 태도, 부드러운 애무, 외로운 듯이 내쉬는 한숨 등 내 성격 중 고양이나 여자에게 어울리는 모든 것을 바칠 생각이야. 그리고 사랑하는 여자들에게 나는 활동적이고, 대담하고 열정적이며, 당당한 태도로 모자를 옆으로 쓰고, 허세를 부리는 모험가와 같은 태도를 취할 거야. 그렇게 하면, 내 성격은 완전히 발휘되고 나무랄 데 없이 행복해지겠지. 왜냐하면 진정한 행복이란 모든 방면에서 자유롭게 자신을 발휘하고, 자기가 될 수 있는 무엇이든 되어보는 것이니까. 그러나 그것은 도저히 불가능한 일이며, 꿈도 꾸어선 안 되겠지.

나는 성향에 변화를 주고 영혼에 가득 차 넘치는 막연한 애정을 누군가에게 돌리려고 어린 니농을 데려왔어. 니농은 말하자면 사랑에 대한 내 욕망의 배출구였지. 그러나 나는 그 아이에 대한 내 진한 애정에도 불구하고, 바로 깨닫게 되었어. 그 아이가 얼마나 큰 공허를, 끝없는 심연을 내 마음에 가져왔는가를, 그 아이의 상냥한 애무도 전혀 나를 만족시키지 못한다는 것을……! 그래서 나는 애인을 만들기로 결심했어. 그러나 불쾌한 느낌을 주지 않는 남자를 만나지 못한 채로 긴 세월이 덧없이 지나가고 말았어.

참, 말하는 것을 잊고 있었는데, 로제트는 나의 거처를 끝내 알아내고 만나러 와주었으면 좋겠다는 간곡한 편지를 보내왔어. 도저히 거절할 수 없어서, 그녀가 살고 있는 시골의 별장으로 만나러 갔어. 그리고 그 후에도 몇 번 갔었고, 바로 얼마 전에도 다녀왔어. 로제트는 내 애인이 될 수 없었던 것에 절망하고, 사교계의 어지러운 생활과 건전하지 못한 쾌락에 빠져 있었어. 상냥한 마음을 지니고서 신심이 깊지 못한 사람은 첫사랑에 실패하면 흔히 그렇게 되는 법이지. 그 짧은 기간 동안에 그녀에겐 여러 가지 연애사건이 일어났고, 그녀를 정복한 남자들도 수없이 많았어. 아무도 나와 같은 거절의 이유를 갖고 있지는 않았을 테니까.

내가 찾아갔을 때, 그는 달베르라고 하는 청년과 함께 살고 있었어. 그 사람이 그 무렵 그녀에게 열중하고 있던 애인이었어. 그런데 내가 그 청년에게 특별한 인상을 주었나 봐. 그는 처음부터 나에게 적극적인 우정을 보여왔어.

그 사람은 대단히 정중하게 로제트를 대하고 제법 상냥한 태도를 취하고 있었지만, 실은 로제트를 사랑하고 있지 않았어. 그러나 그것은 쾌락에 싫증이 났다든가, 로제트가 싫어졌기 때문은 아니었고, 옳든 그르든 그 사람이 사랑과 미에 대해 품고 있는 어떤 사상에 로제트가 일치하지 않았기 때문이었어. 두 사람 사이에는 이상의 구름이 끼어 있어서, 그들이 당연히 얻을 수 있는 행복을 가로막고 있었어. 그가 스스로의 꿈을 실현하지 못해 다른 것을 찾고 있다는 사실은 한눈에도 분명히 알 수 있었어. 그러나 그는 그것을 찾으려고 하지 않았고 자기를 묶은 사슬에 온순하게 이어져 있었어. 그의 영혼은 대개의 남자들보다 좀 더 섬세하고 고상했으며 그 마음은 정신만큼 타락하지 않았어. 그리고 로제트가 여러 남자와 관계하고 방탕한 짓을 하면서도 사실은 오직 나만을 사랑하고 지금도 그렇다는 사실을 모르고 있었기 때문에, 자기가 로제트를 사랑하지 않는 것을 눈치채게 해서 그녀를 슬프게 할까 봐 걱정하고 있었어. 그 때문에 차마 로제트를 버릴 수 없어서 기특하게도 자기를 희생하고 있었어.

그는 내 모습이 특별히 마음에 들었던 모양이야. 그것은 그 사람이 외모를 극단적으로 중요시하기 때문이야. 그래서 내가 남자 복장을 하고, 무시무시한 칼을 허리에 차고 있는데도 불구하고 결국 나를 사랑하게 되었어. 솔직히 말하면 나는 그 예리한 관찰력에 감사했고, 아무도 알 수 없도록 변장한 모습 아래 숨겨진 나의 진실한 가치를 인정해준 데에 경의마저 품었지. 처음에 그는 나에 대한 애정을, 사실은 그렇지도 않은데, 마치 도리에 어긋나는 것으로 생각하고 있었어. 그 때문에 번민하는 모습을 보고 나는 속으로 웃었지. 가끔 그는 이상하게 놀란 얼굴을 하고 말을 걸어오는 일도 있었는데, 나는 마음속으로 우스워 견딜 수가 없었단다. 그 사람은 나에게 끌리는 자연의 법칙을, 마치 거역할 수 없는 악마의 충동으로 생각하고 있었던 거야.

그런 경우, 그 사람은 열정적으로 로제트에게 매달려 정당한 사랑의 관습으로 돌아가고자 안간힘을 쓰더라. 그러나 그 다음에 전보다 더욱더 확고한 이유를 갖고 나에게 돌아오는 것이었어. 그러다가 내가 여자일지도 모른다는 생각이 구원의 빛처럼 슬쩍 그에게 떠올랐나 봐. 그는 그것을 확인하기 위하여, 세심한 주의를 기울여 나를 자세히 관찰하고 연구하기 시작했지. 그 사람은 내 머리카락 하나하나까지도 자세히 알고 있고, 눈꺼풀에 속눈썹이 몇 개 달려 있는지까지 정확하게 알고 있을걸. 내 발이나 손, 목과 뺨, 입가의 희미한 솜털 등 모든 것을 검토하고, 비교하고, 분석하더군. 이렇게 예술가로서의 소질이 연인의 열망을 도운 탐색 결과, 내가 틀림없이 확실한 여자이며, 게다가 그 사람의 이상형이며, 미의 정형이고, 그가 꿈꾸어오던 실체라는 사실이 날씨가 좋은 날의 태양처럼 분명하게 밝혀졌어. 굉장한 발견이 아니겠어!

이제 내게 남은 일이란 감격하면서, 나의 성을 완전히 확인시켜주기 위해 애인으로서 최후의 선물을 증정하는 것이었지. 그 무렵, 우리들은 함께 어떤 연극을 하게 되었는데, 그 연극에서 나는 여자로 분장하였고, 이것을 계기로 그 사람은 결심을 굳힌 것 같아. 나는 애매모호한 눈빛을 그 사람에게 보내었고, 우리들의 입장과 유사한 대목을 연기하면서 그 사람을 북돋우고 심정을 고백하게 했어. 그 이유는, 내가 그 사람을 열렬히 사랑하는 것까지는 아니더라도 짝사랑으로 바짝 말라버리게 놓아두기에는 아까울 정도로 호감을 갖게 되었기 때문이야. 그리고 내가 여자가 아닌가 하고 눈치챈 사람은 그 사람이 처음이니, 그 중대한 사안에 대해 분명하게 밝혀주는 것은 당연한 일이지. 그래서 나는 그에게 한 점 의심의 여지없이 털어놓기로 결심했어.

그 사람은 몇 번이나 내 방으로 찾아왔고, 사랑의 고백이 입술 끝에 맴도는 듯하였지만, 차마 입 밖에 내진 못하더라. 하긴 자기랑 똑같은 옷을 입고 승마구두를 신은 사람에게 사랑을 고백하긴 어렵겠지. 결국 그 사람은 아무리 해도 말을 꺼낼 수 없었기에 핀다로스식의 긴 편지를 내게 보내왔어. 그 편지 안에 내가 더 잘 알고 있는 일이 장황하게 설명되어 있더군.

나는 이제 어떻게 해야 좋을지 모르겠단다. 그 사람의 요구를 받아들여야 하는지, 아니면 거절해야 하는지. 거절하는 편이 정조를 지킨다는 점에 있어서는 지당하겠지. 그러나 거절당한 그는 슬픔에 겨워 시름시름 앓겠지. 도대체 우리들을 사랑해주는 사람까지 불행하게 한다면, 우리들을 미워하고 있는 사람에겐 어떻게 해주어야 좋을까? 어쩌면 호랑이 가죽을 벗고 인간다운 속옷을 보이기 전에 당분간 매정한 태도를 취하면서, 적어도 한 달쯤 기다리게 하는 편이 나을지도 몰라. 그러나 어차피 허락하기로 결심하였으니 우물쭈물하거나 빨리 끝내거나 마찬가지 아닐까? 나는 오늘은 오른손, 내일은 왼손, 그다음에 발, 그다음에는 정강이와 무릎부터 양말 대님까지라는 식으로 조금씩 허락해가는 그 수학적인 저항의 방식이나, 오늘은 여기까지라고 스스로 정한 한계를 조금이라도 넘으면 초인종 끈에 매달리려고 하는, 그 못 말리는 정절은 생각도 하기 싫어. 그리고 처녀다운 두려움의 몸짓을 하고 뒷걸음치며 자기가 넘어져 기댈 소파가 바로 뒤에 있는지 아닌지 때때로 곁눈질로 확인하는, 그 계획적인 루크레티아[10]를 보면 우스워서 쓰러질 지경이야. 나로서는 도저히 그런 신경을 쓸 수 없거든.

적어도 사랑이라는 낱말에 대한 내 나름대로의 해석에 따른다면, 나는 달베르를 사랑하고 있지 않아. 그렇지만 나는 그 사람을 싫어하지 않는 게 확실하고, 서로 마음도 통해. 그 사람의 정신은 바람직하고, 인품도 나쁘지 않아. 내가 이렇게 말할 수 있는 사람은 많지 않거든. 달베르는 내가 원하는 모든 것을 갖추고 있지는 않아도 그중 몇 개는 지니고 있어. 그 사람이 마음에 드는 이유는 다른 남자들같이 덮어놓고 자기 욕망을 채우려고 하지 않기 때문이야. 달베르는 끊임없이 미를 동경하고, 끈기 있게 미를 추구하고 있어. 단지 물질적인 미이긴 하지만, 그것 역시 하나의 고상한 경향이며, 그를 맑은 경지에 머물게 해주는 데에는 충분해. 로제트에 대한 그 사람의 태도를 보면 얼마나 마음이 착한 사람인지 알 수 있는데, 아무나 그럴 수 있는 것은 아니라고 생각해.

게다가 눈 딱 감고 털어놓고 말한다면, 나는 지금 심한 정욕에 사로잡혀 있어. 쾌락을 애타게 그리고 있는데, 당장에라

---

10 고대 로마의 콜라티누스의 부인으로, 목숨을 걸고 정조를 지키는 부도(婦道)의 귀감. 전설에 의하면 당시의 왕 타르퀴니우스의 아들에게 능욕당하고 자살하였다.

도 죽을 것만 같아. 하지만 내가 입고 있는 옷은 여자를 상대로 하는 모든 종류의 연애는 할 수 있어도, 남자의 도전으로부터는 완전히 보호되어 있잖아. 실현할 방법이 없는 쾌락에 대한 관념이 막연하게 내 머릿속에 떠돌면서, 그 진부하고 아무 색조도 없는 꿈이 나를 지치게 만들고 괴롭히고 있어. 극히 정숙한 환경에 있는 여자들도 얼마나 창녀 같은 생활을 하고 있는지! 그런데 나는 우스꽝스럽게도 그것과는 정반대로 무질서한 방탕한 생활과 세기의 내로라할 난봉꾼들에게 둘러싸여 있으면서도, 그 냉정한 디아나처럼 깨끗한 처녀로서 살고 있다니! 머리로는 여러 가지 일을 알고 있는데, 몸이 아무것도 모르고 있는 것은 참으로 비참한 일이야. 육체가 마음 앞에서 자존심을 내세우는 따위의 일을 하지 않기 위해서, 육체도 마찬가지로 더럽히고 싶어. 설령 그것이 마시거나 먹거나 하는 이상의 더러움이라도. 하긴, 그럼 좀 어때. 요컨대 나는 남자를, 그리고 남자가 주는 쾌락을 알고 싶어. 달베르는 변장 아래 숨어 있는 나를 알아보았으므로 그 통찰력에 포상을 주는 것은 당연해. 그 사람은 내가 여자라고 추측한 최초의 남자니까, 그 추측이 옳았다는 것을 당당하게 증명해줄 거야. 그 사람의 사랑을 언제까지나 불순한 것으로 믿게 하는 것은 너무 몰인정한 처사야.

따라서 나는 내 의혹을 풀어주고, 사랑의 제1장을 가르쳐줄 사람을 달베르로 결정했어. 나머지는 사태를 매우 시적으로 진행시켜가는 일뿐이야. 나는 당분간 그 편지에 답장을 하지 않고, 태연한 얼굴을 하고 있을 작정이야. 그리고 달베르가 분개하고 슬퍼하며 신들을 저주하고 세상을 욕하며, 우물이 투신자살을 할 수 있을 정도로 깊은지 아닌지 들여다보게 될 때쯤, 『당나귀의 가죽』[11]의 공주님같이 복도 구석으로 가서, 그때 입었던 원피스, 말하자면, 로잘린드의 의상으로 갈아입을 작정이야. 내겐 지금 여자 옷이 별로 없거든. 그리고 깊이 파인 레이스 옷깃 사이로 앞가슴을 벌리고, 보통 때는 조심스럽게 감추고 있던 곳을 일부러 자랑스럽게 내보이며 꼬리 벌린 공작처럼 아름다운 옷으로 화려하게 차려입고 그 사람 방으로 갈 거야. 그리고 가능한 한 몹시 감동한 어조로 말할 거야.

"아. 통찰력이 대단한 님이시여, 몹시 슬퍼하고 계시네요!

---

11 프랑스 동화작가 페로의 작품. 옛날에 금화를 토해내는 당나귀를 가진 왕이 살고 있었는데, 어느 날 왕비가 병에 걸려 죽게 된다. 왕은 왕비에게 그녀와 같이 나무랄 데가 없는 공주와 만나지 않는 한 결코 재혼을 하지 않겠다고 약속한다. 그러나 그 조건에 들어맞는 여자는 그의 딸 이외에는 없었다. 그러자 딸은 아버지와 불륜의 관계를 맺는 것을 두려워하여, 아버지에게 여러 가지 어려운 결혼선물을 요구한다. 그중에는 금화를 토해내는 당나귀 가죽을 달라는 요구도 있었다. 그러나 아버지가 모든 요구를 들어주자, 딸은 당나귀 가죽을 뒤집어쓰고 이웃나라로 도망을 간다. 그리고 이웃나라의 왕자가 첫눈에 반하여 결국 경사스럽게 결혼한다. 여기에서는 당나귀 가죽을 쓰고 변장한 후 다시 공주의 모습으로 변하는 부분을 풍자하고 있다.

저는 정말 젊고 순결한 처녀랍니다. 게다가 당신을 진심으로 사모하고 당신과 저를 즐겁게 해주는 일밖에 아무것도 생각하고 있지 않답니다. 자아, 이 모습이 마음에 드시는지 살펴보세요. 그리고 아직 뭔가 미심쩍은 것이 있으시면, 손을 대 보셔도 좋아요. 사양하실 필요는 없어요. 아무쪼록 뜻대로 하세요."

이렇게 훌륭한 말을 끝낸 후, 나는 반쯤 의식을 잃은 모습으로 그 사람의 팔에 요염하게 안겨 아양 떨며 애조를 띤 한숨을 쉬면서 능숙하게 원피스의 단추를 끄르고, 벗어서는 안 되는 것만 남겨놓은 채, 결국 반나체가 될 거야. 거기부터는 달베르가 해주겠지. 이튿날 아침, 그렇게 오랫동안 내 머릿속을 괴롭혔던, 그 굉장한 일에 대하여 만족할 수 있기를 바라. 적어도 스스로의 호기심을 충족시킨 동시에 한 남자를 행복하게 해주었다는 기쁨을 얻겠지.

그리고 또 같은 의상으로 로제트를 방문하고, 그녀의 사랑에 응하지 않았던 까닭은 내가 냉담했던 것도, 또 그녀를 싫어하고 있던 것도 아니라는 사실을 밝히겠어. 그녀로부터 언제까지나 그런 식으로 오해받고 있기는 싫어. 그녀에게도 달베르와 마찬가지로 내 정체를 폭로하고 기분을 새롭게 할 필요가 있어. 그렇게 되면 그녀는 어떤 얼굴을 할까? 그녀의 자존심은 그것으로 위로를 받을 테고, 사랑은 슬퍼하겠지.

안녕, 아름답고 다정한 친구여. 쾌락이 그것을 가져다주는 남자들과 마찬가지로 하찮은 것으로 보이지 않도록, 자비로우신 하느님께 기도해줘. 이 편지에서는 내가 처음부터 끝까지 농담만 말했지만, 내가 시도해보려고 하는 것은 참으로 중대한 일이며, 앞으로 남은 내 인생이 좌우되는 것이야.

16

달베르가 테오도르의 탁자 위에 연애편지를 놓고 나간 지, 이제 2주일이 넘었다. 그러나 테오도르의 태도에는 전혀 달라진 데가 보이지 않았다. 달베르는 그 침묵의 이유를 어디에서 찾아야 좋을지 몰랐다. 테오도르는 그 편지를 보지 못했단 말인가. 불쌍한 달베르는 편지를 누군가가 훔쳐갔든지, 어딘가에 떨어뜨렸는지도 모른다고 생각하였다. 그러나 테오도르가 바로 방에 들어갔으므로 그런 일은 있을 수 없었다. 게다가 금방 눈에 띄게끔 탁자 한가운데 놓고 간 커다란 종잇조각을 테오도르가 알아보지 못했다고는 도저히 상상할 수 없다.

아니면 혹시 테오도르가 정말로 남자이며 달베르가 상상하였던 것처럼 여자가 아니란 말인가? 아니 또 여자라고 하면, 분명히 달베르를 싫어하거나 몹시 경멸하는 까닭에 답장을 보내는 것조차 귀찮다고 내버려두고 있는 것일까? 가엾은 청년은 우리처럼, 아름다운 모팽 양의 절친한 친구, 그라시오자의 서류함을 뒤져볼 권리가 없었기 때문에, 이 중대한 질문의 어느 것에 대해서든 긍정도 부정도 할 수 없었다. 그래서 그는 극심한 불안 속에 하염없이 날만 보내고 있었다.

어느 날 밤, 그는 자기 방에서 슬픈 듯이 이마를 유리창에 기대고, 이미 잎이 떨어져 불그스름한 갈색 줄기가 드러난 뜰의 마로니에나무를 멍하게 바라보고 있었다. 먼 곳은 짙은 안개로 둘러싸이고 밤의 장막은 검정이라기보다는 오히려 회색을 하고 내려와, 비로드의 발을 조심스럽게 나무 꼭대기에 걸치고 있었다. 커다란 백조가 저녁 안개 자욱한 강물 속으로 요염하게 목과 어깨를 되풀이하여 담그고 있었는데, 그 흰색은 마치 커다란 눈덩어리처럼 어둠 속에서 선명하였다. 그것은 음침한 풍경에 조금이나마 생기를 곁들여주는 살아 있는 유일한 것이었다.

어두운 안개가 자욱하게 낀 가을 오후 다섯 시, 제법 강한 북풍을 배경음악으로, 잎이 떨어진 수풀의 해골 같은 나무들을 바라보며 실의에 빠진 달베르의 슬픔은 비할 바 없이 컸다.

그는 강에 몸을 던지려고까지 하였다. 그러나 물은 매우 어둡고 차 보여 백조를 모범으로 따르려는 마음이 별로 일어나지 않았다. 머리를 쏘아버리자니 총도 화약도 가지고 있지 않았다. 만일 가지고 있었다면, 유감천만이었다. 새 애인을 만들어 두 여자를 소유하는 것도 한심스럽기 짝이 없는 일이었다! 그러나 그는 자기에게 어울리든 어울리지 않든, 아무도 아는 여자가 없었다. 그는 절망한 나머지, 예전에 하인을 시켜 채찍으로 내쫓게 한, 그 참을 수 없는 여자들과의 관계를 부활시켜 볼까 하는 생각을 하였다. 그리고 마지막으로 더 무서운 생각이 떠올랐다. ……두 번째 편지를 쓰는 것이다.

아, 넋두리에도 한도가 있다!

거기까지 생각했을 때 그는 어깨에 누군가의 손이 마치 종려나무에 앉는 작은 비둘기처럼 부드럽게 놓이는 것을 느꼈다. 이 비유는 달베르의 어깨가 종려나무와 닮지 않았다는 점에서 조금 짝이 맞지 않는 감이 있으나 그런 일은 어쨌든 좋다. 순수한 동양적인 취미로 간주하고 그대로 두기로 한다.

그 손은 하나의 팔과 연결되었고, 팔은 하나의 몸통의 일부를 이루는 어깨에 이어졌고, 그 몸은 테오도르-로잘린드, 도비니 양, 본명으로 말하자면 마들렌 드 모팽, 바로 그녀였다.

놀란 것은 누군가? 나도 여러분도 아니다. 우리는 훨씬 전부터 이 방문을 준비해오고 있었으니까. 놀란 사람은 그녀가 나타나리라고 상상도 못한 달베르였다. 그는 "오!"와 "아!"의 중간쯤의 외마디 소리를 질렀다. 그러나 나는 그것이 "오!"보다는 "아!"에 가깝다고 할 만한 확실한 이유를 갖고 있다.

그것은 바로 로잘린드로, 그녀의 아름다움은 너무도 찬란하여 방의 구석구석까지 눈부시게 빛났다. 머리의 진주 장식, 무지개 빛깔로 빛나는 드레스, 커다란 레이스의 소매, 뒷굽이 빨간 신발, 공작 깃털의 부채, 이 모두가 연극 때의 분장 그대로였다. 단 하나, 중요한 결정적인 다른 점은 옷깃의 장식도, 가슴받이도, 주름 옷깃도 모두 그 아름다운 두 개의 유방을 감추는 장치가 없었다는 점이다.

완전히 드러난 희고 투명하며 청순하고 우아한 가슴이 마치 고대의 대리석상과 같이 목이 깊게 파인 블라우스 밖으로 대담하게 노출되어 키스를 도발하는 듯하였다. 이것만으로도 심히 안심이다. 그러므로 달베르도 곧 안심하고는 만감이 교차하는 감동에 젖었다.

"자! 올랜도, 당신의 로잘린드를 몰라보시겠어요?" 하고 그녀는 각별한 미소를 띠면서 말하였다. "아니면 당신의 사랑을 소네트와 함께 아르덴 숲 어딘가의 덤불에 걸어놓고 오셨나요? 무척 열심히 약을 구하고 계셨는데, 편찮으신 데는 이제 다 나으셨는지요? 정말 걱정이 되네요."

"아니요! 로잘린드 양, 병은 더해갈 뿐이오. 그야말로 단말마의 고통인데, 당장에라도 죽을 것 같소!"

"죽을 것 같은 분으로서는 상태가 과히 나쁘지 않은데요.

건강한 사람도 그렇게 좋은 안색을 하고 있지는 않은걸요."

"이번 일주일간의 고통이란! 당신은 상상조차 하실 수 없을 거요, 로잘린드 양. 그 대신 저 세상에 가면, 연옥의 고통을 천 년쯤 감할 수 있지 않을까 희망하고 있어요. 그러나 실례되는 말씀입니다만, 왜 좀 더 빨리 답을 주시지 않았소?"

"왜냐고요? 저도 모르겠어요. 단지 그럴 만한 이유가 있었어요. 그렇지만 그 이유는 당신이 납득하실 수 없을지도 몰라요. 여기 하찮은 이유가 세 개 있으니 골라보세요. 첫째로 당신은 당신의 정열에만 너무 사로잡혀 제가 뜻을 이해하도록 쉽게 쓰는 것을 잊으셨기 때문에, 편지의 뜻을 헤아리는 데 일주일 이상 걸리고 말았어요. 다음에 저는 수줍음을 잘 타기 때문에 바쿠스라 불리는 시인을 애인으로 삼을 결심이 좀처럼 들지 않았어요. 그리고 또 하나는 혹시 당신이 총으로 머리를 쏘지는 않을까, 아편이 든 독약을 마시지는 않을까, 또 양말 대님으로 목을 매지는 않을까 하고 기다리고 있었어요. 그것뿐이에요."

"심술궂게 비꼬길 좋아하시는군요! 하지만 오늘 와주신 것은 정말 잘하신 일입니다. 내일이면 없어졌을지도 모르니까요."

"어머나! 미안해요! 그렇게 슬픈 표정을 짓지 마셔요. 저까지 눈시울이 뜨거워지네요. 그러시면, 노아의 방주에 탄 어느 동물보다도 제가 더 못나게 여겨지는걸요. 제가 한번 눈물의 둑을 터뜨리면 당신쯤은 어딘가에 떠내려가고 말 거예요. 정말이에요. 조금 전에는 당신이 듣기에 불쾌한 이유를 세 가지 말씀드렸지만, 이제는 기분 좋은 입맞춤을 세 번 해드릴게요. 조금 전에 말씀드린 이유를 키스와 상쇄하는 조건으로 받아주시겠어요? 제가 훨씬 이익인 것 같네요."

이 말을 하며 미모의 공주님은 애처로워하는 애인 쪽으로 다가가서 아름다운 두 팔로 남자의 목을 끌어안았다. 달베르는 정성을 다하여 양 뺨과 입에 키스하였다. 마지막 키스는 훨씬 오래갔고, 족히 네 번의 키스와 맞먹는 것이었다. 로잘린드는 자기가 지금까지 해온 것은 전적으로 어린애 짓에 지나지 않는 것임을 알았다. 그녀는 빚을 갚은 후, 아직 흥분하고 있는 달베르의 무릎에 걸터앉아, 남자의 머리를 만지작거리면서 말하였다.

"저의 다정하신 님이시여, 저의 몰인정은 이제 이것으로 끝이에요. 저는 지난 이 주일 동안에 타고난 짓궂음을 충분히 만족시켰어요. 저도 길다고 생각했어요. 이런 일을 숨김없이 말씀드린다고 우쭐하진 마세요. 하지만 정말이에요. 이제 저는 당신의 손아귀에 있으니까 지금까지 섭섭하셨던 점에 대해 마음대로 복수하세요. 당신이 바보라면 이런 말씀은 드리지도 않을 거예요. 다른 일에 대해서도 말씀드리지 않겠죠. 저는 바보는 싫어요. 저는 당신의 무례에 대해서 몹시 화가 난 척해서 당신으로 하여금 순정의 한숨이나 세련된 넋두리를 하여 저에게 용서를 빌게 할 수도 있었어요. 아니면 다른 여자들처럼 오랫동안 당신을 약올리며, 이렇게 자유롭게 한 번에 드리고 말 것을 조금씩 잘라서 드릴 수도 있었겠지요. 그러나 그렇게 해봤자, 당신한테 머리카락 하나만큼도 더 사랑받을 수 있다고 생각되지 않아요. 저는 영원한 사랑의 맹세나 과장된 항의는 바라지 않아요. 마음이 내키는 동안만 사랑해주세요. 저도 그렇게 할 테니까요. 저를 사랑하시지 않게 되어도 배신자나 비열한 사람이라고 하지는 않겠어요. 그러니까 제가 먼저 갈라서게 된다고 하더라도 그와 같은 나쁜 욕은 하지 말아주세요. 단지 당신을 사랑하는 것을 그만둔 한 여자일 뿐, 그 외의 아무것도 아니니까요. 하룻밤이나 이틀 밤 함께 잤다고 해서 한평생 서로 미워할 필요는 없잖아요. 무슨 일이 일어나도, 또 운명이 저를 어디로 밀든 간에, 언제까지나 당신을 그리워할 것이며, 제가 설령 더 이상 당신의 애인이 아니더라도 지금까지 당신의 친구였던 것처럼 좋은 여자친구로 남아 있을 것을 맹세해요. 이런 약속이라면 지킬 수 있어요. 저는 오늘 밤 당신을 위하여 남자의 옷을 벗었어요. 하지만 내일 아침에는 다시 모든 사람을 위하여 그 옷을 입을 거예요. 저는 밤에만 로잘린드이며 낮에는 테오도르 드 세란이고,

그럴 수밖에 없음을 양해해주세요……."

그녀가 계속하려던 말은 키스에 밀려 사라져버렸고, 키스는 다음에서 다음으로 한없이 반복되었다. 그 횟수는 셀 수도 없었지만 우리들도 꼬치꼬치 캐는 것은 그만두기로 한다. 어느 종류의 사람들에게 있어서는 좀 장황해지고 부도덕한 일인지도 모르니까. 왜냐하면 우리들로 말하자면, 두 사람이 모두 젊고 아름다울 때 남자와 여자의 포옹처럼 도덕적이며 신성한 것은 하늘 아래 없다고 믿기 때문이다.

달베르의 갈망은 점점 더 자상하고 열렬해졌으나 테오도르의 아름다운 얼굴은 화려하게 빛나는 대신 짐짓 점잔 빼는 애수의 표정을 보이기 시작했다. 그래서 연인은 좀 불안해졌다.

"왜 그러십니까, 여왕님? 왜 당신은 바다에서 나온 비너스같이 상냥한 얼굴을 하시지 않고 옛날의 디아나와 같이 조심스럽고 진지한 모습을 하고 계세요?"

"달베르, 그것은 제가 누구보다도 그 사냥의 여신 디아나와 닮았기 때문이에요. 저는 말씀드리자면 길고 불필요하지만, 몇 가지 이유로 아주 어릴 때부터 남장을 하고 있었어요. 저를 여자라고 간파한 사람은 당신뿐이에요. 그리고 제가 얻은 사랑이란 모두 여자로부터 얻은 것이니, 저에게는 정말 쓸모없는 것이며 때로는 곤란한 것들이었어요. 요컨대, 저는 좀 믿어지지 않는 우스운 일이지만, 아직 처녀예요. 히말라야 산맥의 눈과 같이, 엔디미온과 자기 전의 달님과 같이, 하느님의 비둘기를 알기 전의 마리아님과 같이 처녀죠. 또 두 번 다시 돌이킬 수 없는 일을 하려는 모든 사람들과 같이 진지하고요. 제가 이제 하려는 것은 하나의 변신이며 전환이에요. 아가씨라는 이름을 여인이라고 하는 이름으로 바꾸게 되고, 어제 갖고 있던 것이 내일은 제 것이 아니게 되죠. 여태까지 무엇인지 몰랐던 것을 이제부터 배우려고 하고 있어요. 인생이라는 책의 중요한 한 페이지를 넘기려 하고 있어요. 그래서 저는 슬퍼하는 거예요. 달베르, 당신의 탓은 아니에요." 그렇게 말하면서 그녀는 청년의 긴 머리칼을 아름다운 두 손으로 가르며 그 창백한 이마를 부드럽게 주름진 입술로 덮어주었다.

달베르는 그녀가 그런 긴 사연을 상냥하고 엄숙한 어조로 이야기하는 것에 매우 감동하여 두 손을 잡고 하나하나 모든 손가락에 입을 맞추었다. 그다음에 옷의 끈을 솜씨 좋게 풀자, 상의가 열리며 두 개의 새하얀 유방이 멋지게 나타났다. 은처럼 밝게 빛나는 그 유방에는 천국의 장미가 두 송이 피어 있었다. 그는 그 빨간 젖꼭지를 입으로 살짝 물고, 그리고 그 둘레를 혀로 핥았다. 로잘린드는 그가 무슨 짓을 하든 그대로 내버려두었고, 자기가 받은 애무만큼 될 수 있는 대로 정확하게 되돌려주려고 하였다.

"당신 눈에 저는 대단히 서투르고 대단히 차가운 여자로 보일 수 있어요. 하지만 저는 어떻게 처신해야 하는지 모르는걸요. 앞으로 저를 많이 가르쳐주셔야 할 텐데, 정말 힘드실 거예요."

달베르는 아주 간단하게 대답했다. 말하자면 아무 대답도 하지 않았던 것이다. 그는 새로운 기분으로 그녀를 팔에 껴안고 벌거벗은 어깨와 가슴을 키스로 뒤덮었다. 거의 기절할 지경에 이른 공주는 머리카락이 흩어지고 옷은 마술처럼 발밑으로 떨어졌다. 그녀는 새하얀 유령처럼, 비쳐 보이는 슈미즈 한 장으로 서 있었다. 행복으로 황홀해진 연인은 그 앞에 무릎을 꿇고 뒷굽이 빨간 예쁘고 작은 신발을 방 한쪽 구석으로 던졌다. 끝을 자수한 양말도 신발의 뒤를 따랐다.

짐짓 모방의 자세를 지닌 슈미즈도 늦을쏘냐 하고 옷의 뒤를 쫓아갔다. 슈미즈는 아무도 말리지 않는 것을 계기로 우선 어깨에서 미끄러졌다. 그다음에 두 팔을 늘어뜨린 한순간의 틈을 타서 교묘하게 어깨에서 빠져나가 허리까지 내려가 풍만한 엉덩이의 윤곽에 반쯤 걸렸다. 그때 로잘린드는 최후의 보루인 슈미즈의 변심을 눈치채고, 아주 떨어져버리는 것을 막기 위하여 한쪽 무릎을 조금 들었다. 이런 포즈를 취한 그녀의 모습은 대리석의 여신상 그대로였다. 멋진 헝겊은 여신의 매력을 감추는 것을 아쉬워하면서 아름다운 넓적다리를 마지못해 가리고 있었고, 다행스러운 배신으로 본래 감추어야 하는 곳의 바로 아래에 흘러내려와 있었다. 그러나 슈미즈는 대리석으로 되어 있지 않았고, 또 대리석의 주름이 그녀를 지탱하여주지도 않았으므로, 계속 당당히 흘러내려 마침내 완전히 옷 위에 무너져내려 커다란 흰색 사냥개처럼 여주인의 발밑에 둥글게 웅크렸다.

말할 것도 없이 그런 칠칠맞지 못한 처사를 막는, 지극히 간단한 방법이 있다. 흘러내리는 슈미즈를 손으로 막으면 되는 것이다. 그러나 너무도 자연스러운 이 생각이 우리의 수줍은 여주인공에게는 떠오르지 않았다.

그래서 그녀는 실오라기 하나 걸치지 않은 알몸이 되었다. 발밑에 떨어진 옷은 마치 조상의 받침대 같았다. 그리고 달베르가 켠 대리석 램프의 빛은 비쳐 보이는 듯한 신비로운 나체를 더욱 휘황찬란하게 빛나게 하였다.

달베르는 눈이 부셔서 하염없이 그녀를 바라보았다.

"추워요." 그녀는 두 손으로 어깨를 감싸면서 말하였다.

"아! 제발! 일 분만 더!"

로잘린드는 두 손의 깍지를 풀고, 팔걸이의자의 등에 손가락 끝을 짚은 채, 꼼짝 않고 서 있었다. 그리고 물결치는 풍만한 곡선을 두드러지게 하려는 듯이 가볍게 허리를 돌렸다. 그녀는 조금도 부끄러워하는 기색이 없었고 어렴풋이 장미색을 띤 뺨은 더 이상 붉어지지 않았다. 다만 약간 빨라진 심장의 두근거림이 왼쪽 유방의 살결을 조금 떨게 할 뿐이었다.

미에 열광한 젊은이는 그 아름다운 모습을 넋을 잃고 바라보았다. 로잘린드의 아름다움이 얼마나 탁월한지 말해주는 부분은, 이번에는 현실이 꿈을 훨씬 능가하였고 조금도 실망시키지 않았다는 점이다.

그의 눈앞에 서 있는 아름다운 육체에는 모든 것이 종합되어 있었다. 연약함과 힘, 형태와 색채, 전성기의 그리스 조각의 윤곽과 티치아노의 색조, 몇 번씩이나 덧없는 모습을 잡으려고 하였지만 이룰 수 없었던 희미한 환상이 현실의 결정체로 나타나 그의 눈앞에서 떨고 있는 것을 보았다. 그 친구 실비오에게 언젠가 씁쓸하게 푸념한 것처럼, 꽤 잘되어 있는 부분에만 시야를 국한해야 하고, 그것을 벗어나면 불쾌하기 짝이 없는 곳을 보게 된다고 했던 걱정도 이제는 없었다. 그의 눈은 조화를 이룬 단정한 형태를 끊임없이 즐기면서, 머리 꼭대기에서 발끝까지 내려갔다 올라갔다 하였다.

무릎은 놀랄 정도로 깨끗하였고, 발목은 고상하고 가늘었으며, 종아리와 넓적다리는 자랑할 만한 멋진 모양을 갖추었고, 배는 마노처럼 반들거렸고, 허리는 유연하면서도 단단했으며, 가슴은 하늘의 신들도 입을 맞추기 위하여 내려올 정도였고, 팔과 어깨는 말할 수 없이 훌륭하였다. 옛 대가의 그림에서처럼, 가볍게 구불거리는 갈색의 아름다운 머리카락이 하늘하늘 물결치면서 상앗빛의 등을 따라 내려와 흰 피부를 더욱 돋보이게 하였다.

화가로서 만족한 그에게, 다음에는 연인으로서의 정열이 고개를 들기 시작하였다. 아무리 예술을 사랑하는 사람이라도 그저 바라보는 것만으로 오래도록 만족하고 있을 수는 없는 노릇이기 때문이다.

그는 미녀를 팔에 안고 침대로 데리고 갔다. 그리고 자기도 당장 옷을 벗어던지고 그녀 곁으로 뛰어 들어갔다.

아가씨는 그에게 바짝 몸을 붙이고 꽉 껴안았다. 눈처럼 흰 두 개의 젖가슴이 새하얀 눈과 같이 차가워져 있었다. 그 차가운 살은 달베르의 몸을 한층 더 달아오르게 하였고, 그를 점점 더 흥분시켰다. 마침내 미녀의 몸도 남자와 마찬가지로 뜨거워졌다. 그는 미친 듯이 열렬하게 그녀를 애무하였다. 가슴, 어깨, 목, 입, 팔, 발 등 그 아름다운 육체를 한입에 넣고 싶다고 생각하였다. 그녀의 몸과 그의 몸이 하나로 녹아서 섞인 것같이 보일 정도로, 두 사람의 포옹에는 한 치의 빈틈도 없었다. 그는 이 넘치는 매력적인 보배들에 둘러싸여 어떻게 해야 좋을지 몰랐다.

두 사람의 입술은 떼어질 줄을 몰랐다. 로잘린드의 향기 좋은 입술은 달베르의 입술과 하나가 되고 말았다. 그들의 가슴은 팽팽하게 부풀었고, 눈은 절반 정도 감기었다. 팔은 쾌락에 도취되어 상대의 몸을 껴안을 힘도 없었다. 거룩한 순간이 다가왔다. 마지막 장애도 극복되어, 무어라 말할 수 없는 경련이 두 연인의 몸을 떨게 하였다. 호기심이 강한 로잘린드는 지금까지 몹시 궁금해했던 애매한 점을 너무도 확실히 알게 되었다.

그러나 아무리 훌륭한 가르침이더라도, 단 한 번으로는 충분하지 않았기 때문에, 달베르는 두 번, 세 번 되풀이하여 가르쳐주었다. ……그러나 우리는 독자에게 경의를 표하여 수치와 선망을 주지 않도록 이 이상 자세한 설명은 생략하기로 하겠다…….

로잘린드의 호기심의 도움을 받아 달베르가 사랑의 행위를 얼마나 많이 했는지 그 놀랄 만한 숫자를 밝히면 분명 우리의 독자는 연인에게 떨떠름한 표정을 지을 것이다. 그러한 독자께서는 지금까지의 밤 중에서 가장 충만하고 가장 즐거웠던 밤을 상기해주시길……. 오래 살기만 한다면, 설사 십만 일이 넘게 지나갔다고 해도 잊을 수 없는 그 밤의 일을 상기해주시길 바란다. 그리고 그대를 가장 사랑하였던 연인이 사랑의 행위를 몇 번 되풀이하였던가를, 희고 고운 손가락으로 세어보라. 그러면 우리가 이 훌륭한 이야기 속에 생략한 것을 보충할 수 있을 것이다.

로잘린드는 훌륭한 소질을 지니고 있었기 때문에, 그 하룻밤에 장족의 진보를 거둘 수 있었다. 아무리 사소한 일에도 새로운 놀라움을 느끼는 순박한 육체와 어떤 일에도 동요하지 않는 교활한 정신은 매우 자극적이며 놀라운 대조를 이루었다. 달베르는 황홀하고 취한 듯이, 마치 꿈속에 있는 듯한 느낌으로, 그 밤이 헤라클레스를 잉태한 밤처럼 48시간이나 계속되었으면 좋겠다고 생각하였다. 그러나 해 뜰 무렵이 되자, 한없이 이어진 키스와 애무, 자는 시간도 아까운 끈적한 사랑의 고백에도 불구하고 그는 초인적인 노력에 지쳐서 약간의 휴식을 취하지 않으면 안 되었다. 부드럽고 달콤한 졸음이 날개 끝으로 그의 눈을 스치고, 그는 머리를 아름다운 연인의 유방 사이에 떨어뜨린 채 잠이 들었다. 연인은 무언가 슬픈 일을 골똘히 생각하는 모습으로 남자의 자는 얼굴을 바라보고 있었다. 얼마 안 있어, 새벽녘의 하얀 햇살이 커튼을 통하여 쏟아져 들어오자, 그녀는 남자를 살짝 안아 곁에 누이고 자신은 일어나서 가뿐하게 상대의 몸을 넘었다.

그녀는 자기 옷이 있는 곳으로 가서, 서둘러 옷을 입었다. 그다음에 다시 침대 곁으로 돌아와, 아직 자고 있는 달베르 위로 몸을 굽혀 양쪽 눈의 부드럽고 긴 속눈썹 위에 입을 맞추었다. 그러고 나서, 달베르를 뚫어지게 쳐다보면서 뒷걸음질로 방을 나갔다.

그녀는 자기 방으로 되돌아가지 않고 로제트의 방으로 갔다. 거기에서 그녀가 무엇을 이야기하고 무엇을 하였는지 팔방으로 손을 써서 조사해보았으나 알 길이 없었다. 그라시오자를 위시하여 달베르나 실비오의 편지꽂이 안에도, 그 방문에 관한 것은 아무것도 발견되지 않았다. 단지 로제트의 몸종이 다음과 같은 이상한 이야기를 해주었을 뿐이다. 즉 여주인은 그날 밤 연인과 함께 자지 않았는데도 잠자리가 엉망이 되어 있었고, 두 사람의 몸의 흔적이 분명히 나타나 있었다는 것이다. 게다가 그녀는 진주를 두 개 보여주었는데, 그것은 테오도르가 로잘린드 역할을 연기했을 때 머리에 꽂았던 것과 완전히 똑같은 것이었다. 몸종은 그것을 침대 정리를 하면서 발견했다고 한다. 그러한 사실이 무엇을 의미하는가는 현명하신 독자의 상상에 맡기겠다. 거기에서 어떠한 결론을 꺼내건 자유다. 나도 거기에 관해서 여러 가지 억측을 하였으나, 모두 터무니없는 괴상망측한 일일 것이기 때문에, 아무리 신경을 쓴 완곡한 문장을 사용한다고 하더라도 차마 표현할 용기가 없다.

테오도르가 로제트의 방에서 나온 것은 정확히 정오였다. 그는 점심 때도 저녁식사 때도 모습을 나타내지 않았다. 그러나 달베르도, 로제트도 그 점에 대해 전혀 이상하게 생각하지 않는 기색이었다. 테오도르는 그날 밤 일찍 잠자리에 들었다. 그리고 이튿날 아침, 날이 새자마자, 아무에게도 알리지 않은 채 자신과 시동의 말에 안장을 얹고는, 점심에 기다리지 말 것을 하인에게 당부하고, 또 며칠 동안 돌아오지 않을 것이라는 말을 남긴 채 저택을 나갔다.

달베르와 로제트는 몹시 놀랐고, 그 기괴한 실종의 원인이 어디에 있는지 짐작하지 못했다. 특히 달베르는 첫날밤의 쾌거에 고무되어 두 번째 밤도 자신 있다고 확신하던 참이었다. 그 주의 마지막 날에, 불행한 실의에 빠진 연인은 테오도르로부터 한 통의 편지를 받았다. 그것을 다음에 수록하기로 하겠다. 나는 그 편지가 남녀 어느 쪽의 독자도 만족시킬 수 없는 것은 아닌가 하여 걱정이 된다. 그러나 사실, 편지는 보여드리는 바 그대로이기 때문에, 이 훌륭한 소설에서 그 외의 결론을 낼 도리는 없는 것이다.

17

그리운 달베르 씨.

그날 밤 이후로, 제가 이런 일을 저질러서 분명 깜짝 놀라셨겠지요. 그러셔도 무리는 아니라고 생각합니다. 그럴 만한 짓을 했으니까요. 틀림없이 당신은 한 번도 써본 적이 없는—배신자라든가, 변덕쟁이, 나쁜 년 등의—형용사를 적어도 스무 번은 저에게 퍼부었을 텐데, 어떠세요? 그러나 적어도 저를 냉정한 여자라든가 정조를 지키는 여자라고 부르지는 말아주세요. 그만한 이유가 있으니까요. 혹시 저를 원망하고 계시다면, 그것은 잘못이에요. 당신은 저를 원하셨고, 사랑하셨고, 저는 당신의 이상이었잖아요. 무척 기쁜 일이었죠. 그래서 저는 당신이 원하시는 것을 즉시 드렸어요. 더 빨리 말씀하셨다면 더 빨리 드렸을 거예요. 이 세상의 누구도 흉내 낼 수 없을 정도로 즐겁게, 당신의 꿈을 위해 제 몸을 빌려드렸어요. 당신에게 드린 것은 이제 두 번 다시 아무에게도 주지 않을 작정이에요. 제가 그러리라고 당신은 생각도 못하셨을 테니 분명히 깜짝 놀라시겠죠. 저에게 무척 고마워하셔야 할 거예요. 이제 당신을 만족시켜드렸으니, 저는 떠나고 싶어요. 이게 그토록 이상한 일인가요?

당신은 밤새도록 저를 온전히 가지셨어요. 더 이상 무엇을 원하세요? 다음 날 밤, 또 그다음 날 밤을 원하시겠죠. 필요에 따라 대낮에도 원하실 테고. 저에게 싫증이 날 때까지 계속하시겠지요. 이렇게 말씀드리면, 친절하게도 싫증이 날 여자가 아니라고 외치시는 소리가 여기까지 들려오는 것 같네요. 맙소사! 저도 다른 여자와 똑같은 여자예요.

그런 관계는 여섯 달이나 2년, 어쩌면 10년 정도 가겠죠. 그러나 어떤 일이라도 언젠가는 끝나게 마련이에요. 일종의 의무감 때문에, 혹은 저에게 그만 물러나라는 말을 할 용기가 없어서 저를 떠안고 계시게 될 거예요. 그렇게 되는 것을 기다릴 필요가 있을까요?

그뿐 아니라, 제 쪽에서도 당신을 사랑하지 않게 될지도 몰라요. 제 눈에는 당신이 매력적으로 보이지만, 매일 만나면 나중에는 싫어지지 않는다는 보장이 없죠. 이런 생각을 하다니

용서하세요. 그러나 함께 스스럼없는 생활을 하다 보면 당신의 흐트러진 모습을 보게 될 테고, 살림을 꾸려나가다 보면 우습고 익살스러운 모습도 보게 되겠지요. 그리고 매사에 제 마음을 사로잡았던 소설 같은 신비한 일면을 잃으실 테고, 성격도 더 잘 알게 되면 지금처럼 그렇게 신기하게 보이지는 않을 거예요. 그리고 언제나 당신을 제 곁에 두고 있다 보면, 마치 책장 안에 꽂힌 책을 열어보지 않는 것처럼 당신에 대해 그다지 신경 쓰지 않게 되겠지요. 당신의 얼굴도, 마음도, 지금처럼 아름답게 보이지 않을 거예요. 입고 있는 의복이 어울리지 않고, 양말은 구겨져 있는 게 보이게 되겠죠. 그렇게 하찮은 환멸을 수없이 느끼다 보면, 이상하게 불쾌해져서 결국 이런 생각을 하게 될 거예요. '결론적으로 이 사람에게는 마음도 혼도 없어. 나는 연인에게 충분히 이해받지 못할 운명을 타고났나 봐'라고 말이에요.

당신은 저를 열렬히 사랑해주셨고, 저는 그 애정을 갚아드렸어요. 당신은 저를 조금도 비난하실 이유가 없고, 저 역시 당신에게 불평할 이유가 없어요. 저는 우리가 사랑하고 있는 동안, 완전히 당신에게 충실했어요. 전 아무것도 속인 것이 없어요. 가슴을 부풀리지도 않았고 정숙한 체하지도 않았어요. 당신은 고맙게도 저의 아름다움이 상상 이상이라고 말씀해주셨지요. 당신은 제가 당신에게 드린 아름다움 대신, 저에게 크나큰 쾌락을 맛보게 해주셨어요. 그러니까 우리들은 서로 빚진 게 없어요. 저는 저의 길을 갈 테니 당신은 당신의 길을 가세요. 언젠가는 지구 반대편에서 만날지도 모르죠. 그걸 희망하면서 살아가도록 해요.

당신은 제가 이렇게 당신 곁을 떠나는 것을 보고, 당신을 사랑하지 않는다고 생각하시겠죠. 이 편지를 다 읽으시다 보면, 이유를 아시게 될 거예요. 만일 당신을 이토록 소중하게 여기지 않는다면, 당신 곁에 남아서 아무 맛도 없는 음료의 찌꺼기까지 따랐을 거예요. 그렇게 되면, 당신의 애정은 곧 싫증나서 죽어버릴 거예요. 얼마 후, 저를 완전히 잊어버리고 지금까지 당신이 정복한 여자들의 이름 사이에서 제 이름을 보시게 되어도, "글쎄 이게 누구였더라?" 하고 묻게 되실 거예요. 적어도 제가 기쁘게 생각하는 것은 당신이 다른 여자보다는 저를 틀림없이 오래 생각해주실 거라는 점이에요. 당신의 충족되지 못한 욕망이 저에게 날아오기 위하여 여전히 날개를 펴고 계시겠지요. 저는 당신에게 언제나 이상적인 여자이며, 종잡을 수 없는 공상은 즐겨 저를 원하시겠지요. 앞으로 만나는 여자들과의 잠자리에서 저와 지냈던 비교할 수 없는 그날 밤의 일을 가끔 생각해주세요.

당신은 행복했던 그날 밤만큼 마음에 드시는 밤을 찾지 못할 거예요. 설사 찾는다 하더라도, 역시 그 밤보다는 못할 게 틀림없어요. 사랑도 시와 마찬가지로 같은 곳에 머무는 것은 후퇴하는 것과 다름이 없으니까요. 이 느낌을 마음속에 잘 간직해두시면 뭔가 도움이 될 거예요.

당신 덕분에 저의 앞으로의 연인들은(만약 다른 연인을 갖는다고 하면) 저를 만족시키기 힘들겠지요. 아무도 당신의 추억을 제 마음에서 지울 수는 없을 거예요. 알렉산더 대왕의 후계자 격이죠.

만약 저를 잃은 슬픔에 견딜 수 없으시면, 이 편지를 태워 버리세요. 그렇게 하시면 저를 연인으로 삼았다는 유일한 증거가 없어지고, 단지 아름다운 꿈을 꾼 거라고 믿게 되실 거예요. 누가 그렇게 하는 것을 막겠어요? 환상은 날이 새기 전에 사라져 없어졌어요. 꿈이 뿔이나 상아의 문을 지나서 각자의 집으로 돌아가는 시간에 말이죠. 얼마나 많은 사람들이 자기가 꿈꾸는 환상의 여인에게 입 한 번 맞추어보지 못한 채, 당신보다 불행하게 살다 죽어갔을까요?

저는 변덕쟁이도 미친 여자도 아니며, 내숭을 떠는 여자도 아니에요. 제가 하는 일은 깊이 심사숙고한 후 내린 결정이에요. C***에서 멀리 떠난 것은 당신 가슴의 불길을 더욱더 부채질하려고 하는, 교태나 타산에 의한 것이 아니에요. 그러니까 저의 뒤를 쫓거나, 찾으려 하지 마세요. 찾으실 수 없을 거예요. 저는 당신에게 행방을 감추기 위해 만전을 기하고 있어요. 언제까지나 당신은 저에게 새로운 감각의 세계를 열어주신 분으로 남아 있을 거예요. 어떤 여자도 그런 일은 손쉽게 잊을 수 없겠죠. 만나지는 못해도, 저는 당신이 곁에 있는 것보다 훨씬 자주, 당신을 생각할 거예요.

불쌍한 로제트 양을 되도록 많이 위로해주세요. 그녀도, 당신과 마찬가지로 저의 출발을 화내고 있을 테니까요. 두 분 모두 저를 사랑해주셨는데, 저를 추억하며 두 분이 서로 사랑하시면 좋겠어요. 그리고, 가끔 두 분의 입맞춤 사이에 제 이름도 불러주세요.

우리가 이 시대에 살고 있음을 무척 다행으로 여기는 이 영광스러운 시대에 가장 웃기는 일 중의 하나는 두말할 필요도 없이 모든 신문에 의해 도모되고 있는 미덕의 명예 회복으로, 이는 그 신문의 색깔에 관계없이 즉 빨강이든 초록이든 혹은 프랑스 삼색기의 색깔이든 상관없이 이루어지는 일이다.

미덕은 분명 존중되어야 마땅하고 우리는 신에게 맹세코 그 미덕을 잃어버리길 바라지는 않는다. 선량하고 위엄 있는 여자! 안경 너머로 눈이 초롱초롱 빛나고 양말은 구겨지지 않았고, 금으로 도금된 담배케이스에서 더할 나위 없이 우아한 태도로 담배를 뽑는 여자, 또 그녀의 애완용 강아지는 마치 무슨 무용 선생이라도 되는 듯이 절을 하는 그런 여자에 대해 우리는 훤히 알고 있다. 우리는 그녀가 나이에 비해 건강 상태가 과히 나쁘지 않으며 나잇값을 더할 나위 없이 잘한다는 점을 인정한다. 매우 멋있는 할머니지만, 어쨌든 그녀는 할머니다……. 내 생각엔, 특히 스무 살의 청년들이라면 이런 할머니보다는 다소 도덕적이지는 않겠지만 세련되고 귀여운 젊은 아가씨를 선호하는 게 당연하다. 약간 컬이 있는 머리에 긴 치마보다는 짧은 치마를 입고 다리와 눈빛이 도발적인, 또 옅게 타오르는 볼을 지녔으며 입가에는 웃음을 흘리는 관대한 아가씨. 제아무리 목석 같은 신문기자라 하더라도 나의 이런 의견에 이의를 제기할 수 없을 것이다. 자기네는 그렇지 않다고 말한다면 그들은 마음에도 없는 거짓말을 하고 있는 게 분명하다. 생각과 글이 다른 경우는 얼마든지 있으며 특히 도덕 운운하는 사람들에게는 매일 일어나는 일이니까.

나는 혁명 전에(내가 말하는 혁명은 7월혁명이다) 오페라 무희의 치마 길이를 늘리고, 로마의 귀족과도 같은 위엄 있는 손으로 온갖 조각의 아랫도리에 정숙한 반창고를 붙였던 불행하고 순결한 소스텐느 드 라로슈푸코[1] 자작에게 던져진 야유를 기억한다. 하지만 소스텐느 드 라로슈푸코 자작만 해도 엄청

1 Sosthène de La Rochefoucauld(1765~1841): 프랑스의 정치가, 궁내부장관. 유명한 『막심』의 저자인 라로슈푸코와는 다른 사람이다.

구식이다. 정숙함은 그때부터 이미 완벽에 달해 이제는 우리가 상상도 못했던 세련의 경지에 도달하였다.

조각의 특정 부분만을 보는 습관이 없는 나는 다른 사람들과 마찬가지로 미술검열관의 가위에 잘려 나간 포도잎처럼 우스꽝스러운 물건은 없다고 생각하였다. 이제 보니 내 생각이 틀렸던 것 같다. 포도잎만 해도 참으로 바람직한 제도였던 것이다.

어떻게 해서 그런 이상한 일이 일어날 수 있는지 나는 도무지 이해할 수 없기 때문에 그런 말을 전혀 믿을 수는 없지만, 사람들에 따르면 미켈란젤로의 「최후의 심판」 벽화 앞에서 방탕한 고위 성직자를 그린 그림만을 보고 두 손으로 얼굴을 가린 채 분개와 혐오의 고함을 지른 사람들이 있다고 한다.

그런 사람들은 로드리그[2]의 연가 중에서도 뱀의 노래밖에 알지 못하는 무리다. 그들은 그림이나 책에 나체가 등장하면 마치 돼지가 진흙탕 속에 뛰어들듯이, 곧바로 그것밖에 보지 않는다. 그리고 도처에 활짝 피어 있는 꽃들이나 주렁주렁 열려 있는 아름다운 금빛 과일들에는 눈길조차 주지 않는 것이다.

2 피에르 코르네유의 작품인 『르시드』의 주인공.

고백하건대, 나는 그 정도로 미덕을 갖추지 못하였다. 수치심을 모르는 하녀 도린느[3]가 내 앞에서 풍만한 가슴을 뽐낸다 해도, 나는 절대로 주머니에서 손수건을 꺼내 그 가슴을 남들이 쳐다보지 못하도록 가리지 않을 것이다. 나는 그녀의 얼굴과 똑같이 가슴을 쳐다볼 것이며, 만약 그 가슴이 하얗고 예쁘다면 그것을 쳐다보는 일이 즐거울 것이다. 그렇지만 나는 그 한심한 타르튀프[4]가 그랬던 것처럼, 엘미르[5]의 옷이 부드러운지를 확인하기 위해 만져보지 않을 것이며, 또 성자인 척하며 그녀를 테이블 모서리로 밀쳐내지도 않을 것이다.

현대를 군림하는 이 엄청나게 가식적인 도덕은 매우 지루하거나, 아니면 포복절도할 정도로 웃긴다. 문예란이란 문예란은 모두 설교대가 되어버렸다. 또 신문기자는 다들 설교자가 되어버렸다. 없는 것이라곤 삭발한 머리와 로만칼라뿐이다. 매일 비 내리는 설교의 나날이 계속되고 있다. 비를 피하기 위해서 마차를 타고서야 외출을 하듯이, 사람들은 설교를 피하

---

3 프랑스의 극작가 몰리에르의 희극 『타르튀프』의 등장인물. 오르공의 딸 마리안느의 시녀.

4 『타르튀프』의 주인공. 오르공과 그의 어머니 페르넬 부인은 타르튀프라는 위선자에게 심취해 있다. 오르공은 딸 마리안느를 타르튀프에게 주려고 할 뿐 아니라 자기의 전 재산을 타르튀프에게 증여하지만, 결국 타르튀프는 자신의 과거와 위선적인 정체가 탄로나 체포된다.

5 『타르튀프』에 등장하는 오르공의 아내.

기 위해서 술병과 파이프 가운데 앉아 『팡타그뤼엘』[6]을 읽고 또 읽는다.

오, 온화하신 예수님! 당신의 이 맹렬함은 무엇 때문입니까? 이 분노는 또 무엇이란 말입니까? 누가 당신을 괴롭혔다는 겁니까? 누가 당신을 찔렀단 말입니까? 도대체 왜 그렇게 큰 소리로 고함치시며, 당신에게 무슨 짓을 했다고 이 불쌍한 악인을 그토록 원망하시는 겁니까? 그는 즐겁게 살기를 원하고, 될 수 있으면 남에게 폐를 끼치지 않으려고 하는, 극히 선량하고 편안한 사람일 뿐인데. 이런 악인은 그저 세르[7]가 헌병을 다루듯이 하시면 됩니다. 끌어안아주세요. 그럼 모든 게 잘 해결될 것입니다. 글쎄, 제 말씀대로 해보세요. 만족하실 겁니다! 오! 맙소사! 설교사 여러분, 악인이 없다면 여러분은 대체 뭘 하시게요? 오늘부터 사람들이 도덕적이 되어버리면 당신들은 내일부터 거지 신세로 추락할 텐데요!

극장도 오늘 밤부터 문을 닫는다고 합시다. 그럼 당신들은 무슨 기사를 쓰시렵니까? 당신들의 연예란을 메울 오페라의 무도회도 더 이상 볼 수 없고 꼬치꼬치 흠을 찾아낼 소설도 없을 것입니다. 왜냐하면 우리의 성스러운 어머니라 불리는

---

6 프랑수아 라블레의 작품. 어마어마한 식욕과 힘을 갖고 태어난 거인의 이야기.

7 Serre(1776~1824): 프랑스의 사법관이며 정치가.

천주교회의 가르침을 믿는다면 무도회나 소설, 희극은 진정 사탄의 의식일 테니까요. 여배우는 자신의 지지자를 되돌려 보내게 될 테고, 그렇게 되면 그에 대한 찬사로써 얻은 돈으로 당신에게 사례를 표하지도 못하게 되겠지요. 이제 사람들은 신문도 읽지 않을 것입니다. 그 대신 아우구스티누스 성인의 책을 읽고, 교회에 다니며, 로사리오 기도를 하겠지요. 매우 좋은 일이긴 한데, 당신의 수입이 없어질 것은 뻔합니다. 사람들이 도덕적이 되어버리면, 금세기의 부도덕을 논한 당신의 기사는 어디에 실을 생각입니까? 악덕도 어디엔가 소용이 된다는 사실을 당신도 잘 아시겠지요.

그러나 도덕과 기독교는 요즘의 유행이며 사람들이 스스로에게 부과하는 모습이다. 옛날 사람들이 돈후안을 자처했듯이 지금 사람들은 성 제롬[8]을 자처한다. 그들은 창백하고 쇠약해진 얼굴을 하고 두발을 사도처럼 하고서 두 손을 합장한 채 시선을 땅에 떨구고 있다. 또한 덕(德)으로 가득 찬 듯한 태도를 하고서 벽난로 위에는 성경을 펼쳐두며 침대 위에는 예수의 십자가와 축성(祝聖)된 회양목 가지를 걸어둔다. 욕도 하지 않고, 담배도 거의 피우지 않으며, 씹는담배도 극도로 절제한

---

8 Saint Jerome(331?~420?): 라틴교부 성서학자 성 히에로니무스의 영어 이름.

다. 그러고 나서 그들은 기독교도로서, 예술의 신성함과 예술가의 숭고한 사명에 대해서, 기독교의 시와 라므네[9] 씨에 대해서, 천사파의 그림과 트리엔트 공의회[10]에 대해서, 인간성의 진보와 그 밖의 수많은 멋진 것들에 대해 언급한다. 어떤 사람들은 그들의 종교에 약간의 공화주의를 주입하기도 하는데, 매우 재미있는 사람들이다. 그들은 로베스피에르와 예수 그리스도를 극히 유쾌하게 조합하여, 칭찬해줄 만한 진지함으로 『사도행전』과 신성한 국민의회의 법령을 결합시킨다. 이때 이 신성한이라는 형용사는 성사적(聖事的)인 의미를 지닌다. 다른 사람은 한술 더 떠 생시몽의 사상을 추가한다. 실로 완벽하고 견고할 따름으로, 그들을 당할 재간은 없다. 인간이 생각해낼 수 있는 익살 중 이를 웃도는 것이 있을 수 없는 것이다. 모든 한계를 넘는 것이다. 그것은 익살극에 등장하는 헤라클레스의 원주[11]들이다.

기독교의 인기는 한 시대를 풍미하는 타르튀프적 위선에 의

---

9 Félicité Robert de Lamennais(1782~1854): 그리스도교 신부. 통렬한 사회비평가. 『천주공교회에 대한 대혁명과 전쟁의 진보』를 써 일류 포교사로 주목 받았으나, 후에 로마 교회와 절연하고 순수한 민주주의의 입장에 서서 사회의 잔인함과 불행을 『어떤 신자의 말』, 『민중의 서』에서 갈파하였다.

10 1545년부터 1563년까지 19회에 걸쳐 이탈리아 트리엔트에서 진행된 가톨릭 종교회의.

11 이 글에서는 사상의 한계를 의미한다.

해 그 유행이 극에 달해, 신(新)기독교[12]마저 어떤 종류의 호평을 받는다. 드루이노[13] 씨를 포함한 일부의 전문가들까지 그 무리에 섞여 있다고 한다.

소위 도덕적이라고 일컬어지는 신문기자들 중에서 특히 웃기는 유형은 여성 식구를 거느리고 있는 기자다. 이들은 수줍어하는 태도를 식인 풍습만큼 혹은 거의 그 정도까지 과시한다. 첫눈에 순박하고 유복해 보이기 위한 그들의 행동방식도 못지않게 익살스럽다. 나는 이것들을 후손에게—이른바 위대한 세기의 가발을 쓴 분들의 말을 인용하면, 우리의 마지막 조카들에게—전해줄 가치가 있다고 생각한다.

이런 유형의 신문기자로 행세하기 위해서는 우선 몇 개의 준비도구가 필요하다. 두세 명의 본처와 몇 명의 어머니, 가능한 한 많은 자매와 한 줄로 늘어선 딸들, 무수히 많은 사촌 여자 형제들, 그리고 한 편의 희곡과 아무것이라도 좋으니 소설 한 권, 펜 한 자루, 잉크, 종이, 인쇄공이 있어야 한다. 그리고 하나의 사상과 몇 명의 구독자도 필요할 것이다. 그러나 대단한 철학이나 주주의 돈은 없어도 된다.

---

12 톨스토이의 영향으로 일부 저술가들이 주창한 일종의 기독교 철학. 각 종파의 융합을 목적으로 하였으나, 비오 10세에 의해 금지되었다.

13 Drouineau(1799~1878): 프랑스의 극작가, 소설가. 『오스트리아의 돈후안』이 호평을 얻었다.

이 모든 것이 갖추어지면, 도덕적인 신문기자가 될 수 있다. 다음의 두 가지 조제법을 적당히 응용하면, 편집은 충분하다.

어떤 연극의 초연에 대한 도덕적 기사의 견본

피의 문학 다음에 진흙탕의 문학이 나오고, 사체저장소와 도형장 다음에는 부인의 침실과 유곽이 나온다. 살인한 피로 물든 넝마 다음에, 방탕함으로 더러워진 넝마가 나온다……. (필요와 지면에 따라 여섯 줄에서 50줄, 혹은 그 이상까지 이런 식으로 계속할 수 있다.) 이것은 지극히 당연한 일이다. 성스러운 교리의 망각과 낭만적 자유분방함의 말로다. 극장은 매음의 학교가 되어버려, 존경하는 부인과 동행할 때에는 불안에 떨며 위험을 무릅쓰지 않으면 안 된다. 당신은 유명 작가의 이름을 믿고 갔다가, 3막이 시작되면 심히 불안하고 당황해하는 당신의 어린 딸을 데리고 극장을 나올 수밖에 없을 것이다. 당신의 부인은 부채 뒤에 상기된 얼굴을 감추고, 당신의 여동생은, 혹은 사촌 누이는……. (친척의 칭호는 얼마든지 바꿀 수 있다. 여자기만 하면 충분하다.)

주―'나는 이런 연극을 정부와 함께 보러 가지 않겠다'라고 말할 정도로 도덕성을 크게 강조한 사람이 있다. 나는 이 남자에게 크게 탄복하여, 그만 이 사람이 좋아져버렸다. 마치 루이 18세가 프랑스 전체를 그의 품에 안았듯이, 나는 이 사람을 가슴속에 간직하고 있다. 왜냐하면 그토록 많은, 또 그토록 우스운 사상이 난무하는 이 관대한 19세기에 그야말로 당당하고 거대하며 방대한, 참으로 이집트의 고적 룩소르[14]에 어울리는 사상을 지닌 남자기 때문이다.

그들이 어떤 책을 해설하는 방법은 매우 신속하며, 지식인이라면 누구나 할 수 있는 것이다.

"이 책을 읽고 싶다면, 조심스럽게 문을 꼭 잠그십시오. 절대로 책상 같은 곳에 아무렇게나 놓아두어서는 안 됩니다. 부인이나 따님이 보시게 되면, 정신을 잃으실 테니까요. 이 책은 위험하며 악을 권하고 있습니다. 크레비용[15]의 시대라면, 애인의 집이나 공작부인의 재치 있는 만찬 같은 곳에서 대호평을 얻었겠지요. 그러나 이제 풍속은 정화되었고, 인민의 손은 귀족정치의 썩어빠진 건물을 무너뜨렸고, 또⋯⋯ 또⋯⋯ 또⋯⋯ 모든 작품에는 하나의 사상, 바로 그 하나의 사상이 없으면 안 됩니다⋯⋯. 그런데 그 사상이란 도덕적이고 종교적인 사상으로서⋯⋯ 인류의 요구에 부응하는 높고 깊은 견

---

14 이집트 키나주 지방의 고대 도시. 룩소르 신전, 카르나크 신전 등으로 유명하다.

15 Prosper Jolyot de Crébillon(1675~1762): 프랑스의 소설가. 공포와 스릴이 넘치는 작품이 많다. 『아트레우스와 티에스테스』, 『라다만티스와 제노비아』 등이 유명하다.

해여야 합니다. 왜냐하면 젊은 작가가 성공을 위해 온갖 신성한 일을 희생하면서 쓸 만한 재능을 용기병(龍騎兵)의 대장마저 얼굴을 붉힐 만큼 음란한 묘사를 위해 쓰는 것을 보는 것만큼 한심한 일도 없기 때문입니다. (용기병 대장의 동정童貞은 아메리카 대륙의 발견 이래 지금까지 가장 대단한 발견이다.) 우리가 평하는 소설은 철학자 테레즈나 펠리시, 공범자 마티유,[16] 그레쿠르[17]의 단편을 떠올리게 합니다." 도덕적인 신문기자는, 외설문학에 관해서 광대한 학식을 갖고 있다. 나는 그 이유가 무엇인지 궁금하다.

많은 정직한 실업가들이 살아가는 수단으로서 신문이 제공해주는 두 가지 처방, 즉 자기 자신과 딸린 식구들밖에 갖고 있지 않은 것을 생각할 때 나는 마음이 서늘해진다.

겉으로 보면, 나는 유럽뿐 아니라 그 밖의 지역에서도 타의 추종을 불허할 정도로 부도덕한 인간같이 여겨진다. 왜냐하면 나는 요즘의 소설이나 희극이 옛날의 소설이나 희극보다 더 외설적이라고 조금도 생각하지 않으며, 왜 신문기자 나리

---

16 Mathieu: 프랑스의 유행가 작가. 매우 활기 넘치고 방자한 민중적인 시를 지었으며, 술을 주제로 한 것이 많다.

17 Grécourt(1683~1743): 프랑스의 시인이자 소설가. 사랑스러우면서도 외설적인 면이 강한 작품들을 썼다.

들의 귀가 갑자기 그렇게 얀세니스트[18]들처럼 예민해졌는지 이해할 수 없기 때문이다.

나는 아무리 천진난만한 신문기자라도 피고 르브룅,[19] 크레비용 2세,[20] 루베,[21] 부아즈농,[22] 마르몽텔,[23] 혹은 그들의 수치심을 고려하여 이 자리에서 굳이 이름을 언급하지는 않겠지만 모씨의 정말로 미친 듯한 음란한 작품의 부도덕성도 있기 때문에, 그 밖의 다른 모든 장편 및 단편 소설가들이 자기네보다 더 부도덕하다는 말을 감히 할 수 없으리라고 생각한다.

이 사실을 인정하지 않는다면, 그야말로 속이 뻔히 들여다보이는 악의 때문이라고 말할 수밖에 없다.

---

18 네덜란드의 가톨릭 신학자 코르넬리우스 얀세니우스가 주창한 기독교 교파를 따르는 사제들을 일컫는다. 인간의 본성에 대한 비관적인 견해를 바탕으로 하느님의 은혜를 강조하고 인간의 자유의지를 부정하였으며, 초대 그리스도 교회의 엄격한 윤리로 되돌아갈 것을 촉구하였다.

19 Pigault-Lebrun(1753~1835): 프랑스의 소설가. 청년 시절의 파란만장한 모험담을 5막짜리 연극 『샤를과 카롤린느』에 담아 프랑스좌에서 상연하였다. 이 극장의 지배인이 되어 많은 희극을 상연하였으나, 후에 소설로 분야를 바꾸어 『카르나바르의 아이』로 명성을 떨쳤다.

20 Crébillon fils(1707~1777): 프랑스의 소설가. 외설적인 묘사로 유명하다.

21 Jean-Baptiste Louvet de Couvrai(1760~1797): 프랑스의 소설가이자 정치가. 『포브라 기사의 사건』이 유명하다. 대혁명에 참가하여 국민의회 의장에까지 올랐다.

22 Claude Henri de Fusée de Voisenon(1708~1775): 몸은 성직에 담고 있었으나, 희곡 · 소설을 쓰는 것을 좋아하였고, 그의 소설은 야비하고 외설적인 것으로 알려져 있다.

23 Jean-François Marmontel(1723~1799): 리모쟁의 보른느에서 석수장이의 아들로 태어나 한때 신부를 지냈고 여러 편의 비극을 써서 대성공을 거두었다. 대표작으로 『폭군 드니』, 『아리스토멘느』, 『클레오파트라』 등이 있다.

내가 여기에서 세간에 거의 알려지지 않은, 혹은 오해받고 있는 이름만을 열거하였다고 비난하지 말기 바란다. 역사에 남을 만한 유명한 이름을 건드리지 않은 것은, 그들이 그 엄청난 권위로써 내 주장을 반대하기 때문이 아니다.

볼테르가 우리 눈앞에 이루어놓은 공로와는 달리, 그의 장편이나 단편은 우리와 동료인 늑대인간의 부도덕한 단편이나 달콤한 마르몽텔의 도덕적인 단편에 비해서 기숙학교의 변변찮은 장광설로써 상을 더 받을 만한 것이 아니다.

대(大)몰리에르의 희극은 어떠한가? 신성한 결혼제도(이 말은 교리문답과 신문기자의 표현이지만)가 장면마다 우롱당하며 조롱거리가 되고 있다.

남편은 늙고 못생겼으며 허약하다. 가발을 비뚤게 쓰고 있으며, 유행이 지난 옷을 입고 있다. 손에는 갈고리 모양으로 구부러진 지팡이를 짚고, 코는 담배로 더러워져 있으며, 다리는 짧고, 배는 지갑처럼 두둑하다. 우물우물 말을 하지만 얼토당토않은 것뿐이고, 떠들면 떠들수록 멍청이같이 보일 뿐이다. 그는 아무것도 보지 못하고, 아무 말도 듣지 못하며, 코앞에서 부인이 다른 사람과 입을 맞추어도 무엇이 잘못되었는지 모른다. 이런 얼간이짓은 그의 눈에도, 관중의 눈에도, 서방질했음이 확실히 인정될 때까지 계속된다. 그리고 일체의 사정을 훤히 알게 된 관중은 떠나갈 듯이 박수갈채를 보낸다.

가장 박수를 많이 치는 사람은 결혼생활에 가장 경험이 많이 쌓인 사람들이다.

몰리에르에게 있어서 결혼 당사자는 조르주 당댕[24]이나 스가나렐[25]이라고 불린다.

간통한 사람의 이름은 다미스[26] 혹은 클리당토르[27]다. 그에게는 아무리 달콤하고 매력적인 이름도 충분하지 않다.

간통 상대는 언제나 젊고, 잘생겼으며, 출신이 좋아 적어도 후작쯤은 된다. 그는 최근에 유행하는 3박자 춤곡을 무대 옆에서 흥얼거리며 등장한다. 그리고 차분하고 당당한 태도로 두세 걸음 무대를 거닌다. 세련되게 손질한 새끼손가락의 장밋빛 손톱으로 귀를 판다. 거북 등껍질로 된 빗으로 아름다운 금발을 빗고, 풍성한 바지 아랫부분에 단 술을 바로잡는다. 몸에 꽉 끼는 윗도리와 타이츠는 견장과 리본의 매듭 밑에 숨어 있다. 가슴장식은 일류 장인의 솜씨다. 장갑은 안식향이나 사향보다도 좋은 향기가 나며, 모자의 깃털은 한 올에 1루

24 몰리에르의 희극 『조르주 당댕』의 주인공. 농사꾼 출신의 부자가 귀족의 딸을 신부로 맞아 호되게 바보 취급을 당하고 샛서방으로 전락한다는 내용으로, 신흥 부르주아 계급에 대한 통렬한 풍자극이다.

25 몰리에르의 희극 『억지 의사』의 등장인물. 샛서방이 된 남편의 대명사.

26 『타르튀프』에 나오는 우둔한 아버지 오르공의 아들.

27 조르주 당댕의 아내. 벼락출세한 남편을 속이고 다른 남자에게 열중하는 귀족 여자.

이나 한다.

그의 눈은 불처럼 타오르고, 그의 볼은 마치 꽃이 핀 듯하다! 입가엔 얼마나 웃음이 넘치는가! 이는 얼마나 새하얀가! 그의 손은 부드러우며 깨끗하다.

입만 열면 목가가 흘러나온다. 보석같이 아름다운 문체와 훌륭한 곡조로 된, 그윽한 향을 풍기는 달콤한 말인 목가가 흘러나오는 것이다. 그는 소설도 읽었고, 시도 알고 있으며, 용감하고, 재빨리 검을 뽑고, 금화를 넉넉히 뿌리고 다닌다. 따라서 안젤리크나 아녜스나 이자벨[28]은, 또 아무리 훌륭한 교육을 받고 신분이 높은 귀부인이라고 해도, 그의 목덜미에 달라붙고 싶은 마음을 겨우 억누르고 있다. 또 그렇기 때문에 남편은 반드시 제5막에서는 배신당하게 되어 있다. 이런 일이 제1막에서부터 일어나지 않는다면 행운이다.

이것이 유사 이래 가장 고귀한, 또 가장 진지한 천재 중 하나인 몰리에르가 결혼을 취급한 방식이다. 『앵디아나』[29]나 『발랑틴느』[30]의 논고에서도 이보다 더 통렬한 것이 있을 수 있다고 생각되는가?

---

28 모두 고전극에서 숫처녀 역할을 하는 인물들.

29 조르주 상드의 소설. 노년의 퇴역 대좌에 시집간 젊은 부인 앵디아나의 정열적 생활을 묘사한 작품으로, 결혼을 저주하고 정욕을 찬미했다.

30 조르주 상드의 소설. 베네딕트를 사랑하는 세 아가씨의 정욕을 묘사했다.

아버지는 가능한 한 여전히 존경받지 못한다. 오르공[31]과 제롱트,[32] 그 외의 모든 아버지를 보라.

그들은 아들에게 도둑맞고, 종들에게 얻어맞지 않는가. 그 나이에 가차 없이 탐욕과 완고함, 또 우둔함이 폭로되지 않는가. 이 무슨 신랄한 농담인가. 이 무슨 뻔뻔한 속임수인가! 오래도록 살면서 돈을 내놓지 않으려고 하는 이 가련한 노인은 등을 떠밀려 인생의 바깥으로 나가지 않는가. 영원히 사는 부모에 대해 얼마나 불평들을 하는가! 유산 상속에 대한 의논은 생시몽의 온갖 웅변보다 얼마나 설득력이 있는가!

아버지는 식인귀이고 아르고스[33]이며 간수이고, 최후의 승낙 때까지 3막 내내 결혼을 늦추는 역할밖에 하지 않는 폭군이다. 아버지는 완전히 조롱당하는 남편이다. 몰리에르의 희곡에서 아들은 결코 우습지 않다. 왜냐하면 몰리에르는 온갖 시대의 모든 작가들과 마찬가지로 노인을 희생하여 젊은 세대에게 아첨했기 때문이다.

---

31 『타르튀프』에 나오는 아버지. 어리석고 고집스러워 타르튀프의 위선을 알아보지 못한다.

32 탐욕스럽고 우둔하며 완고한 아버지의 전형. 몰리에르의 『억지 의사』, 『스카팽의 간계』에 나온다.

33 그리스 신화 속 괴물로 목 뒤에 제3의 눈이 붙어 있었다고 하며, 몸의 앞뒤에 눈이 두 개씩 있었다고도 하고, 전신에 무수히 눈이 나 있었다고도 한다. 경계심의 전형으로 일컬어진다.

또 스카팽[34] 같은 사람들은 어떤가? 나폴리풍으로 줄을 그은 망토를 입고, 비스듬하게 모자를 쓰고, 하늘하늘 바람에 날리는 깃털을 꽂은 그들은 성인의 반열에 오를 정도로 매우 경건하고 정숙한 사람들이 아닌가? 도형장에는 그 스카팽이 한 나쁜 짓의 4분의 1도 해내지 못한 착한 사람들로 가득하다. 그들의 술책에 비하면, 트리알프의 술책은 빈약하기 짝이 없다. 또 리제트나 마르통[35] 같은 계집애들은 얼마나 닳아빠진 계집들인가. 거리의 창녀들도 그녀들만큼 영악하지 못하고 그녀들만큼 즉각적으로 노골적인 대꾸를 하지 못한다. 그녀들은 연애편지를 전달하는 데 얼마나 적격인가! 밀회하는 동안 망을 본다면 얼마나 잘 볼 것인가! 그들이야말로 단언컨대, 쓸모 있는 충고를 해줄 수 있는 귀중한 아가씨들인 것이다.

이 웃기는 소동과 복잡한 줄거리를 움직이고 좌지우지하는 것은 사랑스러운 사회다. 속아넘어간 후견인, 배신당한 남편, 방종한 여종, 사기 치는 남종, 사랑에 미친 아가씨, 방탕한 아들, 간통하는 아내. 현대에 유행하는 작가의 연극이나 소설에 등장하는 젊고 우수에 찬 잘생긴 젊은이나, 억눌려 지내면서도 내면에 정열을 감추고 있는 저 불쌍하고 가련한 여자들과

---

34 몰리에르의 희극 『스카팽의 간계』의 주인공. 교활하고 영리한 하인의 전형.

35 모두 교활하고 빈틈이 없는 인물의 전형.

똑같지 않은가?

또 몰리에르의 모든 희곡에는 마지막에 번뜩이는 비수도, 마셔야 할 독배도 없다. 요정 이야기의 대단원처럼 행복하게 끝을 맺으며, 남편에 이르기까지 모든 사람이 더 이상 흡족할 수 없다. 몰리에르에 있어서 미덕은 항상 모욕당하고 작살이 난다. 뿔을 달고 있는 미덕은 마스카릴[36]에 등을 돌린다. 도덕이 등장한다면 집달리 루아얄[37]이란 인물에 의해 조금은 부르주아적으로 의인화되어, 연극 마지막에 한 번 얼굴을 비추는 정도다.

지금까지 우리가 언급한 이 모든 것은 몰리에르의 동상을 부수기 위한 것이 아니다. 나는 나의 허약한 두 팔로 몰리에르와 같은 청동 거상을 뒤흔들 만큼 바보가 아니다. 나는 그저 새로운 낭만파 작품에 이빨을 드러내고 있는 경건한 신문 비평가에게, 그들이 매일 읽고 닮으라고 권하는 고전작가도 외설과 부도덕함에 있어서 낭만파를 훨씬 능가하고 있다는 사실을 증명하려 했을 뿐이다.

몰리에르 외에도 우리는 프랑스 정신에 완전히 상반되는 두

---

36 쾌활하고 대담한 하인의 전형. 몰리에르의 『우스꽝스러운 재녀(才女)들』에서 종횡무진하며 비할 데 없는 활약을 보인다.

37 몰리에르의 『타르튀프』에 나오는 집달리.

사람이라고 할 수 있는 마리보[38]와 라퐁텐[39] 및, 레니에,[40] 라블레,[41] 마로,[42] 그 밖의 수많은 사람들을 추가할 수 있다. 그러나 우리의 의도는 여기에서 문예란의 동정녀들을 위해 도덕에 관한 문학강의를 하려는 것이 아니다.

극히 소수의 사람을 위해 그렇게까지 소란을 피울 필요는 없다고 생각한다. 우리가 살고 있는 시대는 다행히 금발머리 이브의 시대도 아니고, 정직하게 말해서 노아의 방주 속에 있을 때처럼 원시적이며 가부장적일 수도 없다. 우리는 첫 영성체를 준비하는 소녀도 아니며 운(韻) 찾기 놀이를 하며 크림파이[43]라고 대답할 나이도 아닌 것이다. 우리의 순박함은 꽤 풍

---

38 Pierre Carlet de Chamblain de Marivaux(1688~1763): 프랑스의 극작가, 소설가. 몰리에르식 전통적 희극을 개혁하여 여성의 연애심리를 미묘하고 섬세하게 분석한 희극을 창조하였다.

39 La Fontaine(1621~1695): 프랑스의 시인, 우화작가.

40 Mathurin de Régnier(1573~1613): 프랑스의 시인. 활기차고 외설적인 작품이 많다.

41 François Rabelais(1483~1553): 프랑스의 작가, 의사, 인문주의 학자. 대표작으로 『가르강튀아와 팡타그뤼엘 이야기』가 있다.

42 Clément Marot(1496~1544): 프랑스의 시인. 인문주의와 초기 종교개혁에 공명하였다가 투옥, 망명 끝에 트리노에서 객사하였다.

43 운 찾기 놀이는 속담 등에 음이 비슷한 다른 말을 바꾸어 넣어 뜻이 전혀 다른 새로운 구를 만드는 일종의 언어유희로, 왕조시대 파리의 궁정에서 유행한 놀이인데, 몰리에르의 『여학자님들』 1막 1장에서 아르망드가 자신이 이상적으로 생각하는 순진한 여자를 묘사하고는,"만약 그 여자와 운 찾기 놀이를 한다면 '내 작은 바구니에, 무엇을 넣었나'라고 물었을 때 그 여자가 '크림파이'라고 대답했으면 한다"라는 구절이 있다. 숫처녀의 천진난만함에 대한 풍자다.

부한 지식들로 짜여져 있으며 오래전부터 처녀들은 거리를 활보하기 시작하였다. 이런 일은 두 번 반복될 수 없는 성질의 일이다. 우리가 무슨 짓을 해도 그들을 붙잡아둘 수는 없다. 왜냐하면 둥지를 떠나가는 처녀성이나 허무하게 사라지는 환상만큼 발이 빠른 것도 없으니까.

어쨌든, 대단한 잘못도 아닐 테고 무엇이든 알고 있는 쪽이 아무것도 모르는 쪽보다는 낫다. 이런 일은 더욱 박식한 사람들의 의논에 맡기도록 하자. 변함없는 사실은 지금의 이 사회는 이미 겸손과 정숙함을 즐기는 시대가 아니라는 것이다. 아이인 척, 처녀인 척하기엔 이 사회가 너무 나이를 먹어서 우스울 뿐이다.

사회는 문명과 결합한 이래, 순진하고 수줍어할 수 있는 권리를 잃어버렸다. 아직 침상에 들어가 있는 신부에게는 확실히 부끄러움이 있지만, 그것도 다음 날이 되면 전혀 통용되지 않는다. 왜냐하면, 젊은 여인은 더 이상 처녀 시절의 일을 기억하지 못하며, 혹시 기억해낸다고 해도, 그것은 정숙하지 못한 기억이고 남편의 평판을 심하게 깎아내리는 것이기 때문이다.

대중이 읽는 신문 등에서 문예평론을 대신한 그 멋진 설교를 우연히 읽게 되면, 나는 가끔씩 이상한 후회와 불안에 휩싸이는 경우가 있다. 내가 마음속으로 조금 지나치게 외설적인 정사를 꿈꾸기 때문인데, 이것은 마치 너무나 정열적이고 기운이 넘치는 청년이 그것에 대해 자책감을 느끼는 것과 마찬가지다.

『카페 드 파리』의 보쉬에[44]나, 『오페라좌의 발코니』의 부르달루[45]나, 한 줄에 얼마씩 받는다는 카통같이 아주 점잖게 한 시대를 꾸짖는 사람들 곁에 있으면, 나는 마치 나 자신이 이 대지를 더럽힌 극악무도한 악인이 된 듯한 느낌이다. 그러나 하느님도 아시다시피, 내 죄의 일람표는 대죄에서부터 경미한 죄를 섞어 솜씨 좋은 출판업자의 손에 맡기면 여백과 행간을 엄격하게 띄워도 하루에 8절지의 책 한두 권을 채울 정도밖에 되지 않을 것이다. 그것은 저세상에서 천국에 갈 마음이 전혀 없는 사람들, 또 몽티옹상[46]이나 장미꽃의 관을 받을 마음이 전혀 없는 사람들과 비교해볼 때, 정말로 약소한 것이다.

게다가 탁자 밑이나 그 밖의 여기저기에서 그 미덕이라는 요물과 맞닥뜨렸던 일을 생각하면, 내 의견이 훨씬 고상하다는 생각으로 돌아온다. 그리고 나에게도 많은 결점이 있을 수

---

44 Jacques-Bénigne Bossuet(1627~1704): 프랑스의 신학자, 설교가, 역사가. 주요 저서로 『철학개론』, 『연설의 소명에 대한 교훈집』이 있다.

45 Louis Bourdaloues(1632~1704): 프랑스의 저명한 설교사. 『설교집』 등의 저서가 있으며, 이론의 힘과 도덕의 엄격함을 강조했다.

46 프랑스의 몽티옹 남작이 사재를 투자하여 만든 상으로, 각 학계에 수상을 이임했다.

있지만, 그들은 내가 갖지 않은 다른 결점 하나를 갖고 있는데, 그것이야말로 내가 볼 때에는 가장 치명적인 결점으로, 그것은 바로 다름 아닌 위선이다.

좀 더 잘 찾아보면, 아마도 거기에 추가시킬 또 하나의 작은 악덕을 발견할 수 있을 것이다. 그러나 그것은 너무 흉측하여, 차마 입에 담지 못하겠다. 이리 가까이 오시오. 내가 그놈의 이름을 귀에 속삭여줄 테니. 그것은 질투라오.

질투, 바로 그것이다.

이 질투라고 하는 녀석은 온정이 넘치는 설교 속을 뱀처럼 몸을 꼬고서 기어다닌다. 아무리 주의해서 모습을 감추려고 해도, 가끔 미사여구의 비유나 수식 위에 살무사와 같이 평평한 머리가 빛나는 것이 보인다. 두 갈래로 갈라진 혀로 독을 품은 새파란 입술을 핥는 모습이 보이기도 하고, 음험한 형용사의 그늘에서 자못 감미롭게 읊조리는 소리가 들리기도 한다.

나는 사람들이 자기를 질투한다고 주장하는 것처럼 봐주기 힘든 자만도 없으며, 또 자기는 복이 많은 사람이라고 자랑하는 것처럼 역겨운 일도 없다는 것을 잘 알고 있다. 나는 남들이 나를 적대시하고 질투한다고 생각할 정도로 허풍쟁이가 아니다. 그런 행복은 아무에게나 주어지는 것이 아니며, 나 따위에게 그런 행복이 당분간 찾아올 것 같지도 않다. 따라서 나는 그 문제에 개인적인 이해를 전혀 가지지 않은 사람으로서, 저의를 갖지 않고 자유롭게 이야기하도록 하겠다.

이 질투라고 하는 말에 의문을 품었을지도 모르는 사람들에게 간단하게 증명할 수 있는 한 가지 확실한 사실은 시인에 대한 평론가의 선천적인 반감이다. 그것은 무엇인가 만들어내는 사람에 대한 만들어내지 못하는 사람의 반감이고, 꿀벌에 대한 말벌의 반감이며, 종마에 대한 거세된 말의 반감이다.

비평가 여러분, 당신들은 시인이 될 수 없음을 여러분의 눈으로 확실하게 인정한 후에야 비로소 비평가가 되었을 것입니다. 당구장의 어린 점원이나 테니스 코트의 시종처럼 외투를 받아주거나 점수 계산을 해주는 서글픈 역할로 단념하기까지 당신은 오랜 세월 동안 뮤즈 신에게 아첨을 하였고, 그 처녀를 뺏으려고 하였습니다. 그러나 당신에게는 그럴 힘도 없었을 뿐만 아니라 호흡도 길지 못하여, 결국 야위고 파리해진 채 그 신성한 산기슭에 쓰러져버렸습니다.

나는 당신의 증오를 이해합니다. 자신은 초대받지 못한 연회에 다른 사람이 가 앉아 있는 것을 보는 일, 또 당신과는 자고 싶어 하지 않던 여자가 다른 남자의 품에 안겨 있는 것을 보는 일은 괴로운 일이지요. 군주의 놀이를 시중들어야 하는 가련한 환관의 처지를 나는 진심으로 동정합니다.

환관은 후궁의 가장 깊고 은밀한 곳까지 출입할 수 있는 허락을 받고 왕비들을 목욕에 안내하며 큰 욕조의 은빛 물 아래에서 아름다운 육체가 진주처럼 반짝이고 마노처럼 요염하게 빛나는 광경을 바라본다. 사람들의 눈으로부터 가장 철저하게 숨어 있던 아름다움이 실오라기 하나 걸치지 않은 채 그 앞에 모습을 드러낸다. 하지만 아무도 그를 신경 쓰지 않는다. 그는 환관이기 때문이다. 군주는 그가 보는 앞에서 애첩을 애무하고 석류 같은 입술로 입맞춘다. 그의 처지만큼 고약한 것도 없다. 도대체 어떤 태도를 취해야 한단 말인가.

시인이 아홉 명의 아름다운 후궁[47]을 데리고 시의 정원을 산책하면서, 커다란 초록빛 월계수 그늘에서 여유 있게 장난치는 모습을 보는 비평가의 기분도 이와 마찬가지다. 그럴 능력만 있다면 벽 너머의 시인을 상처주기 위해 큰길의 돌을 집어던지고 싶은 기분이 드는 것도 전혀 무리는 아니다.

그러나 아무것도 만들어내지 않는 비평가는 비겁하다. 그는 평신도의 아내에게 치근대는 사제와 같은 존재로, 이 평신도는 사제에게 비슷한 대응을 해줄 수도 없고, 한판 싸워볼 수도 없는 것이다.

나는 한 달 전부터 오늘까지 무슨 작품이든지 간에 그것을

---

47 아홉 명의 뮤즈. 각 예술에 상호 관계가 있음을 시사하며 모두 자매 관계다. 역사, 음악, 희극, 비극, 무용, 애가(哀歌), 서정시, 천문학, 웅변 및 서사시를 가리킨다.

헐뜯어온 수많은 방법의 역사는 적어도 테그라트 팔라질[48]의 역사나 끝이 뾰족한 신발을 발명한 겐마고쿠의 역사만큼이나 흥미진진할 것이라고 생각한다.

그것은 2절판 책 열다섯 권 내지 열여섯 권의 재료로 너끈하다. 그러나 그렇게 되면 독자가 불쌍하므로 그냥 몇 줄로 줄이도록 하겠는데, 이러한 배려에 대해서 여러분은 영원 이상의 감사를 해야 할 것이다. 지금으로부터 3주 전, 이미 시대의 어둠에 빠져버린, 오래전의 세기인 중세기 소설이 파리 및 그 교외에서 번성하였다. 문장이 들어간 상의가 큰 인기를 누렸고, 원뿔꼴의 머리장식이 앞다투어 팔렸으며, 반바지의 가치가 매우 상승하였다. 단검은 부르는 게 값이었고, 선박 모양의 끝이 뾰족한 신발은 물신처럼 숭배되었다. 눈에 띄는 것이라고는 고딕 양식의 궁륭과 작은 탑, 기둥, 채색유리, 대성당과 요새뿐이었다. 또한 공주와 젊은 군주, 시동과 신하, 부랑배와 용병, 정중한 기사와 잔혹한 성주가 판을 쳤다. 모든 것은 천진난만한 유희보다 훨씬 천진난만하였고, 어느 누구에게도 해를 끼치지 않았다.

비평가는 자신의 장기인 비난을 시작하기 위해 두 번째 출

48 Teglath-phalasar: 기원전 12세기 아시리아의 왕.

판을 기다리지 않았다. 그는 첫 번째 작품이 나오자마자, 낙타털로 짠 거친 옷감을 몸에 두르고, 머리에 한 되의 재를 뿌린 후, 비탄에 잠긴 목소리를 쥐어짜서 외치기 시작했다.

또 중세란 말인가, 언제나 중세 타령이구나! 누가 나를 중세에서, 중세가 아닌 중세에서 해방시켜줄 것인가? 이것은 판지와 테라코타의 중세, 이름뿐인 중세다. 아! 철로 만든 가슴에 철로 만든 심장을 넣고, 철로 만든 무기를 가진, 철로 만든 귀족이여. 아! 일 년 사계절 활짝 피어 있는 장미 그림의 둥근 창과 꽃 모양의 스테인드글라스와, 화강암의 레이스, 윤곽이 뚜렷한 클로버, 톱니바퀴 모양으로 조각한 박공, 그리고 신부의 베일처럼 가장자리 장식이 되어 있는 돌로 된 사제의 제의, 큰 초, 찬송가, 빛나는 사제, 무릎을 꿇은 신자, 웅웅거리는 파이프오르간, 둥근 천장 아래에 날개를 펼쳐 날아오르는 천사가 있는 대성당이여! 그들이 나의 중세를, 그토록 정교하고 풍부한 색깔의 중세를 망쳐버렸다. 그들은 그것을 싸구려 도료로 덧칠해버리지 않았던가! 얼마나 요란한 채색인가. 아아, 파랑 위에 빨강을, 검정 위에 흰색을, 노랑 위에 초록을 입히고서 채색을 했다고 생각하는 무지몽매한 싸구려 화가들이여! 당신들은 중세를 표면밖에 보지 못하였고, 중세의 혼을 간파하지 못하였다. 당신들의 환상을 입힌 살가죽 아래에서는 피가 흐르지 않으며, 당신들이 입힌 강철 흉갑 밑에는 심장이 없고, 당신들이 짜서 입힌 편물 바지 안에는 다리가 없다. 당신들이 걸치게 한, 문장이 새겨진 치마 뒤에는 배도 가슴도 없다. 그것은 인간의 형상을 한 옷에 지나지 않는다. 그뿐이다. 그러므로 사기꾼(사기꾼이라니, 말 한번 잘했다)이 꾸며낸 중세는 야비하다! 중세는 현대에 부응할 아무것도 가지고 있지 않다. 우리는 다른 것을 원한다.

대중은 신문비평가가 중세를 향해 욕설을 퍼붓는 것을 보고, 그들이 일거에 소멸시켰다고 주장하는 이 가련한 중세에 대하여 평범하지 않은 정열을 느끼기 시작했다. 중세는 신문의 방해로 도움을 받아 모든 방면에 침투했다. 희곡, 멜로드라마, 로맨스, 소설, 시, 게다가 속요에까지 중세기풍이라고 하는 것이 등장하여 조소의 신 모모스는 봉건시대의 후렴을 반복하였다.

한편, 중세소설 옆에서 시체소설이 싹을 틔우기 시작했다. 이것은 매우 유쾌한 소설 장르로서 신경질적인 첩들과 색정에 싫증이 난 식모들이 완전히 반해버린 것이다.

그러자 신문비평가는 마치 사냥한 짐승의 고기 위에 내려앉는 까마귀들처럼 바로 냄새를 맡고 날아왔다. 그리고 도서실의 먼지가 앉은 책장 위에서 영광을 맛보며 조용히 썩어가기를 유일한 염원으로 갖고 있는 이 가련한 소설 양식을 펜촉으로 산산이 찢어발겨 가차 없이 죽여버렸다. 그들이 무슨 소리인들 못하였겠나? 그들이 무슨 글인들 쓰지 않았겠나? 그들은 시체 공시장의 문학이라는 둥, 혹은 도형장의 문학이라는 둥 떠들어대고, 사형집행인의 악몽, 술에 취한 정육점 주인과 후끈한 열기를 지닌 감시인의 환상이라고 하지 않았던가! 평론가는 온화한 어조로 이 소설의 저자들이 살인자요, 흡혈귀며, 아버지나 어머니를 죽인 사악한 습관을 가졌고, 사람의 두개골로 피를 마시며, 포크 대신 넓적다리뼈를 사용하고, 기요틴으로 빵을 자르는 사람들이라고 생각하게끔 하였다.

그러나 그들은 종종 작가와 함께 식사를 하므로 이 사랑스러운 대량학살의 저자가 한 집안의 선량한 아들이며, 매우 사람이 좋고, 훌륭한 출신에, 흰 장갑을 끼고, 유행하는 안경을 걸쳤으며, 인육 커틀릿보다 비프스테이크를 즐기고, 젊은 아가씨나 갓난아기의 피보다 보르도산 포도주를 훨씬 애용한다는 사실을 누구보다도 잘 알고 있다. 또 작가가 쓴 원고도 손에 쥐고 읽어본 적이 있으므로 그들이 생가죽을 벗긴 기독교도의 피부 위에 기요틴의 피로 책을 쓰는 게 아니라 영국제 종이 위에 멋진 미덕의 잉크로 책을 쓴다는 사실을 완벽하게 알고 있다.

그러나 비평가가 뭐라고 말하고 무슨 짓을 하든 간에, 이 시대는 시체를 좋아하고 시체 공시장을 여자의 침실보다 더 마음에 들어한다. 독자는 벌써 푸르스름한 시체를 꿴 낚싯바늘에만 몰려온다. 당연히 생각할 수 있는 일로, 시험 삼아 낚싯줄 끝에 장미꽃이라도 달아보라. 당신의 팔꿈치 주름 사이에 거미줄이 쳐질 때까지 기다려봐도 잔챙이 한 마리 걸려들지 않을 것이다. 그러나 구더기나 썩은 치즈 조각을 걸어보라. 잉어, 돌잉어 새끼, 농어, 장어가 그 미끼를 물기 위해 물 밖의 삼 척까지라도 뛰어오를 것이다. 널리 알려진 것처럼, 인간도 물고기와 다르지 않다.

신문기자들은 마치 그들이 퀘이커교도나 바라문승이나 피타고라스파, 혹은 황소라도 된 듯이 갑자기 빨간색과 피를 두려워하기 시작했다. 지금까지 그들이 이렇게까지 겁을 먹고 흐물흐물해진 적은 없었다. 마치 크림이나 무슨 우유 같다. 그들이 허락하는 색은 두 가지뿐이다. 하늘의 파란색과 사과의 초록색이다. 장밋빛까지는 어떻게 참아주었다. 독자가 그들을 마음대로 하도록 내버려둔다면, 그들은 독자를 리뇽 강[49] 기슭으로 데려가 아마릴리스[50]의 양떼와 나란히 시금치를 뜯어 먹게 할 것이다. 그들은 자신의 검은 프록코트를 세라동[51]이나 실방도르가 입은 연한 회색 윗도리로 바꾸고, 양치기의 지팡

---

49 루아르 강의 지류. 오노레 뒤르페의 목가소설 『아스트레』의 배경으로 유명하다.

50 베르길리우스가 그 목가 중 하나에서 여자 양치기에게 바친 이름. 젊고 순수한 농부의 딸을 말한다.

51 『아스트레』의 주인공으로, 양치기. 정열적이고 내성적이며 얌전한 연인의 전형이다.

이를 흉내 내어 거위털 펜 주위를 장미색 끈과 리본으로 쌌다. 그들은 아이들처럼 머리를 흐트러뜨리고, 마리온 들로름[52]이 한 방식대로 처녀 흉내를 냈는데, 이 점에서 마리온 들로름 못지않은 성공을 거두었다.

그들은 문학에 십계명의 문구를 적용하였다.

살인하지 말라

무대 위에서의 아무리 사소한 살인 장면도 더 이상 용납되지 않았으므로, 제5막은 불가능해졌다.

그들은 단도를 법에 저촉되는 것으로, 독약을 괴물 같은 것으로, 도끼를 형용할 수 없는 흉기로 여겼다. 그들은 극의 주인공이 멜기세덱[53]의 나이가 될 때까지 살기를 바랐다. 그러나 기억하기도 힘든 태곳적부터 모든 비극의 목적은 최후의 장면에서 궁지에 몰린 가련한 거물을 타살시키는 것이다. 마치 모든 희극의 목적이 각각 60살쯤 먹은 얼간이 주연 남녀배우를 결혼시키는 것과 마찬가지다.

---

52 Marion Delorme(1611~1650): 루이 13세 시대의 부인으로 탁월한 미모와 화려한 정사로 유명하다. 당시 파리 상류귀족의 중심인물이었다. 빅토르 위고는 이 부인을 주제로 동명의 5막짜리 운문을 지었다.

53 성서에 나오는 인물. 아브라함과 동시대인으로 살렘의 왕이다.

내가 놀랍도록 훌륭한 중세기 극 두 편을 불에 던진 것은 (늘 해오던 대로 사본을 만든 후에), 이즈음의 일이다. 하나는 운문이고, 또 다른 하나는 산문으로서 주인공은 둘 다 무대 한가운데에서 사지가 찢어지고 솥에 삶아진다. 실로 유쾌한 전례가 없는 극이었다.

그 후에 나는 그들의 사상에 부합하기 위해 『엘리오카발』이라는 제목의 5막짜리 고대 비극을 만들었다. 그 주인공은 변소에 던져지는데, 그런 상황설정이 완전히 참신하였으며 지금까지 무대에서 본 적 없는 배경을 도입했다는 장점을 지닌 연극이었다. 또한 나는 『안토니』[54]를 훨씬 뛰어넘은 근대극 『아더, 혹은 숙명의 남자』를 만들었다. 나는 신의 섭리로 영감을 얻었는데, 그것은 스트라스부르의 거위 간으로 만든 파이 모양으로 나타났다. 주인공은 몇 번의 강간을 범한 후에 그 파이를 가루도 남기지 않고 먹어치운다. 그 파이가 후회의 마음을 일으켜 사나이에게 끔찍한 소화불량을 일으키고 결국 그것 때문에 그는 죽는다. 신은 공정하다는 것과 인과응보의 이념을 입증하는 참으로 도덕적인 결말이라고 아니할 수 없다.

또 괴물의 종류로 말할 것 같으면 당신은 그들이 이 괴물들

---

54 알렉상드르 뒤마 아버지의 산문 5막극. 숙명적인 비련을 칭송하는, 낭만파 초기의 대표작.

을 어떻게 취급하였는지, 사람을 잡아먹는 『아이슬란드의 한』[55]이나 흑인 마법사 아비브라[56]나 종치기 콰지모도[57]나 꼽추 트리불레[58] 등 괴물 중에서도 정도가 심한 일당과 또 우리의 친애하는 이웃 위고가 소설 속의 처녀림이나 대성당 안을 기어다니고 펄쩍펄쩍 뛰게 한 거대한 두꺼비들을 어떻게 처리하였는지 알고 있다. 미켈란젤로에게서 보이는 위대한 모습도, 칼로[59]에 맞먹는 공상도, 고야식의 명암도, 그 어느 것도 그들의 마음에 들 수는 없었다. 그들은 위고가 소설을 쓰면 오드(ode)가 낫다고 하였고, 극을 쓰면 소설이 낫다고 하였다. 지금 하고 있는 것보다 과거에 한 것을 더 좋아하는 신문기자 특유의 전략이다. 하지만 생각해보면 신문비평가들에게조차 그 우수성을 인정받는 이 사람은 얼마나 행복한 사람인가! 그는 물론 신문비평가들이 이해하는 작가, 그가 쓴 극의 훌륭함을 칭찬하기 위해서 신학 논문이나 요리법을 들먹일 수밖

---

55 빅토르 위고의 소설. 추함 속에 진정한 아름다움이 있다고 보는 그 특유의 이론을 전개한다.

56 위고의 소설 『뷔그 자르갈』에 나오는 인물. 다부진 흑인 난쟁이.

57 위고의 소설 『노트르담 드 파리』에 나오는 인물로 추악한 외면 속에 천사와 같은 온정을 지녔다.

58 위고의 희곡 『왕은 즐긴다』 중의 인물로, 부성애의 전형으로 일컬어진다.

59 Jacques Callot(1592~1635): 프랑스의 화가이자 판화가. 기지 넘치는 독특한 수법으로 역사 · 풍속 · 제전 등을 소재로 한 많은 동판화를 제작했다.

에 없는 작가는 아닌 것이다.

독일인 베르테르를 아버지로 갖고, 프랑스인 마농 레스코를 어머니로 갖고 있는 연애소설, 이 열렬하고 정열적인 소설을 위해서 나는 이 서문의 처음 부분에서 종교와 양속의 구실 아래 여기에 필사적으로 들러붙어 있는 도덕이라는 곰팡이를 조금 건드려보았다. 비평가라고 하는 이(爾)는, 인간의 몸에 기어다니는 이와 마찬가지로 시체를 버리고 살아 있는 신체로 옮겨간다. 비평가는 중세기 소설이라고 하는 시체로부터 연애소설 쪽으로 자리를 옮겼는데, 이것은 피부가 단단하고 강하여 그들의 이빨이 부러질 수도 있는 것이다.

우리가 근대의 사도들에게 품고 있는 충분한 존경심에도 불구하고, 소위 부도덕하다고 일컬어지는 소설가들은, 비록 덕망이 높으신 기자 나리들처럼 결혼은 못했을지 몰라도 모두 어머니를 갖고 있고, 그들 중 몇 명에겐 누이가 있으며, 그들 역시 상당한 여성 식구들에게 둘러싸여 있다고 생각한다. 그러나 그 어머니나 자매들은 소설을 읽지 않는다. 부도덕한 소설도 물론 읽지 않는다. 그저 바느질을 하고 자수를 하며 집안일로 분주하다. 그들의 양말은 플라나르[60] 씨가 말하듯,

---

60 Planard(1748~1853): 프랑스의 극작가. 20편의 희극과 속요, 다수의 희가극을 지었다.

온통 새하얗다. 종아리 부분은 당신도 볼 수 있을 것이다. 결코 파랗지 않다. 학식 있는 여성을 그토록 증오한 호인 클리잘은 그들을 박식한 필라맹트[61]의 본보기로 제시할 것이다.

이 신사들의 배우자들에 대해서는 그들이 많은 배우자를 두고 있어서 이렇게 말하는 것인데, 그 여자들의 남편이 아무리 깨끗한 분이라고 하더라도 그녀들이 아직 모르는 일들이 꽤 있는 것 같다. 사실 그들은 아내에게 아무것도 보여주지 않았을 수도 있다. 그렇다면 그들이 배우자를 소중하고 친절한 무지에 묶어두려고 애쓰는 것도 이해가 된다. 신은 위대하고, 마호메트는 그의 예언자다! 여자들은 원래 호기심이 강하다. 원하옵건대 하늘과 도덕이여, 그녀들이 할머니뻘 되는 이브보다 더 정당한 방법으로 호기심을 만족시키고, 뱀에게 궁금한 것을 물어보러 가는 일이 없게 해주소서!

그들의 딸들도 만약 어려서 기숙학교에 들어갔다면, 아버지의 작품이 그녀들에게 무엇을 가르쳐줄 수 있을지 모르겠다.

작가가 흥청망청한 주연을 묘사하므로 주정뱅이라고 말하고 방탕한 이야기를 하므로 타락자의 낙인을 찍는 것은, 그가

---

61 모두 몰리에르의 희극 『여학자님들』에 나오는 인물들. 필라맹트는 여자답지 않은 현자(賢者)로, 그리스어를 사랑하여 풋내기 학자 바디우스에게 입을 맞추고 엉터리 시인 트리소텡의 시에 황홀해하며 넋을 잃는다. 클리잘은 그 남편.

도덕적인 책을 썼으므로 도덕군자라고 주장하는 것과 마찬가지로 터무니없는 일이다. 매일 정반대의 일이 눈에 들어온다. 이야기하는 사람은 작중인물이지 저자가 아니다. 주인공이 무신론자라는 사실이 저자가 무신론자임을 의미하지는 않는다. 산적을 산적으로서 말하게 하고 활약하게 했다고 해서 작가가 산적은 아니지 않은가. 이런 식으로 말하자면 셰익스피어, 코르네유 등 모든 비극작가는 단두대 형에 처해져야 할 것이다. 그들은 망드랭[62]이나 카투슈[63]보다도 더 많은 살인을 저질렀다. 그러나 그들은 사형당하지 않았다. 앞으로 비평가가 아무리 고결하고 도덕자연하더라도, 오랫동안 그런 일은 일어나지 않을 것이다. 그들의 비참한 잡문 모음에 빈약하기 짝이 없는 추문 몇 개를 첨가하여 흥미를 끌기 위해서 언제나 작품 대신에 작가를 보고 작중인물에게 원조를 구하는 것은 머릿속이 덜떨어진 싸구려 삼류 비평가의 괴벽 중 하나다. 자신의 의견만을 집어넣게 되면, 아무도 그런 잡문을 읽지 않을 것임을 그는 잘 알고 있는 것이다.

나는 비평가들이 하는 모든 잔소리가 도대체 무슨 소리인

---

62 Mandrin: 유명한 프랑스의 산적. 1755년 바랑스에서 처형당했다.

63 Cartouche: 대담하고 절묘한 수법으로 유명한 프랑스의 강도. 그레브 광장에서 살다가 처형당했다.

지, 이 모든 분개와 고함이 어디에 소용이 되는 것인지 모르겠다. 또 누가 보잘것없는 제프루아[64]와 같은 분들로 하여금 도덕의 돈키호테 역할을 하게 만드는지, 누가 문학 동네의 집달리로 하여금 비딱하게 쓴 모자나 너무 많이 걷어올린 치마가 책 속에서 활개칠 엄두를 못 내도록 도덕의 이름으로 쥐어 패게 하는지 모르겠다. 정말 이상한 일이다.

현대는, 그들이 뭐라고 하건, 부도덕하다. (이 부도덕이라고 하는 말이 무슨 뜻인지 내게는 매우 의심스러우나) 현대가 제작하는 부도덕한 책들과 이것이 거두는 성공 이외에 다른 증거는 필요 없다. 책이 풍속을 따라가는 것이지, 풍속이 책을 따라가지 않는다. 섭정시대가 크레비용을 만들었지, 크레비용이 섭정시대를 만들지 않았다. 부셰[65]의 어린 양치기 소녀들이 흰 분을 바르고 단정하지 못한 복장을 하고 있었던 이유는 젊은 후작부인이 흰 분을 바르고 단정하지 못한 복장을 하고 있었기 때문이다. 그림이 모델을 따라가는 것이지, 모델이 그림을 따라가지는 않는다. 문학과 예술이 풍속에 영향을 미친다는

64 Julien Louis Geoffroy(1743~1814): 프랑스의 비평가. 대혁명 이후 「데바」지에 들어가 비평을 담당하여 명성을 얻었으나, 그의 비평은 문학적 · 정치적 편견에 끌려가는 경향이 있었다. 『극문학 강의』 등의 저서가 있다.

65 François Boucher(1703~1770): 프랑스의 화가. 목가적인 장면이나 그리스 신화에서 소재를 취한 요염한 여신의 모습을 주로 그렸다. 또 귀족이나 상류계급의 우아한 풍속과 애정 장면을 즐겨 그려, 로코코 문화의 발전에 이바지하였다.

말은 누구에게서도, 또 어디에서도 들어보지 못하였다. 그런 말을 하는 사람은 누구든지 간에, 의심할 여지 없이 엄청난 바보다. 그렇게 말하는 것은 마치 그린피스가 봄을 싹틔운다고 말하는 것이나 마찬가지다. 사실은 봄이니까 그린피스가 싹을 틔우는 것이고, 여름이니까 버찌가 나오는 것이다. 나무가 과일을 열리게 하지, 과일이 나무를 낳는 것이 아니지 않은가. 그것은 다양한 변화 안에 존재하는 영원하고 불변하는 법칙이다. 세기는 흘러가고, 모든 나무는 지난 세기의 과일이 아닌 당대의 과일을 열리게 한다. 책은 풍속이라는 나무에서 열리는 열매다.

이 도덕적 신문기자의 한옆에서, 어딘가의 공원에 내리는 여름비와도 같이 지루한 설교의 비에 젖은 생시몽적인 연극의 무대 바닥 사이에서, 꽤 진귀한 새로운 종류의 학설이 조그만 버섯처럼 생겨나기 시작했다. 이제부터 그 생태에 대해 이야기해보자.

그들은 공리적 비평가다. 안경을 씌울 여지가 없을 정도로 짧은 코를 지녔으면서, 그 코끝으로 가리키는 것이 무엇인지조차 볼 수 없는 가련한 무리들이다.

어느 젊은 작가가 시나 소설 작품을 그들의 책상 위에 올려놓으면, 그들은 무사태평하게 등받이 의자에 기대어 의자의 뒤쪽 다리만으로 균형을 잡고서는, 자못 유능한 전문가라도 되는 듯한 모습으로 의자를 흔들며 몸을 뒤로 젖힌 채 말한다.

이 책은 어디에 쓸모가 있을까? 다수 계층에, 또 극빈계층의 수양과 안락에 이용할 수 있을까? 뭐야! 사회의 요구에 대해서 전혀 건드리지 않고, 사회를 교화하고 향상시킬 요소가 아무것도 없다고! 문학이란 인류를 종합하고, 역사상의 사건을 통해 신의 섭리에 의한 진보적인 관념의 계단을 따라 올라가는 것이다. 그런데 아무런 목적도 없고, 한 시대에 장래의 비전을 제시하지도 않는 소설이나 시를 어떻게 쓸 마음이 나는가? 이런 중대한 이해관계를 눈앞에 두고, 어떻게 형식이나 문체나 운율 따위에 전념할 수 있는가? 문체, 운율, 형식, 이런 것들이 도대체 우리와 무슨 상관이 있는가? 그런 건 아무래도 좋다! (불쌍한 여우들이여, 그들은 너무 가혹하다.) 사회는 괴로워하고 있다. 사회는 심한 내부적 분열에 시달리고 있다. (해석: 아무도 공리적인 신문을 구독하고 싶어 하지 않는다는 뜻이다.) 이 불만의 원인을 찾아 달래주는 사람이 시인이다. 그 방법은 시인이 가슴과 영혼으로 인류와 공감한다면, 찾을 수 있을 것이다. (박애주의자 시인이라! 보기 드물게 사랑스러운 사람이렷다.) 이러한 시인을 우리는 기다린다. 애절하게 그들을 부른다. 그가 나타나면, 대중의 박수, 종려나무 가지, 면류관, 국가 제전 등이 그에게 바쳐질 것이다.

훌륭한 이야기다. 그러나 나는 이 축복받은 서문의 마지막까지 독자들이 잠들지 않고 눈을 뜨고 있기를 바라므로 이런 공리적 문체에 매우 충실한 모방을 더 이상 계속할 생각이 없다. 이런 문체는 본래 최면 효과가 아편이나 아카데미 연설을 능가하는 것이므로.

그게 아니다, 이 멍청이들아, 그런 게 아니란 말이다. 너희들은 바보, 병신들이다. 책은 젤라틴이 들어가는 수프를 만드는 것이 아니다. 한 권의 소설은 솔기 없는 구두가 아니며, 한 편의 소네트는 자동분무기가 아니고, 한 편의 연극은 철도도, 또 기본적으로 사회를 문명화하고 인류를 진보의 길 안에서 행군하게 만드는 그 어떤 것도 아닌 것이다.

과거·현재·미래의 온갖 교황들을 걸고 맹세컨대, 그런 것이 단연코 아니다.

환유를 가지고 면 모자를 만들 수 없으며, 비유를 슬리퍼 대신 신을 수는 없다. 대조법을 우산으로 사용할 수 없고, 유감스럽게도 얼룩덜룩한 운율을 조끼처럼 배에 두를 수도 없다. 나는 오드가 겨울옷으로는 너무 가볍다고 내심 굳게 믿고 있다. 또 어떤 견유학파[66] 철학자의 아내가 미덕만을 자기 몸

66 소크라테스의 제자 안티스테네스가 창설한 고대 그리스 철학의 학파. 소크라테스의 극기적인 철학의 일면을 계승하여 정신적 · 육체적 단련을 중요시했으며, 쾌락을 멀리하고 단순하고 간소한 생활을 추구하였다. 시니시즘이라고도 한다.

에 맞는 내의로 여기고, 손바닥처럼 발가벗고 거리를 거닐었다고 역사에 전해지지만, 스트로프와 안티스트로프, 게다가 에포드[67] 같은 시 형식은 그 정도의 옷도 되지 못한다.

그러나 한번은 그 유명한 라칼프르네드[68] 씨가 입은 옷을 보고 사람들이 그 옷감이 무엇이냐고 묻자, 그는 실방드르라고 대답했다. 『실방드르』란 그가 상연해서 성공을 거둔 희곡인 것이다.

이러한 논증은 독자의 양어깨를 머리보다도 높이, 글로세스터 공[69]보다 더욱 높이 치솟게 할 것이다.

스스로 경제학자라 칭하며 사회를 밑바닥부터 꼭대기까지 개혁하자고 주장하는 무리들은 곧잘 이런 부질없는 말을 진지하게 입에 담는 이들이다.

그러나 소설은 두 가지의 효용을 지닌다. 소설의 분야에서 이와 같은 표현을 사용할 수 있다면, 그 효용 중 첫 번째는 물질적인 것이며, 나머지 하나는 정신적인 것이다. 물질적 효용이란, 작가의 주머니 속으로 들어가 악마도 바람도 그것을 넘

---

67 고대 그리스 서정시가에서 1연을 스트로프, 2연을 안티스트로프, 3연을 에포드라고 한다.

68 La Calprenède(1614~1663): 프랑스의 소설가, 극작가. 대표작으로 『카산드라』, 『클레오파트라』 등이 있다.

69 영국 왕가의 왕자들의 총칭으로, 여기서는 누구를 칭하는지 알 수 없다.

보지 못하도록 배 속에 수납된 1천 프랑 정도의 돈이다. 출판사에서는 그 덕에, 피가로가 말한 것처럼, 흑단과 강철의 이륜마차를 끌고서 앞발로 땅을 걷어차든지 뛰어오르고야 말 멋진 순종 말을 한 마리 얻는다. 종이장수는 어딘가의 강기슭에 공장을 한 동 증축하여 대개는 아름다운 경치를 망쳐버린다. 인쇄소는 매주 목구멍을 염색하기 위해 몇 통의 로그우드 물감을 사들이고, 독서실은 매우 서민적으로 녹청색의 녹이 슨 구리동전이 산처럼 쌓이고, 적당히 채집하여 이용하면 고래를 잡을 필요도 없을 정도로 손에 기름이 낀다. 정신적 효용을 말하자면, 책을 읽고 있는 동안은 푹 잘 수 있고, 유용하고 도덕적이며 진보적인 신문이나 그 밖의 소화하기 힘든 피곤한 환각제 같은 글을 읽지 않아도 된다는 것이다.

이렇다고 해서, 소설이 문화에 공헌하는 바가 없다고 말하지는 말자. 소설책에 사용되는 종이가 일반적으로 신문보다 질이 좋기 때문에 문학의 이 부분에 대단한 관심을 지닌 담배 소매상이나 식료품상, 그리고 감자튀김 행상 등은 말할 필요도 없다.

실제로 공화주의나 생시몽 일파의 공리주의자들이 하는 지루한 이야기를 들으면 포복절도할 듯이 우습다. 나는 그들이 매일 쓰는 기사의 공란을 채우고 있는, 이 효용이라고 하는 속이 빈 키다리 명사, 그들이 마치 인종을 감별하기 위해 읽게 하였던 쉽볼렛(shibboleth)이나 성스러운 종교예식의 용어처럼 사용하는 이 명사의 정확한 의미를 우선 알고 싶다. 효용, 이 단어의 뜻은 무엇이며, 어떤 의미로 사용되는가?

효용에는 두 가지 종류가 있고, 이 단어의 의미는 항상 상대적일 뿐이다. 어떤 사람에게 유용한 것이 다른 사람에게는 유용하지 않다. 만약 당신이 구둣방을 하고, 내가 시인이라고 해보자. 나는 첫 번째 구와 두 번째 구의 운을 잘 맞출 필요가 있다. 따라서 운율사전은 내게 굉장한 효용을 지닌다. 그러나 그것은 당신이 낡은 구두를 수선하는 데에 도움이 될 리가 없다. 가죽을 자르는 칼이 오드를 짓는 데 도움이 되지 않는 것과 마찬가지다. 이 논리에 따라 당신은 구둣방 쪽이 시인보다 월등하며, 시인 따위는 없는 게 더 낫다고 말할 것이다. 나는 구둣방이라는 저명한 직업을 입헌군주라는 직업과 똑같이 존경하고 있으므로 결코 트집을 잡을 생각은 없지만, 겸허하게 고백하자면, 나는 운이 맞지 않는 시보다는 찢어진 구두가 낫고, 시 없이 사느니 구두 없이 사는 편이 더 낫다. 나는 거의 외출하지 않으며, 다리로 걷기보다 머리로 걸어다니는 쪽을 더 잘하기 때문에, 어떤 자리를 차지하기 위해 관청에서 관청으로 뛰어다니는 일밖에 하지 않는 고매하신 공화주의자보다 구두가 닳지 않는다.

이 세상에는 교회보다 풍차를 좋아하고, 영혼의 빵보다 육체의 빵을 더 좋아하는 사람이 있다는 사실을 나도 알고 있다. 그런 종류의 사람들에게 나는 아무 할 말이 없다. 그들은 이 세상에서나 저 세상에서나 한결같이 경제학자와 다르지 않은 작자들이다.

우리가 살고 있는 이 지구와 인생에 절대적으로 유용한 것은 무엇이 있을까? 우선 우리가 이 지상에서 살아가는 것도 유용하다고만은 할 수 없다. 나는 그 공리주의 일파 중 가장 학식이 있는 사람에게 내가 「콩스티튀시오넬」이나 그와 같은 종류의 신문 중 아무것도 구독하지 않는 것 말고 어디에 소용이 되는지 묻고 싶다.

다음으로, 우리의 존재에 대한 효용이 선험적으로 인정되었다고 하면, 그것을 유지하는 데 실제적으로 유용한 것은 무엇인가? 하루에 두 끼씩 먹는 약간의 수프와 고기 한 덩이. 그것은 단어의 엄밀한 의미에서 볼 때, 배를 채우는 데 필요한 전부다. 죽은 후에 폭 두 자, 길이 여섯 자의 관으로 충분한 인간에게는, 살아 있는 동안에라도 그것보다 훨씬 넓은 장소가 필요한 것이 아니다. 상하좌우 모두 일곱 자 내지 여덟 자의 빈 상자와 숨을 쉬기 위한 벌집 구멍 같은 구멍 하나, 인간을 살게 하고 비가 등에 떨어지는 것을 막기 위해서 더 이상은 필요 없다. 적당히 몸에 두른 한 장의 모포는 가장 우아하고 재단이 훌륭한 연미복과 똑같이, 아니 그 이상으로 추위를 막아줄 것이다.

그 정도면 인간은 말 그대로 살아갈 수 있을 것이다. 인간은 하루에 25수로도 살 수 있다. 그러나 죽지 않는 것이 사는 것은 아니지 않은가. 공리적으로 지어진 도시가 어떤 점에서 페르라셰즈의 묘지보다 살기에 더 편하다는 것인지, 나로서는 알 수 없다.

아름다운 것 중에 인생에 꼭 필요한 것은 아무것도 없다. 예컨대 꽃을 모두 없애버려도 그것 때문에 사람들은 물질적으로 전혀 고통을 받지 않는다. 그러나 누가 꽃이 없어지기를 바라겠는가? 나더러 장미를 버리라고 한다면 차라리 감자를 버리겠다. 또 내 생각에 양배추를 심기 위해 꽃밭에서 튤립을 뽑을 수 있는 사람은 이 세상에 공리주의자밖에 없을 것이다.

여자의 아름다움은 어디에 소용이 되는가? 여자의 신체가 의학적으로 결함이 없고, 아이를 낳을 능력만 갖추고 있으면, 경제학자에게는 그것으로 충분할 것이다.

음악은 무슨 소용이 있는가? 또 회화는? 카렐[70] 씨보다 모차르트를, 겨자를 발명해낸 사람보다 미켈란젤로를 좋아하는 바보짓을 어느 누가 하겠는가?

---

70 Armand Carrel(1800~1836): 프랑스의 신문기자. 티에르, 미녜와 함께 「나시오날」지를 창간하였으며, 7월왕정에 반대하여 이 신문을 공화파의 기관지로 삼았다.

진정으로 아름다운 것들은 아무 데에도 쓸모가 없는 것들뿐이다. 유용한 것들은 모두 추하다. 왜냐하면 그것은 무엇인가 필요의 표현이기 때문이며, 게다가 인간의 필요라는 것은 그 가련한 본능과 마찬가지로 역겹고 혐오스럽기 때문이다. 한 채의 집 안에서 가장 유용한 장소는 화장실이 아닌가.

공리주의자 분들에게는 죄송하지만, 나는 무용한 것을 필요로 하는 부류의 사람이다. 그리고 사람에 대해서도, 물건에 대해서도, 나는 나에게 별로 소용이 되지 않는 사람과 물건을 좋아한다. 일상에서 도움이 되는 그릇보다도 용이나 원앙새가 그려진, 나에게 전혀 쓸모가 없는 중국도자기를 더 좋아하고, 나의 재능 중에서도 수수께끼같이 모호한 말을 이해하는 능력이 없는 것을 가장 높이 평가한다. 라파엘로의 진품이나 아름다운 여인, 예를 들어 카노바[71]의 모델이 된 보르게즈[72] 공주나 목욕하는 율리아 그리지의 나체를 보기 위해서라면, 나는 프랑스 국민과 시민으로서의 권리도 기꺼이 버릴 것이다. 만약 식인귀 같은 샤를 10세도, 만약 그의 보헤미아 성에서 내

---

71 Antonio Canova(1757~1822): 이탈리아의 조각가. 신고전주의의 대표자로 고대 조각을 연구하고 모방했다.

72 Borghèse: 보르게즈는 이탈리아의 명문가. 15~19세기에 걸쳐 많은 명사가 배출되었다.

게 토카이 혹은 요하네스버그[73]의 술을 한 통 갖다준다면, 나는 기꺼이 그의 귀국에 찬성할 것이다. 그리고 몇몇 거리가 좀 더 넓어지고, 다른 길이 좀 더 좁아진다면, 선거법도 과히 나쁘지 않다고 생각할 것이다. 나는 음악 애호가는 아니지만, 대통령 각하의 벨소리보다는 싸구려 바이올린이나 바스크인의 북소리를 더 좋아한다. 나는 반지를 사기 위해 바지를 팔고, 잼을 얻기 위해 빵을 양보할 것이다. 내 생각에 문명인에게 가장 어울리는 일은, 아무 일도 하지 않거나, 혹은 파이프 담배나 시가를 음미하며 천천히 피우는 일 같다. 나는 또 구주희(九柱戱)를 잘하는 사람, 또 시를 정교하게 써내는 사람을 존경한다. 여러분은 내가 원칙으로 삼고 있는 것이 공리주의적 원칙과는 전혀 거리가 멀다는 사실, 또 내가 개종을 하지 않을 것과 마찬가지로 미덕을 찬양하는 신문의 편집자가 되는 일은 결코 없으리라는 사실을 잘 아셨을 것이다. 내가 개종을 하다니, 정말 웃기는 일 아닌가.

나라면 미덕을 표창하는 몽티옹상을 제정하는 대신, 그토

73 토카이와 요하네스버그 모두 유명한 포도주 산지로, 각각 헝가리와 프러시아의 도시다.

록 오해받고 있는 위대한 철학자 사르다나팔루스[74]처럼 새로운 쾌락을 발명한 사람에게 막대한 상금을 주겠다. 왜냐하면 쾌락은 인생의 목적이며, 이 세상에서 유일하게 유용한 것이라고 여겨지기 때문이다. 신도 그러길 원하셨다. 그 증거로 신은 여자, 향수, 빛, 아름다운 꽃, 좋은 술, 건강한 말, 그레이하운드, 앙고라고양이를 만드셨다. 또 신은 천사들에게 '미덕을 가져라'라고 하지 않으시고, '사랑하라'라고 말씀하시지 않았는가. 또 여자에게 키스하기 위해 신체의 어느 피부보다도 민감한 입술을 주셨고, 빛을 보기 위해 높은 곳을 바라보는 눈을, 꽃의 정수를 빨아들이기 위해 예민한 후각을, 말의 옆구리를 조이고 철도나 증기기관의 도움을 빌리지 않아도 사념과 같이 빠르게 달리기 위해 튼튼한 무릎을, 또 그레이하운드의 길쭉한 머리나 고양이의 비로드 같은 등이나 정조관념이 희박한 여자들의 매끄러운 어깨를 쓰다듬기 위해 손을 주셨다. 그리고 마지막으로, 목마르지 않아도 마실 수 있는 특권, 부싯돌을 부딪칠 수 있는 특권, 사계절 모두 사랑할 수 있는 특권, 이렇게 세 가지의 영광스러운 특권을 주셨다. 이 특권이

---

74 아시리아의 마지막 왕이라 일컬어지는 전설상의 인물. 바빌론에 도시를 세워 허공에 정원을 만들었다는 세미라미스 여왕의 마지막 자손으로 간주된다. 역대 어느 왕보다도 사치스러운 생활을 하였다고 한다.

야말로 신문을 읽는다거나 법률을 제정하는 습관 이상으로 우리를 동물과 구별해주는 것이 아니고 무엇인가.

맙소사! 귀가 먹을 정도로 시끄럽게 떠들어대는, 이른바 인류의 완전 가능성이라는 말처럼 바보 같은 소리가 또 있을까! 마치 인간이 개조될 수 있는 기계라도 되는 것 같다. 그래서 톱니바퀴를 지금보다 잘 끼워 맞추거나, 평형추를 적당한 자리에 놓으면 좀 더 편리하고 용이하게 작동시킬 수 있다는 말 같이 들린다. 만약 인간에게 위장을 두 개 주어 소처럼 음식물을 되새김질할 수 있게 하거나, 혹은 뒤통수에도 눈을 달아 야누스처럼 뒤에서 혀를 내미는 놈들을 볼 수 있게 하고, 또 그 눈으로 아테네의 아름다운 엉덩이의 비너스보다도 편한 자세로 자신에게 어울리지 않는 부위를 바라보게 하거나, 혹은 견갑골에 날개를 달아 승합마차에 6수를 낭비하는 귀찮음을 없앤다거나 하는 식으로 인간을 위해 새로운 기관을 만들어주면 완전 가능성이라는 말도 조금은 의미를 갖게 될 것이다. 그러나 그런 멋진 완성 이래, 인간은 대홍수 이전에 비해서 더 좋고 멋진 무엇을 만들어내었다는 말인가?

무지와 야만의 시대(구태의연한 말이다)보다도 훨씬 더 술을 마시게 되었을까? 비록 그 당시 「유용지식신문」은 없었지만, 아름다운 헤페스티온[75]의 친구였다고 전해지는 알렉산더 대왕도 술 마시던 방식은 결코 뒤지지 않았다. 나는 돼지처럼 살이 찌지 않고, 또 젊은 르팽트르나 하마보다 더 부풀지 않고서 헤라클레스의 잔이라 불리는 그 거대한 잔을 비울 수 있는 공리주의자가 있는지 모르겠다. 13주의 건강을 기원하여 커다란 깔때기 모양의 장화에 술을 가득 부어 마신 바송피에르[76] 원수는 이런 종류의 인간으로서는 예외로 존경할 만하나, 더 이상 완성하기는 굉장히 어렵다.

어떤 경제학자가 소 한 마리를 먹어치운 크로토니아의 밀론[77]처럼 비프스테이크를 먹을 수 있도록 우리의 위를 넓혀줄 것인가? 카페 앙글레나 베프르, 혹은 그 외의 유명한 식당의 메뉴도 트리말키온의 만찬[78] 메뉴에 비하면 빈약하기 짝이 없고 진부한 것이다. 암퇘지 한 마리와 새끼 멧돼지 열두 마리를 한 접시에 담아 내놓는 연회가 요즘 있을까? 인간을 먹이며 기른 곰치나 칠성장어를 누가 먹어보았는가? 당신은 정말로

---

75 Éphestion(기원전 357~324): 알렉산더 대왕의 총애를 받은 미모의 마케도니아인.

76 François de Bassompierre(1579~1646): 프랑스의 제독. 리슐리외에 의해 바스티유에 갇혔다가 석방되었다. 앙리 4세의 총애를 받았고, 그의 암살 후 마리 드 메디치에게 충성을 바쳤다. 그의 방탕함은 역사적으로 유명하다.

77 기원전 6세기에 크로토니아에서 태어난 그리스 장사.

78 1세기 페트로니우스의 작품으로 추정되는 소설 『사티리콘』에 나오는 장면. 벼락부자 트리말키온이 연, 동서고금의 산해진미가 가득한 호화로운 만찬이 풍자적으로 묘사되어 있다.

브리야 사바랭[79]이 아피키우스[80]를 완성했다고 믿는가? 비테리우스[81] 직속의 뚱보 내장장수는 슈베의 가게에 가서도, 과연 그 유명한 미네르바의 방패를 대신할 꿩이나 공작의 뇌수나 홍학의 혀나 놀래미[82]의 간을 찾을 것인가? 캉칼르[83]의 바위틈에 붙은 굴은, 일부러 바다를 만들어준 르크리누스 호수[84]의 굴에 비하면, 있는 것도 아니다. 섭정시대의 후작들이 교외에 세운 작은 집들은 바야,[85] 카프리,[86] 티볼리[87] 등에 세운, 로마 귀족들의 별장에 비하면, 빈약하기 짝이 없는 초가집들이다. 하루의 쾌락을 위하여 영원한 대건축물들을 지은 엄청난 호사가들의 키클로페스족과 같은 화려함은 우리로 하여금 고대의 재능 앞에 엎드리게 한다. 우리의 사전에서 완전 가능성이

---

79 Brillat-Savarin(1755~1826): 프랑스 제일의 요리사. 본래 직업은 대심원 평정관. 저서로 『미각 생리학』이 있다.

80 Apicius: 로마의 요리사. 아우구스투스 황제 및 티베리우스 황제 시대의 인물.

81 Vitellius: 1세기 로마의 황제. 불과 8개월가량 제위에 있었으며, 호색과 잔학함으로 유명하다.

82 로마인이 즐겨 먹었다고 하는 생선으로, 고티에는 여기에서 라틴어 'scarrus'로 표기하였다.

83 브르타뉴 반도 북쪽 해안. 굴의 명산지.

84 이탈리아 반도 캄파니아의 호수.

85 나폴리의 촌락. 아름다운 온천지로서 제정시대의 로마인들이 많이 찾았다.

86 나폴리의 작은 섬. 온난한 기후와 풍경이 아름다운 관광지로 유명하다. 트라야누스 황제가 만년을 보냈다.

87 이탈리아 라치오주의 도시로 로마인들의 여름 휴양지로 각광받았다.

라는 문자를 영원히 삭제하도록 해야 하지 않을까?

중죄는 하나라도 늘어났을까? 불행히도 이전과 마찬가지로 일곱 가지며, 그것은 의인이라도 하루 만에 저지를 수 있는 죄의 가짓수로 실로 평범하기 짝이 없다. 앞으로 한 세기 동안 진보가 계속되어도, 지금 이런 식으로 계속된다면, 헤라클레스의 열세 번째 임무[88]를 갱신하는 연인이 나타나리라고 장담할 수 없다. 우리가 한 번만이라도 솔로몬의 시대보다 더 신의 귀여움을 받을 수 있을까? 극히 저명한 학자들과 매우 존경할 만한 귀부인들도 그와 정반대의 의견을 지지하고 있으며, 상냥함이 갈수록 희박해지고 있다고 주장하고 있다. 쳇! 그렇다면 왜 진보 따위를 운운하는가? 그러나 그렇게 말하면, 당신은 분명 요즘엔 상원과 하원이 있다고, 또 머지않아 모든 국민이 선거권을 부여받게 될 것이고, 대표자의 수도 두 배 혹은 세 배로 늘게 될 것이라고 대답할 것임에 틀림없다. 당신은 의회 연설에서 자행되는 프랑스어의 과오가 다른 어느 곳보다 심각하며, 게다가 말의 실수는 그들이 처리한답시

88 테베의 왕 크레온은 헤라클레스의 전공(戰功)을 기려 자신의 딸 메가라를 그에게 아내로 주었으나, 몇 해 후 헤라클레스는 그를 미워하는 여신 헤라의 저주로 정신착란을 일으켜, 메가라와 아들을 목졸라 죽이고 그 죄를 갚기 위해 열두 가지 임무를 전해 받는다. '열세 번째 임무'라는 표현은 곤란할 정도로 극도의 인내를 요하는 일이라는 뜻이다

고 휘젓고 있는 변변찮은 일에 비하면 아무것도 아니라는 사실을 아는가? 나는 이삼백 명의 촌뜨기를 프라고나르[89] 씨가 천장을 칠한 목조 바라크에 처넣고서, 말도 되지 않는, 혹은 잔혹하기 짝이 없는 수많은 너저분한 법률들을 제멋대로 주무르고 망가뜨리게 한 효용이 무엇인지 도무지 모르겠다. 우리를 통치하는 것이 검이든, 성수 살포기이든, 혹은 우산이든 무슨 상관인가! 그것은 항상 막대기다. 그런 막대기는 산산조각을 내 그 파편을 악마에게 던져주는 편이 훨씬 진보적이며 경비도 절약될 것이다. 그런데도, 진보적이라 자칭하는 자들이 자신의 어깨를 간질일 몽둥이에 대한 선택을 의논하고 있으니 놀라운 일이다. 그러나 여러분 가운데 딱 한 명 상식을 가진 사람이 있었으니, 그는 광인, 천재, 멍텅구리로, 라마르틴이나 위고, 바이런보다 훨씬 신성한 시인이다. 바로, 이 모든 직함을 한 몸에 지닌 푸리에주의자인 샤를 푸리에[90]다. 그 사람만큼은 독자적인 이론을 가지고 자신의 결론을 마지막까지 관철하는 대담함을 지니고 있었다. 그는 인간은 머지않아 길

---

89 Jean Honoré Fragonard(1732~1806): 프랑스의 화가, 판화가. 루이 15, 16세 치하의 귀족들과 친교를 맺어 화려한 생활을 했으나, 프랑스 혁명 후 완전히 영락하여 쓸쓸하게 죽었다.

90 François Marie Charles Fourier(1772~1837): 프랑스의 철학자, 사회학자. 공상적 사회주의의 대표적 인물로 '팔랑주', 즉 자유로운 생산자의 협동조합의 실현을 주장했다.

이 5미터에 끝에 눈이 달린 꼬리를 지니게 될 것이라고 조금도 망설이지 않고 주장한다. 그것은 분명히 놀랄 만한 진보로, 지금까지 하지 못한 무수한 멋진 일을 하게 해줄 수 있다. 예를 들면, 아무런 어려움 없이 코끼리를 때려잡고, 가장 좋은 조건의 원숭이처럼 날렵하게 그네를 타지 않고도 나뭇가지에 매달리며, 너무나 무사태평하게 다람쥐들처럼 꼬리를 앞으로 세워 머리 위에서 펼치기만 하면 우산이나 양산 없이도 지낼 수 있고, 그 밖에 열거하자면 끝이 없는 여러 가지 특권이 인간에게 주어진다. 푸리에주의자들 가운데 몇 명은, 그들에게 이미 작은 꼬리가 자라기 시작하여 신이 조금만 더 수명을 빌려준다면 그 꼬리가 자라는 것을 볼 수 있을 것이라고 주장한다.

샤를 푸리에는 위대한 자연과학자 조르주 퀴비에[91]에 필적할 만큼 많은 동물종을 발명하였다. 지금보다 세 배나 커서 코끼리로 착각할 정도의 말, 호랑이와 비슷할 정도의 개, 예수 그리스도의 세 마리 물고기보다도 많은 사람의 배를 채워줄 물고기. 그리스도의 물고기를 나는 멋진 비유라고 생각하지

---

91 Georges Cuvier(1789~1832): 프랑스의 자연과학자. 비교해부학 및 고대생물학의 창시자.

만, 신을 믿지 않는 볼테르 일파는 4월의 물고기[92]라고 생각하고 있다. 푸리에는 도시들도 건설하였는데, 그에 비하면 로마나 바빌론이나 티르는 두더지굴일 뿐이다. 또 바벨탑을 하나하나 쌓아올려, 존 마틴[93]의 온갖 판화들보다 더욱 끝없는 나선형을 구름으로 치솟게 하였다. 무수한 건축양식과 새로운 흥취를 상상하여 제국시대 로마인조차 위대하다고 생각할 만한 극장을 계획했고, 루키우스[94]나 노멘타누스까지도 친구와의 만찬 메뉴로 써먹어야겠다고 생각할 만한 메뉴를 고안해냈다. 또 새로운 쾌락을 발명하여 기관이나 감각을 계발해줄 것을 약속한다. 그에 의하면 여자는 더욱 아름답고 관능적이 되어야 하며, 남자는 더운 건강하고 정력적이 되어야 한다. 또한 그는 우리를 아이로부터 보호하고, 한 사람 한 사람이 편안하게 살 수 있도록 세계의 인구를 감소시키자고 주장한다. 이런 주장은 프롤레타리아로 하여금 아이를 낳게 하는 것보다 훨씬 합리적이다. 프롤레타리아가 득실거리게 되었을 때, 길거리에서 포격을 하고 빵 대신에 포탄을 먹일 생각이 아니

92 만우절을 프랑스에서는 이렇게 부른다.

93 John Martinn(1789~1854): 영국의 화가. 구약성서에서 소재를 가져온 장엄한 작품이 많다.

94 Lucius: 아그리파와 아우구스투스 황제의 딸 율리아 사이의 자식. 제위에 오를 예정이었으나 일찍 죽었다.

라면 말이다.

진보는 푸리에의 방법에 의해서만 가능하다. 이외의 것은 모두 신랄한 비웃음이며, 정신이 결여된 촌극이어서 멍청이 시골뜨기조차 속여먹을 수 없다.

푸리에식 사회주의 단체는 텔렘의 수도원[95]에 비교하면 진정한 진보로서, 지상천국을 완전히 해묵은 수많은 공상들로 추방시킨다. 『천일야화』와 오누아 부인[96]의 『선녀 이야기』만이 푸리에식 사회주의 단체와 싸워 이길 수 있다. 얼마나 풍부한 망상인가! 얼마나 터무니없는 발명인가! 그것은 3천 대의 마차를 족히 채울 만한 낭만파 혹은 고전파의 온갖 시를 망라하고 있다. 이 열정적이고 매력적인 발명가 샤를 푸리에 씨에 비하면, 우리의 운문작가들은 학술원 회원이고 아니고 간에, 빈약하기 짝이 없는 발견가일 뿐이다. 그가 지금까지 엄하게 금지되어온 사회운동을 이용하려고 한 아이디어는 매우 고매하고 강력한 사상이었음에 틀림없다.

아아! 여러분은 우리가 진보의 길 위에 있다고 말한다! 만약 내일이라도 몽마르트르에서 화산 폭발이 일어나, 예전의

---

95 라블레가 고안해낸 이상향. 에피큐리언의 공동생활촌으로, 온갖 세련된 쾌락을 느긋하고 풍요롭게 즐기는 곳으로 알려져 있다.

96 Madame d'Aulnoy(1650?~1705): 프랑스의 유명한 『선녀 이야기』의 저자.

베수비오 화산이 스타비아이, 폼페이, 헤르쿨라네움 등의 도시에 했던 것처럼 파리를 화산재의 수의로 덮고 용암의 묘지로 만들어버린다고 치자. 또 수천 년 후에 그 시대의 고고학자가 발굴을 기획하여 사라져버린 도시의 잔해를 캐낸다고 해보자. 그렇다면 위대한 우리의 매몰 도시, 장려한 고딕식 노트르담 성당을 증명할 만한 어떤 건축물이 남아 있을 것인가? 사람들은 퐁텐[97] 씨가 손질한 튈르리 궁전을 치우면서, 우리의 미술을 상당히 높이 평가할 것이다. 루이 15세 다리의 조각상도, 그즈음에는 박물관으로 옮겨져 꽤 인기를 얻을 것이다! 꼴사나운 긴 창자같이 생긴 루브르의 회랑에 산더미처럼 쌓인 고풍의 회화나, 고대 혹은 문예부흥기의 조각상이나, 파리를 야만인의 야영지나 벨슈인[98]이나 토피낭부인[99]의 부락쯤으로 생각하는 것을 방지해줄 앵그르[100]의 천장화는 제쳐두고라도, 발굴되는 것들은 모두 상당한 흥미를 불러일으킬 것이다. 중세기가 폐허로 변한 탑이나 무덤 안에 남겨준 세련되게 연

---

97 Pierre François Léonard Fontaine(1762~1853): 프랑스의 건축가. 파리의 개선문을 지었다.

98 독일어로 'Welch'로, '골족'이라는 뜻. 모든 무지몽매한 외국인을 뜻함.

99 브라질의 토인. 저급하고 무지한 인간을 뜻함.

100 Jean Auguste Dominique Ingres(1780~1867): 프랑스 화가. 파리에서 다비드에게 배웠고, 고전파의 지도자이며, 루브르 궁전에 천장화 「호메로스 찬양」을 그렸다.

마한 아름다운 무기 대신에, 또 에트루리아의 항아리를 가득 채우고 로마의 모든 건축물의 토대를 뒤덮은 엄청난 메달 대신에, 국민군의 부싯돌이나 소방수의 안전모, 기묘한 각인을 새긴 은화, 이런 것들이 발견될 것이다. 그러나 우리가 사용하고 있는 도금을 한 초라한 목재가구들에 대해선, 서랍장이나 사무용 책상이라고 부르는, 그 장식 하나 없는 못생기고 보잘것없는 이 모든 빈약한 상자들에 대해선, 시간이 자비를 베풀어 제발 그 흔적의 마지막 찌꺼기마저 없애주었으면 한다.

한번은 우리도 웅대하고 멋진 건축물을 짓겠다는 환상을 품은 적이 있었다. 우선 우리는 고대 로마인으로부터 설계를 빌려와야 했다. 그 후 우리의 판테온은 완성되기도 전에 구루병에 걸린 어린아이처럼 다리를 휘청거리고, 술에 취한 상이군인처럼 비틀거렸다. 그래서 우리는 돌로 된 받침대를 괴어주지 않으면 안 되었는데, 그렇게 하지 않았다면 그것은 모든 사람이 보는 앞에서 비참하게 무너져내려, 앞으로 백 년 이상 온 세계의 웃음거리가 되었을 것이다. 우리는 또 파리의 어떤 광장에 오벨리스크를 설치할 생각을 했었다. 그러나, 그것을 룩소르까지 훔치러 가야 했고, 그것을 프랑스로 실어오는 데 2년이 걸렸다. 고대 이집트는 마치 우리가 길가에 포플러를 심듯이, 오벨리스크를 늘어놓았다. 이집트는 마치 농부가 아스파라거스 다발을 들듯이 두 팔로 첨탑 다발을 들었고, 우리가 이쑤시개나 귀이개를 만드는 것보다도 수월하게 화강암의 산허리에서 거대한 바위 하나를 잘라냈던 것이다. 몇 세기 전에 우리에겐 라파엘로와 미켈란젤로가 있었다. 인간이 진보한다면서, 지금 우리에겐 폴 들라로슈[101] 씨가 있을 뿐이다. 여러분은 오페라좌를 자랑하고 있지만, 로마의 원형경기장에서는 여러분이 자랑하는 오페라좌를 열 개나 합쳐놓은 것이 사라반드를 출 것이다. 잘 길들여진 호랑이와 통풍에 걸려 잠들어 있는 사자를 『가제트』의 구독자처럼 양손에 끼고 있는 마르탱 씨[102] 조차도 고대의 검투사에 비하면 빈약하기 짝이 없다. 오전 두 시까지 계속되는 여러분의 자선흥행도 1백 일간 지속되었던 그 경기, 진짜 배가 진짜 바다에서 진짜로 싸웠던 그 흥행을 생각해보면 비교도 되지 않는다. 거기에서는, 수천 명의 인간이 서로 성실하게 토막을 냈다. 이만하면 용감함을 자랑하는 프랑코니[103]도 창백해지지 않겠는가! 바다가 빠지면, 무대는 호랑이나 사자가 포효하는 사막이 되지만, 이 짐승들은 한 번만 사용하고 마는 무서운 단역배우들이다. 주연은 타키

---

101 Hippolyte Paul Delaroche(1797~1856): 프랑스의 역사화가. 고전파와 낭만파의 중용적인 관료화가로서, 작품은 기교가 많아 생기가 없다.

102 Martin: 네덜란드 태생의 유명한 맹수 조련사. 그를 주인공으로 한 「마이소르의 사자」라는 극이 호평을 받았다.

103 Franconi: 이탈리아의 유명한 곡마사 일가. 18~19세기에 걸쳐 프랑스에서 활약했다.

아나[104] 판노니아[105]의 건장한 격투기 선수 같은 사람들이 맡았는데, 3일 전부터 공복 상태에 있는 누미디아[106]의 아름다운 암사자를 연인으로 두고 있는 이들은 종종 연극의 끝에서 모습을 보기 어려웠다. 여러분의 눈에는 줄타기를 하는 코끼리가 조르주 양[107]보다도 더 능숙해 보이지 않는가? 여러분은 탈리오니[108] 양이 아르부스쿨라보다, 페로가 바티루스[109]보다 춤을 더 잘 춘다고 생각하는가? 나는 보카주[110]가 아무리 훌륭하더라도 로스키우스[111]에게 한 발자국 뒤진다고밖에 생각되지 않는다. 갈레리아 코피올라는 1백 세를 넘어서도 숫처녀 역할을 했다. 그러나 현대의 주연 여배우 중에서 가장 나이를 먹은 배우라도 60세를 넘기지 않았으니, 마르스 양[112]도 이 방

---

104 다뉴브 강변의 고대 도시. 루마니아인의 조상들이 살던 지역이다.

105 다뉴브 강변의 고대 도시. 카이사르 및 아우구스투스에게 정복당했다.

106 고대 아프리카의 국가. 카르타고와 마우리타니아 사이, 지금의 알제리 지방에 있었다.

107 Mademoiselle George(1787~1867): 프랑스의 여배우. 나폴레옹 1세의 총애를 받았으며, 낭만극의 주역으로 활약했다.

108 Maria Taglioni(1804~1884): 유명한 무희. 이탈리아의 무용가 필리포 탈리오니의 딸. 경쾌하고 우아한 춤으로 유럽 전역을 황홀경에 빠뜨렸다.

109 Bathylle: 1세기 중엽 알렉산드리아에서 태어난 희극배우. 로마의 기사이자 문예의 옹호자 메카에나스의 노예였으나 해방된 후 희극을 공연했다.

110 Pierre Tousez Bocage(1797~1863): 프랑스의 배우. 낭만파극의 거물로, 주로 조르주 상드의 극을 연기했다. 1845년부터 수년간 오데옹좌의 책임자로 있었다.

111 Roscius: 기원전 1세기의 해방노예. 저명한 배우. 비극 및 희극에 뛰어나 키케로도 그에게서 웅변술을 익혔다고 한다. 로스키우스를 위한 변호연설도 남아 있다.

112 Mademoiselle Mars(1779~1847): 프랑스의 여배우. 프랑스좌의 꽃으로 불렸다.

면에서는 전혀 진보하지 않았다고 말할 수 있다. 고대인이 믿고 있는 신은 3천 명에서 4천 명에 달했지만, 지금 우리는 그저 하나의 신만을 갖고 있을 뿐이며, 그것도 거의 믿지 않는다. 실로 묘한 진보다. 제우스는 돈후안보다 훨씬 정력적이고 여자를 더 잘 유혹하지 않는가? 실제로 나는 우리가 무엇을 발명하였는지, 아니 발명하지는 않았다고 하더라도 도대체 무엇을 완성하였는지 모르겠다.

진보주의의 신문기자 다음에는, 마치 그들과 안티테제를 이루는 듯이, 무감각해진 신문기자가 등장한다. 그들은 대개 20세에서 22세로, 자기 지역을 벗어나본 적이 없고, 아직 하녀하고밖에 잔 적이 없다. 이 무리에 있어서는 모든 것이 지루하고, 피곤하며, 질리게 한다. 그들은 인생의 쾌락에 신물이 나고, 모든 일에 흥미를 잃었으며, 소진해버려, 전혀 감수성이라는 것이 없다. 그들은 여러분이 말하려고 하는 것을 미리 알고 있다. 그들은 볼 수 있고, 느낄 수 있고, 들을 수 있는 모든 것을 이미 보고, 느끼고, 들었다. 사람의 마음 구석구석까지, 그들이 초롱불을 들이대보지 않은 미지의 구석은 없다. 그들은 여러분에게 태연자약하게 말한다. '사람의 마음은 그런 것이 아닙니다. 여자들은 그렇게 생기지 않았어요. 그런 성격은 틀렸습니다.' 혹은 이런 말도 한다. '허 참! 또 사랑과 미움 타령입니까! 언제나 남자와 여자 이야기뿐이군요! 우리에게 다른 이야기는 해줄 수 없나요? 발자크 씨가 이 일에 참견한 이래, 남자는 너무 닳아 너덜너덜해졌고, 여자는 그보다 더합니다.'

누가 우리를 남자와 여자로부터 해방시켜줄 것인가?

선생, 당신은 당신의 이야기가 새로운 것이라고 생각합니까? 그게 새롭다면, 퐁네프식의 새로움이겠지요. 세상에 이것처럼 흔한 것도 없어요. 나는 그런 이야기를 유치원이나 그 비슷한 데에서 읽은 적이 있습니다. 10년 전부터 귀에 딱지가 앉도록 들어왔습니다. 적어도 내가 알지 못하는 이야기란 하나도 없다는 사실을 유념하세요. 모든 것이 내게는 진부합니다. 만약 당신의 사상이 성모 마리아와 같은 처녀라고 하여도, 나는 그것이 삼류 작가나 말라비틀어진 현학자에게 매음하는 것을 보지 못했다고 말할 수 없습니다.

이런 신문기자들이야말로, 조코[113]나 녹색 괴물이나 「마이소

113 샤를 푸장의 소설 『조코, 동물본능 이야기』 및 가브리엘과 로슈포르의 공동작품인 2막짜리 극 『조코 혹은 브라질 원숭이』의 주인공. 말을 잘 듣는 원숭이와 백인의 공동생활에 대한 기발한 이야기다.

르의 사자」[114]나 그 밖에 수많은 훌륭한 발명의 원인을 제공하는 것이다.

그들은 책을 읽고 연극을 보아야 하는 것에 대해 쉬지 않고 계속 불만을 토로한다. 그들은 보잘것없는 속요를 평하며, 여러분에게 꽃피는 아몬드나무와 향기로운 보리수와 봄의 산들바람과 여린 잎의 향기를 거들먹거린다. 젊은 베르테르식으로 자연을 연인으로 삼지만, 사실 그들은 파리 밖으로 나가본 적이 없고, 양배추와 사탕무를 구별할 줄도 모른다. 겨울이라면, 그들은 여러분에게 가정의 단란함에 대해, 장작불 타는 소리와 벽난로 안에서 무언가 굽고 있는 꼬치와 실내화와 꿈과 선잠에 대해 말할 것이며, 티불루스[115]의 한 구절은 꼭 인용할 것이다.

거친 바람의 소리를 들으며 기뻐하는, 드러누워 있는 여자

이런 식으로 그들은 환멸을 주는 동시에 한편으로는 천진

---

114 50쪽 마르탱 주 참조. 맹수 조련사 앙리 마르탱을 위해 씌어진 맹수극. 마르탱은 맹수에 잡아먹히는 사형수로 분하나, 제5막에서 사형장에 나타난 사자가 바로 그를 알아보고 맹렬한 기세를 버리고 그의 손을 핥는다.

115 Albius Tibullus: 기원전 1세기 라틴 시인. 연애시를 주로 썼으며, 『애가(哀歌)』 4권을 남겼다.

난만한, 매우 사랑스러운 인생의 사소한 모습을 보여줄 것이다. 그들은 어떤 극적 감격에 대해서도, 거위 펜을 깎는 칼처럼 냉정함과 무감동을 가장하며, 장 자크 루소처럼 "앗, 협죽도다!"[116]라고 외친다. 그들은 체육관의 연대장, 미국의 삼촌, 사촌형제와 자매들, 예민한 늙은 근위병, 공상을 좋아하는 과부들에게 맹렬한 반감을 표시하며, 매일 신문기사에서 프랑스인이 결코 태어날 때부터 악의 넘치는 인간이 아니라는 것을 입증하여, 속요의 편견에서 우리를 달래주려 한다. 사실, 나는 이런 방법이 아주 나쁘다고는 생각하지 않는다. 오히려 그 반대로, 프랑스에 있어서 속요나 희가극(이것은 국민적인 양식이다)의 소멸은 하늘의 위대한 은혜 중 하나일 것이라고 기꺼이 인정한다. 그러나 나는 비평가 나리들께서 이런 양식 대신에 어떤 종류의 문학을 남겨놓을지 심히 알고 싶다. 더 나빠질 수 없는 것만은 확실하다.

다른 비평가들은 나쁜 취미를 배격하는 훈계를 하며, 비극작가 세네카[117]를 번역한다. 최근에 그 결말을 내리기 위하여

---

116 루소의 『참회록』의 VI부분에 다음과 같은 구절이 나온다. "나는 30년 가까이 협죽도를 보지 못했다……. 어느날 산에 올라 수풀 속을 둘러보고 있다가 나는 엉겁결에 기쁨의 탄성을 질렀다. '앗, 협죽도다!'라고."

117 기원전 1세기 라틴의 철학자 세네카에게는 14편의 비극이 있는데, 이것이 철학자의 작품이냐 아니냐는 데에는 논란이 있다. 대개 그의 작품일 것이라 추측되고 있다.

아직 본 적이 없는 새로운 비평전이 벌어졌다.

그들의 평가방식은 여태까지 어떤 비평가도 생각한 적이 없을 정도로 안이하고, 신축성 있으며, 더할 나위 없이 유연하고, 반론의 여지를 전혀 주지 않고, 최고를 자임하는 데다 지극히 압제적이다. 이 방식으로라면 조이루스[118]에게도 결코 깨지지 않을 것이다.

지금까지는 비평가가 어떤 작품을 평가절하하고 싶거나 소박하고 천진난만한 구독자의 평판을 좋지 않게 하고 싶을 때에는, 그 일부를 그릇되게 혹은 고의로 따로 떼내어 인용하였고, 작가 자신이 지극히 우스운 사람이라는 생각이 들게끔 문장을 훼손하고 시를 절단하였다. 가공의 표절을 주장하는가 하면, 아무런 관계가 없는데도 그 작가의 문장과 고대와 현대의 작가의 문장을 비교하기도 하였다. 그러고는 문법상의 오류가 굉장히 많은, 하녀의 문장 같은 문장으로 그 작가가 자신과 같은 표현법을 알지 못하고, 라신이나 볼테르의 프랑스어를 변질시켰다고 비난하였다. 그리고 이 작품은 인육을 먹는 풍습을 강제하는 것으로, 독자들은 이 주 안에 반드시 식

118 기원전 4세기 그리스의 궤변학자. 호메로스 시의 모순과 허망함을 지적한 9권의 비평을 남겼으나, 그 비평의 엄격함과 부정확함은 그를 사적인 정에 끌린 비평의 상징으로 만들었다.

인종이 되거나 공수병 환자가 될 것이 분명하다고, 진지하기 짝이 없게 주장했다. 그러나 이런 어법은 빈약하고 시대착오적이며 터무니없이 뻔뻔하고 극히 진부하다. 부도덕하다는 비난도 「바리에테」의 여러 지면과 기사 내내 끌고 다녔기 때문에 효력이 없어져 소용이 없게 되었다. 잘 알고 있듯이, 청렴결백하고 진보적인 신문 「콩스티튀시오넬」만이 자포자기하는 용기로써 이 용어를 쓰고 있을 뿐이다.

그러므로 미래비평, 전망비평이라는 것이 생겼다. 첫눈에도 그것이 얼마나 매력적이며, 또 얼마나 훌륭한 상상에서 유래하는지 여러분은 알겠는가? 그 방식은 간단하므로, 여러분에게 말해줄 수 있다. 즉 사람들에게 칭찬받는 훌륭한 책은 아직 나오지 않은 책이다. 이미 나온 책은 반드시 멸시해야 할 것들이다. 내일의 것은 훌륭할 것이다. 그러나 내일은 어김없이 오늘이 되지 않는가.

이 비평은 다음의 문구를 큰 글씨로 쓴 간판이 달린 이발소와 같다.

이곳에서는 내일 무료 이발을 해드립니다

이 간판을 본 가난한 사람들은 일생에 한 번 지갑을 열지 않고 이발할 수 있다는 말 때문에 이루 헤아릴 수 없는 지극한 기쁨으로 내일이 오기를 오매불망 기다렸다. 그리고 이 행복한 날의 전야, 턱수염은 조심성을 잊고 15센티미터나 길어져버렸다. 그러나 그들이 목 주위에 수건을 두르기가 무섭게, 이발사의 조수는 그들에게 돈을 가져왔는지, 그리고 억지로라도 지불할 각오가 되어 있는지 물었다. 그렇지 않으면 이발사의 조수가 그들을 호두 따기의 장인이나 페르슈[119]의 사과 따는 사람처럼 해치워도 좋겠느냐는 것이었다. 그리고 말버릇인 '제길!'을 연발하면서, 돈을 내지 않으면 면도날로 목을 따주겠다고 욕을 하였다. 그러자 가련한 거지는 덜덜 떠는 한심한 모습으로, 예의 간판과 거기에 쓰인 극히 신성한 문자에 대해 말하기 시작했다. 뭐! 흥! 이 얼간이가! 이발사는 말하였다. 이런 배우지 못한 놈 같으니. 초등학교에 다시 한번 다니는 것이 좋겠구나! 간판에는, 내일이라고 씌어 있잖아. 오늘 공짜로 머리를 깎아줄 정도로 나는 얼간이도 미치광이도 아니란 말이야. 그런 짓을 하면 동료들이 장사의 배신자라고 말할걸. 다음에 다시 오거나 목요일이 세 번이나 있는 주에 오너라. 눈을 뜨고 잘 찾아봐. 이발사의 명예를 걸고 공짜로 깎아줄 테니. 아니면 내가 문둥병에라도 걸려줄게.

119 노르망디의 지구.

현재의 작품을 조롱하는 전망비평의 기사를 읽은 작가는, 자신이 앞으로 쓸 책은 미래의 책이 될 것이라고 자부한다. 그는 혼신의 힘을 다해 비평가의 사상에 부합하도록 노력하여, 사회주의자, 진보주의자, 도덕군자, 윤회론자, 신화론자, 범신론자, 부체파,[120] 혹은 두려울 정도의 파문에서 벗어나기 위해 기독교 신자까지 되어버린다. 그러나 그들에게도 예의 이발사의 손님들에게 일어났던 일이 일어나는 것이다. 오늘은 내일의 전날이 아니다. 그토록 약속한 내일은 영원히 이 지상에서 빛을 보지 못할 것이다. 왜냐하면 그 공식이 너무 편리해서, 그리 쉽게 버릴 수 없기 때문이다. 비평가는 자신이 질투하여 없애버리고 싶은 작품을 헐뜯으면서, 외견은 지극히 공명정대한 것처럼 꾸민다. 그들은 걸작을 발견하여 칭찬하기만을 기다리고 있는 것처럼 보이지만, 사실은 전혀 그렇지 않다. 그러나 그 방식은 회고적이라고 부를 수 있는 비평보다 확실히 훌륭하다. 회고적 비평이란 사람들이 관심을 갖고 있고, 또 자존심에 직접 상처를 입히는 근대의 책들을 희생시켜서, 이제는 아무도 읽지 않고 어느 누구의 심기도 건드리지 않는 옛날 책만을 칭찬하는 비평이다.

---

120 프랑스의 철학자이자 정치가인 필립 부체가 고안한, 네오가톨릭파라 자칭하는 일파.

나는 비평가 나리들에 대한 이러한 검토를 시작하기에 앞서, 쓸 이야기야 책으로 열대여섯 권이 되겠지만 몇 줄로 줄여서 말하겠다고 하였다. 그러나 나는 그 몇 줄이 이제 각각의 길이가 2, 3척으로, 포탄이라도 통과할 수 없을 정도의 두께를 가지고, 그것도 '혁명에 관한 짧은 글'이라거나 '무슨무슨 촌평'이라는 뻔뻔스러운 제목을 달고 있는 소책자들이 되는 것은 아닌가 하여 겁이 나기 시작했다. 우리의 프리마돈나, 마들렌 드 모팽의 언행과 수많은 연애 이야기는 내쫓길 커다란 위험에 처한 것 같다. 독자는 이 아름다운 여걸의 모험을 다 말하기에는 한 권의 책을 전부 사용해도 길지 않다는 것을 알 것이다. 이러한 이유로 나는 당대의 저명한 비평가들에 대한 비난을 이대로 계속하고 싶은 마음은 굴뚝같지만, 기왕 펜을 꺼내 흉을 본 김에 우리의 유순한 동업자들, 판토마임의 카산드라[121]처럼 얼간이에, 바보같이 몸을 움직이지 않아 아를르캥[122]에게 판자로 얻어맞거나, 파이야스[123]에게 엉덩이를 걷어차이는 이들의 친절함에 대해 몇 가지 지적하는 것으로 만족하려고 한다.

---

121 이탈리아 희극의 인물. 우둔하고 경박한 노인으로, 젊은이들의 놀림감이 된다.

122 이탈리아 희극의 익살꾼 역할. 여러 가지 색이 섞인 화려한 옷을 입는다.

123 나폴리 희극의 익살꾼 역할.

그들은 마치 공격을 받을 때에 양손을 뒤로 묶고, 한 번도 반격하려고 하지 않고, 적이 찌르는 칼을 전부 맨가슴으로 받아내는 검술교사와 비슷하다.

그것은 마치 왕의 대리인만이 말할 수 있는 변론이나 말대꾸가 금지된 토론 같은 것이다.

비평가는 여기저기 끼어들지 않는 곳이 없다. 그는 건방진 자세로 제멋대로 행동한다. 그는 사리에 맞지 않고, 가증스러우며, 괴상한 것이, 도저히 뭐라고 말할 수가 없다. 누군가 극을 상연하면 비평가는 그것을 보러 간다. 그러나 그 연극은 그가 제목을 보고 머릿속에서 꾸며낸 연극과는 전혀 관련이 없는 것이다. 그런데도 그는 지면에 자신의 연극과 원작자의 연극을 바꾸어놓는다. 그는 거대한 지식의 빵을 반죽해낸다. 어젯밤 어딘가의 도서관에서 주워 얻은 지식을 남기지 않고 쏟아내, 자신이 오히려 배움을 청해야 하고 아무리 단편적인 지식일망정 자신이 갖고 있는 것보다는 훨씬 나은 지식을 갖고 있는 사람들을 엉망으로 취급한다.

작가는 그런 무례를 도저히 제정신이라고는 생각할 수 없을 정도의 관용과 인내로써 참아낸다. 그런데 가만히 생각해보면, 마치 신의 아들이라도 되는 듯이 그렇게도 무뚝뚝한 말을 가차 없이 내뱉는 비평가는 도대체 무엇을 하는 인간인가? 말하자면, 우리와 중학교에서 책상을 나란히 하고 앉아 있던 인간에 불과하다. 그것도, 자신의 것은 일체 만들지 않고 흡사 스팀팔스[124]의 흡혈귀처럼 남의 것에 똥칠하고 해를 끼치는 능력밖에 갖지 못한 것을 보면, 우리보다 학교 공부도 분명 도움이 되지 않았음에 틀림없다.

비평의 비평도 할 게 못 되지 않는가? 왜냐하면 그토록 우수하고 까다로운 표정을 짓고 있는 이 위대하고 까다로운 분들은 우리 교황 성하의 무류성(無謬性)과는 거리가 멀기 때문이다. 비평가의 비평은 일간신문 혹은 그보다 더 큰 크기의 인쇄물을 채울 만한 것을 갖고 있을 것이다. 그들의 역사상 혹은 그 밖의 오류, 날조된 인용구, 프랑스어의 오류, 표절, 헛소리, 진부하고 저질의 농담, 사상의 빈곤, 지식과 재치의 부족, 또 천연덕스럽게 피레우스[125]를 인간이라고 생각하고, 들라로슈 씨를 화가로 생각할 정도의 극히 기본적인 것에 대한 무지, 이런 것들은 작가로 하여금 복수할 거리를 충분히 제공할 것이다. 작가는 연필로 비평가가 쓴 문장에 줄을 그으며 원문

---

124 고대 그리스 펠로폰네소스의 도시. 전설에 의하면 이 호수에 인육으로 생명을 이어가는 괴조가 있어, 헤라클레스의 열두 가지 임무 중 하나가 그 괴조를 죽이는 것이었다고 한다.

125 아테네의 항구. 옛날에는 긴 성벽이 이곳과 아테네를 연결하고 있었다. 라퐁텐의 우화 「원숭이와 왕자」에서, 왕자가 원숭이 등에 타고 파도를 건너는 도중 "피레우스를 알고 있느냐?"라고 묻자 원숭이가 "제 친구놈입니다. 오래 알고 지냈습죠"라고 대답한 데서, 아는 척 견강부회하는 것을 "피레우스를 인간이라고 생각한다"라고 말한다.

을 그대로 옮기는 노력만 기울이면 된다. 왜냐하면 비평가라고 해서 훌륭한 작가가 된다는 법은 없으며, 아무리 다른 사람의 문장이나 취미의 오류를 꾸짖어도, 자기 자신의 오류를 막을 수는 없기 때문이다. 우리의 비평가들은 매일 이 사실을 입증하고 있다. 만약 샤토브리앙이나 라마르틴, 그 외에도 그 정도 되는 사람이 비평을 한다면, 그것을 무릎 꿇고 경청하는 것은 당연하다. 그러나, Z씨, K씨, Y씨, V씨, Q씨, X씨, 혹은 알파에서 오메가까지의 모든 알파벳을 표방하는 무리가, 소(小)퀸틸리아누스[126]인 척하며 도덕과 문예의 이름으로 호통을 치는 데에는 언제나 분개하여 화가 머리끝까지 나지 않을 수 없다. 나는 어떤 특정한 이름이 다른 이름을 모독하는 것을 금지하는 경찰령이 내려졌으면 좋겠다고 생각한다. 물론 개도 주교를 올려다볼 수 있고, 로마의 산페트로니아 성당이 아무리 거대해도 천민이 아래쪽에서 기묘한 방법으로 더럽히는 것을 막을 방법이 없는 것도 사실이다. 그러나 나는 역사적인 건물이라는 약간의 명성에 기대어 다음과 같은 문구를 적어 놓는 것보다 바보 같은 짓도 없다고 생각한다.

126 Marcus Fabius Quintilianus: 스페인에서 태어났다고 하는 1세기의 라틴 수사학자. 근엄하고 박식한 선비로, 당시의 유행이었던 웅변이 변호사나 사법관이 지니는 직능 중 하나가 된 것을 책망했다.

이곳에 쓰레기를 버리는 것을 금합니다

샤를 10세만은 이 문제를 잘 이해하고 있었다. 그리고 신문 금지령을 내려, 예술과 문화에 커다란 공헌을 했다. 신문은 예술가와 대중, 국왕과 국민 사이에 낀 브로커나 거간꾼 같은 것이다. 우리는 그 결과로서 생기는 폐해를 잘 알고 있다. 그들이 끊임없이 짖어대는 소리가 영감을 침묵시키고, 사람의 마음과 정신에 불신을 불어넣어 시인도 정치도 신뢰할 수 없게 만든다. 그래서 세상에서 제일 중요한 왕권과 시가 불가능해져버리는데, 이는 매일 아침 질 나쁜 종이에 저질의 잉크와 보잘것없는 문장으로 써 갈긴 신문을 읽는 불쌍한 쾌락을 위해 그들의 안락을 희생하는 국민에게 커다란 불행이다. 율리우스 2세[127]의 치하에서는 문예비평이 없었고, 다니엘 드 볼테라,[128] 세바스티아노 델 피온보,[129] 미켈란젤로, 라파엘로, 또는

127 Jules II(1443~1513): 교황. 미켈란젤로는 그의 명에 의해 시스티나 예배당에 벽화를 그리고, 또 그의 묘를 위해 유명한 모세의 상을 새겼다. 또한 라파엘로는 그의 명에 의해 바티칸 궁전 내의 주요한 방 곳곳에 그림을 그렸다.

128 Daniel de Volterra(1509~1566): 본명은 다니엘레 리키아렐리. 이탈리아의 화가이자 조각가. 교황 파울로 3세, 4세의 명령에 의해 바티칸 궁전의 벽화를 그렸다.

129 Sébastien del Piombo(1485~1547): 이탈리아의 화가. 채색의 묘미와 초상의 정교함으로 명성을 얻었다.

기베르티 델라 포르타,[130] 벤베누토 켈리니[131] 등에 대해 신문비평이 이루어졌다는 말을 들어본 적이 없다. 그렇지만 나는 신문도 가지고 있지 않았고, 예술이라거나 예술적이라는 단어조차 몰랐던 그 사람들이야말로 그런 멋진 재능을 가지고 있었으며, 자신의 천직을 충분히 달성한 사람들이었다고 생각한다. 신문 구독은 도리어 진정한 학자나 예술가의 출현을 방해한다. 그것은 마치 하루하루의 과로로 녹초가 되어 기운이 다 빠진 채로 뮤즈의 잠자리에 들어가는 것과 마찬가지로, 이 아가씨는 꽤나 완강하고 까다로운 아가씨이므로 원기발랄하고 신선한 연인밖에 원하지 않는다. 책이 건축학을 죽였듯이, 총이 사람의 용기와 힘을 죽였듯이, 신문은 책을 죽인다. 신문이 우리에게서 빼앗아가는 쾌락을 우리는 눈치채지 못한다. 신문은 모든 것의 처녀성을 앗아간다. 신문 때문에 우리는 무엇 하나 자신의 소유로 할 수 없고, 책 한 권마저도 나만의 것으로 삼을 수 없다. 신문은 연극의 경이로움을 빼앗고, 모든 대단원을 미리 알려준다. 신문은 잡담과 쑥덕공론과 수다와 비방의 즐거움을, 또 일주일 내내 사교계의 살롱에서 만들어내

130 Ghiberti delle Porta: 이 인물에 대해서는 알 수 없다. 혹시 16세기 이탈리아 조각가인 글리에르모 델라 포르타를 고티에가 착각했을 수도 있다.

131 Benvenuto Cellini(1500~1571): 이탈리아의 저명한 판화가, 조각가. 프랑수아 1세에게 초청받아 프랑스 궁전에서 일했다.

는 뉴스거리와 그중에서 진짜 뉴스를 퍼뜨리는 즐거움을 우리에게서 앗아간다. 신문은 이미 내려진 판단을 우리가 좋아하건 싫어하건 밀어붙이고, 우리가 좋아하게 될지도 모르는 것에 대해서 미리 나쁜 편견을 안겨준다. 신문은 성냥팔이에게까지 그들이 다소의 기억력만 갖고 있다면, 시골 학회의 명사들에게 지지 않을 정도로 문학에 대한 시건방진 엉터리 이론을 늘어놓게 만든다. 신문은 천진난만한 사상이나 각 개인이 갖고 있는 어리석은 의견 대신에, 마치 한쪽은 설익고 한쪽은 검게 그을린 오믈렛 같은, 제대로 알지도 못하는 누더기 기사를 하루 종일 우리에게 들려주고, 이미 젖먹이까지도 알고 있는, 서너 시간이 지난 뉴스로 가차 없이 우리의 배를 채워 넣는다. 신문은 우리의 취미를 둔하게 하여, 마치 후추를 넣은 브랜디 애호가나 라임이나 포도의 찌꺼기까지 먹어치우는 대식가처럼 아무리 좋은 술도 그 맛을 알 수 없게 만들고, 꽃다발의 향기도 맡을 수 없게 만든다. 만약 루이 필립이, 한 번만이라도 좋으니 문학과 정치에 관한 모든 신문을 금지한다면, 나는 그에게 무한한 감사를 표하고, 자유시와 각운이 교차되는 열렬한 찬미의 시를 즉석에서 지어, '극히 겸허하고 충실한 신하로부터'라는 서명을 적어 바칠 것이다. 그렇게 되면 문학이 사람들의 관심에서 사라질 것이라는 상상은 하지 마시길. 신문이 없던 시대에는, 한 편의 사행시가 일주일간 파리 전역의 화제가 되었고, 한 편의 연극이 6개월 동안 상연되었다.

신문이 없어지면, 한 줄에 30수씩이나 하는 광고나 찬사를 할 수 없을 터이므로, 명성이 지금처럼 신속하고 압도적이지 않게 될 것임에 틀림없다. 그러나 나는 광고를 대신할 상당히 기발한 방법을 고안해냈다. 만약 지금부터 이 영예로운 소설의 발매일까지 우리의 관대한 군주가 신문을 없애버린다면, 나는 반드시 이 수단을 사용하여, 막대한 성공을 거두리라 확신한다. 드디어 발매일이 다가오면 스물네 명의 고함칠 사람을 말에 태워 출판인의 옷을 입히고, 가슴과 등에 그 주소를 적고, 손에는 소설의 제목을 앞뒤로 수놓은 깃발을 들린 후, 한 사람 한 사람마다 북과 팀파니 치는 사람을 붙여 마을을 한 바퀴 돌게 하는 것이다. 그리고 광장이나 사거리에서 멈추어 서서 잘 들리는 큰 목소리로 이렇게 외치게 하는 것이다.

매우 고명한 테오필 고티에의 경탄할 만한, 흉내 낼 수도 없는, 신성하고도 신성한 소설 『모팽 양』의 발매일은 어제도 내일도 아닌 바로 오늘입니다. 이 소설은 유럽 및 세계 각지는 물론, 폴리네시아의 끝에서까지, 일 년 이상을 기다려온 소설입니다. 1분에 5백 권씩 팔려나가고 있으며, 30분에 한 번씩 새로운 판을 찍어, 현재 벌써 19판을 찍었습니다. 파리 경찰대가 가게 앞에 줄을 서서 구름 떼처럼 몰려드는 손님들을 진정시키고, 혼잡을 단속하고 있습니다. 이런 방법은 탄력밴드나, 딱딱한 천으로 만든 칼라나, 부패할 염려가 전혀 없는 젖꼭지 달린 젖병이나, 레놀 연고나, 치통약 광고 사이에 아무렇게나 놓여 있는 「논쟁」지나 「쿠리에 프랑세」지의 세 줄짜리 광고보다는 확실히 나을 것 아니겠는가.

1834년 5월

테오필 고티에

"밖으로 창문이 나지 않은" 소설, 『모팽 양』
— 그 '닫힌' 미학의 세계

1922년 미국 뉴욕의 항소법원에서는 출판물의 검열에 대한 이색적인 공판이 이루어지고 있었다. 다름 아닌 『모팽 양』에 대한 재판으로, 이 책이 음란물에 속하는지의 여부를 가리는 재판이었다. 사건의 시초는 1917년 11월에 뉴욕사회정화협의회라는 단체가 핼시가 판매한 『모팽 양』의 영어 번역본을 음란물이라 하여 고발하고, 핼시가 그 혐의로 형사 기소된 것이었다. 이에 핼시는 뉴욕사회정화협의회를 상대로 악의적인 형사 추급을 이유로 손해배상을 청구했고 1심 판결에서 승소했다. 결국 『모팽 양』은 음란물이 아니라는 평가와 함께 핼시에게 무죄 판결이 내려졌다.

이 사건에서 알 수 있듯이 『모팽 양』은 프랑스가 아닌 멀리 미국에서까지 출판 이후 센세이션을 일으켰고 여러 엇갈린 반응을 유발하였다. 헨리 제임스는 1873년 4월호 「노스아메리칸 리뷰」에서 『모팽 양』의 작가인 테오필 고티에를 천재적인 사람으로 언급했다. 아서 시먼스는 『산문과 운문 연구』에서, 조지 세인츠버리는 『프랑스 문학 소사(小史)』에서, 제임스 브렉 퍼킨스는 1887년 3월호 「애틀랜틱 먼슬리」에서 그에 대한 감탄을 나타낸 바 있다. 이들은 고티에의 문체를 구사하는 능력, 시적 상상력, 예술적 착안 능력, 필설로 형용할 수 없는 매력, 그리고 프랑스 문학에서 그가 차지하고 있는 높고도 영속적인 것이 될 지위를 이야기했다.

반면 미국의 몇몇 비평가는 위와는 상반된 의견을 개진하였는데, 우선 이 작품이 많은 칭송을 받아왔음에도, "포르노그래피이며 권태로운 작품"이라는 평이 있었다(「네이션」, 1893년 11월 2일자). 퍼킨스는 "『모팽 양』에는 불쾌한 요소가 많으며 오직 표현의 아름다움만이 작품의 상스러움을 상쇄한다. 이 작품에서 고티에의 문체가 완벽의 경지에 이르렀다고 하더라도, 이 작품은 저자의 최고의 작품이라고 하기에는 무리가 있다. 이 작품이 아마도 저자의 가장 잘 알려진 작품일 텐데 이 점은 매우 불행한 일이다."라고 썼다. 퍼킨스는 이 작품을 저자의 불쾌한 작품 중 하나로 불렀지만, "어떤 측면에서 그 책은 우스울 정도로 순결하며, 그 책에 대하여 비난을 퍼붓고 그 책을 폄훼하는 비평가들을 믿을 수 있는 진지한 동료들로 보아야 하는지 난처하다."라고 했다.

그렇다면 미국이 아닌 프랑스에서 『모팽 양』에 대한 반응은 어떠했을까? 『모팽 양』은 1835년에 프랑스에서 출간되자마자 당시의 고전비평과 부르주아 신문을 떠들썩하게 만들었다. 발자크는 이 소설을 읽은 후 바로 작가가 누구인지 알고 싶어 했으며(마침 「크로니크 드 파리」의 필진을 구하고 있던 발자크는 당시 24세였던 고티에를 즉각 불러들였다고 한다), 빅토르 위고는 「베르베르」에 고티에에 관한 찬사의 기사를 실었다. 이들은 『모팽 양』 속에 넘쳐흐르는 시적 공상, 서정성, 기사도 정신, 이상미(理想美)를 향한 갈망, 고매한 귀족주의, 우아한 에로티시즘 등에서 낭만주의의 빛나는 비장의 카드를 발견했다. 특히 빅토르 위고는 고티에를 가리켜 '위대한 낭만적 귀족'이라는 칭호를 부여하였다. 『모팽 양』은 일약 명성을 세상에 떨쳐 알프레드 뮈세의 『세기아의 고백』이나 생트뵈브의 『열락』과 함께 낭만 정신의 금자탑으로 여겨지기에 이르렀다.

『모팽 양』의 실제 모델은 17세기에 소문이 자자하였던 남장 여인, 후에 모팽 부인이 된 마들렌 도비니 양으로, 그녀는 소설의 주인공과 마찬가지로 아름다울 뿐 아니라 자존심이 높았고, 기사복을 입고 다녔으며, 결투를 하였다고 한다. 실제의 모팽 부인은 세란이라 칭하는 검술조교와 관계를 맺고 그 남자로부터 검술을 배운 뒤 남장을 하게 되었다고 하는데, 소설의 주인공인 모팽 양 역시 남장을 하고 스스로를 테오도르 드 세란이라고 칭하는 것은 이 때문일 것으로 추측된다. 고티에는 1833년 9월 편집인 랑뒤엘과 모팽 부인의 이야기로 작품을 쓸 것에 합의하는데, 여기에는 성공이 확실해 보이는 특이한 주제에 매력을 느낀 것 외에도, 나름대로의 문학사적인 다른 이유가 있었다.

고티에는 1834년 1월에 「프랑스 리테레르」에 프랑수아 비용을 격찬한 글을 실은 적이 있는데, 아돌프 티에르를 내무대신으로 하는 정부의 어용신문인 「콩스티튀시오넬」은 5월 31일에 이것을 비난하며 취미와 도덕의 부패요 타락이라는 내용을 보도했다. 비용에 관한 기사를 발표하였던 「프랑스 리테레르」는 이러한 공격에 즉각 응수했고 사건은 재판정으로 갔으나, 「프랑스 리테레르」의 고소는 각하되었고 고티에는 실패를 맛보았다. 혈기왕성한 청년 고티에는 자신의 문장을 기회삼아 미풍양속과 도덕의 이름으로 문단의 숙청을 꾀하려는 정부에 대하여 분노를 터뜨렸다. 7월왕정의 프랑스는 경찰권을 발동하여 빅토르 위고의 『에르나니』를 프랑스좌에서 추방하고, 펠리시테 드 라므네의 신저 『신자의 말』의 발매를 금지했으며 볼테르나 디드로의 낡은 저작까지 압류하고 있었다. 이에 고티에는 도덕군자나 선교사인 척하는 비평가와 문예란

기자 등에 대한 통렬한 비판의 글을 「프랑스 리테레르」에 보냈으나 「프랑스 리테레르」는 「콩스티튀시오넬」을 자극하는 것을 꺼려서 원고의 발표를 미루고 있었다. 그래서 고티에는 그것을 묶어서 특별히 1834년 5월이라는 날짜를 넣어 『모팽 양』의 서문으로 삼은 것이다.

이 서문은 고티에가 오로지 말장난, 과장, 역설 등을 통해서 자신의 절묘한 표현을 즐기고, 충격을 주고 추문을 일으키는 데에서 기쁨을 느끼는 것이 아닌가 하는 생각이 들 정도로 도발적인 재치로 가득하다. 그러나 바로 이 재담과 조소, 풍자 뒤에 작가의 진지한 의도가 숨어 있는데, 그것은 무엇보다도 그 시대의 정신, 즉 7월혁명의 부르주아 정신에 대한 격렬한 항의라고 볼 수 있으며, 한마디로 공리주의에 대한 분노에 다름 아니다. 공리주의가 사회에서 최고의 정신적 가치로 여기는 것, 그것은 다수의 이익이다. 따라서 예술작품은 작품이 갖는 사회적 효용에 의해 판단되는데, 고티에는 그러한 태도에 도무지 찬동할 수 없었던 것이다.

고티에의 눈에 그런 태도는 오히려 위험하게까지 보였다. 왜냐하면 예술을 정치·사회적, 혹은 공상적 이상에 이용하는 것은 작품의 형식과 문체를 조롱하는 행위이며, 예술가와 심미안을 가진 사람들에게 있어 중요하고도 유일한 가치인 아름다움을 부정하는 행위이기 때문이다. 고티에는 이러한 예술은 예술에 대한 부정이라고 생각하였다. 또 '아무 데에도 쓸모가 없는 아름다움'만이 진정한 아름다움이라고 주장하였다. "양배추를 심기 위해 꽃밭에서 튤립을 뽑을 수 있는 사람은 이 세상에 공리주의자밖에 없을 것이다. [⋯] 유용한 것들은 모두 추하다. 왜냐하면 그것은 무엇인가의 필요의 표현이기 때문이며, 게다가 인간의 필요라는 것은 그 가련한 본능과 마찬가지로 역겹고 혐오스럽기 때문이다. 한 채의 집 안에서 가장 유용한 장소는 화장실이 아닌가"라는 독설은 그가 얼마나 공리주의를 혐오하고 있는지를 잘 보여준다.

아름다움을 향한 고티에의 열망은 우리가 흔히 생각하듯이 완전한 문체에만 신경을 쓰는 형식적인 요구에 그치는 것은 아니다. 그것은 진정한 신앙고백 같은 것으로서, 아름다움을 향한 유일하고 배타적이며 격렬한 정열이라 할 수 있다. 고티에의 갈망은 이 세상의 모든 아름다움에 개방된 예술가의 심오한 갈망으로, 여성의 육체는 그에게 완벽한 조상과도 같은 감흥을 주며, 하나의 풍경이나 꽃 한 송이, 그림 한 점을 바라보는 일은 그에게 일종의 육감적인 쾌락을 준다. 그는 쾌락에 대하여 각별한 의미를 부여하며, "나는 쾌락이야말로 인생의 목표이며 이 세상에서 유용한 유일한 것이라고 생각한다. 신도 그렇게 원하였다. 신은 천사들에게 덕을 가지라고 하지 않고 사랑을 하라고 하지 않았던가."라고 하면서 세련된 향락의 취미를 찬미한다.

고티에는 그의 소설 『모팽 양』에 자신의 이러한 심미관과 시적 이상을 고스란히 옮겨놓았다. 보들레르의 지적대로 『모팽 양』은 기본적으로 '미의 찬가'다. 이 소설에서 아름다움은 단지 경탄을 유발하는 대상일 뿐만이 아니라 갈망의 대상이 된다. 고티에에게 아름다움은 '볼 수 있는 신이고 만질 수 있는 행복이며 지상에 내려온 하늘'이다. 또 그의 궁극적인 꿈은 이러한 완벽함에 동화되는 것이며 인간의 모든 감각으로 그 완벽함을 맛보는 것이다. 이러한 고티에에게 기독교의 세계는 생소하며 그에게 "아직 그리스도는 탄생하지 않았다." 그는 달베르의 독백처럼 아직 "호메로스 시대의 인간"이다. 그는 아름다움에 대한 그리스인들의 열광을 완벽하게 이해하며, 육체에 대한 영혼의 우월성을 인정하지 않고, 형상의 올바름을 미덕이라고 여긴다.

고티에가 꿈꾸는 약속의 땅, 엘도라도의 세계는 평범한 생활을 벗어난 사치와 그윽한 쾌락의 세계다. 소설 안에는 작가가 공상 속에서 지어놓은 궁궐의 이미지가 잘 나타나 있는데, 그것은 "밖으로 창문이 나지 않은 건물"로 "그 안에는 흰 대리석 기둥에 둘러싸인 안뜰이 있고, 그 위로는 새파란 하늘과 노랗게 불타는 태양이 있다." 마치 보들레르의 시구에서처럼 그곳에는 질서와 아름다움이, 사치와 고요와 향락이 있을 뿐이다. 그러나 고티에는 이 빛나는 세계가 그의 상상이 만들어 낸 세계일 뿐임을 잘 알고 있다. 그곳은 현실과 철저히 격리된 아름다움의 세계이며, 그 아름다움이란 영혼이 문을 닫아버린, 오직 물질 세계에서의 아름다움이다. 이제 그의 주위의 모든 것은 "뒤섞이고 응축하고, 그 어느 것도 떠돌거나 흔들거리지" 않는다. "공기도 숨결도 없어져버리고, 물질이 그를 짓누르고 그 안에 침입하여 뭉개버린다." 그리하여 달베르는 친구에게 자기가 좋아하는 것은 세 가지, 황금, 대리석, 자주색이라고, 즉 빛과 견고함과 색채라고 고백한다. 이처럼 달베르로 대변되는 고티에는 미학적인 견고한 세계, 판테온 벽이나 비너스의 조상과도 같은 '돌의 세계'를 꿈꾼다.

고티에에게 감정의 형이상학이나 초월의 열망 같은 것은 한갓 조소의 대상일 뿐이다. 이 점에서 그는 관념적 낭만주의자들과 노선을 달리하며 그가 시인으로서 첫발을 내디딘 낭만파와도 어느 정도 거리를 두게 된다. 『모팽 양』에 나타난 묘사는 예민한 시각적 현실에 정확한 시적 표현을 준 것으로서, 예술적 사실주의와 예술적 객관성에 입각한 고답파(Parnasse)의 길을 여는 선구자로서의 고티에의 모습을 예견하게 한다. 이와 같이 『모팽 양』 안에는 낭만주의의 여러 특징들과 예술적 사실주의의 경향이 동시에 존재한다. 낭만파의 한 사람으로서 고티에는 태양왕 루이 14세를 극도로 싫어했으며, 16세기의 풍속과 언어에 지대한 동경을 가지면서 이러한 동경을 소설에 반영한다. 따라서 그는 소설의 배경으로 고전파 이전의 루이 13세의 통치기를 선택하였고, 그 시대의 자유로운 풍조를 그리고 있다.

『모팽 양』은 내용뿐 아니라 형식적인 면에서도 매우 파격적이다. 1장부터 5장까지는 '나'라고 자칭하는—후에 달베르라고 밝혀지는—시인이 친구 실비오에게 보내는 편지를 통해 자신이 이상적으로 여기는 미인의 탐구에 매달리는 번민과 묘한 심리를 전하며, 정부가 된 로제트와 사랑을 나누는 요염한 장면이 가끔 극 형식을 빌려 이야기된다. 하지만 그 시대도 장소도 명확하지 않다. 로제트의 저택 묘사 중에 중세적인 것이 엿보이기는 하나, 독자는 근대의 청년 시인의 몽상을 상상하게 된다. 하지만 6장에 다다라 이 소설의 여주인공인 테오도르, 즉 역사적으로 유명한 남장 미인인 마들렌 드 모팽 양이 등장하면서 무대는 17세기로 거슬러 올라가고 형식도 보통의 소설 형식으로 바뀐다. 그러나 어느덧 다시 모팽 양이 어릴 적 친구인 그라시오자에게 보내는 편지와 달베르의 연문이 섞이면서, 이야기의 대강은 서술과 편지가 중복되고 교차되며 나아간다. 고티에는 이 소설에서 매우 젊고 자유분방하며, 놀라우리만큼 효과적인 형식을 사용한다고 할 수 있는데, 이런 자유로운 형식이 아니었으면 달베르와 테오도르가 내심의 고백을 셰익스피어의 희극 「뜻대로 하세요」에 나오는 대사를 빌려 암시하는 부분은 시도하기 힘들었을 것이다.

고티에는 자신의 소설 안에 셰익스피어의 희극 「뜻대로 하세요」를 삽입해 이중의 의미를 중첩시킨다. 고티에는 소설을 구상하면서 17세기의 사실에서 출발하여 아름답고 부유하며 정력적인 스무 살의 소녀를 상상했다. 가정의 구속에서 자유로운 그 소녀는 남자의 모습으로 남자들 사이에 섞여듦으로써, 이성 교제의 사회적 관례를 받아들이기보다 이성에 관한 더 많은 지식을 획득하기로 결심한다. 그 후 그녀는 실제 세상으로부터 아르덴 숲(셰익스피어의 「뜻대로 하세요」의 배경)으로 모험을 옮겨간다. 결국 저자는 우리가 특수한 상황에 대해서 느끼는 본능적인 반감을 극복하도록 도와주고, 달베르와 테오도르(모팽 양)의 사랑이 결실을 맺을 수 있는 환상의 공간을 제공하는 동시에 등장인물들이 뜻밖의 자기 발견을 할 수 있는 순수한 예술적 흥미를 촉발하는 것이다. 『모팽 양』 안에는 달베르와 로제트의 사랑, 로제트와 테오도르의 사랑, 달베르와 테오도르의 사랑, 테오도르와 니농의 사랑 등 이룰 수 없는 이상을 향해 손을 뻗어가는 다양한 형태의 사랑이 등장한다. 윤리적인 측면에서 이 작품은 거의 모든 공언된 도덕성뿐 아니라 대부분의 실제적인 도덕성에도 반한다. 그러나 가장 순수한 문학적 즐거움의 향유를 위한 원천, 그것을 이 소설은 간직하고 있다.

이 책의 번역을 마치면서 개인적인 감상을 덧붙인다. 고티에를 전공하지 않은 사람인데도 이 소설을 번역하게 된 것은 순전히 프랑스 낭만주의를 좀 더 심도 있게 이해하고 싶은 역자의 호기심 때문이었다. 테오필 고티에는 프랑스 문학사에서 매우 중요하게 다루어지는 작가다. 물론 문학사에서는 그의 작품보다 문학이론, 즉 '예술을 위한 예술'의 주장이 더욱 강조되고 있으며 그가 이러한 주장을 기치로 내세운 이른바 고답파의 선구자로 부각되고 있긴 하다. 그러나 그의 작품이 우리말로 아직 한 편도 번역되지 않았다는 사실에 대해서는 아무래도 반성할 점이 있지 않은가 생각한다. 몇몇 '인기 있는' 작가의 작품만이 번역·소개되고, 그들에게 전공자가 몰리는 편식 현상은 언제쯤 극복될 수 있을까? 무엇보다도 현대의 프랑스 문학을 보다 잘 알기 위해서라도 그 기초에 놓인 '옛것'에 더욱 관심을 기울일 필요가 있다고 하겠다. 그런 의미에서 열림원의 '이삭줍기 시리즈'에 고티에의 『모팽 양』이 포함된 것은 참으로 다행하고 감사한 일이라고 하겠다.

아직 우리말로 출판되지 않은 책을 하루빨리 번역하여 소개해야 한다는 당위성이 허술한 번역을 정당화해주지는 않을 것이다. 역자는 이제 『모팽 양』의 번역을 마치면서, 부끄럽다는 것을 솔직하게 고백하고자 한다. 고티에가 문학이 내포하는 의미와 상징에 애시당초 관심이 없었고, 더구나 문학이 문학 외적인 관심으로 수행되는 것, 예를 들어 문학이 윤리적·철학적 가치를 수반하고 그것을 전달하는 수단으로 사용되는 것에 대해서 분노를 금치 못하였다는 사실은 이미 언급한 바 있다. 그의 관심을 끄는 것, 그것은 오로지 형상의 미(美)이며, 그 아름다움을 탐닉할 수 있는 쾌락과 사치다. 그에게 있어서 문학의 역할은 형상미를 문자로 성실하게 재현하는 것 외에 아무것도 아니다. 따라서 그의 소설은 소설책이라기보다는 오히려 한 권의 사진첩이나 그림첩, 혹은 조각상이 진열되어 있는 전람회에 가깝다. 언어에 대해 고도로 세련된 취미를 지닌 프랑스의 작가가 그 언어를 가지고 노는 '유희'라고도 말할 수 있을 이 작품을 과연 다른 나라의 언어로 제대로 옮기는 일이 가능할까? 본인으로서는 부족하나마 최선을 다하였다. 그러나 까마득한 낭떠러지 아래를 내려다보는 듯 절망적인 심정이 된 일이 적지 않았다. 도처에서 발견될지 모를 오류에 대하여 이 자리를 빌려 독자들의 가차 없는 질책을 바라는 바다.

한편 이 책을 번역하면서 흐뭇한 보람을 느꼈던 일이 없지 않았다. 역자는 "책은 풍속이라는 나무에서 열리는 열매다"라는 고티에의 유명한 말이 『모팽 양』의 서문에 나오는 문구라는 것을 이번에야 비로소 알게 되었다. 불문학을 전공하던 학부 시절, 문학사 공부를 위해서 무턱대고 암기한 구절의 출처를 알게 되고 그 배경과 맥락을 이해하게 된 것은, 이번 번역이 내게 가져다준 수확의 하나다. 물론 누구나 『모팽 양』을 읽으면서 맛보게 될 그 기발한 소재와 참신한 짜임새가 가져다주는 쏠쏠한 재미는 별도로 하고 말이다. 그리고 고티에의 주장에 동조하든 안 하든, 그의 날카로운 재치와 해학, 그리고 독설로 가득 찬 『모팽 양』의 서문을 읽고 즐거워하지 않을 사람은 없으리라고 생각한다. 비록 그가 꿈꾸는 엘도라도가 작가 자신의 말처럼 "밖으로 창문이 하나도 나지 않은 건물", 즉 '예술을 위한 예술'에 국한된 폐쇄된 공간이라고 하더라도, 우리는 그 안에서 적어도 이 문학을 가지고 '즐겁게 놀 수 있다.' 비록 그때의 문학이 인간이 처한 실존의 한계를 벗어나 무한과 영원을 꿈꾸게 해주는 것은 아니더라도, 우리의 손으로 만질 수 있고 빚을 수 있는 현존하는 미의 세계를 찾아내고 그것을 형상화함으로써 눈앞의 존재로 마주하게 하는 재미를 선사하는 것이다. 고티에의 '창문 없는 엘도라도'를 역자 나름의 방식으로 해석하여본다면, 그것은 인간이 하나의 밀알이 되어 땅에 떨어져 죽은 후 새로운 싹을 틔우는 '열린' 세계가 아니라, 살아 있는 인간이 젊음과 아름다움을 지닌 채 그대로 하나의 조각품, 즉 딱딱한 돌덩이로 변하는 '닫힌' 세계다. 그러기에 이 세계는 아름답지만 갑갑하다. 소설의 마지막 장을 덮으면서, 제일 먼저 역자를 사로잡은 것은 이 소설의 주인공인 모팽 양과 함께 그곳을 뜨고 싶은 욕망이었다. 고티에 역시 『모팽 양』을 통해 인공(art)의 엘도라도가 현실에서 가능한 것이 아님을 역설하고자 한 것은 아니었을까?

역자는 문학에서 하나의 새로운 가능성을 제시하고 그 가능성을 극단에까지 추구한 고티에 같은 순교자를 가지고 있는 프랑스라는 나라가 부럽다. 그러한 순교자들 덕분에 프랑스 문학은 고대로부터 지금까지 사실주의와 낭만주의, 그 지독한 실용주의와 '예술을 위한 예술' 사이를 마치 시계추같이 리듬감 있고 균형 있게 왕복할 수 있었는지도 모르겠다.

2006년 9월

옮긴이 권유현

세계환상문학을 새롭게 읽는다

우리가 이미 깨닫고 있다시피, 21세기는 인류 역사상 또 하나의 대전환기를 준비하고 있습니다. 직선적 역사 발전을 신봉해온 근대주의는 그 한계를 드러내기 시작했고, 이성 중심의 합리주의·과학주의 같은 지배 담론들도 그 권위를 의심받기에 이르렀습니다. 반면에 그동안 전근대적이고 비이성적인 것으로 폄훼되어 문화의 비주류로 밀려났던 환상과 직관 같은 사유와 감성 체계들이 주목을 받으면서 디지털 시대의 코드로 등장하고 있습니다.

이러한 시대적 흐름에 부응하기 위하여 열림원에서는 책읽기의 새로운 마당을 마련하려고 합니다. 지난날부터 오늘날에 이르기까지 유의미한 텍스트들은 늘 새롭게 읽을 필요가 있고, 특히 환상문학의 고전과 걸작들 중에는 아직도 우리나라에 소개되지 않은 책들이 적지 않다는 인식 아래, '이삭줍기' 시리즈는 세계문학사의 보석 같은 작품들을 발굴하는 데 역점을 둘 것입니다.

우리는 고정관념에 얽매이거나 시류에 영합하지 않고 풍성한 책의 잔칫상을 차리는 데 최선을 다하겠습니다. 허드레 정보가 범람하는 세상일수록 알찬 책들과 만나 지혜를 얻고 상상력을 키우는 것이야말로 뜻깊고 소중한 일일 것입니다.

기획위원 김석희

모팽 양

초　판 1쇄 발행 2006년 9월 20일
개정판 1쇄 인쇄 2020년 4월 28일
개정판 1쇄 발행 2020년 5월 5일

지은이 테오필 고티에
옮긴이 권유현
펴낸이 정중모
펴낸곳 도서출판 열림원

출판등록 1980년 5월 19일(제406-2000-000204호)
주소 경기도 파주시 회동길 152
전화 031-955-0700
팩스 031-955-0661
홈페이지 www.yolimwon.com
이메일 editor@yolimwon.com
페이스북 /yolimwon
트위터 @yolimwon
인스타그램 @yolimwon

기획위원 김석희
편집 김종숙 정지은 황우정
디자인 강희철
홍보 마케팅 김선규 윤소정
제작 관리 윤준수 이원희 허유정 원보람

ISBN 979-11-7040-024-0 04800
ISBN 979-11-88047-90-1 (세트)

* 이 도서의 국립중앙도서관 출판예정도서목록(CIP)은 서지정보유통지원시스템(seoji.nl.go.kr)과 국가자료공동목록시스템(nl.go.kr/kolisnet)에서 이용하실 수 있습니다.
(CIP제어번호: CIP2020012524)